El joyero de la reina

El joyero de la reina

NIEVES HERRERO

Papel certificado por el Forest Stewardship Council®

Primera edición: noviembre de 2021
Primera reimpresión: noviembre de 2021

Printed in Spain – Impreso en España

ISBN: 978-84-666-6925-2
Depósito legal: B-15.162-2021

Compuesto en Llibresimes, S. L.

Impreso en Rotoprint by Domingo sl
Castellar del Vallès (Barcelona)

BS 6 9 2 5 2

A Nicolás, por llenar de luz nuestras vidas

Siempre me pregunto cuál es la historia que se esconde detrás de una joya.

VICTOIRE DE CASTELLANE
Directora Creativa de Alta Joyería de Christian Dior

La joyería es el último vestigio que queda de la mayoría de las civilizaciones.

THEO FENNELL, diseñador de joyas

Las perlas te harán brillar como la luz de la Luna.

COCO CHANEL

Las joyas reales son la otra crónica de la historia de las monarquías; el legado más hermoso que han dejado reyes y reinas tras su paso por este mundo. Su querencia por las gemas y piedras preciosas son un fiel reflejo de sus reinados: desde los más austeros hasta los más opulentos. Ya sea bajo regímenes absolutistas o constitucionalistas, las joyas han servido como amuletos, símbolos del poder, regalos de amor o presentes envenenados; víctimas del expolio codiciado por todos, e incluso, tabla de salvación para muchos nobles en el exilio.

El oro, símbolo sagrado del Sol, les hacía sentirse descendientes del astro rey. El diamante, el más duro de los materiales naturales conocidos, el *adámas* de los griegos, simbolizaba la pureza, el amor y la valentía. El rubí, la piedra preciosa mejor valorada por la realeza debido, en gran medida, a la leyenda que atribuía la colocación de esta en el collar de Aaron a la voluntad de Dios. Algunas dinastías creyeron ver en su brillo el refulgir de un fuego eterno que ardía en su interior. El zafiro, considerada la piedra protectora por excelencia, ya se creía que atraía el favor divino. No en vano, la tradición sostiene que las tablas de la ley que recibió Moisés en el monte Sinaí se hallaban grabadas en esta piedra. Pero si ha habido una gema que destacara sobre las demás por su belleza y atractivo para los reyes, esa ha sido, sin lugar a dudas, la perla.

A lo largo de la historia, las perlas siempre han ocupado un lugar preferente en los joyeros reales. La perla natural, del latín *permula* —una especie de ostra— es posible que fuera la primera gema conocida por el hombre, ya que no necesitaba tratamiento alguno para resaltar su hermosura. Debido a su rareza y a su extraordinaria belleza, representan el amor y el afecto. Incluso, han marcado para siempre la historia de algunas dinastías. Tanto es así que princesas y reinas de todas las épocas las han recibido como regalo de compromiso o las han elegido para lucirlas en sus bodas. Pero la importancia de las joyas no solo reside en la historia de la que han formado parte, también por su complicidad en los grandes secretos de amor y desamor de quienes las han portado, convirtiéndose en grandes testigos silenciosos.

PRIMERA PARTE

Año 2014

—¿Estas son las joyas de Victoria Eugenia? —preguntó la reina Letizia al comenzar a examinar las alhajas que acababa de traspasarle la reina Sofía.

Durante unos minutos, bajo la atenta mirada del jefe de su Secretaría, José Zuleta, duque de Abrantes, fue abriendo los estuches uno por uno. Se quedó unos segundos contemplando la tiara de las flores de lis, sin hacer ningún comentario. El duque habló entonces:

—Son las llamadas «joyas de pasar», que dejó la bisabuela del rey, en un codicilo testamentario. Las tenía en gran estima, de ahí que quisiera que las más importantes estuvieran siempre en manos de las reinas de España. Se cuenta que, en ocasiones, estando convaleciente en la cama, hacía que le trajeran parte de su colección para mostrársela a sus damas. Parecía entonces que mejoraba y que desaparecían todos sus padecimientos al verla. Se sentía muy orgullosa de su joyero. La pieza que está contemplando, la tiara de las flores de lis, la lució la reina Victoria Eugenia por última vez en el baile de gala que los condes de Barcelona ofrecieron en el hotel Luz Palacio de Estoril en 1967, la víspera de la boda de la infanta Pilar de Borbón.

En ese momento, entró en la estancia Eva Fernández, encargada del estilismo de la reina. Se disculpó por interrumpir la conversación y se quedó fascinada contemplando las cajas abiertas... Después de examinar todas las joyas se dirigió a la reina.

—Me gusta mucho ese broche de perlas grises. Lo luciré en alguna fecha especial.

—Ese broche —continuó el duque— lo lució Victoria Eugenia en numerosas ocasiones. Era una de sus joyas preferidas.

La reina dejó para el final un pequeño estuche misterioso, de cierre hermético y forrado en plomo. Por fin se decidió a abrirlo. Le dio varias vueltas con una pequeña llave y en su interior halló una bolsita negra de terciopelo.

—¿Por qué está cerrada bajo llave esta bolsita?

—Porque la joya que protege es la más emblemática de todas —añadió el duque.

—¿La Peregrina? —preguntó la reina Letizia con curiosidad, mientras sacaba la grandiosa perla en forma de pera sin perderla de vista en ningún momento. Iba unida a un broche de brillantes de una gran belleza.

La majestuosa pieza brillaba con luz propia sobre la palma de su mano derecha. La perla eclipsó al resto de las joyas. Parecía imposible apartar la mirada de algo tan hermoso. Había algo en ella que atrapaba con la fuerza de un imán, como si poseyera un poder especial. El misterio que la rodeaba despertó su curiosidad.

—¿Es la auténtica Peregrina? —insistió la flamante reina al jefe de su Secretaría.

—La reina Victoria Eugenia así lo creía...

—¿Puedo añadir algo? —preguntó Eva Fernández—. De lo que sí estamos seguros es de que forma parte de las consideradas como «perlas malditas» —lo dijo en un susurro, sin atreverse a mirar a los ojos a la reina. Me lo ha dicho alguien que sabe mucho de gemas.

—¡Qué cosas tienes! Entre las «joyas de pasar», esta sin duda es la más valiosa. Leí en algún libro que se la regaló Alfonso XIII a Victoria Eugenia por su boda.

—Yo la volvería a guardar bajo llave en el estuche forrado en plomo en el que ha venido. Dicen que las perlas son seres vivos que recogen todas las vivencias, buenas y malas, de quienes las han llevado —insistió la estilista—. Es la clase de joya que, por si acaso, resulta mejor no ponérsela jamás. Tiene forma de lágrima. ¡No me gusta! ¡Mejor no tentar a la suerte!

La reina se quedó mirando la perla y el resto de las piezas con curiosidad. «¿Qué vivencias y secretos encerrarán? El hecho de que las lucieran mis predecesoras no significa que las hicieran felices. Ser reina no te da la felicidad», pensó. Finalmente, volvió a guardar la fabulosa perla junto a su broche en la bolsita de terciopelo negro donde descansaba desde hacía años. Acto seguido, la depositó en el interior del joyero con mucho cuidado.

Eva lo cerró rápidamente y le dio varias vueltas a la llave para convencerse de que la emblemática gema había quedado bien guardada.

A los pocos días de la proclamación de Felipe VI, la reina Sofía había encargado que las «joyas de pasar» fueran enviadas a la estancia privada de doña Letizia. Acompañaban al conjunto dos copias de un codicilo ológrafo en papel timbrado de la Vieille Fontaine, la residencia suiza durante el exilio de la reina Victoria Eugenia. En él hacía referencia expresa a sus joyas:

> Las alhajas que recibí en usufructo del rey don Alfonso XIII y de la infanta Isabel son las siguientes:
> - Una diadema de brillantes con tres flores de lis.
> - El collar de chatones más grande.
> - El collar con 37 perlas grandes.
> - Un broche de brillantes del cual cuelga una perla en forma de pera, de nombre la Peregrina.
> - Un par de pendientes con un brillante grueso y brillantes más pequeños alrededor.
> - Un broche con una perla grande gris pálido, rodeada de brillantes, del que cuelga una perla en forma de pera.
> - Dos pulseras iguales de brillantes.
> - Cuatro hilos de perlas grandes.

Desearía, si es posible, se adjudicasen a mi hijo don Juan, rogando a este que las transmita a mi nieto don Juan Carlos. El resto de mis alhajas, que se repartan entre mis dos hijas.

Cuando Letizia leyó la voluntad de la bisabuela del rey Felipe, se quedó pensativa. Aquellas eran las joyas que debería transmitir en su día a la princesa de Asturias. De entre todas, una le había fascinado sobre las demás: la magnética Peregrina.

Tras permanecer unos minutos en silencio preguntó.

—¿Hay alguien que se encargue de supervisar las joyas?

—Sí, desde hace más de un siglo la familia Ansorena desempeña ese cometido —le informó el duque—. La relación con la casa de joyeros empezó con Celestino Ansorena al final del reinado de Isabel II. Le sustituyó su yerno, José María García Moris, en la época de la reina María Cristina y a este le relevó su hijo Ramiro, que se convirtió en el joyero de la reina Victoria Eugenia poco tiempo antes de la boda real. Era una persona de tanta confianza que cuando entraba en palacio le anunciaban como: «de casa». Fue un gran apoyo para la reina a su llegada a España. Hablaba perfectamente inglés y francés. Gracias a sus largas conversaciones sobre perlas y todo tipo de joyas, consiguió que olvidara muchas de las penalidades que le tocó vivir.

La reina Letizia permaneció en silencio y, al cabo de un rato, se dio media vuelta y dijo en voz alta:

—Necesito conocer en detalle la historia de estas joyas...

1

El gran día

31 de mayo de 1906, Madrid

Las calles de la corte se habían engalanado con banderas y guirnaldas. Gente venida de toda España, que quería presenciar el paso del cortejo nupcial, se agolpaba a lo largo de todo el itinerario desde primera hora de la mañana. Los curiosos habían llegado la noche anterior en diligencias, en coches de caballos y en tren. Las calles principales estaban atestadas de personas que se peleaban por conseguir un buen sitio desde donde poder ver bien a los novios.

Tanto en la capital como en El Pardo escaseaban los alojamientos. A la mayoría de los invitados extranjeros hubo que ubicarlos en las casas particulares de los nobles españoles.

Días antes de la ceremonia nupcial, la princesa Victoria Eugenia de Battenberg dio un paseo en coche y pensó que le costaría adaptarse a su nuevo hogar. Quedó impresionada por lo pequeña que le pareció la ciudad de Madrid en comparación con Londres... Solo había un hotel en condiciones, el París, ubicado en la calle Alcalá, haciendo esquina con la puerta del Sol. En él, se alojaban los periodistas que cubrirían la boda real y también algunos de los representantes de la nobleza.

El 31 de mayo, en el Palacio de El Pardo, donde tenía sus aposentos la futura reina, llevaban trabajando en las caballerizas enjaezando los caballos desde las tres de la madrugada.

En las habitaciones también había movimiento. Victoria Eugenia daba vueltas en la cama incapaz de conciliar el sueño. Miraba sin descanso el reloj de pared que presidía su habitación. Tenía la sensación de que las manillas no avanzaban, y el día de su boda no llegaría nunca. Cuando dieron las cinco, no pudo aguantar más y se puso en pie para comenzar a prepararse para el gran día. No tardaría en llegar su prometido, el rey.

A las seis y media apareció Alfonso XIII en el Palacio de El Pardo, conduciendo su Panhard 50 de color azul, el coche de moda en la alta sociedad. Iba vestido de almirante, haciendo gala de una energía fuera de lo común a esas horas tan tempranas. Desde que superara una meningitis de niño, derrochaba vitalidad y dinamismo a cualquier hora del día; el ejercicio físico se había convertido en su principal aliado.

Su futura esposa y él cruzaron sus miradas. Sobraban las palabras. Al rey le gustaba perderse en los ojos claros de Ena, como la llamaba familiarmente. Eran de un tono azul muy claro, y cuando fijaba la mirada en su interlocutor tenía la impresión de que podía adivinar su pensamiento. No estaba acostumbrada a sonreír, aunque al lado de Alfonso era imposible no hacerlo. Oyeron misa y después desayunaron observando cómo el sol se abría paso con rotundidad, dejando a la vista un cielo propio de Velázquez.

Victoria Eugenia se había bautizado, o mejor dicho rebautizado, para la boda —hasta entonces había sido anglicana—. La ceremonia tuvo lugar dos meses antes en el Palacio de Miramar, en San Sebastián, en la capilla privada de la reina María Cristina, madre del rey. Fue adornada con cientos de rosas y claveles blancos para la ocasión. Una imagen que se le quedaría grabada a la joven princesa en su memoria para siempre.

Ena apenas probó bocado durante esas primeras horas del día. Resultaba evidente que estaba muy nerviosa. Después de pensar tanto en los preparativos de su boda, había llegado el momento.

—Deberías comer algo más —le sugirió en francés el rey

con una amplia sonrisa, mientras él se tomaba unos huevos fritos.

Este cogió un trozo de pan y comenzó a mojarlo en la yema ante la mirada atónita de Victoria Eugenia.

—¿Nunca has visto comer los huevos de esta manera?

—No.

—¡Pues en España los comemos así! —se echó a reír—. Ena, ¿no quieres probarlos?

Victoria Eugenia puso un gesto de desagrado y rechazó la invitación del rey.

—¡No sabes lo que te pierdes!

La gente del servicio sonreía ante esta ocurrencia de Su Majestad, que no había perdido el apetito a pesar de encontrarse a pocas horas de su enlace. El noveno monarca español de la casa Borbón estaba acostumbrado a hacer su voluntad. Nacido tras el fallecimiento de su padre, el rey Alfonso XII, había sido criado y consentido por su madre, María Cristina de Habsburgo-Lorena, que ejerció la regencia hasta la mayoría de edad de su hijo, a los dieciséis años. Desde niño se supo con poder y pronto aprendió que siempre se hacía su voluntad. Rodeado de mujeres: su madre, sus dos hermanas, sus tías y las demás damas de la corte, ejerció de rey antes de serlo oficialmente.

La educación de Victoria Eugenia había sido muy diferente, mucho más rígida que la de su prometido. Descendía de la reina británica Victoria I, que había reinado durante sesenta y cuatro años dejando la impronta de su rígida personalidad en toda la familia real. Ena era su última nieta. Su madre, la princesa Beatriz, también había sido la última y más querida de sus hijas. Una estricta educación desde niña había marcado la corrección en sus modales, que mantenía incluso en la intimidad.

—¡Ena! —le dijo el joven rey que trece días antes había cumplido veinte años—. Tendrás que aprender el idioma si quieres ganarte el corazón de los españoles.

—Ya casi lo entiendo —le contestó en francés—. Menos cuando habláis entre vosotros muy rápido.

Alfonso se echó a reír, apuró de un sorbo el café que le quedaba en la taza, y se despidió de su prometida, que debía prepararse para las nupcias.

A las ocho y media salieron juntos en un automóvil negro con cortinillas en compañía de la princesa Beatriz, la madre de Ena. El rey fue el primero en bajar del vehículo al llegar al Palacio Real. Se despidió de ellas y besó la mano de Victoria Eugenia.

—Esto ya no hay quien lo pare, Ena.

—Es el gran día —comentó la princesa Beatriz.

Victoria Eugenia se quedó mirándole con una leve sonrisa. No podía ocultar sus nervios. Madre e hija continuaron el viaje camino del Ministerio de la Marina, donde se vestirían para la ceremonia. Alcanzaron a oír los aplausos que el pueblo llano le dedicó al rey al bajar a pie por la calle Bailén y entrar andando por la puerta del Príncipe.

Dos coches de la caravana se desviaron siguiéndolas a ellas. En el primero viajaban dos de las doncellas que habían viajado a España para quedarse con la princesa Victoria Eugenia; las acompañaban dos oficiales españoles que trasladaban todas las cajas con los trajes de la novia y de la princesa Beatriz. En el segundo iban los tres hermanos de la princesa Victoria Eugenia: el mayor, Alejandro, iba vestido con el uniforme de la Royal Navy, y los otros dos, los príncipes Leopoldo y Mauricio de Battenberg, con trajes tradicionales propios de los *highlanders* escoceses.

Cuando comprobaron que el pueblo de Madrid se había echado literalmente a la calle, Ena se emocionó. Su madre no recordaba haberla visto llorar... y se quedó muy sorprendida. Dos toques de corneta anunciaron su llegada al «palacio tocador», como llamaban al Ministerio, habilitado excepcionalmente para que la futura reina y su madre pudieran prepararse para la ceremonia.

El duque de Lécera, grande de España, se puso a su servicio para acompañarlas hasta sus habitaciones.

—Señoras, las estancias en las que se van a cambiar sirvieron también para que la reina María Cristina de Habsburgo-Lorena se preparara para su boda con el rey Alfonso XII.

—Será un honor utilizar la misma habitación que una dama tan ilustre —comentó en francés la futura reina.

Más de doscientas mujeres pertenecientes a familias de altos cargos del ejército, situadas a ambos lados de las escaleras, prorrumpieron en un aplauso al verla subir. Ena apenas les dedicó una tímida sonrisa. Se sentía abrumada ante tanta expectación. Su reacción dejó frustrada a la concurrencia que llevaba horas esperando.

2

El regalo del rey

Mientras Ena saludaba a los grandes de España que quisieron presentarle sus respetos, sintió cómo su corazón se desbocaba. Pero, como siempre, disimuló ante todos haciendo gala de un aplomo que a muchos sorprendió y que otros tacharon de frialdad.

Las doncellas inglesas comenzaron a planchar el traje de novia, regalo del rey. Se supo que había costado 80.000 francos, ¡toda una fortuna! Era de raso blanco, bordado en plata con adornos de encajes. Había sido confeccionado en Madrid por la modista Julia de Herce —que gozaba de una gran popularidad entre la alta sociedad y en el Madrid más pudiente—, auxiliada por treinta operarias. Adaptó parte del traje con el que se casó la reina Isabel II en 1846 a los nuevos tiempos y atendió también a los gustos de la novia. Influenciada por la moral victoriana se inspiró en una estética que gustaba de cubrir la totalidad del cuerpo. Al final, Julia de Herce hizo un espléndido trabajo: a la falda le proporcionó una caída acampanada que conseguía estilizar la silueta de la novia. El último toque se lo dio el velo, que también tenía su historia. Era de encaje de Alençon y había pertenecido a su suegra, la reina María Cristina, que lo llevó en su boda con Alfonso XII. A la familia real española le gustaba este tipo de tradiciones.

El elemento más espectacular que se añadió al vestido fue el manto blanco con un encaje de enormes dimensiones, que había pertenecido a la reina Isabel II. Como Ena era más alta, la reina María Cristina ordenó alargarlo y hacer que partiera de debajo de los brazos. El arreglo costó horas de bordados y las manos de muchas costureras avezadas, hasta que consiguieron darle al traje un corte regio que gustó a todos.

En la habitación de la reina, las doncellas se apostaron en la puerta para que nadie pudiera entrar ya a saludarla. Su fiel dama de compañía, la ilustrada lady William Cecil —baronesa Amherst of Hackney y una de las mujeres más interesantes de la corte inglesa— la fue ayudando a vestirse. Había venido *ex profeso* de Inglaterra para acompañarla en fecha tan señalada. Era una gran viajera y estudiosa de la arqueología. A Victoria Eugenia le gustaba tenerla cerca. Las largas conversaciones con May, como la llamaba familiarmente, treinta y un años mayor que ella, la llenaban más que las conversaciones huecas con las personas de su edad.

Cuando ya estaba casi lista, un hombre joven y elegante, que llevaba horas esperando en un saloncito contiguo, pasó a la habitación. Le había conocido días atrás. Se trataba del joyero Ramiro García-Ansorena, cuyo padre y abuelo habían sido también joyeros de la Casa Real. Llevaba un maletín aferrado a su mano derecha y, cuando se acercó al tocador donde la futura reina se miraba al espejo, quedó muy impresionado por su belleza. Ella le saludó tímidamente en francés y él la respondió en el mismo idioma.

—Aquí tiene —le dijo—, la tiara más bonita que haya lucido una reina —se la mostró y continuó dándole todos los detalles sobre el trabajo que habían realizado en la joyería—. Su diseño se compone de tres flores de lis, correspondientes al escudo de armas de la casa de Borbón. Están realizadas en diamantes engastados en platino. Como puede ver, la parte central posee una flor más grande que las otras dos, ahí los diamantes son de mayor tamaño. Hace que el conjunto parezca más señorial.

Se la dio a la doncella y esta comenzó a colocársela sobre el recogido que acababan de hacerle.

Ramiro García-Ansorena era un hombre de refinadas maneras. Dio un paso atrás para observar la colocación de la pieza que había diseñado su joyería. Al contemplar el resultado lanzó una expresión de admiración que hizo sonreír a la princesa. Se le quedó mirando con simpatía. Victoria Eugenia se fiaba de la primera impresión que le daban las personas. El joyero le cayó bien desde el primer minuto en que se lo presentó el rey.

Las doncellas abrocharon en el cuello de Victoria Eugenia el hilo de brillantes *rivière* que el rey le había regalado en uno de sus viajes a Inglaterra. Alfonso no tardó en descubrir que las joyas serían el mejor obsequio para su futura esposa.

—Ese collar que va a lucir Su Alteza en el cuello —comentó Ramiro— también es de nuestro taller. Le aseguro que se trata de una pieza de compleja elaboración. El collar *rivière* requiere un montaje que solo pueden desarrollar maestros artesanos. Se compone de treinta grandes brillantes montados «a la rusa» sobre platino.

—Tiene usted que explicarme con detenimiento todo lo que sepa sobre joyas. Me encanta su belleza y me gusta conocer la complejidad de su montaje.

—Cuando usted lo desee, alteza.

Ramiro García-Ansorena abrió otro estuche que extrajo del maletín. Dotó toda aquella operación de cierto misterio. Dentro había una bolsita negra de terciopelo cerrada con dos cordones. Una vez abierta, extrajo de su interior un broche de lazo cuajado de brillantes con la perla que más admiraba Victoria Eugenia.

—¡Oh! Esta es la famosa Peregrina —comentó la princesa a May—. Me ha dicho el rey que esta perla la compró Felipe II para Isabel de Valois y que varias reinas de España la han heredado después.

—He visto a todas esas grandes damas en pinturas donde aparecían retratadas con la perla. Me hace mucha ilusión que la lleves, Ena —comentó su dama de compañía.

—¡Necesito que me cuente la historia de esta perla! ¡Me gusta hasta su nombre!

—Bueno, habría mucho que contar de la Peregrina. Desconozco si esta es la misma que llevaban las reinas de los retratos. —Tenía su propia opinión sobre la perla, pero no quiso decepcionarla en un día tan importante para ella—. De cualquier manera, se trata de una perla bellísima, aunque no tanto como usted —tragó saliva—. Mire el lustre y el oriente que tiene, eso distingue a esta perla entre todas las demás. Después del diamante, ninguna gema ha fascinado más a la humanidad que la perla. Sobre todo, a las reinas.

—*C´est très jolie, très jolie* —dijo sin poder dejar de contemplar aquella pieza tan hermosa.

Lady William Cecil cogió el broche y se lo puso. Después abrazó a Ena mientras le decía en inglés: «Eres la novia más hermosa que he visto jamás».

—Temo desmayarme cuando entre en la iglesia.

—Mi querida Ena, has nacido para esto. ¡No te vas a desmayar! Irás pensando que ahora es cuando tienes que demostrar tu cuna, tu linaje. ¡Vas a ser la reina de España!

Mientras Victoria Eugenia se miraba por última vez en el espejo, a pocos kilómetros de allí, en el Palacio Real, el conde de Romanones, ministro de la Gobernación, acudió no solo a presentar sus respetos al rey Alfonso XIII sino a advertirle del rumor que circulaba por algunos ambientes de Madrid.

—Majestad, Emilio Moreno, jefe de Orden Público del Ministerio, está muy preocupado por la seguridad de Sus Altezas. Le han informado de que algún anarquista va a aprovechar su boda para atentar contra su persona. A lo mejor habría que suspender el paseo en coche de caballos.

—¡Pues incrementen la seguridad! El pueblo se quedaría muy decepcionado si no hiciéramos ese paseo tras la boda. El personal más experto de la policía francesa, alemana, inglesa e italiana se encuentra aquí. ¡Que lo eviten!

Aunque el rey contestó así para mostrarse firme ante Romanones, se quedó muy preocupado. De hecho, después de un rato pensativo, añadió:

—Si tienen pensado atentar, estoy seguro de que será en la iglesia de los Jerónimos.

—Desde que tuvimos conocimiento del rumor, hemos adoptado todo tipo de medidas y varios agentes de la policía secreta han pasado la noche en el interior del templo. Han revisado una a una las quince tribunas de invitados. Se ha mandado encender todas las lámparas y se ha registrado la iglesia palmo a palmo. Confío plenamente en las personas que están a mi cargo. Sinceramente, allí es imposible que lo intenten. Por eso le insisto en que lo verdaderamente peligroso es el paseo en carroza por las calles de Madrid. Debería suspenderse.

—Pero los agentes de Madrid, los desplazados de Barcelona y toda la policía extranjera ¿no van a poder evitarlo? ¡Yo confío en ustedes incluso más que ustedes mismos!

—Los jefes de la policía extranjera han centrado su atención en los autores y en los cómplices del atentado contra Su Majestad en París, el año pasado.

El rey conservaba todavía fresco en su memoria el recuerdo de aquella noche. Había ocurrido durante una visita oficial a Francia, cuando yendo en un coche de caballos junto al presidente de la República francesa, Émile Loubet, después de acudir al teatro de la Ópera, un desconocido lanzó una bomba desde un balcón. La suerte quiso que el artefacto se desviara al chocar con un cable del tendido eléctrico del tranvía y resultaran ilesos. Se trataba de un anarquista español, Jesús Navarro Botella, al que se detuvo rápidamente. El conde de Romanones siguió con su exposición, sacándole de aquellos recuerdos...

—Todos estamos dando el máximo de nosotros mismos. Por eso le pido que no se exponga. Tiene que entender nuestra preocupación. Nuestras fuentes son muy fiables. No deberíamos ponérselo tan fácil a los anarquistas.

—A mí quien me preocupa es Ena. Seguramente, si quieren atentar, irán contra ella.

—Ambos tienen el mismo dispositivo de seguridad, pero el hecho de que haya tanta gente apostada en las calles de Madrid dificulta el control de la muchedumbre durante un recorrido tan largo. ¡Es imposible!

—El pueblo se ha volcado conmigo y no puedo defraudarlo. Tiene que entenderlo. No puedo seguir su consejo, debemos recorrer las calles de Madrid.

—Está bien. ¡Se hará como Su Majestad disponga!

—Vaya a hablar con Ena, pero ¡suavice la circunstancia!

El conde de Romanones abandonó el Palacio Real preocupado por un rumor que sonaba cada vez con más fuerza en determinados círculos policiales. Diferentes fuentes y confidentes confirmaban las sospechas de un atentado inminente contra el rey. Habló con sus hombres de confianza y les comunicó que Alfonso XIII se mantenía firme en la idea de no variar el desfile de carruajes por el corazón de Madrid. Ya no había marcha atrás.

3

Alea iacta est, la suerte está echada

El conde de Romanones se fue al Ministerio de la Marina, a rendir honores a la futura reina de España. Cuando llegó, informó a los hombres apostados allí de que ya nada detendría la boda ni tampoco el paseo de los recién casados por Madrid.

—Como dijo Cayo Julio César cuando decidió cruzar el río Rubicón: «*Alea iacta est*». Tengamos los ojos bien abiertos. De nosotros dependerá que esta boda no acabe en tragedia.

El conde subió las escaleras y se fue directamente hasta la habitación donde la reina estaba ya preparada para la ceremonia. Le hicieron esperar unos minutos hasta que Victoria Eugenia, vestida de novia, le recibió.

Al verla tan bella y elegante, el conde se quedó sin palabras por unos segundos. Parecía salida de un cuento de hadas. Sus ojos claros brillaban más que nunca envuelta entre sedas, perlas y diamantes.

—Señora, no tengo palabras. No he visto una novia más guapa en la vida —le comentó en francés.

—Gracias —alcanzó a decir escuetamente en español.

—Alteza, vengo a informarle de que tenga especial precaución en no saltarse el protocolo que nosotros le marquemos. Ya sabe que siempre puede haber algún loco mal intencionado que quiera estropearles la fiesta.

—¿Debo preocuparme? —Victoria Eugenia cambió su gesto.

—Debe estar prevenida. Vigilaremos todos sus pasos. No se preocupe, pero no se confíe.

—De acuerdo. Yo estaré siempre al lado del rey. Lo que él haga, lo haré yo.

—Muy bien. Le doy mi más sincera enhorabuena.

—Gracias.

La reina pasó de nuevo a la habitación-tocador donde comenzaron a ponerle el pesado manto. Ya solo permanecían junto a ella, Sarah y Hazel, las doncellas inglesas, y su madre, que observaba la complicada operación dirigida, con gran maestría, por lady William Cecil.

Ramiro García-Ansorena, el joven joyero, había abandonado la habitación para unirse al grupo de mujeres y guardias que querían observar la salida de la futura reina desde las escaleras del Ministerio. Su mano seguía aferrada al maletín a pesar de que ya no portaba ninguna de las joyas de la novia. Ahora estaban todas sobre la cabeza, el cuello y el pecho de Victoria Eugenia.

De pronto, se abrió la puerta y la princesa comenzó a bajar las escaleras con toda naturalidad, como si aquello hubiera formado siempre parte de su vida. El larguísimo manto fue llenando las escaleras de sedas y bordados. Después de un murmullo de admiración, los asistentes prorrumpieron en aplausos. Ver a la futura reina tan cerca, a punto de emprender su camino hacia la iglesia, era uno de los grandes privilegios de todos los que estaban allí. Ramiro observaba la tiara, la gran perla y el collar *rivière* sobre su cuello. Estaba realmente fascinado ante el porte y la elegancia de Victoria Eugenia. Se acordaba de sus palabras: «Quiero que me explique todo lo que sabe sobre las joyas y la complejidad de cada proceso». Pensó en leer y también en investigar sobre todo aquello que pudiera ser objeto de las preguntas de la que sería reina de España en menos de una hora.

El Consejo de Ministros celebrado tres meses antes, presidido por don Segismundo Moret, comunicó oficialmente la noticia de la boda del rey con todo boato y circunstancia. Redactaron un escrito en el que expresaban su voluntad de que «el enlace sirviera para contribuir a la continuidad de la dinastía, el afianzamiento de la paz pública y la grandeza de la Patria». Posteriormente, el ministro de Hacienda puso en marcha el artículo 3 de la Ley de 26 de junio de 1876, para disponer tras el enlace de otra ley que estipulara la dotación anual de su cónyuge, Victoria Eugenia de Battenberg. Una cantidad que ascendía a 450.000 pesetas anuales. En caso de quedarse viuda, la asignación se vería reducida a 250.000 pesetas.

Mientras el conde de Romanones observaba el descenso de Victoria Eugenia por la escalinata del Ministerio, recordó los muchos momentos que había vivido con el que sería su esposo en menos de dos horas. Le vino a la memoria el viaje a Canarias junto al joven rey, en el añoso trasatlántico que llevaba el nombre de su padre, el Alfonso XII. Las amarras del barco se soltaron accidentalmente y este chocó con los muros del muelle, consiguiendo que perdieran el equilibrio casi todos los asistentes a la fiesta en honor de Alfonso XIII. No le pasó nada al rey, ni un rasguño. Una vez más, tuvo mucha suerte. Después, ocurrió el atentado dirigido contra él en París. También entonces se libró de milagro de la bomba que le lanzaron camuflada en un ramo de flores. Parecía que el monarca tenía un talismán que le protegía de todas las adversidades que le salían al paso... Pero ¿y si esta vez el rumor de otro posible atentado se consumaba? Tenía un mal presentimiento y solo podía pensar en una cosa: ¿Y si la boda acababa en tragedia? Sin embargo, Romanones disimuló cuando Victoria Eugenia pasó a su lado, y cambió su rictus serio por una sonrisa.

La princesa Ena, antes de entrar en la carroza que la llevaría hasta la iglesia, recibió a una comisión del Instituto Agrícola

Catalán de San Isidro. Esta le entregó un magnífico ramo de novia hecho de flores de azahar sujeto en un pañuelo de encaje, confeccionado por artesanas de Arenys de Mar.

—*Merci beaucoup*... —dijo la reina en francés. Se le olvidó el «gracias» que tantas veces había ensayado. Su corazón latía desbocado, pero aparentaba serenidad. Una futura reina no podía mostrar sus sentimientos.

—Vamos, vamos, alteza —la apremió el conde de Romanones, deseando que se metiera en la carroza y que la primera parte del operativo de seguridad concluyera sin novedad.

Costó mucho introducir tanto el manto como el velo que su suegra llevó en su día al altar.

La princesa Beatriz esperó fuera del coche de caballos la llegada de la reina madre, doña María Cristina, que las acompañaría hasta la iglesia. En cuanto apareció en el Ministerio, las dos entraron en el coche de caballos donde sus enaguas y trajes apenas dejaban espacio para poder moverse.

Romanones preguntó por el presidente del Consejo de Ministros, Segismundo Moret, que debía escoltarlas hasta la iglesia, pero inexplicablemente no había llegado todavía.

—¿Alguien me puede decir por qué no ha llegado Moret? —preguntó el conde notoriamente contrariado.

—No, señor. No sabemos qué ha podido ocurrir —comentó uno de los guardias de seguridad.

—La orden que tenemos es la de partir con él. No nos podemos mover de aquí hasta que no aparezca. De modo que, sin la novia, el enlace no podrá empezar a su hora.

—Todas las novias llegan tarde a la ceremonia —insistió uno de los escoltas.

—Sí, pero esta no es una novia cualquiera —comentó Romanones—. Es la futura reina de España. Los reyes siempre llevan a gala la puntualidad. Pero, este hombre, ¿dónde se ha metido? —volvió a preguntar visiblemente enfadado.

A las diez la iglesia ya estaba llena con los invitados al enlace. Desde las nueve menos cuarto habían comenzado a llegar las representaciones de las diferentes embajadas. La primera en hacerlo fue la de Marruecos. Después, comenzaron a llegar los nobles y, por último, los representantes de las Casas Reales europeas. Especialmente los miembros de las dos líneas dinásticas de los novios: los Battenberg y los Borbón. Tampoco quiso perderse la ceremonia el maharajá de Kapurthala. Cuando este apareció en el recinto, se oyeron murmullos. De todos era sabido que el maharajá había asistido a una función de *varietés* días antes de la boda, donde se había enamorado de una de las artistas que trabajaban allí. Había sido un flechazo de película, que fue corriendo de boca en boca entre los círculos de la alta sociedad madrileña.

Una salva de veintiún cañonazos anunció a todo Madrid que Alfonso XIII salía del Palacio Real con destino a la iglesia. No tardó mucho en llegar, a pesar de hacer el recorrido en coche de caballos. El público, concentrado en los aledaños, comenzó a aplaudir al verle bajar vestido de gala para la ocasión. Subió la escalinata de piedra de San Jerónimo el Real, que fue construida *ex profeso* para la boda. Estaba ubicada en el mismo lugar que una antigua iglesia gótica, muy famosa en el Madrid del siglo XV, de la cual quedaban algunos vestigios. Alfonso XIII iba ataviado con el uniforme de gala de capitán general. Lucía sobre el pecho la banda de la Gran Cruz del Mérito Militar y el Toisón de Oro, condecoración que le concedió la reina María Cristina. El infante don Carlos, que tendría el honor de ejercer de padrino, le seguía detrás vestido con el uniforme de los Húsares de la Princesa.

Los capellanes le esperaron a la entrada de la iglesia con todos los honores. Los obispos de Madrid y de Sión fueron los encargados de darle la bienvenida. A las diez y cuarenta minutos, al son de la *Marcha Real*, el rey hizo su entrada en el templo bajo palio.

Mientras, en otra de las puertas laterales, un hombre intentaba colarse en la iglesia con un carnet de periodista. Llevaba una cartera que no soltó en ningún momento. La guardia de seguridad impidió el acceso a este individuo cetrino, vestido de negro y con un aspecto que a todos les hizo sospechar que se trataba de un indeseable. Finalmente, le echaron con cajas destempladas y el hombre se fue de allí refunfuñando sin soltar su cartera, bien ceñida al brazo.

Después de un rato esperando dentro del templo, el rey empezó a impacientarse pensando que algo les podría haber ocurrido a Ena y a su madre, así como a la princesa Beatriz. Recordó que esa mañana le había llegado un anónimo asegurándole que impedirían su boda por todos los medios. Un escalofrío le recorrió todo el cuerpo.

—No se preocupe, majestad, que las novias siempre llegan con retraso —le dijo su asistente.

No quiso comentar nada de la amenaza de atentado que habían recibido tanto él como su madre esa misma mañana. El rey respiró hondo cuando el grande de su servicio, Benalúa, se le acercó para informarle de que el presidente del Consejo se había dormido y que llegaría tarde a recoger a la novia.

—Pero ¿cómo demonios se ha podido dormir? —alcanzó a comentar entre dientes Alfonso XIII.

El conde de Romanones se subió al caballo refunfuñando al ver aparecer a Segismundo Moret, acalorado y pidiendo excusas, en el Ministerio de la Marina. Por fin, la carroza con la novia podía partir. Llegaron a la iglesia con treinta y cinco minutos de retraso. Algo inconcebible en el protocolo inglés al que estaba acostumbrada Victoria Eugenia.

El ministro de la Gobernación tenía agentes apostados en todas las direcciones cercanas al templo: en la calle Alcalá, por el norte; la avenida Menéndez Pelayo, por el este; el paseo del

Prado, por el oeste; y en el paseo Reina Cristina, por el sur. Finalmente, respiró hondo cuando la novia comenzó a subir las escaleras de los Jerónimos y pudo lucir todo su regio vestido, los cuatro metros de manto, por la alfombra roja instalada para la ocasión.

Cuando Victoria Eugenia entró en la iglesia, algunos de los invitados llevaban horas esperando. En concreto, los diputados a Cortes y los miembros del Gobierno. Las damas de la reina, incluida lady William Cecil, ataviadas con trajes de largas colas, habían hecho su entrada poco antes de la llegada de la futura reina. Al verla camino del altar, junto a la reina María Cristina y a la princesa Beatriz, un largo murmullo se pudo escuchar en todo el templo.

4

El «sí, quiero» de la reina

Al verla llegar, Alfonso XIII se quedó muy impresionado por la belleza de Victoria Eugenia. Le hizo un comentario que solo oyó ella. Antes de que comenzara la ceremonia, besó la mano de su madre, que era la madrina, y el infante Carlos de Borbón-Dos Sicilias se colocó a la derecha de la novia para ejercer de padrino. Inmediatamente después, Sancha, el cardenal primado, inició la ceremonia nupcial con la pregunta de rigor: «¿Alguien conoce algún impedimento para la celebración de este enlace?». Tras un breve silencio, siguió adelante con el rito. Al llegar al momento clave de la ceremonia, el rey contestó con un rotundo «Sí, quiero», que se escuchó prácticamente en todos los bancos de la basílica. Sin embargo, a Ena, que tanto había ensayado para no equivocarse y decirlo en español, solo alcanzaron a escucharla los padrinos y el novio. Ella, que tanto dominaba sus nervios, en ese preciso instante, apenas le salió un susurro de su boca.

Después de la misa, firmaron el acta matrimonial en el claustro y, finalmente, los reyes, ya convertidos en marido y mujer, salieron de la iglesia y bajaron la gran escalinata, que desembocaba en el Museo del Prado, en medio de grandes aplausos. Los monarcas se subieron al más suntuoso coche de caballos, que abría el gran cortejo. Más de cuatrocientos caballos tiraban de diecinueve carrozas reales, y veintidós de la grandeza.

El pueblo de Madrid, volcado con sus reyes, abarrotó todo el recorrido del séquito nupcial: la puerta del Sol, la calle Mayor...

Justo cuando el rey divisó la calle Bailén le habló ya más tranquilo a su flamante esposa.

—Ya casi hemos llegado, Ena. Podemos relajarnos.

—¡Gracias a Dios!

El conde de Romanones, a caballo, no paraba de dar órdenes. Ya se vislumbraba el final de ese paseo por Madrid que se había convertido para él en una pesadilla. Al llegar a la calle Mayor, parecía haber pasado lo peor. Había mucho ruido porque las iglesias hacían repicar sus campanas, mientras las diferentes bandas de música tocaban marchas militares al paso de las carrozas. Un fotógrafo apostado sobre una de las terrazas esperaba el mejor momento para disparar su cámara... El sol apretaba con fuerza en ese último día del mes de mayo. La gente comenzó a lanzar flores desde los balcones... De repente, la carroza se detuvo.

—Qué extraño. Aunque puede que nos detengamos mientras los invitados se apean a su llegada a palacio. Dentro de unos momentos estaremos en casa —le comentó a Ena en francés.

Las flores y los ramos no paraban de caer de los balcones y ventanas.

—Mira que he dado orden de no lanzar flores, pero bueno, ahora ya no hay peligro.

—¿De qué peli...?

La reina no pudo terminar la frase. Un estruendo dejó en silencio a Ena durante unos segundos. Poco después, una nube negra envolvió la carroza real mientras comenzaban a oírse los primeros gritos desesperados del público allí presente. Los caballos que tiraban de la carroza se asustaron y emprendieron desbocados una veloz carrera hasta que, finalmente, el cochero logró hacerse con ellos. El rey Alfonso XIII supo al instante que se trataba de un atentado e intentó proteger a su mujer. El lacayo que iba a caballo cubriendo el lateral en el que viajaba la reina, resultó alcanzado por la bomba y cayó fulminado. El vestido de novia se manchó con su sangre.

—¿Estás herida? —le preguntó el rey asustado.

Pero Ena no podía contestarle. Lloraba desconsoladamente mientras decía que no con la cabeza. Uno de los caballos que tiraban de la carroza se precipitó contra el suelo, muriendo en el acto. El coche quedó vencido del lado derecho haciendo caer al cochero. Era imposible seguir. El rey pedía calma sacando la cabeza por la ventanilla. Reconoció entre el público al doctor Cervera.

—Majestad, ¿se encuentra bien? —le preguntó el médico—. Han lanzado una bomba desde una de las casas. Esto es una carnicería.

—Atienda a los heridos, la reina y yo estamos bien.

La confusión era total. Había muertos y heridos desperdigados por la calle Mayor. El conde de Grove y el caballerizo de servicio, el conde de Fuenteblanca, se acercaron hasta la carroza real.

—Señor, ¿está bien? Es imposible seguir.

—Abrid la puerta, estamos llenos de cristales; que nos acerquen el coche de respeto. Comunicad a la reina madre y a la princesa Beatriz que no nos ha ocurrido nada.

—Por favor, antes de preocuparse por nosotros, preocúpese de sí mismo. Está sangrando —le dijo la reina en francés al caballerizo herido por uno de los cascotes tras la explosión de la bomba.

Al galope llegó la Guardia Civil junto al general Aznar, el presidente del Consejo de Ministros; el duque de Almodóvar, y el senador Alberto Aguilera.

—Cierren ahora mismo el portal desde donde han tirado las flores con la bomba. Creo que ha sido en el número 88... ¡Ciérrenlo ahora mismo! —gritó el general.

—¡Calma, general, calma! La confusión puede provocar más víctimas —le dijo el rey.

La reina no podía dejar de llorar entre los gritos, los llantos de los heridos y las órdenes de unos y otros intentando proteger la zona donde había ocurrido todo. Por fin, llegó el coche de respeto. El rey se bajó para ayudar a descender a la reina. Esta, antes de darle la mano, se secó las lágrimas y salió sin decir nada, tan pálida como su vestido, que ya no era blanco. Estaba salpicado de sangre.

—¡Qué desgracia! —lamentó el rey—. ¡Qué infamia!

—*C'est terrible. Terrible!* —decía la reina en un tono casi inaudible.

Se acercó un lacayo ofreciéndose a ayudarles. En cuestión de minutos, su pelo se había vuelto completamente blanco.

Mientras tanto, en el Palacio Real, ajenos a toda la tragedia, pensaron que se trataba de una salva. Fue un sonido seco, poco aparatoso. Entre los invitados que iban llegando alguien preguntó: «¿No será una bomba? Hace justo un año del atentado que el rey sufrió en París». Nadie contestó... Los gritos de la gente respondieron por sí solos a la pregunta. El rey había sufrido un nuevo ataque el mismo día de su boda.

Los príncipes extranjeros y sus séquitos, que aguardaban al pie de la escalera de palacio la llegada de los novios, comenzaron a alarmarse al ver que se retrasaban. Surgieron todo tipo de especulaciones sobre el alcance de la explosión, hasta que el correo de gabinete regresó a galope al palacio para comunicar que no les había ocurrido nada: «Los reyes están a salvo. ¡Ha sido una bomba a su paso por la calle Mayor! ¡Están bien!».

No solo los invitados escucharon la buena nueva, también el público que estaba fuera aguardando en la entrada comenzó a aplaudir y a agitar sus pañuelos. Al llegar la carroza con los reyes dentro, se oyeron más fuertes que nunca los gritos de: «¡Viva el rey!» y «¡Vivan los reyes!».

Las infantas Paz y Eulalia, tías de Alfonso XIII, salieron a su encuentro.

—¿Cómo estáis?

—Los consabidos gajes del oficio —dijo el rey intentando quitar hierro a la situación—. Lo único que siento son los muertos y los numerosos heridos. Venían para algo tan festivo como ver casar a su rey y se han encontrado con su propio funeral.

Empezaron a llegar las autoridades que habían ido a caballo escoltando a los reyes, afortunadamente todas ilesas o heridas leves: Moret, Alberto Aguilera y los ayudantes del Cuarto Militar, con su jefe, el general Bascarán. Estaban sudorosos y jadeantes tras haber custodiado la carroza después del atentado. Otros, como el conde de Fuenteblanca y Jesús María Saiz Álvarez de Toledo, conde de Cervera, llegaron heridos. El primero en una pierna y el segundo en la cara. El conde del Grove se presentó en palacio con todo el uniforme manchado de polvo y desgarrado por todas partes.

—¿Cómo se encuentra? —preguntó el rey con genuino interés al verle el uniforme destrozado.

—He recibido un golpe muy grande al caer muerto mi caballo. Ya he visto que Vuestra Majestad se ha comportado como un veterano.

La reina madre y la princesa Beatriz salieron al encuentro de sus hijos. Estaban muy conmovidas por lo ocurrido. Les abrazaron olvidándose de sus rangos. La escalera que subía a los salones se llenó de invitados apostados a ambos lados. Comenzaron a aplaudir de forma espontánea. Cuando iba por la mitad se paró el rey y dijo en voz alta:

—Muchos son los que se casan a los veinte años, pero la verdad es que pocos podrán decir lo que yo: que se han casado en el mismo día en que han nacido.

Los invitados rieron y continuaron aplaudiendo. La reina Victoria Eugenia no podía responder con una sonrisa. Sus ojos enrojecidos por el llanto hablaban por sí solos.

La comida del banquete se mantuvo, aunque sin el ambiente festivo que caracteriza a las bodas. No se hablaba de otra cosa que del atentado y de lo poco que les había faltado a los reyes para no contarlo. Las aclamaciones del pueblo iban creciendo en intensidad hasta el punto de que los reyes tuvieron que salir a la terraza de la plaza de la Armería y después al balcón que da a la puerta del Príncipe. Su aparición fue acogida con verdaderas muestras de alegría.

Los reyes volvieron al banquete donde Victoria Eugenia tuvo la única sorpresa agradable de este día: una tarta de seis metros de altura.

—Hemos querido traer a España la costumbre de las bodas inglesas de acabar el ágape con una tarta. Hoy no has recibido la bienvenida que mereces, pero aquí tienes esta tarta elaborada por reposteros ingleses. Has vivido la cara más amarga del momento que nos ha tocado vivir a reyes y gobernantes. Pero espero que te sorprendamos con situaciones tan dulces y especiales como esta.

Los dos se levantaron de la mesa y cortaron la tarta con un cuchillo de hoja de oro y mango de plata. El aplauso de todos los asistentes fue generalizado. Gustó tanto la tarta nupcial que más de uno pensó en incorporarla a las bodas de sus hijos. Victoria Eugenia disimuló con una sonrisa. La primera que vieron los invitados en su cara. Su boda se había truncado en el momento del atentado y nada conseguiría borrar el sonido de los gritos, las imágenes de los muertos y heridos y las manchas de sangre de su vestido de novia. Solo tenía ganas de llorar y de que todo acabara cuanto antes. Pero, como estaba acostumbrada, disimuló.

5

En casa de los García-Ansorena

No tardó mucho en extenderse la noticia del atentado a todos los barrios de Madrid. Era de esas informaciones que corrían de puerta en puerta en muy corto espacio de tiempo. Al poco de llegar Ramiro García-Ansorena a su casa en pleno centro de Madrid y comentar con su padre, el experimentado joyero José María García Moris, lo bella que estaba Victoria Eugenia con la tiara que habían confeccionado durante meses en la joyería familiar, unos golpes en la puerta de la casa interrumpieron la conversación.

—Pero ¿quién llamará así? —comentó el cabeza de familia.

Consuelo Ansorena, la madre del joven, salió de su cuarto asustada por los golpes repetitivos en la cancela. María, la sirvienta, se apresuró a abrir. Allí se encontró con la pequeña de la familia.

—¡Señorita Carmen! ¿Qué le ha pasado? —era evidente que algo malo le había sucedido.

La tercera y última hija de la familia García-Ansorena, hermana de Ramiro, estaba aturdida, con la cara demudada y con la respiración agitada. Traía un susto tremendo y tan solo podía decir un par de frases ininteligibles.

—Una... tragedia. Algo... terrible —se puso a llorar desconsoladamente.

—¿Te han robado? Te dije que no fueras al paso de los carruajes reales que allí hay muchos carteristas —comentó García

Moris mientras se mesaba el bigote, estaba convencido de que acababan de robarla.

—No, no... no es eso.

Su madre le alcanzó un vaso de agua y le acercó una silla para que se sentara y se tranquilizara. Pero su respiración seguía agitada.

—Pero ¿qué ha ocurrido? —le preguntó Consuelo preocupada.

—Estaba en la calle Mayor y vi pasar la carroza de los reyes... Me apetecía presumir con mi amiga Pilar de la tiara que llevaba Victoria Eugenia. Las dos aplaudimos mucho cuando los reyes pasaron a nuestro lado. A los cinco minutos, cuando ya nos estábamos yendo, oímos una gran explosión y comenzamos a correr. En la huida, alguien nos dijo que habían lanzado un ramo de flores con una bomba al coche de caballos donde iban Sus Majestades... Nos metimos en un portal y no paramos de ver pasar a gente en camilla que llevaban hasta la Capitanía General o hasta la Farmacia Militar que se encontraba en esa misma calle. Ver a los heridos destrozados... ha sido horrible. ¡Horrible! —no pudo seguir con el relato y se echó a llorar.

—¿Han atentado contra los reyes? —comentó Ramiro incrédulo ante lo que le narraba su hermana—. Pero ¿cómo ha podido pasar? Yo la he dejado bajando las escaleras del Ministerio de la Marina con el porte de una reina. La novia más guapa que he visto en mi vida. ¿Sabes si ha sobrevivido? —Se puso en pie mientras esperaba una respuesta de su hermana.

—Todo es muy confuso. Pero los camilleros gritaban: «¡Los reyes están bien! ¡Los reyes están bien!». La peor parte se la han llevado su guardia y el público asistente. ¿Os dais cuenta? ¡Podría haber sido yo la que estuviera en el suelo herida de muerte!

—¡Hija mía! Hay que dar gracias a Dios de que no haya sido así. —Su madre la abrazó.

Ramiro se quedó unos segundos pensando en Victoria Eugenia y en el brillo en sus ojos cuando la doncella le colocó la tiara de flores de lis en el recogido del pelo. No podía quitarse de la cabeza la imagen de ella bajando las escaleras, una mezcla entre sueño y realidad.

—¡Espero que no haya resultado herida! ¡Menudo recibimiento le hemos dado en España! ¡Y el día de sus nupcias! Seguro que está destrozada. Es una mujer de una gran sensibilidad, aunque parezca muy fría. Alguien como ella, a quien le gustan las joyas y aprecia su hermosura y su valor, no puede ser insensible. El problema que tienen las reinas extranjeras es el idioma. Será siempre una barrera entre ella y los españoles.

—¿Dónde está Milagros? ¿Alguien lo sabe? —preguntó la madre por la mayor de sus hijas—. Con todo lo que está pasando debería regresar a casa cuanto antes.

—Me voy a buscarla. Sé dónde está —comentó María saliendo a su encuentro apresuradamente.

No tuvo que andar mucho. Desde la calle Espoz y Mina donde vivían y tenían el taller, fue directamente a la calle del Carmen, donde se encontraba la iglesia construida en el siglo XVII, Nuestra Señora del Carmen y San Luis. Estaba ubicada muy cerca de la céntrica puerta del Sol. María sabía que antes de comer, a la mayor de los García-Ansorena le gustaba ir hasta allí. Y no se equivocó, la joven conversaba con el cura en la sacristía. El buenazo del padre Manuel, que estaba a punto de cerrar el recinto sagrado, la escuchaba con mucho interés. Llevaba meses yendo de casa a la iglesia y de la iglesia a casa.

—¡Esta chica! —se repetía María a sí misma—. Disculpen que les interrumpa. Milagros, ¡la esperan en casa! Dicen sus padres que regrese inmediatamente.

—¿Pasa algo?

—Sí, que han querido matar a los reyes y están las cosas muy revueltas por la calle. ¡Vámonos, por favor!

Milagros se despidió del sacerdote y al salir caminaron tan solo dos pasos y enseguida se vieron envueltas en una avalancha de gente que corría y gritaba. Con mucha dificultad llegaron hasta su casa, una de las más señoriales de todas las que había en el barrio. Un gran portalón de madera blindaba la entrada. La familia al completo se había asomado al balcón al oír tanto ruido en la calle. Las increparon para que subieran aprisa.

—Pero ¡¿cómo habéis tardado tanto?! ¡Haced el favor de subir inmediatamente! Mirad cómo está la calle —comentó José María García Moris.

La gente corría y chillaba sin rumbo. Se trataba de salir de allí dando empujones o codazos a quien fuera. Un vecino del portal de al lado, al pasar cerca de ellas, les dijo que se trataba de una falsa alarma. Era una avalancha de gente provocada por el miedo. Carmen y María consiguieron meterse en el portal y una vez arriba, comentaron lo sucedido con la familia al completo.

—¿Dónde estabas, Milagros? —le preguntó su madre.

—Mamá, en la iglesia.

—Pues habrá que rezar menos y darse cuenta de la hora que es —añadió su padre seriamente enfadado—. Prefiero que aprendas piano y salgas menos de casa.

—Pero, padre, si no salgo apenas. Además, para qué ocultarlo más. Quiero ser monja.

Después de hacerse un silencio sepulcral, habló el padre.

—Pero ¿esta chica está loca? ¿Vas a meterte a monja? Tú no sabes bien lo que quieres. Espera a conocer a un chico bien situado y se te quitará esa idea. ¡Voy a hablar con ese cura que te ha metido pájaros en la cabeza!

Milagros se echó a llorar mientras el resto de la familia trataba de asimilar lo que acababa de decir.

—Lo tengo muy pensado y meditado. ¡Tengo vocación!

—Pero ¿qué vocación ni qué niño muerto? —Se levantó don José María de la silla y comenzó a andar de un lado a otro de la habitación.

Carmen se enjugó las lágrimas y se levantó para abrazar a su hermana.

—Por favor, un poco de comprensión. Milagros no dice las cosas por capricho. Seguro que lo ha meditado mucho. Y ninguno nos habíamos dado cuenta.

—¡No saldrás de casa en un tiempo! Es mi decisión —ordenó su padre.

—Pero ¿qué vas a hacer con la chica? ¿Tenerla recluida? —comentó la madre.

—Si es necesario, ¡sí! No quiero hablar más de este tema. Con la que tenemos encima. ¡Un atentado a los reyes! Y ahora me vienes con estas.

—Id a vuestro cuarto. No es momento de seguir con esta discusión. Os llamaremos cuando esté la comida sobre la mesa —comentó Ramiro para que las cosas no fueran a peor.

Las dos se retiraron del salón decorado con muebles de madera de caoba haciendo mucho ruido al levantarse ya que se cayó una de las sillas. Un gran espejo ocupaba una de las paredes que presidía el comedor. La otra dejaba a la vista una vitrina que mostraba la vajilla de Limoges y las copas de cristal de Bohemia, que solo se utilizaban en las grandes ocasiones. Consuelo miró el reloj de pared que separaba el comedor del salón y pensó que hoy comerían más tarde de lo habitual. Abandonó la estancia tras sus hijas dejando de nuevo solos a los dos hombres de la casa.

Don José María se levantó y se fue al aparador a servirse una copa de Jerez.

—Lo que nos faltaba en esta casa. ¡Una monja!

—No es ninguna deshonra. Todo lo contrario —dijo Ramiro intentando quitar hierro al momento tan tenso que estaban viviendo.

—¡Perder a una hija! ¡Qué barbaridad!

—Padre, me temo que hoy hemos vivido muchas emociones seguidas. Le dejo a solas. Me voy a mi cuarto, estoy haciendo el boceto de la joya que nos encargó la condesa de Gondomar.

—Está bien.

El joyero se quedó solo pensando en cómo las cosas se podían poner del revés en cuestión de segundos. Tuvo la sensación de que le estaban robando a una hija. Haría todo lo posible para impedirlo.

6

El día después

Al día siguiente, los periódicos dieron en portada la foto del atentado sufrido por los reyes. Al fotógrafo que esperaba en un balcón para captar la imagen de la carroza real, a su paso por la calle Mayor, se le disparó la cámara con la onda expansiva de la bomba. Gracias a eso, la imagen quedó grabada para la historia. Se podían ver los caballos desbocados y el humo de la explosión, así como el desconcierto de la escolta y del público tras el atentado.

José María García Moris leía el *ABC*, que ya informaba de quién era el autor de aquella escena terrible, que había dejado un reguero de muerte y de heridos. Se trataba del anarquista Mateo Morral. Concretamente, contabilizaban en el periódico veintiocho muertos y casi un centenar de heridos. Algunos de ellos, alrededor de veinte, habían quedado ciegos como consecuencia de la explosión. El joyero cerró el periódico de golpe angustiado ante la idea de que podía haber sido su propia hija la que estuviera en las noticias. Las mismas crónicas hablaban de treinta y tres heridos atendidos en la Casa de Socorro del distrito Centro. Otros tantos en palacio y otra treintena en el distrito de La Latina. El Juzgado Militar, por su parte, hablaba de otros veinticinco heridos curados, sin contar dos agentes de seguridad, que también fueron atendidos allí.

Mateo Morral, el autor del atentado, logró escapar aprovechando el desconcierto que se produjo en la calle Mayor tras la explosión. De la noche a la mañana, se había convertido en la persona más buscada por la policía y por la guardia civil. Sin embargo, no daban con su paradero, lo que produjo que comenzaran las críticas a la seguridad del rey y al hecho de que hubiera sido tan fácil para el regicida llevar a cabo el atentado. Se supo que el anarquista se había hecho pasar por periodista y había intentado entrar por la puerta de atrás de la iglesia de los Jerónimos. Los guardias le echaron de allí, pero sin ver qué era lo que escondía en esa cartera que llevaba debajo del brazo. De haberle registrado, habrían descubierto sus intenciones y habrían evitado muchos muertos y heridos.

El cabeza de familia andaba inmerso en estos pensamientos relacionados con el atentado, hasta que apareció en el salón su hijo Ramiro. El mediano de sus vástagos era el único que había seguido sus pasos. Desde niño le había gustado pisar el taller de joyería y, recién cumplidos los dieciocho años, ya ocupaba un puesto de responsabilidad en el negocio familiar. Al estar más cercano en edad a los reyes, su padre le había cedido el testigo con la Casa Real.

—Ya tengo un boceto para la joya que nos ha encargado la condesa de Gondomar —dijo enseñándoselo a su padre.

—Muy bonito. ¡Qué destreza tienes para el dibujo! Ya me hubiera gustado tenerla a mí. No me extraña que la condesa quiera que todo se lo hagas tú.

—Bueno, mucho ha tenido que ver el encargo del año pasado. El diseño de la corona de la Virgen del Pilar me ayudó a que reconocieran el trabajo que hice a pesar de mis pocos años. Además, padre, usted tiene otras habilidades. Sabe todos los pasos que sigue una joya hasta que está montada. De ahí que dirija el taller como nadie, porque eso no lo puede hacer cualquiera.

—Bueno, cuando entré a trabajar lo hice con todo mi empeño. Lo que no imaginé nunca es que un día sería el dueño de la joyería. Enamorarme de tu madre, una Ansorena, me dio esa gran oportunidad. A tu abuelo Celestino no creo que le hiciera mucha gracia que yo me casara con ella, pero al final... tuvo que cargar conmigo —se echó a reír.

—El hecho de que el negocio descansara en las manos de su yerno también le dio mucha tranquilidad. Sobre todo, cuando se jubiló. Mírelo por ahí también. Pocas personas he conocido tan trabajadoras como usted.

—Eso es lo que he hecho toda mi vida, trabajar como un descosido. Me he esforzado por daros un futuro a los tres hijos y ahora... me sale Milagros con que quiere ser monja y tirar todos mis esfuerzos a la basura.

—Padre, no insista en ese tema. Debe dejar correr el tiempo para comprobar si se trata de algo efímero o realmente su vocación es la de ingresar en una orden religiosa.

Consuelo Ansorena entró en ese momento en el salón, interrumpiendo la conversación que mantenían padre e hijo. Al rato, María llegaba de la cocina con una enorme bandeja para el desayuno. Ninguno de los dos volvió a hablar del tema. Optaron por no hacer ni un solo comentario de la confesión de Milagros la tarde anterior. Cuando aparecieron sus hijas para desayunar todos hablaban del anarquista que todavía no había sido detenido.

A pocos metros de allí, en el Palacio Real, el día comenzaba para los reyes tratando de asimilar que hubieran querido matarles el mismo día de su boda. Alfonso XIII desayunaba en su habitación, ya perfectamente vestido, con el mismo apetito de siempre. Sin embargo, Victoria Eugenia, todavía en su bata de seda blanca, apenas abría la boca para tomar un té.

—Ena, tienes que animarte. No nos ha pasado nada. Debes olvidar el suceso de ayer.

—Acabo de ver mi traje de novia manchado de sangre. No me puedo olvidar. Es imposible. —Volvió a echarse a llorar.

El rey llamó al servicio y de forma enérgica solicitó retirar el vestido de la habitación.

—Hagan el favor de llevarse de aquí el vestido de novia. Hasta que no le quiten las manchas no lo traigan a nuestras dependencias. ¿Me han entendido? No lo quiero de vuelta hasta que borren la sangre del traje.

Se retiraron las doncellas que acudieron a la llamada del rey. Mientras tanto, Victoria Eugenia miraba a su flamante esposo muy seria, parecía ausente. Todavía se preguntaba cómo podía haber ocurrido y cómo se habían librado.

—No entiendo —comentó Ena—. ¿Tú sabías que corríamos algún riesgo? Antes de que estallara la bomba me comentaste que ya había pasado el peligro... Yo te estaba preguntando a qué te referías, cuando estalló la bomba.

—Bueno, tampoco te quería asustar. Cuando hay tanta gente en la calle la seguridad total no existe. Y ese día tanto mi madre como yo recibimos un anónimo con la foto del terrorista que ahora están buscando. Alguien nos quiso advertir... Corría un rumor. Pero si fuera por los rumores jamás saldríamos a la calle, y los reyes nos tenemos que dejar ver. Aquí la ineficacia ha sido de la policía y de su responsable, el ministro de la Gobernación, el conde de Romanones.

—Alfonso, deberías haber sido más claro conmigo y contarme lo de las amenazas. A lo mejor no deberíamos haber hecho el paseo por las calles. Sabiendo que estabas amenazado te expusiste y me expusiste a mí.

—Los reyes cuando nos casamos compartimos la alegría con nuestro pueblo. ¡Es nuestro deber! —se molestó Alfonso con el comentario de Ena.

Durante unos minutos estuvieron callados. Solo sonaban las tazas y las cucharillas del desayuno. Irrumpió en las estancias personales el ministro de la Gobernación, mencionado hacía tan solo un minuto: el conde de Romanones.

—Majestad, vengo a decirle que estamos pisando los talones a Mateo Morral, que es como se llama el anarquista que atentó contra Sus Majestades. Este anarquista era discípulo del ácrata, Francisco Ferrer, cofundador de la Escuela Moderna de Barcelona. También hemos sabido que ha tenido contacto en las últimas horas con el escritor José Nakens. ¡Tarde o temprano daremos con él!

—Si no ofrecen una recompensa para que alguien le delate, no le encontrarán ustedes jamás —comentó el rey—. ¿Esos nombres que me ha dado no estarán ligados a la masonería?

—Efectivamente. Son masones y tienen el beneplácito de toda la izquierda.

—Aquí vamos a la contra del resto de Europa, donde la masonería está en total decadencia.

—La masonería no desaparecerá jamás, majestad.

Victoria Eugenia miraba al ministro con la frialdad de una estatua de mármol. Le hacía responsable de lo ocurrido.

—Señora, no sabe cómo lo siento. No me puedo quitar de la cabeza los hechos tan terribles que presenció.

—Yo tampoco —fue el único comentario que salió de su boca—. No lo olvidaré jamás.

Romanones se despidió prometiéndoles que el autor del atentado sería detenido en las próximas horas. El rey continuó desayunando como si no hubiera pasado nada. Al rato, comenzaron a escuchar aplausos y vítores a través de la ventana. No tardó en entrar en su estancia la reina María Cristina.

—¿Es que no escucháis? Está la gente aclamando a sus reyes. Tenéis que responder saliendo al balcón.

Alfonso ni se lo pensó, abrió el gran ventanal y comenzó a saludar al público allí congregado. La reina Victoria Eugenia le siguió y asomó también su cabeza saludando al gentío que los apoyaba. Volvieron a entrar en la habitación después de un buen rato saludando al pueblo.

—Ha sido muy bonito el gesto de seguirme en el saludo. —Besó su mano mirando sus ojos claros—. Cuando acaben los actos que tenemos preparados con las Casas Reales que nos han acompañado en la boda, nos iremos de viaje de novios a La Granja. Aquí seguirás recordando lo ocurrido y debes olvidarlo cuanto antes.

—Te encantará el palacio que perteneció a Felipe V e Isabel de Farnesio. Te recordará el paisaje a la frescura de Escocia —comentó la reina madre.

—Me gustará ir allí —pensó que un cambio de aires le sentaría bien. Todo cuanto veía y escuchaba allí le recordaba el atentado. Necesitaba olvidarlo. Su matrimonio no podía haber comenzado peor—. Les diré a mis doncellas que en unos días nos iremos.

Ena se retiró a su vestidor y salió a la media hora completamente vestida de blanco. Alfonso se quedó con los ojos muy abiertos al verla tan bella. Se excusó ante su marido.

—Vuelvo en unos minutos.

Antes de salir a dar un paseo por Madrid en el Panhard que le gustaba conducir a Alfonso, acudió a la habitación de lady William Cecil. Debía despedirse de la persona con la que más le gustaba conversar. Ella regresaba a Reino Unido, no se quedaba al resto de las celebraciones. Para Ena era como si se despojara de su identidad inglesa para siempre.

—May...

Lady William Cecil se abrazó a ella en cuanto la vio. Así permanecieron durante un buen rato. La dama inglesa sabía perfectamente cómo se sentía su amiga. La conocía muy bien y, además, la edad le daba alguna ventaja.

—Ena, tú sabes que me paso la vida despidiéndome de todos. Mi pasión por conocer otros mundos y adentrarme en otras culturas me obliga a ausentarme largas temporadas. Si no, ¿cómo te iba a contar con detalle mis viajes? Tranquila... todo va a salir bien.

—Nada ha salido bien. Mi boda ha dejado tras de sí un reguero de sangre de muertos y heridos por el atentado. No creo que pueda quitarme de la cabeza esa imagen de mis guardias destrozados en pedazos...

—Te costará, pero lo conseguirás. Afortunadamente tú y tu marido, el rey, estáis bien. Ha sido terrible, sí, pero podía haber sido peor. Hazme caso, lo superarás y serás una gran reina.

May quiso mirarla y deshizo el abrazo. Se quedó frente a ella observando sus ojos.

—A pesar del horror que has vivido, tengo la impresión de que la noche no ha sido nada mala.

—¡May! ¿Qué estás diciendo? —Se puso muy colorada.

—¡La primera noche es muy importante y me da la sensación de que la experiencia no te ha disgustado! ¡Te lo noto! No, no me digas nada. No hace falta.

—No puedo tener secretos contigo. Lees en mis ojos. No te equivocas. Alfonso ha sido muy afectuoso conmigo y creo que he sabido corresponderle... May, no me dejes. Vente a La Granja conmigo. Te necesito. Sabes que eres como una hermana para mí.

—El rey no lo entendería. No podemos ser multitud en la luna de miel. —Las dos se echaron a reír—. Además, me pondría muy pesada hablando de mi último viaje a Egipto.

—Nada me parece más interesante que escucharte.

—Volveré pronto a verte. Te lo prometo. Eres ya una mujer casada y responsable de formar tu propia familia. Ya sabes que la obligación de una reina es dar descendencia al rey, proporcionar un heredero a la Corona. Y ahí no puedo entrar yo. —Volvió May a hacer reír a la reina—. Pero prométeme que no te volverás una dama insulsa y aburrida.

—Eso nunca. Todo me interesa. Y ahí tengo los libros que me has recomendado, los museos, la música... para no adocenarme. No me gusta hablar del tiempo ni de los hombres, como hacen las damas cuando se quedan a solas.

—No te olvides de las joyas —le dijo—. Ya que son tu pasión, entrégate a ellas con devoción. Creo, igual que los egipcios, que los amuletos, los collares, los anillos de oro, las piedras preciosas tienen un poder mágico que beneficia a sus portadores. La civilización egipcia logró alcanzar un gran nivel de técnica y sofisticación en el arte de la joyería. Lo único que hacemos desde entonces es copiarlos.

—A mí me dan seguridad. Pero ya ves, ayer llevaba una corona de brillantes, la perla más bella del mundo, pendientes, anillos... ¿de qué me sirvieron?

—No sé qué decirte. Ayer podías haber perdido la vida y estás aquí, sin un rasguño.

—Si me hubieran protegido tanto, no hubiera tenido lugar

tanta muerte a mi alrededor. De todas formas, en agradecimiento por haber salido ilesos, voy a donar a la Virgen del Pilar dos alfileres cuajados de brillantes rosas, con motivos simulando flores de azahar. Alfonso, por su parte, va a donar un bastón de mando con empuñadura de plata dorada, brillantes, esmeraldas, rubíes y zafiros. Es nuestra forma de mostrar agradecimiento por estar vivos.

—Estás muy pesimista. Soy una convencida del poder de las perlas y los brillantes. Además, igual que en Egipto, son indicadores del rango de sus portadores. Solo los faraones y las reinas llevan las joyas acordes a su divinidad. Hazme caso, contemplar la belleza de las joyas te hace olvidar el lado oscuro de la vida.

—Tienes toda la razón. Le he pedido al joven joyero de la casa, que me hable de ellas. Por lo menos, en tu ausencia te haré caso. Intentaré conocer todo sobre las joyas de la Corona. A tu vuelta, te dejaré asombrada con mis conocimientos.

—Me das una alegría. Vuelvo a ver el brillo en tus ojos. No lo olvides, Ena, las joyas tienen unas propiedades que te conectan con la belleza del universo. Incluso, te dan poder...

—Comprendo que tengas que irte. Tus hijos necesitan verte tanto como yo.

—William, Thomas y John ya son adultos. El pequeño Henry, a sus trece años, es el que más me echa de menos. Pero de vez en cuando viaja conmigo o se queda en casa con sus tutores, deseando como tú que le cuente mis viajes. Me hace feliz complaceros a ambos.

May y Ena volvieron a abrazarse. Ninguna de las dos sabía cuándo volverían a verse. Para la reina, lady William Cecil era más que una tutora, una dama de compañía o una hermana mayor... Las unía un lazo invisible de afecto que comenzó a tejerse cuando se conocieron, siendo Ena muy pequeña.

—Estaré contando los días hasta que nos volvamos a ver.

—Aprende a disfrutar del momento.

—¡Buen viaje! ¡Me voy ya más tranquila con el rey a dar un paseo por Madrid!

—Acuérdate de algunas de las frases de Cleopatra: «Yo no soy tu esclava, tú eres mi huésped». O esa otra que no tiene desperdicio: «Cada hombre tiene una imagen soñada de sí mismo con una mujer, y tu misión es hacer realidad ese sueño».

Ena miró a May y le guiñó un ojo a la vez que lanzó un beso al aire con su mano. Su amiga y tutora siempre tenía la palabra exacta para hacerla olvidar los malos momentos.

7

La reina comienza a olvidar

El rey quería que la reina conociera otro Madrid, desligado por completo de las imágenes del atentado que habían vivido el día anterior. La invitó a ir en el coche con la capota descubierta esa mañana soleada y primaveral. La calle estaba atestada de gente. Al reconocerlos, algunos viandantes comenzaron a seguirlos. Tanto es así, que a mitad del recorrido ya eran legión y el rey aminoró la marcha para que pudieran ver de cerca a su reina.

—Este es el Madrid que quiero que grabes en tu memoria. El de ayer nada tiene que ver con la realidad. La gente española es muy expresiva y cariñosa. Acabarás amando a tu pueblo.

Ena asentía con la cabeza mientras sonreía ante las cosas que la decían al verla. Aunque no las entendía, comprendía que la estaban elogiando a su manera. Procuró corresponder sonriendo y saludando elegantemente con la mano. De todas formas, la sensación de miedo la acompañó durante todo el viaje. No respiró tranquila hasta que regresaron al Palacio Real.

—Comeremos en nuestra habitación porque esta noche tendremos mucho lío. Será nuestra primera recepción en el salón del trono. Verás que es el más resplandeciente y suntuoso de Europa.

Alfonso deseaba estar a solas con Ena. Habían compartido la primera noche de casados, pero bajo la impresión de las imágenes vividas horas antes. Desde luego no era la noche de bodas que hubiera soñado para su joven esposa. Tras la comida, el rey solicitó que no los molestaran. Estuvo durante un largo rato observando a su mujer sin decir una palabra. Victoria Eugenia estaba realmente bella. Toda vestida de blanco parecía de nuevo una novia recién salida del altar. No decía nada, esperaba que su flamante esposo iniciara la conversación. Pero la miraba con tanto detenimiento que sus mejillas cambiaron inmediatamente de color. Sintió como si su marido estuviera desnudándola con los ojos.

—Te acostumbrarás a la vida en palacio —le dijo Alfonso mientras la cogía de la mano y la invitaba a seguirle hasta la cama—. Al principio te costará estar alejada de tu familia, pero la mía ya es la tuya.

Esas palabras le llegaron al corazón y le hicieron olvidar la tarde anterior. Se tumbaron los dos sobre la cama y estuvieron hablando con una familiaridad con la que nunca lo habían hecho.

—Tengo miedo de no encajar en tu familia. Tu madre está acostumbrada a vivir solo contigo, y ahora aparezco yo y divido tu corazón.

—Tranquila. Creo que las dos lograréis entenderos. Piensa que ella pasó exactamente por lo mismo que tú. Otro país, otra cultura. No tengo ninguna duda de que para ti no será un obstáculo.

—¿Tú crees?

El rey no contestó a su pregunta. Se limitó a besarla. Y al cabo del rato estaban los dos bajo las sábanas de aquella inmensa cama con dosel... Ena se iniciaba en el arte de amar con la curiosidad del que siente que todo aquello es nuevo. No así para Alfonso, que demostró experiencia y una evidente destreza. Ena cerró los ojos y se dejó llevar. Su corazón latía agitado mientras escuchaba la jadeante respiración de su marido. Aquella tarde de seda, brazos entrelazados y besos llenos de sentimiento, quedaría grabada para siempre en su memoria. Cuando se quisieron dar cuenta, el sol ya se ponía en el horizonte, lo que significaba que ya les quedaba poco tiempo para vestirse de gala. En la recepción estarían todas las Casas Reales, incluida la familia de Ena casi al completo. Los príncipes de Gales observarían todos y cada uno de sus movimientos y quería impresionarlos.

—Debo arreglarme para la ocasión —abandonó la cama a toda prisa abrochándose la bata de seda blanca—. Quiero vivir esta noche como si fuera la de la boda.

—De acuerdo. ¡Escápate de mis brazos! Te confieso que deseaba con ganas que llegara este momento y por fin, hemos conseguido estar los dos a solas. ¿No te parece excesivo que no nos dejaran ni besarnos?

—Bueno, tú te lo saltaste...

Se echó a reír y se retiró al vestidor. Llamó a sus dos doncellas inglesas —Sarah y Hazel—, que inmediatamente se pusieron a vestirla y arreglarla. Al cabo de tres cuartos de hora, apareció Ena ante Alfonso XIII con un vestido de encaje blanco y un manto rojo sobre sus hombros con los símbolos del reino de España. Llevaba de nuevo la diadema de brillantes de las flores de lis y la inseparable perla Peregrina, que pensó que le daría poder y seguridad, tal y como le había dicho su amiga May.

—Esta noche te van a envidiar todos... ¡Estás bellísima!

Después de unos minutos —en los que Alfonso le hizo dar una vuelta por la habitación para verla caminar a solas— salieron juntos de la estancia y, por fin, pudieron hacer los honores a todos los invitados. Algo que no fue posible el día anterior. Ena ya no tenía ese rictus de tristeza. Sonreía y estaba muy habladora. Su madre, la princesa Beatriz, respiró tranquila al verla feliz. La reina María Cristina también la observaba de lejos. Tenía sus dudas sobre cómo se llevaría ella con la nueva huésped de palacio.

Durante largo rato, antes de la cena, Ena estuvo conversando con los invitados. Le gustó mucho hablar en francés con María Matilde Quesada, la condesa viuda de Gondomar. Se la presentó su marido, haciendo alusión a una iniciativa extraordinaria.

—La condesa encargó hace un año a tus joyeros realizar una corona con joyas donadas por los fieles para la Virgen del Pilar. Te llevaré a verla a Zaragoza. Diseñaron una verdadera obra de arte.

—El joven de los Ansorena es un gran artista, a pesar de su juventud —comentó la condesa.

—¿Qué años tiene? —preguntó la reina.

—Como vos, señora. Tendrá dieciocho o diecinueve años.

—Bueno, mi esposa todavía no ha cumplido los diecinueve —añadió el rey—. Mi querida condesa, la juventud es una enfermedad que se cura con la edad.

—Por favor, hábleme de esa corona —le pidió Ena a la condesa de Gondomar.

—Bueno, señoras. Las dejo hablando de sus cosas. Voy a saludar a los miembros del Gobierno. Quién sabe si mañana será el mismo o habrá cambiado.

Las dos sonrieron y la condesa comenzó a contarle cómo se hicieron las coronas de la Virgen del Pilar y el Niño que había diseñado Ramiro García-Ansorena.

—Yo tuve la idea de las donaciones, pero no hubiera podido ponerla en marcha sin la ayuda inestimable de la marquesa viuda de Aguilafuente. Entre las dos movilizamos a toda la aristocracia. Fue realmente emotivo ver que unas donaban sus pendientes más preciados, otras sus broches, otras sus collares de perlas, sus pulseras de brillantes... Fue un trabajo ímprobo, pero valió la pena. Los joyeros se encontraron con miles de piedras, que ordenaron de manera magistral, consiguiendo un trabajo elogiado por todos. El papa Pío X, al conocer la idea y su ejecución, dijo: «España es verdaderamente grande en la fe y devoción a María. Con esta corona lo demuestra ante todo el mundo católico».

—¿Cómo lo hicieron para que tuviera cierta armonía? —preguntó Ena con verdadero interés.

—Los diamantes se dispusieron en la parte interna y el oro y otras piedras preciosas en la parte externa. De esa forma, la luz más clara y brillante se distribuía en torno a las cabezas de las imágenes envueltas por un cerco dorado repleto de joyas ordenadas por colores. Los Ansorena supieron aplicar las técnicas más modernas de la alta joyería. Al parecer, el joven Ramiro se inspiró en las forjas de ciertos balcones del centro de Madrid para hacer sus bocetos.

—Tengo muchas ganas de conocerle más a fondo. Esta corona —señaló a su tiara— no deja de ser otra de sus creaciones.

—Ya decía yo que era de una gran belleza... Majestad, cambiando de tema, mañana se enfrentará a una dura prueba, ¿podría darle un consejo para que no se le note si le agrada o no la corrida de toros que se va a celebrar en su honor?

—¡Oh, sí, por supuesto!

—Estarán mil ojos fijándose en usted, señora. Le pido que su cara no refleje sus impresiones. Ver por primera vez a un toro y a un torero frente a frente es algo que no se olvida. Es más, le aconsejo que se ponga los prismáticos del revés. No verá nada y será mejor para vos.

Ena sonrió, pero no echó en saco roto el sabio consejo de la condesa.

—Lo tendré muy en cuenta. Se lo agradezco mucho. Espero que nos veamos por palacio.

Apareció la princesa Beatriz para decirle a su hija que el príncipe de Gales tenía muchas ganas de hablar con «su sobrina favorita».

—Si me perdona... —se despidió Ena de la condesa con la seguridad de que su familia británica no iría a los toros. Las corridas no les gustaban, pero ella, recién casada, intentaría disimular.

Al día siguiente, al llegar a la plaza de toros, todos los ojos se fijaron en ella, tal y como la previno la condesa de Gondomar. Fue aparecer en el palco real vestida de blanco con mantilla de encaje a juego y con un prendido de claveles con los colores de la bandera de España, y la plaza entera se puso en pie vitoreándola y aplaudiéndola.

—Ya ves qué recibimiento. Este es tu pueblo —le comentó Alfonso—. Te pido que disimules cuando veas alguna escena un tanto desagradable. A veces, los toros se ensañan con los caballos y tienen que entrar los veterinarios a coserles las tripas para que puedan terminar la faena.

—¡Oh, Dios mío! No sé si podré...

—Tú piensa en otra cosa. Coges los prismáticos y observas a la gente. Nadie sabrá adónde estás mirando.

—Sí, la condesa de Gondomar me ha dado sabios consejos sobre ese tema. No te preocupes.

—Acuérdate: ni cara de horror, ni cara de desagrado, como si estuvieras mirando una puesta de sol. Sin gestos, sin aspavientos.

—Lo he entendido.

Victoria Eugenia, ya prevenida, se sorprendió lo justo con la actuación de los toreros: Bombita, el Algabeño, Machaquito, Regatero y Manuel Mejías «Bienvenida». El cartel era extraordinario para una tarde en honor de los contrayentes. Ena se acordó de la condesa y cogió los prismáticos al revés. Nadie se dio cuenta del truco que utilizó para no ver absolutamente nada.

Su actitud serena sorprendió a todos. La que más alabó su comportamiento fue la hermana del rey, la infanta María Teresa de Borbón. Era la segunda hija de Alfonso XII y María Cristina. Había contraído matrimonio pocos meses antes que su hermano pequeño, Alfonso. Se había casado el 12 de enero con su primo, el príncipe Fernando de Baviera, nieto de la reina Isabel II, hijo de Luis Fernando de Baviera y de la infanta María de la Paz de Borbón.

—¿Por qué no te animas a salir de palacio y nos vienes a ver de vez en cuando? Vivimos cerca de donde ocurrió, ya sabes, el atentado, que espero puedas olvidar pronto. En el número 99 de la calle Mayor, en el Palacio de la Cuesta de la Vega.

—Prometo visitarte. Muchas gracias por la invitación.

—Si necesitas que te hagan ropa, te llevaré a un sitio estupendo de Madrid.

—De momento, no. He venido de Gran Bretaña con cuarenta baúles.

—Bueno, en palacio hay sitio de sobra. —Las dos se echaron a reír.

Alfonso XIII observaba cómo su hermana y Ena hacían amistad y sonreía satisfecho. Asistió también al palco real su tía Isabel, al que el pueblo llano llamaba la Chata. Cuando hizo su entrada en la plaza, el recibimiento también fue muy cariñoso. Era un rostro muy frecuente en las corridas de toros y gozaba de la simpatía del público. No hizo muchos esfuerzos por hablar con Ena, solo lo imprescindible. Sin embargo, no dejó de hacerlo con su dama de honor, la marquesa de Nájera, que la acompañaba a todas partes desde que se suicidó su marido. Su matrimonio de conveniencia, siempre decía, había sido el mayor error de su vida.

—¿Está guapo mi hermano, no te parece? —María Teresa le hizo mirar a Alfonso para que no se fijara en el desaire de su tía Isabel—. Me encanta cuando se viste de capitán general de Infantería.

—Sí, muy guapo —sonrió Ena.

La reina madre, María Cristina, les llamó la atención discretamente para que observaran a los toreros, ya que sabía que estaban siendo observadas por el público, que iba con prismáticos.

De pronto, entre toro y toro, comenzaron a gritar el nombre de Victoria Eugenia. El rey se fijó y reconoció a Ramón Menéndez-Pidal y a Mazzantini, sentados entre los concejales del Ayuntamiento de Madrid. Les hizo un gesto de agradecimiento con la mano. La reina tenía la misión esa tarde de dar la señal para los cambios de suerte durante la faena de cada torero. El rey se lo indicaba al oído. También Victoria Eugenia aplaudió algunos lances de los toreros y un par de banderillas que le impresionaron mucho. Hubo un momento en que el toro embistió contra el caballo en el que iba el picador. Instintivamente se fue a tapar la cara con las manos y el rey la frenó.

—Todos los ojos están *braqués* sobre ti. Por Dios, no demuestres ni sorpresa, ni admiración, nada de nada. Piensa en otra cosa.

Ena hacía verdaderos esfuerzos y procuraba ponerse los

prismáticos del revés constantemente. Desde el tendido nueve, donde estaba la aristocracia, la condesa de Gondomar le hizo un gesto que ella supo captar. La correspondió sonriendo. Había seguido al pie de la letra su consejo.

Cuando todo acabó, se dirigieron a palacio con la hora justa para vestirse de gala y asistir al que iba a ser el gran baile por sus esponsales. Alfonso iba vestido con el uniforme de gran maestre de las Órdenes Militares y Ena, con un traje en brocado blanco que llamó la atención de todos los asistentes. Sin embargo, por los tristes acontecimientos en los que se vieron envueltos, el baile se transformó en una noche musical. En los salones Alcázar del Palacio Real, recibieron a más de siete mil personas luciendo sus mejores galas y joyas. De todos los invitados, el que más llamó la atención fue el diplomático de Persia, que lució un traje oriental y turbante blanco con una gran joya de esmeraldas y brillantes como adorno en su frente.

Todos querían ver a la reina de cerca y cruzar algunas palabras con ella. Alfonso XIII la animaba:

—Lo estás haciendo muy bien. Ya falta menos para volver a nuestra habitación —su marido le guiñó un ojo y Ena enrojeció.

Siguieron saludando a los invitados intercambiando durante toda la velada miradas de complicidad.

Allí mismo, el conde de Romanones, tal y como le había sugerido el rey, se decidió a poner precio a quien delatara o dijera algo sobre el paradero de Mateo Morral, el autor del atentado contra los reyes. Pensó en ofrecer 25.000 pesetas. El informante quedaría siempre en el anonimato. Ahora, solo cabía esperar...

8

Un final inesperado

A las diez de la noche del 2 de junio, mientras los reyes saludaban a los invitados en el Palacio Real, un ciudadano acudió a las dependencias del Gobierno Civil presentándose como: «un industrial de Torrejón de Ardoz», propietario de una fábrica de conservas llamada La Cibeles.

—Quisiera hablar con el gobernador por un asunto de extrema gravedad.

—A estas horas el gobernador no se encuentra aquí. ¿Podemos saber para qué quiere verle? —le preguntó Elías, el jefe de Seguridad con desconfianza.

—Sí, quería decirle que Mateo Morral, el anarquista que atentó contra los reyes, ha sido capturado.

Los policías se miraron entre sí e inmediatamente después le hicieron pasar a un despacho para que contara con detalle todo lo que sabía.

—Fui a la venta del Ventorro de los Jaraíces, a dos kilómetros de Torrejón, en compañía de mi mujer y una amiga. Al entrar, Fermina, la dueña del local, nos atendió muy nerviosa y nos comentó que estaba convencida de que el señor que estaba en la mesa de la esquina podía ser el autor del atentado de los reyes...

—Por favor, vaya al grano —le cortó Elías.

—Entonces llegó el marido de la ventera y comenzó a hablar del atentado. Su mujer también comentó en voz alta que: «al que lo hubiera hecho habría que retorcerle el pescuezo». Todos nos dimos cuenta de que aquel forastero no podía disimular sus nervios. Nosotros comimos a toda prisa y salimos de allí tan pronto como pudimos. Mateo Morral fue detrás de nosotros y nos pidió que le lleváramos a la estación. Ya ve, ¿qué podíamos hacer? En esto que un guardia jurado, al que habían hecho llamar los dueños de la venta, se presentó antes de que nos subiéramos al coche y nada más verle le gritó: «¡creo que usted es el autor del atentado!». Hubo mucha tensión, se lo aseguro...

—¿Por qué no va directamente al final? —volvió a interrumpirle el policía.

—El pobre guardia le dijo que quedaba detenido y que le tenía que llevar a la comisaría. Nosotros nos metimos en el coche y, antes de partir, pudimos ver cómo el anarquista sacó una pistola y le disparó a la cara, a bocajarro.

—Pero ¿entonces se escapó? —Elías ya no tenía paciencia.

—Espere... la historia es...

—Oiga, díganos dónde cree que puede estar antes de que le perdamos la pista.

—No, no, si no va a poder escaparse porque ya está muerto.

—¿Le ha matado usted?

—No, señor. Se ha matado él a sí mismo.

—¿Se suicidó? —preguntó el policía con incredulidad.

—Al oír el tiro que mató al guardia, llegaron varios jornaleros a toda prisa y se fueron a por él. Se vio acorralado y decidió pegarse un tiro. ¡Tal cual les he contado a ustedes! ¿Tienen un vaso de agua, por favor?

—Ahora mismo. ¡Jacinto! ¡Trae a este señor un vaso de agua! Espere sin moverse de aquí, que me voy a informar a la autoridad.

El jefe de Seguridad se ausentó del Gobierno Civil. Fue rápidamente hasta el Palacio Real, donde se encontraba el gobernador invitado a la fiesta organizada por los reyes. Una vez que logró localizarlo, le informó de lo que acababa de ocurrir. Este, a su vez, se fue directo al conde de Romanones para contarle lo que estaba pasando.

—Cerciórese de que sea él. No quiero más meteduras de pata —le dijo el ministro de la Gobernación.

—Sí, señor. Me voy ahora mismo.

A la media hora, el Gobierno Civil estaba atestado de autoridades. El gobernador frente al informante estaba impaciente.

—Indíquenos dónde está el cuerpo de ese desgraciado. Le seguiremos con varios coches. Espero que lo que usted está diciendo sea verdad. —El gobernador no las tenía todas consigo al ver al ciudadano que espontáneamente había acudido a informarlos.

—Le juro que les estoy diciendo la verdad.

—Y usted ¿cómo sabía que era él?

—¡Pero si su foto ha salido en toda la prensa! ¡Es él! No tengo la menor duda.

—Vamos a comprobarlo —dijo el jefe de Seguridad, que decidió montarse en el mismo coche que el industrial.

Cuando llegó la comitiva a Torrejón, había una multitud de personas rodeando los cadáveres, tanto el del guardia jurado al que disparó a bocajarro Mateo Morral, como el del propio anarquista, que presentaba un tiro en el pecho. Estaban a cien metros de distancia uno del otro, para satisfacer la curiosidad morbosa de cuantos se encontraban allí. Los jornaleros, sentados en el suelo, aguardaban a la policía para contar cómo habían sido los últimos minutos de la vida del asesino más buscado.

—¡Echen de aquí a todo el mundo! —ordenó el gobernador.

—Que se queden los jornaleros que fueron testigos de lo ocurrido —añadió el oficial.

Los hombretones se pusieron de pie y contaron cómo había sucedido todo. Comentaron que regresaban de trabajar en el campo cuando vieron que huía un hombre que acababa de matar a una persona a quemarropa. Se acercaron a él con hoces y palos. Mateo Morral iba a dispararles cuando decidió retroceder unos pasos, se apuntó al pecho y finalmente, disparó.

—Me acerqué a ver si estaba muerto —comentaba el más grande de los jornaleros—, pero seguía vivo y todavía hizo intención de matarme. En el esfuerzo de apuntarme, murió. ¡Era la misma expresión del mal! ¡El cabrón quiso llevarme por delante antes de morir!

—Modere su lenguaje, está delante del gobernador —le dijo el policía.

El juez se presentó allí y, al cabo de una hora, ordenó el levantamiento de los cadáveres. Los inspectores que iban a investigar este caso tuvieron que trasladarse de Madrid a Torrejón en tren y no llegaron hasta las doce de la noche. Cuando lo hicieron, los cadáveres del guardia jurado y de Mateo Morral estaban ya cerca uno de otro. Los vecinos de Torrejón observaban a cierta distancia. La policía no dejaba que se acercara nadie.

Un tercer inspector se abrió paso entre la multitud. Iba acompañado de un caballero con la tez muy blanca, parecía desencajado. Se trataba del dueño de la casa de huéspedes de la calle Mayor 88, desde donde se había lanzado el ramo de flores con la bomba. Le hicieron ver el cadáver del anarquista para testificar si se trataba de la misma persona que se había alojado en su casa.

—Sí, es Mateo Morral —alcanzó a decir a la vez que se persignaba.

—Está bien. No le retendremos más aquí. Puede irse. Mañana preséntese en el Gobierno Civil.

—¿Necesitan algo más de mí? —preguntó incrédulo el dueño de la pensión.

—Por el momento, no.

El gobernador regresó hasta su despacho a las dos de la madrugada y, desde allí, llamó al conde de Romanones, que ya estaba en su domicilio esperando noticias.

—Señor ministro, todo ha terminado. Efectivamente, era él.

—¡Por fin acaba esta pesadilla! Mañana se lo comunicaré al rey. Muchas gracias, señor gobernador.

—¡A mandar!

Al día siguiente, el conde de Romanones se presentó en el Palacio Real a horas muy tempranas para contar lo sucedido. Los reyes desayunaban cuando irrumpió el ministro de Gobernación.

—Vengo con buenas noticias. El anarquista que atentó contra Sus Majestades está muerto.

—¿Cómo ha sido? —preguntó el rey apartando el desayuno y prestando la máxima atención.

—Se ha suicidado cuando se ha visto acorralado. Sobrevivió unos segundos a su propio tiro e intentó morir matando. Quiso acabar con la vida de uno de los jornaleros que casi consiguen detenerle.

Victoria Eugenia se echó las manos a la cara. Al cabo del rato se sobrepuso sin hacer ningún comentario.

—Esta noche iremos a la ópera, al Teatro Real, mucho más relajados. El penúltimo de los actos programados antes de nuestro viaje a La Granja será mucho más fácil para los dos. Han acabado tus pesadillas, Ena, ahora descansarás de verdad.

—Majestades, ese asesino ya no hará más daño del que ya ha hecho.

Los reyes esa noche ocuparon el palco regio del Teatro Real. Los acompañaban representantes de las dos líneas familiares. Por un lado, el príncipe de Gales, que iba de uniforme con casaca roja, y del otro, la reina María Cristina, ataviada con un traje malva. Ambos no hablaban de otra cosa con sus conocidos. La princesa Beatriz, madre de Ena, que ocupaba el mismo palco, felicitaba a ambos.

—Se acabó esta pesadilla. A partir de este momento, solo tendréis que pensar en lo mucho que os queda por vivir y por conocer de España.

—Lo primero que haremos será irnos a La Granja para descansar y empezar de nuevo. ¡Invito a todos a que nos acompañen a nuestra luna de miel!

Ena se estaba enterando a la vez que todos los que estaban en el palco de que no estarían solos en La Granja.

—¿No sería mejor que estuviéramos solos?

—¡No! Así resultará mucho más divertido.

Ena pensó que sería muy difícil para ella competir con la reina María Cristina. Había estado cerca de su hijo desde que se quedó viuda y ahora, en la boda, exactamente igual que cuando era un niño. Jamás les dejaría disfrutar de un poco de intimidad.

—¿Os dais cuenta? El público está mirando más a Ena que a la protagonista de Lucía de Lammermoor —comentó la reina madre.

Sin embargo, Ena estaba en su mundo. No comprendía que en el viaje de novios fueran multitud. Mientras la ópera de Donizetti iba acercándose al final, seguía de cerca el drama de la protagonista: una joven que se ve atrapada entre la enemistad de su familia con la familia Ravenswood y su amor por uno de sus miembros, Edgardo. Una promesa no cumplida, un casamiento forzado y... la tragedia.

—Ena, nuestra historia ha empezado al revés, con una tragedia, pero lo importante es el final y será un final feliz. —Alfonso cogió su mano y la besó.

La flamante reina se emocionó con las palabras del Alfonso y con la voz de la soprano, María Alejandra Barrientos. Hacia el final, sus ojos estaban llenos de lágrimas.

—Luego te la presento —le dijo el rey al oído—. Es una de las grandes divas que tenemos en España. Una soprano de gran renombre.

El último de los actos en honor a los reyes tuvo lugar al día siguiente en el Palacio de Cervellón, organizado por la duquesa de Fernán Núñez. El rey iba vestido con el uniforme del Regimiento Inmemorial del Rey, con el Toisón de Oro y la banda de las Órdenes Militares. La reina, con un traje de tul blanco sobre fondo azul claro adornado con guirnaldas de flores, llamó la atención de los invitados nada más entrar en el palacio. Ena sintió cómo todas las miradas se centraban en ella. Tocó las perlas con las que iba adornada y se sintió segura. Se acordó de las palabras de su amiga May, «las llevan las grandes reinas porque les dan poder y seguridad».

Hubiera deseado que en la cena la sentaran junto a su marido, pero estaba justo en el otro extremo de la mesa. Tenía a su lado a su tío, el príncipe de Gales, y al archiduque de Austria. Miraba constantemente a Alfonso, que no paraba de reír sentado entre su madre y la princesa de Gales. Pensó que la madre siempre estaba más cerca de Alfonso que ella misma.

En cuanto acabó la cena, Ena volvió al lado de su marido, pero apenas pudieron cruzar dos palabras porque tuvieron que salir a bailar el rigodón de honor. A la reina la sacó el marqués de la Mina y el rey hizo lo propio con la duquesa de Fernán Núñez. Ena dominaba esta especie de contradanza que se hacía dos a dos, acercándose y alejándose de su marido, que bailaba con la anfitriona y a la vez realizaba una serie de figuras que a Ena le divertían.

—Este baile es muy antiguo —le decía el marqués a la reina, que solo tenía ojos para Alfonso—. Es del siglo XVI y vino de Francia. Hoy se baila en todas las cortes europeas.

Alfonso, cada vez que se cruzaba con su mujer, le guiñaba un ojo y esta le correspondía sonriendo. El rigodón se repetía una y otra vez y no parecía tener fin. Cuando concluyó, Victoria Eugenia seguía pensando en el viaje que harían a La Granja. No quería más actos sociales, deseaba estar a solas con el rey.

Hasta que llegó ese momento, tuvo que escuchar a muchos invitados que se acercaron a ella con la intención de narrarle un capítulo distinto de la historia de España. Su agotamiento era mayúsculo, pero Ena seguía poniendo buena cara a todos. El marqués de la Mina regresó a su lado.

—El reinado de don Alfonso ha estado muy influenciado por el desastre de 1898, con la derrota en la guerra hispano-estadounidense y la pérdida de Puerto Rico, Guam, Cuba y Filipinas. Ese fue un golpe del que todavía no nos hemos recuperado. Fue muy duro.

A esta lección de los hechos más relevantes del reinado de Alfonso XIII se unió la condesa viuda de Gondomar. Ena se relajó. Por fin, una cara amiga.

—Majestad, aquí ya se dará cuenta de que hay una lucha constante entre liberales y conservadores. Lo mejor que puede hacer es no fiarse de ningún político. Dura un Gobierno lo que un pastel a la puerta de un colegio. Hágame caso, no se deje influenciar por ninguno de ellos. Lo que hoy es blanco, mañana será negro.

Ena abría mucho sus ojos claros intentando comprender todo lo que le decía aquella mujer, que parecía querer ayudarla por encima de todo.

—Le agradezco mucho sus sabios consejos. Me doy cuenta de que lo hace por mi bien. No dude en compartir conmigo todo aquello que piense que me puede beneficiar.

—Así lo haré. Será todo un honor para mí contar con su confianza.

9

Las perlas también mueren

En el taller de joyería de la familia Ansorena trabajaban sin descanso para engastar el broche que había diseñado Ramiro para María Matilde Quesada, la condesa de Gondomar. Era el más especial de los muchos encargos que habían llegado en los últimos meses a raíz del sonado éxito de la corona de la Virgen del Pilar. La música clásica de un antiguo gramófono los acompañaba mientras trabajaban. Un gran reloj marcaba las horas custodiado por tres fotos que presidían la pared del taller: una de la flamante reina Victoria Eugenia, otra de su suegra, la reina madre María Cristina, y otra de la infanta Isabel, «la Chata», tía abuela de Alfonso XIII. Esa mañana José García Moris transmitía a sus empleados el mismo mensaje de siempre.

—Hay que buscar la perfección. Nuestro trabajo se tiene que diferenciar del trabajo de los demás por el impecable acabado. Incluso en el reverso de la joya. De tal modo que la responsabilidad de cada uno de los que estamos aquí no es otra que aspirar a la excelencia.

Ramiro y el resto de los empleados escuchaban las palabras del experimentado joyero. Todos, menos el cabeza de familia, iban vestidos con el uniforme del gremio, una bata gris o blanca, dependiendo de su cometido. Los que trataban el oro tenían que saber manipular una gran máquina de manivela para adelgazar las láminas tras templarlas. Juan García y José González eran los empleados encargados de fundir y soldar el oro con sopletes de gas ciudad. Se les distinguía del resto porque vestían con bata gris.

La obra más fina, el proceso manual de repasado a lima era una labor que recaía en los obreros de más edad y que llevaban más tiempo en el taller: Rafael Herrero y Carlos Sanmartín habían dedicado toda su vida a la joyería. Vestían de blanco y tenían un cajón recubierto de zinc para recoger todas las limaduras sobrantes, que se refundían y se recuperaban para nuevas piezas.

—Del oro no se desperdicia nada. Les pido que se sacudan los pantalones antes de levantarse. Caerá sobre el suelo de rejilla y cada semana recuperaremos lo caído. Confío en ustedes. Cada polvo de oro que se va en sus ropas es oro que se nos escapa, y no están los tiempos como para perder nada. Cuanto mejor nos vaya a nosotros, mejor les irá a ustedes. Si quieren conservar el empleo, ¡háganlo! —Este discurso lo daba siempre que entraba alguien nuevo en el taller.

Era el segundo día para el aprendiz de joyero de dieciséis años Lucio Díaz. Estaba muerto de miedo pero, a la vez, mostraba su interés por aprender de los más veteranos. Nadie le escuchó, ese día o el anterior, una sola palabra. Su padre le aconsejó que no abriera la boca y eso es lo que estaba haciendo. También era el primer día para una joven de diecisiete años que había llegado con una carta de recomendación de una de las mejores clientas: Ramona Hurtado de Mendoza, marquesa viuda de Aguilafuente.

—Os presento a la última incorporación: Rosario Calleja. Recién llegada a la capital, de modo que les pido que sean amables con ella. —Se dirigía especialmente a sus empleadas Juana María López y Lola Martín, que tenían una mano especial para el pulido y también para acoger a gente nueva.

Juana María y Lola, con su babi blanco, manejaban como nadie las máquinas para pulir o dar baños al ácido para un mejor acabado de las joyas. Asimismo, eran muy buenas engastando en garra, así como en la tarea de enfilar las perlas en los collares.

—Si son honestos y fieles a nuestra familia, podrán estar toda la vida, como bien saben los que trabajan aquí. Solo pido lealtad, respeto y saber superar la tentación de ver pasar tantas piedras preciosas y oro por sus manos. Al final, uno se acostumbra, se lo digo por experiencia, pero lo que no se puede perder es la fascinación por el maravilloso material con el que se trabaja. El amor por las gemas y por la belleza de las joyas los acompañará toda la vida si realmente aman este oficio.

Ramiro observaba de reojo a la joven de cabello rubio y ojos claros que se acababa de incorporar al taller. Mostraba una gran timidez y le sorprendía su interés por aprender rápido. Aunque no se lo dijo, agradeció a su padre que, por fin, entraran dos jóvenes de edades parecidas a la suya, en el taller en el que pasaba tantas horas. El joven Ansorena estaba entregado en cuerpo y alma a su trabajo como joyero y solo faltaba cuando tenía algún examen de Derecho. Estaba estudiando leyes porque su padre se lo había pedido encarecidamente. Le había dicho que necesitaba que se formara para llevar algún día las cuentas del negocio familiar. Sin embargo, a él nada le gustaba más que ponerse a diseñar joyas y observar cómo su dibujo cobraba vida.

—Ramiro, la joven Rosario va a empezar enfilando perlas. Explícale qué material tiene en su mano.

—¡Como usted diga!

Cogió un cajón lleno de perlas y se lo acercó a la mesa donde estaban Juana María y Lola. Le hizo un gesto para que ocupara la silla vacía que estaba cerca de ellas y comenzó a explicarle.

—Lo primero que uno debe hacer es familiarizarse con el material que va a manipular. ¡Toque las perlas! El tacto es muy importante.

La joven acercó su mano al interior del cajón sin atreverse a tocarlas.

—Le aseguro que no muerden.

Rosario se puso muy colorada mientras reían las más veteranas.

—Con permiso. —Ramiro cogió su mano y la acompañó suavemente hasta que esta rozó las perlas de diferentes tamaños que había en el cajón.

—Verá que son como las personas. No hay dos iguales. Pueden ser blancas, amarillentas, crema, tirando hacia verde, azules, incluso rosas. También las hay negras. Las más valiosas son las esféricas o en forma de gota con mucho brillo y buen juego de colores. También hay a quien le gustan las perlas barrocas de formas irregulares. Cuando vaya a enfilar un collar, procure que sean todas del mismo tamaño y del mismo color.

—¿A qué se debe que sean de distintos colores? —se atrevió a preguntar notando cómo se acaloraban sus mejillas.

—El color de la perla tiene que ver con las aguas de donde proviene. Las perlas japonesas son de color crema o blancas con tonos verdes; las del golfo Pérsico son de color crema; las de México son negras o pardas; las de Sri Lanka, rosas, y las de Australia, blancas con tonos verdosos o azulados. Lo sé porque lo he estudiado hace poco y lo tengo muy reciente.

La joven le miraba con admiración. Pensó que después de un tiempo sabría tanto como él.

—Don Ramiro es una enciclopedia, ahí donde lo ve, tan joven —comentó Juana María—. Podría estar horas hablando de piedras. Piensa que desde niño ha estado aquí metido.

—Las perlas requieren un trato delicado. Hay que pasarles un trapo húmedo de vez en cuando porque son materia orgánica viva y pueden morir, como las personas. Su composición es de carbonato cálcico, nácar, conquiolina y agua. Ochenta y seis por ciento de nácar, un catorce por ciento de conquiolina y un cuatro por ciento de agua. Cuando una perla está deshidratada se resquebraja el nácar.

—Hay muchas señoras que vienen al taller con collares de perlas que están muertas. Necesitan de luz y de hidratación —añadió Lola, que llevaba al cuello un collar de perlas pequeñitas.

Se acercó José María García Moris y le comentó a su hijo al oído que no era momento para clases magistrales.

—Explícale lo esencial del trabajo que va a tener que desempeñar.

—Está bien. Hay varios tamaños de collares: la gargantilla, de 35 o 40 centímetros; el collar tipo princesa, de 43 a 48 centímetros, para escotes bajos y cuello redondo; el collar tipo matiné, de 50 a 60 centímetros, y el ópera, de 81 a 86 centímetros. Aprenda los tamaños para cuando le encarguemos uno u otro. Ante la duda, pregunte a sus compañeras. Mismo tamaño e idéntico color. ¿Lo ha entendido? Fíjese primero en cómo lo hacen Lola y Juana Mari antes de comenzar. Espero que le haya sido útil.

—Sí. Muchas gracias.

Ramiro se retiró y se fue al despacho de su padre, donde tenía una mesa para dibujar y hacer sus creaciones. Notó que estaba sudando. No acababa de entender por qué se había puesto tan nervioso con esa joven.

Lejos de Madrid, después de recorrer en coche casi ochenta kilómetros con varias paradas forzosas a causa de los numerosos pinchazos de las ruedas, llegaron los reyes justo al atardecer al Real Sitio de San Ildefonso. En la vertiente norte de la sierra de Guadarrama se encontraba el Palacio Real cuya belleza dejó sin habla a la reina.

—*Mon Dieu! C'est exactement comme Versailles* —comentó al tener la sensación de estar viendo una réplica del palacio francés.

Victoria Eugenia se enamoró a primera vista de aquel lugar. Alfonso, al darse cuenta del impacto que le había producido tan solo verlo de lejos, le empezó a contar historias de sus antepasados.

—Desde hace casi un siglo esta es la residencia veraniega de los reyes de España. Es decir, tu residencia. Espero que te guste tanto como a mi familia y a mí.

—Me tienes que contar los hechos relevantes que han tenido lugar aquí. Sabes que me gusta mucho la historia.

—Se celebró la boda de Carlos IV con su prima María Luisa de Parma; también se firmó el Tratado de San Ildefonso entre España y Francia; y se derogó la Pragmática Sanción decretada por Carlos IV. En este lugar se han escrito páginas muy importantes de nuestra historia. Si quieres, en cuanto nos instalemos, vamos a pasear por los pinares de Valsaín, entre los arroyos y los miles de helechos que hacían feliz al rey Felipe II.

—Sí, por supuesto. Si no te importa, me gustaría que nos acompañaran mi madre y mis hermanos. Solo estarán un par de días antes de regresar a Inglaterra.

—No, en los pinares pasearemos solos —le guiñó el ojo—. Estamos en nuestra luna de miel, no lo olvides. Con nuestras madres y tus hermanos tengo ganas de hacer una excursión a un lugar maravilloso. Quédate con este nombre: El Paular. Ahora, descansaremos y nos levantaremos pronto para mostrarte lo bonito de este entorno.

Por la mañana, muy temprano, Alfonso le pidió a su mujer que se vistiera deprisa para ir a pasear en las primeras horas del día. Hacía fresco ya que el sol todavía se asomaba tímido entre los pinares cercanos a los montes de Valsaín. El río Eresma salía a su encuentro como testigo de aquellos primeros pasos cómplices de una intimidad que solo lograban en contadas ocasiones. Alfonso ayudaba a Victoria Eugenia a avanzar por aquel paraje ya que llevaba unos zapatos nada apropiados para andar entre la maleza.

—¿Sabes? Los pinos eran los árboles favoritos de la diosa Cibeles. También las piñas, que utilizaba el dios Baco para sus ceremonias. Son mis árboles preferidos. ¿Crees que alguna vez se comentará esto en los libros de Historia?

—Creo que pasarás a la historia por tus actos y no por tu gusto por los pinos —comentó ella mientras se paró a descansar durante unos minutos—. A mí también me gusta mucho el olor de la resina y esta fragancia que huele a limpio. Cierro los ojos y puedo verme de niña por Escocia.

—Sabía que este paisaje te traería buenos recuerdos. Está bien, ¡regresemos! Quiero llevaros a ese lugar que te había prometido.

—¿El Paular?

—Exacto. Me encanta que tengas buena memoria.

—Recuerdo solo lo que me importa.

—Mi querida Ena, yo recuerdo todo, lo que me importa e incluso lo que no debería recordar. Aquí usamos una expresión muy gráfica: tener una memoria de elefante. Después de desayunar nos iremos de excursión con la familia.

10

La soledad de Ena

Los reyes y sus familias visitaron el monasterio de Santa María de El Paular, en Rascafría, en el valle del Lozoya. La arquitectura gótica impresionó mucho a Ena. Tanto, que estuvo observando la ligereza estructural y la iluminación de las naves del interior como quien ve por vez primera una sublime obra de arte. Alfonso XIII, que se dio cuenta de su interés, no paró de hablar durante todo el recorrido.

—La iglesia tomó la forma actual durante el reinado de Isabel la Católica. Este es un lugar de reyes —explicaba Alfonso XIII mientras miraba de reojo a su mujer.

En el recorrido se pararon a observar el retablo. Ena comprendió que aquello que estaba viendo era único y se quedó un buen rato observando cada detalle.

—Tienes un gran ojo para detectar lo que tiene más valor —le susurró el rey al oído—. El retablo es de finales del siglo XV y está hecho en alabastro policromado. Recrea diecisiete escenas bíblicas con todo detalle.

A Ena todo le fascinaba: las pinturas del claustro de Vicente Carducho, las capillas, el tabernáculo...

—El Paular era mucho más de lo que veis hoy. La desamortización de Mendizábal, en 1835, afectó de lleno al monasterio. Buena parte de las obras de arte que albergaba se perdieron. Igual que su magnífica biblioteca. ¡Una pena!

—Sí, pero cuéntales que tu padre, el rey Alfonso XII —intervino la reina María Cristina—, poco después de subir al trono, declaró el Real Monasterio de Santa María de El Paular como Monumento Nacional. Esto salvó al edificio de la ruina total.

—Después de haberlo salvado, ahora sería bueno darle vida —interrumpió Ena—. A lo mejor, creando una escuela. No sé. Pero algo tan bello tiene que ser disfrutado y compartido.

—Sí, tienes razón. Habrá que volverlo a impulsar —comentó el rey.

De regreso a La Granja pudieron parar en el entorno de El Paular e hicieron un alto para merendar. Rodeados de montañas y de una exuberante vegetación, que tapizaba el fondo del valle, los hermanos de Ena comenzaron a despedirse.

—Hermanita, espero que nos eches de menos. Nuestra vida será más oscura sin tu luz.

Ena sonreía, aunque estaba angustiada, pensando que se quedaba sola en un ambiente que no conocía y que todavía no la había aceptado. Con un español bastante deficiente, que la mantenía aislada de cuanto se decía o se comentaba a su alrededor, quiso que su familia prolongara su estancia en España. Asistieron a varias representaciones de teatro que tanto gustaban a Alfonso XIII y a su madre. Mauricio, Alejandro y Leopoldo también le dedicaron a su hermana varios ejercicios hípicos que merecieron los elogios de todos los asistentes. Demostraron que eran realmente muy buenos jinetes.

Finalmente, llegó el momento de la despedida. La familia de Ena debía tomar el tren Sudexpreso en Segovia emprendiendo así el camino de regreso a Londres. Durante largo rato, Ena estuvo en la habitación utilizada por su madre.

—Espero, hija, que te vaya bien en España. Ya sabes que el matrimonio no es un camino de rosas. Habrá altibajos, pero ahí estará tu inteligencia, para saber reconducir tu situación. Serás una buena reina.

—Me preocupa mucho que no lleguen los hijos tan esperados y también, debo confesarlo, que si vienen, lo hagan con buena salud.

—Nunca hay que adelantarse a los acontecimientos. Siempre debemos pensar que todo saldrá bien. Los hijos llegarán cuando Dios quiera.

—Lo sé, madre. No dependerá de mi voluntad, pero tengo miedo a que nada salga bien y que... mis hijos tengan ese mal de nuestra sangre. El mismo mal que tienen mis hermanos Mauricio y Leopoldo.

—¡Chisss! —La princesa Beatriz mandó callar a su hija—. Las cosas malas no hay que mencionarlas. ¡Déjalo estar! Esa extraña enfermedad, que aparece y desaparece en nuestra descendencia, es mejor olvidarla.

—Yo he intentado hablar con Alfonso, pero no me deja terminar cuando le digo que tengo miedo de que nuestros hijos tengan problemas de salud.

—No somos los únicos que estamos en esta situación de incertidumbre. Ya que, no solo hay una razón hereditaria, sino que puede brotar la enfermedad sin causa aparente. Mi hermano Eduardo, el rey, ya habló en su día con Alfonso y este no pareció prestar demasiada atención.

Ena besó a su madre. Al rato, entraron sus hermanos en la habitación y también la abrazaron. Ellas dejaron de hablar del tema.

—No queremos verte triste. Todo lo contrario. Espero que vengas a vernos a menudo —comentó Alejandro, el mayor y primer marqués de Carisbrooke.

—Si no, tampoco te preocupes, ya vendremos nosotros a verte —le dijo Leopoldo—. Afortunadamente, en algún permiso militar podré viajar.

—Hermanita, conociéndote, no tendrás tiempo de aburrirte —añadió Mauricio, su hermano predilecto, también militar de profesión—. Y si no, haz otro viaje a Egipto con lady William Cecil. Ahora mismo, todo lo que hace resulta interesante. ¿Sabes? Me he enterado de que está vendiendo alguna de las antigüedades de su abuelo, el almirante.

—¿Y eso por qué? No me ha dicho nada.

—Hay un joven, tan entusiasmado como ella en entender los jeroglíficos y las inscripciones de las tumbas egipcias. Y se ha convertido en su mentora. Necesitará dinero para un viaje largo que está proyectando.

—¿Le conozco?

—No creo. Se llama Howard Carter. Fue con su padre, Samuel Carter, a Didlindton Hall, a su residencia, ya que las dos familias se conocen desde hace tiempo. Howard es el menor de once hermanos. Lady Margaret se quedó muy impresionada oyendo hablar al joven y aún más cuando vio sus dibujos sobre inscripciones egipcias.

—¡Ah! Debe de ser el joven del que me habló por encima. Yo tenía otras preocupaciones y no presté mucha atención. Tanto le había impactado su entusiasmo que le pidió que la acompañara en uno de sus viajes. A pesar de su juventud, le ha ofrecido ser uno de los inspectores jefes del Servicio de Excavaciones. Cuando May descubrió las treinta y dos momias en la orilla del Nilo, le acompañaba ese tal Carter.

—No sé qué fascinación siente lady William Cecil por explorar y descubrir tumbas.

—Hermano, dentro de ellas se hallan los tesoros más fascinantes del mundo: joyas con forma de escarabajos, collares de oro... Además, descubrió que a los que no eran nobles no les embalsamaban como a los reyes. Siempre está aportando algo nuevo sobre la cultura egipcia. ¡Es extraordinario todo lo que consigue sacar a la luz!

—Pero si ella de lo que más sabe es de pájaros —comentó la princesa Beatriz.

—¡Bueno, sabe de tantas cosas! —añadió Ena—. Ella comenzó a dibujar pájaros cuando su padre la llevó junto a su madre a conocer Egipto. Y dibujó todos los que vio en el Nilo. ¿No os acordáis del libro que publicó? Lejos del caos de El Cairo, cuando comenzó a navegar por Asuán, en la orilla oriental del Nilo, comenzó a pintar todas las aves que salían a su encuentro. Por ejemplo, pintó muchos halcones, cuyos sonidos dijo May que eran los lamentos de las diosas Isis y Neftis. O los ibis, las garcetas de pico amarillo y un poco más largo de lo habitual...

—¡Pero hija, no sabía yo de tu fascinación por Egipto y su entorno!

—Bueno, madre, May ha sido la inductora de esa pasión por las culturas desconocidas y por los entornos naturales. He pasado muchas horas hablando con ella. ¡Me fascina todo lo que me cuenta! En general, tanto la preparación de sus viajes como el regreso, con las historias que me trae de vuelta, me apasionan.

—Deberías acompañarla una vez más en alguno de esos viajes. ¡Díselo! Hermanita, hazlo antes de que empieces a traer niños al mundo. ¡Hazme caso! —volvió a insistirle Mauricio.

—Bueno, ya veremos. Tengo que conocer bien España y quiero ir a veros enseguida. No me gustaría que pasara mucho tiempo sin visitaros. ¡Os voy a echar de menos!

Volvieron a abrazarse y se despidieron de ella en la intimidad. Más tarde, Alfonso y Ena los acompañaron hasta el tren. La flamante reina parecía triste. Iba vestida con un abrigo ligero de color gris y un sombrero de paja con el velo blanco. Su madre eligió para su último día de estancia en España un abrigo negro, una boa de plumas del mismo color y un sombrero de paja grande con adornos también negros. Los príncipes, a pesar de que era el mes de junio, iban con gabán y gorra ingleses. Ambas prendas delataban su procedencia.

Ese día, el 12 de junio, cuando Ena vio partir a su familia, junto al duque de Lécera y el marqués de Villalobar, le invadió una sensación de soledad que no quiso contar al rey. La nostalgia la mantuvo el resto del día callada y triste.

En casa de los García-Ansorena durante la comida de aquel 12 de junio, la hija mayor volvió a sacar el tema de su vocación, que no le había dejado de preocupar desde que lo compartiera aquel día con sus padres. Su decisión parecía no tener vuelta atrás.

Cuando estaban en los postres, mientras hablaban de lo bien que había quedado el broche de la condesa de Gondomar, ella no pudo esperar más y los interrumpió.

—Padre, ya que estamos todos reunidos, quiero comunicarle que mi decisión está tomada. Vestiré los hábitos después del verano. Quiero seguir a Cristo, algo que nuestra madre nos ha inculcado desde pequeñas.

Se hizo un silencio largo e incómodo en la mesa. Todos observaban la reacción del cabeza de familia. Sin embargo, este se quedó mirando al plato de la mesa, sin poder decir ni hacer nada. Ramiro rompió la tensión del momento. Quiso echarle un capote a su hermana.

—¡Felicidades, hermana! No hay como saber lo que uno quiere en la vida. Siempre estarás en nuestros corazones y te apoyaremos decidas lo que decidas.

—Ser monja no significa que te vayas de nuestras vidas. Al revés, saber que vas a estar rezando por todos y que tu alma va a ser la más pura de la familia me emociona —comentó su madre, levantándose de la mesa, yendo a su lado para fundirse en un beso con ella.

José María levantó la mirada y, de alguna manera, se rindió ante la evidencia de que ya no podía seguir reteniendo a su hija en su casa contra su voluntad.

—Observo que careces del don de la obediencia. No sé en qué tipo de orden querrás ingresar, pero en cualquier convento que elijas ese será uno de los tres votos que tendrás que hacer junto al de pobreza y al de castidad. ¡Sabes que me das un gran disgusto!

—Padre, lo que siento es más fuerte que yo misma. No sabría cómo explicárselo porque ni yo sé exactamente lo que me está pasando.

Su madre lloraba emocionada al oír el relato de su hija. Sus hermanos la observaban orgullosos de que se hubiera atrevido a dar el paso.

—Hermana, eres una valiente —comentó Carmen, la más

pequeña de los tres—. Yo creo que no hubiera sido capaz de llevar la contraria a nuestro padre.

—Lo he intentado, pero al final, la llamada de Jesús ha sido más fuerte que yo. Finalmente me he rendido.

—Si es tu voluntad, ¡que así sea! —afirmó el padre dando un golpe en la mesa e intentando zanjar este asunto tan incómodo para él. En el fondo tenía la sensación de estar compitiendo con Dios—. Comprendo que seguir en mis trece lo único que va a acrecentar son tus ansias de ser monja. También te diré que se puede servir a Dios de muchas maneras... Espero que no te retires del mundo como hacen las monjas de clausura. Ahí sí me matarías.

—No, quisiera entrar en una orden que se dedique a la docencia. Me encantaría ser mercedaria. ¡Ah! Y tendría un cuarto voto que añadir a los tres que ha mencionado, padre. Ese cuarto voto sería el de estar dispuesta a dar la vida, como Cristo la dio por nosotros. Siempre que fuera necesario para salvar la de aquellas personas que estén verdaderamente en peligro.

—Pero ¿qué peligro correrías en Madrid?

—Es que también hay misiones en África.

—No, por ahí sí que no. ¿Ves? No se hable más del asunto. No saldrás de aquí. No tienes permiso para hacerlo. ¡Ya no tengo más que hablar!

José María se levantó de la mesa y se retiró a su cuarto. Se quedaron los cuatro sin habla. Cuando parecía que estaba convencido, volvió a cerrarse en banda.

—Milagros, has metido la pata —le dijo Ramiro—. ¿Cómo se te ocurre decirle a nuestro padre lo del cuarto voto y lo de las misiones? ¡Lo tenías ya en el bote!

Milagros se echó a llorar y se retiró también a su cuarto. Su madre y sus hermanos se quedaron sorprendidos por cómo se habían precipitado las cosas, cuando parecía que se encauzaban.

—No me puedo creer lo que acaba de ocurrir. Nuestro padre ya había cedido y de repente... la goma se ha roto de tanto estirarla.

—Yo no me esperaba lo de las misiones. Esas son cosas del padre Manuel. Iré a hablar con él para que Milagros se quede en España. Si no me da su palabra de honor, estoy con vuestro padre en no dejarla salir de casa.

—Pero ¡madre! ¿Qué está diciendo? Usted es la más religiosa de todos nosotros. Debería sentirse feliz con la decisión de su hija mayor —dijo Carmen enfadada.

—No hace falta irse a África. En nuestro país quedan muchas cosas por hacer. Me parece hasta poco generoso mirar hacia otro lado cuando aquí hay muchas personas necesitadas. Y si es por convertirse en docente, nuestros niños y jóvenes necesitan sobre todo educación. Más de la mitad son analfabetos. Imagínate la labor que hay que hacer por estas tierras.

—Ella no ha dicho exactamente que se quiera ir a África, solo que su orden tiene misiones allí. Le gustan mucho los niños y será muy feliz dándoles clase —apuntó Ramiro, ya nervioso con esa conversación. Intentó cambiar de tema—. Hoy va a venir a verme un amigo que está estudiando medicina. Le he invitado a merendar. Me gustaría que dejáramos aparcado el asunto.

—¿Quién? ¿Jaime? —preguntó Carmen con curiosidad.

—Sí. Luego nos iremos a dar una vuelta.

—¿Y no me avisas? ¡Mira qué pelos tengo!

—¿Y qué? ¡Me viene a ver a mí!

—¡A ti te falta un tornillo! Voy a arreglarme inmediatamente —le contestó su hermana enfadada.

Se quedó Ramiro solo con su madre. Su cara era de perplejidad total.

—Me temo que a tu hermana le hace tilín tu amigo.

—Pero ¿qué está diciendo? Ella se habrá fijado en él, pero le aseguro que él tiene otros gustos. Le gustan más...

—Ni se te ocurra decirle eso a tu hermana. ¡Yo también voy a arreglarme!

Cuando el timbre sonó y Jaime apareció en casa de los García-Ansorena. Todos, excepto Milagros, jugaban a las cartas. Las damas se hacían las sorprendidas.

—¡Cuánto bueno por aquí! ¿Qué tal están tus padres?

—Muy bien. Muchas gracias.

—¡Ven a jugar las últimas partidas con nosotros! —insistió don José María.

—A mí no se me dan muy bien las cartas... Bueno, por no despreciarle me sentaré con ustedes.

Jaime se iba sentar al lado de su amigo, pero su madre le invitó a que lo hiciera en la silla frente a su hija. Esta se ruborizó tanto que su hermano tomó la palabra algo nervioso por la situación.

—¿Quieres tomar algo?

—No, muchas gracias.

—¿En qué curso estás de la carrera? —preguntó la madre con cierto interés.

—En segundo curso. Creo que pasaré sin ningún suspenso a tercero.

—Eso está muy bien. ¿Qué especialidad te gustaría ejercer?

—Otorrino, como mi padre.

—Tienes un buen maestro en el que fijarte —comentó el padre—. Es uno de los mejores de Madrid.

—Bueno, ¿jugamos a las cartas o le vamos a seguir preguntando a Jaime? ¡Parece un interrogatorio!

—¡Qué cosas tienes, Ramiro! Mira, lo mejor será que tu padre y yo nos vayamos a dar una vuelta.

—¡Pero si estoy tan a gusto en casa! —comentó metiendo la pata sin darse cuenta de que su mujer quería dejarlos solos.

—Necesito estirar las piernas y tomarme una horchata.

—¡Está bien! De paso iremos a misa, que quiero charlar con el padre Manuel.

Se quedaron los dos hermanos junto a Jaime. Al rato, al oír la puerta de la calle, se incorporó Milagros al grupo. Ninguno comentó el disgusto familiar tras su decisión de querer ser monja. Jaime no paró en toda la tarde de mirarla. No entendía por qué motivo estaba tan seria...

11

El desencuentro con María Cristina

Después de celebrar la festividad del Corpus con toda la pompa y brillantez de la fiesta religiosa, incluido el uso de la mantilla blanca española por parte de Victoria Eugenia, decidieron los reyes ir a Madrid con la intención de regresar por la noche al Real Sitio. Ena quiso acompañar a su marido y aprovechar su estancia en la capital para coger algunas de las joyas que se había dejado en el Palacio Real. El rey interrumpía por segunda vez su luna de miel. En esta ocasión, para presidir el Consejo de Ministros. Los rumores de crisis eran constantes. Todos sabían, hasta el propio presidente del Consejo, Segismundo Moret, que su cabeza pendía de un hilo. Sin embargo, a la reina le gustaba como político y como persona. Había sido embajador en Londres, conocía perfectamente la cultura y el idioma de Victoria Eugenia. Se trataba de un hombre ilustrado, algo que ella apreciaba mucho. Además, cuando fue ministro de Ultramar en el gabinete del general Prim, treinta y seis años antes, había abolido la esclavitud en Puerto Rico. Igualmente, había promovido un texto constitucional en aquel país. Era de los pocos políticos con los que le gustaba hablar. De todas formas, Ena llegó a pensar que aquel viaje no era sino una excusa del rey para almorzar con su madre después de que esta regresara a Madrid. No había que ser muy listo para apreciar que el cordón umbilical entre madre e hijo permanecía intacto.

En esa mañana soleada, apenas circulaban coches por la carretera. El monarca, al que le gustaba mucho la velocidad, puso los motores de su Panhard de 60 caballos al límite de su resistencia. Quería batir su propio récord en coche desde La Granja hasta Madrid. Y lo consiguió, haciendo el viaje en una hora y quince minutos. Ena no se lo recriminó porque le gustaba igualmente la velocidad y la sensación de libertad que la desbordaba yendo los dos solos en coche.

La reina madre, María Cristina, fue a su encuentro nada más llegar a palacio y, mientras su hijo se reunía con el Gobierno de España, decidió hablar con su nuera.

—¿Qué tal la vida de casada? ¿Se porta bien Bubi? —Así llamaba la reina a su hijo. Nadie más podía hacerlo.

—Sí. Me gustaría que no tuviéramos tantos actos oficiales. No crea que pasamos mucho tiempo solos. Siempre comemos y cenamos rodeados de gente.

—Te has casado con un rey y así debe ser. En España las cosas son muy diferentes a la corte inglesa. Aquí, por ejemplo, no está bien que fumes en público. Debes hacer un esfuerzo y hacerlo en la intimidad.

—¡Pero, madre, en todas las cortes europeas las mujeres fuman! ¡Esta también debe modernizarse!

—Si me permites un consejo, te diré que aquí no está bien visto. Tampoco beber fuera de las comidas. Esa costumbre inglesa no gusta. Ha llegado a mis oídos que bebes licores, ante el asombro del resto de las damas. ¿Es que no te das cuenta de cómo te miran?

—Francamente, lo que piensen o digan los demás no me preocupa. Yo he crecido con otras costumbres y deben ser aceptadas sin más.

—Mira, lo de tu costumbre de tomar el té a las cinco, nadie te lo va a recriminar. Son las otras cosas que aquí no hacen las mujeres, ¿me entiendes?

Victoria Eugenia apretó sus puños, cogiéndose los laterales de su falda con fuerza. No quiso responder a su suegra y decidió encender un cigarrillo. Era su forma de expresar que lo que le acababa de decir le entraba por un oído y le salía por el otro. ¡Era la reina!

—Mi querida Ena, nuestra corte es más rígida en cuanto a costumbres. ¿Ves? Ahora que estamos tú y yo a solas, no tiene importancia que fumes. Los españoles se fijan mucho en lo que decimos o en lo que hacemos. ¡Es así! Por cierto, es muy chocante que no esperes a que el rey te pregunte antes de dirigirte a él. Debes esperar a que él te invite a hacerlo. Si él no te pide tu opinión, no se la des de forma espontánea. Es mi consejo. ¡Las formas son importantes! Ya ves que, incluso siendo mi hijo, en público yo siempre le hago una reverencia.

—Soy la reina y es mi marido. No le voy a hacer una reverencia ni voy a esperar a que me dé permiso para hablar. Con eso ya está todo dicho. Si me disculpa, madre. He quedado con el joyero de la casa, aprovechando que venía a Madrid. Debe de estar esperándome desde hace un rato.

—Está bien —afirmó con cierto estupor ante su contestación.

Cuando se quedó sola, María Cristina recordó que ya vivió otro episodio parecido con Ena durante su visita al emperador Francisco-José en Viena. La reina madre se permitió advertir a Victoria Eugenia de las costumbres de la corte austríaca. Cuando le dijo que besara la mano del emperador al verle, esta no le hizo caso. Le contestó con un «eso jamás. No he besado nunca la mano del rey de Inglaterra, Eduardo VII, y no voy a besar ahora la mano del emperador de Austria». Lo que dijo lo cumplió. No besó la mano del anciano emperador ni siquiera por quedar bien con su madre política.

Victoria Eugenia se fue a su cuarto y se echó a llorar. No podía comprender todas aquellas imposiciones de María Cristina. Ella venía de una familia muy estricta, pero tenían superadas todas estas muestras de pleitesía que ya no se llevaban entre familiares en la Casa Real inglesa. Su suegra quería que tratase de cara al público a su esposo como si ella fuera una súbdita más. Se lavó la cara para que nadie notara que había llorado, más de rabia que por otra cosa y fue al encuentro de Ramiro, el joyero que la acompañó el día de su boda.

Ramiro García-Ansorena esperaba nervioso en uno de los salones previos a las estancias personales de los reyes. El taciturno *maître* Scarle le preguntó si quería tomar algo antes de que llegara la reina.

—Un vaso de agua, por favor —fue lo único que se atrevió a pedir.

Ramiro desconocía por qué la reina le había llamado con tanta urgencia de un día para otro en plena luna de miel. Su cabeza iba a explotar con tantas elucubraciones, cuando se abrió la puerta y apareció Ena con un vestido de gasa blanco que, a los ojos del joven, la hacía aún más guapa que el día de la boda. Ramiro se puso en pie e hizo ademán de besar su mano.

—Majestad —primero la miró a sus ojos claros y después inclinó la cabeza.

—Por favor, siéntese. Estaba deseando encontrarme con usted. Necesito que me hable de esta perla.

La reina señaló su broche de brillantes del que pendía la perla Peregrina, regalo del rey por su boda. Esperaba sus palabras con cierta ansiedad.

—Debería darme tiempo para que yo me prepare. Si quiere hoy le puedo hablar de las perlas en general.

—Está bien. ¡Póngase cómodo!

Ramiro se abrió la chaqueta, dejando a la vista un chaleco del mismo color del traje. Se quedó unos segundos pensando. Tragó un sorbo del agua que le había servido el *maître* y comenzó...

—Señora, después del diamante, ninguna gema ha fascinado más a la humanidad que la perla. Se le ha atribuido siempre una cualidad mística especial. Tiene luz propia, un brillo que parece brotar desde su mismo interior. Para los antiguos ese resplandor significaba una fuerza poderosa. Tanto es así que las mujeres romanas dormían con las perlas puestas para endulzar sus sueños, sobre todo, cuando los días habían sido duros.

—Está bien saberlo. Esta noche me las pondré para endulzar los míos.

Ramiro no entendía bien a qué se refería la reina. Era evidente que las cosas no estaban discurriendo como ella esperaba. Continuó con sus explicaciones. Oírle parecía que la relajaba.

—La perla también ha ido teniendo una fuerte vinculación con el amor, el éxito, la felicidad y la virtud de la pureza, por lo que constituye la mejor opción para las novias el día de su boda. Como hizo usted, majestad. Fue bellísima.

—¿Le cuento una confidencia? En Windsor hay quien lleva perlas falsas, mientras los collares auténticos permanecen a salvo en un lugar seguro. Nada peor que se te rompa un collar de perlas naturales y no recuperes todas las cuentas que se han caído.

—Tal y como nosotros enfilamos los collares, eso nunca sucederá. Se lo aseguro.

—Eso me tranquiliza —sonrió y le invitó a continuar con su explicación.

—La perla auténtica tiene un tacto ligeramente arenoso y la de imitación es perfectamente lisa. El espesor del nácar y el lustre determinan la longevidad. Luego hemos de fijarnos en el oriente, ese juego de iridiscencias que aflora en su superficie es lo que distingue a las perlas del resto de las gemas. Cuanto mayor sea su lustre y su oriente, más fina será la perla. Lo que hace tan especial a la que usted lleva es su rareza, podríamos decir que constituye una excepción. Se trata de una perla muy importante. Difícil mirarla sin quedarse prendado de ella... Tiene magia.

De pronto, la reina María Cristina entró sin llamar en la estancia... Conocía a Ramiro desde que era un niño.

—Deberíamos ir yendo al salón —dijo dirigiéndose a Victoria Eugenia— para esperar la llegada del rey.

Ramiro se puso en pie e hizo una ligera reverencia con su cabeza.

—¿Qué tal está su padre? —preguntó la reina madre a Ramiro.

—Muy bien, majestad. Me pide que le presente sus respetos. Ya sabe que para lo que necesite, aquí nos tiene. Para nosotros es todo un honor ser sus joyeros.

—Le he pedido que me explique todo lo que sepa de esta magnífica perla que me regaló el rey. —Señaló su broche.

—Esa perla tiene mucha historia. Es la famosa Peregrina.

—Sí, majestad. Le he pedido a la reina que me dé tiempo para prepararme bien el discurso y no decir una cosa por otra. Habría que cerciorarse si es la auténtica porque...

—Señor García-Ansorena. Le ruego que no dude de su autenticidad. ¡Sin duda es la Peregrina! La que llevaron mis antecesoras.

—Sí, por supuesto. Pero como se le perdió la pista... Esta que lleva la reina es de una gran belleza. No le quitaría valor que no fuera la Peregrina. Eso es lo que he querido decir.

—Cuando el rey dice que es la Peregrina, no cabe la duda.

—Por supuesto, majestad. No he sabido expresarme bien.

Ramiro tragó saliva. Victoria Eugenia notó cómo dudaba sobre el origen de su maravillosa perla y eso la intranquilizó. No quiso ponerle en más compromiso frente a su suegra y le dio las gracias por haber acudido a su cita con tanta diligencia.

—La próxima vez que le llame, le daré más tiempo para que se prepare sus respuestas. Me gustaría mucho saber quién fue el primer rey en poseerla. Creo que fue Felipe II.

—Así es, Ena —corroboró la reina madre.

—Tal y como lo averigüe se lo contaré. Señoras...

Hizo una reverencia y se retiró sudando como nunca antes lo había hecho. No había visto a la reina madre tan suspicaz como esa mañana. Imaginó que había cierta tirantez entre ambas y él se había encontrado en mitad de un fuego cruzado. Pensó que nunca más rectificaría públicamente a una reina, aunque no tuviera razón. En su casa reconocían que era una pieza de gran valor, pero dudaban de que fuera la famosa Peregrina. Su prurito profesional no les permitía mentir a la reina.

Cuando Alfonso XIII llegó al comedor real, su madre y su mujer le esperaban. Ena le recibió con un vaso de jerez en la mano y un cigarrillo en la otra. María Cristina salió al encuentro de su hijo.

—Bubi, te noto cara de cansado. ¿Ocurre algo?

—Nada que no sepas. No hay día en el que no surja una crisis dentro del Gobierno. Sinceramente, quitaría la cartera ministerial a más de uno. Por cierto, me ha dicho el conde de Romanones que han dado con todos los que apoyaron a Mateo Morral para que llevara a cabo nuestro atentado.

—¿Hay más gente implicada? —preguntó la reina madre.

Ena observaba con detenimiento a su marido, que solo parecía estar hablando a su madre. Esto la enfurecía.

—Sí, al parecer, el atentado de nuestra boda guarda relación con el de París. Están detrás los mismos. ¡Nada nuevo! Lo bueno de todo es que ya están detenidos en la cárcel Modelo. Se trata de un periodista republicano, José Nakens, que dio cobijo a Mateo Morral en la imprenta de su periódico satírico tras el atentado; y el que parece que ha sido el inductor: el anarquista y pedagogo Francisco Ferrer. Con ellos, otros tantos que, gracias a Dios, también están ya a la sombra.

—Espero que los juzguen como merecen —apuntó Ena—. Han matado y herido a muchas personas.

Su suegra la miró con un gesto de reproche. Su marido no se estaba dirigiendo a ella y, por lo tanto, no debía hablar, tal y como le acababa de decir.

—Brindemos por ello —continuó Ena, que alzó su copa ignorando a su suegra.

A eso se unió Alfonso. En el fondo le gustaba que su mujer no cumpliera el protocolo con la rectitud que se esperaba de ella.

12

Las preguntas de Ena

El resto de su luna de miel en La Granja ocuparon su tiempo con actividades deportivas. A Ena le sorprendió gratamente que su marido fuera tan buen jinete; a ella también le gustaba montar a caballo y no precisamente a la española, sino a horcajadas. Jugaron al golf, al tenis... Practicaron el tiro al pichón —el rey demostró tener la misma gran habilidad con la escopeta que con el caballo—. También salieron a pasear mezclándose entre la gente. Les divertía que no los reconocieran por la calle. Podían sentir durante unas horas la sensación de ser un hombre y una mujer corrientes. Alfonso y Ena hablaban y hablaban sin parar.

—¿Alfonso, es cierto que cuando nos conocimos en la corte inglesa, en realidad el interés que sentías no era hacia mí sino hacia mi prima, la princesa Patricia de Connaught? —comentó Ena por sorpresa, ya de regreso al palacio.

Se refería a otra sobrina del rey Eduardo VII que, como ella, estaba soltera en la época en que conoció a Alfonso. Se trataba de la hija del príncipe Arthur y la princesa Luisa de Prusia.

—No sé quién te ha contado esa tontería. Yo fui a conocer a las princesas que estaban solteras, pero fue verte y ya no quise fijarme en nadie más. Lo que tenía claro es que no me iba a casar con una foto. Yo quería ver y escoger por mí mismo. Mi matrimonio debía ser por amor y no por conveniencia, ¿entiendes?

Ena se acercó a él y le besó. Previamente se cercioró de que nadie la veía. Le confesó a su marido que había caído en sus manos un artículo de un joven periodista del diario *ABC*, un tal José Martínez Ruiz, al que todos conocían como Azorín. En él pudo leer: «El rey fue a Inglaterra para conquistar a una princesa y regresó a España enamorado de otra, ambas nietas de la reina Victoria». Luego apostillaba: «La elegida parece ser Victoria Eugenia, yo hubiera preferido a la bondadosa Patricia».

Cuando se lo acabó de narrar al rey, este se echó a reír. Tuvieron que dejar de andar para que Alfonso se repusiera.

—Pero no debes dar ninguna importancia a lo que se diga sobre ti. ¡No podrías vivir en palacio! ¡Quédate con que ese mismo periódico hizo una encuesta sobre qué princesa europea le gustaba más a los españoles como futura consorte y saliste tú. El deseo del pueblo español coincidió plenamente con el mío. ¡Eso es lo que debe hacerte feliz!

—No me lo habías contado —comentó la reina, satisfecha—. ¿Y fue mucha la gente que me votó?

—Sí, mucha. No fue por altruismo, piensa que se sorteaba entre los participantes un bonito abanico y una sombrilla. Más de sesenta mil lectores emitieron su voto. ¡Tienes que sentirte orgullosa! Bueno, ya basta de hablar de ti. Confiesa, ¿qué te enamoró de mí? —La miró de frente esperando una respuesta.

—Quizá el que seas tan alegre. Es evidente que tu simpatía hace que te lleves a todos de calle. Tengo que sincerarme contigo, no te encontré guapo... no. Pero tenías algo que me conquistó. Reconozco que pocos llevan el uniforme como tú.

—Ya veo, te enamoraron mis uniformes. Eres la primera que me dice que no me ve guapo. Eso lo vamos a arreglar enseguida. Hoy cenamos solos en nuestra habitación para ver si cambias de opinión. El protocolo te coloca siempre tan alejada de mí, que no me extraña que no sepas ni qué cara tengo.

Ena sonrió y apretó el paso para llegar cuanto antes al palacio. Las nubes se fueron adueñando de la tarde y en cuanto el cielo quedó cubierto, comenzó a caer un aguacero para el que no iban preparados. Alfonso decidió parar bajo la marquesina de un edificio anexo al palacio y allí pudieron resguardarse del chaparrón. El rey siguió preguntándole a su mujer.

—Confiesa, ¿cuándo comenzaste a pensar en España y en los españoles?

—Crees que te voy a responder que cuando te conocí. Sin embargo, no se ajustaría a la verdad.

—Entonces ¿cuándo? —insistió el rey con curiosidad.

—Cuando yo tenía cinco años. En uno de los muchos viajes de mi padre a este país me trajo un abanico precioso. Me dijo: «Cuando seas mayor, te llevaré a España. Te gustará mucho». Pero no pudo ser. Ya sabes que él, empeñado en demostrar su ardiente patriotismo, se fue a luchar para convertir la costa de oro africana en un lugar sin esclavos. Participaba en la marcha del ejército hacia Kuwasi, cuando las fiebres tropicales le atacaron mortalmente. Le dejó un mensaje a mi madre: «No vine buscando la gloria, sino el cumplimiento del deber». Esa frase nos marcó para siempre a mis hermanos y a mí. En mi familia, el compromiso con el cumplimiento del deber lo llevamos tatuado a fuego.

—Tu padre, el príncipe Enrique, era entonces el gobernador de la isla de Wight, ¿verdad?

—Sí. Por eso, al morir mi abuela, la reina Victoria, nombró a mi madre gobernadora. Siempre que pienso en mi padre me entristezco. De hecho, hay quien dice en la familia que me volví más seria tras su muerte. Puede que tengan razón.

Alfonso vio cómo se ensombrecía su semblante y quiso cambiar de tema.

—Te estás poniendo muy seria. No pienses en cosas tristes. A ver, dime de verdad quién fue tu primer amor.

—Tú —dijo sin dudar y la sonrisa volvió a su cara.

La lluvia arreciaba tan fuerte que, a pesar de estar bajo una mínima techumbre, comenzaron a calarse hasta los huesos. El rey siguió conversando.

—Me han hablado de que a los quince te enamoraste de un apuesto príncipe. ¿Me equivoco? El duque Boris de Rusia.

—¿Quién te ha metido esos pájaros en la cabeza?

—Lo sé de buena tinta. El príncipe Boris, hijo del gran duque Vladimir, incluso te pidió matrimonio, pero, al parecer, tu familia no consintió.

—Por favor, Alfonso. No me acuerdo de lo que me estás contando. Eso fue hace mucho tiempo. Yo, desde luego, no estaba enamorada. No me saques más ese tema. Si no te empezaré a preguntar a ti por tu historial amoroso.

—A mí que me registren. No tengo ni idea. He perdido la memoria.

—Ya, la pierdes cuando quieres...

Cuando escampó un poco, decidieron seguir caminando hasta llegar al palacio. Estaban completamente empapados. Comunicaron a todos que esa tarde se retiraban a sus habitaciones. En la intimidad ya no importaba ni el agua ni el idioma. Seguían hablando en francés entre ellos. Tampoco importaban las formas... El rey la ayudó a quitarse la ropa mojada y la envolvió en una toalla hasta que entró en calor. A su marido le gustaba contemplar su esbelta figura y su elegancia aun estando desnuda. También le llamaba la atención su largo pelo rubio que parecía casi blanco bajo la luz del sol. Esa tarde Alfonso se entregó a su obligación de dar un heredero a la Corona y puso todo su empeño en que así fuera. Victoria Eugenia no opuso resistencia y se entregó a la misma causa.

Al caer la tarde, la reina no se sentía del todo bien. Notaba cómo, por minutos, le iba subiendo la fiebre. Alfonso llamó a su médico y en cuanto este la reconoció, recomendó que permaneciera varios días en cama. Se trataba de un resfriado común. En los días sucesivos, el rey siguió atendiendo a las visitas que llegaban hasta La Granja. En cuanto podía escaparse, acudía a la habitación para saber cómo evolucionaba el estado de salud de su mujer. Después de tres días, Ena se puso en pie coincidiendo con la visita del exalcalde de Madrid, el señor Vicenti, que había acudido hasta allí para hacerles entrega de un álbum de fotos con la dedicatoria de todos los alcaldes de España. Ena le dio las gracias en castellano, pero no pudo decir nada más en español; el resto de la conversación fue en francés. Ese día se puso un plazo para soltarse a hablar el idioma de su marido. A partir de ese momento, pidió al servicio que hablara con ella en castellano. Poco a poco, su oído se fue acostumbrando al español y comenzó a hablar un poco más. Eso sí, nadie se atrevía a corregirla, aunque no se expresara correctamente.

La hermana del rey, María Teresa, acudió a La Granja a pasar unos días junto a su hermano y lo cierto es que fue ella quien se convirtió en la verdadera maestra de Victoria Eugenia. Cuando se quedaban a solas procuraba corregir todos los giros lingüísticos que hacía mal. Entre el español y el francés se fueron contando sus vidas y algunas confidencias sobre sus primeros días de matrimonio. Las dos estaban recién casadas, con una diferencia de cinco meses. Ambas hablaron con detalle sobre su infancia y sobre sus respectivas familias. Al cabo de unos días, se sintieron cómplices y muy unidas, llegando a sentir que sus lazos familiares y de amistad se estrechaban.

—María Teresa, eres la versión en mujer de tu hermano pequeño.

—Físicamente puede que sí, pero yo no estoy tan malcriada como él. A mi hermano Alfonso, desde que nació, ya le hicieron saber que era el rey, y se hacía su voluntad. A mí me puedes llevar la contraria, que no me pasa nada, pero a mi hermano, ni se te ocurra. Ya lo irás averiguando.

—Me tienes que contar todos los secretos de tu hermano.

—Antes te contaré el mío, todavía no se lo he comunicado a nadie, pero quiero que lo sepas tú.

—¿El qué?

—Estoy embarazada de tres meses.

—¿Qué? No me podías dar una noticia mejor. ¿No se lo has dicho a tu hermano?

—No, pensaba decírselo en la comida, pero ya no aguantaba más sin que tú lo supieras. Te pido que me guardes el secreto hasta que se lo diga a Alfonso. Quiero ser yo quien se lo comunique.

—¡Claro! —Ena se abrazó a ella. Estaba muy emocionada.

Victoria Eugenia dejó de sentirse sola. Por fin, había alguien de la familia de su marido que la apreciaba sinceramente. Estaba feliz de haber sintonizado no solo con ella, también con el esposo de esta, el príncipe Fernando de Baviera, nieto también de la reina Isabel II. María Teresa y Fernando eran primos. Esa circunstancia daba pie a muchas bromas familiares.

La hermana de Alfonso le hizo más llevadera su estancia en España, porque en la corte nadie hacía nada por acercarse a ella. Desde la marcha de lady William Cecil no había encontrado tanto placer en hablar con alguien como con María Teresa.

Ramiro intentaba leer todo cuanto caía en sus manos sobre la perla Peregrina. Necesitaba saber si la de Victoria Eugenia se trababa de la gema auténtica que había pasado por las manos de tantas reinas de España. Mientras estaba en casa entre libros, recibió una nueva visita de su amigo Jaime. Estaban solos su hermana Milagros y él. Después de un rato hablando, le dejó a solas con su hermana. Le comentó que debía seguir estudiando.

—Me quedo charlando con tu hermana, si no te importa.

—No, no... Eres como de la familia.

Ella le ofreció un vaso de agua con limón y Jaime se decidió a hablar.

—Milagros, lo mismo querrías dar un paseo conmigo. Lo digo por no estar aquí encerrados. ¿Te apetece?

—Sí, te lo agradezco. Esta casa se está convirtiendo en mi cárcel.

Le pidió permiso a su hermano para salir con su amigo y este no puso ninguna pega. Tras salir del portal, fueron caminando lentamente por la acera hablando de Ramiro y de lo mucho que se estaba preparando para su conversación con la reina.

Jaime miraba fijamente a los ojos de su interlocutora. Intentaba averiguar si en su mirada había algún indicio sobre sus sentimientos hacia él. Sin embargo, esta tenía otras preocupaciones en su cabeza.

—¿Te importa que pasemos por la iglesia del Carmen? Tengo que hablar un segundo con el padre Manuel —le comentó Milagros desviándose del paseo.

—No, no, en absoluto. —Sacó un cigarrillo de su pitillera y se puso a fumar. Estaba nervioso.

Al llegar a la iglesia, Milagros le pidió que la esperara allí.

—¡Serán cinco minutos!

—Aquí estaré. ¡Tranquila!

Para Jaime era una ocasión que no podía desaprovechar. Estaba a solas con la chica que no había podido apartar de su pensamiento en todo este tiempo. Se dijo a sí mismo que no encontraría una oportunidad mejor para confesarle lo que sentía por ella que esta.

Milagros salió apresuradamente de la iglesia. Jaime no entendía qué le pasaba, pero era evidente que tenía prisa por alejarse de allí. En realidad, la joven tenía miedo de encontrarse con sus padres. Le pidió que caminara rápido para abandonar cuanto antes el entorno de la iglesia. Miraba hacia un lado y hacia otro y no respiró tranquila hasta que entendió que ya había una distancia suficiente para que, si se encontraba con sus padres, no pensaran que había pasado por la iglesia. Jaime pensó que sus nervios se debían a que le estaba ocurriendo lo mismo que a él.

—Milagros —carraspeó—. Creo que tengo que hacerte una confesión. No sé por dónde empezar. Bueno, lo mejor es que te lo diga de sopetón: ¡Estoy enamorado de ti!

Milagros frenó en seco sus pasos y se le quedó mirando fijamente. Al verle tan nervioso no se atrevió a confesarle su intención de meterse a monja. Se quedó sin habla. Jaime se acercó a ella y la besó.

—No, no..., Jaime. Has cometido un error. Puede que yo haya tenido la culpa.

Se echó a llorar y se puso a correr en dirección a su casa. No paró hasta que llegó al portal. Jaime se quedó parado. Sus pies eran como de plomo. Pensó que había metido la pata y que tenía que solucionarlo inmediatamente. Tuvo la intención de ir tras los pasos de Milagros para pedirle disculpas. Sin embargo, le fallaron las fuerzas. Se preguntaba qué había hecho mal.

Milagros abrió la puerta de casa y saludó en voz alta para que su hermano la oyera, pero se metió a toda prisa en su cuarto.

—¡Pues sí que habéis dado un paseo corto!

—Me duele la tripa. De repente me he empezado a encontrar mal.

Se echó a la cama y se puso a llorar desconsoladamente. Cuando llegaron sus padres y su hermana, se enjugó las lágrimas. Decidió hacerse la dormida. Ramiro contó que se había ido a dar un paseo con Jaime pero que se había puesto mala. Todos la dejaron descansar.

Esa misma tarde llamaron a Ramiro desde el Palacio Real para avisarle de que la reina regresaría al día siguiente a Madrid. Deseaba quedar con él a las doce de la mañana. El joyero confirmó su asistencia. Por lo tanto, ya no se movió de su cuarto y siguió entre libros tratando de averiguar las manos por las que pasó la Peregrina. Ramiro encontró una información muy curiosa sobre las perlas que se salía de lo estrictamente histórico.

> Poseen un comportamiento fertilizante. Son muy útiles para aquellas personas que tienen mermadas sus facultades emocionales. Incluso, pueden hacer aflorar las emociones contenidas, incluyendo el llanto. La perla es una gema sensibilizadora y amplificadora de la receptividad emocional.

Leyó igualmente que muchos curanderos le atribuían propiedades medicinales. Estaba convencido de que esos datos le gustarían a la reina. Estaba nervioso. Se tomó aquel nuevo encuentro como un examen e intentó memorizar todo lo que leía. Entre tanto libro, descubrió un dato interesante sobre la reina, la relación que tenía Victoria Eugenia con un personaje muy querido en España: Eugenia de Montijo. Se enteró de que el nombre de Victoria se lo pusieron por su abuela y el nombre de Eugenia por su madrina, la aristócrata española y emperatriz consorte que fue esposa de Napoleón III Bonaparte. Mirara donde mirase, tanto en la rama materna como en la paterna de su linaje, se encontraba con grandes personajes históricos. Eso todavía le añadía mayor presión a su próxima cita con la reina.

13

La perla que te hará llorar

Fue poner el pie en el empedrado del acceso al Palacio Real, y Ramiro tuvo la sensación de que le temblaban las piernas. Los rumores de crisis del Gobierno de Segismundo Moret, a finales del mes de junio, se habían acrecentado de tal manera después del atentado que el rey tuvo que volver a Madrid a calmar las aguas.

La reina aprovechó esta delicada circunstancia para acompañar a su marido y, de paso, hacer algunos recados que tenía pendientes antes de emprender viaje a Londres.

Mientras subía las escaleras de palacio, al joven García-Ansorena le pararon dos veces para preguntarle el motivo de su visita. Finalmente, permaneció de pie en una sala alfombrada y decorada con tapices hasta que le anunciaron con toda pompa y circunstancia:

—Ramiro García-Ansorena. ¡De casa!

La reina le esperaba en un sillón de terciopelo verde y le invitó a sentarse cerca de ella. Le sonrió mientras el joyero se acomodaba y aguardaba a que la reina le preguntara antes de comenzar a hablar. Se fijó en que llevaba puesta la perla de la que quería saberlo todo. La gema colgaba del broche de brillantes que le había regalado el rey. Vista de cerca le resultó todavía más impresionante que la primera vez que la vio prendida del traje de novia.

—No puedo esperar más —le comentó la reina en francés—. Necesito saber toda la historia de esta perla. Le pido que sea minucioso en los detalles.

—Espero que Su Majestad comprenda que la escasez de datos hace que sea especialmente difícil seguirle el rastro. Le puedo contar que procede de las cálidas aguas de Panamá. Concretamente de Santa María la Antigua del Dairén, la primera ciudad fundada por los españoles en tierra firme americana. Para que se sitúe hablamos del sureste de América Central. Sirvió de punto de partida para la conquista y descubrimiento de otras ciudades por parte de aventureros europeos de la época. Allí los nativos descendían a pulmón para coger ostiones de los fondos marinos. La operación de llenar la taleguilla, que llevaban en bandolera, entrañaba sus peligros. Hay quien descendía más de la cuenta y le estallaban los pulmones o caía presa de algún tiburón. Además, pocas veces se tenía éxito en una inmersión. Casi siempre se fracasaba porque las ostras con perlas estaban bien agarradas a las rocas del fondo marino y eran muy difíciles de desprender.

—Entonces ¿el hombre que cogió esta perla puso en riesgo su vida al hacerlo? —le interrumpió la reina con cara de preocupación.

—Así es, majestad. Esta perla sin duda se encontraría en lo más profundo del mar, de donde la rescataron con la única ayuda de sus pulmones. Las apneas tienen que ser tan largas que cuando llegan a la superficie a veces pierden el conocimiento. Otras veces, mueren en el intento. En esta ocasión, el nativo vio la ostra más grande de su vida y, fallándole ya los pulmones, dejó de señal su taleguilla bien sujeta a la roca. Subió a la superficie para volver a coger aire y descendió de nuevo con mucha excitación. Intentó arrancar la ostra al volver a verla, como si de una aparición se tratara, pero se resistía aferrada a su arrecife. Cuando creyó que iba a perder el conocimiento, la ostra cedió y pudo cogerla *in extremis*, subiendo hasta la superficie con un gran nerviosismo. Los pescadores, que le esperaban en una barcaza, le ayudaron a subir ya que le fallaban las fuerzas y el aire parecía que no entraba en sus pulmones. Al cabo del rato su semblante cambió y esbozó una sonrisa mientras miraba con expectación su mano derecha que sujetaba con fuerza la ostra. Un cuchillo de jade ayudó a abrir aquel molusco de grandes dimensiones. De pronto... apareció ante sus ojos la perla más bella y grande del mundo.

La reina Victoria Eugenia estaba muy emocionada con el relato. Le hizo un gesto con la mano para que continuara. Necesitaba saber qué pasó después.

—No se pare, por favor. Le pido que siga. Tengo el corazón a mil.

—Se escucharon diferentes exclamaciones al ver la perla sin duda más hermosa que había cogido nunca nadie. De inmediato el experimentado buceador quiso regresar a tierra para enseñársela al cacique al que llamaban Chiruca, que mandaba en esa comunidad. La perla siguió provocando admiración entre quienes la veían. Chiruca se la guardó y le pidió al buceador que escogiera entre abalorios y restos de botines que tenían allí a la vista.

—¿Qué hizo con la perla, se la quedó? —La reina mostraba mucha curiosidad.

—Sí, porque sabía que con esa perla podría negociar con el capitán, Gaspar de Morales, muchas cosas que hasta ahora le habían sido negadas. Había un acuerdo de respetar la aldea si les proporcionaban oro y esclavos. El cacique quiso ganarse la confianza del capitán y le regaló la perla. Este, después de contemplarla con verdadera admiración, pensó que podría ser la llave para conseguir un permiso y realizar sus sueños de seguir conquistando nuevas tierras.

El joyero continuó narrándole cómo Gaspar, con la perla bien custodiada, se presentó ante el gobernador de Castilla del Oro. Se llamaba Pedro Arias Dávila, y le pidió, una vez más, que le autorizara a adentrarse en el continente más allá de la nueva ciudad de Panamá. El gobernador no hacía sino frenar sus ansías de conquista. Cuentan que mientras estaba negociando una nueva expedición, entró Isabel de Bobadilla y Peñalosa, la mujer de Pedro Arias. El capitán, nada más verla, se puso en pie y sacó la perla que guardaba a buen recaudo.

—«Un presente para vos, señora», le dijo. Cuando la mujer la vio se quedó sin habla. Fue tal la impresión que le causó ese regalo, que el gobernador no tuvo más remedio que concederle el permiso necesario para salir en busca de la ciudad de los palacios de oro y nácares a la que los indígenas llamaban Birú.

—Entonces ¿fue ella la primera mujer que se adornó con la Peregrina?

—Sí. Eso está documentado. Pero al principio no la exhibía, ya que pensó que llamaría mucho la atención. La guardaba celosamente en su alcoba. Dice la leyenda que un día llamó a un esclavo indio que sabía mucho de piedras preciosas. Nada más ver la gema se puso nervioso.

—Y eso ¿por qué?

—Majestad, los nativos son muy supersticiosos y creyó ver en la perla la forma de una lágrima. Se quedó mirándola fijamente y al rato se fue corriendo de allí asegurando que esa perla «la haría llorar».

—¿Qué le ocurrió? ¿Vio algo que no le gustó en ella? —Se señaló el pecho, donde llevaba colgada la perla.

—Hay quien dice que debió de ver algo terrible que le asustó. Otros aseguran que pensó que la perla con forma de lágrima atraería malos momentos a todo aquel que la portase. Ya sabe que la superchería es terrible en los pueblos primitivos.

—¿Cómo algo tan hermoso va a causar desgracias? Son pensamientos negativos fundados en creencias absurdas. No existe ninguna base científica que justifique que a principios del siglo XX creamos algo así. Las personas son las que conducen su vida hacia la gloria o hacia el abismo. No creo que algo que uno lleve puesto influya positiva o negativamente en su suerte.

La reina se quedó muy pensativa. En ese momento entró el rey. Le pidió a su mujer que le acompañara ya que su madre, la reina María Cristina, la estaba esperando desde hacía un rato.

—¡Oh, sí, perdóneme! Hablando de joyas y de historia se me ha pasado la hora. Señor García-Ansorena, le doy las gracias por su paciencia. Recuerde dónde nos hemos quedado para seguir hablando del «peregrinaje» de mi perla. Quiero conocer la historia de todas las manos que la han tocado.

—Está bien. Seguiré investigando para saber responder a todas sus cuestiones.

—¡Hasta pronto!

Ramiro se puso en pie y le hizo un gesto de respeto acompañándola con la mirada hasta que la vio alejarse de la estancia. Pensó que el rey había llegado en el momento oportuno. Ramiro cogió su sombrero panamá, se abrochó el botón de su chaqueta y se fue del Palacio Real con ganas de pasear. Pensaba en lo afortunado que era al contar con la confianza de la joven reina. A ella le apasionaban las joyas tanto como a él.

Andando llegó hasta Recoletos. Era el lugar de encuentro de las personas pudientes. Recorrer a pie ese trayecto hasta la Castellana ya era un acto social en sí mismo y un trabajo para Ramiro. Todos sus clientes recorrían con sus mejores galas ese paseo. Dejarse ver bastaba para recordar a más de uno que tenían una deuda con la joyería. Más de una vez le había dicho a su padre que sería bueno firmar un contrato con esas personas, por muy conocidas que fueran y por mucho apellido de rancio abolengo que tuvieran. Pero García Moris siempre le contestaba lo mismo: «No es de personas educadas recordar las deudas. Los pagos llegan solos». Gracias a esa política, Ramiro podía ver muchas de las joyas que lucían esas personas en el paseo matinal y que no habían sido abonadas, y eso le desesperaba. Después de llegar hasta la Castellana, decidió regresar a casa.

Si la costumbre era caminar por la mañana, por la tarde se paseaba en coche por el Retiro. Se daban dos o tres vueltas con las berlinas o landós cerrados y se terminaba de nuevo en la Castellana. Los coches eran conocidos no solo por los caballos sino también por sus colores. El de los marqueses de La Laguna era de color verde y tapizado en blanco; el de los duques de Medinaceli, azul y amarillo... Todos, en general, tenían los colores de sus casas.

Un tercer paseo tenía lugar justo al anochecer, cuando se encendían las farolas, el desfile de coches recorría la calle Alcalá hasta la puerta del Sol, regresando por la carrera de San Jerónimo. Había mucha vida social tanto en la calle como en las casas.

Ramiro se dirigió directamente al taller. Al entrar, saludó a todos, pero solo se fijó en Rosario Calleja, la joven recién llegada que, al sentir su mirada, se sonrojó. Entró al despacho que compartía con su padre para ponerse el guardapolvo.

—¿Qué tal te ha ido en palacio, Ramiro?

—Muy bien, padre. La reina pareció interesada en lo que le conté. Seguiré preparándome para sus preguntas.

—Somos joyeros de la Casa Real, eso no lo pueden decir todos en nuestro gremio. Es un honor que no podemos perder.

—Lo sé, padre. Hay una corriente de simpatía entre la reina y yo. No pienso defraudarla... Por cierto, he paseado por Recoletos y me he encontrado con muchos de nuestros clientes. Al verme, me han dicho que vendrán a hablar contigo. Digo yo que, de paso, saldarán la deuda que tienen.

—No los atosigues. Acabarán pagando.

—Tarde, pero pagarán. Bueno, si quieren.

—Es una cuestión de honor saldar las deudas.

—Está bien, padre. Comprendo que, para la familia, lo del honor es capital. Ahora, para nuestros números, si ya nos pagaran sería la leche.

—¡Ese lenguaje! Me voy a comer a casa. ¿Vienes?

—Sí, en dos minutos. Tengo en mente un broche de zafiros y brillantes. Le doy una vuelta y subo.

No habían pasado ni cinco minutos y apareció su amigo Jaime. Estaba muy demacrado, con ojeras muy pronunciadas. Ramiro pensó que estaría de exámenes.

—Hombre, ¡cuánto bueno por aquí! Traes una cara espantosa. ¿Has tenido algún examen?

—Bueno, no exactamente. Quería explicarte algo muy personal y a la vez, quería disculparme. No sé si Milagros te ha contado...

—¡No! ¡Qué me tenía que contar!

Al darse cuenta de que su hermana no le había dicho nada, prefirió obviar el beso que le había dado el día que salió con ella.

—No, nada. Quería que me ayudaras a pedirle a tu padre permiso para poder salir con ella formalmente...

—¿Milagros no te ha contado nada? Desconocía...

—¿Está comprometida con otra persona?

—Milagros quiere meterse a monja. Creía que lo sabías.

Jaime enmudeció. La mujer que le quitaba el sueño desde hacía tiempo no solo había salido huyendo cuando la besó, sino que estaba comprometida con Dios. Pensó que era demasiado rival para competir con él.

—Vaya. No me contó nada. Pensé que...

—Mi padre lo lleva muy mal y no la deja salir. Lo del otro día fue porque yo hice la vista gorda, pero tiene prohibido poner un pie en la calle.

Recordó que ella le había pedido ir a la iglesia del Carmen. De pronto, ató cabos.

—Espero que mis sentimientos hacia Milagros no sean un impedimento para poder seguir yendo a tu casa.

—Por supuesto, Jaime. Siempre serás bien recibido. Esta conversación no saldrá de aquí.

—Muchas gracias, Ramiro.

Jaime se fue peor que había llegado. Arrastraba los pies. Parecía un anciano cuando salió del taller. El joven García-Ansorena pensó en lo poco atinado que había estado su amigo enamorándose de su hermana mayor. También sabía que en la sociedad en la que vivían era muy difícil ser correspondido por la persona que uno amaba. Los matrimonios eran de conveniencia en su mayor parte. El amor no era tenido en cuenta en la mayoría de las uniones. Por eso, los hijos fuera del matrimonio, con amante incluida, no era infrecuentes. Ramiro llevaba mal que se viera con buenos ojos que los grandes hombres de negocios y los caballeros de alta alcurnia tuvieran a su querida sostenida con piso y manutención. Algo aceptado por todos y admitido.

—Cuando yo me case, lo haré por amor. Si no, mejor soltero

toda la vida —se dijo a sí mismo mientras recogía para ir a su domicilio.

Le parecía que la reina Victoria Eugenia había traído consigo nuevas costumbres, y esta de casarse por amor lo era. Como el té de las cinco, fumar y beber delante de las personas. Ramiro intuyó que muchas actitudes y costumbres cambiarían gracias a la reina. Por fin, aire nuevo entre tanta rigidez y doble moral.

14

Que «la tradición borbónica» se pierda

Cada vez que volvía de Madrid, Alfonso superaba el récord anterior de llegar a La Granja en el menor tiempo posible. Aunque a Victoria Eugenia también le gustaba la velocidad, le recordó una anécdota que le había contado el conde de Romanones antes de partir de nuevo a Segovia para continuar su luna de miel.

—Me han dicho que en la visita oficial del presidente francés a España el año pasado, le montaste en tu coche para ir a una cacería y pasó mucho miedo. Llegaste a superar los 90 kilómetros por hora.

—No sé quién te va contando esos chismes. Seguro que Romanones. —Pisó el acelerador para superar la media alcanzada con el presidente Loubet.

—A mí no me asusta la velocidad. Por mí, acelera todo lo que quieras. Además, sé que, si se estropea el coche, podrás arreglarlo. La misma fuente me ha dicho que sabes de mecánica.

—Yo sería capaz de salir de cualquier apuro sin necesidad de pedir ayuda a nadie. Pero tengo que confesarte que me hizo mucha gracia ver a Loubet agarrado del brazo del embajador Cambon con cara de pánico.

—Cuando veas a alguien con esa cara en tu coche, baja la velocidad. Te lo pido por favor. Nadie, salvo yo, querrá montarse contigo en el coche.

—¿Te cuento un secreto? —La reina asintió con la cabeza—. En un Consejo de Ministros reciente unos querían que el Gobierno me llamara la atención, incluso hubo quienes apuntaron que se me prohibiera conducir hasta que no tuviera descendencia. ¿Qué te parece?

—Que te están pidiendo que seas prudente o que no conduzcas.

—Yo creo que lo que nos están diciendo es que nos pongamos a la «faena» de traer un heredero. Así se quedarían tranquilos. ¿Qué te parece?

Ena se echó a reír mientras sentía la misma sensación de libertad que su marido. Los dos coches que los escoltaban se quedaron muy atrás. Era imposible alcanzar al rey.

Siguieron disfrutando de la vida al aire libre durante su luna de miel. Mientras Alfonso practicaba su gimnasia sueca todas las mañanas, costumbre que tenía desde que era niño, así como la esgrima y el tenis, Ena aprovechaba esos momentos para leer a los clásicos ingleses o a los novelistas del XIX. También escribía largas misivas a su familia y a su amiga, lady William Cecil. A todos les anunció que antes de trasladarse a San Sebastián y a Santander harían un viaje a Londres. Mientras tanto, la actividad en el Palacio de La Granja no se detenía. Cada vez las reuniones con su cuñada Teresa eran más largas y frecuentes.

—Ata en corto a mi hermano, que es muy caprichoso y se harta rápidamente de las cosas. Te aconsejo que le sorprendas. La rutina le mata. ¿Sabes quién le educó así? Nuestra tía Isabel, a la que llama el pueblo la Chata, hija de mi abuela Isabel II y dos veces princesa de Asturias. Hermana de mi padre.

—Conozco perfectamente el linaje de la tía Isabel.

—Pues ella y mi madre hicieron de mi hermano el hombre más caprichoso del mundo. Se lo digo a él en su cara. Es lo que pienso. Solo espero de mi hermano que cambie ahora que tú estás en su vida.

—Gracias por avisar, pero ya lo sabía. Si fuera por él estaría de acto en acto, y a mí me gusta también disfrutar del hogar. Yo quisiera hacerle sentir que formamos una familia.

—Solo le pido a Dios que no herede *eso* de mi padre de lo

que nadie habla. Era... no sé cómo decirte: le gustaban las faldas, ¿me entiendes? Hizo sufrir mucho a mi madre con sus aventuras. Una de ellas, con una actriz, Elena Sanz, que le dio dos hijos bastardos —le comentó entre susurros.

—No tenía ni idea. Alfonso no me ha contado nada.

—Para todos los Borbones, incluido el fundador de la dinastía, las mujeres han sido su perdición. Pido a Dios que con mi hermano esa tradición borbónica se pierda. Está muy enamorado de ti. Eso lo ve todo el mundo.

—Yo también siento mucho amor por el rey. Me conquistó desde que le vi la primera vez y eso que no me parecía muy guapo.

—A mí no me digas eso ¡que somos iguales! Él en hombre y yo en mujer, claro.

—Es verdad. No he querido decir exactamente eso. —Se echaron las dos a reír.

Teresa se tocaba constantemente el vientre. Victoria Eugenia la miraba con ternura. Deseaba quedarse embarazada. No hacía más que recibir indicaciones de su suegra y de los miembros del Gobierno sobre la importancia de dar un heredero al trono. Sentía el peso de la responsabilidad y eso la alteraba más.

Llegó a La Granja una carta de su amiga May recién incorporada a la vida oficial de Londres tras su último viaje a Egipto. «Ha sido una experiencia extraordinaria. Ya te contaré los progresos que vamos haciendo aquí. Me dicen que vas a venir. Te estaré esperando. Te he traído un *souvenir* de tierras del Nilo». Al saber que su amiga ya estaba de vuelta, empezó a sugerirle a Alfonso la necesidad que tenía de ver a su familia. Antes de ponerle fecha al viaje, una crisis de Gobierno en el mes de julio se llevó por delante a Segismundo Moret y hubo que retrasar todo lo planificado para el viaje de novios. El nuevo presidente era el militar y político del partido Unión Liberal, el general José López Domínguez. Formaba parte de un gabinete apadrinado por Canalejas y los sectores más a la izquierda de los liberales. Andaba Alfonso preocupado de que no hubiera estabilidad en los gobiernos y fueran tan cambiantes. No acababa de acostumbrarse a un presidente cuando ya lo cambiaban por otro de distinto partido. El ambiente del país comenzaba a enturbiarse. Con este ruido de fondo emprendieron viaje a Londres en medio de un incidente que no parecía tener importancia: la Diputación de Bilbao se negaba a admitir a un obrero del ferrocarril que había sido despedido junto con otros que promovían el cese temporal de la actividad laboral. Esta circunstancia derivó en una huelga general que sorprendió a los reyes recién llegados a Londres.

Ena regresaba por primera vez a su país como reina de España. Su visita tuvo mucho eco y su pariente, el rey Eduardo VII, le preparó un gran recibimiento en presencia de su sucesor, el príncipe Jorge y su esposa lady Mary de Teck.

A la reina se la veía feliz entre su madre, la princesa Beatriz, y sus hermanos. Todos requerían hablar con ella en un aparte. Se rio mucho con las bromas de Alejandro, Leopoldo y Mauricio. Lamentaba no tener un ambiente similar en la corte y comprobó que aquel afecto que le demostraban todos era lo que le faltaba en España. Así se lo explicó a su amiga May, con la que más que charlar se confesaba.

—No sabes cómo añoro nuestras largas conversaciones sobre tus viajes. ¿Qué tal te ha ido en este último?

—Más interesante que ninguno. He descubierto en el joven Howard Carter a alguien tan apasionado como yo por la cultura egipcia. Incluso sabe más de inscripciones y de dibujo que nadie. He tenido que vender muchos «tesoros» familiares para poder costear la excavación que hemos iniciado. Le he dejado allí al frente de todo. Hemos descubierto un papiro en arameo del rey Artajerjes. ¡Es algo fascinante!

—¡Lo que daría por irme contigo a uno de tus viajes! Fue maravilloso el que hicimos mi prima Beatriz y yo antes de casarme.

—Eso cuando quieras y cuando puedas... Entiendo que ahora tienes otros cometidos. Mira lo que te he traído. —Le mostró una piedra de color verde encontrada en una de las tumbas de nobles que había descubierto—. Es una ágata. En el mundo mágico de las piedras y de los minerales, el ágata se ha ganado la fama de «piedra de la sabiduría». Forma parte de la familia del cuarzo, pero es un mineral universal. Egipto es uno de los países que tienen las ágatas más bellas.

—Muchas gracias, May. Es bellísima. La llevaré siempre conmigo.

—No deja de ser óxido de silicio con una profunda carga histórica. En la cultura egipcia se usaba como remedio para las mordeduras de arañas y picaduras de escorpiones. También se la consideraba un talismán infalible para conquistar el amor de un hombre. Se la ponían las mujeres para lograr que los hombres se rindieran a sus pies.

May se echó a reír y la reina la siguió sin soltar el ágata de su mano.

—Conquistaré el corazón de Alfonso de tal manera que no podrá mirar a otra mujer.

—Tenlo por seguro.

—May, te necesito cerca. Hay momentos en los que me siento muy sola, aunque esté rodeada de gente. No acabo de lanzarme a hablar el idioma castellano y eso me aleja de la gente.

—Debes esforzarte al máximo si no quieres figurar en la historia como la reina que dejó indiferentes a los españoles. Tienes que hacer algo que deje huella, que demuestre tu interés por las personas.

—Estaba pensando en impulsar la figura de la mujer en los hospitales. Que sea el complemento a la mano del médico. Crear un cuerpo de Damas Enfermeras.

—Eso es. Muy bien pensado. La enfermería es tan antigua como la propia humanidad. La figura de la enfermera creo que apareció como tal en la Edad Media. En un principio solo ayudaban a traer niños al mundo porque el cuidado de enfermos estaba más reservado a las monjas.

—Me gustaría que fueran mujeres muy profesionales. Con

nociones generales sobre cómo tratar a los enfermos. En España están las Hijas de la Caridad de San Vicente Paúl. Pero yo quisiera algo parecido a la Escuela Florence Nightingale para Enfermeras de Londres. Visten uniforme y se preparan para ayudar a los demás.

—Pues Ena, ¡ese debe ser tu objetivo! No puedes ser una reina más. ¡Esfuérzate por encontrar tu camino!

—Me ilusiona ponerme manos a la obra. Sentirme útil. No sé cómo agradecerte que siempre saques lo mejor de mí.

—Podría decir lo mismo de ti.

Se abrazaron y así estuvieron durante varios minutos. No hacía falta decir nada más. Solo expresar el cariño que sentía la una por la otra...

—Bueno, y de niños ¿qué?

—No llegan. De momento, todo sigue sin novedad. La madre de Alfonso me sugiere que me ponga un cojín en mi pelvis cuando vayamos a... bueno, ya sabes. Pero no voy a ir con el cojín de aquí para allá. Me resulta patético.

—Lo del cojín es muy propio de reinas. Yo sinceramente creo que lo que tienes que hacer es relajarte. Debes olvidarte de toda la presión que llevas encima y disfrutar, ¿me entiendes? Cuando te olvides de todos esos «deberes», llegará el heredero.

—¿Tú crees?

—Estoy segura.

Tomaron el té y quedaron en volver a verse antes de regresar a España. A Ena los días en Londres se le pasaron como un suspiro. No pudieron prolongar la estancia allí, como ella hubiera querido, ya que las cosas en el norte de España se habían puesto realmente feas. La huelga general derivó en revueltas callejeras y el Gobierno declaró el Estado de sitio. Hubo que regresar con prisas ante la gravedad de los acontecimientos. Cuando los reyes llegaron a Bilbao, el ejército estaba en la calle y los forasteros que estaban allí para las fiestas tuvieron que salir a toda prisa. Los huelguistas trataban por todos los medios de impedir que siguieran los trabajos de altos hornos e intentaron suspender también la circulación de trenes y tranvías. Las batallas campales dejaron muchos heridos entre obreros y guardias. Al suspenderse las regatas que iban a presidir los reyes, se marcharon a San Sebastián.

15

Curiosidad por La pulga

Durante la luna de miel, rara era la noche que los reyes no fueran a ver algún espectáculo de teatro o de música. Además, a Alfonso XIII le gustaba conocer a los artistas tras finalizar las representaciones. Para él tenía un aliciente especial charlar con ellos de la obra, así como del papel que habían interpretado. De hecho, procuraba aprovechar sus viajes a Madrid para ver algunos que venían precedidos de un sonado éxito. En una ocasión, el duque de Toledo le habló de una actriz que estaba adquiriendo una gran popularidad cantando cuplés con letras picantes. Su nombre era Consuelo Portela, también conocida como la Chelito. Se había criado en Cuba como hija de un matrimonio español cuyo cabeza de familia cumplía funciones militares en la colonia española, antes del desastre del 98. Consuelo había llegado a España tras la pérdida de la isla y lo había hecho bajo una estela de triunfo y de éxito debido a sus atrevidos espectáculos que algunos llamaron «psicalípticos». La palabra se puso de moda para señalar aquello que era transgresor y picarón. Había aglomeraciones y largas colas de hombres tanto a la entrada como a la salida de los teatros donde cantaba. Todos querían agasajarla, regalarle flores, bombones y deslizar su tarjeta por si la artista tenía a bien llamarlos.

Ese éxito y esas letras con doble intención llegaron a oídos del rey, que se moría de ganas de ver a la actriz levantándose la falda para cantar *La pulga*. La letra de la canción decía: «Hay una pulga maligna que a mí me está molestando...», la actriz se subía la ropa dejando entrever sus piernas. «Porque me pica y se esconde y no le puedo echar mano...», y vuelta a subirse las enaguas con ambas manos dejando a la vista sus muslos. El rey quería ir a Madrid a verla a toda costa, pero necesitaba una buena excusa para abandonar la luna de miel en San Sebastián y regresar a Madrid.

La oportunidad surgió cuando Álvaro de Figueroa y Torres, conde de Romanones, anunció en agosto una ley, en forma de Real Orden, en la que pretendía facilitar el matrimonio civil. A tal efecto, reformó el artículo 42 del Código Civil, por el cual los que quisiesen contraer matrimonio de este modo tenían que manifestar al funcionario competente que no profesaban la fe católica. Se armó tal revuelo en la Iglesia que desde todas las diócesis se redactaron pastorales duras y críticas contra el Gobierno y contra todos aquellos que celebraran la nueva ley, tachándolos de «pecadores públicos». Había que sofocar el revuelo de la Iglesia e intentar calmar el ambiente. El rey lo vio claro, era el momento adecuado para regresar a la capital. Le pidió a Ena que no le acompañara ya que era «un viaje muy largo y fugaz». Victoria Eugenia no tuvo más remedio que quedarse con el resto de la familia real.

Una vez en Madrid, el rey se reunió durante varias horas con los ministros en el Palacio Real. El conde de Romanones contaba todos los insultos que había recibido en los últimos días.

—Majestad, no hemos hecho más que una ley para que la gente pueda resolver su situación personal y me han dedicado todo tipo de calificativos. El obispo de Tuy lo más suave que me ha llamado ha sido «tonto». Por no hablar de las barbaridades que ha pronunciado el obispo de Valencia, asegurando que ni las personas que estén a punto de morir podrán recibir la absolución si se han divorciado; o el de Málaga, que quiere que se persuada a las mujeres asegurando que el matrimonio civil degrada su condición femenina. Me han llamado «el anticristo» y cosas similares por promover, según dicen, una «revolución anticatólica». Sinceramente, majestad, no veo que hayamos cometido sacrilegio alguno. No podemos condenar a las personas a estar casadas toda la vida y hasta la muerte.

—El ambiente está muy crispado en la calle y esto no ayuda a tranquilizar a la población —afirmó el rey con severidad.

—Hay motivos para estar preocupados y no solo por la Iglesia o lo que digan sus ministros en sus pastorales. Si en Bilbao la chispa saltó por un despido, puedo anunciarle que en Madrid la mecha ya se ha prendido por distintos motivos —señaló el presidente del Consejo de Ministros.

—¿Qué ha ocurrido? —preguntó el rey, ajeno como estaba al día a día de la capital...

—Ahora son los obreros en Madrid los que quieren un aumento de sueldo de un real diario. ¡Esto no ha hecho más que empezar, señor!

—Hay que volver a poner orden en la calle. Es esencial para una convivencia pacífica. Desde el atentado de Mateo Morral no ha habido ni un solo día de tranquilidad.

—Por cierto, sobre el atentado del día de su boda, Segismundo Moret, antes de irse del Gobierno, señaló como extraña la conducta del infante don Carlos, que volvió a caballo al lugar del suceso donde Sus Majestades se reponían del susto. Los que hablaron con él dicen que se le notaba muy nervioso. Algunas voces aseguran que, si el atentado hubiera tenido éxito, el hijo de don Carlos habría sucedido en el trono a Vuestra Majestad...

—No quiero oír más especulaciones sobre quién podría estar detrás del atentado perpetrado por Morral. Demos por cerrado ese capítulo —aseveró el rey—, dejemos espacio a la justicia y no contribuyamos a los bulos.

La reunión en el Palacio Real acabó tarde. El Gobierno acordó reforzar la presencia de las fuerzas del orden en las calles. Cuando se fueron todos los ministros, Alfonso XIII le pidió al duque de Toledo que le acompañara a la función de la artista de la que tanto le había hablado. Quedaron para cenar y posteriormente fueron juntos al teatro...

El rey no podía creer lo que estaba viendo. Aquello era lo más atrevido y cómico que había visto encima de un escenario. Una vez que acabó el espectáculo, quiso felicitar a la artista, y esta le invitó junto al duque a pasar a su camerino. Estuvieron charlando largo rato y quedaron en volver a verse en otro momento.

La familia García-Ansorena cerró el taller de joyería a principios de agosto y se fue a veranear a San Sebastián, donde se encontraba toda su clientela. Alquilaron una casa cerca de la playa en la bahía de la Concha. Nada más llegar, a los tres hijos les gustaba subir al monte Igueldo y contemplar el monte Urgull y la isla de Santa Clara desde allí. Para ellos era una especie de tradición que realizaban según llegaban al hotelito, que pertenecía a una de sus mejores clientas.

En las vacaciones tenían más libertad de movimientos. Milagros, Carmen y Ramiro pudieron hablar sin la presencia de sus padres sobre la situación que estaba viviendo la mayor de los tres hermanos.

—Cuando regresemos a Madrid, el padre Manuel irá a casa a hablar con nuestro padre. Mi decisión ya no tiene vuelta atrás. Estoy decidida a tomar los hábitos, pero necesito su aprobación.

—Creo, Milagros, que la única condición que pone papá es que no te vayas de misiones. Tampoco es pedir tanto... Adquiere ese compromiso con él. Padre ya estaba convencido el otro día, pero saliste con lo de África y todo se fue al traste —comentó Carmen.

—Sabes que te vamos a apoyar y, como puedes imaginar, durante estos días vamos a intentar convencerle. ¡Déjanos a nosotros! Además, seguro que nuestra madre nos echa una mano. Ahora relájate y descansa. Confía en tus hermanos —la tranquilizó Ramiro.

—Seguramente estas sean tus últimas vacaciones, así que ¡vamos a disfrutarlas! —añadió Carmen.

—Está bien. ¡Tenéis razón! Prometo no ser una carga para vosotros y no atormentaros con mis cosas estas semanas.

—Por aquí se encuentran ya todos mis amigos. Jaime estará al caer... Aparte de ir a la playa, acudiremos a todas las fiestas que se organicen. Este va a ser un año especial.

Milagros se puso nerviosa, pero no dijo nada. Carmen aplaudió la idea de ver a Jaime, aunque todos interpretaron que era por el hecho de que se sumara al grupo.

A los dos días de estar allí, Ramiro recibió una invitación de la reina Victoria Eugenia para tomar el té de las cinco con ella, en el Palacio de Miramar. Era todo un honor para la familia de joyeros.

Ramiro, espigado y bronceado tras el par de días que llevaba al sol, se presentó ante la reina con un traje claro y un sombrero *canotier*, que le hacía parecer mayor. Aquel entorno, que pisaba por primera vez, le pareció único, como salido de un sueño. Comprobó que las mejores vistas estaban allí. Ante él, las dos playas de la bahía y la isla de Santa Clara le mostraban la cara más hermosa de San Sebastián. Una vez dentro, no tuvo que esperar mucho. La reina le recibió bajo una sombra al aire libre vestida de blanco, tocada con un sombrero de ala ancha de paja y adornado con cinta de gasa, también del mismo color. Allí, pensó Ramiro al verla, el color de sus ojos era similar al del agua del mar... Como si en contacto con aquella gama de azules se hubieran vuelto más claros de lo que los recordaba bajo la luz de Madrid.

—Señor García-Ansorena, le agradezco que haya aceptado mi invitación. En cuanto me enteré de que estaba aquí con su familia, le he hecho llamar para seguir hablando de joyas. ¿Ha podido averiguar algo más de mi perla? —señaló a la Peregrina, que siempre llevaba puesta.

—Por supuesto, ya sabe que tengo verdadero interés por todo lo relativo a esa perla, para poder satisfacer su curiosidad.

—Tenemos dos horas más o menos. El rey llegará esta tarde, después de un viaje de urgencia a Madrid. No nos va a interrumpir nadie, de modo que me podrá contar todo lo que sepa. ¿Quiere el té solo o con leche?

—Con un poco de leche, muchas gracias.

Una de las camareras de palacio, vestida con uniforme negro con delantal y cofia blancos, le sirvió el té al joyero.

—Lo dejamos en la esposa del gobernador de Castilla del Oro, don Pedro Arias —le recordó Victoria Eugenia demostrando tener una gran memoria para aquello que le interesaba.

—Sí, la mujer de Pedrarias, pues así llamaban a su esposo. Doña Isabel de Bobadilla y Peñalosa fue la primera dama que la tuvo en su poder, pero no la llegó a lucir. ¿Recuerda que un nativo le dijo que tenía forma de lágrima y que le haría llorar el resto de su vida? Pues bien, la perla ya con el halo de «maldita» se quedó encerrada en un cajón de la cómoda de doña Isabel. Tan guardada la tenía que cuando regresó a España, allá por el año 1531, tras el fallecimiento de su esposo, la dejó allí, en Panamá.

—Pero ¿cómo se pudo olvidar de algo tan valioso y bello? —le replicó la reina—. ¿Y quién se la quedó?

—Más bien la dejó allí expresamente. Pedrarias, que tenía noventa y un años, fue enterrado muy cerca del volcán nicaragüense de Momotombo, situado en el departamento de León, tras la ribera del lago Xolotlán. Dicen las malas lenguas que murió junto a una joven india...

—El caso es que murió. Ya me irá conociendo usted, pero yo no le doy mucho crédito a las habladurías. ¡Las cosas que dirán de mí cuando yo muera! ¡No quiero ni pensarlo!

—Tiene razón. Lo siento, señora. El caso es que una vez en España, su viuda no le sobrevivió mucho tiempo. Nueve años después de su regreso, falleció, pero en su testamento no dejó la perla a ninguno de sus hijos. No quiso hacerlo.

—Quizá fue para protegerlos. Si ella tenía la creencia de que les podría transmitir alguna desgracia, tal y como le dijo el nativo...

—La realidad es que la perla quedó guardada a buen recaudo

en uno de los cajones del mueble de su habitación. Tuvieron que pasar muchos años hasta que haciendo limpieza en aquella casa colonial alguien la encontrara.

—¿Quién se la quedó? ¿Alguno de sus hijos?

—No, las personas que entraron a limpiar aquella casa, al descubrirla, se la entregaron al alguacil mayor de Panamá, Diego de Tebes, quien, tan pronto llegó a Sevilla, no dudó en trasladarse hasta la corte para ofrecer al rey Felipe II tan preciada joya. El rey pagó por ella 9.000 ducados y, fue así como llegó a manos de la reina Isabel de Valois, su tercera esposa.

—Así llegó a la corte... —Ena se quedó pensativa.

—Pues bien, gracias a este hecho, la perla no se perdió entre las cenizas del volcán Momotombo. En 1610 entró en erupción y destruyó el poblado español, fundado por Francisco Hernández de Córdoba.

—Dios mío, qué increíble lo que cuenta. Entonces, la primera reina que la lució fue Isabel de Valois. Conozco perfectamente su historia. Fue una boda por poderes. Se trataba de un matrimonio de conveniencia para estrechar lazos con Francia. Las reinas se casaban así. Gracias a ese matrimonio y al Tratado de Cateau-Cambresis se firmó la paz entre España y Francia. Ella era una niña, tan solo tenía trece años.

—El pueblo español siempre se refirió de forma cariñosa a ella como «la reina de la paz». También yo lo estudié en los libros de Historia —comentó Ramiro.

—Después de que ella llegara a España, se celebró la ceremonia con los esposos en el Palacio del duque del Infantado. El matrimonio, con una diferencia de edad de veinte años, tardó un año en consumarse. Felipe II tuvo que esperar hasta que su esposa dejó de ser una niña y se convirtió en una mujer. Con el tiempo, aseguran sus biógrafos, surgió entre ambos un profundo afecto y llegó el amor. Esta historia siempre me ha conmovido. Me la ha contado muchas veces mi madrina Eugenia de Montijo.

—Pues bien, ya que veo que se conoce la historia de Isabel de Valois, vayamos de nuevo a la de la perla. En ese ambiente, la reina introdujo en la corte española el amor por las artes y patrocinó a muchos pintores, poetas y músicos. Adoraba las sedas y las joyas y aunque algunos consejeros del rey le prevenían de los gastos excesivos de su esposa, le regaló la Peregrina. Lo hizo junto a un bello diamante llamado el Estanque —de 100 quilates— que adquirió en Amberes por un precio de 80.000 escudos de oro. Posteriormente fue tallado en Madrid, aunque otras fuentes afirman que se hizo en Sevilla. Lo mandó engarzar en un águila bicéfala de donde colgaba la extraordinaria perla. La reina no se quitó el joyel hasta su muerte. Se cuenta que a Felipe II solo se le vio llorar una vez en su vida y ese día fue en el entierro de Isabel, que murió intentando darle un hijo varón, después del nacimiento de cinco hijas. Felipe II aseguran que jamás abandonó el luto por la pérdida de su querida esposa, que murió con veintitrés años.

—¡Qué fatalidad! ¿Y qué pasó con el diamante y con la perla? —preguntó la reina, curiosa.

—Pasaron a formar parte del tesoro real. De todas formas, Felipe II los reclamó cuando volvió a casarse, esta vez, con su sobrina Ana de Austria. Se lo regaló cuando se quedó embarazada por quinta vez. Pero la reina no sobrevivió mucho al parto y a los ocho meses murió. El rey entonces mandó separar la perla del resto del joyel y la llevó prendida de una cadena especial de oro grueso. Desde entonces, la usó siempre combinándola con sus habituales crucifijos. Madrid era en esa época la capital del reino de España y parece ser que recibió allí la triste noticia del desastre de la Armada Invencible.

—Ya sabe que todo en esta vida tiene dos miradas. En mi país, tenemos una visión completamente distinta de esa página de la historia. Si me guarda el secreto le diré que a nosotros nos contaron ese episodio de otra manera. Para los ingleses, Felipe II quería invadir Inglaterra, gobernada entonces por Isabel I, con el objeto de derrocarla y reinstaurar en la isla el catolicismo. Luego supimos que trataba también de evitar la ayuda que ofrecía mi país a los Países Bajos para apoyar su independencia.

—Majestad, lo que intentaba la Armada Invencible era sofocar los ataques de los piratas ingleses a las expediciones marítimas españolas y sus colonias. Además, sabía que Inglaterra había firmado un pacto con los Países Bajos, como usted misma ha mencionado, que resultó intolerable para España. No somos los españoles muy amigos del señor Francis Drake. Expolió junto a otros corsarios alrededor de un millón quinientos mil ducados al reino de España.

—Comprendo. Ahora mi corazón está dividido, como puede usted imaginar.

—Señora, si le parece, volvemos a las joyas. Ahí la historia no tiene corazones divididos. Los orfebres y plateros del siglo XVI no firmaban sus joyas. Primero dibujaban las piezas y luego las realizaban en oro esmaltado, engastado con piedras talladas en cabujón, tabla, punta naife y, ocasionalmente, en talla brillante. —La reina le seguía muy atenta aunque no conocía las técnicas utilizadas en joyería—. Sabemos de sus joyas por los retratos más que por las piezas que hayan podido llegar hasta nuestros días. Contribuyeron a realzar la personalidad de los reyes y señores. Eran símbolo de prestigio y poder. También podían tener otro tipo de valores protectores o curativos, que las hacían aún más deseables.

—¿Qué joya es la que más se llevaba entonces?

—Una que se llamaba *commesso*. Se trataba de un tipo de joya que apareció en el Renacimiento, de origen italo-francés y que consistía en añadirle a un camafeo detalles de oro esmaltado y piedras preciosas. En el anverso se representaba un tema alegórico relacionado con la persona a la que iba destinada.

Interrumpió la conversación una de las damas de la reina, anunciándole que el rey acababa de llegar a palacio.

—Lo tenemos que dejar aquí. ¡Qué pena! Sígale la pista a la perla para continuar contándome su historia. Disfrute de su estancia en San Sebastián. ¿Podré llamarle otro día?

—Majestad, cuando guste. Es para mí un honor.

—Entonces, hasta pronto, don Ramiro. Espero que la próxima dueña de la joya haya tenido una vida más feliz que las que hasta ahora me ha contado. ¡A ver si lo de la maldición va a ser verdad!

—Estamos en el siglo XX y sabemos que esas cosas son de otros tiempos donde la superchería brillaba más que el conocimiento.

La reina le dedicó una sonrisa y desapareció de la estancia. Ramiro se quedó pensativo antes de ponerse en pie y alejarse de aquel palacio, que nunca había visto por dentro. Todo aquello no parecía real. ¿Y si la reina tenía razón y la perla con forma de lágrima no proporcionaba más que sufrimiento a quien la llevara?

16

Ena y los cambios en la corte

Victoria Eugenia empezó a imponer sus gustos y sus costumbres en la corte. Los perfumes y la moda de París irrumpieron con fuerza entre la gente más pudiente que intentaba imitarla. Al cabo de los meses, las mujeres fumaban delante de los invitados y bebían fuera de las comidas. También hacían deporte como la joven reina: practicaban tenis, golf y equitación. Sin embargo, a la reina madre, María Cristina, no le gustaban esas costumbres que tanto chocaban en las personas de su entorno y de su edad.

—Bubi —no permitía que nadie más utilizara este apelativo cariñoso—, dile a tu mujer que no fume y no beba en público. Me parece de muy mala educación por mucho que estén cambiando los tiempos. No puede traer tantas costumbres nuevas a nuestra corte. Debe ser ella quien se adapte y no al revés. Es la reina de España, no la de Inglaterra.

—Está bien. Se lo diré. Hay que darle un tiempo para que aprenda el idioma y se comunique mejor con su pueblo. Lo otro, las costumbres, acabarán imponiéndose tarde o temprano.

—¿Tampoco te parece mal que quiera cambiar a las damas de la corte? Las mías llevan conmigo décadas. Ahí tienes a la marquesa viuda de Ayerbe, fue dama de Isabel II, de María de las Mercedes y mía; lo mismo podría decirte de la duquesa de Fernán Núñez...

—Bueno, madre, ahí sigue con Ena la duquesa de Almodóvar del Valle; la condesa viuda de Sevilla la Nueva y las condesas viudas de Toreno y de Torrejón... Todas muy entradas en años y tampoco hacen por querer comunicarse con ella. Eso hace que se sienta muy sola.

—También son mujeres con mucha experiencia... y lealtad.

—Es cierto, pero es normal que ella quiera rodearse de damas de su edad. ¿Te recuerdo lo que dijo el embajador del sultán de Marruecos después de haber sido recibido por ti en el palacio?

—¿Qué dijo? —preguntó contrariada.

—Pues su comentario fue muy significativo: «La reina es una mujer de extraordinaria prestancia... pero el harén, flojito, flojito». —Alfonso se echó a reír—. Comprende que Ena quiera dar otro aire a todo esto. —Lo dijo mirando a su alrededor.

—Lo que tiene que hacer es adaptarse, si no quiere acabar aislada. Lo digo por propia experiencia. Si no aprende pronto el idioma, acabará sintiéndose muy sola.

—Lo sé, pero conmigo habla en francés y tampoco puedo cambiar eso sin más. No tardará en aprender español hablando ya tantos idiomas: su inglés natal, el alemán y el francés. Aprende rápido. De todas formas, no te preocupes, se lo diré. —Se acercó a su madre y la besó.

Alfonso se dirigió a sus estancias privadas para encontrarse con Ena. Allí estaba su mujer, sentada, leyendo una novela inglesa. La observó y comprendió que la llamaran la «reina guapa». Tenía un halo especial que la hacía diferente.

—Querida, solo te veo leyendo en inglés o en francés.

—No domino el español, Alfonso. No seas tan severo conmigo.

—Deberías hacer un mayor esfuerzo por leer en español y expresarte también en mi idioma.

—Un día te sorprenderé, pero todavía no.

Ena cogió de su pitillera de plata un cigarrillo y se puso a fumar.

—Esa es otra, mi madre me pide que guardes las formas en público. Hazlo por mí. Procura no fumar en público.

—Está bien, lo haré por ti cuando estemos en actos públicos, pero con nuestros invitados en palacio, no dejaré de hacerlo. No hago nada malo.

—De acuerdo, limitamos la restricción solo a los actos públicos. De todas formas, procura no hacerlo si está mi madre delante. Le molesta mucho.

Ena no le contestó. Se mordió los labios. No se le ocurriría criticar a su madre, así que cambió de tema.

—Me gustaría montar a caballo. ¿Me acompañas a las caballerizas?

—Está bien, dudo que haya en toda Europa una amazona mejor que tú.

—Sabes que me gusta montar desde que era pequeña. Bueno, cuando fuiste a Inglaterra pudiste ver ese cuadro que me hicieron montada en un poni. Me lo regaló mi abuela, la reina Victoria. Siempre se arrepintió, porque es muy fácil que los ponis tiren a los niños, ya que se les cruzan las patas. Y eso fue lo que me ocurrió a mí. Tuve una conmoción cerebral. Fue un accidente muy grave.

—No me lo habías contado nunca.

—Quizá porque desde entonces me empezaron a poner pegas para que pudiera montar a caballo. Eso hizo que me sintiera más atraída por ese deporte.

—De modo que, para que hagas una cosa, hay que decirte lo contrario.

—Sí.

—Tomo nota... Hoy no quiero que me beses. Es más, te lo prohíbo —le dijo con una sonrisa mientras se iba al dormitorio—. ¡No vengas!

A Ena aquel juego le hizo gracia y empezó a hacer justo lo contrario de lo que le decía. Al cabo de diez minutos estaban en aquella gran cama de sábanas blancas bordadas con sus iniciales, abrazándose.

—Debemos de ser los únicos reyes que se aman —le susurró Alfonso al oído.

—Demasiados matrimonios de conveniencia. Me alegra que vinieras a Inglaterra y te enamoraras de mí.

—Imposible no hacerlo al mirarte a los ojos.

—Espero que no te canses de mí. Me ha dicho tu hermana Teresa que te aburres al final de todo.

—Tengo que hablar con mi hermana y decirle un par de cosas...

El rey besó cada centímetro de su piel y le susurró al oído las palabras que Ena quería escuchar de su boca. Ya no importaba nada en aquel dormitorio en el que estaban ellos dos a solas, fuera de convencionalismos y protocolos. Un hombre y una mujer entregados al placer de amarse. Las respiraciones entrecortadas sustituyeron a las palabras. Solo Ena pronunciaba un *je t'aime* al aire para romper los suspiros cada vez más agitados. Fue probablemente la primera tarde en que no pensaron en tener descendencia para dar continuidad a la Corona. Alfonso la vio como mujer y nada más. Pasaron horas así, entregados al placer de amarse, sin ganas de hacer otra cosa salvo eso. Pero... llamaron a la puerta insistentemente.

—Señor, señor... Le llama la reina madre. Le requiere en los salones. Ha venido a verle su tía, la infanta Isabel.

Ena apretó sus puños con fuerza y se clavó las uñas en la palma de las manos, pero no dijo nada. El rey se levantó de la cama a toda prisa.

—Deberías arreglarte para saludar a mi tía. Yo voy de avanzadilla.

Al cuarto de hora salió del dormitorio y allí se quedó Ena, tumbada en aquella cama con dosel que le pareció inmensa cuando se fue Alfonso. Una vez más, su madre los interrumpía. Pensó que aquella luna de miel no había sido ni mucho menos como ella había imaginado. Echaba de menos estar a solas largo rato con su esposo. No había forma de estar juntos sin que alguien los interrumpiera. Al poco rato llamó a sus dos doncellas inglesas, Sarah y Hazel, y les pidió que le prepararan la bañera y la ayudaran a vestirse después. Tres cuartos de hora más tarde, apareció en el salón para cumplimentar a la infanta Isabel.

—Perdón por el retraso, tenía que contestar unas cartas...

—Sí, no hay día que Ena no escriba a su familia. Los echa de menos —comentó Alfonso mientras le guiñaba un ojo a su mujer.

—Querida, te veo hermosísima. Te sientan bien los aires de San Sebastián. ¡Salta a la vista! —comentó la hija de Isabel II y hermana de Alfonso XII—. Mañana estará aquí mi hermana Eulalia que tiene muchas ganas de veros también. De modo que, esta noche, me quedo con vosotros.

—Tía, este palacio es tan nuestro como tuyo. —Alfonso XIII practicaba el tuteo hasta con las personas de edad.

La infanta Isabel sonrió y comenzó a hablar a Victoria Eugenia de Alfonso, su sobrino preferido.

—Reconozco que siempre me ha conquistado por la palabra y ha hecho conmigo lo que ha querido.

—En realidad, siempre le has dejado hacer a Bubi su voluntad —comentó María Cristina—. Tú le has malcriado más que nadie en la corte.

Alfonso reía las cosas que decían sobre él y negaba con la cabeza cuestionando que fueran verdad.

—De niño siempre destacaba. Aprendió a leer y escribir muy pronto. Enseguida fue instruido militarmente. Era todavía un crío cuando empezó a vestir uniformes. Te diré —se dirigió a Ena— que militarmente está más preparado que mi hermano Alfonso, su padre, que en gloria esté. ¡Mucho más!

—Es un militar de los pies a la cabeza —comentó su madre—. Y es en gran medida el responsable de la mecanización y modernización del ejército.

—Mi obsesión ha sido restaurar la potencia naval española después del desastre del 98 y apoyar al máximo el desarrollo de algo tan nuevo como la aviación militar. En esas estamos...

—¡Éramos tan grandes...! —comentó la reina madre muy seria y pensativa.

—Madre, no se pudo hacer nada. Estados Unidos utilizó como pretexto la explosión del Maine para declarar la guerra.

—Sí, pero perder Cuba, Puerto Rico y Filipinas... Comprendo el pesimismo que asuela España. Supuso un golpe del que todavía no nos hemos recuperado. Fue todo muy humillante. Tanto la guerra hispano-estadounidense como la guerra de Cuba. El fin de nuestro imperio colonial, el Tratado de París. Tú eras tan pequeño...

—Fueron tiempos muy duros. No olvides que un año antes asesinaron a Cánovas, y que, tras desaparecer Sagasta hace tres años de la primera línea, la alta política ha caído en manos de los que se oponían a la marcha ciega hacia el desastre.

—Tienes razón —contestó María Cristina, a la que le encantaba seguir de cerca la política—. Silvela desde el partido conservador; Canalejas, desde el liberal, y Antonio Maura, entre uno y otro. Nuevos políticos para tiempos nuevos. Y nuevo rey...

—Lo que llaman el Regeneracionismo. Tiempo de esperanza, sin duda. Bueno..., no he venido aquí para hablar de ese desastre que tenemos clavado en nuestro corazón ni de los nuevos tiempos sin duda esperanzadores. Hablemos de Ena, que ha llegado como un soplo de aire fresco. No sabes lo que te agradezco que vistas de blanco. Demasiado luto en esta corte. ¡Mira, Alfonso! Algo que deberías promover, que los lutos no duren tanto. Las mujeres vamos siempre de negro por la muerte de nuestros padres, de nuestros esposos, de nuestros abuelos... ¡Siempre de negro! Verte vestida de blanco me da la vida.

—Me alegra oírle eso, tía Isabel —comentó Ena ruborizada.

—Bueno, ¿y qué? ¿Cuándo nos vais a dar una buena noticia? ¡Hay que ponerse a ello!

—Tía, por favor... ¿No ves que incomodas a Ena? No te preocupes que no perdemos el tiempo. ¡Nuestros hijos llegarán cuando tengan que llegar!

Ena, instintivamente, se tocó el vientre. Se preguntó en su fuero interno si llegarían los hijos. Era lo único que esperaban todos de ella. Esa responsabilidad pesaba demasiado sobre sus hombros.

—Es cierto que la llegada de un heredero tranquilizaría a muchos, pero todo a su tiempo —comentó Alfonso dando por terminada la conversación. La cena ya estaba preparada. El seco mayordomo inglés invitó a todos a pasar al comedor. Ena se quedó triste y no pronunció una palabra durante toda la velada. Hasta que le hablaron de la perla que llevaba prendida en el escote.

—¡Menuda perla! —le dijo la tía Isabel.

—Sí, es un regalo de Bubi por nuestra boda.

María Cristina torció el gesto. Ena rectificó.

—De Alfonso, quiero decir.

—Una auténtica maravilla. ¿Es la perla de mi madre?

—Sí, lo es —comentó el rey—. El broche es de Ansorena.

—Gracias al joyero de la casa estoy conociendo su historia y es apasionante.

—¿La Peregrina? —preguntó extrañada la tía Isabel.

—Sí. —El rey le guiñó un ojo.

—¿Viene por aquí don José María García Moris? ¡Es encantador!

—No, para hablarme de este tema viene su hijo, Ramiro. Es un gran conocedor del origen de las gemas, a pesar de su juventud.

—Don José María ya está dando el relevo a su hijo... He ido alguna vez a su taller y allí están vuestras fotos y la mía. Yo he llegado a conocer a Celestino, el primer Ansorena que entró en palacio. Cuando quieras te lo cuento con detalle, que estamos aburriendo al rey.

Ena agradeció que al final de la velada hubiera algo que le hiciera olvidar la ansiedad de dar un sucesor a la Corona. Nuevamente las joyas y los joyeros salían a su rescate.

17

Complicidad con la Chata

Mientras el rey hacía su gimnasia sueca por la mañana, Victoria Eugenia desayunaba con la infanta Isabel y su dama de compañía, Dolores de Balanzat y Bretagne, marquesa de Nájera. Después de la mala primera impresión que le causó la tía de su marido comprendió que los españoles le tuvieran aprecio y la llamaran cariñosamente la Chata. Era cercana, campechana y de carácter parecido al del rey.

—Alfonso se parece más a su tía que a su madre —comentaba Lolita, como la llamaba cariñosamente Isabel.

Ena no quiso hacer ningún comentario al respecto, pero pensaba que la marquesa de Nájera tenía razón, su marido no tenía nada que ver con la rigidez que imponía su madre a su alrededor.

—¿Sabes?, como primogénita que soy, hasta que nació mi hermano Alfonso —se refería a Alfonso XII—, fui princesa de Asturias. Hasta que mi hermano tuvo a su primera hija, Mercedes, que murió hace dos años por una peritonitis. Siempre he estado para lo que la Corona necesitara y dispusiera. El pueblo sabe de mi buena predisposición y siempre me ha querido mucho.

—El nombre de «calle de la Princesa», a esa gran arteria de Madrid, se lo pusieron por la infanta —apostilló Lolita señalando a Isabel.

—Eso no lo sabía. Bueno, como otras tantas cosas que me quedan por conocer.

—Has tenido mucha suerte de nacer en otro tiempo. A mí me casaron con Cayetano Borbón-Dos Sicilias, príncipe de la casa Borbón en su rama napolitana, con quien no tenía ninguna afinidad. Empezamos mal desde el principio. En pleno viaje de novios tuvo lugar el derrocamiento de mi madre —Isabel II—, y ya no pude volver a España hasta seis años después. Resultó muy duro, te lo aseguro. Me fui de viaje con un flamante marido y regresé viuda. Cayetano se suicidó tras perder el hijo que yo esperaba. Nunca supe si fue por eso o por otra circunstancia. De modo que aprendí que había que disfrutar de la vida, porque nunca sabemos qué va a pasar mañana. ¿Verdad que me entiendes? Procuro divertirme todo lo que puedo y te aconsejo que hagas lo mismo.

Entró la reina madre y cambiaron de tema. Mientras tomaban el desayuno, la infanta Isabel disimuló hablándole de los joyeros como si fuera de lo que estaban hablando antes de que ella llegara.

—Pues como te decía —continuó la tía del rey—, mi madre quiso regalar al papa Pío IX una tiara como prueba de gratitud por sus piadosos consejos y convocó a los joyeros Pizzala y Ansorena. Hacían algunos trabajos juntos. Pizzala era un joyero italiano de edad provecta que se estableció en España, y Celestino Ansorena, aunque era más joven, ya tenía fama de buen diseñador y proveedor de piedras preciosas. Se presentaron al proyecto como si fueran una sola firma, pero tenían sus joyerías en diferentes calles: Pizzala en la calle de la Montera, y Celestino en Espoz y Mina, donde hoy continúa su hijo con la joyería y con el almacén de relojes de bolsillo. A partir de ahí, su fama creció rápidamente y desde la Casa Real no dejaron de hacerle encargos. Raro era el mes que mi madre no le encargara algo.

—¿Todo joyas? —preguntó María Cristina.

—No, mi madre siempre fue muy generosa con sus súbditos y no solamente compraba plata para la casa o joyas; también objetos para distinguir con algún presente a los artistas, militares, religiosos o funcionarios más destacados del momento. Se gastaba millones de reales, pero no solo en Ansorena, sino en otros joyeros diamantistas como Samper y Mellerio. Se les encargaba de todo: petacas, relojes, cigarreras de oro o de plata... En todos los viajes oficiales se hacían muchos encargos. Recuerdo un alfiler de brillantes con las iniciales de Isabel II y una corona real sobre ellas, que hicimos para la señora del diputado provincial don Rafael Varona y Michelena. Se trataba de lo que hoy conocemos como lazo de la Reina, ese broche que lleváis las reinas. También recuerdo presentes espléndidos de mi madre. Por ejemplo, a su confesor, don Antonio María Claret, le regaló un pectoral de amatistas y brillantes que ascendió a la suma de 36.000 reales.

—¡Cuánta historia desconozco! No sé si algún día podré asimilar todo lo que me vais contando.

—También te diré que la corte no ha vuelto a ser la misma tras la Primera República. En 1874 se produjo la Restauración y, aunque volvió la vida cortesana de San Sebastián al Palacio Real de Madrid, ya nada fue igual. Ese lujo y ese gasto, no lo he vuelto a ver. Algo más cuando mi hermano se casó con su primera mujer, María de las Mercedes...

María Cristina hizo un aspaviento para dejar claro que no le gustaba el derrotero que estaba tomando la conversación. No podía soportar que se hablara de la primera mujer de Alfonso XII.

—Bueno, la diadema montada en plata con brillantes y perlas gruesas y preciosas la hizo Ansorena para aquella boda. Costó 89.000 reales a mi madre. Y tantas otras joyas que compró mi hermano: un juego de pulsera y un medallón de brillantes y turquesas... Pero, como sabes, María de las Mercedes disfrutó poco tiempo de ellas, ya que murió enseguida. Hasta que no llegó María Cristina la vida en palacio era horrible. Todos de negro, de luto riguroso. ¡Con lo que duran! ¡Terrible! Esas joyas pasan de unas reinas a otras. Siempre quedan en la familia.

La reina madre pareció relajarse. Afortunadamente, la infanta Isabel no dijo nada del amor que profesó siempre Alfonso XII a su primera mujer, María de las Mercedes. Y tampoco habló del afecto que le demostraron los españoles sabiendo que se trataba de una historia de amor contra la voluntad del Gobierno y contra la opinión de su propia madre, Isabel II. Afortunadamente, omitió que su matrimonio posterior fue de conveniencia. Un verdadero calvario que quisiera borrar de su memoria por el desafecto y las constantes infidelidades de su marido.

—Las personas sencillas sueñan con ser reinas y las reinas sueñan con llevar una vida normal —comentó María Cristina, y nadie se atrevió a añadir ningún comentario.

El olor a jazmín inundaba aquella noche estrellada de finales de agosto. Los García-Ansorena organizaron, en el jardín del hotelito que habían alquilado, una cena solo para jóvenes. Se trataba de un bufet de despedida de vacaciones. El amigo de Ramiro, Jaime, estuvo toda la noche siguiendo a Milagros con la mirada para intentar hablar con ella cuando se quedaran a solas. El momento llegó al sonar la música en un gramófono que habían instalado en el jardín...

—Milagros, si tienes un momento... Solo quería disculparme por mi actitud aquel infausto día en el que me atreví a besarte.

—No te preocupes —contestó azorada—. Fue culpa mía al hacerte creer que quizá tenía algún interés. No sé si sabes que mi intención es...

—Lo sé, me lo contó tu hermano al día siguiente y sentí que el mundo se desmoronaba a mis pies. No voy a competir con Dios. Saldría perdiendo... —se hizo un silencio incómodo—. De modo que te deseo que seas muy feliz. No me malinterpretes, pero me gustaría seguir teniendo noticias tuyas.

—Jaime, siempre tendrás un hueco en mi corazón. Para nuestra familia eres alguien muy especial. —Carmen los observaba desde lejos—. Te diré que mi hermana sería realmente feliz a tu lado. ¿No has visto cómo te mira?

—¿Me estás pidiendo que me fije en tu hermana? Todo esto me está resultando muy difícil, Milagros. Llevo meses pensando en ti. No puedo manejar mi corazón como si fuera una marioneta.

—Te estoy pidiendo que te abras a conocer a otras personas. No insistas en lo que es imposible. Yo he tomado mi decisión y no tiene vuelta atrás. Si me disculpas, Jaime, me voy a retirar.

Milagros se levantó del asiento y se fue a su habitación. Quería madrugar para ir a misa. Contaba las horas para regresar a Madrid e ingresar en la orden de las mercedarias. Ya nada de lo que escuchaba y veía le interesaba. Solo sentía paz rezando a solas.

Carmen, después de un rato, se acercó hasta donde estaba Jaime. Se encontraba cabizbajo y pensativo.

—¿Te ocurre algo?

—Oh, no, no. Me duele la cabeza desde hace un rato. Creo que la fiesta ha terminado para mí.

—¡Pero si no ha hecho más que empezar! He visto que Milagros y tú habéis estado hablando mucho tiempo. ¿Te ha contado su decisión de vestir los hábitos?

—Sí, me parece una decisión muy difícil. Renuncia a la vida, a formar una familia, al amor...

—Sí, en casa no ha sentado demasiado bien, pero todos hemos asumido ya que su decisión no tiene vuelta atrás. Bueno, si quieres podemos divertirnos... ¿Te apetece bailar o beber algo?

—No tengo muchas ganas de nada, pero si quieres te traigo algo de beber.

—Gracias.

Al cabo de un rato, regresó con dos copas del cóctel que había preparado Ramiro con licores dulces aromáticos, trocitos de melocotón, guindas y champán muy frío. Los dos fueron más de una vez a reponer la bebida que consumían a una gran velocidad. La noche, el calor, la música lenta... Carmen forzó a Jaime a salir a bailar. En la pista todos los jóvenes bailaban en parejas. El olor a un perfume dulce que llevaba Carmen embriagaba a Jaime. Todo invitaba a besarla, pero no lo hizo. Con una mala experiencia tenía suficiente. Jaime se sintió mareado y decidió sentarse. De pronto, todo le empezó a dar vueltas. Ramiro, cuando se fueron los invitados, le acompañó hasta su hotel. Nadie sabía exactamente qué le pasaba. Solo Milagros conocía el motivo real por el que estaba tan extraño y poco hablador. Se había enamorado de una joven que se iba a meter a monja y quien se había fijado en él era su hermana. No era de extrañar que el mundo a su alrededor girara sin parar. El caso es que se sentía bien en mitad de esa pesadilla. Parecía un mal sueño. Todo mejor que la realidad.

Dos días después, las vacaciones para los García-Ansorena habían concluido. El mes de septiembre fue de mucho trabajo. En el taller, los pedidos se acumulaban. Toda la aristocracia regresaba de las vacaciones como en racimo. Para octubre ya querían lucir las nuevas joyas en la trepidante actividad social de esos primeros días de regreso a Madrid.

Ramiro llegó al taller repleto de ideas. No paró de dibujar nuevas joyas para todos los nobles que se acercaban hasta allí para hacer sus pedidos.

Las dos nuevas incorporaciones, tanto Rosario, la joven tímida que había llegado con la recomendación de la marquesa viuda de Aguilafuente, como Lucio, el joven de dieciséis años que no había pronunciado una sola palabra desde que llegó al taller, habían aprendido mucho en poco tiempo del oficio de joyero.

18

La noticia más esperada

Las dos doncellas inglesas, Sarah y Hazel, que habían llegado a España para quedarse junto a Victoria Eugenia, aprendieron español mucho antes que la propia reina. Eso les permitió estar al tanto de algunas de las confidencias que hacía el servicio mientras comían o cenaban después de servir la mesa a los reyes y a sus invitados. En las cocinas se comentaban todos los chismes que oían en boca de las damas de compañía o del servicio. Sarah y Hazel escuchaban y procuraban comentárselo al día siguiente a la reina. Solían ser discretas pero muy fieles a Victoria Eugenia. Mientras la vestían y peinaban, compartían con ella aquellos asuntos que jamás llegarían a sus oídos por otras fuentes.

—Señora —se aventuró a hablar Sarah—, hemos oído una historia que, de no ser cierta, revela la gran imaginación de quien se la haya inventado.

—Se trata de la familia del rey. Tal y como lo hemos escuchado, se lo transmitimos —añadió Hazel.

—Me están poniendo nerviosa. ¿De qué se trata?

—Comentan que el rey Alfonso XII no era hijo de su padre sino de un militar cercano y fiel a su madre, la reina Isabel II. Al parecer la obligaron a casarse con su doble primo hermano, Francisco de Asís, que no sentía atracción por las mujeres. De ahí que ella buscara en su entorno...

—El militar que dicen que era el verdadero padre tenía el rango de capitán del ejército y llegó a general. Su nombre era

Enrique Puig Moltó, conde de Torrefiel. Lo llevo aquí escrito y creo que lo he dicho bien.

—¡Chisssss! Bajad la voz. No quiero que esto que me están contando salga de aquí.

—Pero dicen más cosas... —continuó Sarah—. La infanta Isabel, a la que usted llama tía Isabel, es hija de otro militar, y no de su padre.

—¿Quién dicen que es su padre?

—José María Ruiz de Arana, conde de Sevilla La Nueva y duque consorte de Baena. Por eso la llaman no solo la Chata sino también la Araneja. Y las otras tres infantas: Pilar, Paz y Eulalia, nacieron de la estrecha relación de la reina con el político andaluz Miguel Tenorio de Castilla. Yo también lo he escrito en un papel.

—Es que, según dicen, Isabel II tenía un gran apetito... en todos los sentidos. Usted ya me entiende —aseguró Sarah, la más atrevida.

—No quiero que me cuenten más chismes. Son burdos y soeces. No son propios de ustedes.

—Señora, nos aprendimos los nombres y luego los escribimos para tenerla informada. Es conveniente que sepa lo que se dice de la familia del rey —sugirió la delgada y fina Hazel.

—Es que ahora se trata de mi familia. Por eso, me molestan esas habladurías. A saber qué dirán de mí. Pero quiero ser sincera, he de reconocer que agradezco el esfuerzo que hacen para que yo tenga todo el conocimiento de lo que piensa y dice la gente a mis espaldas. —De pronto, le dio una arcada y se fue corriendo al servicio.

Las dos doncellas la siguieron sin saber qué hacer.

—No sé qué me pasa, pero últimamente, después de desayunar, me entran ganas de vomitar.

—¿Señora, no estará embarazada? Es uno de los síntomas.

—Creo que no me encuentro bien del estómago por algún motivo. Se lo diré al médico.

Ena se quedó pensativa. ¿Y si Sarah tenía razón? —se decía a sí misma—. Sentía por un lado ilusión ante la posibilidad de estar embarazada y por otro, una gran preocupación. Decidió no decirle nada a su marido. Primero hablaría con el médico. Si luego se trataba de un problema de estómago y no tenía que ver con un embarazo, provocaría cierta frustración en Alfonso. Guardaría silencio. Sería lo mejor.

Al día siguiente, mandó llamar al doctor Eugenio Gutiérrez y González, eminente ginecólogo, que había tratado a algunas de las infantas y damas de la corte. Se había formado en París con los más destacados especialistas de la capital francesa. Todos alababan su discreción y su buena mano para traer niños al mundo. Cuando llegó al Palacio Real, le condujeron a las habitaciones privadas de la reina, que le citó a una hora en la que Alfonso estaría fuera de palacio.

—Quiero saber qué me pasa. Nada más desayunar, me dan arcadas. No sé si es algo de estómago o que pudiera estar en cinta.

—Sería una grandísima noticia. Señora, deberá tumbarse para que la pueda reconocer.

Las dos doncellas, Hazel y Sarah, no se apartaron de la cabecera de la cama. Una a cada lado.

El doctor la reconoció durante largo rato. Introdujo los dedos índice y medio hasta alcanzar el cuello uterino. Lo hizo poco a poco y sin ninguna brusquedad. Ese tacto vaginal le dio toda la información que necesitaba. Además, ayudado de una trompetilla de madera —el estetoscopio de Pinard—, escuchó el sonido que emanaba del interior de su vientre.

—Va a notar que le aprieto, pero esté tranquila, no le haré daño.

Al terminar toda esta larga y laboriosa operación, le habló.

—¡Señora! Me corresponde a mí ser el primero en darle la enhorabuena. Está usted embarazada. No se trata de ningún problema estomacal sino de la gestación de su primer vástago. ¡La llegada de un hijo siempre es una buena noticia!

Las doncellas no pudieron ocultar su alegría. A Hazel, que era la más sensible, se le saltaron las lágrimas.

—¿Qué posibilidades tengo de perderlo? —preguntó la reina con preocupación.

—Hasta el mes de noviembre, no sabremos a ciencia cierta si todo sigue adelante. De modo que la prudencia es la mejor de las opciones.

—Le pido discreción. En cuanto pase noviembre lo daremos a conocer. Antes se lo comunicaré al rey y a la reina madre. Quiero pensar que esta será una gran noticia en esta casa.

—¡Sin duda! Le da continuidad a la Corona. Gran noticia para los españoles. A partir de ahora, no monte a caballo ni haga ejercicios bruscos.

—¿Tenis y golf tampoco?

—A ser posible, su único ejercicio debe ser andar. Nada más. Tómese la vida con calma. Evite los actos oficiales y estar mucho tiempo de pie. Cuando den la noticia, todos entenderán su ausencia.

—¿Cuándo calcula que nacerá?

—Para mediados de mayo, aunque podría adelantarse. Este no es un cálculo exacto. Las madres primerizas son imprevisibles. Ahora, su principal objetivo debe ser cuidarse y no pensar en nada más.

—Me gustaría que llevara usted mi embarazo. Sé que es un hombre muy ocupado, entre su consulta, la docencia, la filantropía...

—Señora, en estos momentos, nada me parece más importante que traer al primogénito de los reyes al mundo. Será un honor y una enorme responsabilidad.

Médico y paciente se despidieron quedando en verse al mes siguiente. En cuanto se fue de palacio, Ena se abrazó a sus doncellas. A la reina se le escapaban las lágrimas de los ojos. Sin duda, era la noticia más esperada en palacio. No quiso precipitarse y esperó a la noche, cuando estuviera a solas con Alfonso.

Después de rechazar montar a caballo con su marido y de no

querer jugar al golf con algunas damas de la corte, se fue hasta el Palacio de la Cuesta de la Vega, la residencia de la infanta María Teresa, que estaba ya en su quinto mes de embarazo. Igual que ella le confiara la noticia de su embarazo antes de que lo supiera nadie, Ena le anunció su estado.

—María Teresa, no vas a ser la única embarazada de la Casa Real. Yo también lo estoy.

—¿Qué? ¡Enhorabuena!

—Todavía no lo sabe tu hermano. Cuando llegue esta noche se lo comunicaré. Estoy impaciente. Necesitaba contárselo a alguien. Solo podías ser tú.

—¡Qué alegría! Nuestros hijos jugarán juntos.

—O nuestras hijas... —comentó Victoria Eugenia pensando que a lo mejor estaban embarazadas de dos hembras.

—Yo deseo que sea un varón. Lo tendrá mucho más fácil en la vida que nosotras y no pasará por el trance de dar a luz. ¡Me da pavor!

—Tranquila —le dijo Ena—. Lo han hecho todas las mujeres desde la antigüedad. ¿No vamos a poder nosotras? ¡Por supuesto que sí!

María Teresa esperaba en diciembre dar a luz a su primer hijo. Ya estaba deseando que llegara el momento.

—Te diré que se me ha pasado muy rápido. Desde que vinimos de San Sebastián, mi vientre se ha hecho cada vez más evidente. Ahora se me está haciendo más cuesta arriba. Todo ocurre en un abrir y cerrar de ojos. La vida sucede a gran velocidad. No nos da tiempo a asimilar todo lo bueno que vivimos a diario y que no apreciamos.

—Espero que no estén pendientes de mí como si se tratara de una enfermedad. Concebir al primogénito sé que conlleva mucha responsabilidad, pero no quiero que me lo recuerden cada día.

—Mi madre se encargará de ello. Te compadezco. Mi hermano lo llevará mejor.

Victoria Eugenia se tocó el vientre. Evidentemente no se notaba nada. Le parecía increíble estar embarazada. Si no hubiera sido por los vómitos, no se habría dado cuenta.

Regresó al palacio y esa noche no quiso cenar. Dijo a todos que no se encontraba muy bien. Esperaba ansiosa la llegada de Alfonso a sus aposentos. Tardó en hacerlo, pero cuando la puerta se abrió y divisó su figura se incorporó de la cama.

—¿Qué tal estás, mi pequeña Ena? Me han dicho que no te encuentras bien.

—Es cierto.

—¿Qué te pasa?

El rey se sentó a la cabecera de su cama.

—Querido, estoy embarazada...

Se hizo un silencio y cuando se rehízo de la noticia, Alfonso la besó.

—¿Estás segura? Lo mismo es una falsa alarma.

—Eso mismo pensé yo, pero ha venido a verme el doctor Gutiérrez y me lo ha confirmado después de un extenso reconocimiento.

—¡Eso es maravilloso! España tendrá un heredero. ¿Tú sabes lo que significa para la Corona?

—Lo sé. Pero para mí va a ser nuestro primer hijo por encima de cualquier otra responsabilidad.

—Me siento el hombre más dichoso del mundo. Voy a decírselo a mi madre.

La besó de nuevo y se fue de la habitación. Victoria Eugenia pensó que no era momento para dejarla sola, pero él no podía esperar. Necesitaba contárselo a su madre. A veces, Ena tenía la sensación de que le importaba más lo que pensara su madre que lo que pensara ella. Tardó tanto en regresar Alfonso, que se quedó dormida.

Al día siguiente, el rey pidió que le sirvieran el desayuno en la habitación y se quedó todo el día en palacio celebrando la buena nueva junto a toda la familia. Ena se puso la gargantilla que le hizo Ansorena con motivo del enlace. Tenía treinta diamantes de 90 quilates. El regalo más valioso que recibió por su boda. Era evidente que estaba feliz y algo nerviosa. María Cristina se acercó a besarla en cuanto entró en el comedor.

—Querida, has cumplido con tu obligación. ¡Enhorabuena!

Victoria Eugenia recibió aquellas palabras como una bofetada. «¿Mi obligación?», le había dicho la reina madre. Era evidente que sí, que era su obligación, pero no eran las primeras palabras que esperaba de ella. Intentó pasar página al ver a Alfonso tan alegre durante todo el día. Le hizo ilusión que estuviera tan emocionado y lleno de proyectos para compartir con el bebé que naciera.

A partir de entonces, nada fue igual para ella en palacio. Todo eran atenciones y cuidados. Ena comprendía la importancia que la familia le concedía a la gestación del heredero. Escribió a su amiga lady William Cecil y le pidió que viniera a verla en cuanto pudiera. «Tengo que compartir contigo una gran noticia. Te la daré en persona». Su amiga anunció su viaje para primeros de octubre. En Inglaterra, la familia real británica conoció su estado a través de la carta que llegó con la buena nueva a la princesa Beatriz, madre de Ena. Todos sus hermanos la felicitaron. El que más se alegró fue su preferido, Mauricio. ¡Estaban tan unidos que le escribió la carta más sentida y emotiva que se podía esperar! En este momento, echaba de menos a todos. Se sentía muy sola en palacio donde todo giraba en torno a la figura de su marido. Ya hablaba algo de español, pero necesitaba practicarlo más. Si no era con el servicio, parecía imposible que le hablaran en español; siempre en familia se dirigían a ella en francés. La reina María Cristina, para congraciarse con ella, comenzó a preguntarle por las joyas emblemáticas de la corte inglesa.

—Yo creo que nuestra fascinación por las joyas viene de mi abuelo Alberto. Al menos, eso es lo que cuenta mi madre. Era un apasionado de su diseño. Una afición de la que mi abuela Victoria fue la principal beneficiaria. La reina siempre lo explicaba así. La repentina muerte del abuelo Alberto, en 1861, le hizo aferrarse más a las joyas que él le había regalado. El anillo de compromiso, que no se quitaba nunca, fue diseño suyo. Tenía la forma de una serpiente —un antiguo símbolo del amor eterno— y estaba adornado con rubíes a modo de ojos y con una fila de diamantes como boca. También tenía una esmeralda, que era la piedra de nacimiento de la reina. Cuando falleció hace cinco años, fue enterrada con su querido anillo.

—¿A la reina Victoria le gustaban las joyas tanto como a ti?

—Yo creo que más. El abuelo Alberto también realizó un diseño para las damas de honor el día de su boda: un águila en oro con multitud de turquesas y dos perlas a modo de garras. Lo llevaron las doce damas en la boda real. Todo tenía un gran simbolismo: las turquesas y las perlas representaban el amor verdadero; los rubíes, la pasión, y los diamantes, la eternidad. Mi abuela no se desprendía de un broche que había sido también diseñado por su marido. Se trataba de un zafiro engastado en oro rodeado de doce diamantes. Se lo regaló el día antes de su boda. Hizo también cuatro tiaras: la pequeña corona de los zafiros, creada en 1842; la tiara de esmeraldas y diamantes, que se perdió y que nadie sabe dónde está; y la tiara de las hojas de fresa, una joya que yo heredé. Mi madre tiene la ilusión de hacerse un retrato con ella y con la perla Peregrina. Por último, la tiara oriental, inspirada en la arquitectura mongola y en las joyas indias que el príncipe Alberto tuvo la oportunidad de contemplar durante la Gran Exposición de 1851, el evento cultural más importante de época victoriana. Pero la joya más original fue la diseñada también por el príncipe Alberto, el broche llamado del diente de leche, conocido así por la pieza dental que lleva engarzada y que perdió mi tía, la hija mayor de la reina Victoria y del príncipe, la princesa real Victoria, durante unas vacaciones en un lago de Escocia cuando tenía siete años.

—Tu madre, la princesa Beatriz, es la pequeña, ¿verdad?

—Sí, y era la hija más querida de la reina Victoria.

—Dicen que tú también eras su nieta favorita.

—Eso dicen...

Tras la comida, cuando llegaron a los postres, la reina María Cristina seguía preguntando con mucha curiosidad. Quería granjearse la confianza de su nuera más que nunca, ya que estaba embarazada.

—Ena, ¿es cierto que la reina Victoria tuvo un sirviente indio del que no quería apartarse jamás?

No le gustó el tono con el que lo dijo y Victoria Eugenia reaccionó.

—Abdul Karim fue su fiel secretario durante los últimos quince años de su vida y nada más. Resultan absurdas las habladurías. Si dependiera de eso, no pararíamos de oír tonterías sobre los descendientes. Y de esas infamias no se libra tampoco esta casa.

—No sé a qué te refieres...

Después de un silencio, medió Alfonso.

—Madre, tú sabes que en todas las Casas Reales hay cosas que es mejor no hablar.

—Bubi, quiero saber qué le han contado de nuestra casa. ¿A qué te refieres, Ena?

—No, no quiero que contestes —volvió a interrumpir Alfonso—. Me meto porque os vais a enredar y hoy hay mucho que celebrar. Además, soy el rey y debéis hacerme caso. ¡Brindemos por el nuevo miembro de esta casa!

19

La visita más esperada

Los días siguientes a la gran noticia de su embarazo, Victoria Eugenia entró en una actividad frenética. No había día en que no participara en alguna reunión con personas que llevaban a cabo obras benéficas. Quería colaborar con todo el que le pedía ayuda y deseaba poner en marcha varias acciones caritativas. También impulsó la formación especializada para mujeres que quisieran aprender el oficio de enfermería. Por fin, su idea cristalizaba.

El día que acusó más cansancio decidió parar. Entonces aparecieron todos sus miedos de golpe. ¿Y si ella transmitía esa extraña enfermedad que padecían los Battenberg? Aunque su abuela, la reina Victoria, se empeñara en decir que «no era de nuestra familia», sin embargo, su madre, la princesa Beatriz, les había advertido muchas veces de la enfermedad de Hesse. Dos de sus hermanos la padecían. ¿Y si ella fuera transmisora?

Ena se sentó en un sillón de su gabinete y durante un buen rato permaneció así, inmóvil, con la mente perdida en ramas familiares afectadas por esa enfermedad tan extraña y de la que se sabía tan poco. Todo aquello la ahogaba y le impedía disfrutar de la evolución de su embarazo. De pronto, se acordó del joven Ansorena y se puso en pie. Llamó a Hazel y le pidió que avisara al joyero para que acudiera a palacio lo antes posible. Necesitaba seguir con la historia de la perla Peregrina. Era la única manera de evadirse, no pensar nada más que en la belleza de esa perla que tenía para ella el poder de un imán. En San Sebastián, solo pudo reunirse con Ramiro una vez y ahora que ya estaban en la capital, deseaba reencontrarse con él y hablar de aquello que tanto la fascinaba.

Ramiro acudió a palacio tan pronto recibió la invitación. Siempre estaba preparado para salir en cualquier momento para hacer un recado o para ir a la casa de algún cliente que requería su presencia. En este caso, sabía perfectamente que la reina le llamaba para que continuara hablándole de la perla que tanta curiosidad despertaba en ella. El joven joyero había estado preparándose para la ocasión.

Al anunciarle al entrar en Palacio como: «¡de casa!», sintió un pellizco en el estómago. Siempre que lo oía, le pasaba lo mismo. Le consideraban del círculo de la reina, algo que le gustaba y que percibía como un reconocimiento a su trabajo. Tenía muchas ganas de volver a ver a la mujer a la que tanto admiraba. Le gustaba su forma de moverse, su elegancia y su curiosidad insaciable.

Pasados unos minutos, la gran puerta de madera de las habitaciones privadas se abrió y apareció Victoria Eugenia llena de luz; vestida en tonos blancos y beige. Llevaba unos pendientes de brillantes y la Peregrina prendida en el vestido.

—Ramiro, ¡qué alegría verle de nuevo! Al final, se torcieron las cosas y no pudimos volver a quedar en San Sebastián.

Le extendió su mano y Ramiro hizo el ademán de besarla como indicaba el protocolo. Victoria Eugenia parecía una ensoñación, una imagen irreal que podría desaparecer en cualquier momento. Una especie de alucinación que el joyero deseaba que no acabara nunca. Ramiro creyó ver en los ojos claros de la reina una soledad y una tristeza que no había visto antes. Estaba convencido de que al comenzar a hablar de la perla, desaparecería esa especie de nube gris que ensombrecía sus ojos. Diría, sin ser médico, que estos encuentros le resultaban terapéuticos.

—¿Dónde nos quedamos la vez anterior? —preguntó Ena con una sonrisa.

—Señora, en Felipe II y en la derrota de la llamada Armada Invencible.

—Es cierto. ¿Y qué paso después? —preguntó Ena ya volcada por completo en la historia de su perla.

—Tras la derrota y la confirmación por parte del duque de Lerma de lo que eso suponía, el rey se quitó la perla y la guardó en su joyero real. Estaba contrariado y no tenía nada que celebrar. Se quitó lo que más apreciaba. Desde entonces se aferró solo a sus crucifijos, no volviéndose a poner su magnífica gema. Sin embargo, en su testamento, sí que se acordó de ella para legársela a sus descendientes. Dejó por escrito una de las mejores descripciones que se encuentran de la perla; por no decir la mejor. Si me lo permite se la voy a leer:

> Una perla pinjante en forma de pera de buen color y buen agua, con un pernito de oro por remate, esmaltado en blanco, que con él pesa 71 quilates y medio. Comprose por el Consejo Real de las Indias de don Diego de Tebes en 9.000 ducados. Tasose por Francisco Reynalte y Pedro Cerdeño, plateros de oro y lapidarios del Rey nuestro señor, en 8.748 ducados.

En esta descripción para su testamento nos está diciendo muchas cosas. Una, que se trata de un adorno que cuelga, pinjante, en forma de pera. De buen color...

—Todas las perlas son de buen color, ¿no?

—No, señora. Hay siete factores que son importantes para fijar el valor y la belleza de una perla: el tamaño, la forma, el grosor del nácar, el lustre, la superficie y el emparejado. Me he dejado para el final el color. Se trata de uno de los atributos más subjetivos de la perla y no es sencillo explicarlo. Uno de los colores sobresalientes es el blanco, como es el caso de la Peregrina que usted lleva. Pero si acercásemos un papel blanco a la perla, observaríamos que no es blanca sino de un tono claro que iría más hacia el amarillo, el dorado, incluso el crema. El color depende del mar en el que hayan vivido las ostras. Lo bonito de la perla es que su color natural además puede cambiar dependiendo de la iluminación ambiental.

—Ramiro, volvamos a la Peregrina. Entonces, tras morir Felipe II, ¿a qué manos fue a parar la perla?

—A las de su hijo Felipe III, quien se casó en 1599 por poderes con su jovencísima prima segunda, la archiduquesa Margarita de Austria-Estiria. Como muchas mujeres de la casa de Habsburgo, según fue creciendo la reina desarrolló una gran habilidad para la política y para potenciar las artes en general. Por ejemplo, hoy se sabe que la reina Margarita de Austria enseguida se opuso a los abusos e influencia del duque de Lerma sobre los asuntos de Gobierno. A ella, que llegó al trono siendo una hermosa niña de quince años, le interesaban más los asuntos de Estado que las perlas. No hizo mucho caso ni al estuche de plata que le dieron de recién casada y menos aún a su contenido, por muy maravilloso que fuera.

—¿La perla no le interesó nada? —preguntó la reina con incredulidad.

—Efectivamente. La olvidó por completo.

—A lo mejor por eso vivieron una época extraordinaria. Dicen que Felipe III alcanzó para España su máxima expansión territorial. En Europa a comienzos del siglo XVII se vivieron años de paz que permitieron que España ejerciera su hegemonía. Me pregunto si el que estuviera la perla guardada a buen recaudo tuvo algo que ver.

—Majestad, hemos quedado que eso son supersticiones. Sí sabemos que la reina quería pasar a la posteridad y un retratista real, Rodrigo de Villandrando le hizo un retrato ecuestre. Margarita no se sintió suficientemente bella al ver el resultado. Al retrato le faltaba algo. Pensó que el pintor no acababa de darle ese toque regio que pedía. Mientras tanto, fue dando hijos a Felipe. Ella se mostraba infeliz por no dejar para la posteridad un retrato de ella que le hiciera justicia.

»Con el paso de los años, cuando ya no vivían ni ella ni su marido, su heredero Felipe IV le pidió al gran pintor Diego Velázquez que le diera otro aire al cuadro de su madre. El pintor sevillano, que acabó siendo pintor de la corte, después de estudiar la obra encontró el remedio. Primero retocó el caballo y lo cambió. Lo hizo más grande. También le sugirió al rey que sacara del joyero real alguna pieza especial que perteneciera a su madre para añadirla al cuadro. El rey encontró el joyel con la Peregrina y el Estanque. Velázquez lo incluyó en la pintura y la reina apareció con toda su majestuosidad ante los ojos de su hijo, que quedó muy satisfecho.

—Resulta impresionante lo que puede cambiar un cuadro con un retoque aquí y allá gracias a unas prodigiosas manos —añadió Ena, sin descartar que a ella le gustaría algún día posar para un gran pintor.

—Tanto fue el éxito —continuó Ramiro el relato— que el rey Felipe IV pidió a Velázquez otro cuadro. Esta vez con su padre como protagonista. El pintor decidió representarlo a partir de la información que obtuvo de otros retratos del rey. Le pintó también a caballo. Se trataba de un corcel blanco en corbeta, de patas. El rey dominaba al animal con una sola mano. En la otra sujetaba una bengala que, junto con la banda roja que cruzaba su pecho, daba fe de su condición de jefe superior de los Ejércitos. En su taller trabajaron en el cuadro y Diego Velázquez lo retocó al final. El pintor sevillano volvió a solicitar al rey la joya de su madre. Y retrató la perla separada del joyel, en solitario, colgando de unas plumas del lateral de su sombrero.

—¡Oh! Así que quedó para la posteridad también en el sombrero del rey —comentó la reina Victoria Eugenia fascinada.

—Señora, puede ver la pintura en el Museo del Prado. Merece la pena. Allí puede contemplar su perla retratada con la maestría de un pintor tan sublime como Velázquez. Nadie ha captado el cielo de Madrid como él.

—Estoy deseando hacerlo. Cuando venga mi dama de Londres, lady William Cecil, iré a verlo... Volviendo a la perla y a la reina Margarita, ¿no la usó nunca?

—Yo creo que prácticamente nada, pero Velázquez la dejó para la posteridad unida a la perla. Murió joven, quince días después del parto de su octavo hijo.

Victoria Eugenia se tocó instintivamente su vientre. No le dijo nada al joyero de su embarazo. El rey quería comunicarlo al pueblo a finales de año. Ella debía guardar silencio hasta entonces.

—Dejamos por hoy a nuestra perla en manos ya de Felipe IV, ¿verdad?

—Sí, majestad. Para ser más exactos en manos de su mujer, una niña de trece años: Isabel de Borbón. En el momento en el que se casaron el rey todavía era el príncipe de Asturias. Cuando ella fue reina, le aseguro que lució la perla. Ha sido una de las reinas más hermosas e inteligentes que ha tenido España... hasta que llegó usted.

—Muchas gracias, Ramiro. No se puede imaginar el bien que me hace cada vez que viene. Consigue que olvide los problemas que todos tenemos.

—Aquí estaré siempre cuando lo desee. No tiene más que llamarme como ha hecho hoy.

—Se lo agradezco muchísimo.

La reina se levantó y abandonó la estancia. Ramiro siguió sus pasos con la mirada y se quedó de pie hasta que la puerta se cerró. No había visto nunca a nadie con tanta clase y elegancia como la reina. No parecía mortal, se decía a sí mismo.

Como siempre que salía del palacio le gustaba pasear por las calles de Madrid repasando mentalmente el momento que acababa de compartir con la reina. A su lado circulaban las calesas y coches de caballos. Se cruzaba con mucha gente que le sonaba y levantaba su sombrero pensando que los conocía. Otros le ofrecían agua, barquillos... pero todos sus pensamientos eran para la reina y no se paró con nadie. Tenía la sensación de que a Victoria Eugenia le pasaba algo. La notó más cohibida y retraída que otras veces. Llegó a pensar si habrían llegado a sus oídos las muchas habladurías sobre el rey, entre ellas, su afición por conocer a las artistas de los espectáculos a los que acudía en compañía de miembros de la nobleza. No le gustó ver en sus ojos una tristeza que no había observado hasta entonces.

Al llegar a su casa, Ramiro se encontró a su padre discutiendo con su hermana Milagros. Esta le había comunicado que ingresaría de novicia en la orden de las mercedarias en dos semanas. Su madre permanecía callada y Carmen, su hermana, no paraba de llorar.

—¿Qué pasa aquí? ¿Ya estáis discutiendo otra vez?

—Tu hermana nos ha dado un ultimátum: quiere ingresar ya en las mercedarias. Tendrá que contar conmigo para hacerlo y se ha saltado mi consentimiento.

—Padre, seguir oponiéndose no tiene sentido. Debe aceptarlo si no quiere que Milagros sea infeliz toda su vida. Es su decisión y usted, como católico y apostólico que es, debería apoyarla. No tiene sentido seguir oponiéndose como si fuera un pulso para ver quién gana. No es una batalla, se trata de una vocación. Hay que respetarla. Ganaremos todos. Siempre rezará por nosotros y nos hará falta tener una aliada con el de allí arriba.

Su padre se quedó callado y pensativo. Aquellas palabras de su hijo iban cargadas de razón. Se estaba comportando con su hija de manera irracional.

—Está bien. No iré en contra de su voluntad, pero yo tenía otros planes para Milagros. Está claro que a estas alturas no la voy a hacer cambiar de idea. Pienso que me he equivocado al no escucharla. Quizá con mi oposición he hecho que se aferre más a la idea de ser monja. ¡Hágase tu voluntad! —comentó mirando a su hija.

Se levantó de la silla del comedor y se retiró a su cuarto. Allí estuvo casi todo el día. No quiso comer. Todos comprendieron que necesitaba estar solo. Milagros se abrazó a su hermano. Había conseguido más con una contestación, que ella durante días intentando convencerle. Su madre se levantó y la besó hecha un mar de lágrimas. Su hermana le dijo algo al oído.

—¿Podré ir a verte? ¿Quién escuchará mis problemas?

—Carmen, no pierdes una hermana. Estaré siempre dispuesta a escucharte.

Se fundieron en un abrazo y estuvieron así un buen rato. Al

día siguiente comenzaron los preparativos para cuando ingresara en la orden. Acudieron a casa de sus familiares a contarles la noticia. Milagros se fue despidiendo de todos uno a uno. Un día antes de ingresar como novicia, toda la familia decidió acompañarla al convento. También quiso estar con ellos el padre Manuel, el párroco de la iglesia de Nuestra Señora del Carmen, al que el joyero consideraba responsable de que su hija decidiera meterse a monja. Aquel fue un día que José María García Moris no olvidaría jamás. Veía a su hija sonreír, después de tantas discusiones familiares y de tantos sinsabores. A la vez, tenía la sensación agridulce de que la perdía para siempre.

20

Un premio para la ciencia española

Llegó al Palacio Real la noticia de que un investigador, Santiago Ramón y Cajal, había sido premiado con el Nobel de Ciencia. Era la primera vez que la Academia sueca reconocía el trabajo de un científico español. La información salió en la primera página de todos los periódicos nacionales.

El rey Alfonso había recibido la noticia antes de que se publicara en la prensa, a través del conde de Romanones, quien se lo comunicó pletórico. Tanto, que parecía que el premio se lo habían dado a él.

—Esto supone un revulsivo para nuestra política —le comentó—. Algo estaremos haciendo bien cuando uno de nuestros científicos merece un premio de estas características. Majestad, hoy es un día grande.

—Supone un aldabonazo a la labor tan callada y austera que realizan estos hombres volcados en la investigación. ¿Qué trabajo ha desarrollado para merecer un galardón así?

—Creo que se lo han dado por sus aportaciones al estudio del cerebro —comentó Romanones—. Lo comparte con otro científico italiano, Camilo Golgi, que aporta un método de investigación que ha utilizado Ramón y Cajal.

—Santiago Ramón y Cajal entra de lleno en las páginas de nuestra historia. Tiene un gran mérito —comentó el rey—. Estas son las cosas que tiene que destacar la prensa.

—Ha dado con la formación básica y funcional del sistema

nervioso: la ha denominado neurona. Y al parecer lo ha hecho con tejido cerebral, algunos productos químicos, un microscopio, cámaras fotográficas, útiles de dibujo y una incomparable intuición. Con esos elementos ha sido capaz de desarrollar la Teoría de la neurona que, en realidad, lo que abre es una nueva ciencia dentro de la Medicina.

—¿Neurona?

—Majestad, no pretenda que se lo explique porque no tengo los conocimientos necesarios para hacerlo. Sí le puedo decir que su trabajo ha trascendido porque ha recibido apoyos extranjeros para que fuera difundido y tomado en serio.

—¡Vaya! Sería bueno que nosotros apoyáramos más a nuestros científicos y que no tuvieran que pedir ayuda fuera.

—Señor, no hay dinero para cubrir todas nuestras necesidades.

No muy lejos de allí, en las habitaciones de la reina, acababan de reencontrarse Ena y su dama inglesa, recién llegada de Londres, lady William Cecil. Venía sofocada y cargada de regalos que soltó en un pequeño sofá de la estancia. La reina se abrazó a ella y se le saltaron las lágrimas.

—May, cuánto tiempo has tardado en volver. ¡Prométeme que nos veremos más a menudo!

—Te lo prometo. Al final, tuve que regresar a Egipto. ¡Pero hemos hecho muchos avances! Estoy muy contenta con el tímido Howard, que me ha acompañado en este viaje. Tienes que conocer a su padre, Samuel Carter, uno de los grandes artistas que tenemos en Gran Bretaña.

—¿El que pinta a las mascotas de todos los nobles?

—Ese, que tiene tan buen pincel para retratar a los animales. El joven Howard es el menor de once hermanos y el que ha sacado las cualidades del padre. No solo reproduce las inscripciones egipcias como nadie, también copia los bajorrelieves con gran maestría y ha aprendido a restaurar monumentos faraónicos. Está tan fascinado como yo por el mundo egipcio.

—¿Qué estudios tiene?

—No posee estudios académicos, pero sabe mucho más que algunos arqueólogos con los que me he cruzado en este tiempo. Eso sí, tiene mucho genio y hay que saberlo llevar. No es un hombre de muchos amigos.

—Bueno, hablemos de ti. Tienes fascinado a todo Gran Bretaña con tus excavaciones.

—Deberías volver a acompañarme a algún viaje... Bueno, ahora será imposible hasta que no des a luz. Me lo ha contado tu madre. Has cumplido con tu «obligación» como reina y eso es mucho más importante. ¡Déjame darte la enhorabuena!

Volvieron a abrazarse y Ena le confesó todos sus miedos.

—No te oculto que estoy preocupada. Tú conoces mejor que nadie el problema de la enfermedad de la que no se puede hablar en mi familia.

—Retira de tu pensamiento esas ideas. No sirve de nada que te pases todo el embarazo angustiada. Cuando llegue el momento, ya verás si hay un motivo de preocupación o no. Resulta una pérdida de tiempo sufrir así y al bebé no creo que le vaya bien que su madre esté tan obsesionada. Deja que la vida fluya, querida Ena. No puedes estar siempre pensando en si pasará esto o aquello. Según vayan saliendo a tu encuentro, irás solucionando los problemas. Hasta entonces, vive el aquí y ahora, lejos de sentimientos de culpa y ansiedades.

—¿Ves como te necesito cerca? Ya me siento mucho mejor.

—Te contaré una cosa graciosa. ¿Sabes cómo descubrían las mujeres egipcias si traían al mundo un varón o una hembra?

—No tengo ni idea.

—Pues guardaban su orina en un recipiente y le ponían unas semillas de cebada y otras de trigo. Si germinaban las de cebada es que iba a ser un varón y si, por el contrario, germinaban las de trigo es que iban a tener una hembra.

—Tengo tentación de hacer lo mismo que las mujeres egipcias...

—Mucho mejor no saberlo hasta el final. Me parece más interesante.

—Está bien... pero me muero de curiosidad.

—Deja que te vea... Para mí que vas a tener un varón.

—¿Por qué dices eso?

—Por tu cara... Creo que va a ser un niño.

Las dos se echaron a reír. Aprovechó May para darle uno de los muchos regalos que le había traído de Egipto. Empezó por el más grande. Cuando lo desenvolvió Ena, se encontró con un escarabajo de oro y lapislázuli.

—¿Un escarabajo?

—Sí, de oro de los desiertos de Nubia, para entrar de lleno en el mundo del dios Ra, que representa el dios del cielo. Se le atribuye la responsabilidad de la muerte y la resurrección; así como el origen de la vida en la mitología egipcia. Y el azul del lapislázuli era el color preferido para los amuletos. La llamaban la piedra de las estrellas, debido a su apariencia celestial. Te dará suerte. Este tipo de ornamentos en lapislázuli los hemos encontrado en muchas excavaciones.

—¿Quieres decir en las tumbas?

—Bueno, vamos a dejarlo... ¡Toma!

Le dio otra cajita que Ena abrió con mucha curiosidad. En su interior había una cruz que tenía un óvalo en la parte superior.

—Es el ojo de Horus —comentó su dama—. Un símbolo de protección, poder real y buena salud. Fue un dios de quien se decía que sus ojos eran el sol y la luna. Llévalo siempre contigo. ¡Te protegerá!

—Muchas gracias... Todo este mundo, al que tanto tiempo le dedicas, me fascina. Bueno, te diré que estoy haciendo muchos progresos, averiguando la historia de mi perla favorita.

—¡Bien! ¡Me has hecho caso!

—Sí, pero lo decepcionante es que, según parece, esta perla no ha hecho feliz a las reinas que la han llevado. Todo lo contrario. Le fue mejor a la reina que la guardó en su joyero, que a la que se la ponía tanto como yo.

—Tonterías. Además, cuentas con el escarabajo y el ojo de Horus para contrarrestar la mala suerte. ¡Ah! Y la piedra verde de ágata que te regalé en el viaje anterior.

—Esta creencia de que existe una maldición se remonta a cuando encontraron la perla en Panamá. Un nativo dijo que tenía forma de lágrima y que haría llorar a todo el que se la pusiera. Y aquí me tienes, que no encuentro momento para quitármela. Ejerce sobre mí una atracción especial que me hace ponérmela constantemente.

—Ya te he dicho muchas veces que las joyas dan poder a quien las lleva y seguridad. No creas en maldiciones. De eso yo sé mucho. Si fuera así, no entraríamos en ninguna tumba egipcia. Siempre hay alguien que nos habla en Egipto de alguna maldición asociada a lo que ellos consideran profanaciones de tumbas; cuando nuestro trabajo no es otro que descubrir quién está enterrado en esos lugares y reivindicar su lugar en la historia. Bueno, mírame, aquí estoy tras muchos años sin que me haya pasado nada.

—¿Cuánto tiempo te quedarás conmigo?

—Dos semanas. Tengo que volver a Londres con mis hijos.

—Las aprovecharemos bien.

En casa de los García-Ansorena apenas se oían voces, y las pocas conversaciones que se mantenían eran entre susurros. Parecía como si toda la familia hubiera hecho voto de silencio desde que entró Milagros en el convento. El hueco que había dejado la mayor de la familia era difícil de rellenar. Todos tenían sentimientos encontrados: sabían que ella había acabado haciendo lo que deseaba, pero la familia al completo se sentía huérfana sin su presencia. La sacó de aquel letargo las constantes visitas de Jaime. Nadie sabía que compartía con ellos esa desazón. Pero, por lo menos, entre aquellas cuatro paredes, todo le recordaba a ella.

En realidad, Ramiro y Jaime pasaban el tiempo hablando de los últimos avances de los hermanos Wright. Wilbur y Orville habían construido un aeroplano al que habían bautizado como *Flyer*. El futuro del hombre conquistando los cielos les fascinaba.

—Sé que algunos dicen que es un fraude, pero yo sí creo que los americanos Wright han construido un aparato con el que han logrado volar —aseguraba el estudiante de medicina—. De todas formas, lo más difícil ya lo han conseguido: que les compren la patente de un invento con tantos riesgos.

—Parece peligroso, sí. Por ese motivo, me cuesta creer que en un futuro nos vayamos a montar ahí. Tienen muy poca capacidad de maniobra —añadió el joyero— y de vuelo porque, según dicen, duró en el aire doce segundos y recorrió 36 metros.

—Bueno, han perfeccionado el *Flyer 1* con un ala derecha cuatro pulgadas más larga que la izquierda, para contrarrestar el peso del motor. También han variado el sistema de mandos. Han creado un timón de dirección movible que trabaja con una aleta giratoria para compensar la resistencia que se origina en vuelo.

—El planeador tenía seis metros de largo con una envergadura de otros doce metros... Y lo mejor ¿sabes qué es? Pues que todo comenzó con una tienda de bicicletas... Parece increíble.

Apareció García Moris, con su barba y bigote perfectamente recortados, vestido con levita, y les invitó a que lo acompañaran a tomar una limonada con la familia. Su madre había sacado unos canapés para aliviar la tarde.

—Dejad de soñar con que el hombre vuele como un pájaro y venid a la mesa. Tu madre ha preparado un tentempié —se dirigió a Ramiro—. ¡Bajad a la tierra!

Los jóvenes salieron del cuarto y se unieron al resto de la familia. Carmen miraba al médico sin pestañear. Aquel estudiante de medicina de largo mostacho y de conversación sesuda le gustó desde el primer día. Sabía de su timidez, por eso decidió tomar la iniciativa.

—Mi hermano está perdiendo el pelo de tanto pensar. Y tú vas por el mismo camino.

—Sí, quizá tengas razón. Mejor nos iría si le diéramos menos vueltas a las cosas.

—Yo no estoy perdiendo pelo, hermana. Me lo he cortado mucho. De todas formas, no me extrañaría que me pasara lo que dices de tanto trabajar y estudiar a la vez —comentó Ramiro.

—Sarna con gusto no pica —le dijo su padre—. No te quejes tanto que te encanta tu trabajo. Y los estudios los llevas cómodamente, sin que ni tu madre ni yo te presionemos. El que estoy perdiendo pelo soy yo, pero es del disgusto que me he llevado con lo de Milagros.

—La edad, padre, que no perdona. Hasta yo estoy empezando a tener problemas de vista. Los años se van notando.

—Cambiaba los míos por los tuyos. Lo de la vista es por tus ojos claros, que son más débiles que los oscuros. Uno, además, no es joven toda la vida. En cuanto se nace, ya se empieza a envejecer. De todas formas, mañana nos van a empezar a instalar la luz eléctrica en el taller y lo agradecerán tus ojos y los míos.

—¡Todo un detalle, padre!, podremos trabajar en el taller de noche, si fuera necesario. ¿Lo ha hecho por la vista o porque produzcamos más?

Se echaron todos a reír. Aquel tira y afloja entre padre e hijo resultaba cómico.

—Mira, parecerá de día, aunque sea de noche. El aparato se asemeja a un racimo de uvas. Varios brazos largos metálicos y muchas bocas para las bombillas que lucirán en el extremo. Ha costado un dineral, pero merecerá la pena.

—Podremos hacer varios turnos y eso nos permitirá llegar con más holgura a las fechas de entrega de los encargos. ¡Estoy deseando que se haga la luz en el taller!

—Hablando de otra cosa, debéis de ser los únicos jóvenes que solo habláis de aeroplanos y no de mujeres. Está todo el mundo revolucionado con la llegada de la bailarina Mata Hari. ¿Vais a ir a verla?

—No tengo ningún interés —comentó Ramiro.

—Yo ni curiosidad —respondió Jaime.

—Pues el rey ya ha estado viéndola y varias veces —añadió José María.

—Pues yo, teniendo a la reina en casa, no iría a ver ningún espectáculo. No encuentro nada más interesante que estar a su lado. No entiendo a algunos hombres.

—Dicen que Mata Hari —continuó José María— tiene una belleza perfecta. Se casó con un militar que buscaba esposa a través de un anuncio en la prensa. Después de la boda se trasladaron a Java y allí aprendió las danzas balinesas. Creo que su vida está llena de sufrimiento. Ya ves... Pues yo tengo curiosidad por verla.

—Padre, no lo dirá en serio —respondió Carmen.

—Una mujer bailando. No es nada obsceno. Sinceramente, no se habla de otra cosa.

—Anda mucho viejo verde suelto por ahí —alcanzó a decir la madre con cierto enfado.

Pasaron la tarde entre risas, más aún después de ese comentario de Consuelo que nadie esperaba. Era la prudencia personificada, pero se ve que no aguantó más y explotó.

—Como ves, querido Jaime, en esta casa mandan las mujeres —comentó José María García Moris.

21

La tristeza de las reinas

Antes de que lady William Cecil partiera de nuevo hacia Londres, Victoria Eugenia acudió con ella al Museo del Prado, donde estuvieron observando con detalle los retratos de las reinas de España y sus familias. Todas sus antepasadas estaban allí para deleite de los visitantes, inmortalizadas por los artistas más importantes de la época: Tiziano, Velázquez, Rubens, Goya... A través de los detalles que reflejaron los pintores pudieron imaginar cómo fueron sus reinados y cómo vivieron su intimidad. Los trajes, las joyas, los signos evidentes de poder no lograban ocultar para Victoria Eugenia sus sentimientos, pasiones y hasta frustraciones.

—Observa sus caras, May —comentaba la reina—. ¿Te parece que eran mujeres felices?

—Sinceramente, no. Pero la felicidad es algo que perseguimos y nunca alcanzamos. Ni las reinas, ni los súbditos.

—Si miras los ojos de todas ellas, verás que tienen un halo de tristeza que las iguala.

—¿Te ocurre algo con Alfonso que te dé motivo para hablar así?

—Sus ocupaciones, sus salidas a teatros y cabarets... Estoy rodeada de gente, pero me siento sola y todavía más desde que estoy embarazada. Es como si tuviera miedo a tocarme.

—Es importante que tu embarazo llegue a término. Por eso te trata como una porcelana china. Para él significa mucho dar continuidad a la monarquía en España. ¡Habla con él! ¡Pídele más tiempo para ti!

—Al menos, he conseguido que el té de las cinco sea solo para nosotros. Se ha convertido en nuestro momento. Me he negado a que nos acompañe nadie. No teníamos un solo momento en el día para nosotros. Siempre estamos rodeados de hombres y mujeres de la corte, de miembros del Gobierno, de mi suegra, de las tías de Alfonso... La única que me encanta que venga a vernos es María Teresa. Su hermana se ha convertido en mi confidente. Conoce a su hermano extraordinariamente bien y me previene de muchas de sus locuras.

—Mi querida Ena, la vida de casada no es como la pintan. Es dura y a la mujer le toca siempre la peor parte. No dejes que haga lo que quiera, ¡imponte! Tú también eres la reina. ¡Házselo ver!

—Piensa que desde niño ha ejercido como rey y siempre se ha hecho su voluntad. Mira, te cuento una anécdota. Su tía Eulalia no quería comer coliflor estando todos en la mesa y él, siendo un niño, le dijo: ¡cómetela! Y la tía Isabel le respondió a su hermana: debes comértela. Te lo ha mandado el rey. ¡Y se la comió! Siempre se ha hecho su voluntad. Intentar cambiar eso es tarea imposible.

La tarde anterior a su regreso a Londres, May quiso ver al joven joyero que asesoraba a la reina. Victoria Eugenia le hizo llamar. Además, le había encargado un broche de oro, brillantes y zafiros para su dama.

Cuando Ramiro García-Ansorena acudió a palacio se sorprendió al oír el nombre de Victoria Eugenia y el de su dama, lady William Cecil, antes de que entraran en la cámara donde siempre le recibían. No le habían comentado que estaría también la destinataria de la joya. La traía en una caja sin envolver para mostrársela a la reina.

—Majestad, señora... —besó la mano de ambas.

La reina hizo un gesto a Ramiro para que tomara asiento.

—Antes de que escuches su última charla sobre esta enigmática perla —dijo señalando a la Peregrina—, quiero que veas el broche que acaba de hacerme. Dime si te gusta.

Ramiro ciertamente nervioso, al sentirse juzgado no solo por la reina sino también por su dama, abrió la caja en la que estaba prendido el broche.

—¡Oh, qué maravilla! ¿Lo ha hecho usted? —se dirigió a él en francés.

—Sí, señora. Me gusta mucho hacer piezas nuevas, pero, para ser fiel a la verdad, ha sido la reina quien me ha guiado respecto a las piedras que debía llevar y en el diseño final.

—En realidad, es para ti, May. Me alegra saber que te gusta.

Lady William, gratamente sorprendida, lo cogió y se lo puso en la pechera de su traje gris con remaches en terciopelo negro. Después se acercó a la reina y la besó.

—Gracias. Es una belleza. Me ha dicho la reina —se dirigió a Ramiro— que tiene un gran conocimiento de la historia de las joyas.

—Intento aprender cada día.

—Yo tengo alguna idea también, pero todo ligado a las excavaciones en las que participo en Egipto. Y le diré que el objetivo que tenían las joyas en la antigüedad era la eterna seducción. Príncipes, escribas, sacerdotes y todos los que pudieran costearse su muerte y su momificación, vivían sus vidas con un ojo puesto en la realidad y otro en la eternidad. Cuidaban su apariencia personal con extrema coquetería, tanto los hombres como las mujeres.

—Señora, muchas joyas actuales están inspiradas en las formas y en los colores de las joyas encontradas en las tumbas egipcias. El pasado siempre es un referente para los que creamos anillos, diademas, pendientes, broches, collares... Roma, Grecia, Egipto, son fuentes constantes de inspiración.

—Me alegra escuchar eso. Pues le diré que hasta las clases populares se adornaban con joyas. Eso sí, no de oro, sino hechas de cerámica, de huesos, flores... Los adornos gustaban por igual a las clases altas y a las clases más bajas. Eso lo descubrí en las tumbas que encontré de personas sin linaje a orillas del Nilo. En general, solemos pensar que hemos evolucionado mucho y le diré que no lo hemos hecho tanto. Mire, hasta en el maquillaje, nos ganaban ellos. Se maquillaban tanto hombres como mujeres, se pintaban los ojos remarcándolos con kohl, se daban color en las mejillas y en los labios. Y los párpados los ensombrecían con malaquita verde. Todo lo que hoy creemos que es innovador, ellos ya lo habían inventado.

—¿Se da cuenta, Ramiro, de lo interesante que es estar al lado de May? Ella no se da ninguna importancia, pero esas tumbas que encontró hoy llevan su nombre: las tumbas de Cecil.

—Un libro abierto. Sí, realmente interesante. ¿Ha estado recientemente?

—Prácticamente acabo de volver y en este viaje he descubierto un papiro que habla de temas cotidianos de la época. Todo un tratado de cómo se desarrollaba la vida allí. También os diré que en este viaje he pintado muchos pájaros del Nilo. Son verdaderamente curiosos. Me fascinan.

—Pero Ramiro, no crea que sus viajes se ciñen solo a Egipto. El año pasado se fue con su marido a conocer Australia.

—Regresaría ahora mismo. Me gustó conocer un país tan lleno de contrastes, con una vegetación tan exuberante en unas zonas y desértico en otras. Un viaje irrepetible.

El taciturno Scarle, el *maître*, entró en la estancia y preguntó si querían tomar algo, pero los tres rechazaron el ofrecimiento. Estaban demasiado concentrados en la conversación.

—Ramiro, ahora le toca a usted hablarnos de esta perla —señaló la Peregrina—. Nos quedamos en Felipe III, bueno, en su sucesor: su hijo Felipe IV. Le diré que le hemos visto en el Museo del Prado. Nos hacía mucha gracia su bigote tan estirado hacia arriba, parecía la antena de un insecto... y sus ojos con esa honda tristeza que observo en los cuadros de los reyes.

—Yo, señora, me fijo más en las joyas que en los ojos. Le prometo que lo haré a partir de ahora. La joya que usted lleva pasó a manos de la primera esposa de Felipe IV, Isabel de Borbón. Era hija de Enrique IV de Francia. Como ve, linaje tenía, aunque era una niña cuando la casaron. Tuvo diez hijos de los cuales solo dos llegaron a la edad adulta. Fue muy hermosa e inteligente. Su suegro, el rey, le regaló la Peregrina cuando cumplió los diecisiete años diciéndole: «Deseo que brilléis con ella como mujer y como reina». Se trata de una de las monarcas que más han lucido la perla, tanto es así, que no había fiesta donde no la exhibiera. La gente se acercaba a ella para ver la gema tan fuera de lo común. A su marido, Felipe IV, rey de España y Portugal, al que llamaban el Grande, le gustaba mucho salir de noche y relacionarse con otras mujeres...

—Se ve que esa costumbre continúa aún hoy —comentó Victoria Eugenia.

Su amiga May la miró extrañada por su comentario, pero no vio prudente preguntarle por ello en ese momento.

—Parece ser que sus amantes tenían tanta curiosidad por la joya que lucía la reina, que le pedían poder tocar tan hermosa gema y el rey se la quitaba del joyero a su mujer para que la lucieran, aunque solo fuera por una noche.

Victoria Eugenia llamó a sus damas y pidió a Hazel un abanico a pesar de que no hacía calor en la estancia. De hecho, la reina solía quejarse de que no hubiera calefacción en palacio.

—Un día, la reina fue a buscar su joya —continuó Ramiro con su relato— y encontró solo el brillante Estanque. Había desaparecido la Peregrina del joyel. Inmediatamente la reina le fue a pedir explicaciones al rey, pero este ni se inmutó. Se quedó unos segundos atusándose el bigote intentando hacer memoria de en brazos de quién podría haberla olvidado. Por fortuna, los criados intentaron buscarla en su habitación y la encontraron entre los pliegues de su ropa interior. Allí fue a acabar esta perla tan repleta de historia.

—Mandaré que la limpien —señaló Ena con repugnancia.

—Tranquila, señora. Antes de llegar a usted, en nuestra casa la hemos limpiado a conciencia —dijo con sentido del humor.

—Menos mal —le dio una arcada y salió corriendo de la estancia.

Se quedaron solos Ramiro García-Ansorena y lady William Cecil. La dama decidió advertirle al joyero.

—La reina, como ve, es muy sensible.

—Siento de veras haberle provocado ese malestar.

Entró la doncella Hazel y le dijo a Ramiro que la reina se sentía indispuesta y que le pedía disculpas pero que daba por terminado el encuentro de hoy.

—¡Espero volver a verle pronto! Le voy a dar un consejo, omita en el futuro algunos detalles... que no son importantes para el relato. Y, ante todo, gracias por su broche. ¡Hasta pronto! —añadió Mary Rodes Margaret Cecil antes de abandonar la estancia.

El joyero se puso en pie hasta que la dama abandonó la sala. Así permaneció unos segundos, paralizado, sin entender qué es lo que había pasado. ¿Sus palabras habían provocado el malestar de la reina? Se fue de palacio sintiendo una gran frustración y con la sensación de que no había estado a la altura.

Caminando por las céntricas calles que rodeaban el Palacio Real, repletas de gente de todo corte y condición, repetía en su cabeza una y otra vez las palabras que había utilizado con la reina. Así llegó hasta su casa-taller en Espoz y Mina. En la puerta, se encontró a su amigo Jaime, que le estaba esperando desde hacía un buen rato.

—Ramiro, tengo un par de pases para ver jugar al rey un partido de polo. ¿Te apuntas? Si vienes, tenemos que darnos prisa para no llegar tarde.

—Sí, por supuesto —comentó sorprendido por lo inesperado del ofrecimiento.

Cuando llegaron al campo de polo, el partido ya había comenzado. Alfonso XIII dominaba la equitación y era un gran aficionado a este deporte. En realidad, era una práctica deportiva de moda entre la aristocracia y los oficiales de caballería. Había dos equipos y cada participante llevaba un mazo con el que intentaba conducir la pelota hasta la portería contraria. Nada más tomar asiento, Jaime y Ramiro presenciaron varios percances entre jugadores que acabaron siendo llevados al hospital en camilla.

—¿No te parece un deporte violento? —le comentó Ramiro a su amigo.

—Ciertamente, sí. En esta media hora ya hemos visto sacar a varios jinetes heridos.

Al día siguiente, en la prensa se recogieron los incidentes que se habían producido en el partido e insinuaban que se deberían poner unas normas de conducta para proteger al rey. ¿Es la mejor práctica deportiva para nuestro monarca? Cuando lo leyó Alfonso XIII se indignó y lo comentó con su mujer.

—No me dejan ir a la velocidad que me gusta en carretera. Ahora quieren ponerme limitaciones a la hora de jugar al polo. No voy a poder moverme porque todo les parece arriesgado y peligroso.

—Los políticos intentan protegerte de ti mismo. ¿No te das cuenta? Lo único que buscan es preservar tu integridad. Piénsalo en positivo.

—Para la tranquilidad de todos, Ena, voy a comunicar hoy mismo que te encuentras en estado de buena esperanza. Así quizá me liberen de tanta presión sobre lo que hago o dejo de hacer.

—Me parece bien. Ahora la presión recaerá sobre mí, pero estoy deseando que la noticia sea pública.

—Eso es verdad. La prensa estará pendiente de lo que haces o dejas de hacer. Procura no fumar, ni en público ni en privado. Si quieres hacerlo, hazlo solo en nuestras habitaciones. También deberás dejar de beber en sociedad. No estaría bien visto.

—Me ha dicho el doctor que haga vida normal. No estoy enferma.

—Sí, pero los españoles no perdonan una. Estás gestando al heredero de la Corona. Te mirarán con lupa.

—Está bien.

Cuánta razón tenía Alfonso XIII. Nada más comunicar la noticia al Gobierno y emitir un comunicado a la prensa, el revuelo en palacio fue total. No dejaron de llegar felicitaciones y los primeros regalos para el futuro bebé. Fueron unos días de auténtica locura. Gracias al nacimiento del primer hijo de María Teresa de Borbón y Habsburgo-Lorena, la hermana del rey, el interés informativo se desvió. María Teresa dio a luz a su primogénito con toda normalidad. No fue un parto complicado. Todos celebraron en palacio el feliz acontecimiento.

Cuando la noticia del nacimiento del sobrino del rey y del embarazo de Victoria Eugenia llegó al taller de los García-Ansorena, Ramiro sonrió. Comprendió que aquel malestar de la reina no había sido provocado por sus comentarios, sino por el embarazo de su primer hijo. El feliz acontecimiento le devolvió la tranquilidad. El de su familia fue uno de los muchos telegramas que llegaron al Palacio Real. Ramiro esperaba con ansiedad su próxima visita a palacio...

22

La anestesia de la reina

El primogénito de la infanta María Teresa de Borbón y Fernando de Baviera era el centro de atención en el Palacio Real. No se hablaba más que del niño y de la recuperación de la madre. Antes de que la hermana del rey regresara a su residencia en la calle Mayor, en el Palacio de la Cuesta de la Vega de Madrid, se celebró el bautizo del pequeño en presencia de todas las autoridades, puesto que era infante de España. La ceremonia se ofició seis días después de su nacimiento. Recibió el nombre de Luis Alfonso Cristino María de Guadalupe Isidro José Antonio de Todos los Santos y María de la O de Baviera y Borbón. Ejercieron de padrinos su abuela materna, la reina madre doña María Cristina y su abuelo paterno el príncipe Luis Fernando de Baviera. Al día siguiente, cuando la calma volvió a palacio, Victoria Eugenia visitó a su cuñada muy temprano.

—¿Cómo te encuentras? —le preguntó la reina.

—Bastante bien, aunque me siento como si hubiera pasado un coche por encima de mí. La comadrona no fue precisamente delicada conmigo. Se puso encima apretándome el vientre para que saliera el niño y eso fue peor que el propio parto.

—Tengo pavor, María Teresa. Además, eso de que todo el mundo esté en palacio cuando dé a luz para ser testigo del nacimiento del primogénito me parece una condena.

—Tienes toda la razón. Además, las reinas no podéis chillar... Bueno, es lo que tiene tan alto honor.

—La verdad es que mi abuela se lo puso más fácil a las mujeres al popularizar la anestesia en los partos.

—¿Gracias a tu abuela Victoria tenemos la anestesia?

—Mi abuela ordenó que las mujeres parieran sin dolor. Los médicos y los religiosos hasta entonces defendían el dolor en el parto, por la maldición bíblica. Cuando se quedó embarazada por octava vez, a los treinta y tres años, de mi tío Leopoldo, mandó llamar al doctor John Snow.

—¿Quién era ese médico?

—Uno muy reputado que ayudó a atajar la propagación del cólera en Londres, y que estaba convencido de que aliviar el dolor de las mujeres en el parto debía ser una obligación para los médicos. Siguió muy de cerca las investigaciones de otro médico de Edimburgo, James Young Simpson, que utilizó el éter primero y después el cloroformo en pequeñas dosis. Pero hubo mucha controversia precisamente con eso porque sus compañeros decían que lo natural era que las mujeres sintieran dolores, y que su práctica era una aberración, ya que iba en contra de lo que se decía en el Génesis: «parirás con dolor». Pero mi abuela se saltó las críticas y el Génesis. Quiso que le dieran anestesia para dar a luz a su octavo hijo y lo mismo hizo en el nacimiento de mi madre, que fue la novena y última de la familia. Desde entonces, se generalizó su uso. Todas las mujeres deberíamos estarle agradecidas.

—De modo que las mujeres le debemos a tu abuela el que la «anestesia de la reina» se haya extendido en todo el mundo. Pues no sabes lo agradecida que estoy a tu familia, mi querida Ena.

Las dos se abrazaron y se echaron a reír. Su parto había sido todo un éxito, entre otras cosas, por la ausencia de dolores gracias a la anestesia.

—Yo, desde luego, no me atrevería a llevar la contraria a mi abuela y eso que ya no está entre nosotros. ¡Yo quiero la anestesia para cuando llegue el momento!

—La tendrás, dalo por hecho. Has conseguido que los almuerzos sean íntimos en la corte; puedes estar a solas con Alfonso en el té de las cinco; has logrado que las mujeres hagamos deporte: golf, tenis, equitación... Has quitado el negro de nuestros vestidos y nos has dado luz con los blancos y beiges de tu ropa; nos has sofisticado con los sombreros de ala ancha y con plumas; has rejuvenecido a las damas de la corte; y quieres formar a las mujeres en enfermería. Has puesto de moda fumar con boquilla y beber whisky, en los actos sociales, sin que esté mal visto. Sinceramente, no se puede hacer más en tan poco tiempo.

—¿Tú crees? Yo tengo la impresión de que no acabo de encajar en la corte precisamente por todo eso que tú dices. Demasiadas costumbres nuevas de alguien que llega de fuera. Sabes, María Teresa, que siempre hay muchos prejuicios contra los cambios y contra los que promueven esos cambios. Ya ves, toda esta conversación gracias a la anestesia que puso de moda mi abuela, la reina Victoria. ¡Bendita abuela!

—¡Qué sería de nosotras si no nos atontaran un poco a la hora de dar a luz!

Llegó Alfonso hasta la habitación de su hermana y María Teresa y Ena cambiaron de tema. El rey cogió a su sobrino en brazos y se quedó mirándolo fijamente.

—¡Un calco mío!

—¡Pero si es rubio y vosotros sois morenos! —comentó Ena entre risas.

—Este niño se parece más a los Borbón que a los Baviera. ¿Qué piensas tú, hermana?

—Demasiado pequeño para saberlo, ¿no?

—No escurras el bulto. Es igualito que yo y punto. Es mi última palabra y soy el rey.

Volvieron a reírse todos de la salida de Alfonso. Era el momento de tomar el desayuno y los reyes se fueron a su habitación. Le sirvieron al monarca un chocolate caliente y a Ena un té. Al rato el rey estaba mojando unos bollos en el chocolate.

—Alfonso, no es correcto comer así los bollos.

—¿Cómo que no es correcto? ¡Si es como mejor saben!

—Si te viera mi madre te estaría riñendo por hacer algo tan... tan... vulgar.

—¡No sabes lo que te pierdes!

—Al menos, júrame que no lo harás en público.

—No te puedo jurar algo que no voy a cumplir —comentó mientras reía con ganas.

1907 comenzó con desórdenes en Alicante y en Sagunto por el impuesto de consumos que los manifestantes consideraban injusto. En Madrid el malestar iba en aumento. En este caso, la subida del precio del pan sacó a los obreros a las calles. En Barcelona, los carlistas protestaban contra la ley de Asociaciones. Los enfrentamientos entre estos y los republicanos acabaron a tiros. Una bomba cargada de metralla hizo explosión matando a una persona e hiriendo gravemente a otra.

En la recepción real por el santo del rey, el 23 de enero, quedó patente la nueva crisis política. El Gobierno no era capaz de sofocar las revueltas callejeras que se iban extendiendo por toda España. Sucumbieron finalmente los liberales y Alfonso XIII encargó la formación del nuevo Gobierno a Antonio Maura, que desde 1902 pertenecía al Partido Conservador y que ya había sido presidente entre 1903 y 1904. Maura renovó todo el Consejo de Ministros. Uno de los nombres que desaparecieron, después de haber estado muy ligado al rey y haber pasado por diferentes carteras, era el de Álvaro Figueroa, conde de Romanones. La última cartera que desempeñó en el Gobierno liberal había sido la de Gobernación, que ahora pasaba a manos de Juan de la Cierva.

Mientras, en palacio, se preparaba todo para la llegada del primogénito de los reyes. Los médicos hacían revisiones constantes a la reina. Precisamente, en una de estas visitas rutinarias, el doctor Eugenio Gutiérrez comunicó a los reyes que, en realidad, el parto se adelantaría al mes de abril. Un mes antes de lo previsto. En cuestión de días todo se precipitó. El día 3 de ese mes el rey firmó un decreto en el que se establecían las reglas del ceremonial del alumbramiento. El día anterior, Alfonso se lo comunicó a su mujer.

—Ena, asistirán a la presentación del príncipe de Asturias o de la infanta, los ministros de la Corona, los jefes de palacio, los presidentes de cada uno de los cuerpos colegisladores, los comisionados de Asturias, una comisión de dos designada por la Diputación de la Grandeza, los capitanes generales del Ejército, los caballeros de la insigne Orden del Toisón de Oro...

—Por favor, para. No puede ser que tantas personas esperen mi alumbramiento en palacio. Puede durar horas y para mí supone más presión todavía saber que están allí cerca.

—Da gracias que no se encuentren dentro de la habitación del parto. Antes las reinas daban a luz delante de muchísima gente y tenían que aguantar el dolor sin decir ni un ¡ay! Ahora ya hay cierta privacidad.

—No sé si estaré a la altura...

—No tengo ninguna duda de que todo saldrá bien y tú te comportarás como lo que eres, toda una reina. Hasta que llegue ese momento deberías distraerte. ¿Por qué no llamas al joven Ansorena?

—¿Tú crees que estoy para que me vea alguien?

—¡Estás guapísima! Además, así se te pasará antes mi ausencia por el viaje a Cartagena para encontrarme con tus parientes.

Alfonso tenía en la ciudad murciana un importante encuentro con Eduardo VII de Inglaterra y su mujer, la reina Alejandra, tíos de Victoria Eugenia. Ya que no le podía acompañar Ena, viajó en el tren real junto a su madre, María Cristina. En cuanto llegaron, embarcaron en el yate Giralda, que zarpó inmediatamente para ir al encuentro del yate Victoria and Albert, donde se encontraban los reyes ingleses, custodiados por la Escuadra británica. Una gran multitud esperaba el desembarco de los reyes en el puerto. Por la noche, Alfonso XIII ofreció un banquete oficial de gala en su honor a bordo del Numancia. A las palabras de bienvenida del rey, contestó Eduardo VII con palabras muy cariñosas hacia su sobrina: «Sentimos vivamente la ausencia de Su Majestad la reina, nuestra querida sobrina, pero nos regocijamos del motivo que la retiene en la capital».

La prensa recogió el momento dando una gran importancia al intercambio de notas entre los dos gobiernos y sellando la adhesión de España a la *entente cordiale* franco-británica y, por otro lado, quedó patente el apoyo de los ingleses a los intereses españoles en la zona del estrecho. Sin embargo, esta información compartió primera página con otra muy preocupante que tuvo lugar el mismo día: los nuevos crímenes terroristas en Barcelona. En un solo día explotaron cuatro bombas.

La ausencia del rey de la capital suscitó muchas discusiones públicas, que llegaron a oídos de Ena, sobre el término en el que estaba redactado el real decreto en el que se hacía distinción entre el nombramiento de príncipe de Asturias si nacía niño o infanta de España si nacía niña. En la calle muchas personas opinaban que, aunque naciera hembra debería ser igualmente princesa de Asturias. Pero para otros, la ley de Cánovas del Castillo, redactada con ocasión del nacimiento de la primera hija de Alfonso XII, se oponía a la igualdad en la sucesión del trono.

Las discusiones estaban en los cafés, en los periódicos y en cualquier lugar de trabajo. Ramiro García-Ansorena también escuchaba esa polémica entre el personal de su taller cuando recibió de nuevo la invitación de la reina para acudir a palacio.

—Don Ramiro, dígale a la reina que no haga distingos si nace varón o si nace hembra —comentaba Juana María mientras Lola y Rosario asentían con la cabeza.

Sin embargo, los artesanos de más edad, Rafael Herrero y Carlos Sanmartín, estaban de acuerdo con que solo fuera el varón el heredero de la Corona.

—El hombre debe ser el que gobierne en casa del rey y en nuestras casas. ¡Adónde vamos a llegar!

Los soldadores Juan y José daban la razón a los obreros de más edad.

José María García Moris intentó zanjar el asunto después de varias horas de discusiones.

—No sé a qué viene tanta polémica. Ni que fuerais Pérez Galdós, que, después de declararse monárquico, ahora dice que es republicano. Cualquiera de vosotros podría defender una postura y la contraria al día siguiente. ¡Qué sabemos nosotros!

—Padre, ¿ha leído la carta que ha escrito Galdós al director de *El Liberal*? —le preguntó Ramiro.

—¡Claro que la he leído! Y estoy indignado. ¿Cómo se puede cambiar de chaqueta de esa manera? Dejadme que os la lea:

> A los que me preguntan la razón de haberme acogido al ideal republicano, les digo que tiempo hacía que mis sentimientos monárquicos estaban amortiguados. Se extinguieron absolutamente cuando la ley de Asociaciones planteó en pobres términos el capital problema español: el Régimen se obstinaba en fundamentar su existencia en la petrificación teocrática... Al abandonar, ávido de aire y de luz, el ahogado castillo, veo en toda la extensión del campo circundante las tiendas republicanas. Soy recibido por sus moradores con simpatía, como un combatiente más... Tras de mí vendrán muchos más. Las deserciones del campo monárquico no tendrán fin...

—El rey lo está haciendo muy mal. Debería haber acabado con tanta bomba y tanto acto terrorista —afirmó el joven Lucio, que jamás había abierto la boca hasta ese momento.

Todos se quedaron callados después de escuchar al muchacho hablar y mostrar sus ideas republicanas. No había pronunciado una palabra durante todos estos meses y ahora entendían la razón por la que el padre le prohibía abrir la boca en el trabajo.

—De modo que tenemos en el taller a un republicano a lo Galdós —le replicó José María García Moris—. Pues que sepa usted —le dijo al joven— que el gran impulso a nuestro taller nos lo están dando los reyes. No sea ingrato con quien le da de comer. ¿Me ha entendido?

—Sí, señor —contestó Lucio dándose cuenta de que acababa de meter la pata. Se puso rojo y no volvió a hablar.

Cuando se quedaron a solas en el despacho del taller, el padre se dirigió a Ramiro.

—El joven Lucio ¡mira cómo se ha destapado!

—¡Ha sido una verdadera sorpresa! No sabíamos ni cómo era su voz y de repente, ahí lo tienes, ¡capitán general republicano! Por cierto, me han llamado de palacio. Mañana por la mañana me ha citado la reina.

—¡Ni se te ocurra comentar este episodio que hemos vivido en el taller!

—En absoluto. Bastante tienen con Galdós, como para añadir más leña al fuego.

23

Llegó el momento tan esperado

Ramiro daba vueltas a su sombrero de fieltro mientras esperaba a la reina en la antecámara. De pronto, oyó la voz de Hazel que anunciaba la presencia de Victoria Eugenia. Se abrió la puerta y vio entrar a Ena como si se tratara de un sueño. Después de varios meses sin verla, su imagen de futura madre le inspiró una gran ternura. Ramiro fue de los pocos a los que la reina recibió en sus estancias privadas en su estado de buena esperanza.

—Ya ve cómo estoy, don Ramiro. Pero precisamente por ello, necesito distraerme. Ha sido el rey quien me ha sugerido que volviera a verle. Y creo que nada me puede satisfacer más que su relato sobre la perla y sobre las joyas, en general.

—Señora, sabe que puede contar conmigo siempre que lo requiera. Para mí es un honor estar hoy aquí. Le he traído un pequeño detalle.

Le entregó un sonajero de plata que le gustó mucho a la reina. Lo habían hecho en el taller con sumo cuidado sabiendo que acabaría en manos tan regias.

—Será con lo primero que juegue nuestro hijo. Muchas gracias, Ramiro.

—No hay de qué... Bueno, ¿recuerda dónde nos quedamos en nuestro relato la última vez?

—Sí. En la primera mujer de Felipe IV, Isabel de Borbón. Y la perla que se encontró en la ropa interior del rey...

—Exactamente... No seríamos justos si no dijéramos que la

reina contó con el reconocimiento de su marido, tanto por su capacidad para gobernar cuando él estaba ausente, como por haber logrado hacerse imprescindible cuando estaba presente. Aunque fue al final de su vida, el rey se dio cuenta de que tenía a su lado a una mujer muy inteligente y culta; y capaz de darle el afecto que él buscaba en otras mujeres fuera de palacio.

—Mejor así y que el rey enmendara los errores. No entiendo la necesidad de algunos hombres de buscar fuera lo que ya tienen en casa. Nunca lo he entendido.

—A veces, los hombres creemos sentirnos más jóvenes conquistando a otras mujeres. De todas formas, uno aprende lo que ve. A mi padre solo le he visto respetar a mi madre y no concibo otra cosa.

—Pero cuando uno lo tiene todo desde niño... —la reina no quiso ser más explícita. A ella le llegaban constantes rumores sobre su marido, que le trasladaban sus doncellas. Los últimos hablaban de las salidas en compañía de marqueses y condes a ver a cantantes y actrices, después de asistir a sus funciones—. También le diré que a la gente le gusta mucho especular e inventar. Usted de lo que le cuenten del rey, crease la mitad de la mitad. Hablar es gratis.

—Eso es cierto. —Ramiro no quiso seguir con esa conversación—. Volviendo a Isabel de Borbón, después de dar a luz ocho hijos y tener dos abortos en sus últimos años de vida, falleció. El rey lloró su pérdida, al igual que la del príncipe de Asturias dos años después. Este estaba comprometido desde niño con su prima Mariana de Austria. Finalmente, se tuvieron que concertar nuevas nupcias por el bien de la Corona. El rey se casó con su sobrina y prometida de su malogrado hijo. Así se convirtió Mariana en la segunda esposa de Felipe IV.

—Que mérito tenían estas reinas casándose con personas tan mayores. Ella era una niña y él ya sería un hombre maduro.

—Sí, ella tenía quince años y él cuarenta y cuatro. Antes era algo normal entre reyes.

—Antes y ahora. Quizá no con esa diferencia de edad, pero

los intereses del reino están por encima de todo. En mi caso, he tenido la inmensa suerte de hacerlo por amor. Le diré, Ramiro, que me siento muy afortunada. Además, nuestra unión ha sido útil para nuestros respectivos países. Si mis padres o mis tíos hubieran visto algún inconveniente, no hubiera podido celebrar mi boda. Siempre hay alguien que decide por ti. Nuestra vida no es tan bonita como la pintan.

—Imagino, majestad. Deben de ser muchas las obligaciones del cargo.

—No se puede hacer una idea. Aproveche su libertad para entrar y salir y hacer lo que quiera. Afortunado usted. ¿Dónde estábamos con la perla?

—Bueno, todavía no le he dicho nada de la perla porque Mariana no demostró ninguna emoción al recibirla de manos del rey Felipe IV.

—¿Cómo es posible no sentir nada al ver algo tan bello? ¡No lo entiendo!

—No todo el mundo tiene la misma capacidad para admirar la belleza que tiene alrededor. Es cuestión de sensibilidad y de conocimiento. Igual ocurre cuando estamos frente a un buen cuadro, no todos se conmueven frente a la misma pintura. Pues con las joyas pasa lo mismo. Ella era hija del emperador Fernando III del Sacro Imperio Romano Germánico y de la infanta María Ana de España, pero no sabía apreciar la belleza de la joya que le había regalado su marido, Felipe IV. Tenía intereses más ligados a la religión. Al final de sus días hay quien le atribuyó algún milagro. Incluso, años después de su muerte, abrieron su tumba y su cuerpo estaba incorrupto.

—Otra circunstancia que no tiene explicación, ¿no?

—No, la verdad.

—Entonces ¿qué hizo Mariana en vida con la perla?

—La lució en pocas ocasiones. Como le digo, la reina era más de iglesias que de fiestas. Tuvo varios hijos, pero únicamente dos alcanzaron la edad adulta: la infanta Margarita Teresa y Carlos, que sucedería a su padre como Carlos II. De hecho, Mariana se convirtió en regente del reino durante la minoría de edad de su hijo.

—¿A Carlos II no le llamaban el Hechizado?

—Sí, fue rey de España entre 1665 y 1700. Si uno ve alguno de sus cuadros en el Museo del Prado, se ve que no estaba sano. Los muchos matrimonios consanguíneos de sus antepasados tuvieron la culpa. Se le atribuyó a su gestión el inicio de la decadencia, pero consiguió mantener intacto el imperio frente a la Francia de Luis XIV.

—Me explicaron precisamente en el Museo del Prado, la última vez que estuve con lady William Cecil, que logró, gracias a uno de sus validos, la recuperación de las arcas públicas en su reinado, y con ello el fin del hambre en el reino. A lo mejor no estaba tan hechizado.

—Majestad, lo que sí parece constatado es que su mala salud hizo sospechar desde niño que moriría joven, por lo que fue educado más por teólogos que para tareas de Gobierno. Supo para ese desempeño descansar la mano ejecutora del Estado en personas muy preparadas.

—¿Y mi perla en qué manos «descansó»?

—La reina madre se vio obligada a abandonar la corte cuando Juan José de Austria, hijo natural y reconocido por el rey Felipe IV en su testamento, asaltó el poder convirtiéndose en el nuevo valido de la Corona. Desterró a aquellos que consideraba sus enemigos y la reina tuvo que salir de la corte y fijar su residencia en el Alcázar de Toledo. Por su parte, Carlos II, al cumplir dieciocho años, se casó con María Luisa de Orleáns, sobrina de Luis XIV de Francia. Ante la falta de sucesor, la reina se sometió a todo tipo de tratamientos, veneraba reliquias de santos y realizaba peregrinaciones a lugares sagrados para conseguir quedarse embarazada. Sin embargo, todos sus esfuerzos fueron infructuosos. No llegó el ansiado heredero, pero sí pasó a sus manos la Peregrina junto al brillante Estanque. De hecho, el pintor José García Hidalgo la retrató con el joyel.

—Lo vi también en el museo. Y vuelvo a lo mismo. La cara

de infelicidad e incluso sus ojos reflejan el vacío que sentía, diría que el abismo entre lo que le exigían y lo que podía ofrecer ella misma. Es una de las pinturas donde se aprecia más claramente la Peregrina. Aunque creo que el pintor la hizo un poco más grande y alargada. No sé. Me dio esa impresión.

De pronto Victoria Eugenia se tocó el vientre. Dejó de hablar y Ramiro, al darse cuenta de que algo le ocurría, guardó silencio.

—El crío está un tanto revuelto. Me temo que la sesión de hoy ha tocado a su fin. Siento mucho cortarle siempre de forma tan brusca. Pero creo que necesito comer algo para que se me pase este malestar. Me hubiera gustado seguir con la historia de mi perla y continuar con el repaso por la historia de los reyes de España.

—Intento prepararme a conciencia. Quiero estar a la altura, señora.

—Gracias por acudir a la cita en cuanto le llamo. Seguramente, cuando nos volvamos a ver ya habrá nacido nuestro primer hijo.

—¡Majestad, que sea una hora corta! ¿Si me pregunta el rey por algún regalo especial para usted por el nacimiento de su hijo? ¿Qué me sugiere?

—Un diamante grande. El más grande que tenga. ¡Me encantaría!

—Así será. Me encargaré personalmente de conseguírselo.

La reina se retiró andando muy despacio. Estaba prácticamente llegando a término según la última estimación del médico. La princesa Beatriz llegó a los pocos días a Madrid para estar con su hija cuando se produjera el feliz acontecimiento. En realidad, los médicos se equivocaron en la fecha y el alumbramiento se retrasó.

El 10 de mayo, a las dos de la madrugada, la reina comenzó a sentir los primeros dolores de parto. El doctor Eugenio Gutiérrez la reconoció y aseguró que el alumbramiento se produciría en unas horas. El rey avisó a su madre, la reina María Cristina, y

Hazel se fue hasta la habitación de la princesa Beatriz para hacer lo propio. Los tres aguardaron noticias en la cámara de Ena, con un silencio que se hacía incómodo. Mientras tanto, toda la maquinaria del decreto se ponía en marcha para que estuvieran presentes los miembros del Gobierno y todos los personajes que debían asistir a la presentación del príncipe o de la infanta.

Ena estaba tranquila con la llegada del médico británico Bryden Glandinning, para asegurarse de que le pondrían la anestesia de su abuela Victoria, junto a una enfermera también de nacionalidad inglesa. A su vez, Hazel y Sarah estaban allí presentes para cubrir cualquier necesidad del personal que la asistía y de la propia reina. Cuando Ena empezó a sentir las primeras contracciones, apretó las uñas contra un cojín sin decir absolutamente nada. La tradición indicaba que las reinas no debían mostrar el dolor como el resto de los humanos. El doctor Gutiérrez se dirigió en un determinado momento al doctor inglés.

—Me da igual la misión que le haya traído hasta aquí, pero usted no le va a poner a la reina la «anestesia real».

Mientras Hazel le traducía, Ena apretaba el cojín con más intensidad. El doctor Bryden replicó a su homónimo español.

—Las mujeres de hoy no tienen por qué sufrir los mismos dolores que las primitivas. ¡Es una salvajada que usted no atienda a razones!

Hazel volvió a traducir y la conversación entre los médicos fue subiendo de tono. Salió el doctor Gutiérrez a la antecámara donde estaba el rey, la reina María Cristina y la princesa Beatriz. Les explicó que por estrictas razones médicas no creía conveniente la aplicación de la anestesia. El rey le apoyó y, por lo tanto, la anestesia no se le aplicaría a la reina en el parto. Al regresar el doctor Gutiérrez y comunicarle al doctor Bryden la decisión, el médico inglés replicó.

—No se puede estar tan anticuado en técnicas de parto. ¿Por qué tiene que sufrir la reina?

Hazel seguía traduciendo con suma rapidez.

—Porque lo ha dicho el rey —contestó el doctor Gutiérrez.

—Alfonso no ha podido decir eso... sabe mi voluntad —comentó la reina exhausta—. Mi abuela pudo traer a mi madre al mundo con anestesia y yo, en cambio...

—*Savage!* —comentó el doctor Bryden.

—Doctor, le he entendido. No soy un salvaje. Esto es España, no Inglaterra. Si el rey dice que no se ponga la anestesia, no se pone —dijo el doctor Gutiérrez.

—¿Es que corre peligro el bebé? —alcanzó a preguntar la reina preocupada.

—Majestad, va todo lento, pero bien.

—¿Entonces?

—Va a traer al mundo al heredero.

Después de un rato de tensión donde Victoria Eugenia no hacía más que apretar el cojín con sus uñas, sacó fuerzas para hablar de nuevo...

—No quiero... que discutan. Me encuentro muy cansada. Necesito tranquilidad. Acepto la decisión... —No estaba en situación de llevar la contraria al rey—. Tiene razón, doctor. Llevo en mis entrañas al heredero y eso es más importante que yo misma. Mi sufrimiento no cuenta... Doctor Bryden, le pido que no se aparte de mi lado. —Extendió la mano para que se la cogiera. Era evidente que estaba decepcionada.

El doctor agarró fuertemente a la reina, tranquilizándola y disimulando su enfado. Al cabo de nueve horas, Ena ya no tenía fuerzas ni para apretar su mano o para clavar las uñas en el cojín.

Las infantas Isabel y Eulalia se unieron a sus parientes que aguardaban noticias, cada vez más nerviosos, en la antecámara. María Teresa, la hermana del rey, y su marido no pudieron acudir ya que se habían contagiado de sarampión.

En la capilla estaba expuesto el Santísimo y el obispo de Sión rezaba para que el parto saliera bien, tanto para el niño como para la madre. Las galerías de palacio se fueron llenando de embajadores, prelados y grandes de España durante toda la mañana.

El presidente Antonio Maura pasó a la antecámara a hacer compañía al rey. A los pocos minutos se oyó el llanto de un bebé. Todos se alegraron con el sonido que escucharon a través de las paredes. Al rato, salió el doctor Gutiérrez y les dio la noticia.

—Majestad —se dirigió al rey—, es un varón. La reina ha tenido un parto laborioso, pero se recuperará rápidamente gracias a su juventud.

—¿Puedo verlos a ambos? —preguntó el rey nervioso.

—En unos minutos. Espere a que mi colega inglés termine de dar unos puntos a la reina. ¡Que sea enhorabuena!

Mientras la familia se felicitaba por la llegada al mundo del príncipe de Asturias, heredero por lo tanto de la Corona, el presidente del Consejo de Ministros, Antonio Maura, salió de la habitación y se fue muy emocionado hasta donde estaban las personalidades aguardando la feliz noticia.

—Señores, Su Majestad la Reina acaba de dar a luz un príncipe. ¡Viva el rey! ¡Viva la reina!

En las afueras del palacio se izó la bandera de España en la Punta del Diamante y comenzó a sonar una salva de veintiún cañonazos que anunciaba el nacimiento del primogénito. El pueblo, congregado en los aledaños del Palacio Real, acogió la llegada del heredero con entusiasmo. La plaza de Oriente era una fiesta.

El cortejo oficial se congregó en semicírculo ante la cámara donde iba a tener lugar la presentación del príncipe heredero. La mayoría eran hombres con la pechera llena de condecoraciones. Las mujeres que estaban allí pertenecían a la familia salvo algunas excepciones, como la camarera mayor de la reina Victoria, la duquesa de San Carlos. A la una menos cinco se abrió la puerta de la cámara y apareció el rey. Llevaba una bandeja de plata labrada y encima un almohadón de terciopelo rojo para presentar al príncipe en sociedad. Los faldones que vestía el recién nacido estaban cargados de historia, habían arropado por primera vez a Fernando VII y posteriormente a la reina Isabel II.

Alfonso XIII, vestido con el uniforme de capitán general y la banda azul de Carlos III, se mostró ante todos muy emocionado y orgulloso del nacimiento de su hijo. Era evidente que se parecía más a la madre: muy rubio y de fuerte complexión. Había pesado al nacer más de cuatro kilos.

Alguien gritó: ¡Viva el rey! Y todos los invitados contestaron al unísono. La monarquía aseguraba su continuidad...

SEGUNDA PARTE

12 de octubre de 2017

En tan solo tres años, la reina Letizia se había familiarizado con la historia de las «joyas de pasar», que habían pertenecido a Victoria Eugenia de Battenberg. Sin embargo, no se había puesto jamás la más emblemática de todas: la Peregrina. Victoria Eugenia había dejado tras de sí un legado de collares, tiaras y pendientes bien cargado de historia, además de belleza. Las joyas, para ella, habían sido mucho más que los signos externos de linaje y de poder. Fueron su fuerza y su talismán para superar tantos embates que el destino le había reservado en su longeva vida.

La celebración del día de la Fiesta Nacional, este año 2017, iba a tener una enorme trascendencia política, ya que se trataba de la primera aparición pública de los reyes tras el discurso de Felipe VI como reacción a la celebración en Cataluña, el 1 de octubre, del referéndum ilegal. Un discurso en el que dirigió unas duras palabras a los máximos dirigentes de la Generalitat. Entre otras cosas, destacó que «con sus decisiones habían vulnerado de manera sistemática las normas aprobadas legal y legítimamente, demostrando una deslealtad inadmisible hacia los poderes del Estado».

La reina comenzó el día eligiendo entre dos trajes de chaqueta que el diseñador Felipe Varela le había hecho *ex profeso* para ese día. Tres horas antes de que comenzara el acto central en

Madrid, hablaba con su estilista Eva Fernández de la importancia que tendrían los detalles y los gestos en esa celebración.

—Voy a optar por el gris. Mi traje no debe ser protagonista.

—Lo veo demasiado sobrio. A no ser que le pongamos una joya importante.

—Elijamos una de Victoria Eugenia. Le daremos al acto más carga histórica.

Era un día en que había que reivindicar las instituciones, incluida la jefatura del Estado. Eva le sacó el collar de gruesas perlas al que Victoria Eugenia le hizo quitar varias perlas para que quedara más corto. Sin embargo, este no convenció a Letizia.

—Y ¿unos pendientes de brillantes? —sugirió la estilista.

—No... Necesito otro tipo de joya. ¿Y la perla?

—¿Qué perla?

—La más emblemática. La Peregrina. Es justo lo que necesito para romper la sobriedad de este vestido y sumar tradición y legado familiar. Ayudará en este día. Sumará.

—Quedamos en que era mejor que estuviera guardada en el joyero durmiendo para siempre. Ya sabe que las reinas que la lucieron no tuvieron suerte en sus vidas privadas. Lleva asociada una carga emocional demasiado pesada para quien la lleva. Hay cosas que conviene no remover y que es mejor que se queden como están. Lo mejor es que esa perla siga encerrada bajo siete llaves.

—¡Tráemela! Es justo lo que necesito para hoy. ¡Se trata de una perla única y extraordinaria, pero una perla al fin y al cabo! Y perteneció a alguien a quien hoy quiero reivindicar.

—Hay otras perlas, otras joyas...

—Eva, cada persona se labra su futuro y no creo que una simple perla vaya a modificar el curso de nuestras vidas. La reina Sofía la ha lucido en numerosas ocasiones. ¿Por qué no voy a hacer yo lo mismo? No ponérmela nunca sería un feo al resto de las reinas que sí la han llevado con la dignidad que requiere. Algún día tenía que sacarla del joyero y ese día ha llegado. En un día como el de hoy, reivindicar la figura de Victoria Eugenia, la bisabuela del rey, que peleó hasta el final de sus días por la restauración de la monarquía, no puede ser más adecuado.

La perla volvía a salir del pequeño joyero forrado en plomo y de la bolsita de terciopelo negro que la envolvía desde hacía muchos años. Por fin volvía a ver la luz. La reina se la prendió en el frontal izquierdo de la chaqueta. Venía unida a un broche con otra perla natural de gran tamaño, rodeada de brillantes que había creado la familia Ansorena. La Peregrina conservaba el brillo de siempre. Lucía con ese magnetismo que la hacía diferente a las demás.

—Ahora llama a Luz, que me quiero recoger el pelo. Me haré un moño bajo como homenaje a la reina Victoria Eugenia.

Cuando Luz Valero llegó a Zarzuela, tan solo tuvo que seguir las indicaciones de doña Letizia. La reina tenía claro la clase de recogido que deseaba llevar esa mañana en el acto público.

A las once en punto aparecieron los reyes en la plaza de Lima de Madrid para rendir homenaje a los caídos. El rey lucía el uniforme del Ejército del Aire: guerrera, pantalón y gorra de plato de color azul con guantes blancos. Faja de capitán general y el Toisón de Oro, la distinción que le concedió don Juan Carlos —el 3 de mayo de 1981— siguiendo la tradición de la monarquía española. Para darle más simbolismo al acto, lucía la Gran Cruz del Collar de la Orden de Carlos III, una banda de seda de color azul celeste, con dos franjas blancas paralelas al borde de la cinta. Con la banda llevaba una placa de plata reluciente, de cuatro brazos iguales con ocho puntas rematadas por sendas semiesferas lisas y simétricas dos a dos. Igualmente, llevaba prendidas las tres grandes cruces del mérito militar, naval y aeronáutico.

Las infantas Leonor y Sofía acompañaron a sus padres dotando de simbolismo el acto también con su indumentaria. La princesa de Asturias vestía de rojo, uno de los dos colores de la bandera de España. Y la infanta Sofía llevaba un vestido de manga larga en tonos rosados. Como tenía lesionados unos dedos de su mano derecha, daba su mano izquierda a las autoridades. Pero, anécdotas aparte, de lo que más hablaron en los medios de comunicación además de las consideraciones políticas y del efecto del discurso pronunciado por el rey días atrás, fue de la perla Peregrina. Una vez más, la gema única y diferente a las demás destacó con luz propia.

Los reyes presidieron el acto en el que participaron 3.900 efectivos militares de los tres ejércitos. En el desfile también se rindió homenaje a las víctimas de los atentados yihadistas de ese mismo verano en Cataluña; así como a la memoria del joven Ignacio Echeverría, que murió a manos terroristas intentando ayudar a un policía británico en los atentados de Londres del 3 de junio.

Tras el acto más multitudinario de los últimos años, los reyes recibieron, en el Palacio Real, donde residieron por última vez Alfonso XIII y Victoria Eugenia, a políticos, empresarios, periodistas y personajes destacados de la sociedad española.

Don Felipe y doña Letizia estaban serios, ya que, a la trascendencia del acto, se añadió la pérdida, dos días antes, del jefe de Seguridad de la Casa del Rey. El coronel de la Guardia Civil José María Corona había fallecido tras una enfermedad, después de haber estado al lado del rey desde el año 1981. Treinta y cinco años de servicio que derivaron en una gran amistad.

En plena recepción recibieron otra mala noticia: tras el desfile un Eurofighter que había participado en la exhibición aérea se había estrellado a punto de regresar a su base aérea, en Los Llanos de Albacete. El capitán Borja Aybar no utilizó su asiento eyectable y sacrificó su vida para que el avión no se estrellara en una zona poblada.

Fue un día muy duro, donde los reyes conversaron con todos los invitados que quisieron saludarlos personalmente. Cuando todo acabó y regresó al Palacio de la Zarzuela, la reina se quedó observando el broche con la Peregrina mientras se cambiaba. Recordó unas palabras que le había dicho el maestro de periodistas Luis María Anson: «Majestad, lleva una perla que la reina Victoria Eugenia admiraba mucho y que forma parte de nuestra historia. De todo el joyero real, es la más emblemática. Hoy los que conocemos la historia de la casa, le damos las gracias por este homenaje a la reina desconocida: Ena».

—Me alegra oír eso, porque esa era mi intención —le respondió doña Letizia.

—Y no se olvide de otra reina que nunca reinó, doña María de las Mercedes, la mujer de don Juan. Bueno, para mí, Juan III. También la lució en numerosas ocasiones. Hay muchas cosas que nunca encontrará en los libros de Historia y sí en la memoria de los que las hemos vivido de cerca.

24

10 de mayo de 1907

Había nacido el primogénito de los reyes Alfonso y Victoria Eugenia en ese año de 1907 donde el Gobierno de Antonio Maura prometía dar estabilidad a la nación, al contrario que los gobiernos anteriores. Dos días después de su nacimiento, el recién nacido fue inscrito en el Registro de la Casa Real como Alfonso, por su padre y por su abuelo; Pío, por el Papa que sería el padrino de bautismo por representación; Cristino, por la reina madre; y Eduardo, por el rey de Inglaterra. Como era costumbre en la Casa Real le añadieron varios nombres más: Francisco, Guillermo, Carlos, Enrique, Eugenio, Fernando, Antonio, Venancio de Borbón y Battenberg.

El bautizo se celebró el día 18 de ese mismo mes de mayo, en la capilla de palacio. Recibió las aguas bautismales —traídas del río Jordán— en brazos de la reina María Cristina. Acto seguido, le impusieron al recién nacido tres condecoraciones: el Toisón de Oro, el Collar de Carlos III y la Gran Cruz de Isabel la Católica. Su padre, Alfonso XIII, estaba tan eufórico que le concedió al doctor Gutiérrez, que atendió a la reina en el parto, el título de conde de San Diego. Sin embargo, aunque todos celebraban lo robusto que estaba el niño —que había pesado más de 4 kilos al nacer—, la reina intuía que algo no iba bien.

Victoria Eugenia sentía esa angustia acrecentada porque, aunque quiso darle el pecho —decisión muy aplaudida por el pueblo—, la leche se le retiró muy pronto. El niño no subía de peso, es más, perdió algunos gramos y hubo que contratar a una nodriza que pudiera suplir la falta de leche de la madre. Esto produjo en la reina cierta frustración que se sumó a la inquietud que ya sentía ante la duda de si su hijo había heredado o no, «la salud delicada» de algunos miembros de su familia. Sin embargo, no le habló de sus temores a su marido.

—¿Cómo le educaremos, Alfonso? —le preguntó cuando se quedaron a solas.

—Ena, este niño recibirá educación militar. Como príncipe de Asturias deberá tener una instrucción especial para forjar su carácter y hacerle más fuerte. Va a ser el heredero de la Corona y como tal habrá que educarle.

—También será importante que crezca como un niño, con sus juegos, sus lecturas, una educación completa. No todo son las armas, por muy príncipe de Asturias que sea.

El rey se quedó en silencio, pensativo, contemplando a su hijo mientras dormía en su cuna. No hizo ningún comentario a su mujer. Sabía perfectamente la responsabilidad que recaía sobre él por tratarse del primogénito. «Nunca será libre como el resto de los niños. Siempre habrá alguien observándole, que le halagará, y también habrá otro que, al contrario, lo criticará con saña», se decía a sí mismo. Un carraspeo de la reina le devolvió a la realidad.

—Se parece más a mí, ¿no crees? —preguntó el rey.

—Desde luego, ha heredado tu misma frente, pero su tono rubio lo ha sacado de mí. Algo mío también debe tener.

El rey se echó a reír y, de pronto, se dio cuenta de que la reina estaba manteniendo toda la conversación en español, aunque con un marcado acento inglés. Ese detalle le hizo muy feliz.

—Pero ¿dónde has aprendido tan rápido?

—No te lo vas a creer, pero, además de tu hermana, mis profesores han sido las personas del servicio. Les dije que me corrigieran cuando no me expresara bien y eso es lo que han estado haciendo.

—¿Has dejado que el servicio te corrigiera?

—Sí, pero siempre en privado.

Alfonso se acercó a la reina y la besó. Sentía una alegría desbordante. La llegada de su sucesor lo cambiaba todo para él. Sin embargo, Ena no se mostraba tan eufórica. El rey interpretó que era una consecuencia del parto y del enfado por no haber recibido la anestesia. Desconocía que estaba llena de temores sobre la salud de su hijo que solo compartía con su madre. La princesa Beatriz, a punto de regresar ya a Inglaterra y consciente de la angustia de su hija, le consultó si sería buena idea llamar a Beatriz de Sajonia-Coburgo, su prima, para que regresara a Madrid con ella. Ya había estado anteriormente y se había adaptado perfectamente al día a día de palacio.

—Bee te echará una mano y, además, le haremos un favor. Tiene muchas ganas de regresar a España. No sé si es por volver a tu lado, siempre habéis estado muy unidas, o por algún otro motivo que me han comentado por ahí...

—Sí, se trata del primo de Alfonso, hijo de su tía Eulalia. El joven se llama Alfonso de Orleáns-Borbón. Es infante de España y duque de Galliera. Se conocieron en uno de los festejos que organizamos tras nuestra boda. Alfonso se le declaró y, aunque ella entonces le dijo que no, han estado escribiéndose y parece que la relación ha ido a más.

—Bee siempre ha sido un encanto. Escribió una carta a su madre contándole que tú y Alfonso estabais «locamente felices de estar juntos». Siempre te ha querido mucho.

—Y yo a ella... Nunca olvidaré las tardes que pasamos en La Granja montando a caballo durante la luna de miel. Si sigue adelante con Alfonso de Orleáns, tendrá que convertirse al catolicismo como hice yo. Si no lo hace, tendrá problemas en España... Me parece buena idea que se venga. Compartiré con ella mis desvelos familiares.

Ena cogió un cigarrillo y comenzó a fumar nerviosa. Su madre la siguió con más calma. Mientras la princesa Beatriz exhalaba el humo, aprovechó para darle unos últimos consejos a su hija.

—Debes recuperarte del parto, fue muy largo y laborioso.

Después será lo que Dios quiera. Lo único que te pido es que no compartas tus angustias con el rey. Deja que las cosas sigan su curso. No te adelantes a los acontecimientos. Lo que le ha ocurrido a tu prima hermana, Alix de Hesse —esposa del zar Nicolás II de Rusia—, no tiene por qué sucederte a ti. Además, el pequeño zarévich Alekséi estuvo muy delicado desde su nacimiento, cosa que no le ocurre a tu hijo.

—Sí, pero a los dos meses fue cuando tuvo su primera crisis hemorrágica en la región umbilical. ¿Y si a Alfonsito le ocurre lo mismo?

—Se le ve sano. Olvida lo que ha ocurrido en nuestra familia. Lo importante es que tu marido sienta que estás a su lado apoyándole en todo. ¡No bajes la guardia! ¡Todos sabemos que le gusta mucho salir a teatros y cabarets! A este tipo de hombres tan «inquietos», hay que atarlos en corto. ¡Hazme caso!

—Está bien. Así lo haré. Pero hay muchos sitios a los que no está bien visto que vaya una dama, menos aún una reina. De todas formas, existen demasiados bulos circulando por ahí. De todo lo que llegue a tus oídos, cree la mitad de la mitad.

Antes de que regresara su prima a Madrid, Ena tenía la necesidad de distraerse y calmar sus nervios. Abrió su joyero y, sin que nadie la viera, pasó su mano por las perlas y los diamantes. Se quedó abstraída contemplando su belleza. Sin salir de la habitación, se puso todos los collares de perlas y los de brillantes a la vez y, con tan solo sentir su tacto sobre su cuerpo, percibió un bienestar que no sabría describir. Así permaneció durante varios minutos. Parecía que aquellas joyas familiares cargadas de recuerdos le daban fuerza y energía. Cuando Hazel entró en su dormitorio la notó tranquila y sonriente.

—Me gustaría que llamaran a don Ramiro García-Ansorena. Como dice lady William Cecil, las joyas son mi báculo. Me distraerá saber más de las reinas y de las joyas.

—Como usted mande, señora...

El joven joyero andaba muy ajetreado en el taller esos días del mes de junio. Tampoco en su domicilio reinaba la calma. Su hermana mayor, Milagros, dejaría de ser novicia para hacerse monja y tomar los votos perpetuos. Seguía intacta su voluntad de dedicar su vida a Dios. Su padre estaba más nervioso de lo habitual, y se notaba en la prisa que les hacía sentir a todos por acabar los encargos.

En el taller trabajaban sin descanso ya que todas las señoras hacían sus pedidos con vistas a llevarse sus nuevas joyas a San Sebastián, donde se trasladaban los actos de sociedad durante el verano. José María García Moris andaba bastante preocupado no por el trabajo, que se había duplicado en esas fechas, sino porque estaba convencido de que le estaba desapareciendo oro. No conseguían reponer las pérdidas. Levantaban todas las semanas las rejillas del suelo, pero aparecía menos polvo de oro del que obtenían meses atrás.

—Alguien se está llevando oro a casa —le comentó a su hijo—. Hay que averiguar de quién se trata. Uno de nuestros empleados nos está faltando al respeto.

—Me cuesta creer que uno de los nuestros nos esté robando. Yo descartaría a las mujeres porque es más fácil llevarse el oro que cae en el dobladillo de los pantalones.

—Pues yo no lo haría porque, en las batas, el oro se puede acumular en los bolsillos. Día a día, un poco de polvo de oro se convierte en una cantidad considerable al cabo de los meses. Aquí, en principio, todos son sospechosos y me duele. ¡Mucho!

—Lo entiendo. La honradez siempre ha sido una de sus obsesiones, padre. De todas formas, los empleados se limpian el polvo antes de irse. Al menos, eso creía.

—Si alguno está atravesando un mal momento, no entiendo el motivo por el que no nos lo cuenta. Trataríamos de ayudarle. Como hemos hecho siempre. Créeme que no acabo de comprender lo que está pasando. Estoy muy preocupado.

—Padre, si está convencido de que así es, de que el oro nos desaparece porque alguien se lo está llevando, guarde silencio. Nos iremos fijando poco a poco en lo que hace cada uno de nuestros empleados. Le tenemos que pedir a Carmen que venga por aquí para acompañar a las mujeres al vestuario. Eso no lo puedo hacer yo.

—A Carmen será difícil traerla por aquí... Ya sabes la poca afición que tienen tus hermanas por el taller. Con Milagros ya me rendí y con tu hermana menor, estoy a punto de tirar la toalla.

—La necesitamos. No podrá decir que no.

Esa noche, cuando llegaron a casa, al sentarse en la mesa para cenar, comenzaron a exponer el problema que tenían. Mientras María servía la sopa de gallina que había de primero, el cabeza de familia, tras un larguísimo preámbulo y con la servilleta sujeta al cuello de la camisa, fue haciéndole comprender a su hija menor la necesidad que tenían de que los acompañara al día siguiente. Carmen se quedó sin habla. No probó la merluza en salsa verde del segundo plato y, hasta los postres, no replicó a su padre.

—Padre, iba a decirle que quería aprender enfermería. Mis amigas se están apuntando a la Escuela de Damas de Enfermería que ha abierto la Cruz Roja, promovida por la reina. Es una forma de sentirme útil, como mi hermana Milagros, que ya está dando clase a niños.

—Consuelo —se dirigió a su mujer—, nuestras dos hijas nos han salido caritativas.

—Deberías sentirte orgulloso. Yo lo estoy, y mucho.

—No, si yo también. Pero ya me gustaría ver corretear algún nieto por casa, y con el camino que llevan todos, aquí no habrá más niño que el gato.

—¡Papá! —dijo Carmen enfadada—. Hay que dar tiempo al tiempo. Las cosas no son como antes, cuando las familias concertaban los matrimonios. Ahora tiene que surgir el amor...

—¡Déjate de tonterías! Un buen hombre que te dé seguridad y con el que puedas formar una familia. El amor es secundario.

—No fue tan secundario en nuestras vidas, José María —le dijo su mujer—. Piensa en la poca gracia que le hizo a mi padre que me quisiera casar con un empleado del taller.

—¡Bueno, pero eso fue distinto! Yo me enamoré de la hija del jefe y le eché valor. ¡Nada más! ¡No vamos a discutir por eso! ¿Vendrás o no estos días? Por lo menos, hasta averiguar la razón por la que nos está desapareciendo el oro.

—Si me necesitan, iré.

—Gracias, hija. Vendrás con nosotros temprano y te sentarás con Juana María, Lola y Rosario. Cuando descansen, tú descansas; y cuando se cambien para vestirse de calle, tú también.

—Queréis que haga de espía por un día.

—No será un día. Serán más —le aclaró su hermano.

—Debemos resolverlo cuanto antes. Pero no sabemos el tiempo que nos llevará —añadió su padre.

—Entonces ¿mis estudios de enfermería?

—Tendrán que esperar —zanjó su madre.

Al día siguiente, Ramiro estuvo poco rato en el taller. Tan solo el tiempo suficiente para presentar a Carmen a los empleados y colocarla junto a las mujeres que enfilaban collares y engarzaban joyas.

—Juana, explícale a mi hermana cómo hacéis vuestro trabajo. Yo tengo que irme al Palacio Real. No quiero llegar tarde. Carmen nos echará una mano hasta que nuestras clientas se vayan a San Sebastián.

—No se preocupe. Yo me encargo de su hermana.

—Muchas gracias, Juana.

Ramiro caminaba rápido por el empedrado por el que se accedía al Palacio Real. Como siempre le ocurría, el pulso se le aceleró cuando oyó su nombre y le permitieron el acceso a la parte privada de palacio. Se preguntaba cómo encontraría esta vez a la reina. No tuvo que esperar mucho para salir de dudas. Hazel la anunció e inmediatamente se presentó como si fuera el hada de un cuento: apareció ante él vestida de blanco y totalmente recuperada.

—Don Ramiro, ya está aquí de nuevo. —Saludó mientras le extendía su mano.

—¿Qué tal se encuentra, majestad? —Hizo ademán de besársela.

—Muy bien, muchas gracias.

—¿Y el recién nacido?

—El príncipe, adaptándose a este mundo. Antes de irse, pediré que lo traigan para que lo conozca.

—Será un honor.

—¿Retomamos el relato donde lo dejamos?

—Por supuesto. Hablábamos de Carlos II, al que llamaban el Hechizado. Estaba tan mal de salud que no podía tener hijos con María Luisa de Orleáns, su primera mujer. ¿Lo recuerda? Acudían juntos a rezar para pedirle a Dios una descendencia que nunca llegó. La reina murió joven, con veintiséis años. Un día, después de salir a pasear a caballo, sintió un dolor muy fuerte en el vientre y murió en cuestión de horas —el 12 de febrero de 1689—, después de casi diez años de matrimonio. Se habló de si había sido envenenada, pero hoy sabemos que murió de un cólico miserere. Se despidió del rey con estas palabras: «Muchas mujeres podrá tener Vuestra Majestad, pero ninguna que le quiera más que yo».

—¡Qué romántico! ¿El rey se volvió a casar?

—Sí. Los ministros le aconsejaron que se casara de nuevo. Las candidatas fueron: la princesa toscana Ana María Luisa de Médici y la princesa alemana Mariana de Neoburgo. Finalmente, optó por la segunda. Físicamente no tenía nada que ver con su primera esposa. Además, a la hora de escogerla primó que su madre había dado a luz a veintitrés hijos.

—Pero ¡qué capacidad de procreación!

—Carlos II buscaba la llegada de un sucesor y creyeron que Mariana, digna hija de su madre, se quedaría embarazada. Se daba la circunstancia de que la joven esposa era hermana de la mujer de Leopoldo I, por lo que los lazos con la rama austríaca de los Habsburgo se vieron reforzados. De hecho, el emperador y su esposa acudieron a la boda que se celebró por poderes. Un año después, realizarían de forma presencial la boda real en la capilla del convento de San Diego, dentro del Palacio Real de Valladolid. Sin embargo, los hijos siguieron sin llegar.

—¿Y la perla? —insistió la reina—. Tengo curiosidad.

—Si queremos seguir el camino de nuestra perla, le diré, majestad, que llegó a sus manos tras la boda, pero que la usó poco. En alguno de los muchos retratos que le pintaron, aparece con ella. Por ejemplo, en el que realizó Robert Gabriel Gence, aparece con esta prendida en su pelo rubio. Pero la perla siguió con su peregrinaje, de mano en mano de reyes y reinas. Al no llegar el ansiado hijo, Carlos II tuvo que designar un heredero. Pensó en José Fernando de Baviera, pero su muerte prematura frustró sus planes sucesorios. Finalmente, el rey optó por nombrar heredero a su sobrino-nieto, Felipe, duque de Anjou. Así llegó al trono de España el primer rey de la dinastía borbónica. La perla, por lo tanto, pasó a manos de Felipe V, y este a su vez se la cedió a su primera esposa, su prima María Luisa Gabriela de Saboya, que tenía trece años cuando la casaron.

—¿La perla le propició un reinado tranquilo?

—No, majestad. Hubo de por medio una guerra, la de Sucesión, hasta 1713. Duró doce años. No todos estaban de acuerdo con que heredara el trono Felipe V. La Corona de Castilla y Navarra se mantuvieron fieles al candidato borbónico. Sin embargo, la Corona de Aragón prestó su apoyo al archiduque Carlos, que era biznieto de Felipe III, y candidato de la casa de Austria, la única monarquía que no reconoció al heredero designado por Carlos II. Tras la victoria de Almansa, Felipe V obtuvo el control de Aragón y Valencia. Tuvo suerte, ya que le ayudó el hecho de que nombraran a su enemigo, el archiduque Carlos, como emperador del Sacro Imperio. Las potencias europeas, ante el poder que adquirían los Habsburgo, retiraron sus tropas de España y firmaron el Tratado de Utrech. España perdía sus posesiones en Europa, pero conservaba sus territorios metropolitanos —a excepción de Gibraltar y Menorca, que pasaron a manos inglesas—, y mantenía sus posesiones en los territorios de ultramar. El rey tuvo que enfrentarse a una situación ruinosa de las arcas del Estado, pero salió adelante.

—Tantas luchas de poder, tantas guerras... —se quedó pensativa.

—No todo fue tan terrible. Como le he dicho, se casó con María Luisa Gabriela de Saboya, su prima. La reina actuó siempre con una gran responsabilidad al ser nombrada gobernadora y administradora general, cuando su marido tuvo que trasladarse a los escenarios bélicos. Lo hizo muy bien, a pesar de su juventud. Cuando dio a luz a su primer hijo, Luis —futuro Luis I de España—, se le diagnosticó tuberculosis, una enfermedad que se le hizo crónica. Terminó siendo la causa de su muerte en 1714, a la edad de veinticinco años. Le diré, majestad, que fue mayor su preocupación por su salud que por la perla.

—La salud le pasó factura. Las reinas enseguida enfermaban o morían después de dar a luz. —Victoria Eugenia se quedó con la mirada perdida. No se acordaba de qué estaba diciéndole Ramiro y decidió cambiar de tema—. Por cierto, aprovecho para agradecerle los diamantes que escogió para el regalo que me hizo el rey por el nacimiento del príncipe. Son verdaderamente bonitos.

—Me alegra oírle decir eso. Los diamantes siempre han estado muy ligados a la corte. Se les han atribuido muchos poderes mágicos. Se consideran el emblema del coraje y, su mera posesión, se cree que concedía fuerza, bravura y valentía a quien los llevaba y también que podían expulsar a todos los espíritus malignos. Es muy curioso porque, en el siglo XVI, los diamantes se usaban como talismanes para aumentar el amor de los maridos por sus mujeres.

—Por lo que dice, no soy la única que se siente fortalecida cuando se pone sus joyas.

—Estas gemas proporcionan sobre todo belleza. No todo el mundo se puede permitir llevarlas, por eso son tan exclusivas.

—Me pregunto de qué está hecho el diamante para ser tan hermoso.

—De carbono cristalizado. Le diría que tiene la misma composición química que el humo negro que queda dentro de un quinqué después de quemarse una vela. Es la misma sustancia que se utiliza en la mina de los lápices.

—¡Qué curioso! —La reina se quedó de nuevo pensativa.

—Sin embargo, nada tiene que ver con esas sustancias por su forma cristalina, lo que le confiere unas propiedades que le hacen exclusivo: el brillo y la dureza, que le convierte en una gema eterna.

—¿Como las perlas también tienen colores?

—Sí, majestad. La variedad más popular es la incolora. Pero, efectivamente, existen diamantes de colores: amarillos, marrones... Incluso los hay rosas, azul y verde claro y de color lavanda. También se encuentran algunas piezas en tonos intensos de rojos, verdes o azules, pero son extremadamente raros.

—¡Qué universo tan fascinante! Nada hay en la naturaleza que me atraiga tanto.

—Comparto su pasión por las piedras preciosas y por las joyas, majestad.

—¿Dónde se encuentran estas maravillas?

—La India fue uno de los lugares donde se encontraron los primeros diamantes que se conocen. Después, en Brasil, en el siglo XVIII. Ya en el siglo pasado, el XIX, se encontraron importantes yacimientos en Sudáfrica. A comienzos de este siglo XX, otros han sido descubiertos en Botswana y Angola... Son piedras muy preciadas. Y estas que usted lleva como pendientes, le aseguro que son especiales. Yo me encargué personalmente de buscarlas. Son piezas únicas. No tenga ninguna duda.

—Muchas gracias, don Ramiro. Y ahora ¿le gustaría conocer al príncipe?

—¡Por supuesto! ¡Será un honor!

Victoria Eugenia tiró de un cordel dorado y, al rato, apareció Hazel en la antecámara.

—¿Podría traer a Su Alteza?

—Señora, está el ama de cría dándole el pecho. Ahora no puede ser.

—Bueno, no hemos tenido suerte.

—Será en otro momento.

—Le doy las gracias por contarme tantas cosas sobre mis joyas. ¡Verdaderamente logra apasionarme! ¡Nos veremos pronto!

—¡Cuando usted guste, señora!

Victoria Eugenia se retiró y, como siempre, Ramiro se quedó pensativo. Nunca había visto a la reina con tanto interés en su relato como hoy. También la vio más desmejorada. Observó que tenía unas ojeras que no le había visto antes. ¿Acaso la reina estaba durmiendo poco?, se preguntó. ¿Qué le estaría quitando el sueño? Se fue de palacio especulando sobre qué podría estar ocurriéndole a Victoria Eugenia. Pero por más vueltas que le daba, no conseguía hallar la respuesta.

25

Las sospechas y las dudas

Durante varios días, estuvieron en el taller de los García-Ansorena observando a cada uno de los empleados. Carmen compartía jornadas enteras con Juana, Lola y Rosario. La única que tardaba más a la hora de salir del baño era la más joven. Precisamente, con la que se llevaba mejor la menor de los Ansorena y a la que, por cierto, no quitaba ojo Ramiro desde que se incorporó al grupo de trabajo. Aunque sus motivos no eran la vigilancia, sino que le gustaba de verdad. Sin embargo, el hecho de que se hubiera echado novio frenó sus intenciones hacia ella. Rosario había cambiado mucho desde su llegada, incluso había dejado de lado su timidez y resultaba encantadora cuando se ponía a tararear canciones mientras seleccionaban perlas y piedras preciosas.

El padre, José María García Moris, había descartado a los fundidores y soldadores Juan y José, que llevaban con él toda la vida, al comprobar con satisfacción cómo se limpiaban al terminar su jornada, manoteando por delante y por detrás su ropa y dejando caer el polvo de oro a las rejillas del suelo. Lo hacían todos los días, sin excepción. Formaba parte del ritual que ponía el punto final a su jornada de trabajo.

Ramiro, por su parte, también había comprobado que los artesanos Rafael y Carlos, los obreros de más edad, se ponían de pie cada poco tiempo para sacudir sus pantalones haciendo caer el polvo a la rejilla. Se ayudaban el uno a otro para que no quedara ni una pequeña mota de oro que saliera a la calle...

Juana y Lola, según Carmen, sacudían sus batas antes de salir. Lo solían hacer mientras comentaban las últimas noticias. Se lo trasladó a su familia en la cena.

—Están al tanto de todos los rumores que circulan en torno a las marquesas, condes e incluso todo aquello que concierne a la familia real. ¡Es increíble! También les encantan los sucesos. Ahora están obsesionadas con el crimen de la calle Tudescos. No hay día que no comenten algo sobre él.

—¡No me extraña! —señaló la madre—. No he conocido nada tan misterioso como la muerte de esa pobre mujer.

—Una señorita de alterne, querida. Se exponen a eso con los clientes con los que se relacionan —comentó el cabeza de familia.

—Al parecer, la víctima, Vicenta Verdier, según cuenta Juana, salió volando por el balcón del tercer piso del número 15 de la calle Tudescos. Está claro que alguien la empujó después de cortarle el cuello con un cuchillo.

—Dios mío, pobre mujer —alcanzó a decir Consuelo, y se persignó.

—El único testigo de aquella desgracia fue su perrita. Ella sí que debe de saber quién es el asesino.

—Será la perra la que lo sepa, porque nuestra policía te aseguro que no. Una más de las muchas incompetencias de nuestras autoridades. Como lo del atentado de los reyes, nunca sabremos la verdad. Muerto Mateo Morral creen que se acabó todo, y no es así. Deberían seguir tirando del hilo —dijo Ramiro con indignación—. Romanones estaba tras la pista de todos los que estaban en el ajo, pero ahora con el cambio de Gobierno...

—Volvamos al tema que nos ocupa —cortó en seco José María—. Carmen, ¿te fijas bien en lo que hacen nuestras operarias?

—Sí, y te puedo asegurar que ellas no se quedan con nada de lo que tocan. Yo descartaría también a Rosario, aunque no la veo sacudir la bata hasta que sale del baño. Cada día pasa un buen rato antes de acabar su jornada en el excusado. Supongo que es por coquetería, imagino que tarda tanto en arreglarse porque luego se ve con el novio.

—A Rosario, yo la descartaría... —comentó Ramiro un poco molesto con lo que acababa de decir su hermana.

—Pues, entonces, todo apunta al joven Lucio. El que sabemos que tiene ese ramalazo republicano. Aunque habla tan poco que nadie se imagina lo que pasa por su mollera. Deberíamos estar más seguros antes de despedir a nadie. Su padre me dijo que necesitaba este trabajo para poder sacar adelante a la familia. ¡Estos jóvenes metepatas!

—Padre, deberíamos hablar con él, ¿no cree?

—No, todavía no. Sentiría equivocarme con el chico.

—Está bien, seguiremos observando. Tú, Carmen, igual. Aunque te caigan muy bien tus compañeras, no las pierdas de vista. Escucha y luego nos cuentas...

—Está bien. ¿Ramiro, quieres que averigüe también algo más del novio de Rosario?

—Pues mira, no estaría mal.

—¿A ti te gusta Rosario? —preguntó su padre sorprendido con la respuesta de su hijo.

—¡No diga tonterías! —Se puso colorado y todos se rieron.

La reina miraba todas las postales coloreadas que guardaba del rey, y las que tenía Alfonso de ella con sus respuestas. Releyó alguna al azar y comprobó las palabras tan tiernas y románticas que Alfonso le dedicaba en cada una de ellas. Realmente, fueron sus escritos lo que acabaron por enamorarla. Pensó que no tenía motivos para poner atención a los bulos que circulaban por Madrid: que si la Chelito, que si Raquel Meller, que si Pastora Imperio... «Admira mucho a todas, pero de ahí a que le relacionen con ellas, hay un abismo», se convencía a sí misma.

Llegó su prima de Londres y durante los días siguientes estuvo muy entretenida. Con ella pudo hablar de sus temores sobre la salud de su hijo, pero no quiso comentarlo con nadie más, tampoco con la hermana del rey, María Teresa, con la que tenía tanta confianza. Durante las comidas y cenas, comprobó que, durante varias semanas, su prima Beatriz se ausentaba siempre con alguna excusa. No acababa de entender qué es lo que le podía pasar. Llegó a pensar en algún desacuerdo con su novio, el primo de Alfonso. Nunca supo qué le pasó, porque ella jamás se lo dijo. Después regresó al comedor real, pero solicitó sentarse al lado de Ena. Algo que no le gustó al rey, que acabó sentado al lado de su primo.

Sin embargo, en una cena Alfonso se empeñó en que Beatriz se sentara a su lado y su primo cerca de Ena. La reina observó la escena de lejos sin entender por qué Beatriz se mostraba tan incómoda. No le dirigió la palabra en ningún momento al rey. Al día siguiente, Ena se lo preguntó a su prima de frente.

—¿Te ocurre algo con Alfonso? Te noto muy tensa con él.

—No, simplemente que prefiero estar a tu lado. He venido para estar cerca de ti, no al lado del rey. No hablo español y tu marido habla regular el inglés. —Bee logró contener sus nervios.

—Bueno, ya lo habla mucho mejor de lo que lo hacía al conocernos. Le obligaré a que lea novelas en inglés en voz alta para perfeccionarlo. Si eso te incomoda, se lo comentaré para que no insista.

Ena creyó que ya estaba todo zanjado, pero se dio cuenta de que ocurría algo más cuando Sarah y Hazel le dijeron que no cesaba de llorar al quedarse a solas en su cuarto. Sin embargo, los labios de su prima parecían sellados. No tenía idea de qué era lo que le podía ocurrir. A solas con el rey, Ena le preguntó si sabía cuál era el motivo del llanto de su prima Beatriz, pero Alfonso se salió por la tangente.

—No tengo idea, será por algo relacionado con mi primo. Le preguntaré.

—Por cierto, he encontrado nuestras cartas de cuando éramos novios y me ha hecho mucha gracia releerlas.

—¡Dámelas! Estaba releyéndolas, por eso estaban a la vista.

No quiero que queden en el archivo de palacio. Te pido que las rompas.

—Pero ¿por qué? ¡Mira esta!: «Mamá me encarga pedirte una fotografía. En la casa somos más o menos veinte personas y una es tu doble. Se trata de un noble, amigo de mis hermanos. Recibe muchas bromas porque es idéntico a ti».

—De modo que había alguien parecido a mí en la corte inglesa. Nunca lo hemos comentado...

La reina se echó a reír y siguió leyendo otra postal. Se trataba de una suya dirigida a Alfonso.

—Voy a traducirla del inglés: «Me ha llegado una foto tuya de pequeño. Se ve un «baby» en brazos de su madre. Pareces muy simpático, pero sin un solo pelo en tu cabeza. Yo en mis fotos de niña tengo muchísimo...». ¡Qué cosas tan tontas te escribía!

—No siempre —la interrumpió el rey—. ¡Escucha!: «No pienses que soy fría porque no tengo de ello ni una pizca, *dearest*. Yo tengo sentimientos muy profundos, pero encuentro muy difícil expresarlos por escrito...». Esto se ponía interesante.

—¡Por favor, no sigas leyendo! Ha sido muy mala idea esto de leer postales. Pasado el tiempo suena ridículo. En esa época todavía estabas indeciso porque algún miembro de tu familia te decía que yo era poco para ti. Me han llegado rumores de que la tía Eulalia consideraba mi rama materna de segunda fila, por tener algún familiar plebeyo, a pesar de descender de la reina Victoria.

—Esas cosas ya no las recuerdo... Se han quedado muy atrás. No dirás que tienes quejas del trato de mi familia.

—No, ahora no. Es cierto. ¡Hasta tu madre está mucho más comprensiva e indulgente conmigo! Ya no me hace ningún gesto cuando me ve fumar en público.

—¡Si ahora fuman todas las damas! ¡Lo has puesto de moda!

En el té de las cinco, los dos compartían confidencias. Era el momento en el que salían a relucir muchas anécdotas vividas en común y también el nombre de algunos miembros de la familia.

—En realidad, la que más aplaudió nuestro compromiso fue mi madrina, Eugenia de Montijo. Creo que llegó a escribir a su sobrino, el duque de Alba, que las cosas entre nosotros habían avanzado mucho. ¡Un año antes de nuestra boda!

—¡Pero si fue ella quien preparó nuestro encuentro en Biarritz, en la Ville Mouriscot!, o ¿lo has olvidado? Y aquella tarjeta tuya que me encendió: «*Mon cher* Alfonso, espero que el tiempo pase muy deprisa hasta que volvamos a vernos. Ya se me hace largo». Ahí me pediste que te enviara más tarjetas y firmaste: *Your loving, Ena.* —Puso una voz muy teatral.

—Por favor, no lo digas así... Era muy niña e inexperta.

Siguieron conversando animadamente hasta que el rey fue reclamado para una reunión con Antonio Maura. Alfonso sabía que le pediría una mayor atención a Cataluña; anteriormente reclamada por el líder de la Liga Regionalista, Francisco Cambó. La reina, sabiendo los numerosos problemas que se acumulaban en España, le agradeció mucho ese rato de intimidad. Solo los conseguía a las cinco de la tarde. El resto del día siempre estaban rodeados de cortesanos y de invitados.

Ena contaba los días para ir a La Granja de San Ildefonso. Mientras tanto, en la prensa solo se hablaba del recién nacido. La reina necesitaba descansar de tanta atención mediática y de tantas visitas a su hijo, que comenzó a tener visibles problemas de salud. Los médicos le quitaron importancia y recomendaron un cambio de aires.

A primeros de julio ya estaban instalados en La Granja de San Ildefonso, a diez kilómetros de Segovia y a menos de ochenta de la corte de Madrid. Ena se mostraba mucho más alegre porque su hijo parecía más recuperado desde que llegaron allí. Sus miedos se fueron disipando poco a poco y comenzó a disfrutar de los pinares fastuosos de Valsaín. Le gustaba pasear por la mañana con el rey y descubrir cada día un arroyo nuevo o visitar los regatos perennes, con pozas continuas entre las verdes praderas. Aquel paraje le devolvía los recuerdos de su infancia escocesa, aunque siempre decía que los pinos y helechos de La

Granja no eran tan exuberantes como los del bosque de Balmoral, donde ella nació. En esos paseos hablaban de todo, especialmente del primogénito.

—Ya le veo mucho más recuperado. Estoy más tranquila —comentaba la reina.

—Piensa que yo fui un niño enfermizo. Siempre rodeado de médicos. Y descubrí en el ejercicio físico mi fuente de salud. A Alfonsito le ocurrirá lo mismo. En cuanto empiece a andar, será distinto. Y ya de adolescente, el contacto con la formación militar le hará más recio y fuerte, física y mentalmente.

—Sabes que ahí discrepamos. Los españoles descuidáis esta parte de la educación básica en la lectura y en las artes.

—Faltan escuelas, esa es la verdad, pero somos un país de grandes artistas.

—No lo pongo en duda. Me refiero a que no debería haber un niño que no sepa leer ni escribir. Comienzan a trabajar demasiado pronto. Su niñez acaba en el momento en que se pasan la vida en la calle realizando todo tipo de oficios.

—Sí, nada ha cambiado desde el informe que realizó hace años Luis Aner. Los niños empiezan a trabajar en las fábricas a los seis años.

—Sí, y lo peor es que trabajan mucho, ganan muy poco y los tratan muy mal. Las infelices criaturas tienen que recorrer grandes distancias para llevar a sus hogares algo que llevarse a la boca.

—Sin embargo, esas fábricas son las que nos están haciendo crecer. También reconozco que ahí es donde está el germen de las revueltas que tanto preocupan al Gobierno. Tan pronto fui proclamado rey, ya me tuve que enfrentar a la primera huelga general en Barcelona, en 1902. Hoy, cinco años después, siguen las cosas igual o peor.

—No quiero que esta conversación te genere dolor de cabeza. ¿Qué tal si montamos a caballo? Llevo mucho tiempo sin hacerlo.

—¡Faltaría más! ¡Vayamos a las caballerizas!

26

El llanto de Alfonsito

Al llegar el verano, la actividad en el taller de la joyería Ansorena disminuyó mucho. Las familias con título y aquellas que tenían un importante patrimonio ya se habían instalado en San Sebastián. Por lo tanto, había llegado el momento de dar vacaciones a todos. García Moris no tenía claro quién se llevaba el polvo de oro, aunque todo parecía apuntar al joven Lucio. Era quien tenía una actitud más extraña y reservada durante el día. Resultaba prácticamente imposible que moviera sus labios para pronunciar una palabra. Tampoco se sacudía los pantalones con la energía que lo hacían los demás.

Sobre el novio de Rosario, averiguó muchas cosas la benjamina de la familia, y así lo comunicó en una de las cenas familiares, antes de cerrar por vacaciones.

—Juana María y Lola dicen que el novio de Rosario no es trigo limpio. Al parecer, le da muy mala vida. Incluso la han visto llegar algún día al taller con algún moretón. Sin embargo, ella pone excusas diciendo que se ha dado con una puerta; que si se ha caído por la calle... Hace poco, estuvo un tiempo sin venir a buscarla y la noté más contenta. Hasta canturreaba en el trabajo. Juana asegura que es porque estaba en la cárcel.

—A saber lo que inventan esas dos —comentó Ramiro—. Les encantan los sucesos y lo mismo ven pájaros donde no los hay.

—Es cierto que les encantan los sucesos. Ellas siguen con el tema de la señorita de alterne, Vicenta Verdier, la que salió volando por el balcón.

—¿Se sabe ya quién la mató? —preguntó la madre con interés.

—No, porque se la vio acompañada de café en café por distintos caballeros. Al parecer, hallaron en su casa ropas de hombre, un reloj e incluso un libro pornográfico ilustrado.

—Bueno, ya está bien de hablar del asesinato ese... —interrumpió el padre en la mesa—. Volvamos a Rosario porque la hemos descartado de nuestras pesquisas y, a lo mejor, deberíamos centrarnos más en ella y en su novio.

—Las mujeres por amor son capaces de hacer cualquier cosa —comentó Consuelo—. He conocido a más de una persona de servicio que ha comenzado a robar para dárselo al marido o al novio y así conseguir dinero. Las malas compañías pueden arruinar la vida de las personas.

—Estáis dando por hecho que lo que han dicho Juana y Lola sea verdad y no pura especulación. Pensad que ha sido la última en llegar al taller y se ha convertido en el objeto de sus críticas —saltó Ramiro en defensa de la joven—. Además, habláis de un novio que supuestamente le ha puesto la mano encima y no porque lo haya dicho ella sino sus compañeras. Y de ahí saltamos a la sospecha de que ella se lleva el polvo de oro...

—No vamos a tomar ninguna medida sin estar seguros, tranquilo. De modo que cerramos y nos vamos de vacaciones sin despedir a nadie. Necesitamos certezas y no acusaciones lanzadas al aire sin fundamento. Lo que sí me planteo es poner en cuarentena nuestras dudas sobre el joven Lucio. Hay que volver a observar a nuestros empleados con detenimiento.

—Pues conmigo no contéis, quiero empezar con los estudios de enfermería de los que os hablé —comentó Carmen.

—Tendrán que esperar, hija. Lo primero es lo primero. Te necesitamos en el taller a la vuelta de San Sebastián —le dijo José María García Moris en tono imperativo.

—Mi hermana ha podido escoger su vocación y yo siempre tengo que hacer lo que me decís sin que cuente mi voluntad.

—Tiempo al tiempo, hermanita. Solucionar lo del polvo de oro es urgente. Hablando de otra cosa... Padre, me ha preguntado Jaime si puede alojarse con nosotros unos días este verano. Sus padres no van a alquilar casa allí este año y quería ver a los amigos.

—Por supuesto, dile que sí —comentó la madre adelantándose a lo que pudiera decir su marido.

—Mira, una buena noticia —añadió Carmen, ya menos enfadada.

Ese verano, cuando la familia real llegó a San Sebastián, no se hablaba de otra cosa que de la boda que se iba a celebrar a final de mes entre el escritor Ramón del Valle-Inclán y la actriz Josefina Blanco. Ella había cumplido veintiocho años y él, doce años más, cuarenta. El enlace también encontró su eco entre los inquilinos del Palacio de Miramar. Este año nada tenía que ver con el anterior. El Gobierno de Maura estaba mostrando una eficacia política y administrativa que hizo que ese verano fuera mucho más tranquilo y relajado.

—María Teresa, ¿has visto? —comentaba Ena a su cuñada—. Hablan en el periódico de la boda del escritor Valle-Inclán a finales de este mes, aquí, en San Sebastián.

—Sí, el escritor y su novia, que es actriz, se conocieron hace años, cuando él soñaba con ser actor. Jacinto Benavente, otro de nuestros escritores más populares, consiguió que le dieran a Valle un papel en la compañía del teatro de la Comedia y allí se conocieron. Pero en una discusión le dieron un bastonazo y se le clavó el gemelo de la camisa en la muñeca, con tan mala suerte que se le infectó la herida y hubo que amputarle el brazo porque se le gangrenó.

—¡Espero que su vida sea a partir de ahora menos azarosa!

En ese momento, rompió a llorar con fuerza la pequeña María de las Mercedes. Al poco, se contagió el príncipe de Asturias y su llanto era casi como un hipo. Intermitente y débil. Fue tan evidente que el estado de salud del niño no era bueno, que Ena le cogió en brazos para que dejara de sollozar. Estaba convencida de que algo no iba bien y se lo insinuó a su cuñada.

—¿Has visto cómo lloran? No tiene nada que ver la fuerza con que lo hace tu hija con la forma de llorar de Alfonsito. Es como si le faltara aire. Le encuentro débil hasta para llorar.

—No todos los niños son iguales. Mi hermano, hasta que se enderezó, dio muchos dolores de cabeza. Siempre estaba delicado. Por eso mi madre le sobreprotegió tanto. No había terminado su aseo cuando mi madre ya estaba en su habitación para darle de desayunar en su regazo chocolate con bizcochos, que era lo que le gustaba. El médico puericultor nos decía que debía comer cuanto quisiera. También tenía que dar paseos obligatorios y hasta sus juegos estaban programados al detalle. A las ocho y media se acostaba y, hasta que no iba mi madre a darle un beso, no se dormía. Se acostumbró a que todos le mimaran y a hacer siempre su voluntad. Los primeros tres años de su vida fueron un calvario para mi madre. Pero a los cinco años ya no tenía ningún problema de salud e incluso su figura enclenque cambió. Comenzó a hacer deporte y se convirtió en un niño ágil y saludable. Ocurrirá lo mismo con Alfonsito. ¡Ha salido a su padre!

—Me tranquiliza oírte decir eso porque siendo así, toda la responsabilidad sobre su salud no recae exclusivamente sobre mí.

—No te creas que aquí no hemos pasado penalidades. Piensa que mi madre dejó de estar de luto por mi padre para pasar a estar de luto por mi hermana, que murió hace tres años, después de dar a luz.

—Alfonso habla mucho de su hermana Mercedes. He sentido mucho no conocerla. Murió tan joven...

—Era muy simpática, como mi hermano Alfonso, aunque tuvimos pocas alegrías en la corte. Solo recuerdo recién estrenado el nuevo siglo, un baile «chico» en palacio por nuestra puesta de largo. Fue la excepción que nos permitió mi madre. Los invitados se redujeron a contadísimas personas, todas pertenecientes a la grandeza de España. Fue la única diversión que tuvimos en todos nuestros años de juventud. Hasta que no llegaste tú, no volvió la luz a palacio. Siempre te lo digo porque es la verdad.

Al poco de estar conversando, vinieron las amas de cría y se llevaron a los dos pequeños. Nada más salir los niños de la estancia, Ena comenzó a fumar.

—Te voy a hacer una confidencia. Desde que nació Alfonsito, tu hermano se acerca menos a mí. Tiene más ocupaciones y menos tiempo para los dos.

—Te dije que mi hermano se distrae fácilmente. Aprovecha este verano para reivindicar tu sitio. ¡Acompáñalo a todas partes! ¡Es mi consejo! Practica deporte con él; ve al teatro y a todos los actos que haya de aquí en adelante de su mano.

—Si tú me lo aconsejas, eso haré. De todas formas, viajaremos a Inglaterra y ahí estará pegado a mí todo el tiempo.

—Muy bien, Ena.

Las dos se retiraron a sus habitaciones para vestirse. Ese día esperaban en palacio la visita de todo un aventurero: el capitán Kindelán, al que todos dieron por muerto después de subirse a su globo aerostático en Valencia, y no saber nada más de él. Cuando, al cabo de las semanas apareció sano y salvo, rescatado por un barco, el recibimiento fue clamoroso.

Invitado por los reyes, el capitán les contó su hazaña esa noche, y les mostró su entusiasmo por los globos aerostáticos. Tal fue la euforia del militar, que el rey le prometió promover más la aventura aeroespacial en España. Aquella conquista del espacio le entusiasmó a Alfonso. No habló durante días más que de esa hazaña.

Los García-Ansorena se trasladaron a la casa que alquilaban en San Sebastián. A los pocos días, recibieron la visita de Jaime, que se instaló junto a Ramiro en su habitación. Vivieron jornadas de sol y playa, y compartieron confidencias con Carmen, que siempre se unía a ellos. Estaba siendo un verano especialmente cálido, después de haber soportado el invierno más severo de los últimos años.

—Está el tiempo como las personas —comentó Jaime por entablar conversación con Carmen, en esa tarde playera.

—Sí, es cierto. Mientras viene mi hermano con unos helados ¿por qué no nos damos un baño?

—Está bien.

Jaime y Carmen se metieron en el agua y una ola les arrastró a los dos alejándolos de la orilla. El mar estaba especialmente bravo, y el joven cogió la mano de la chica y no la soltó hasta que estuvieron a salvo en la arena. El caso es que aquel gesto le gustó mucho a Carmen.

En otro momento, tras la cena, los padres los dejaron jugando a las cartas en el jardín del hotelito mientras ellos salían a pasear. Jaime no lograba explicarse cómo pudo ocurrir, pero, en el momento en el que se quedaron solos, se besaron. ¿Quién besó a quién? Desde el beso frustrado a Milagros, él no había vuelto a besar a ninguna chica. Por lo tanto, sacó en conclusión que debió de ser Carmen quien tomó la iniciativa. Y le gustó.

El resto de las noches, procuraron encontrar un momento a solas para repetir aquella hazaña. Por las mañanas, era imposible. Los vigilantes de la moral que merodeaban por la playa de la Concha impedían a los jóvenes besarse y hasta mostrarse sin camiseta en el caso de los hombres. Las mujeres, envueltas en albornoces, solo se descubrían y mostraban sus largos bañadores a la hora de ir al mar. Aun así, Jaime descubrió en Carmen una mujer muy atractiva. Sin embargo, no podía disimular sus nervios cuando mencionaban a Milagros o tenía noticia de ella en algunas de las cenas familiares.

La reina hizo llamar a Ramiro justo antes de partir hacia Inglaterra. El joyero estaba ya muy moreno por el sol, y se acercó hasta la residencia de los reyes con el único traje que había llevado en vacaciones, por si le requerían en palacio... Apretaba el sol de agosto a esas horas de la tarde. Sonaban las chicharras con toda intensidad y en Miramar reinaba el silencio. Victoria Eugenia le citó a las cinco de la tarde, para tomar el té y para que le siguiera hablando de las joyas.

—Don Ramiro, cuánto me alegro de poder saludarle aquí. Intenté volver a quedar con usted en La Granja, pero, finalmente, no pudo ser.

—Majestad, no se preocupe. Yo siempre estoy preparado para contarle lo último que he averiguado sobre su joya favorita.

—La última vez dejó su relato en Felipe V, ¿verdad?

—Así es. A Felipe V precisamente le gustaba mucho el arte y ordenó construir el Palacio Real de La Granja de San Ildefonso, inspirado en el más puro estilo versallesco. Él era el primer rey de España de la dinastía Borbón y recibió de su padre, el Gran Delfín, objetos, piedras preciosas y alhajas que se tasaron en 200.000 escudos. Eran piezas en su mayoría pasadas de moda, muchas renacentistas, que tenían valor histórico más que otra cosa. Aun así, había una importante colección de piedras duras: ágata, jaspe, jade, lapislázuli, turquesa... También había objetos de cristal de roca, unas 120 piezas importantes. El rey deseaba disfrutar de tiempo y acudir a su rincón de paz y caza en La Granja. Abdicó en su hijo, pero tras la prematura muerte de este, se vio en la necesidad de ampliar el palacio y convertirlo en sede de la corte. Bueno, no sé qué hago contándole a usted esto, seguro que lo sabe mucho mejor que yo.

—No, por favor, continúe.

—La corte del rey Animoso, como se conocía a Felipe V, se afrancesó, y encontró su reflejo en la arquitectura del palacio, pero el monarca también se dejó influir por el barroco español e italiano. Tras la muerte de su primera esposa, María Luisa de Saboya, se volvió a casar. Lo hizo con una aristócrata italiana, Isabel de Farnesio, gracias a las gestiones del cardenal Alberoni, al que el rey nombró primer ministro al poco de su llegada a la corte. Mientras el rey se sumergía en una tristeza crónica y se iba apartando de todo y de todos, hasta aislarse por completo, la reina cada vez asumía más poder. Isabel de Farnesio fue la responsable de la ampliación del Palacio de La Granja. Por eso, también observará usted un cierto aire italiano en la decoración de sus paredes y en la ambientación general.

—Es curioso que mencione esto con tanto detalle. Hace unos días, supe que los restos de Isabel reposan en La Granja junto a los de su marido, Felipe V, concretamente, en un mausoleo emplazado en la Real Colegiata de la Santísima Trinidad, en la llamada sala de las Reliquias. Un templo unido al propio palacio. ¡Qué casualidad que hablemos de ellos ahora!

—Señora, por fin puedo decirle que Isabel de Farnesio fue una reina que valoró mucho la perla que recibió de manos del rey. Le confieso que esperaba este momento, tras tantas reinas que no supieron ver la belleza de esa gema que usted lleva. Tanto le fascinó la perla, que quiso conseguir otras similares. Pero igual que la Peregrina fue imposible, aunque sí llegaron a sus manos otras dos de gran tamaño, traídas también de Panamá. Mandó que le hicieran un joyel en el que la Peregrina brillara justo en el centro, destacando su belleza por encima de las demás.

—Por fin, una reina que disfrutó la joya y que no relacionamos con la mala suerte...

—Bueno, sí tengo que decirle que, en la Nochebuena de 1734, el viejo Alcázar de los Austrias en Madrid, fue pasto de las llamas. Aquellas paredes de madera, que habían sido levantadas por Carlos I sobre la fortaleza del emir musulmán Muhammad ben Abd, no resistieron la virulencia del incendio y se vinieron abajo con todos los recuerdos y joyas de los reyes en su interior.

—¡No es posible! ¡Qué fatalidad!

—Sí, majestad, todos los muebles, cuadros, documentos y joyas se perdieron. Los cofres con las joyas se deshicieron y el que albergaba el joyel con las perlas, se quemó. Milagrosamente, se desprendió la Peregrina y rodó por el suelo en llamas con tan buena fortuna que, antes de quedar sepultada entre los escombros para siempre, una vieja armadura cayó sobre ella, protegiéndola del fuego y del humo, tal y como se supo después.

—¡Ohhh! ¡Qué prodigio! ¡Se salvó!

—Sí, majestad, pero no tenemos constancia de ella en los archivos reales, ni durante el reinado de Fernando VI, hijo de Felipe V y su primera mujer; ni con Carlos III, hijo de Felipe V e Isabel de Farnesio. A este último le llamaron el rey Político y también fue considerado el mejor alcalde de Madrid. Hasta que no reinó su hijo, Carlos IV, no volvimos a saber de ella.

—Y eso ¿por qué?

—Lo desconozco. Estuvo desaparecida. No aparece en ningún retrato y se pierde su pista hasta finales del siglo XVIII. Cincuenta y ocho años después del terrible incendio, es este rey al que denominaron el Cazador, el que vuelve a dejarnos rastro de la fabulosa perla. Cuando Carlos IV la descubrió en el joyero real mezclada entre otras joyas, se quedó sin habla. Extasiado ante tanta belleza, mandó que la limpiaran. Incluso, recordó haberla visto en muchos cuadros de sus antepasados y decidió volver a lucirla. Nadie supo nunca cómo llegó hasta allí después de aquel incendio que acabó con todo. Le dijeron al rey, que brillaba tanto bajo la armadura cuando se extinguieron las llamas, que la rescataron y se la devolvieron a la Corona. Carlos IV hizo consultar los archivos e inventarios reales para ver si había constancia de ella. Después de medio siglo sin saber de su paradero, concluyeron que esa fabulosa perla no podía ser otra que la Peregrina. Por eso, volvemos a saber de ella, ya que Juan Fulgencio dejó constancia de ella en los archivos reales y lo ratificó el ministro de Hacienda, el conde de Cabarrús.

—¡Qué alegría! No imagina cómo le agradezco que la haya vuelto a encontrar en los registros reales. Su peregrinaje me resulta muy misterioso.

Alfonso XIII entró de sopetón en la antecámara y saludó al joyero, que se quedó sin habla al ver que el rey se sentaba junto a la reina.

—Siga, siga con su charla, que cuando la reina está tan interesada debe de ser porque su relato es fascinante. ¿Tanto da de sí la historia de una perla? —dijo con ironía, extrañado de que su mujer pasara tanto tiempo escuchando al joven.

—Ya lo creo, majestad. Está cargada de historia.

—Repasamos también la historia de España —añadió la reina.

—Bueno, bueno, bueno... Ena, antes de la cena me gustaría hablar contigo. ¡Tengo que hacer un viaje relámpago a Madrid!

—¡Pero si nos vamos a Londres!

—Será ir y volver. Seguiremos adelante con nuestros planes.

—Bueno, don Ramiro, ya hemos terminado por hoy con el relato. ¡Muchas gracias! —La reina le extendió su mano y el joyero hizo ademán de besársela. A Ena le pareció que el rey, tanto por sus comentarios como por su actitud, estaba celoso.

—¡Muchas gracias por su confianza! —le contestó el joyero.

—¡Dígale a su padre que, cuando ya estemos instalados en Madrid —se giró el rey para dirigirse a él—, quiero encargarle una joya especial para la reina!

—Así lo haré.

Se fueron los reyes y Ramiro se quedó, como siempre, pensativo. No le había gustado el comentario que había hecho el rey sobre sus largas charlas con la reina. Al llegar al hotelito prefirió no contar nada sobre ese último encuentro. Tampoco mencionó el posible encargo del rey. Prefirió no entrar en detalles de lo que acababa de suceder en Miramar.

27

Una visita inesperada

Tras el viaje relámpago a Madrid para reunirse con sus ministros, Alfonso XIII regresó a San Sebastián y desde allí, los reyes partieron hacia Inglaterra junto al pequeño Alfonsito. Los acompañaron Hazel y Sarah, así sus doncellas también podrían ver a sus familias. Fueron unos días inolvidables para Ena, que disfrutó de la complicidad y el amor de su madre, la princesa Beatriz; del cariño incondicional de su dama, lady William Cecil, y del buen humor de sus hermanos, Alejandro, Mauricio y Leopoldo. Estos, al reencontrarse con su regio cuñado, no pararon de gastarle bromas y meterse con él por los errores que cometía al hablar en inglés.

—Está bien —les contestaba Alfonso—, meteos conmigo, pero cuando queráis hablamos castellano, ¿eh?

Todos aplaudieron la ágil réplica del rey. Acabó jugando con ellos al polo, su deporte favorito. Ahí no hubo risas.

—Juegas como un verdadero inglés, Alfonso —comentó Mauricio, el hermano al que tanto quería Ena.

—Piensa que desde niño ha jugado con sus grandes amigos, el duque de Alba y el duque de Peñaranda. Y lo hace con tanta dureza que me da miedo que se lesione —explicaba Ena—. Le han llamado la atención desde el Gobierno por su velocidad al volante y no me extrañaría que le llamaran la atención por cómo juega al polo. Tiempo al tiempo.

—No me pueden vigilar constantemente y decirme lo que

debo o no debo hacer. De todas maneras, es mi forma de ser. A eso, *my darling*, se le llama pasión. Como tú bien sabes, yo le pongo dosis extra de pasión a todo lo que hago...

Ena se sonrojó y no quiso traducir a sus hermanos lo que acababa de decirle su marido en castellano, lo que hizo mucha más gracia al rey. Durante esa jornada le provocó más de una carcajada la situación que se creaba cuando mediaba entre su marido y sus hermanos.

El rey, sin embargo, no le ponía tanto entusiasmo a la hora de salir a un campo de golf. Le resultaba muy difícil seguir a su mujer. En Inglaterra, Victoria Eugenia practicaba este deporte todos los días. De hecho, se quejaba de no poder hacerlo en España tan a menudo como a ella le gustaría.

—Nadie quiere jugar conmigo. No lo entiendo. Tengo que pedir siempre a algún diplomático, casi siempre de la embajada inglesa en España, que me acompañe. No hay manera de jugar con algún español.

—Bueno, la única excepción entre mis amigos es Jimmy. —El rey se refería al duque de Alba.

—Sí, pero no voy a estar siempre molestándole. Lo hago cuando ya estoy desesperada.

—Ena, en España gustan más otros deportes. Es otra cultura y cuanto antes te adaptes, mejor.

—No eres consciente de los esfuerzos que hago a diario para adaptarme —le contestó un tanto molesta.

Fueron días de muchos actos y muchos compromisos sociales, pero Ena sacó tiempo para ver a solas a su dama y amiga, lady William Cecil. Con ella podía hablar con naturalidad de todo, también conseguía abrir su corazón sobre los miedos que la atormentaban. Era la única persona que siempre sabía qué pasaba por su cabeza.

—May, yo no me quejo de la vida que llevo, estoy satisfecha. Sin embargo, te confieso que nuestras costumbres nada tienen que ver con las de Alfonso. Echo de menos un poco más de comprensión hacia mi persona ya que me he tenido que adaptar a una nueva corte en un tiempo limitado, sintiéndome muy sola muchas veces. Ya me hago entender en español, pero me cuesta porque pienso en inglés.

—Lo sé, pero lo estás haciendo muy bien. No te exijas tanto a ti misma. Ahora debes cuidarte y ver crecer a tu hijo sin pensar en nada más. Sin torturarte. Al mundo hay que mirarlo con distancia, como si lo estuvieras soñando, como si las cosas no te ocurrieran a ti.

—Solo escuchar tu voz ya me tranquiliza. No te niego que temo que mi hijo haya heredado la enfermedad de la que prácticamente no se habla en mi familia.

—A tu abuela no le gustaba hablar de ello, es más, decía que esa «piel fina» que había heredado alguno de sus descendientes era de otras ramas ajenas a la familia.

—El caso es que el niño parece enfermo y los médicos no saben dar respuestas. La familia de Alfonso asegura que él también tenía una salud quebradiza al nacer y que todo cambió a los tres años. ¡Tres años con estas dudas sobre su salud!

—Deja que la Providencia actúe. No te adelantes. Haz caso a tu marido. Seguro que el niño se endereza en cuanto pasen unos años. Tranquilízate. Vuelve a tus compromisos sociales, atiende a tu marido, ya me entiendes...

—Sí, bueno. Todas las personas que me queréis bien me aconsejáis lo mismo. Si solo le siguiera a él, ya no podría hacer nada más en todo el día.

—¡Pues hazlo! —terminaron riéndose las dos.

—Bueno, háblame de ti. ¿Estás preparando algún viaje?

—Pronto regresaré a Egipto. Me acompañará de nuevo Howard Carter. Estamos haciendo muchos avances para una nueva excavación. Cada día nos fascina más todo lo que envuelve a la cultura egipcia. Le he recomendado para que le hagan inspector de antigüedades. Es un joven muy válido. Ha aprendido a restaurar monumentos y cada día reproduce mejor los bajorrelieves que allí encontramos. ¿Sabes?, lord Carnarvon también se ha sumado a esta fascinación por Egipto.

—¿El conde de Carnarvon?

—Sí, sí. Creo que ya siente la misma curiosidad por Egipto que tenemos nosotros. No está mal que se aficione, ya que podría ayudar a financiar alguno de estos viajes tan costosos.

—¡A la vuelta espero que me cuentes todo con detalle! Por cierto, llevo siempre encima tus piedras —esto último lo dijo en voz baja. Le enseñó el ágata verde que le regaló tras encontrarla en una tumba egipcia, y el escarabajo de oro y lapislázuli.

—Te protegerán de todas esas personas que solo desean el mal a tu alrededor.

—¿Tantas crees que lo desean?

—Los reyes y las reinas siempre tienen enemigos que quisieran que todo les fuera mal. Es algo innato a la condición humana. Somos capaces de lo mejor y también de lo peor. Por cierto, ¿qué tal con tu prima Beatriz?

—Bien, aunque te diré que está rarísima. Se pasa el día llorando en su cuarto, pero no me da una razón.

—Ha llegado a mis oídos que Alfonso le gasta unas bromas que no le gustan. No puede decirte nada porque es tu marido. De todas formas, puede ser una exageración de Bee. Esto es lo último que me ha llegado, pero volvemos a las muchas maldades que circulan por ahí.

—¿Qué? Alfonso está incomodando a Bee... ¡Hablaré con mi marido!

—¡Ni se te ocurra! Si es mentira, enemistarás a esa parte de la familia con el rey; y si es verdad, él lo negará y pondrás a Beatriz en una situación muy difícil. Actúa con perspicacia, aléjala todo lo que puedas de las comidas y cenas familiares. Tenla para tu compañía, libérala de compromisos y así podrá dedicarle más tiempo a su prometido. Lo tiene difícil porque no quiere renunciar al anglicanismo.

—Algo que a mí me han criticado tanto, por cierto. No sé. Seguiré tu consejo, pero me dejas sin habla.

—Mi obligación como amiga y dama de tu corte es decírtelo.

—Has hecho muy bien...

Ena se quedó con una preocupación más a sus espaldas. ¿Sería verdad que su marido «incomodaba» a su prima?, se preguntaba. Seguramente, tendría todo alguna explicación o sería un malentendido. ¿Por ese motivo no paraba de llorar Beatriz en su cuarto? Más preguntas que surgían en su mente. Estaba claro que ayudaría mucho a acabar con esa situación que Beatriz se casara cuanto antes con el joven Alfonso, primo de su marido. Intentaría ayudarla para agilizar su compromiso. De todas formas, durante su estancia en su país, procuró apartar estas cuestiones de su cabeza. Quería disfrutar de unos días tan familiares.

May acompañó a Ena en todos los actos que se celebraron. En las cenas, los que más hacían reír a los comensales eran los hermanos de la reina. Se empeñaron en contar a Alfonso intimidades de su hermana de cuando era pequeña. El rey prestaba mucha atención.

—Mi hermana —explicaba Mauricio— no ha ido como nosotros a la escuela pública de Wellington. Se libró de ir con otros niños, pero mis hermanos y yo aprendimos a convivir entre la gente. Ella es mucho más exquisita que nosotros.

—Eso es verdad, vosotros sois mucho más brutos que yo. —Todos se echaron a reír con el comentario de Ena—. Por eso tuve que aprender a montar y a practicar deporte como vosotros si no me quería quedar sola.

—Ahora entiendo por qué hace cosas que las damas españolas no están acostumbradas a realizar —dijo el rey—. Aquí está el motivo. Tus hermanos tienen la culpa.

—Bueno, ya basta de hablar de mí. De verdad que pongo todo mi empeño en adaptarme a mi nueva vida. Eso deberíais valorarlo todos porque me está costando un gran esfuerzo. Necesito vuestro apoyo y, por supuesto, el de mi marido. Demasiados chismes y demasiado ruido para mis oídos. Solo pido intimidad y más tiempo con los míos. Los actos sociales me impiden hacer lo que quiero realmente.

—Es lo que tiene ser reina, Ena, tú sabías lo que suponía ese honor.

May notó que la reina estaba especialmente sensible y desvió la conversación hacia el mundo que ella dominaba, Egipto... No sabía si había hecho bien en contarle la confidencia que le había hecho sobre Beatriz y el rey. La intranquilidad se había apoderado de su ánimo. Pero solo lady William Cecil se dio cuenta, el resto no le dio importancia a su contestación.

Ramiro y toda la familia García-Ansorena regresó a Madrid. Había que organizar el taller de nuevo. Todavía no se habían incorporado todos cuando las campanillas de la puerta del taller sonaron y apareció un caballero pulcramente vestido. Tenía un porte elegantísimo, iba con levita, chaleco y sombrero de copa. José María García Moris salió a su encuentro.

—Dígame, caballero, ¿en qué le puedo servir?

—¿Son ustedes joyeros de la Casa Real?

—Sí, señor.

—Soy don Alfonso Sanz y Martínez de Arizala —le extendió su mano—. Mire, quisiera encargar un anillo para mi dedo meñique.

—Con mucho gusto. Pase usted y concretaremos qué es exactamente lo que quiere.

Don José María le acomodó en su amplio despacho y rápidamente le pidió a Ramiro que se sumara a la conversación con aquel caballero.

—Mi hijo es el más creativo de todos nosotros. Hace los bocetos que luego montamos en el taller. Es el que ha hecho la corona de la Virgen del Pilar. Salió en todos los periódicos.

—Una auténtica maravilla. Vi en su momento las fotografías. Le doy mi más sincera enhorabuena.

—Muchas gracias —le saludó estrechándole su mano.

Aquel caballero tenía un porte regio que saltaba a la vista. Jamás había ido antes al taller y tampoco venía con ninguna carta de recomendación de ninguno de sus clientes habituales. Rápidamente salieron de dudas.

—Quiero sorprender a todo el mundo con un anillo como el que llevan los reyes. Más que por mí, lo hago por la memoria de mi madre. Se merece que yo haga esto por ella después de todos los desaires que mi madre sufrió a lo largo de su vida. Fue una cantante de ópera muy reconocida: Elena Sanz Martínez de Arizala. ¿La conocieron?

—Fue una gran contralto —añadió García Moris— de mucho reconocimiento internacional. La admiraba mucho por su voz y por su belleza. Tenía unos labios rojos muy pronunciados y una piel morena que la hacía parecer una divinidad egipcia. ¡Muy guapa! La recuerdo perfectamente.

Ramiro miraba a su padre, incrédulo por el entusiasmo que le provocaba la presencia del hijo de la contralto.

—Sí, mi madre viajó por todo el mundo, pero donde más se valoró su arte fue en París, donde yo nací. Vine al mundo cuatro meses después de que mi padre se casara con María Cristina de Habsburgo-Lorena.

—¿Se refiere a la reina madre? —preguntó un desconcertado don José María.

—Exacto.

—¿Insinúa que su padre es Alfonso XII?

—Soy hijo natural del rey. Tengo veintiocho años y ya es hora de reivindicar lo que es mío. Estoy en manos de abogados porque dentro de unos meses pediré en el Alto Tribunal el reconocimiento como hijo del rey.

José María y Ramiro se miraron con asombro. Aquel caballero, de patillas alargadas y barba que dejaba al aire la barbilla, educado en las buenas maneras y con aires regios, les acababa de confesar que era hijo de Alfonso XII y que llevaría su reivindicación ante la justicia. Ahora estaba allí para que le hicieran un sello como el del rey. Ramiro comenzó a hacerle un boceto.

—Don Alfonso, no sé si tenía usted alguna idea. Le estoy

dibujando un sello especial, digno de un rey. —Le guiñó un ojo a su padre, sin creerse toda aquella historia. Cuando acabó se lo mostró a aquel inesperado cliente.

—Me parece perfecta su idea... ¿Saben? No soy bastardo, soy hijo natural porque mis padres no estaban casados cuando me concibieron. Simplemente quiero reivindicar mi sitio. Mi hermano Fernando, también hijo de Alfonso XII, sí es bastardo porque nació un año después que yo.

—¡Vaya! —fue lo único que alcanzó a decir Ramiro con cierto escepticismo. Ahora resulta que confesaba que tenía un hermano, hijo también de Alfonso XII—. Permítame que le tome la medida de su dedo meñique.

Padre e hijo le dejaron que siguiera hablando antes de hacer el pedido. José María García Moris le prestaba mucha atención e incluso le preguntó por la fecha en la que había muerto su madre.

—Elena Armanda Nicolasa Sanz y Martínez de Arizala murió en París en el infausto año en el que perdimos las colonias, en diciembre de 1898. Se fue una gran madre y una de las voces más importantes de la ópera. Está feo que yo lo diga, pero, por otra parte, si yo no reivindico a mi madre, quién lo va a hacer.

—¡Claro! Eso es cierto. La memoria de nuestros padres hay que rescatarla siempre.

—Hace bien en hablar en plural. Mi padre Alfonso XII murió demasiado joven para reconocernos, con veintiocho años, como ustedes sabrán.

—¿Su hermano no le acompaña en este litigio? —preguntó José María.

—Bueno, mi hermano está a otros asuntos. Es un gran ciclista. Participó en los Juegos Olímpicos de hace ocho años representando a Francia y consiguió, para su honra y la de Francia, la medalla de plata en la modalidad de *sprint* masculino. En esta pelea voy yo solo.

Ramiro le miraba con escepticismo. Aun así, tomó nota de sus datos personales y puso en marcha el sello con «aire regio» que solicitaba para su dedo meñique. Cuando se fue aquel extraño cliente del taller, padre e hijo siguieron comentando lo que acababan de escuchar.

—Pues si esto sale en la prensa, flaco favor a la memoria del rey Alfonso XII.

—Tiempo al tiempo, padre. Yo no me lo acabo de creer. Ya sabe que hay muchas personas que dicen una cosa mientras la realidad es otra.

—Hijo, siempre tan escéptico. El rey tenía fama...

—El tiempo pone siempre las cosas en su sitio. Solo hay que esperar para saber la verdad de las cosas.

28

El mejor cumpleaños de la reina

Tras el regreso de los reyes a España, se preparó con gran fasto en la corte el cumpleaños de la reina. El 24 de octubre de 1907 tuvo lugar una recepción con altas personalidades en el salón del trono. Bajo dosel los reyes fueron saludando una a una a todas las personas allí congregadas. Alfonso iba con uniforme de gala de capitán general y la reina vestía un traje de color rosa bordado en plata. Lucía la corona de brillantes con las flores de lis que le hizo Ansorena, sobre sus cabellos rubios recogidos en un moño alto, y la perla Peregrina iba prendida sobre el costado izquierdo de su vestido. El cocinero francés de palacio, Paul Maréchal, preparó exquisiteces y un toque español en honor a la reina, un gazpacho. Desde que habían venido de vacaciones, la reina tenía necesidad de tomar este plato a cualquier hora. En la cocina se preguntaban si la reina tendría antojo.

Se realizaron tantos actos y ceremonias que aquel cumpleaños adquirió carácter de fiesta oficial. Victoria Eugenia estaba feliz... En cuanto se quedaron a solas en las habitaciones reales, se lo dijo al rey.

—Gracias, Alfonso. Me has hecho sentir muy querida. Tengo la sensación de que ya me han aceptado todos. No sé cómo agradecerte lo que he vivido hoy.

—Es lo menos que se merece la reina más guapa e inteligente de todo el planeta.

—*My darling*, sabes cómo decirme las palabras exactas —dijo y le besó en los labios.

—No eres consciente de lo que acabas de hacer. —La cogió en volandas y se dirigió hacia la cama. No hubo más conversación. Alfonso no quería que su mujer olvidara ese día y se dedicó en cuerpo y alma a complacerla.

Victoria Eugenia dejó a un lado sus temores sobre la salud de su hijo; sus esfuerzos por ser aceptada en la propia familia de Alfonso; no prestó atención a las palabras de May sobre las bromas del rey a Beatriz. Allí estaban de nuevo solos ellos dos. El tiempo se detuvo en aquellas habitaciones. No tenían compromisos, por lo que decidieron prolongar la noche y aprovechar el fin de semana siguiente para seguir juntos sin salir de sus estancias privadas.

La reina se dejó el pelo suelto en la intimidad, ya que siempre lo llevaba recogido. El rey la miraba mucho y le hablaba en inglés para complacerla...

—Estoy pensando en cortármelo. ¿Qué te parece? —se recogió el pelo con la mano para que su marido se hiciera una idea.

—No está bien que una reina lleve el pelo corto. No es propio de tan alto honor.

—Di mejor que a ti te gusta largo...

—¿Tanto se me nota?

La complicidad que disfrutaron después de la celebración del cumpleaños de la reina fue como un balón de oxígeno para ambos. Desde que había nacido Alfonsito, no encontraban el momento de tener intimidad.

Cuando abrieron al servicio la puerta de su habitación, el rey bromeó con todos. Sarah y Hazel se mostraban alegres y risueñas al ver a la reina feliz. Hacía tiempo que no la veían así. Fue un fin de semana irrepetible del que le quedaron a la reina marcas en los brazos.

—Te ha pasado igual que cuando te cogí en brazos tras la bomba. ¿Cuántas semanas te duraron los moretones en tus blancos y bellos brazos?

—Alfonso, por favor. No seas tan explícito... —le dijo entre dientes—. Me duran mucho cuando me doy un golpe. Sabes que tengo la piel muy fina. —Intentó cambiar de tema—. ¿Has notado que he aumentado el número de damas en la corte?

—Como para no darme cuenta. Has escogido a las más bellas y elegantes de la nobleza. Se agradece volver a oír risas por todas partes y oler en el aire a perfume suave.

—He decidido que lleven algo parecido a un uniforme. Vestirán discretamente de un color neutro, probablemente gris. Todos con las mangas abullonadas y cola de la misma tela prendida a la cintura.

—Todo lo que indique que ya forma parte del pasado esa corte de personas mayores vestidas de negro que tenía mi madre. ¡Estupendo, Ena!

La alegría de los últimos días motivó en la reina una actividad intensa en sus obras de caridad, en general, y en la Cruz Roja, en particular. Ya tenían más solicitudes de damas enfermeras que plazas. Las jóvenes de la alta sociedad veían en ello una forma de canalizar sus inquietudes y de sentirse útiles. El día que la propia reina se vistió de blanco con la toca del mismo color que definía a las damas, comenzaron a llamarla «la reina enfermera», y creció todavía más el número de jóvenes con espíritu solidario. Ena tuvo en su abuela Victoria un gran ejemplo a seguir ya que, durante toda su vida, promovió acciones similares.

Cada tarde, cuando llegaba a palacio, se encerraba durante un rato a acariciar sus perlas. Le daban energía y casi podía sentir las vidas de sus antecesoras. Ella debería romper esa especie de maleficio que rodeaba a la Peregrina. Andaba con estos pensamientos cuando se percató de que llevaba mucho tiempo sin ver al joven García-Ansorena, así que decidió citarle para continuar indagando sobre la vida de las reinas que la precedieron en el trono de España.

Ramiro recibió un telegrama para que se presentara en palacio al día siguiente. Llegó el aviso en un día raro en el taller, ya que todas las sospechas se centraban ya en el joven Lucio. Esa tarde iban a esperar a que se vistiera de paisano para pedirle que se quedara un rato más y hablar con él para salir de dudas. Cuando el reloj marcó las ocho de la tarde, todos se dispusieron a salir. Antes de que lo hiciera Lucio, Ramiro le pidió que entrara al despacho. El resto del personal no le dio ninguna importancia y se marchó.

Lucio se quitó la gorra que llevaba puesta al entrar en el despacho y comenzó a proteger algo que llevaba metido dentro de la camisa. Era evidente su nerviosismo. Ramiro pensó que le habían pillado con las manos en la masa, llevándose el polvo de oro. Habló José María García Moris.

—Querido Lucio. Hemos observado un comportamiento inadecuado por tu parte.

—¿Señor? ¿Inadecuado? —Su nerviosismo iba en aumento.

—Sí —continuó Ramiro—. Nos da la impresión de que escondes algo en tu camisa y observamos que siempre procedes igual cuando estás a punto de salir del taller. Nos hace sospechar que nos estás ocultando algo.

—Yo cumplo con mi trabajo. Al salir es cuando me preparo para mis otras actividades.

—¿A qué actividades te refieres? —preguntó don José María.

Lucio bajó la cabeza y permaneció en silencio.

—Está bien, tendremos que llamar a tu padre. Queríamos que fueras tú quien nos contaras lo que está pasando.

—No, por favor, no le llamen...

Se tapó la camisa con las solapas de la chaqueta, raída de tan usada.

—Dinos qué ocultas en la chaqueta. ¿Es el polvo de oro que nos falta?

—Señor, me sacudo los pantalones siempre antes de salir. No se trata de eso.

—Entonces ¿cuál es tu miedo?

Poco a poco, Lucio se fue desabrochando la camisa y enseñó lo que ocultaba con tanto misterio. Ramiro se acercó y cogió uno de los muchos pasquines que ocultaba.

—¿Octavillas?

Los leyó con incredulidad y Ramiro todavía se sorprendió más.

—Contra la explotación obrera... ¿Te sientes explotado?

—Señor, es en general.

—Está bien, te daremos lo que te corresponde al llevar aquí ya unos cuantos meses. Nos sentimos decepcionados. Te hemos dado un oficio y toda la confianza del mundo para que digas que te sientas explotado si no por nosotros, por el mundo en general.

Lucio no volvió a abrir la boca. Recogió sus cosas y se fue de allí tan despacio como si le hubieran puesto piedras en los bolsillos. Padre e hijo se quedaron boquiabiertos por lo que había sucedido.

—Esto sí que no me lo esperaba. Su comportamiento extraño era por otra causa...

—Tenemos un problema serio —comentó el padre—. Seguimos sin resolver el enigma de quién se lleva el polvo de oro.

Al entrar en casa, no quisieron decir nada ni a Consuelo ni a Carmen. Madre e hija estaban nerviosas porque habían invitado a Jaime a cenar esa noche.

—No sé qué tiene de especial que venga mi amigo, ¡como tantas veces! —les dijo Ramiro refunfuñando.

—¡Por favor! ¡Arreglaos los dos! —les sugirió Consuelo.

—A vosotras hoy os pasa algo... pero ya os digo que no está el horno para bollos.

—¿Ha ocurrido algo que no sepamos? —preguntó la madre.

—¡Son cosas nuestras! —respondió José María.

Carmen no quiso preguntarles si había pasado algo en el taller. Tenía otras preocupaciones. Esa noche Jaime intentaría hablar con su padre y pedirle permiso para salir con ella. La madre estaba al tanto de todo y María, la sirvienta, también. Las tres querían que todo saliera bien.

Llegó Jaime con algunos minutos de adelanto y, mientras Ramiro se cambiaba de ropa, se puso a charlar con el padre de la saga.

—¿Quieres un jerez antes de cenar? —le ofreció José María.

—Sí. Hoy sí, se lo agradezco.

Nada más servirle la copa de jerez, se la bebió de un trago. Instantes después y aprovechando que estaban solos, se atrevió a hablarle.

—Don José María, sabe que estoy muy unido a esta casa. Quería decirle que me he enamorado de su hija Carmen y quería pedirle permiso para poder salir con ella... con fines matrimoniales, claro.

García Moris, después de permanecer un rato paralizado, se sirvió otra copa de vino que se bebió también de un trago.

—No sabía de tu interés por Carmen. Siempre pensé que la que te gustaba más era Milagros...

—Señor —carraspeó—. No sé por qué motivo sacó usted esa conclusión.

—En fin, tienes mi permiso para salir con mi hija. Aquí os quiero siempre a las nueve de la noche y nada de hacer tonterías. Has dicho que tu compromiso es serio y espero que siga siendo así.

—Muchas gracias, don José María —le estrechó su mano.

Salieron las mujeres y al verlos dándose un apretón de manos intuyeron que todo había salido bien. Ramiro salió de su cuarto y sin entender nada.

—¿Aquí que está pasando?

—Que tu hermana y Jaime son novios... —comentó el padre.

—¡Enhorabuena! ¡Qué callado te lo tenías! —añadió un poco incómodo Ramiro. Jaime no le había dicho nada, y eso que él le había guardado en secreto su frustración por la decisión de Milagros de meterse a monja.

Todos se sentaron a la mesa y celebraron la buena noticia.

Consuelo respiró. Le gustaba mucho el amigo de su hijo como futuro yerno.

Al día siguiente, Ramiro acudió solícito al Palacio Real. Estaba citado a las diez de la mañana, pero llegó un cuarto de hora antes. La antecámara de la reina se había convertido en un lugar acogedor para él, y eso que el primer día no sabía ni dónde apoyarse y menos aún dónde sentarse. No esperó mucho de pie porque enseguida apareció Victoria Eugenia vestida de blanco con el collar de chatones que, con la llegada de Alfonsito, se había alargado con dos brillantes más. Por supuesto, la Peregrina lucía también prendida de su vestido. Cuando estuvo cerca, Ramiro pudo apreciar su perfume fresco e intenso. Cerró los ojos para retenerlo unos instantes más...

—Buenos días, Ramiro —le saludó la reina mientras extendía su mano.

—Señora. —Hizo ademán de besar su mano como indicaba el protocolo.

—Por favor, tome asiento. Me encantaron los brillantes que me regaló el rey por mi cumpleaños. Sé que Alfonso habló con su padre para seguir añadiendo piezas a la gargantilla que me regaló antes de casarnos...

—Elegí personalmente los brillantes y se los engastamos en oro blanco con la idea de convertirlo finalmente en un *sautoir* de brillantes. El más espectacular que se haya visto nunca.

—Muchas gracias, Ramiro. Ha pasado demasiado tiempo desde la última vez que nos vimos. De modo que retomaremos la conversación en el punto donde la dejamos, en Carlos IV.

—Sí, exactamente. Recuerde que hubo un incendio en el viejo Alcázar de los Austrias. Solo quedaron cenizas. Este palacio se alzó sobre aquellos restos.

La reina asintió con la cabeza. Quería que siguiera con el relato y le hizo un gesto con la mano. Ramiro continuó...

—Carlos IV se encontró la perla intacta tras cincuenta y tantos años desaparecida... La descubrió en su joyero, entre las piezas que se pudieron salvar de aquel devastador incendio. Recuerde que fue él quien hizo que la registraran de nuevo en los archivos reales. Pues bien, ¿qué decirle de Carlos IV? Se esperaba poco de él. He encontrado un escrito en el que se recoge que era «brusco, obstinado y carente de conocimientos». Era un gran coleccionista de relojes al que le gustaba darles cuerda y poner en hora para que las manecillas de todos se moviesen al unísono. Su padre, Carlos III, concertó la boda de su hijo con su sobrina, María Luisa de Borbón, por razones de Estado. Era la tercera hija de los duques Felipe y Luisa Isabel, nacida en Parma, y nieta de Felipe V de España e Isabel de Farnesio. Nieta también de Luis XV de Francia.

»En el primer retrato que tenemos de ella, en solitario, que realizó el pintor Mengs, se la ve sonriente y sujetando dos flores rosas en la mano. Sus ojos expresivos ya nos indican que era una reina que quería vivir todo tipo de experiencias.

—¿A qué se refiere con «experiencias»?

—Según lo que reflejan los libros de Historia, no parece que fuera un dechado de virtudes. Se casó con trece años con su primo carnal Carlos IV. Se lo conté por encima en la anterior reunión. En 1788 se convirtió en reina al morir su suegro, Carlos III. Fue muy fecunda, tuvo trece embarazos y numerosos abortos. Algunos de sus hijos no gozaron nunca de buena salud y murieron al poco de nacer.

—A saber qué dirán de mí los libros de Historia. ¡Qué crueldad resumir nuestra vida en unas líneas! Sus hijos no gozaron de buena salud y ya está. ¿No cuentan los historiadores cómo se sentía? Después de la anterior reunión he procurado leer sobre ella. Fueron tantos los chismes que circularon, que tuvo que escribir al confesor del rey, cuando todavía vivía Carlos III, para que saliera en su defensa.

—Desconocía ese dato, majestad.

—Pues sí, los rumores crecieron tanto en torno a ella y a uno de sus guardias de corps, un tal Godoy, que se vio obligada a escribir al confesor de su suegro. Ella le pidió ayuda porque, según dejó por escrito, se encontraba en una situación muy delicada, llena de pesares y expuesta a tenerlos mayores... Aseguraba en aquella carta que todo partió de un malentendido. Al parecer a aquel guardia lo invitaron a cantar ante Carlos y ella en sus habitaciones. Ahí comenzaron las habladurías que fueron arruinando su reputación, la de Carlos y la de sus hijos. Ella comenta en esa carta los disgustos que nacieron a raíz de estos chismes. Pero volvamos a la perla, don Ramiro. Me pongo mala con las cosas que se dicen de las reinas. Será mejor que continúe.

El joyero, que estaba encantado de escucharla, reaccionó y continuó su historia.

—Por supuesto, majestad. Solo le diré que ningún historiador la salva de las habladurías. Todos dan crédito a su relación con Portocarrero Palafox, con Agustín de Lancaster, Juan de Pignatelli y, finalmente, Godoy... Pero volvamos a la perla. En esta ocasión, la Peregrina —que pasó a las manos de la reina María Luisa de Parma— parece que influyó negativamente sobre su vida, si es que le atribuimos a tan maravillosa joya algún poder maléfico.

—Volvemos a las supersticiones. Por curiosidad, ¿qué dijeron? —preguntó mientras tocaba su perla.

—Pues que varios de sus hijos tuvieron problemas de salud y de crecimiento. Decían que eran demasiado cortos de estatura y que el tamaño de sus cabezas era pequeño. En la corte llegaron a asegurar que pesaba sobre ella una maldición. La correspondencia diplomática que ha llegado a nuestros días así lo acredita. La obra de Goya es el mejor testimonio de ese momento. Retrató a la familia de Carlos IV y dispuso a los catorce personajes que aparecen en el cuadro en actitudes similares a las que tienen en las pinturas que pintó Velázquez en el famoso cuadro de *Las Meninas*.

—Cuando estuve en el Museo del Prado nadie me explicó esto...

—Pues sí, realizó un friso en tres grupos. En el centro situó a los monarcas con los menores de la familia... Centra la atención en la personalidad de la reina, verdadera protagonista del cuadro junto con Carlos IV, que aparece como un rey abúlico y ausente. Doña María Luisa va vestida a la moda francesa de la época y peinada a la griega con tocado de flechas de diamantes que aluden al amor. El niño que coge de la mano es Francisco de Paula, vestido de traje rojo. A la derecha de los reyes y separado de sus padres sitúa el pintor al príncipe de Asturias, el que luego reinaría como Fernando VII... En el grupo que está a la izquierda de Carlos IV se encuentran la infanta María Luisa y Luis de Parma, futuros reyes de Etruria... Goya, como hiciera Velázquez, se autorretrató con su caballete pintando un gran lienzo al fondo del cuadro.

—El cuadro, sin entrar en detalle, me pareció una exaltación de la monarquía española. Transmite un mensaje de continuidad en la línea sucesoria. La reina seguro que quedó muy satisfecha. ¿Cómo fue su reinado?

—Carlos IV no fue un hombre afortunado. Le tocó vivir un tiempo convulso con importantes acontecimientos históricos. En el país vecino, la Revolución francesa decapitó a los Borbones...

—Dios mío...

—Las ideas liberales se extendían como la pólvora. Manuel Godoy, que acabó compartiendo responsabilidades de Estado, no dudó en aliarse con Francia, por lo tanto, España tuvo que unir su flota con la francesa. La idea era desembarcar en Inglaterra. El resto de la historia la sabe usted mejor que yo... el almirante Nelson destruyó en Trafalgar la coalición hispano-francesa compuesta por treinta y dos navíos.

—Lo que fue un éxito para Inglaterra representó un desastre para España, claro. ¿Qué ocurrió después?

—El odio hacia los soberanos y su favorito, Godoy, fue en aumento. Los partidarios de su heredero, Fernando, tomaron las armas y salieron a la calle, protagonizando el famoso motín de Aranjuez. Godoy estuvo a punto de perder la vida. Le salvó

Carlos IV abdicando en su hijo. Napoleón invitó al rey saliente, a su mujer y a Godoy a que se marchasen a vivir a Francia y estos aceptaron. A su vez, concertó una entrevista en Burgos con Fernando VII. Finalmente, no se presentó, pero convencieron al rey para que se fuera hasta la frontera con Francia para saber de él. El emperador le conminó a Fernando VII a que renunciara pacíficamente en favor de su padre. Carlos IV, cuando fue de nuevo rey, cedió su trono a Napoleón que, a su vez, se lo entregó a su hermano mayor, José Bonaparte.

—Y mi pobre perla ¿en manos de quién acabó?

—En las de Pepe Botella, como llamaron a José Bonaparte. Esquilmó todo el tesoro real. La Peregrina fue una de sus joyas favoritas... María Luisa de Parma la había engastado en un óvalo donde se podía leer una inscripción que decía: «Soy la Peregrina». No quería que nadie dudara al verla de que se trataba de la legendaria perla.

—No puedo creer que los reyes abandonaran España sin ella.

—Tuvieron que salir muy rápido... Cuando llegó José Bonaparte, lo primero que hizo fue incautar las joyas de la Corona.

La reina se quedó pensativa y Ramiro permaneció en silencio.

—No sé qué me pasa, pero me estoy mareando... —comentó la reina.

Ramiro se quedó mirándola sin saber qué hacer...

—Señora, si quiere dejamos aquí el relato de la historia de sus antepasados.

—Deseo que llegue hasta nuestros días, pero, efectivamente, hoy no. Necesito que me siga contando los avatares de las reinas que me precedieron. Le diré que, en cada una de sus sesiones, me reafirmo en que ninguna de las vidas de las reinas ha sido fácil.

—Vivir es complicado para todos, señora. También para los que somos plebeyos.

—Por hoy ya hemos terminado, don Ramiro.

—Como usted guste.

El joyero llegó a la conclusión de que la historia de la perla le hacía más mal que bien a la reina. No entendía que quisiera que continuara con el relato. Se quedó muy preocupado por su mareo. La reina no tenía buena cara.

29

Una inesperada preocupación

Durante días, Victoria Eugenia sufrió pequeños mareos. Tampoco comía ni cenaba demasiado. El rey comenzó a preocuparse, aunque delante de ella quiso restarle importancia.

—Esto de que pierdas el apetito seguro que tiene que ver con tanta actividad como tienes. Mañana vendrá a verte el doctor Gutiérrez. Le he pedido que se pase por palacio y te eche un vistazo.

—Pero ¿por qué? Estos mareos no tienen importancia. Yo me encuentro bien. —De pronto sintió una arcada y se fue corriendo al baño.

Al día siguiente, el doctor que la asistió en el parto la reconoció en su habitación. Cuando terminó parecía no tener dudas...

—Señora, no le pasa nada grave. Está usted de nuevo embarazada.

—¿Cómo? Si aún no me he recuperado del nacimiento de Alfonsito.

—Pues está embarazada, con total seguridad.

—Pero... ¿No hay error posible en su diagnóstico?

—No, señora. Va a volver a ser madre.

—¿Cuándo calcula que daré a luz?

—Para finales de junio. Le vendrá bien al príncipe tener un hermano con el que jugar. ¡Mi más sincera enhorabuena!

Cuando Ena se quedó sola se tumbó sobre la cama. Al entrar sus doncellas, se la encontraron llorando sobre la almohada.

—¡Señora! ¿Qué le pasa? —le preguntó Hazel muy preocupada.

—¿Le ocurre algo que nosotras debamos saber? —Sarah tampoco obtuvo respuesta.

El rey irrumpió en la habitación con una gran sonrisa. Rápidamente salieron de dudas.

—Ena, ¡qué alegría! ¡De nuevo embarazada!

Se retiraron las doncellas y los dejaron a solas. Respiraron tranquilas al saber lo que en realidad le pasaba...

—¡Ena! ¿Por qué lloras? —le preguntó el rey.

—No veo bien a Alfonsito y ahora otro nuevo embarazo. Estoy muy preocupada, no por mí sino por el bebé.

—Alfonsito está bien. Igual que yo, estará enfermo hasta los tres años. ¡Es un calco mío! Y este nuevo embarazo es una bendición para la monarquía. Para nosotros es importante asegurarnos la continuidad de nuestra familia. ¡Todo va a salir bien! ¡Es una gran noticia! ¡Vamos a comunicársela a mi madre! Se pondrá muy contenta...

Esas navidades se celebraron en el Palacio Real con un número más reducido de personas que el año anterior y se cancelaron los actos sociales a los que debía acudir. El objetivo era que disfrutara de un descanso que no tuvo en su anterior embarazo. Pero la calma se esfumó de golpe en febrero de ese año. La noticia inquietante se la dio Antonio Maura al rey, el 1 de febrero de 1908 por la tarde.

—Majestad, acaban de asesinar al rey de Portugal y a su primogénito.

—¿Han matado a Carlos y al príncipe heredero? —Un frío paralizante recorrió todo su cuerpo. Se quedó sin palabras.

—Señor, comprendo la impresión que le ha causado la noticia. Se lo digo con toda frialdad para que tomemos más precauciones cuando Su Majestad y su familia salgan a la calle. Los regicidas han actuado a plena luz del día y en mitad de la calle. La familia real iba en un landó descubierto.

—Como vamos nosotros tantas veces...

—A eso me refiero, majestad. Acababan de desembarcar del vapor, después de unos días de descanso en Villaviciosa. Atravesaron la capital en el coche descubierto. El rey Carlos iba sentado junto al príncipe heredero, y enfrente estaban la reina Amelia y el infante don Manuel. Cuando ya abandonaban la plaza del Comercio para entrar en la calle del Arsenal...

—Conozco perfectamente ese recorrido...

—Pues ahí, varios hombres armados con carabinas irrumpieron en la escena y dispararon contra el rey y su heredero. Ambos cayeron mortalmente heridos y, aunque fueron trasladados rápidamente a un lugar seguro y atendidos por los médicos, no se pudo hacer nada para salvar sus vidas.

—¡Qué desgracia! Mi madre y Ena lo van a encajar muy mal. ¿Cómo están el infante y su madre?

—La reina bien y aunque el infante también ha resultado herido, no reviste gravedad. Una herida de bala en un brazo. La buena noticia es que los regicidas fueron abatidos allí mismo.

—El infante que fue educado en Humanidades y carente de educación política ahora será el nuevo rey. Por eso yo soy partidario de que todos los hijos de reyes obtengan una educación similar, sobre todo, militar. Le concederé al infante la Insigne Orden del Toisón de Oro. Será mi reconocimiento ante un suceso de esta magnitud.

Victoria Eugenia y la reina madre, María Cristina, se quedaron muy impactadas con la noticia del regicidio ocurrido en Portugal. La reina volvió a tener pesadillas esos días, recordando el atentado que sufrieron de recién casados, máxime cuando se volvía a hablar en Madrid de los que se consideraban los autores intelectuales de su atentado... El periodista, escritor y activista republicano José Nakens estaba acusado de encubrir al anarquista que tiró la bomba contra los reyes, Mateo Morral. Le condenaron a cumplir nueve años de cárcel en la Modelo de Madrid. Y no dejaba de hablarse en la prensa del anarquista y pedagogo Francisco Ferrer, que finalmente fue absuelto... La única consecuencia que sufrió fue el cierre de la Escuela Moderna, que había inaugurado en Barcelona y que había escolarizado a un centenar de niños de ambos sexos en ideas liberales. Esa escuela laica tenía muchos detractores, incluida la Iglesia católica. Después de varios cierres y aperturas, finalmente fue clausurada. Durante el juicio, se supo que el anarquista Mateo Morral se encargaba de la biblioteca de esta escuela, después de haber trabado amistad con Ferrer.

Fue tanta la presión para que se le concediera un indulto a Nakens, que el fiscal, que se había opuesto, empezó a informar favorablemente. Finalmente, el 8 de mayo de 1908, a petición de Maura, el rey firmaba el Real Decreto que le indultaba. Los partidos conservadores y monárquicos pusieron el grito en el cielo.

Después de haber leído la noticia en el periódico, el joyero José María García Moris hablaba indignado con su hijo en esa mañana de nubarrones sobre Madrid.

—No me extraña que la gente se pregunte quién manda en España. Después de quedar probada su relación con el anarquista Mateo Morral, están en la calle. Murieron veinticinco personas, ciento siete personas resultaron heridas, la mayoría graves y aquí da igual. Varios meses de prisión en celdas distinguidas para Nakens y sus amigos y ahora, a la calle. ¿Entiendes algo, hijo?

—La verdad es que no. La reina tiene que estar muy triste. Imagino que el rey se ha visto obligado a firmar ese Real Decreto, pero que estén en libertad los amigos de Mateo Morral debe de ser muy duro para quien ha visto la muerte tan de cerca. Hasta Maura ha fallado con todo esto.

Estaban enzarzados padre e hijo con la noticia, cuando apareció en el taller el padre de Lucio. El hombre llamó a la puerta que era la mitad de madera y la otra mitad superior de cristal. García Moris, con un gesto, le invitó a que pasara.

—Don José María, don Ramiro... perdonen que me presente así. No sé cómo pedirles disculpas por el comportamiento de mi hijo. Un vecino es el que le ha metido esas ideas anarquistas y revolucionarias. Creo que se ha dado cuenta estos días de que sus ideas no han servido para dar de comer a sus hermanos. Por eso, le solicito su perdón para que vuelva al taller. Es muy crío y se está formando. Al lado de ustedes tenía un futuro. En casa, solo puede tener malos pensamientos y un futuro muy negro.

—Tiene usted que comprender que no podemos readmitirle. No sería buen ejemplo para el resto del personal —comentó Ramiro.

—No, será todo lo contrario. Verán todos que conceden a mi hijo una segunda oportunidad. No es mal chico. No es un ladrón, no es mala persona. Solo tiene esas ideas con las que le han lavado el cerebro. Les aseguro que no le volverán a ver con pasquines. Necesitamos su sueldo para comer, don José María. Por favor...

—No sé qué decirle —comentaba dudoso el mayor de los Ansorena.

—Pero padre... —no pudo decir nada más. Estaba claro que su padre ya había tomado una decisión.

—Está bien —alzó la voz don José María—, pero le aseguro que no habrá otra oportunidad. Una más y punto.

—Así será, don José María —cogió su mano y comenzó a besarla—. Es usted una gran persona... La mejor persona que he conocido en mi vida. Mi familia le estará agradecida de por vida. Siempre estaremos para servirle a Dios y a usted. —No cesaba de inclinar todo su cuerpo hacia delante.

—Está bien, mañana a las nueve en punto aquí. —Fue la última palabra de García-Ansorena.

—Aquí estará como un reloj. Mi familia se lo agradecerá. Pasamos por demasiadas estrecheces. Dios se lo pague...

Se fue andando hacia atrás y doblando la columna en actitud servil. Al traspasar la puerta, se puso la gorra y se fue corriendo de allí, no fuera don José María a arrepentirse de la decisión.

Ramiro no quiso decirle nada a su padre, pero no entendía

que le readmitiera. Optó por quedarse callado. A veces, sus silencios eran más elocuentes que sus palabras.

No habían pasado ni quince minutos cuando apareció Ramona Hurtado de Mendoza, la marquesa viuda de Aguilafuente, por allí. Venía a encargar unos pendientes de oro y brillantes, pero también traía información de primera mano: ya era conocida en sociedad la intención de Alfonso Sanz Martínez de Arizala de llevar ante el Tribunal Supremo su caso. Exigía ser reconocido públicamente como hijo del rey Alfonso XII.

—No se habla de otra cosa en nuestros círculos. Tiene que estar la reina María Cristina con un disgusto increíble y ya no digamos el rey. Ahora sale este hijo de la cantante Elena Sanz que, de reconocerle sus derechos, es mayor que el propio rey. Estamos hablando de algo que puede traer cola.

Tanto José María como Ramiro no le dijeron nada de que el supuesto hijo de Alfonso XII había hecho acto de presencia en el taller e incluso había realizado un encargo.

—Si le parece, marquesa, vamos a elegir las piedras preciosas de sus futuros pendientes. Le vamos a enseñar varias piezas.

Apareció por el despacho Rosario Calleja, que se había incorporado al taller gracias a una carta de recomendación de la propia marquesa, sujetando una bandeja forrada en terciopelo negro con brillantes de diferentes tamaños.

—¡Hombre, Rosario! Te veo más rolliza y eso es buena señal. ¿Qué tal están tus padres?

—Muy bien, señora marquesa. En Zarauz la vida es muy distinta a la de Madrid.

—Desde que murió mi marido, voy poco por allí. Sus últimos días los pasó en su amada comarca de Urola Costa. ¡Qué recuerdos! Allí se vive estupendamente. A quince kilómetros de San Sebastián, el mar y su playa, la más extensa y una de las más largas del Cantábrico... Mis hijos sí que van por allí. Tenemos una casa preciosa cerca del paseo marítimo —le dijo a José María García Moris—. ¡Cuántos recuerdos! Bueno, te veo muy guapa. ¿Ya te has echado novio?

—Sí, señora.

—¿Quién es? ¿Le conozco?

—No creo, señora. Es de aquí, de Madrid.

—¿Cuál es su oficio?

—Ahora no tiene trabajo...

Rosario se había puesto colorada como un tomate y tragaba saliva sin parar de lo nerviosa que estaba. Salió Ramiro a su rescate.

—Señora marquesa, si no le importa, vamos a pedirle a Rosario que nos deje a solas para elegir las piezas. Rosario, coloque la bandeja sobre la mesa, por favor.

La joven dejó la bandeja y salió de allí como alma que lleva el diablo. Sobre el terciopelo destacaban las diferentes piezas que ya tenían seleccionadas como «diamantes especiales».

—Mi hijo le enseña las gemas que solo unos privilegiados como usted se pueden permitir llevar —comentó García Moris.

La marquesa se quedó fascinada al ver aquellos diamantes de diferentes tamaños.

—Marquesa, tiene ante sí las mejores piezas de nuestro taller. Lo importante es el color, la pureza, la talla y la calidad de esa talla; así como su peso en quilates. Hay que encontrar la pieza que tenga la combinación perfecta.

—Me fascinan, me pasa como a la reina. Ya veo que el rey le regala diamantes con cualquier excusa... Son maravillosos. Nunca he entendido bien lo de los quilates.

Comenzó a tocarlos con extremo cuidado, como si se fueran a romper. Los miraba de cerca uno a uno, como intentando adivinar el corazón de cada uno de ellos.

—El quilate es una unidad de peso, no de tamaño. Ya nos gustaría a los joyeros que en todas partes se midiera igual el quilate, pero, tristemente, un quilate de la India no es igual que un quilate de Inglaterra. Y le puedo asegurar que un quilate francés tampoco pesa lo mismo que un quilate inglés o un quilate de la India... Nosotros valoramos el quilate aproximadamente en 200 miligramos. Estamos en 1908... Esperemos que estas incongruencias acaben pronto. Pero el precio no lo marca solo el quilate sino la calidad de la piedra en sí... El diamante de gran calidad y mayor rareza será siempre más caro que el diamante de peor calidad y menos escaso. No sé si me explico.

—Yo me pongo en sus manos para que me elijan dos piezas de calidad. Lo que sí les pido es que me hagan un precio especial.

—A nuestros clientes siempre les hacemos un buen precio, doña Ramona —salió al paso García Moris.

—De todas formas —añadió Ramiro—, usted nunca se fíe de las gangas. Los diamantes de verdad se pagan. Ningún joyero como Dios manda le va a dar un diamante de calidad a cualquier precio. Le aseguro que los diamantes buenos tienen un coste. Hay mucho desalmado en este negocio. Pero para eso estamos nosotros. Le aseguro que los que se lleve de nuestro taller, serán de calidad garantizada. Además, le daremos por escrito un certificado con la descripción del diamante. Le aseguro que eso nos compromete a que usted se lleve lo que ha comprado y no otra cosa. Si en cualquier viaje se ve tentada de comprar una pieza, exija esa descripción por escrito. Verá como muchos de los que anuncian gangas se niegan a darle por escrito ese papel. Ahí sabrá usted cuándo se trata de un fraude.

—Cuánto se aprende viniendo al taller. ¡Menuda lección de joyería!

—Mi hijo siempre está estudiando la ciencia de las gemas. Debería estudiar más su carrera de Derecho, pero para mí es de gran ayuda aquí.

Estuvieron observando con sumo cuidado los diamantes, ayudados de una lupa y, finalmente, eligieron dos que a la marquesa también le gustaron mucho.

—El oro le pido que lo cuide también —comentó la marquesa.

—El oro nos llega de diferentes yacimientos. Unos proceden de la mina recientemente descubierta en Canadá, en torno a los ríos Klondike y Yukón. Allí se ha desencadenado una auténtica fiebre del oro y acuden al lugar personas de todas partes del mundo. También los recibimos de Australia, Estados Unidos, México, Venezuela...

—¿Y de Europa?

—También, e incluso de España. Precisamente en Asturias hay cientos de yacimientos de oro. Esta información ya la tenían los romanos. En Tapia de Casariego, bajo la apariencia de un idílico pueblo, se esconde la que posiblemente sea la mina de oro más grande de Europa. Los romanos extrajeron toneladas del preciado mineral de las minas del noroeste peninsular. Las Médulas en León eran otro enclave codiciado por los romanos. Removieron tantos metros cúbicos de tierra que cambiaron la orografía de la zona.

—Lo dicho, da gusto escucharle.

—Bueno, de hecho, la reina le llama para que le hable de joyas. Es un auténtico experto —comentó su padre.

—Pues sabrá usted que dará a luz en el mes de junio...

Ramiro se quedó callado porque no sabía nada sobre el nuevo embarazo de la reina. No había vuelto a verla desde aquel día que tuvo el mareo, hacía ya varios meses. Comprendió que la nueva circunstancia la debía de tener muy ocupada. Pensó que el nacimiento de su segundo hijo haría más difícil sus encuentros en palacio.

30

Secretos que salen a la luz

Fueron Sarah y Hazel quienes hablaron a la reina de Alfonso Sanz, el hijo natural de Alfonso XII. Ni el rey, ni su suegra le habían mencionado nada al respecto. Ena se quedó sin habla. ¿Por qué ocultárselo a ella cuando lo sabía hasta el servicio? Para resolver estas y otras preguntas decidió hablar con su marido durante el té de las cinco.

—*My darling*, no me gusta enterarme por otras personas de que alguien ha presentado un pleito reclamando el apellido Borbón. Máxime cuando esa persona va a litigar para ser reconocido como hijo de Alfonso XII, tu padre. Estoy disgustada. Siendo tu mujer, el hecho de no decirme nada significa que no confías en mí lo suficiente.

—Querida... no sé cómo te has enterado, pero mi madre prefería que te mantuviéramos al margen. Es algo muy feo que ensucia la imagen de mi padre. Yo no tenía ni idea. En cuanto se ha destapado este asunto mi madre me lo ha explicado con todo lujo de detalles. Ella sí sabía de la existencia de esa «señora». Esa circunstancia, al parecer, siempre fue un tema muy delicado para ella. Por eso no me contó nada hasta ahora. El tal Alfonso fue concebido cuando mi padre era viudo, pero su hermano Fernando nació cuando mi madre ya se había casado con él. La existencia de esos niños la ha torturado durante todos estos años. Que ahora haya salido a la luz la verdad ha sido un nuevo golpe para ella.

—Pero ¿tu padre no le había dicho nada a ella?

—Absolutamente nada, pero ella sabía de la existencia de estos hijos bastardos. Al final, en palacio, uno se entera de todo. Al morir, supo que el rey pasaba una pensión mensual a su amante, que había sacado de París para que viniera a vivir a Madrid. Pero mi madre, al morir mi padre, suspendió ese compromiso y canceló la ayuda. Estaba muy dolida entonces y ahora, más todavía. Jamás se lo perdonó, aunque ese extremo no te lo va a reconocer jamás, pero te lo digo yo. No es un tema del que la oirás hablar en palacio.

—Tienes razón... Lo entiendo. No volveré a hablarte del tema. Para ti tampoco tiene que ser plato de buen gusto.

—Estoy muy disgustado. Ahora está todo en manos de la justicia. Pero este es un problema que se puede convertir en algo más serio si el Supremo le da la razón.

—No tiene por qué...

—Piensa en los muchos enemigos que tenemos. Este Sanz nació cuatro meses después de que mi padre se casara con mi madre. Tiene seis años más que yo. Mi padre les puso un piso en pleno centro de Madrid y se ocupó de la manutención de los niños de esa cantante. El tal Alfonso Sanz se siente legitimado para presentar la demanda contra mi madre, contra mí y contra toda la familia real ante la sala de lo Civil del Supremo.

—Pero ¿sus reclamaciones van más allá del apellido?

—Dice que solo quiere el derecho a usar los apellidos paternos y reclama, si le dieran la razón, la parte legítima de la herencia de mi padre. Quiere dinero, pero temo que detrás de todo esto venga una reclamación para poner en tela de juicio mi legitimidad como rey, ¿comprendes? Algo que, sin duda, aprovecharían mis detractores.

—Comprendo. Me parece terrible y poco oportuno.

—Nunca es buen momento para algo así.

—Necesitarán pruebas... y ya no vive tu padre.

—Al parecer hay cartas de mi padre, e incluso una de mi abuela Isabel II dirigida a esa señora, diciendo que la consideraba su nuera ante Dios.

—¡Qué barbaridad! ¡Podría ser un documento falso!

—Unos peritos calígrafos van a analizar la letra de mi abuela, comparándola con otros escritos. No sé, se trata de algo muy turbio.

El rey se quedó muy serio, sin probar ni una sola gota del té que ella le había servido.

—Siento de corazón todo lo que os está pasando.

—Lo sé... y te doy las gracias.

No volvieron a hablar del tema y, menos aún, en presencia de la reina madre. Sin embargo, Victoria Eugenia sentía mucha curiosidad por esta nefasta circunstancia que rodeaba la vida de su suegra y de su marido. Pensó entonces en que el matrimonio de María Cristina con el padre de Alfonso había sido de conveniencia, incluso, un asunto de Estado. Sintió pena por ella. Durante los días posteriores supo que habían llamado a juicio a tres peritos calígrafos. Dos negaron que fuera la letra de Isabel II, mientras que el tercero aseguró que se trataba de una carta de su puño y letra. El juicio público salió reflejado en la prensa, ya que había sido llamada a declarar la tía Isabel, que fue interrogada por el presidente de la Sala Primera, que se desplazó hasta el palacio de la calle Quintana. Fueron momentos de mucha tensión en la familia. Aunque intentaban no hablar de ello, se palpaba en el ambiente. También tomaron declaración al presidente Antonio Maura y a personalidades tan relevantes como Eugenio Montero Ríos, el duque de Borja, el marqués de Altavilla, el duque de Sexto, Segismundo Moret y Melquíades Álvarez. Al final, no se hablaba de otra cosa en las altas esferas de la sociedad.

Días después de ser declarado el juicio visto para sentencia, el presidente Maura le filtró al rey el posible fallo del tribunal.

—Señor, sé de muy buena tinta que la mayoría de los magistrados asegura que no tiene visos de salir adelante la pretensión del señor Sanz. La legislación hace imposible que se reconozca la reclamación de un hijo natural. Cuando menos si se trata del de un rey. El Código Civil vigente solo contempla un posible escenario: que el padre le hubiera reconocido expresamente. Y Alfonso XII no lo hizo.

El rey al oírlo cerró los puños y esbozó algo parecido a una sonrisa. Maura continuó...

—Entre los documentos que presentó Sanz, ninguno manifestaba explícitamente la intención del monarca de reconocerlo públicamente como hijo. Por lo tanto, su reclamación carece de sentido. Se basa solo en suposiciones. En definitiva, si no lo reconoció es porque no lo quiso hacer. De modo que seguirá siendo hijo natural sin derecho a nada.

—Son buenas noticias, pero esperemos a que salga la sentencia.

—No creo que tarde mucho, pero así lo haremos.

Como en el parto anterior, los días previos al alumbramiento de su nuevo vástago la reina entró en una actividad frenética. Su dama, lady William Cecil, viajó a España desde Inglaterra para acompañarla. Días atrás había regresado de Egipto, pero después de estar un par de días con su familia, decidió ir junto a la reina para acompañarla en el parto.

—May, no sabes la alegría que me has dado —comentó Ena eufórica al verla—. Me siento mucho más segura contigo a mi lado.

—Todo va a salir bien. Debes estar tranquila y relajada.

—No puedo...

—¿Por qué no llamamos a tu joyero para que te cuente historias de las reinas y de sus joyas? Eso te hará olvidarte por un rato del trance que vas a pasar.

—Tienes razón. Hace tiempo que no lo veo. ¡Me parece una gran idea!

Ese mismo día, llegó un telegrama al taller de los Ansorena para que don Ramiro se presentara a la mañana siguiente en palacio. El joven joyero lo anotó en su agenda, pero no lo celebró como otras veces. El motivo no era otro que la enorme decepción que sentía al tener la certeza de quién se estaba llevando el polvo de oro. Su hermana Carmen le puso tras la pista. Cuando a Rosario la venía a buscar su novio, tardaba más de la cuenta en salir del baño. Además, el día que quedaba con él se comportaba de forma extraña, nerviosa... Era ella. No tenía dudas, pero a la vez se resistía a contárselo a su padre, consciente de las consecuencias que eso iba a tener para el futuro de la joven. Además, el cabeza de familia, durante esos días, andaba más pendiente de Lucio que de nadie.

—El joven se ha integrado con los operarios y se le ve con más ganas. Te diría que incluso un poco más risueño. Creo que valora que le hayamos dado esta segunda oportunidad. Me alegro de haberlo hecho.

—Padre, he de reconocer que tiene razón. Yo me oponía a su vuelta, pero me equivoqué. Es cierto que las personas merecen segundas oportunidades.

—Por cierto, seguimos sin saber quién se lleva nuestro sobrante de oro. Eso me tortura, Ramiro.

—Lo sabremos pronto. Descuide...

Al día siguiente, Ramiro acudió puntual a su cita en palacio. Sin embargo, no sabía cómo contarle a Victoria Eugenia sus últimas pesquisas, ya que después de haber estudiado a sus antepasados tenía muchas dudas sobre la autenticidad de la Peregrina. Prefirió ser cauto y no decepcionar a la reina que, además, estaba embarazada. En cuanto accedió a la antecámara, apareció Victoria Eugenia acompañada de su dama inglesa. Le enterneció la imagen de la reina en tan avanzado estado de gestación.

—Señora, le doy mi más sincera enhorabuena. ¿Para cuándo se espera el feliz acontecimiento?

—Muchas gracias, don Ramiro. Pues a partir del día 20 de junio, en cualquier momento. Ya que no queda mucho tiempo. Estoy muy expectante ante el nuevo episodio de la historia de España que nos tiene que narrar.

—El caso es que no sé si lo que les voy a contar les va a gustar o les va a llenar de inquietud.

—Por favor, no juzgue nuestra reacción, simplemente hágalo. ¡Cíñase a los hechos!

Ramiro se quedó pensativo unos segundos y comenzó su relato.

—Señora, ¿recuerda que nos quedamos en Fernando VII?

La reina asintió y le pidió que continuara con el relato. El joyero puso en antecedentes a lady William Cecil.

—El rey inició una tenaz búsqueda de las alhajas de su madre, sospechando que se hubiera llevado de España no solo sus joyas sino otras vinculadas a la Corona por valor de 300 millones de reales. Pero como le recordó su padre, Carlos IV, «los hijos no pueden ejercer ningún derecho sobre los bienes de los padres». Aunque de todos era sabido que su madre atesoraba collares, pendientes, sortijas, piedras preciosas sin engastar, cruces...

—Pero Fernando VII fue obligado a abdicar, ¿no?

—Exacto, tras las abdicaciones de Bayona en mayo de 1808, los derechos de la Corona española recayeron en el emperador Bonaparte, quien nombró a su hermano mayor, José, rey de España.

Lady William Cecil, a pesar de ser inglesa, sabía perfectamente que los españoles se sublevaron contra las tropas napoleónicas en Madrid, que fueron seguidas de revueltas en el resto de España.

—No aceptaron la imposición de Francia...

—Mi querida May, si el pueblo español no te acepta, no tienes nada que hacer.

—Pues está claro que la clave está en ganarse al pueblo.

—En esta situación tan convulsa; Pepe Botella, que así le llamaban, fue proclamado rey el 25 de julio en Madrid. Pero la situación era insostenible —se esmeraba Ramiro en contarles la historia—. Como el pueblo español no le aceptaba, huyó de Madrid a Burgos. Y de ahí, a Miranda de Ebro y por último a Vitoria, donde fijó su cuartel general.

—¿Se llevó las joyas? —preguntó May.

—Con él viajaron todas las joyas españolas que encontró en las habitaciones reales. Expolió todo el tesoro de la Corona, llevándose piezas valiosísimas de oro, cuadros, piedras preciosas...

—¿Y la perla Peregrina también? —preguntó la reina.

—José Bonaparte no quiso dejar nada atrás, piense que tenía todo inventariado por Juan Fulgencio por órdenes de Carlos IV, el padre de Fernando VII. Por lo tanto, pidió ver esa perla, detallada con su peso y su brillo, en el libro de las pertenencias reales. Cuando se la presentaron se quedó sin habla. Sintió una atracción por ella difícil de explicar. También le presentaron el diamante Estanque. Fueron las dos únicas piezas de las que no quiso desprenderse y no devolvió al cofre real.

—¿Mi perla en manos francesas?

—Pues sí, señora. Los reyes españoles en el exilio y José Bonaparte apropiándose de la suntuosidad de una corte que no le pertenecía. Tuvo que intervenir el propio emperador Bonaparte, junto con su ejército, para que su hermano lograra entrar de nuevo en Madrid y estableciera su efímero Gobierno en la capital.

—El pueblo español dijo que no y ni las tropas francesas de Napoleón pudieron hacer nada —sentenció lady William Cecil.

—Las imposiciones en España no gustan. Además, el pueblo español era consciente de que los franceses estaban expoliando todo aquello que tenía valor. De hecho, le pidió a su ayuda de Cámara, Cristóbal Chimbelli, que se llevara todas las joyas y se las entregara a su mujer, Julia Clary, que quiso ejercer de reina consorte de España, sin pisar nuestro país.

—¿Chinvelli se llevó la Peregrina y el Estanque? —ahora preguntaba la reina.

—No, José Bonaparte se llevó consigo estas dos joyas. No quiso desprenderse de ellas, e hizo bien porque los húsares británicos avistaron la columna de José Bonaparte y fueron a por ellos. Chimbelli se vio obligado a abandonarlo todo a cambio de salvar la vida. El general en jefe de los aliados, Wellington, se hizo con las joyas. Incluso tuvo que fusilar a más de uno de sus soldados por saquear el tesoro y no perseguir a las divisiones napoleónicas en retirada.

—¿La Peregrina de España salió del país con Bonaparte? *Oh, my God!*

—Sí, y gracias a la venta del diamante Estanque, cuando José Bonaparte se fue a Estados Unidos con una de sus amantes, pudo establecerse en una mansión impresionante en Filadelfia y vivir estupendamente junto con la venta de alguna otra joya española.

—¿La Peregrina?

—No, majestad. Esa no quiso venderla bajo ningún concepto. Fue la única que conservó siempre, hasta su muerte. De hecho, cuando obtuvo permiso para regresar a Europa, no fue a Francia sino a Florencia, donde residió antes de morir. Nunca se separó de su perla, aunque sí prescindió de su familia y hasta de su amante. Solo se mantuvo fiel a la Peregrina, que dejó en herencia a su sobrino, Luis Napoleón Bonaparte.

—¿Ahí se pierde su rastro?

—No, majestad, siguió de mano en mano por Europa.

—No puedo más... ¡Pensar que mi perla ha sufrido tantos avatares, guerras, expolios, incendios...!

—Creo que todo ese peregrinaje hace más grande aún tu joya —habló May, después de escuchar toda la conversación.

—Don Ramiro, ¿necesita mi perla algún cuidado especial?

—Solo sacarla de vez en cuando. Si la perla está siempre encerrada, malo. Debe estar al aire, como usted hace. Nada de echarle perfumes y, cuando usted quiera, me la llevo y la limpio bien. Debe estar en un joyero aparte del resto. Las perlas solo deben ser tocadas con paños suaves y guardarse en un lugar donde no haya una gran sequedad ni una humedad extrema. Tienen que ser hidratadas periódicamente. Para ello no hay más que sumergirlas en un recipiente con sal y dejarlas media hora. Al sacarlas se envuelven durante otra media hora en una bolsa de seda. El brillo regresará inmediatamente. Pero si usted prefiere yo puedo encargarme.

—Sí, mucho mejor...

—Para que no salga de palacio, vengo con algunos enseres y aprovecho para limpiar el resto de las joyas.

—Se lo agradezco mucho.

—No hay problema.

—Don Ramiro, perdónenos, pero tenemos una comida familiar. Le agradezco mucho su tiempo tan valioso.

—Para mí es un honor venir cuando usted desee.

La reina le dio su mano y Ramiro se la acercó a su boca. Igual hizo con su dama, lady William Cecil. Al salir de palacio, como siempre le gustaba hacer, se fue caminando hacia el taller. Pensaba en la belleza que encerraba su mundo. Lo más preciado de la naturaleza pasaba por sus manos: diamantes, zafiros, rubíes... Podría estar horas observándolos sin más. Sin embargo, se esmeraba con la talla en resaltar la grandeza de cada pieza e intentaba que el resultado final fuera más que un adorno. Pensaba que la joya hacía bella a quien no lo era y realzaba su hermosura a quien Dios le había dado el don. Nada tan sublime como aquello, tan perfecto. Su contemplación y su tacto le hacían sentir algo parecido a la felicidad. Bueno, una cosa sí se acercaba a lo que consideraba tan único como las gemas, la mirada transparente de la reina... Tenían sus ojos el mismo efecto en él que la contemplación de las esmeraldas o las aguamarinas en su mano... Se consideraba un afortunado ante tanta belleza pasando por delante de sus ojos.

Pocos días después de que la reina se trasladara hasta el Palacio de La Granja, dio a luz a otro varón. El alumbramiento tuvo lugar a la una y cuarto de la madrugada del 23 de junio. Una hora después, el rey procedió a presentarlo a las autoridades allí reunidas. El doctor Gutiérrez estuvo asistido por una enfermera británica. Así llegó al mundo Jaime Leopoldo Alejandro Isabel Enrique Alberto Alfonso Víctor Acacio Pedro Pablo y María. Su nombre dio mucho que hablar. La versión oficial aseguraba que la elección respondía a la coincidencia del nacimiento con la celebración del centenario del rey Jaime. La realidad, sin embargo, obedecía a la intención del Gobierno de agradar a Cataluña. Los liberales, en cambio, recibieron muy mal esta noticia porque coincidía con el nombre del hijo del pretendiente don Carlos.

Una vez que se redactó el acta del nacimiento del nuevo infante, uno de los muchos periodistas que estaban cubriendo la noticia, el cordobés Francisco Barber, pidió un gesto de clemencia con un condenado a muerte que iba a ser ejecutado en Córdoba. Finalmente, Alfonso XIII le concedió el indulto.

31

Algo se rompió entre los dos

El infante Jaime tenía el mismo pelo y tez blanca que Alfonsito. Dormía más horas que su hermano cuando nació y parecía también que lloraba menos que él. Los médicos dijeron que tenía que ganar peso, le notaban una debilidad cuya causa no lograban detectar. El parto fue bueno y Victoria Eugenia se recuperó antes que del primero. Ella lo atribuyó a los cuidados de su dama, lady William Cecil, que no se apartó de su lado salvo para dormir.

—¿Ves? Ya casi estás recuperada. Hay que aprender a apartar los malos pensamientos.

—El caso es que el niño parece débil... —comentó la reina preocupada.

—¡Chisss! Esas cosas no hay que verbalizarlas. Deja que actúe la Providencia. No te amargues con malos pensamientos. Deberías abrazarlos más a los dos, digan lo que digan tu marido, tu suegra, tu madre, médicos y asesores. Estamos criando hijos sin los abrazos de sus madres...

—Dicen que así se hacen más duros y fuertes... Los niños muy besados y consentidos son más débiles.

—Querida Ena, permíteme que tenga mis dudas. El hecho de que nuestras madres no nos hayan besado y abrazado lo que hubiéramos querido, no nos ha hecho más fuertes. Creo que carecemos de algo que no ocurre en las clases menos pudientes. Pregúntale a Hazel o a Sarah, verás como se han criado junto al calor de sus madres.

—Has regresado distinta de este viaje a Egipto. Te cuestionas hasta nuestra educación.

—Es posible, pienso que ha sido demasiado rígida. Mira, Howard Carter después de hallar hace unos años una tumba abandonada en los sótanos del museo de El Cairo, ha descubierto finalmente que se trata de una mujer: la reina-faraón Hatshepsut. La mujer que más tiempo estuvo en el trono de las Dos Tierras. ¿Sabes qué significa su nombre? «La primera de las nobles damas» o «la principal dama de la nobleza». Se sabía fuerte y en presencia del inexperto Tutmosis III, se autoproclamó también faraón. Así llegó a ser la tercera reina-faraón conocida en la historia egipcia y la primera que se hizo esculpir como esfinge. Te cuento todo esto porque uno sabe cuándo llega su momento. No podemos vivir siempre con miedo. Hay que dar pasos hacia delante y sacar la cabeza. No más miedos, Ena. Eres la reina y debes asumir la grandeza del rango y el momento que te ha tocado vivir.

—Lo dices de una manera que me dan ganas de que me hagan una pirámide.

Las dos se echaron a reír.

—Una pirámide, no. Pero puede que ya sea hora de que te hagan algún homenaje, alguna pintura para la posteridad... Las reinas deben tener su pintor de cámara.

—Alfonso y yo posamos por separado el verano pasado para Joaquín Sorolla, uno de los pintores más reconocidos. Pero el resultado no ha gustado en Buckingham. En el lienzo, como único adorno aparezco con una mantilla. En su boceto, el pintor me puso con mantilla blanca, pero le pedí que me la pusiera en negro, pero ni por esas ha gustado a mi madre y a mi tío. Para su primera exposición en Londres sé que está haciéndome otro cuadro. Y creo que me ha puesto con manto de armiño y con mi querida perla Peregrina. Espero que esta vez le parezca bien a mi familia.

—¿Lo has visto ya?

—Todavía no. Estoy deseando hacerlo. De todas formas, a

Alfonso le pareció bien el primero. Según él, la mantilla me da un aire muy español.

—Tu familia quiere un retrato en el que tengas un halo más de reina.

—Ya sabes que mi familia quiere otra imagen de mí para la posteridad.

Alfonso irrumpió en la estancia y May detuvo la conversación. El rey parecía serio y eso que traía buenas noticias.

—Ena, ¿te gustaría tener un palacio en el norte de España y poder decorarlo a tu manera? Nos quieren agasajar en Santander construyendo uno en la isla de la Magdalena. El paraje es maravilloso. Quieren incentivar los veraneos de la nobleza con nuestra presencia.

—Esa es una gran noticia, no entiendo por qué pareces abatido.

—Los problemas crecen por todas partes... Volviendo al tema del palacio... está en un entorno que se parece a los paisajes de Escocia que tanto te gustaban cuando eras pequeña.

—Me encantará, seguro. Así dividiremos nuestros veranos. Alfonso, ¿te encuentras bien?

El rey no contestó. En realidad, estaba alicaído desde que nació su segundo hijo con tan poca fuerza y con aspecto enfermizo. No se encontraba de buen humor, saltaba a la vista. No alcanzaba a entender por qué razón ninguno de sus dos hijos gozaba de buena salud. Prefería no tocar ese asunto con Ena y decidió comentarle su conversación con el rey de Portugal.

—Por cierto, nos ha felicitado Manuel. Y yo, a su vez, le he felicitado por el mal resultado de los republicanos en las elecciones. Le he dicho que hay que evitar a toda costa una república portuguesa, porque ayudaría de manera activa a los republicanos en España. Igualmente, le he recomendado que cuide el apoyo que le proporciona el Ejército. Eso para mí es esencial, ya lo sabes. De todas formas, hasta que no le conozcan todos los portugueses, no se los meterá en el bolsillo. Desgraciadamente, en nuestros reinos no se reina por la tradición sino por la simpatía y por los actos personales de los soberanos.

—Eso lo haces tú como nadie. Viajes y más viajes por toda España. No hay quien no te conozca. Tu imagen es muy popular.

—Gracias, Ena. Por cierto, Maura me ha pedido que regrese a Barcelona en el mes de octubre y lo voy a hacer para apaciguar las aguas siempre turbulentas de Cataluña. No sirvió de mucho que estuviera en marzo con el pretexto de saludar a la Escuadra austríaca.

—¿No fue suficiente que detonaran dos bombas mientras estabas allí? ¿Tienes que volver?

—Así es... Bueno, ¡os dejo! Tengo mucho trabajo. Por cierto, ¿ves bien al pequeño Jaime?

—Ohhh, sí... Creo que, hasta que sean mayores, nuestros hijos van a parecer enfermos.

—Ya... ¡No vengo a comer! Nos vemos por la noche. —No la besó ni tampoco la miró a los ojos.

May notó que algo no iba bien entre ellos. Encontró a Alfonso sin su alegría habitual, sin sus gestos de cariño hacia Ena. Parecía decepcionado tras la llegada de su segundo hijo al mundo.

—Querida, debes hacer algo cuanto antes —comentó en voz baja—. Sabiendo que le gusta tanto el mar, lo más sensato es que os vayáis cerca de la playa. El cambio de aires les sentará bien a los niños y a vosotros también. No le había oído nunca hablarte así. Me ha sorprendido.

—¿Tú crees? Está rarísimo desde el nacimiento de Jaime.

—Hazme caso y vete cuanto antes al Palacio de Miramar. Os vendrá a todos mucho mejor.

—Puede que tengas razón...

May tuvo que regresar con su familia a Inglaterra y Ena se quedó con dudas y temores que tan solo conocían sus doncellas. Su cuñada María Teresa y la reina María Cristina intentaron tranquilizarla con respecto a la llegada al mundo del nuevo miembro de la familia. La única que sabía que Ena atravesaba un mal momento con Alfonso era su cuñada: «Te lo dije, se cansa de todo», insistía una y otra vez. Según pasaban los días, la preocupación de Victoria Eugenia iba en aumento. A Alfonso apenas se le veía el pelo por La Granja de San Ildefonso.

Su madre, la princesa Beatriz, la invitó a pasar con ella unos días en la isla de Wight, para que se repusiera lo antes posible. Además, sus hermanos estaban deseando conocer al pequeño Borbón. Ena, por un lado, necesitaba ver a su familia y por otro, intentaba una vez más rescatar a su marido del estado depresivo en el que se encontraba. Estaba convencida de que algo no iba bien en la cabeza de Alfonso.

En cuanto pudo, le planteó al rey el viaje a San Sebastián y, de paso, le habló de la necesidad que tenía de ver a su madre. Alfonso le dijo a todo que sí sin mostrar demasiado interés por nada.

Tras conocer que las reclamaciones de Alfonso Sanz habían sido desestimadas por el tribunal, se vivieron varios días de euforia en palacio. El hijo de la cantante Elena Sanz no consiguió el apellido Borbón y, por lo tanto, todos los peligros que rodeaban a esa circunstancia desaparecieron de un plumazo. La reina María Cristina respiró hondo y sintió cierto alivio con la sentencia. Los hijos de la amante del rey no tendrían derecho a nada puesto que Alfonso XII no había dejado esa voluntad por escrito. Los jueces sentenciaron que «si esa hubiera sido su voluntad, lo habría expuesto por escrito». La reina madre, aquel día y los siguientes, exhibió una sonrisa que no se le borró en todo el verano. Diez días después, la familia real se subía al tren que los llevaría hasta San Sebastián. El rey no estaba muy comunicativo. La reina se preocupó seriamente. De repente, recién llegados a Miramar, el rey le anunció que tenía que irse una semana sin darle más explicaciones y se volvió a quedar sola con la familia de Alfonso.

Ena no tenía fuerzas ni para levantarse y eso que ella era muy estricta con el horario. En cuanto supo que su marido estaba en unos concursos deportivos en Santander, comenzó a escribirle como cuando eran novios. Sabía que al rey le encantaban sus cartas. No entendía qué estaba pasando, pero peleó con su mejor arma, la palabra, en cada misiva. «Me fui triste a la cama... ayer te marchaste casi sin despedirte. Llevé a los niños al fotógrafo Resines; Jaime le ponía caras y parecía que "aullaba" al llorar. Hemos estado poco juntos últimamente. *Your loving little wife, Ena*». Firmó y le puso una posdata... «Nuestra despedida fue tan terriblemente apresurada... que no alcancé a verte salir por el jardín. Después alguien me informó de que hacía rato que ya te habías marchado».

Victoria Eugenia sabía que las cartas tenían un profundo efecto en Alfonso y continuó escribiéndole cada día, narrando todo lo que acontecía en Miramar. «*Poor little* Jaime ha pasado muy mala noche... Tengo muchas audiencias».

Al día siguiente, tras recibir una escueta carta del rey en respuesta a la suya, volvió a escribirle: «Jaime está muy pálido, aunque ha dejado de llorar. El que está muy bien y muy divertido es Alfonsito. Mientras estás fuera, dedico gran parte de mi tiempo a los niños y así me parece que alivio tu ausencia».

La reina Victoria Eugenia estaba desesperada. Supo que el rey había logrado grandes éxitos en todos los deportes en los que había participado. Le escribió dándole la enhorabuena y decidió ir más allá y subir el tono de sus misivas: «La última noche tuve mucho frío y la cama parecía terriblemente grande y vacía. Ansiaba tenerte al lado para acunarte y así poderme calentar...».

Alfonso necesitaba tiempo y acordó con el rey de Inglaterra, Eduardo VII, los días que Ena los visitaría. Comentó por carta que ella iría sola en un principio y luego acudiría él, aunque de incógnito. Dicho y hecho. El rey fue a su encuentro para acompañarla hasta Burdeos y volvió a desaparecer...

Ena comprendió que su única arma era seguir en contacto con él a través de sus cartas. Subió incluso el tono de sus confidencias: «No te puedes ni imaginar cómo te echo de menos. Muchos besos de tu mujer que te quiere con toda su alma. Ena».

En el verano de 1908 en el taller de los García-Ansorena no cerraron por vacaciones. Tenían tantos encargos que no pudieron parar ni tan siquiera una semana. Ramiro se quedó al frente del negocio mientras sus padres y hermana Carmen se fueron a San Sebastián. El joven joyero tenía ya la certeza de quién se estaba llevando el sobrante de oro entre la ropa. Estaban todos recogiendo y a punto de concluir la jornada cuando Ramiro pidió a la joven que pasara al despacho.

—Rosario, para mí es muy duro decirle esto. La he estado observando desde hace meses y sé que ha roto el compromiso que adquirió cuando entró a trabajar en este taller.

—Don Ramiro, yo no he roto ningún compromiso. ¿Está descontento con mi trabajo? —Sus ojos claros se le llenaron de lágrimas.

—No, no tiene que ver con el trabajo. Aprende muy rápido. Tiene que ver con el polvo de oro... —Ramiro la miró fijamente a los ojos.

Rosario bajó la mirada y, después de un rato, intentó hablar, aunque la emoción le impedía hacerlo.

—No me lo ponga más difícil, Rosario. Para mí todo esto es muy violento... He comprobado que, cuando viene su novio a buscarla, recogemos menos polvo de oro del suelo. ¿No le parece demasiada coincidencia?

Rosario se echó a llorar de forma desconsolada. Ramiro miró a través de los cristales por si alguien estaba observando la escena. Solo quedaban en el taller los artesanos de más edad, Rafael y Carlos, que eran los últimos en recoger.

El joven sacó su pañuelo del bolsillo y se lo dio a Rosario para que enjugase sus lágrimas.

—Rosario, ha roto nuestra confianza. No desvelaremos el motivo por el que no volverá a trabajar aquí, pero tiene que comprender que este debe ser su último día.

Ramiro tragó saliva. Estaba despidiendo a la única persona del taller que le atraía, pero esa situación no se podía prolongar en el tiempo. Por su parte, Rosario dejó de llorar y, como pudo, le habló.

—¿Me está echando?

—La estoy invitando a que se vaya... No podemos seguir perdiendo tanto oro. Tiene que entenderlo. Eso es un delito y no lo vamos a denunciar.

La joven volvió a echarse a llorar. Ramiro ya no sabía qué decirle. Estaba claro que la estaba haciendo responsable de la desaparición del polvo de oro.

—Si lo sabía ¿cómo es que no me dijo nada antes?

—Le estaba dando una oportunidad. Podía tratarse de algo puntual, pero no ha sido así. No podemos tolerar esta situación. Tampoco yo entiendo cómo creyó que no nos íbamos a dar cuenta.

—Mi novio necesita dinero. Ha estado en la cárcel por pequeños hurtos y me sugirió que recogiera el polvo que se iba quedando en la mesa.

—Alguna perla y alguna piedra también se deslizó entre sus dedos... —Ramiro también había notado que faltaban algunas piezas menores.

Rosario se puso muy colorada y ya no supo qué decir.

—No le revelaremos a la marquesa de Aguilafuente lo que ha ocurrido, pero sí le comentaremos que ha sido usted quien ha querido irse. Le sugiero que regrese al pueblo. Las malas compañías pueden acabar arruinando su vida —zanjó el joyero.

—No sé qué me ha pasado. La necesidad, don Ramiro.

—Rosario, todo menos robar. Si nos hubiera dicho que estaba atravesando un mal momento, la hubiéramos ayudado, pero esto... No prolonguemos más esta situación. Recoja sus cosas. Le ruego que no vuelva por aquí para despedirse. Diremos que se ha puesto enferma su madre. Así no quedará una mancha sobre usted.

—Gracias por no denunciarme... Le deseo a usted y a su padre lo mejor.

Rosario se levantó de la silla y después de quedarse mirando a Ramiro unos segundos, salió de allí a toda velocidad. No se paró a decir adiós a los más veteranos del taller. Simplemente, se fue. Ramiro cayó desfondado sobre su silla. Rosario no solo no había negado los hechos, sino que había utilizado la necesidad que pasaba su novio para justificarse... Al día siguiente, las que más notaron la baja de Rosario fueron Juana María y Lola. Se hizo el silencio durante toda la jornada. Todos la echaban de menos. Ramiro, también.

32

Conversaciones de palacio

En palacio, las aguas no regresaron a su cauce hasta primeros de octubre. El rey, que había estado esquivo y ausente durante el verano, ahora en otoño volvía a hacer acto de presencia, como si no hubiera ocurrido nada. Sin embargo, la reina no había olvidado que, desde el nacimiento de Jaime, parecía cambiado, distinto. Victoria Eugenia no quiso pedirle explicaciones y celebró el regreso de su marido a su habitación. Alfonso tenía una estancia con una cama grande cerca de la que compartía con Ena. Contar con estancias separadas era algo habitual en las Casas Reales.

Alfonso, sin deshacer las maletas de sus viajes a Alemania y Austria, debía regresar a Barcelona, tal y como le había pedido el presidente Antonio Maura. Se le había quedado grabada a fuego una frase que le dijo el embajador británico en su última visita: «Un rey que rehúye el contacto con su pueblo no tardará mucho en perder su trono».

En esta ocasión, le iba a acompañar Victoria Eugenia. El presidente se había esmerado especialmente en la organización del viaje. Incluso había previsto visitas al interior de Cataluña, donde se reuniría con un alto número de personas relevantes. Los catalanes se habían distanciado de la monarquía debido a la Ley de Jurisdicciones, que para ellos mostraba la indiferencia del rey hacia sus aspiraciones. Durante su estancia en Cataluña, Alfonso XIII centraría sus esfuerzos en demostrar todo lo contrario. Aceptó el nombramiento como canónigo honorario de la catedral. También fue investido formalmente como conde de Barcelona... Antes de que concluyera el viaje ya se empezaba a oír por las calles «¡Vivan los reyes!» y «¡Viva la reina guapa!».

Antonio Maura quedó muy satisfecho con el resultado y llegó a decir a la prensa que los reyes alternarían su residencia entre distintas ciudades españolas y, por supuesto, Barcelona se incluiría entre ellas. Tomó esa decisión sin consultar a los reyes. A su regreso a Madrid, en las Cortes, tuvo que hacer frente a duras críticas de liberales y republicanos que le acusaban de haber humillado al rey y a la nación. Algún periódico señalaba que el presidente Maura «había fracasado en su intento de "monarquizar" Cataluña y "catalanizar" a la monarquía».

Nada más llegar a Madrid Alfonso XIII le dio las gracias a Victoria Eugenia por el enorme esfuerzo que había hecho por hacerse entender en castellano y atender muy amablemente a todos los que se le acercaban.

—No se me ocurre ninguna embajadora mejor que tú. Muchas gracias, Ena.

—Es mi obligación, soy tu mujer. No me tienes que dar las gracias.

El rey volvía a estar igual de afectuoso con ella que meses atrás. Ena no alcanzaba a comprender qué le podía haber pasado durante el verano. Alfonso quería hacerle olvidar su comportamiento y le preparó un cumpleaños, el día 24 de ese mes de octubre, por todo lo alto. Hubo cena, baile y absoluta libertad para fumar y beber. Se encargó de que su madre, María Cristina, se retirara pronto a sus aposentos para que no criticara a Ena. Al día siguiente de la celebración no madrugaron.

Parecía que todo volvía a encajar. El rey mostraba tanto interés por ella como de recién casados. Ena pensó que esa actitud fría e indiferente del verano ya pertenecía al pasado. Estuvieron solos sin que nadie los molestara. Se esforzó en hacerle olvidar sus pensamientos más oscuros y, de hecho, Alfonso no pareció acordarse de la débil salud de sus hijos durante un tiempo. Algo que habitualmente le inquietaba.

Los días siguientes mantuvieron una actitud adolescente que hizo pensar al servicio que habían vuelto los buenos tiempos para ambos. María Cristina, la reina madre, se alegró muchísimo porque había llegado a pensar que su hijo ya se había cansado de su mujer. Recordó su matrimonio con Alfonso XII y lo desgraciada que se había sentido cuando este se ausentaba.

No obstante, por palacio, siguieron desfilando toda clase de médicos y hasta curanderos recomendando las cosas más insólitas para que los niños recuperaran la salud. Ena, aunque no alcanzaba a entender lo que les ocurría a sus hijos, intentó retomar sus actos de caridad. En especial, se volcó en sus damas de la Cruz Roja. Igualmente, quiso recuperar sus conversaciones con Ramiro García-Ansorena para que le contara en detalle los aciertos y errores de sus antepasados... Solicitó que citaran al joven joyero al día siguiente en palacio.

En el taller de los Ansorena seguían recibiendo una gran cantidad de encargos. Se notaba la ausencia de Rosario. De hecho, flotaba en el ambiente el rumor de que se había ido por culpa de su novio, pero Ramiro se encargó de atajarlo: «Su madre ha enfermado. No hay otro motivo». Insistía sin dar más detalles.

Cuando llegó al Palacio Real, le condujeron rápidamente hasta la antecámara de la reina. Estaba sentada en un sillón de terciopelo verde con un gran tapiz con escenas campestres a sus espaldas. Se la veía muy sonriente y especialmente bella esa mañana. Ramiro dedujo que debía de estar ansiosa por saber más del «peregrinar» de su perla.

—¡Me alegro de volver a verla, señora! —comentó al tenerla frente a él.

—Muchas gracias, Ramiro. No debemos espaciar tanto estas conversaciones. Nació mi segundo hijo y, entre tanto, hemos pasado un verano lleno de actos sociales. Afortunadamente, ya parece que vuelve todo a la normalidad. Podremos vernos más a menudo.

—Yo siempre me puedo organizar. Estoy a su disposición.

Se llevó la mano de Victoria Eugenia a su boca y la miró fijamente. Ese día, Ramiro parecía que tenía los ojos de un color azul más intenso que nunca. La reina se lo hizo notar.

—Por sus ojos se diría que no es usted español. Se acerca más al color de la gente de mi país.

—Debo tener algún ancestro inglés. No le falta razón. En mi casa me gastan muchas bromas a costa de mis ojos. Soy el único que los tiene claros en la familia.

La reina le hizo un gesto y el joven tomó asiento en aquel sillón donde ya se había sentado otras veces, siempre con la historia de la perla y de las reinas como excusa.

—Nos quedamos en la guerra de la Independencia y en la llegada al trono de José Bonaparte —comentó Ena con una prodigiosa memoria.

—Señora, está claro que para España el nacimiento de la Edad Contemporánea tuvo lugar con la guerra de la Independencia librada contra los franceses de 1808 a 1814. Supuso un antes y un después para la Corona.

—Me contó que José Bonaparte sacó la Peregrina fuera de España. ¿Llegó a lucirla su esposa?

—Lo cierto es que Julia Clary se convirtió en la primera reina sin sangre azul de la historia, después del nombramiento de su marido como rey en Bayona, Francia. Estaba casada por lo civil con José Bonaparte y se lo ocultaron a una sociedad española religiosa y puritana. Ella procedía de una familia acaudalada, pero nada aristocrática. De todas formas, nunca se atrevió a pisar suelo español. Y con respecto a su pregunta, no, nunca la lució.

—¿Fue reina sin venir a España?

—Exactamente. No se atrevió a venir ya que tenía dos hijas, Zenaida y Carlota, y en España no querían a su marido, al que consideraban «el extranjero que se había proclamado rey». Nunca fue aceptado por el pueblo. Julia prefirió seguir desde la distancia el transcurso de la guerra que asolaba su nuevo reino.

—¿Qué fue de las joyas? Creo recordar que la Peregrina salió del país según su último relato.

—El ministro de Hacienda, Cabarrús, dio las joyas más valiosas a Chimbelli, el ayuda de Cámara de Bonaparte. El rey se quedó con el Estanque y la Peregrina y el resto se las envió a su mujer. Unas llegaron y otras se quedaron por el camino. Ya le dije que sus compatriotas interceptaron uno de los envíos. Finalmente, cuando las cosas se pusieron feas, José Bonaparte huyó a Estados Unidos y rehízo su vida. Gracias al Estanque y a alguna que otra joya, pudo vivir muy bien después de venderlas. Pero no quiso deshacerse de la Peregrina y, cuando regresó de nuevo al lado de Julia Clary, llevaba con él la emblemática joya. Julia Bonaparte, como también era conocida, la pudo admirar en Italia, cuando volvieron a convivir después de tantos años separados, pero jamás la llevó. A una de sus hijas, en un cuadro, se la ve con una perla en el pelo muy parecida a la suya, pero tengo mis dudas de que sea la auténtica. Al morir José Bonaparte en Florencia, se la dio en herencia a su sobrino Carlos Luis Napoleón Bonaparte, el futuro Napoleón III.

—Entonces, si salió de España, ¿cómo regresó a mis manos?

—Le ruego que sea paciente, señora. Llegaremos a ese día, se lo puedo asegurar. Yo voy estudiando sus pasos a medida que vamos avanzando en la historia. Carlos Luis Napoleón Bonaparte fue presidente de la Segunda República Francesa y posteriormente emperador de los franceses entre 1852 y 1870. Fue el último monarca de Francia.

—Conozco muy bien esta parte de la historia ya que mi madrina, Eugenia de Montijo, estuvo casada con él. De hecho, mi segundo nombre es Eugenia por ella. Napoleón III falleció en 1873, tres años después de haber sido derrocado.

—Sé que Napoleón III vendió la perla en 1848, antes de su matrimonio con Eugenia de Montijo. Fueron para él unos años convulsos durante los cuales le apresaron por cuestiones políticas. Huyó de la prisión donde estaba en Reino Unido. Solo poseía la perla y, para intentar rehacer su vida, se la vendió al marqués de Abercorn. La esposa del marqués la lució orgullosa en muchos actos de la sociedad de aquellos años. Se cuenta que, en un baile en el Palacio de las Tullerías, en Francia, se le soltó de su engarce. Y aunque la perdió, la volvió a recuperar. La marquesa la disfrutó mucho, pero en un determinado momento, cuando el marqués necesitó dinero, la vendió a una joyería inglesa... Y así pasó de mano en mano de coleccionistas y millonarios. La joyería Hennell&Sons la retuvo durante bastante tiempo, hasta que la sacó a subasta. Para Napoleón III la perla fue su salvoconducto porque, gracias a ella, pudo volver a Francia y ser elegido diputado. Se presentó a finales de ese año 1848 como candidato a la presidencia y ganó por abrumadora mayoría.

—Casi prefiero no saber en qué manos ha estado después de salir del joyero de los reyes españoles. Pero aquí está de nuevo. —Se tocó el lateral de su escote donde lucía la Peregrina—... Me gustaría hablar con mi madrina. Algo sabrá de la perla, aunque nunca la tuviera cerca. No hemos hablado jamás de esto. Pero pensándolo mejor, no sería de buen gusto recordarle que su marido la tuvo que vender para poder regresar a Francia.

—Una joya de tanto valor, en circunstancias extremas, sirve para reconducir las vidas de sus dueños, como ya hemos visto en varias ocasiones.

—Me gustaría que, en otra de sus charlas, me hablara de las esmeraldas y de sus orígenes. ¿Lo dejamos para otro momento? También me tienen fascinada.

—Por supuesto. Son unas piedras preciosas extraordinarias.

El rey irrumpió en plena conversación. Como siempre, le sorprendía la presencia del joyero.

—Señor García-Ansorena, ¿otra vez por aquí?

—Pues, así es. Hay mucho que contar sobre las joyas reales.

—Si eso le hace feliz a Ena, está bien. ¿Le gusta a usted cazar?

—Sí, aunque no tengo muchas oportunidades. Trabajo demasiado.

—Eso habrá que solventarlo. Le invitaré a una cacería. ¿Le parece? Así me dedicará a mí tanto tiempo como a mi mujer.

—¡Por supuesto! Será para mí un honor.

Victoria Eugenia no salía de su sorpresa. Sonrió y se despidió de Ramiro extendiéndole de nuevo su mano.

—Gracias, Ramiro. Ya le digo que no le gustará tanto la caza como estar conmigo hablando de joyas.

Ramiro observó cómo abandonaba la estancia, pero no hizo ningún comentario. Se limitó a sonreír y a asentir con la cabeza.

En casa de los Ansorena, Consuelo y su hija Carmen hablaban del futuro de Jaime, que pensaba estudiar la especialidad de Otorrinolaringología.

—Me ha dicho Jaime que tiene pensado abrir su propia consulta. A lo mejor, en dos años, ya podríamos casarnos.

—¡Qué buenas noticias! Tendríamos que comenzar a bordar manteles y sábanas. ¡Lleva su tiempo hacer un ajuar!

—¿Tan pronto?

—Los años se solapan unos con otros y, para cuando te quieras dar cuenta, ya ha llegado el momento que tanto esperabas. ¡Qué alegría me has dado! Tenemos que ir al convento de tu hermana a decírselo. ¡Le va a hacer mucha ilusión!

No era tan fácil ver a Milagros, pero llevaron un donativo para el convento y las recibió la madre superiora de las mercedarias. Al rato, apareció Milagros en aquella salita austera y fría del convento y se quedaron a solas con ella. Iba vestida con hábito blanco y cinturón negro, escapulario, capilla también blanca y escudo mercedario. Su madre, al verla, se emocionó.

—¡Milagros! Pero qué delgada te veo... ¿Comes bien, hija?

—¡Claro que sí! Me da mucha alegría veros. ¿Y padre? ¿Pasa algo?

—Tranquila, todo está bien. Queríamos haber venido antes,

pero sabes que a tu padre se le hace muy difícil verte aquí. Hemos tenido que esperar el mejor momento.

—Ya... ¿Qué tal estáis? ¿No dices nada, hermana? —Las invitó a sentarse.

—Sí, por eso estamos aquí. Te va a resultar extraño: Jaime y yo queremos casarnos. Bueno, ya te lo he soltado —le dijo Carmen de carrerilla.

—¿Jaime? —Se quedó durante unos segundos sorprendida—. ¡No sabes cómo me alegro! —Aún se acordaba de las palabras de amor que le había dedicado y de aquel beso robado.

—Ya sé que Jaime te apreciaba a ti más que a mí al principio...

—No sé por qué dices eso. —Milagros parecía turbada. Guardó silencio y no dijo nada de los sentimientos de Jaime hacia ella.

—Saltaba a la vista... Pero tu decisión precipitó nuestra relación. De modo, hermana, que te estoy muy agradecida. Queremos casarnos dentro de un par de años.

—Queríamos comunicártelo y a la vez pedirte ayuda para bordar el ajuar. No queda tanto tiempo —le dijo su madre.

—Por supuesto, contad conmigo. Si me traéis las telas y los hilos, ayudaré en todo lo que pueda.

Consuelo abrazó a su hija y así permaneció durante un rato.

—¿Continúas decidida a quedarte en este convento?

—Me siento muy feliz, madre. He sentido la llamada de Dios y he dado el paso. Sabía perfectamente a todo lo que renunciaba. En unas semanas, seré monja.

—¿Podremos venir a la ceremonia? —preguntó su hermana Carmen.

—¡Por supuesto! Os avisaré con tiempo.

—¿Te has cortado la melena? Con la toca no sé si llevas el pelo corto o largo.

—Corto, madre. Mi melena desapareció nada más entrar aquí.

—Me imaginaba...

—No hay que tener apego a nada... ni tan siquiera al pelo.

—¡Qué razón tienes! —observó la madre.

—¿Carmen, cuando darás el gran paso?

—Jaime ha comenzado la especialidad de Otorrinolaringología. Cuando establezca su consulta.

—Se te ve feliz, hermana.

—Siempre estuve enamorada de Jaime, tú lo sabes.

—Me alegra mucho oírte...

Apareció la madre superiora y llamó a Milagros a oración. Se despidieron y Consuelo les dio el donativo. No sabía cuándo volvería a ver a su hija. La madre se quedó observándola hasta que desapareció de la estancia. Los ojos se le humedecieron. Sintió que su hija ya no le pertenecía.

33

Lo más inesperado

Antes de que llegara diciembre, un mes repleto de actos familiares y sociales debido a la Navidad, Ena supo que estaba embarazada de su tercer hijo... «¡Otra vez!», se dijo a sí misma con incredulidad. La sonrisa le duró poco porque, prácticamente a la vez, se enteraba por sus fieles Hazel y Sarah de que su marido tenía un hijo bastardo, nacido antes de casarse con ella. Cuando se lo comentaron sus doncellas, sintió que el suelo se hundía bajo sus pies. Tuvo que sentarse para poder reaccionar...

—Seguramente se trata de un bulo. ¿Quién os lo ha dicho?

—Señora, al parecer en una de tantas cenas en palacio, lo escuchó uno de los sirvientes. Lo comentaban dos de las cortesanas de la reina madre —le explicó Sarah con la voz susurrante.

—¿Serán brujas? ¿Y quién se supone que es la madre?

—Melanie de Dortán —continuó Sarah.

—¡Pero si está casada con Joseph-Marie-Philippe Lévêque de Vilmorin!

—Sí, el tan afamado botánico —añadió Hazel—, amigo del rey. El dueño del Castillo de Verrières, que viaja mucho a Egipto para hacerse con plantas de allí y de Sudán... Por lo visto le dio el apellido al niño, aun sabiendo que no era hijo suyo.

—¿Y cómo es que Alfonso no me ha dicho nada?

Se le saltaron las lágrimas. Ella, que se tragaba los sentimientos en tantas ocasiones, esta vez no pudo y estalló. Sentía una mezcla de sentimientos, entre la decepción y la rabia.

—Pensamos que solo lo sabe el entorno más próximo de la reina María Cristina. Se ve que esta ha comentado que se trata de un niño sano a todas luces...

—¡Oh! ¡Qué maldad! Insinúa así que la debilidad de nuestros hijos es cosa mía. Ya entiendo la jugada. Yo soy la única culpable de que nuestros hijos no estén bien de salud porque el rey tiene un hijo bastardo y está completamente sano.

Ena se echó de nuevo a llorar. Nadie sabía aún que estaba embarazada. Era una noticia que reservaba a Alfonso justo después de que el médico la hubiera reconocido y se lo hubiera confirmado. De ahí la desesperación de su llanto.

—Señora, fue antes de casarse con usted. Eso lo cambia todo, ¿no cree? —intentaba consolarla Hazel.

Ena no contestaba. Solo lloraba desconsolada. Sabía que Alfonso mantenía una relación afectuosa con Vilmorin y ahora conocía el motivo. Estaría viendo a ese hijo a sus espaldas. Sin duda, ese día se había convertido en un día malo, muy malo, y decidió guardar silencio sobre su nuevo estado.

En los días siguientes Ena se mantuvo esquiva con su marido y fría en las conversaciones de palacio con su suegra. Alfonso no sabía qué le ocurría. Algo se había roto en su interior cuando Victoria Eugenia supo que la reina María Cristina la hacía responsable de la mala salud de sus nietos. Esa actitud de su suegra le recordó a la de su abuela Victoria, que culpaba a la otra rama de la familia del mal «de piel fina» que padecían algunos miembros de la Casa Real inglesa. Las cosas eran así de complicadas y de sencillas a la vez. ¿Qué culpa tenía nadie de la buena o mala salud de uno de los miembros de la familia? Las circunstancias vienen así y simplemente hay que aceptarlas. Y más siendo creyentes, pensaba.

Alfonso, días después y sin mediar palabra, entró en la habitación de Victoria Eugenia y la abrazó. Era evidente que el doctor Gutiérrez había hablado con él.

—Sé lo que te pasa, querida, me lo ha dicho el médico. ¿No me lo ibas a decir? Alguna responsabilidad tendré yo en ese embarazo, digo yo.

—No te quepa duda de que eres su padre.

—¿Por qué dices eso? ¿Qué ocurre?

—Me he enterado de que tienes un hijo bastardo. ¿Cuándo ibas a decírmelo?

—Por Dios, Ena. Roger Lévêque de Vilmorin, nació un año antes de casarnos. Fue un desliz de juventud. Y mi amigo Philippe me perdonó y le dio su apellido.

—Pero tuviste un *affaire* con su mujer... ¿Cómo le va a dar lo mismo? ¡Es terrible! Le has sido desleal. ¿No te das cuenta de que eso no se le debe hacer a un amigo?

—Fue una chiquillada. Roger sé que está bien y nada más. No tengo demasiado trato con él. Lo esencial.

Ena se echó a llorar de nuevo y Alfonso intentó calmarla. Le daba la impresión de que su marido quitaba importancia a tener un hijo bastardo con una mujer casada.

—Ena, ¿cómo te iba a decir algo así? Esas cosas es mejor que no trasciendan. Deben permanecer en secreto.

—¿No sabes que en palacio no hay secretos? Todo acaba sabiéndose. Los camareros, las doncellas, todos escuchan los comentarios que se hacen a nuestras espaldas y al final, todos están al tanto de todo. Esa falta de confianza por tu parte me hace daño. Igual que los comentarios de tu madre sobre la salud de nuestros hijos. La ha comparado con la de tu bastardo. ¡Es terrible!

Ena volvió a deshacerse en lágrimas. Nada volvería a ser como pensaba antes. Estaba muy dolida.

—Querida, no hagas caso a todo lo que dicen sobre mí o sobre mi madre. Es muy fácil poner en nuestra boca algo que jamás hemos dicho. Siempre será nuestra palabra contra la de ellos.

Los días posteriores celebraron la buena nueva en palacio, pero Ena tenía un halo de tristeza que no podía disimular. Un dolor que la acompañó durante todos los meses del embarazo. Entre vómitos y mareos también tuvo que soportar comentarios hirientes de alguna tía de Alfonso que, al saber de su nuevo estado de buena esperanza, la criticó hablando a sus espaldas de su «flexibilidad». Para cuando llegó a sus oídos ya le dio igual. Era como si no tuviera sangre. El daño ya estaba hecho.

Lo único bueno de aquellas navidades fue que Alfonsito ya se daba cuenta de todo con un año y siete meses. Estaba muy gracioso hablando con su media lengua de trapo. Alfonso, y especialmente Ena, le reían todas las gracias. El pequeño Jaime, con tan solo seis meses, reclamaba más atención de la que tenía. Era evidente su escasa fortaleza, le costaba sujetar hasta la cabecita. Fue entonces cuando Ena pensó que era el momento de contratar a alguien que cuidara exclusivamente de los niños. Una persona que se dedicara en cuerpo y alma a ellos. Esa búsqueda les llevó varios días, ya que no podían dejar entrar a cualquiera en la casa. Sin embargo, antes de final de año, ya estaba en palacio una joven que había llegado con recomendaciones de diferentes marquesas y condesas de la corte. Entre ellas, la de Ramona Hurtado de Mendoza, marquesa viuda de Aguilafuente.

La reina María Cristina presionó mucho para que la recomendada de la marquesa fuera contratada para cuidar de los niños el tiempo que tardaría en llegar una acreditada institutriz inglesa para darles sus primeras clases. Y así fue como Rosario Calleja entró a formar parte del servicio de Casa Real. Después de haber sido despedida del taller de los García-Ansorena, sin que nadie supiera los verdaderos motivos, había regresado a su pueblo, Zarauz, en Guipúzcoa. En esta villa de la costa vasca había estado unos meses cuidando a los niños de diferentes familias de nobles que residían allí, en los palacetes y viviendas construidas en el paseo marítimo. Había demostrado tener buena mano para esos menesteres.

La marquesa de Aguilafuente, su principal valedora, convenció a su madre de que su hija tenía más futuro fuera de Zarauz y fue, junto a la condesa de Gondomar, quien más habló de ella a la reina María Cristina.

Al final, la joven Rosario, vestida con uniforme blanco de rayas azules, delantal blanco y cofia del mismo color, comenzó a cuidar de los pequeños Alfonsito y Jaime. Siempre vigilada de cerca o bien por Hazel o bien por Sarah que, al principio de entrar allí, no la dejaban nunca a solas con ellos. Poco a poco se fue sintiendo más cómoda y comenzó a cantarles y a distraerlos con juegos, algo que se le daba realmente bien. La reina María Cristina habló claro con ella.

—Sé que posee poca experiencia, pero la que tiene le ha servido para llegar hasta aquí. Espero que esas recomendaciones que la avalan hagan sentir sobre usted el peso de la responsabilidad de su nuevo puesto. Va a cuidar de mis nietos, de los herederos del rey. Solo le pido que no se distraiga y que esté permanentemente vigilante con ellos. Siempre tienen que estar limpios y tomar el aire todo lo posible. Hay que estimularlos. Le proporcionaremos libros para que sepa cada día más sobre su crianza. Dentro de unos meses llegará aquí una institutriz. De momento, al ser tan pequeños, lo único que requieren es atención y mucho sol. Paseos diarios a mediodía y en cuanto se levanten de la siesta. Aire puro y distracción. ¿Me ha entendido?

—Sí, señora. He tenido buenas maestras estos meses. Aprendo rápido.

María Cristina estaba segura de que la joven iba a gustar mucho a los reyes. Sobre todo, a su nuera, aunque solo fuera por el hecho de que la joven tuviera los rasgos típicos de su país: rubia, con ojos claros... A partir de ahora, la máxima preocupación sería organizar la educación que le iban a dar a Alfonsito como heredero de la Corona y a Jaime como segundo en la línea de sucesión. Tenían que pensar en las personas idóneas en las que hacer descansar su formación.

Alfonso XIII no sabía cómo granjearse de nuevo la confianza de su mujer, por eso, durante las navidades, hizo vida más familiar. Salieron a visitar los puestos de la plaza Mayor perdidos entre el gentío como dos ciudadanos más. Compraron panderetas y zambombas. Incluso pasaron por Lhardy a tomarse un caldo caliente acompañado de unas croquetas. Los dueños del local los invitaron a subir a uno de los reservados y tomarse el famoso cocido que ya saboreaba Isabel II, su antepasada. A solas, el rey le pidió un deseo para el día de Reyes, pero Ena no tenía el ánimo para decir nada. Tanto insistió el rey, que al final le contó uno de sus sueños.

—Sabes que siempre tengo conmigo un retrato de mi prima Alix de Hesse, la emperatriz Alejandra Fiódorovna de todas las Rusias.

—Sí. ¿Por qué me hablas de tu prima?

—Mi prima hermana siempre ha sido un referente para mí. En ese retrato se la puede ver luciendo un maravilloso collar de aguamarinas. Ese es para mí el deseo más bello del mundo. Pero quizá sea mejor en otro momento, creo que esta petición resulta un poco atrevida por mi parte. Seguramente imposible de satisfacer.

—Habrá que intentarlo —respondió el rey.

—Pero, querido, debe de costar una suma fabulosa.

—Bueno, hablaré con tu joyero...

—Si no pudiera ser, ya sabes que tanto como las joyas me gustan los viajes... Tú y yo, solos.

—Lo de solos se va haciendo cada vez más imposible...

Esa misma tarde, el rey habló con José María García Moris. Este le aseguró que Ramiro buscaría las aguamarinas en los mejores mercados donde vendieran piedras procedentes de Rusia. Los montes Urales se habían convertido en uno de los yacimientos de piedras preciosas más importantes del mundo, junto con Canadá y Australia. Pero sería imposible tener un collar montado y elaborado para el 5 de enero, teniendo que hacer uno o varios viajes para encontrar las gemas. El joyero le pidió más tiempo y Alfonso XIII aplazó el encargo para la fecha de su aniversario de boda, en el mes de mayo. Mientras tanto, para la festividad de Reyes, el rey le pidió a su madre una pieza de su joyero. La reina

María Cristina se desprendió del collar de cuarenta y una perlas gruesas con un brillante de gran tamaño como broche. Se trataba de una de las joyas de la primera esposa de Alfonso XII, María de las Mercedes. Lo había heredado tras casarse con Alfonso XII en segundas nupcias, así que no le costó desprenderse del collar, que cedió con mucho gusto a su hijo. Lo decía el acervo popular en forma de tonadilla y la reina madre sabía que era verdad: ella jamás pudo competir con el lugar de María de las Mercedes en el corazón de Alfonso XII. Por lo tanto, el collar estaría mejor en otras manos que no fueran las suyas. El rey pagó por él 215.000 francos a la firma J. Vaillant, unos joyeros de San Petersburgo, a finales de 1877. Era una joya de origen ruso y una de las más caras de su joyero. Un año después de estrenarlo moría la reina a consecuencia del tifus y de un aborto espontáneo. Acababa de cumplir dieciocho años.

El rey nunca se recuperó de la muerte de su joven esposa. Para María Cristina desprenderse de aquel collar que lució tan poco en su garganta María de las Mercedes, más que un pesar, fue una liberación.

Cuando lo recibió Victoria Eugenia ese 5 de enero de 1909, se lo puso inmediatamente. Le pareció que colgaba demasiado para su gusto y pensó en llamar a Ramiro para que aligerara el collar quitándole algunas perlas y lo adaptara a su fino cuello. Aquel comienzo de año decidió borrar de su mente el recuerdo del hijo bastardo que tenía su marido. En palacio, jamás se volvió a mencionar la existencia de aquel niño en su presencia.

34

Un aire nuevo en la corte

Ramiro recibió el encargo de su padre de encontrar aguamarinas de gran tamaño para el collar que el rey quería regalarle a Victoria Eugenia por su aniversario. Ajena a este encargo, la reina citó de nuevo al joyero en el Palacio Real. Aunque estaba de exámenes en la facultad de Derecho y en el taller se esforzaban en dar salida a los muchos encargos que había recibido en el comienzo de 1909, no dudó en acudir a su llamada. Todos los joyeros le debían a la reina el que sus talleres trabajaran sin descanso. Había dado un nuevo aire a la corte gracias a su pasión por las joyas y a su gusto por el empleo de la plata en numerosos detalles de la decoración: candelabros, bandejas, cuberterías... No daban abasto para lograr satisfacer los pedidos de los nobles y aristócratas que la querían imitar.

Acababan de estrenar el mes de enero, el día estaba nublado y hacía mucho frío. Ramiro subió las escaleras de la entrada del palacio con determinación y las del interior con más brío aún. Después, fue atravesando salón tras salón hasta que, de pie frente a la puerta, esperó el permiso para entrar en la estancia personal de la reina, donde esta siempre le recibía.

Cuando Hazel le franqueó la entrada, Victoria Eugenia estaba de pie hablando con Sarah. A Ramiro le pareció notar que su figura volvía a estar redondeada y pensó que quizá podría estar embarazada de nuevo, pero no le pareció oportuno hacer ningún comentario al respecto.

—Señora, un placer volver a verla. ¿Qué tal están el príncipe Alfonso y el infante don Jaime?

—Bueno, ambos están acatarrados. Lo que coge uno, acaba teniéndolo el otro. Está haciendo mucho frío y mi suegra tiene la costumbre de que los niños salgan todos los días a tomar el aire. Hoy, he pedido que no lo hagan.

—Descuide, no saldrán, señora —sentenció Sarah.

Tras el gesto de aprobación de la reina, Ramiro tomó acomodo en el sofá. Esperó a que Victoria Eugenia tomara la palabra.

—¿Recuerda que le pedí que me contara todo lo que supiera sobre las esmeraldas? Estoy fascinada por ellas desde que mi amiga lady William Cecil me hablara tanto de esas piedras tan hermosas. También le quiero preguntar por las aguamarinas... pero eso mejor lo dejamos para el próximo día.

—Para mí será un placer hablarle de lo que tanto amo. Pues bien, la esmeralda toma su nombre de una palabra persa que recogió más tarde la lengua griega como *smaragdos*. De esta se derivan las palabras *esmeraude* y *esmeralde*. Cuentan que en el año 4000 antes de Cristo en Babilonia, ya se comerciaba con esta gema en el primer mercado conocido de piedras preciosas. Su historia está rodeada de leyendas: es reconocida como el símbolo de la inmortalidad y también el de la fe. Por sus constantes cambios de color representa también la volubilidad del amor.

—Me gusta más lo de la inmortalidad. Lo de la volubilidad del amor no necesitamos que nos lo recuerde ninguna piedra, por muy hermosa que sea.

—Está claro que son muy hermosas. La esmeralda, ya que le atrae tanto la cultura egipcia, es una gema que dio renombre a las minas de Cleopatra. No muy lejos del mar Rojo, se descubrieron las primeras explotaciones de estas maravillosas piedras. Durante siglos, el verde de su color no solo cautivó por su belleza sino por la energía que se creía que lograba transmitir a sus portadores. Ha sido considerada como un auténtico talismán. Pertenece al grupo mineral del berilo. Y en ese grupo se encuentra también la aguamarina, el heliodoro, la morganita, la goshenita y la bixbita. Le digo los nombres para que le suenen, nada más. Todas las variedades de las que le he hablado se utilizan en joyería.

—¿Qué les hace cambiar de color? Nada tiene que ver una esmeralda con una aguamarina y proceden del mismo mineral.

—El color verde intenso de la esmeralda se lo proporcionan el cromo y el vanadio. También le diré que varía dependiendo de su lugar de origen, siendo el más codiciado el verde intenso ligeramente azulado. Le he traído algunas piezas para que pueda distinguir su procedencia.

Ramiro sacó un saquito de terciopelo negro con dos gemas de considerable tamaño, pero muy diferentes en cuanto a la intensidad del color.

—¡Qué bonitas son! —exclamó la reina fascinada—. ¡Qué maravilla de la naturaleza! Nada me emociona tanto como tenerlas cerca...

—La de verde más intenso es colombiana. El color tiene dos ejes y varía de aspecto en función del ángulo desde el que se la observa. Las esmeraldas de Colombia han dominado el mercado de siempre, pero le diré que en muchas se aprecian daños debido a la utilización de explosivos para su extracción. Las esmeraldas son muy sensibles a los impactos.

—Y esta otra más clara ¿de dónde procede? —dijo señalando la otra gema también de gran tamaño.

—Esa es de Brasil. La colombiana tiene un ligero toque azulado y, si se fija, esta otra —señaló la más clara— además del verde tiene un halo amarillo. ¿Lo ve?

—Sí, lo veo. ¡Qué hermosa es! —Las observaba absorta mientras escuchaba las explicaciones de Ramiro.

—A menudo, las brasileñas tienen lo que llamamos una ligera «niebla», aunque suelen estar desprovistas de inclusiones mayores. Muy pocas esmeraldas están, por decirlo de una manera sencilla, «limpias». En casi todas se aprecian varillas, nieblas, grietas interiores o una distribución irregular del color. Son muy sensibles a la presión. Otra característica del berilo es que cristaliza formando prismas hexagonales. Las terminaciones que les damos en joyería, en el caso de la esmeralda, acostumbran a ser de caras planas. Cuando queremos intensificar su color y eliminar las esquinas para evitar roturas, las tallamos dándole una forma octogonal.

—Las otras piedras que ha mencionado, ¿qué colores tienen?

—La aguamarina puede ser verde mar, azul cielo y azul oscuro. El heliodoro es muy bonito, posee un color amarillo que le hace muy especial; la morganita es rosa; la goshenita se confunde con el topacio o el zafiro blancos, que se usan como imitación del diamante. Y la bixbita, que es de color rojo, se utiliza poco en joyería porque no se extrae fácilmente. Como puede ver, en el grupo del berilo hay una amplia gama de colores.

—No se imagina el interés que despiertan en mí las piedras preciosas. ¡Le agradezco tanto sus explicaciones!

—No tiene por qué. Si nos centramos de nuevo en la esmeralda, le diré que requiere manos artesanas y experimentadas para trabajarla. Suele tener minúsculas grietas que, con el engaste, el pulido, incluso con la limpieza, pueden hacer que se rompa. Son piedras especialmente frágiles. Hay que tener un cuidado exquisito con ellas, si no queremos perderlas. Solo deben tocar estas piedras los artesanos más experimentados de un taller.

—Entiendo. ¡Qué fragilidad! ¡Qué mundo tan maravilloso el suyo!

—Es cierto que es muy bonito. Todo lo bello es escaso y delicado. —Por un momento Ramiro sintió que hablaba de la reina y no de las gemas, pero Victoria Eugenia no se dio cuenta—. De todas formas —continuó—, las esmeraldas, desde la Grecia clásica, suelen «aceitarse».

—¿Eso qué es? —preguntó la reina muy curiosa mientras sujetaba las dos gemas entre sus manos.

—Se hace para resaltar el color y también para rellenar y disimular las imperfecciones blanquecinas. Solo aceite, no el tintado verde que utilizan los malos joyeros. Lo cierto es que, con el tiempo, la esmeralda se seca y afloran las grietas originales y puede ver su color más tenue. Se pueden «aceitar» las veces que sean necesarias. La piedra lo agradece. Sin embargo, hay que tener mucho cuidado porque los más desalmados de mi profesión hacen cosas que pueden rayar en el fraude. Los joyeros «de la casa» somos exquisitos en la elección de las gemas y no necesitamos de esas artimañas.

De pronto, el llanto de un bebé le hizo cambiar la cara a la reina. Cuando cesó, regresó su interés por las esmeraldas.

—Ramiro, perdóneme, pero nuestra charla en algún momento se verá interrumpida por la presencia del doctor, que viene a ver a mis hijos.

—Por supuesto. Tan solo me queda añadir que las minas de Cleopatra se perdieron durante la Edad Media y no se volvieron a encontrar hasta 1818, cuando un enviado del virrey de Egipto, Cailliaud, dio de nuevo con las antiguas excavaciones. Estas minas están ubicadas en las laderas de Jebel Sikait y Jebel Zubara, en el norte de Etbai. Las minas se encuentran situadas en paralelo al mar Rojo, a unos veinticinco kilómetros hacia el interior y a unos 160 kilómetros al nordeste de Asuán. La calidad de los cristales que se encuentran ahora no es la mejor. Las piedras tienen muchas brumas. Las mejores en este momento son las que se encuentran en los Andes de Colombia. En un principio, los indígenas las utilizaron como unidades de trueque. Europa tuvo las primeras noticias de las afamadas esmeraldas cuando Pizarro conquistó Perú y tomó de los incas una inmensa cantidad de esmeraldas, algunas de un gran tamaño que fueron enviadas a la Corona española. Las minas de las que más esmeraldas extrajeron los españoles fueron las de Somondoco, que significa «el dios de las piedras verdes». Aunque las más bonitas son las procedentes de la mina Muzo y la mina de Cosquez. Yo procuro conseguir las de allí porque son hermosísimas. Señora, quédese con estas dos piedras ya que tanto le han gustado.

—No se imagina cómo se lo agradezco. Bueno, habrá notado que no le he preguntado por la Peregrina. ¿Hay algo nuevo que deba saber?

—Siempre surge algún dato nuevo, señora.

—Ramiro, ¿por cuántas manos pasó hasta llegar a mí, una vez que se le perdió la pista tras Napoleón III?

—Digamos que dejó de pertenecer a una reina o una emperatriz, pero siguió en manos de personas que supieron ver su valor. Repasemos: José Bonaparte la dejó tras su muerte a su cuñada Hortensia de Holanda, con objeto de que sirviera para sufragar las actividades políticas de su hijo, el futuro Napoleón III. Este la vendió para poder hacer su carrera política. Sería el año 1848. El marqués de Abercorn, convertido en el primer duque del mismo título, se enamoró de ella nada más verla. No dudó en extender un talón por una gran cantidad de dinero, lo que permitió a Luis Napoleón rehacer su vida y sus pretensiones políticas. Lady Abercorn, desde entonces, lució la perla muy orgullosa, consciente de que llevaba algo único. Se dejaba ver en todos los actos sociales con ella. Tanto se la puso, que la perdió en numerosas ocasiones, ya que no quería taladrarla porque sabía que de ese modo perdería valor. Afortunadamente, siempre logró que se la devolvieran intacta. Tanta era su pasión por la Peregrina, que quiso que la retrataran con ella. Se la puede ver en un retrato con su hija en el que esta juguetea con la perla mientras la sostiene entre sus dedos.

—Creo saber de qué cuadro me habla.

—La perla acompañaba en el día a día a lady Abercorn. Por eso hemos podido seguir su pista. Lo cierto es que no se apartó de ella hasta su muerte.

—Al final, las joyas generan los afectos más duraderos... Con ellas vivimos y junto a ellas morimos.

—Majestad, en eso no se equivoca. Las personas no son tan constantes como las joyas. Estas son para siempre.

—Yo he conocido a uno de los descendientes de los Abercorn. En concreto a Jacobo Alberto Eduardo Hamilton, el tercer duque con el mismo nombre. Me pregunto hasta cuándo la tuvieron. Conozco su casa en el oeste del condado de Tyrone. Me gustaría coincidir con ellos para preguntárselo.

—La verdad, señora, es que a partir de ese momento sabe más de la perla mi padre que yo. De todas formas, todo lo que averigüe preguntándole a él, no dude en que se lo contaré. —Ramiro tragó saliva.

La puerta de la estancia se abrió. Entró Hazel y le informó de que el médico había llegado.

—Dígale a la *nanny* que traiga a los niños. Así los verá don Ramiro antes de irse.

—Será un honor...

—No se olvide de que la próxima vez que nos veamos me tiene que hablar de las aguamarinas. ¿Me traerá alguna muestra de ellas?

—Así lo haré.

La puerta se abrió y entró Alfonsito de la mano de Hazel. No se fijó en el rostro joven que cargaba al pequeño Jaime en brazos. Cuando la miró, se encontró con los ojos sorprendidos de la joven...

—¿Rosario? —preguntó tímidamente el joyero.

—¿Se conocen? —comentó la reina con sorpresa.

Rosario se quedó sin palabras. Allí estaba el joven Ansorena con sus ojos azules sin pestañear, igual de sorprendido que ella. Recordó sus constantes visitas a palacio y, de pronto, se recriminó por no haber reparado en ningún momento en que se encontraría de nuevo con él.

—Sí, claro. Nos presentó la marquesa de Aguilafuente —salió al paso Ramiro. No quiso perjudicar a la joven contando que había trabajado para él y, peor aún, que la había echado del taller.

La joven Rosario no fue capaz de pronunciar una sola palabra. Sus mejillas estaban cada vez más coloradas. El rey entró de golpe en ese momento, seguido del doctor. Rosario respiró hondo y Ramiro también.

—¡Hombre, don Ramiro! ¿Seguimos hablando de joyas? —El rey le guiñó un ojo cómplice. Los dos compartían el secreto del collar de aguamarinas encargado para el aniversario de su boda.

—Sí, en esta ocasión la señora me ha pedido que le hablara de las esmeraldas.

—Si se descuida, la reina acabará sabiendo más que usted...

El rey miró a la joven sin entender qué le estaba pasando y se dirigió a Ramiro.

—¿Ha visto que la *nanny* parece más inglesa que la reina? No sabía yo que en España había tantas personas rubias de ojos claros. ¡Bueno, usted mismo tiene los ojos azules! Tendrían que investigar qué hicieron sus antepasados.

Ramiro sonrió sin añadir una sola palabra. No podía. El médico, entonces, comenzó a reconocer a Alfonsito con su fonendoscopio, un cilindro de madera que aplicó directamente sobre la espalda desnuda del niño. Ramiro aprovechó para excusarse y abandonar la estancia. Hazel le acompañó hasta la salida.

Bajó las escaleras con nerviosismo por lo sucedido. Rosario había entrado a cuidar a los hijos de los reyes... Era evidente que la marquesa de Aguilafuente había recomendado a la joven. No sabía si había hecho mal al ocultar a la reina los verdaderos motivos por los que Rosario se fue del taller. Por no perjudicar su reputación, no había dicho nada a su mentora y, seguramente, se había equivocado. Le disgustó verla allí, en un puesto de tanta responsabilidad. Esta vez salió de palacio dando zancadas para llegar a su casa cuanto antes y contárselo a su padre.

Mientras atravesaba las calles de Madrid, se cruzó con los carruajes de caballeros que se quitaban el sombrero al reconocerle. Pensó en su abuelo Celestino, el verdadero artífice de su reputación. Trabajó sin descanso, igual que ellos ahora, pero medio siglo antes. Fue el primer joyero de la familia en atender las solicitudes de los reyes. Junto a su colega italiano Pizzala, realizó el primer encargo de una reina, la mismísima Isabel II. En su casa se hablaba mucho de aquel primer trabajo porque fue el comienzo de todo. La reina le regaló al papa Pío IX una tiara, en prueba de gratitud a sus piadosos consejos. El dibujo todavía se conservaba entre las cosas del abuelo. Había utilizado para ese primer encargo real: 6.800 brillantes de primera calidad; 160

esmeraldas y 160 rubíes para los adornos de los cercos; y 96 perlas, que encarecieron la joya hasta alcanzar los 676.400 reales. Aquel fue el comienzo de un largo camino que ya recorría la tercera generación. Se trataba del reconocimiento a un trabajo serio y bien hecho. Ramiro pensó que su obligación ahora era no defraudar la memoria de su abuelo, que murió cuando él tenía ocho años. Estaba convencido de que sentía tanto amor por las joyas gracias a él. Siempre le hablaba de las piedras preciosas y de las joyas con tanta pasión que aquel mundo le cautivó desde niño.

Al llegar a Espoz y Mina 1, subió hasta el segundo piso en cuestión de segundos. Su familia le estaba esperando para comer. Los acompañaba Jaime, al que ya consideraban uno más de la familia.

—No imagináis lo que me acaba de pasar en palacio —les dijo casi sin aliento—. Antes de irme, ha aparecido la nueva *nanny* con Alfonsito y Jaime, y ¿sabéis quién era?

—Habla, por favor —le dijo su madre.

—Rosario Calleja. ¿Podéis creerlo?

—Dios mío, la marquesa de Aguilafuente la habrá recomendado. Ya no podemos hacer nada salvo guardar silencio. ¡Qué barbaridad! —afirmó el padre sin apartar la mirada del plato.

—Me he quedado paralizado y la reina lo ha notado. No sabía qué hacer ni qué decir... Por cierto, padre, ya le he contado la relación de la Peregrina con los duques de Abercorn. Ahora me tendrá que explicar cómo llegó la perla a manos del rey Alfonso XIII.

—Hoy no tengo tiempo. Es una historia muy larga —carraspeó García Moris, dándole largas a su hijo.

—Padre, necesito que me cuente cómo la adquirió. No lo entiendo, me da la sensación de que hay cierto secretismo alrededor de ese tema.

—¡Déjate de secretismos!

—Bueno, la semana que viene tendrá lugar el momento tan esperado por esta familia. Milagros tomará los votos definitivos.

¿Iremos todos? —Consuelo quiso echar un capote a su marido y cambió de tema.

—Si no hay más remedio... —aseguró el cabeza de familia.

—Pero, padre, ¿todavía no lo ha superado? —comentó Carmen entre risas.

Jaime no sonreía. Al contrario, parecía muy serio.

—Me gustaría acompañarlos —comentó el joven.

—Es un gran detalle que quieras venir con nosotros —le agradeció Consuelo, la madre.

Todavía era oír el nombre de Milagros y el joven sentía un pellizco en el estómago. Nadie lo notó, ni tan siquiera Carmen, su prometida...

35

Volvía a ser el de siempre

La reina, para su sorpresa, notó el repentino interés de su marido por estar junto a sus hijos, Alfonso y Jaime. Llegó a pensar que, por alguna razón, había superado la crisis que le supuso el nacimiento del infante. Incluso empezó a demostrar una gran curiosidad por el día a día de los pequeños y hablaba mucho con la *nanny*. Eso a Victoria Eugenia le dio tal tranquilidad que, por primera vez, comenzó a disfrutar de su embarazo. Se preguntaba si esta vez traería al mundo a una niña después de dos varones. Pero, en el fondo, lo que de verdad le preocupaba era que naciera con buena salud. Alfonso y Jaime seguían delicados y ninguno de los médicos a los que seguían consultando sabían decirles qué les ocurría. «Hay que darles tiempo a que se endederecen», insistía el rey convencido de que superarían esa fragilidad con la que habían nacido. A solas con la *nanny* el rey hacía hincapié en este punto.

—Rosario, haga frío o calor, saque a los niños de palacio. Haga caso a mi madre, que sabe mucho de cómo mejorar la salud de una criatura. Míreme a mí, aquí estoy y nadie daba un duro por mi salud cuando yo nací.

—Nadie lo diría, señor. Se le dan bien todos los deportes.

—¿Usted cree? Eso suena en su boca a un halago. Se lo agradezco mucho. Es cierto que me gusta mucho el deporte, en especial, el polo. No se lo diga a la reina, pero o te entregas por completo y juegas fuerte, o mejor que no te subas al caballo.

—Parece un deporte para personas muy rudas.

—Fuerza hay que ponerle, es verdad. Se trata de una práctica que se remonta a dos mil años atrás. Lo bonito es que se trata de un deporte de equipo...

—No sé muy bien en qué consiste, la verdad.

—Pues un jugador anota simplemente golpeando la brocha, que así se llama la pelota, con el taco, es decir, el mazo de polo. Y cuantos más goles anotes y menos golpes te lleves, mejor.

—Dicho así parece sencillo, pero...

Entró en la estancia Victoria Eugenia y vio a su marido charlando amigablemente sobre el deporte del polo con la *nanny*. No le gustó la circunstancia ni la forma en la que Alfonso miraba a Rosario. Se dirigió a él.

—Alfonso, imagino que estás preguntando por tus hijos. Jaime está mal de los oídos, me ha dicho el médico que le han vuelto a supurar. El doctor Grinda, que siempre está de guardia en palacio, pide que no le saquemos afuera durante unos días.

—No sabía nada. ¡Pobre Jaime! Con lo que duelen los oídos. Rosario, ya ha escuchado a la reina, hoy saldrá solo Alfonsito. Así, hasta que se recupere Jaime.

—Muy bien, eso haré. —Rosario estaba colorada. Le pasaba siempre que el rey le hablaba y la miraba fijamente a los ojos.

—No descuide su obligación de atender al príncipe y al infante. No les quite los ojos de encima. Si es demasiada responsabilidad para usted, me lo dice. —La reina estaba recriminándola. No le había gustado la escena que acababa de presenciar.

—Descuide, señora.

La puerta del cuarto de juegos de los niños, en la tercera planta del palacio, se abrió y apareció el secretario particular de Alfonso XIII, Emilio Torres. Sin necesidad de decir una sola palabra, el rey se excusó.

—Ena, nos veremos en la comida.

El rey le dio un beso en la frente y se fue con su secretario.

Cada día, a las diez de la mañana, Alfonso XIII recibía al presidente del Consejo de Ministros, para discutir con él los principales asuntos de la actualidad. Cuando llegó a su despacho ya le estaba esperando.

—Majestad, nos llegan noticias inquietantes de Marruecos. Existe malestar entre los rifeños por la explotación de mineral de hierro en el norte de África.

—¿Hablamos entonces de malestar en Melilla?

—En Melilla y en Nador. Las minas están a 15 kilómetros del sudoeste de Nador y a 28 kilómetros del muelle de Melilla. Dicen, desde la Compañía Española de Minas del Rif, que algo se está cociendo en el ambiente. Deberíamos tener prevenido al ejército por si, en última instancia, tuviéramos que intervenir.

—Pero ¿no se iba a nombrar a un mando intermedio que mediara?

—Sí, ahí está la oficina del Jalifa, el gobernador de los sultanes.

—Hay que proporcionarle todo lo que necesite. No dejemos que ese malestar vaya en aumento. Hay que atajarlo inmediatamente. ¿Qué general se encuentra allí?

—El general Marina, el militar más hábil que tenemos en este momento. El único capaz de solucionar un conflicto con la fuerza de las armas. Su hoja de servicios es intachable.

—No hace falta que me diga nada más. Sé perfectamente de quién estamos hablando... Un hombre entregado al servicio de España —expresó en alto el rey. Si algo se sentía Alfonso XIII, por encima de todo, era militar. Raro era el general al que no conociera.

Tras el encuentro diario con el presidente del Consejo de Ministros, entró en su despacho el ministro de la Gobernación. Se trataba de un asunto mucho menor, por lo que el rey no puso ninguna pega a su propuesta: prohibir «los sombreros exagerados» en el teatro. Le hizo una pregunta cargada de ironía.

—¿Sabe que con su prohibición se nos van a echar encima todas las mujeres?

—Señor, algo hay que hacer, resulta imposible ver una obra de teatro en condiciones. Las damas compiten por llevar el sombrero más grande.

—Ministro, yo rubrico esta prohibición, pero ya le digo que las mujeres no dejarán de ir a la moda. ¿Qué va a hacer con las marquesas, las condesas, incluso con la reina? ¿Piensa detenerlas?

—Por lo menos, que sepan que existe la prohibición de ir al teatro con semejante volumen en la cabeza y que tendrán que llevar sombreros de tamaños razonables, que dejen ver a los que tienen detrás de sus asientos.

—Está bien, está bien... —despachó rápido con el ministro.

Ese día estaba su agenda cargada de reuniones y visitas protocolarias. En un descanso, se tomó un café con su ayudante de servicio, el general Aranda, que aprovechó para hablarle de la academia militar de Toledo.

—Se han reforzado las enseñanzas de los cadetes tanto a nivel teórico como a nivel práctico. Han implantado, con gran sentido de la anticipación, un sistema de juegos de guerra a nivel divisionario.

—Muy interesante, general. Nunca sabemos lo que nos puede deparar el destino. Hay que estar preparados —recordaba la conversación que había mantenido con el presidente del Consejo de Ministros.

—Están viniendo instructores japoneses —continuó el general Aranda— para explicar el desarrollo de la guerra con Rusia hace cuatro años. Pero ya sabe que en el profesorado prevalece la admiración por el ejército de Prusia, vencedor en 1870.

—General, me gustaría participar en uno de esos ejercicios tácticos.

—Será un honor para la Academia. Lo pondremos en marcha inmediatamente...

Antes de la comida, todavía tuvo que recibir al alcalde de Santander. Quería informarle de cómo iban las obras del palacio de la Magdalena que habían empezado el año anterior. Una obra que ilusionaba especialmente a la reina. Así se lo expresó Alfonso XIII al edil, que vino a enseñarle los planos de palacio.

—Los arquitectos Gonzalo Bringas y Javier González Riancho me han proporcionado estos planos para que les dé Su Majestad el visto bueno. Espero que sean de su agrado. Santander desea que vengan sus reyes en los veranos y consolidar la actividad vacacional de un turismo de clase alta como el que tiene San Sebastián.

—¿Para cuándo tienen previsto acabar las obras? Será algo que me preguntará la reina, seguro.

—Para finales de 1912, aproximadamente. Ya sabe cómo son estas obras de gran envergadura.

—Tres, cuatro años pasan en un suspiro. Le agradezco especialmente la deferencia que han tenido con nosotros. Estamos deseando ir allí.

Después de tomarse un jerez con el alcalde, subió de nuevo a ver a los niños, que nunca comían con ellos, salvo los domingos en los que no había compromisos. Con ellos estaban Rosario y Sarah, acostándolos para que durmieran la siesta. Parecía que Jaime estaba ya un poco mejor de la infección de oídos.

Ese mismo día, la familia García-Ansorena se preparaba para asistir a la ceremonia de los votos perpetuos de Milagros. A las cinco de la tarde, dejaría de ser seglar para convertirse en monja dentro de la orden de las mercedarias de San Fernando. Su madre y su hermana, acompañadas por Jaime, fueron los primeros de la familia en llegar. Cogieron sitio en el banco de la capilla para el padre y para Ramiro. Los dos cerraron el taller antes de lo habitual y se fueron caminando hasta el convento. José María no tenía ganas de pronunciar una sola palabra. Ramiro era el único que intentaba entablar una conversación.

—Padre, es la voluntad de Milagros. ¿Cuándo piensa aceptarlo?

—No lo llevo bien, hijo. Aunque hayan pasado meses, sigo pensando que es un error.

—Bueno, para que se lo quite de la cabeza hablemos de otro asunto... ¿Por qué no me habla de la Peregrina? ¿Cómo llegó a manos de Alfonso XIII? Yo le he perdido la pista a la perla tras la compra de los Abercorn.

—Pues no sigas. Deja la historia ahí. Mejor que piense la reina que es la perla Peregrina tal y como le dijo el rey. No vamos a llevarle la contraria a don Alfonso XIII. Eso ni pensarlo.

—Pero padre, yo debo saberlo.

—Siguiendo las medidas de la Peregrina, detalladas en los archivos reales, intenté localizar una perla similar en París... ¡Ya sabes la verdad!

—¡Pero padre! Entonces la Peregrina no es la que lleva la reina.

—No, no lo es. Conseguí esa perla en Francia. Es tan bella o más que la Peregrina que, efectivamente, tienen los Abercorn, que no han querido desprenderse de ella. La de la reina tiene una forma más redondeada, como si se tratara de un aguacate, mientras que la genuina es un poco más alargada. Se trata de una de las tres perlas más bonitas de la historia: una es la Peregrina; otra, la de forma de huevo de paloma que Felipe II donó al prior de El Escorial y, finalmente, la de la reina, que perteneció a Isabel II, por lo tanto, todo queda en la familia.

—Hay una cuarta que dicen que utilizó María Luisa de Parma como pareja de la Peregrina para que no supiera nadie cuál era la auténtica de las dos. En ocasiones, las llevó como pendientes. Me refiero a la madre de Fernando VII y esposa de Carlos IV. La que tenía fama de ardiente y voluptuosa.

—En cualquier caso, la que lleva la reina me parece una gran perla. De las que se cogían a pulmón en la provincia de Darién, en Panamá. Son únicas y todas con historia.

—Y con esa carga emocional que tienen las perlas.

—¿A qué te refieres? —preguntó extrañado el padre.

—A que se impregnan de las vivencias de todas las damas que las han llevado con anterioridad.

—Hijo, eso son tonterías.

—Yo no creo en maldiciones, padre, pero sí en que, como seres orgánicos que son, tienen la capacidad de transmitir la penalidad o la felicidad de cuantas manos las han poseído y las poseen. Y le puedo asegurar que felicidad, poca. Yo no me pondría una perla de alguien que no quisiera o de alguien cuya vida no conociera, se lo aseguro.

—Son teorías difíciles de demostrar. En cualquier caso, de esta doble de la Peregrina, es mejor guardarle el secreto al rey.

—Me resulta muy difícil no decirle la verdad a la reina.

—Ramiro, fue un regalo muy valioso de Alfonso XIII. Creo que eso debe ser suficiente para ti.

Antes de llegar al convento, Ramiro se quedó en silencio. Era complicado explicar la relación de lealtad que había establecido con la reina. No sabía si estaría dispuesto a mantener aquella mentira del rey en el tiempo. Se sintió decepcionado. Sobre todo, al acordarse de cómo brillaban los ojos claros de la reina con su relato, convencida como estaba de que poseía la emblemática gema. Igual de callado y pensativo continuó durante toda la ceremonia en la que su hermana pasaba a formar parte de la comunidad de las mercedarias. Todos estaban muy emocionados, hasta Jaime. La única que se mostró alegre cuando todo acabó fue la propia Milagros.

—Gracias por haber venido. No puedo ser más feliz. Estad tranquilos por mí. Os llevaré siempre en mis oraciones.

Sus padres se fundieron con ella en un abrazo cargado de sentimiento y de lágrimas. Las palabras que acababa de pronunciar parecían más una despedida que otra cosa. Jaime permaneció todo el tiempo muy serio, no podía dejar de mirar a Milagros a los ojos, intentando averiguar si lo que decía era verdad o simplemente trataba de calmar la pena que sentían todos, él incluido. La madre superiora, pasados quince minutos, reclamó la presencia de Milagros en el interior del convento. La flamante religiosa se despidió de todos con una sonrisa. José María García Moris se tuvo que volver a sentar en el banco del convento.

—Ya no es nuestra —le dijo a su mujer—. A partir de ahora pertenece a otros. Eso para un padre es muy doloroso.

—Por favor, José María, cuanto antes lo aceptes, mejor para todos —le contestó Consuelo, aunque compartía el mismo sentimiento que su marido.

Al cabo de los días, Ramiro partió hacia París. Iba con el encargo de comprar las aguamarinas más bellas que hubiera en el mercado procedentes de Rusia. Estuvo visitando las mejores joyerías y talleres parisinos. Cuando reunió aguamarinas de color azulado suficientes, se dedicó durante un par de días a hacer turismo. También aprovechó para visitar a conocidos aristócratas a los que pidió que hicieran llegar a los duques de Abercorn la idea de que, en España, la perla que poseían era de gran interés para la Corona. Les dejó su tarjeta de visita a todos los que tenían acceso a ellos.

La última noche, paseando por el centro de París, le pareció ver al rey Alfonso XIII entrando en el hotel más señorial de la ciudad del Sena, el Meurice. Levantó la mano para saludarle, pero el rey no alcanzó a verle. «¡Qué casualidad!», pensó. «¿Qué estaría haciendo allí acompañado de una dama muy elegante y un caballero?». Siguió sus pasos y entró en el hotel. Preguntó si habían visto al rey de España y los botones le respondieron que no. Insistió tantas veces que uno de ellos intentó proporcionarle la identidad de las tres personas que acababan de entrar para sacarle de dudas. Cuando regresó el botones, le dijo que se trataba del duque de Toledo y otras dos personas más. Era evidente que se había equivocado. Se limitó a dar las gracias al personal del hotel y se fue de allí. Al día siguiente regresó a España.

Días después, Ramiro se enteró de que el rey había estado en París. Se preguntó si daría otra identidad en los hoteles. Siguió leyendo en el periódico que, tras su viaje a la capital francesa, había participado en unos ejercicios tácticos militares que habían tenido lugar en la madrugada del día 3 de mayo. Para los miembros de la Academia se trataba de un «ataque de fuerzas enemigas», que fue rechazado brillantemente por los cadetes. El jefe de los atacantes los felicitó personalmente. Para sorpresa de los participantes, se trataba del rey Alfonso XIII.

36

El collar y la revolución

Las aguamarinas fueron engarzadas entre pequeños eslabones cuajados de brillantes. Estos servían de nexo de unión entre unas piedras y otras, para cubrir por completo el cuello de la reina. En el taller trabajaron sin descanso para llegar a tiempo a la fecha acordada. El rey les dijo que debía parecerse al collar que tanto admiraba Victoria Eugenia de su prima hermana Alejandra Fiódorovna de todas las Rusias. Se había convertido en zarina tras su boda con el zar Nicolás II. Un retrato suyo presidía una de las mesitas del gabinete de la reina. Por lo tanto, veía cada día, en su cámara privada, a su prima con la gargantilla que siempre había soñado. Victoria Eugenia sentía que, de alguna manera, las dos llevaban vidas similares, a pesar de los quince años de diferencia entre una y otra. Ambas se habían sentado en importantes tronos, después de haber cambiado de religión para contraer matrimonio. También, Ena temía que sus hijos hubieran heredado la mala salud que padecía el quinto vástago de su prima y heredero del trono imperial, Alekséi Nikoláyevich Románov. Esta contrariedad había unido al matrimonio de su prima con el zar. Sin embargo, Ena tenía la impresión de haber vivido lo contrario con Alfonso. Era como si los hijos fueran alejándolos. A pesar de todo, ese collar-gargantilla que materializaba un sueño de juventud llegaba en el momento adecuado. Justo cuando se sentía menos querida, apareció su marido con este magnífico regalo.

El resultado final del trabajo de los Ansorena fue mucho más bonito y llamativo que el de la zarina. Ramiro se aseguró de que las piedras procedieran de los montes Urales que dividen Rusia. Las que consiguió habían sido encontradas en las cercanías de Sverdlocsk, en Mursinka.

Cuando llegó el 31 de mayo, en el tercer aniversario de su boda, el rey le entregó a Victoria Eugenia el soñado collar de aguamarinas. Se quedó impactada por la belleza de las piedras y el trabajo de joyería tan exquisito que habían hecho los Ansorena.

—No tengo palabras, *my darling*.

El rey se lo colocó alrededor del cuello. Las piedras destacaban mucho en contraste con el vestido de gasa blanca que llevaba Victoria Eugenia y que ya no disimulaba su estado de buena esperanza. Los ojos de la reina se llenaron de lágrimas. Alfonso la besó...

—Me alegro mucho de que te haya gustado tanto —comentó el rey mientras sacaba un cigarrillo de su pitillera de plata—. Las piedras son iguales al color de tus ojos.

—¡Es magnífico! *Really beautiful!* —no paraba de decir mientras se veía reflejada en un espejo.

—Espero que la emoción que te ha dado recibir este regalo no te acelere el parto —le dijo el rey sonriente.

—Me queda un mes. ¡Tranquilo!

El regalo fue muy celebrado por todos. Especialmente, por María Teresa, la hermana del rey, que cada día estaba más unida a la reina. El 26 de marzo había tenido a su segundo hijo, al que había puesto el nombre de José Eugenio. Era un guiño a su cuñada. También quiso que tanto ella como su hermano fueran los padrinos en el bautizo de su nuevo vástago. Fue un gesto que Ena agradeció mucho. Empezó a sentir por ella el mismo afecto que tenía por su dama inglesa, lady William Cecil. María Teresa, después de la celebración del tercer aniversario de la boda real, rectificaba su opinión sobre su propio hermano.

—Hay que ser justos. Recuerdo que te dije que Alfonso se cansaba de todo, pero veo que tiene unos detalles muy bonitos contigo. Retiro lo dicho. Debes quedarte con eso —le dijo en un aparte susurrándole al oído.

—Me siento mal por sospechar constantemente. Sobre todo, cuando se ausenta. He sido una tonta por creer que ya no me quería como antes. Oigo tantas cosas...

—No hagas mucho caso de los rumores y de las habladurías. De todos nosotros se dicen muchas mentiras. Hay que aprender a convivir con ello.

Victoria Eugenia, días después, hizo llamar a Ramiro para agradecerle el trabajo que habían hecho en el taller y, de paso, para que le hablara de las aguamarinas. Estaba ansiosa por saber de estas piedras que tanto le llamaban la atención. Hasta que no apareció en palacio el joven joyero, no dejó de caminar de un lado a otro de su habitación. Nunca le había esperado con tanta ansiedad. Cuando llegó a palacio, le explicó el motivo.

—Tenía miedo de ponerme de parto antes de volver a vernos. Gracias por el maravilloso trabajo que han hecho —dijo mostrándole la gargantilla.

—Fui a París a escoger las piezas personalmente. Creo que son de una gran belleza.

—Muchas gracias, Ramiro. ¿Qué me puede contar de estas piedras? —Se tocó el cuello mientras le invitaba con la mano a sentarse.

—Pues que ya se utilizaban en la antigüedad. De hecho, se mencionan en los cuatro libros sagrados de la India como piedras con poderes curativos. Muchas personas, a lo largo de la historia, las han usado como protección mientras navegaban o sobrevolaban el mar. Siempre han estado ligadas al agua. Pero, sobre todo, se han usado como remedio contra los dolores. También dicen que es la piedra que te devuelve la alegría después de cualquier suceso triste.

—Hasta que no me ponga de parto, tendré cerca el collar. Con las piedras siempre me siento protegida. Las joyas me dan seguridad. ¿Las aguamarinas son muy distintas de las esmeraldas?

—A diferencia de las esmeraldas, aparecen en forma de cristales grandes y sin taras, lo que nos permite un tallado perfecto conservando la piedra en su tamaño natural. El color más típico de la aguamarina es el que poseéis, un color azul cielo claro que casi nunca alcanza el matiz del zafiro, incluso en los ejemplares más oscuros. En este grupo podemos incluir también los berilos de color verde claro y la variedad incolora que se denomina goshenita.

—¿Qué las hace tan bellas?

—Los silicatos de berilo y aluminio. Su nombre las define perfectamente. Viene del latín y significa «agua de mar». Sencillamente parece un pedazo de mar en forma de joya.

—¿Es tan frágil como la esmeralda?

—Sí, tiene tendencia a la fragilidad. Hay que tener mucho cuidado con ellas.

—¿A qué se debe su color azul tan claro? —preguntaba con verdadero interés la reina. Las joyas no dejaban de representar para ella auténticos enigmas.

—Son el resultado del tratamiento de las piedras verde-amarillentas mediante calor o incluso ciertos ejemplares de color amarillo pardusco. La tonalidad azulada aparece entre cuatrocientos y cuatrocientos cincuenta grados centígrados. El extraordinario color final es permanente.

—Estoy muy satisfecha, Ramiro. Este collar despierta admiración en todo el que lo ve. Por cierto, quería hablarle de otras fabulosas piedras que mi hermano Mauricio quiere regalarme. Son nueve aguamarinas de gran tamaño. Todos estaban al tanto de mi fijación por estas piedras y ahora me voy a juntar con varias. No me importa, porque me encantan. ¿Dónde las podría llevar a engarzar mi hermano en París?

—Sin duda a la casa Cartier. Quedará muy satisfecho.

—Dice el rey que correría con todos los gastos...

—Si quiere, puedo llamarlos para anunciar la visita de su hermano y comentarles que la factura se la cobren a don Alfonso.

—Si usted nos hace el favor...

—Majestad, es un honor para mí poder serle útil. Por cierto, con tantas piedras seguramente podrían hacer no solo un collar sino también una pulsera e incluso una sortija.

—Sería perfecto. Además, me parece que las aguamarinas van perfectamente con mi pelo y mis ojos. ¿No cree?

—Es cierto que resaltan más el color de sus ojos, pero yo creo que cualquier piedra preciosa o gema le quedaría bien. Los joyeros sabemos ver los valores intrínsecos de las joyas. A mí me gustan todas... —Ramiro se quedó unos segundos meditando antes de hablar—. Por cierto, estoy pensando que, para completar el aderezo, podríamos modificar una de sus tiaras y cambiar alguna pieza por aguamarinas. El resultado sería verdaderamente espectacular.

—¿Cree que podría hacerlo? ¿Está pensando en alguna joya en concreto?

—En la diadema que le hicimos de platino, pavé de brillantes y perlas, compuesta por cinco elementos en arco de herradura...

—¿La que tiene guirnaldas florales, rematadas por una lazada con brillantes y perlas?

—¡Esa! Podríamos sustituir las perlas por aguamarinas. Llamaría la atención.

—Le voy a pedir a Sarah que se la traiga. Me parece muy buena idea.

Al rato, apareció su doncella con la tiara envuelta en terciopelo negro. La visita había concluido. Al parecer, requerían a la reina para recibir a unas damas de la Cruz Roja, que solicitaban que apadrinara una rifa con fines benéficos. Cuando Ramiro se fue de allí, tuvo que parar a un coche de caballos. No quería ir andando con algo tan apreciado por la reina entre sus manos. Verdaderamente, Victoria Eugenia se había entusiasmado con las aguamarinas y deseaba reconvertir sus joyas. Ramiro pensaba en sus ojos tan parecidos a las piedras azules que lucía en su cuello... parecían dos aguamarinas más. Le tranquilizó que en esta ocasión la reina no le hubiera preguntado por la Peregrina. Las aguamarinas le habían salvado por un tiempo. Al llegar al taller, el joven Ansorena sacó la tiara y se puso manos a la obra...

Unos días después, los reyes abandonaron Madrid y se trasladaron al Palacio de La Granja de San Ildefonso. Victoria Eugenia se puso de parto el 22 de junio. Su madre, la princesa Beatriz, estaba junto a ella, recién llegada de Londres. Quería acompañarla en ese trance por el que ya había pasado dos veces antes en sus tres años de casada. La reina María Cristina también se encontraba a su lado. Solía ser la primera en llegar a Segovia, ya que cada vez soportaba peor el calor de la capital y se trasladaba allí a comienzos del mes de junio. Alfonso se recuperaba de la caída de un caballo que había tenido durante un partido de polo. El médico le había recomendado reposo y permanecer con la pierna en alto durante varios días. De modo que cuando Victoria Eugenia rompió aguas, estaban todos los rostros que ella deseaba que la acompañaran, incluida su inseparable María Teresa de Borbón y su dama y amiga lady William Cecil, que acababa de regresar de su último viaje a Egipto. Esta, al verla tan envuelta en aguamarinas, la felicitó.

—May, necesitaba la fuerza de las piedras naturales y del oro, igual que los faraones.

—Siempre serán tu fuerza y tu talismán. Son los únicos elementos de la naturaleza que no te fallan nunca. Te hacen compañía y alegran el día. La belleza y hermosura de las joyas se extienden a quien las lleva. Incluso nos acompañan en nuestro paso a la otra vida. Los egipcios llenaban sus tumbas de joyas para cruzar a la otra orilla.

Venía su dama más entusiasmada que nunca de las últimas excavaciones. Habían descubierto nuevos enigmas y se los relataba a la reina para que no pensara en el parto. Le dijo que ya sabían lo que significaba la palabra *shen* en el Antiguo Egipto: «rodear». Representaba la protección eterna en forma de anillo anudado. Se lo contaba con todo lujo de detalles. Algo que le encantó a Ena y le sirvió para olvidar, por unos minutos, lo que supondrían los dolores de parto.

—Los anillos egipcios —comentó lady William Cecil— datan de unos tres mil años antes de la era cristiana. En todos los que hemos encontrado en las tumbas hay símbolos recurrentes: víboras, escorpiones y otros animales que producen temor. Se utilizaban como amuletos, así como símbolos de poder y de riqueza. Estaban destinados a proteger a su portador de todos los enemigos. Sin olvidarnos de los escarabajos, halcones y gatos con los que representaban las cabezas de los dioses más poderosos de su fe. El anillo les ayudaba a pasar a la otra vida. Les daba fuerza.

May cogió un anillo que llevaba y se lo puso a la reina. Habían comenzado ya las primeras contracciones. El doctor Gutiérrez la trasladó al interior de su habitación personal.

Como era costumbre en la familia real, desde la época de Felipe IV, le llevaron a su cámara la reliquia de la santa cinta de la Virgen María, traída desde la catedral de Tortosa, donde la custodiaban. También Alfonso XIII había pedido la reliquia del báculo de Santo Domingo de Silos, que llegó desde Burgos la noche anterior. Ambas estaban siempre presentes en los momentos más críticos y delicados de la familia real. Daban seguridad a las reinas y protección a los reyes.

En el momento del parto, además del doctor Gutiérrez, la acompañaban sus ayudantes: el doctor Grinda y el doctor Ledesma. También había acudido desde Inglaterra una matrona que no hablaba nada de español y que mandaba mucho sobre los doctores e incluso, sobre la propia reina. La ayudaba a empujar con la fuerza de sus brazos sobre su vientre.

Observaban el feliz acontecimiento desde la distancia tanto su madre, la princesa Beatriz, como su suegra, la reina María Cristina. A la hora aproximadamente se incorporaron las tías del rey: las infantas Isabel y Eulalia. Ena ya no veía a nadie, solamente sentía el aliento de su matrona sobre ella, bajo la atenta mirada de los tres galenos que la dejaban actuar.

El alumbramiento se produjo a las seis y media de la mañana. Fue el doctor Gutiérrez el que salió de la habitación para comunicar a las autoridades que departían con el rey la buena nueva:

«Acaba de nacer una niña robusta y sana. No ha hecho falta aplicar anestesia». Alfonso, eufórico, pasó inmediatamente a la habitación a conocer a su primera hija y, nada más verla, sacó a relucir su clásica ironía:

—¡Menos mal que no ha salido a mí!

La reina no tenía mucho ánimo para reírse, pero, aun así, sonrió. Estaba contenta al conocer la buena salud de su hija nada más nacer, tal y como le habían dicho los doctores tras la primera exploración.

En La Granja se enteraron de la llegada de un nuevo miembro de la familia real por las quince salvas que anunciaban el nacimiento de una infanta. A los pocos días, fue bautizada con el nombre de Beatriz Isabel Federica Alfonsa Eugenia Cristina María Teresa Bienvenida Ladislaa. Un nombre tan largo que tenía explicación para la familia real: Beatriz y Cristina por sus abuelas maternas; Isabel por su bisabuela paterna; Alfonsa y Eugenia por sus padres, y María Teresa por su cada vez más cercana y querida cuñada, que también fue la madrina de la pequeña.

Aunque la reina era partidaria de darle leche en una botellita de cristal, algo realmente nuevo que llegaba con fuerza de Estados Unidos, el rey apostó por que siguieran vigentes las viejas costumbres españolas. Una ama de cría entrada en carnes fue contratada en cuanto la vieron. Sus enormes pechos fueron su mejor tarjeta de presentación. Así es como entró Nemesia en palacio. Todos tuvieron la seguridad de que la infanta estaría bien alimentada. Su salud estaba garantizada ante la inmensidad de aquella mujer.

Pero la tranquilidad duró poco en La Granja. Antes de concluir el mes de junio se acercó el presidente Antonio Maura a comunicar al rey algo realmente preocupante para España. El general Marina había pedido refuerzos al detectar una gran agitación en las cabilas próximas a Melilla. El general, finalmente, pudo capturar a los seis agitadores que iniciaron la revuelta.

ollar y pendientes de aguamarinas elaborado por Cartier. Corona de aguamarinas transformada por el joyero amiro García-Ansorena. Fueron sustituidas las perlas originales por estas piedras que tenían el mismo color e sus ojos. Archivo revista *Semana*.

Primera foto tras la boda y el atentado que sufri-
ron en mayo de 1906. Luce la corona de flor de li
regalo de Alfonso XIII. Gargantilla de brillant
chatones, collar de perlas y la perla «Peregrina
como le dijo Alfonso XIII, también regalos de s
esponsales. Archivo revista *Semana*.

Ramiro García-Ansorena cambió la forma de la tiara de la flor de lis abriéndola y modernizándola. La reina tenía una importante colección de perlas que lucía a la vez junto a la perla que tanto admiraba. Las perlas le daban fuerza y seguridad. Archivo revista *Semana*.

. reina Victoria Eugenia con su diadema de brillantes con tres flores de lis, un collar de esmeraldas y brillantes
los muchos que poseía. Tenía esmeraldas de todas las formas y tamaños. Uno lo heredó de su madrina Eu-
nia de Montijo. Y en la fotografía luce también el collar de brillantes chatones que se fue poco a poco convir-
ndo en la joya más importante del joyero de la reina. Cada día de su cumpleaños recibía de manos del rey dos
illantes chatones cada vez de tamaño más grande. Archivo revista *Semana*.

Magnífico conjunto de compuesto de esmeraldas, perlas y diamantes que tras la muerte de la reina Victoria Eugenia salió a subasta en Suiza. La tasación inicial fue de más de un millón y medio de pesetas. Archivo revista *Semana*.

Gran diamante en forma de pera, de 25.07quilate Una pieza rarísima y bella, sin color y sin defecto Salió a subasta en cuarenta millones de pesetas. Arch vo revista *Semana*.

Este diamante de 30.99 quilates,con color rosado, lleva la firma Boucheron. Tuvo un precio inicial por los subastadores de cuarenta y un millones de pesetas. Archivo revista *Semana*.

La corona, símbolo de la continuidad dinástica, es hecha en plata fundida cincelada y dorada. La prime en usarla fue Isabel II en 1843. Foto de la Casa Real

a reina Victoria Eugenia posando con sus
rlas y un emblemático broche de Cartier
ue le gustó lucir en numerosas ocasiones.
mbién lleva las pulseras gemelas que monta-
n en la joyería Ansorena. Archivo revista
mana.

La reina Victoria Eugenia regresó a España después de treinta y siete años de exilio para asistir como madrina al bautizo de su biznieto, Felipe de Borbón y Grecia. Eligió perlas para ese día histórico. Archivo revista *Semana*.

Doña María de las Mercedes de Borbón-Dos S cilias y don Juan de Borbón se casaron el 12 octubre de 1935 en la basílica de Santa Mar de los Ángeles y los Mártires de Roma, don estaba exiliada parte de la familia real. La nov lucía un vestido de lamé plateado confecciona por la casa Worth. Como tiara llevaba tan so unas flores de azahar que llegaron desde Españ Las únicas joyas que le adornaron fueron un p de perlas y el anillo de pedida con un rubí. A chivo revista *Semana*.

Doña Sofía y don Juan Carlos se casaron tres veces, por el rito católico y el rito ortodoxo, además de la ceremonia civil, el 14 de mayo de 1962 en Atenas. La princesa vistió un diseño de Jean Desses acompañado de un velo de Gante sujeto con la tiara prusiana, de platino y brillantes, una joya de la abuela de la novia, la princesa Victoria Luisa de Prusia. El rey iba vestido con el traje de Teniente de Infantería del Ejército de Tierra. Archivo revista *Semana*.

›s reyes Felipe y Letizia el día de su boda, el 22 de mayo del 2004. El traje de la novia fue elaborado por el
ɔdisto Manuel Pertegaz. Eligió la reina de todo el joyero real, la tiara con la que se casó también la reina Sofía:
diadema de Victoria Luisa de Prusia. Se trata de una joya estilo imperio encargada al joyero alemán Koch,
galo del káiser Guillermo II de Alemania a su única hija para su boda con el heredero de la casa de Hannover.
de platino y diamantes. Su traza recuerda al Partenón. Victoria Luisa se la regaló a su hija Federica para que
luciera en su boda con el príncipe Pablo de Grecia. Y esta a su vez a su hija, la princesa Sofía. Archivo revista
mana.

La reina Letizia el día de la Hispanidad d
año 2017 luciendo la emblemática perla «P
regrina», una de las «joyas de pasar» de Vi
toria Eugenia. Archivo revista *Semana*.

La reina Letizia luciendo la tiara floral que el rey Alfonso XII compró para su esposa María Cristina de Austria. Estuvo en la familia más de medio siglo. Se vendió en el exilio y volvió a manos de la familia real en la boda de don Juan Carlos y doña Sofía. Carmen Polo y Franco se la regalaron a la entonces princesa Sofía como regalo de bodas. Regresando al joyero de la Corona. Archivo revista *Semana*.

37

El barranco del Lobo

Estar en La Granja aliviaba el calor del verano a las mujeres de la familia real. Mientras Nemesia alimentaba a la infanta Beatriz, la reina, junto a su suegra y su madre, leían los periódicos a la vez que comentaban la gravedad de los acontecimientos.

—El general Marina ha dicho que necesita veinte mil hombres. ¿Habéis visto las fotos de los reservistas despidiéndose de sus familias? —comentaba Ena viendo a hombres hechos y derechos llorando al tener que decir adiós a sus mujeres e hijos.

—Sí, terrible. También he visto cómo la izquierda está avivando el fuego para impedir el embarque de las tropas —añadía María Cristina.

La princesa Beatriz esperaba a que le tradujeran lo que decían los periódicos. De repente, una pregunta de Ena las dejó conmocionadas.

—Estoy leyendo que han detenido a uno de los instigadores de todas estas revueltas. Se trata de Francisco Ferrer Guardia. ¿Este no fue al que acusaron de inductor del atentado ocurrido el día de nuestra boda?

—Sí, fue al primero que detuvieron tras el suicidio del anarquista Mateo Morral, pero tras el juicio le pusieron en libertad... Pues mira dónde está ahora: movilizando a la gente a quemar iglesias y a echarse a la calle.

—Me contaron —continuó Ena— que durante estos años se

había parapetado en una escuela para niños llamada «Moderna». Una escuela que han clausurado tantas veces como le han detenido. El autor de nuestro atentado, Mateo Morral, era bibliotecario de ese centro educativo.

—Pues he leído en el periódico que estaba en Barcelona recién llegado de Inglaterra. ¡Qué casualidad!

—¿Qué hacía en Inglaterra? —saltó Ena como un resorte—. ¿Qué estaría preparando allí? —preguntó en voz alta en inglés.

—No sé, pero seguro que nada bueno —respondió la princesa Beatriz.

Estaban las tres con estas reflexiones cuando apareció Alfonso XIII con la cara muy pálida y todavía arrastrando la pierna dolorida. Les comentó sin ambages la gravedad de la situación.

—¿Estáis bien? —preguntó a las damas.

—Muy preocupadas —respondió su madre.

—No es para menos. Creo que deberíais salir de aquí y viajar a San Sebastián. Es más seguro.

—¿Y tú? —le preguntó Ena.

—Yo estaré en el Palacio Real. Es mi obligación. Ena, esta misma tarde te vas con los niños a coger el primer tren hacia el norte. Nuestras madres te acompañarán.

Las tres mujeres no preguntaron más. Sabían que las circunstancias eran muy graves. No tardaron en dar la orden para que las doncellas y la *nanny* hicieran las maletas. En cuestión de un par de horas se cerraron sus habitaciones en La Granja y se trasladaron a San Sebastián. Estaba claro que ese verano había nacido torcido.

Cerca del mar y de la frontera comprobaron que se veían las cosas de otro modo. No tenían noticias de primera mano como en Madrid o en La Granja. Comenzaron a hacer su vida vacacional igual que cada año y no tardaron en salir con los pequeños a la playa, donde solo se veían mujeres. Los cafés, sin embargo, estaban llenos de aristócratas y hombres de negocios hablando de Melilla y de la posición estratégica que parecía que España estaba a punto de perder.

En Madrid la situación era tan tensa que no había día sin revueltas callejeras. A pesar de todo, el taller de los Ansorena abría de lunes a viernes. Aquella mañana de verano estaban todos trabajando, excepto el joven Lucio. José María García Moris, preocupado por el chico, llamó a su casa, pero su padre le inquietó aún más: «Se fue a trabajar como todos los días». Durante horas no supieron de él. Ramiro tenía que hacer varios recados y lamentó dejar a su padre a cargo de todo, sin saber qué le había ocurrido al más joven del taller.

—¡Ten mucho cuidado por la calle! —le advirtió su padre al abandonar el despacho.

—Lo tendré. ¡Descuide!

Media hora después se abrió la puerta de forma brusca y sonó la campanilla. Todos dejaron lo que estaban haciendo y miraron a la puerta. Era el joven Lucio, jadeante y sudoroso, que irrumpía en el trabajo corriendo como alma que lleva el diablo. Sin saludar a nadie se puso su bata, se quitó la gorra y se sentó junto a sus compañeros. Al rato, entraron dos policías a los que salió a recibir el mayor de la familia Ansorena.

—Nos ha parecido que ha entrado aquí un muchacho al que venimos persiguiendo desde la plaza Mayor.

—Estamos trabajando desde hace unas cuantas horas. No ha entrado nadie en el taller que sea de fuera.

Lucio, de espaldas, sacaba brillo a unas piezas de plata. Los policías, al ver a todos trabajando, continuaron buscando al joven por el inmueble. Llamaron casa por casa hasta que, finalmente, se fueron de allí.

—¡Lucio, pase ahora mismo a mi despacho! —dijo García Moris en un tono inquisitivo.

Cuando entró, el joven todavía sudaba por todos sus poros.

Con la mirada gacha, no se atrevió a pronunciar una palabra hasta que García Moris le preguntó.

—Por favor, cierre la puerta —ordenó el joyero en un tono muy serio—. Dígame por qué motivo no ha venido a trabajar a su hora y por qué le perseguía la policía.

—Señor García Moris, le pido disculpas. He acudido a la plaza Mayor para sumarme a las protestas de estos días y algunos manifestantes han empezado a lanzar piedras y a prender fuego a todo lo que encontraban a su paso. Yo estaba con ellos, pero le aseguro que no he hecho nada. Simplemente estaba allí y, al llegar la policía, he corrido todo lo rápido que he podido hasta llegar aquí.

—El que lo consiente es tan responsable como el que comete la fechoría. Otra cosa es que hubiera intentado evitarlo. Lucio, sus ideas políticas no me interesan, pero me prometió que iba a centrarse en su trabajo y no lo ha cumplido. Me ha comprometido. Si llega la policía a registrar dentro y le descubre, yo también hubiera incurrido en una falta grave. He mentido por usted.

—Señor, jamás olvidaré lo que ha hecho por mí. Hoy me quedaré en el taller dos horas más. Se lo compensaré con creces. Por favor, no le diga nada a mi padre. Ya me las arreglaré yo con él.

—Es la segunda, Lucio. No habrá una tercera oportunidad. Está usted avisado.

—Lo sé. No volverá a ocurrir, se lo prometo. Lo he hecho por apoyar a las familias de los obreros que han sido llamados a combatir en Marruecos. Los hijos de los ricos se libran de ir pagando una cuota, los pobres no. Eso me ha impulsado a pasarme por la plaza Mayor.

—Los ideales que usted tenga, persiga o apoye a mí me dan igual con tal de que no afecte a su día a día en el trabajo. Le pido seriedad.

—Sí, señor.

El taciturno y poco hablador Lucio peleaba por su continuidad en el taller. Ese gesto le gustó a García Moris. Le pidió que saliera del despacho y que ocupara su puesto de trabajo sin hacer comentarios sobre lo que acababa de suceder.

Transcurridos apenas unos días de su llegada a San Sebastián, la familia real seguía con intranquilidad las noticias que llegaban de Melilla a través de la prensa. Cuando supieron el desenlace, la conmoción en el Palacio de Miramar fue similar a la que sintió el rey en el Palacio Real en Madrid. El general Aranda le contó a Alfonso XIII con detalle la tragedia...

—Señor, nada más llegar, los reservistas entraron en combate. Lograron rechazar un ataque rifeño en Sidi Musa, bajo un sol abrasador. El general Marina sabía que los rifeños volverían a intentar un nuevo ataque, por lo que dispuso una columna de seis compañías de infantería y una sección de obuses al mando del coronel Álvarez Cabrera. Lo malo fue que el coronel ordenó, bajo su responsabilidad, una marcha nocturna y fueron sorprendidos a la mañana siguiente por francotiradores que acabaron con la vida del coronel y de veintiséis soldados más. Un total de doscientos treinta reservistas resultaron heridos. Sin embargo, esta operación consiguió hacer retroceder a los rifeños. El general Marina esperaba más ataques y envió a la brigada de cazadores de Madrid, liderada por el general Pintos Ledesma a que vigilara el barranco del Lobo. Allí, los españoles fueron masacrados en una emboscada que causó más de ciento cincuenta muertos, entre ellos, el general Pintos, y seiscientos heridos de distinta consideración.

—¿Qué? ¿Cuántos españoles han muerto? —Se levantó del asiento.

—Ciento cincuenta y tres muertos y seiscientos heridos. Algunos de gravedad, señor.

Pensativo y tratando de asimilar la cifra de militares muertos, bajó la cabeza. El rey permaneció un rato en silencio. Se volvió a sentar y, entonces, habló.

—Hay que reforzar el contingente español en Melilla. No podemos consentir otra derrota con sangre derramada de los españoles. Debemos superarlos en número, en artillería y en munición. No permitiremos otro desastre como el del 98. Debemos controlar la situación inmediatamente.

—Así lo haremos, señor.

Victoria Eugenia desayunaba con los periódicos encima de la mesa. Todos reflejaban el desastre de Melilla y la gran conmoción nacional ante esta circunstancia. Llegaron Alfonsito y Jaime de la mano de Rosario, que tarareaba una coplilla... Antes de iniciar la jornada, le daban a su madre el primer beso de buenos días. Sarah también se acercó con la infanta Beatriz, que estaba a su cuidado.

—¿Qué está cantando, Rosario? —preguntó la reina con curiosidad.

—Siento haberla molestado. Una copla que canta todo el mundo...

—No, por favor. ¿Qué dice la canción?

—«*En el barranco del Lobo / hay una fuente que mana / sangre de los españoles / que murieron por España. / Pobrecitas madres / cuánto llorarán / al ver que sus hijos / a la guerra van...*». Bueno, solo me la sé hasta ahí. La canción sigue. Habla de Melilla y de los militares que han muerto allí.

—Qué tristeza... ¡A cuántos militares les estarán llorando sus madres como dice usted! Ha sido terrible.

—Todo se resolverá, señora —alcanzó a decir Sarah, que tenía más confianza con ella que Rosario.

Victoria Eugenia se quedó mirando a su doncella fijamente a los ojos por la seguridad con la que hablaba. Le gustaría estar tan convencida como ella de la resolución satisfactoria de la grave situación. Ese día necesitaba una joya que le diera seguridad y le pidió a Sarah que sacara del joyero la Peregrina. Pensó que algo tan hermoso como ese regalo, que recibió de manos del rey, debía exhibirlo más. Su madre aplaudió la idea de que volviera a lucir las joyas que se había llevado consigo tras salir precipitadamente de La Granja. Y su suegra le contó alguna historia más sobre la perla.

—Entre las piezas más emblemáticas lucidas por las reinas está esa perla que llevas. Hubo quien dijo que había desaparecido en el incendio del Alcázar en 1734, pero en los inventarios posteriores figuraba en los joyeros reales durante los reinados de Fernando VI, Carlos III y Carlos IV. La esposa de este último, María Luisa de Parma, estaba tan obsesionada con ella que le puso una faja de oro en letras esmaltadas en negro donde se podía leer: «Soy la Peregrina».

—Conocía esa anécdota por el joven Ansorena, pienso que una cosa es admirar su belleza y otra ir diciendo «aquí llevo esta joya que vosotros no tenéis». No me parece elegante.

—Luce sola, sin necesidad de que la señales —le comentó su madre, la princesa Beatriz—. De todas formas, tenía entendido que María Luisa de Parma a veces llevaba su perla prendida como pendiente junto a otra similar, para que nadie supiera cuál era la verdadera. Luego hay alguna perla, también de gran tamaño, que han lucido las reinas, parecida a la Peregrina.

—Se dicen muchas cosas, pero lo único cierto es lo que está recogido en el inventario de las joyas reales. Querida, llevas una pieza extraordinaria. Digna de admiración.

—Muchas gracias. Así lo siento yo. Además, ante las situaciones adversas, me da seguridad.

En Madrid, en el Palacio Real, después de muchos días de tensión llegó la noticia más esperada. Antonio Maura, el presidente del Consejo de Ministros, fue el encargado de comunicárselo al rey.

—El general Marina ha logrado restablecer el orden en Melilla. El coronel Miguel Primo de Rivera ha hincado la bandera de España en una de las cumbres del Gurugú, el monte desde el que se amenazaba a Melilla y desde el que se disparaba a las tropas españolas. Señor, la situación parece haber concluido de la mejor manera para España.

—Es la mejor noticia que me podía dar. Que todo el pueblo español participe de este éxito de nuestro ejército. Han sido días muy duros y seguirán siéndolo para las familias de los muertos y los heridos.

Alfonso XIII se levantó de su asiento y abrazó a Antonio Maura. Estaba realmente eufórico. El presidente continuó informándole.

—La noticia se ha extendido como la pólvora. Incluso ha llegado a los cuarteles y me dicen que la Academia de Infantería de Toledo en pleno se ha echado a la calle, seguida por toda la ciudadanía, con banda de música incluida.

—Esta victoria hay que celebrarla por todo lo alto. Comprendo que los ciudadanos se echen a la calle. Se trata de una buena nueva para España.

El rey se reunió con el resto de los ministros. El ejecutivo en pleno no ocultó ante el rey su euforia. Alfonso XIII, para celebrarlo esa noche, en compañía de varios marqueses y del conde de Romanones acudió al teatro a ver a una cupletista que había debutado en Barcelona y que ahora lo hacía en Madrid con una gran voz, una gran belleza y mucho atrevimiento en sus canciones picantes: la Bella Raquel. Le habían puesto ese nombre artístico porque su nombre auténtico era Francisca Marqués López. Tenía hambre de escenario y soñaba con cantar en los mejores teatros del mundo. Además, poseía un halo de misterio que la hacía mucho más atractiva. El rey pudo olvidar por unas horas los problemas de los últimos meses.

Al día siguiente, el monarca por fin viajó a San Sebastián, aunque ya era el mes de septiembre y comenzaba a refrescar, sobre todo por la noche. No duró mucho la tranquilidad, a los pocos días de estar allí, a punto de comenzar el consejo de guerra, en la cárcel Modelo, a Francisco Ferrer Guardia, la calle volvió a encenderse...

—Tendré que regresar a Madrid. Vuelve la tensión a las calles. Debo estar cerca del Gobierno.

—No has descansado y este verano has disfrutado poco de los niños. ¿Nos va a perseguir la sombra de Ferrer mientras vivamos? Empieza a ser una pesadilla en nuestras vidas.

—Se enfrenta a la pena capital en el juicio que se va a celebrar en Barcelona. El delito de rebelión, de quedar probado, se castiga con la muerte. Va a ser nuestro dolor de cabeza en los próximos días, te lo aseguro.

—Entonces regresamos contigo a Madrid —respondió la reina.

Tras pisar de nuevo el Palacio Real no tardaron en confirmarse sus sospechas. Después de un juicio que duró cinco horas, en el que solo se escucharon declaraciones de testigos en su contra, Francisco Ferrer fue condenado a muerte. Las protestas en la calle no se hicieron esperar. Y no solo en España, también en Francia. A los pocos días de la sentencia de muerte, el rey recibió una carta de una de las hijas del reo. Se lo comentó a Victoria Eugenia en el té de las cinco, después de un día de reuniones continuas.

—Me ha escrito la hija de Ferrer solicitando mi perdón. Mira lo que dice: «Rey muy cristiano que para un pueblo caballeroso simboliza la generosidad y la omnipotencia, no rechacéis mi humilde y ardiente súplica. Oh, Rey, que, como Dios mismo, podéis disponer de la vida o de la muerte, disipad por un arranque de vuestro noble corazón la amargura de mi alma y escuchad esta humilde y ardiente súplica». Me equipara a Dios... ¡Ya ves! ¡Llegados a este punto yo no puedo hacer nada!

—Le habrán dicho que cuando nace un hijo tuyo, tienes una gracia con algún preso. Pero esto es distinto.

—No es lo mismo sacar de la cárcel a un ladrón que ha robado gallinas que a una persona que está detrás de las últimas desgracias que han ocurrido en España. Eso sin hablar de la bomba el día de nuestra boda y de las muertes en la Semana Trágica. Bueno, y de cómo presionó al alcalde de Premià para que proclamara la República aprovechando la confusión y la violencia de esos nefastos días...

—Tiene el apoyo de republicanos y anarquistas. Mi madre dice que en el extranjero se está dando una imagen de él completamente distinta a la que tenemos en España. Se dice que es un intelectual de ideas anarquistas que va a ser condenado a muerte por sus ideas contrarias a la monarquía. Resaltan, sobre todo, su labor como director de la Escuela Moderna, una escuela laica de pensamiento y de ideas libertarias... ¡Vaya forma de contar las cosas!

—Me temo que esto nos va a traer muchos dolores de cabeza...

—No serán los únicos. Se ha puesto enferma Rosario. Se pasa el día vomitando.

El rey se quedó callado durante unos segundos.

—¿Por qué no le decimos al doctor que la mire a ver qué ocurre? —Esta observación de la reina pareció preocuparle aún más.

—Sí, eso haré —respondió Alfonso.

38

Fusilamiento, dimisión y embarazo

A las 9 de la mañana del 13 de octubre de 1909, Francisco Ferrer fue fusilado en el foso de Santa Amalia de la prisión del castillo de Montjuic. La condena a muerte se hizo efectiva frente a un pelotón de fusilamiento. Todos los periódicos se hicieron eco de ello, incluidos los rotativos extranjeros, con distintas versiones sobre lo sucedido. *The Times* fue el más duro contra la sentencia de muerte: «Por negligencia o estupidez, el Gobierno ha confundido la libertad de instrucción y conciencia, el derecho innato a razonar y expresar su pensamiento, con el derecho de oposición, asimilándolo a una agitación criminal». El escritor francés Anatole France escribió en una carta abierta que «su crimen había sido ser republicano, socialista, librepensador y haber creado una enseñanza laica en Barcelona y haber instruido a miles de niños en la moral independiente». Ante tanta crítica desde el extranjero se dejaron oír las voces de intelectuales españoles como Unamuno y Azorín, entre otros, en contra de lo que consideraban una campaña contra España de la prensa europea. Unamuno, quizá el más visceral, llegó a decir que Ferrer había sido una mezcla de «loco, tonto y criminal cobarde».

Las críticas fuera de las fronteras españolas se incrementaron e incluso se produjeron manifestaciones multitudinarias contra España. Tanta presión pública provocó una crisis de Gobierno tan grande que Antonio Maura, presidente del Consejo de Ministros, se vio obligado a presentar su carta de dimisión al rey. Alfonso XIII la aceptó encomendando la formación de Gobierno al liberal Segismundo Moret. Era el peor de los finales para un Gobierno que había dado estabilidad a la nación en los últimos años.

Pero dentro del Palacio Real se había desatado otro terremoto, provocado por Rosario y su «indisposición». Cuando la vio el doctor Grinda, tuvo claro qué le ocurría. Se lo comunicó al rey, que no podía dar crédito. Necesitaba tomar alguna medida cuanto antes para que el diagnóstico del doctor no le explotara en la cara como si se tratara de una bomba. Habló a solas con su madre, María Cristina...

—Me ha dicho el doctor que el malestar de la *nanny* se debe a un embarazo.

—¿Qué estás diciendo, hijo? Si no sale de aquí... —Paró su discurso en seco y se le quedó mirando... No le pidió ninguna explicación. De pronto, supo perfectamente lo que había ocurrido. No hizo falta que su hijo le dijera nada. María Cristina no podía recriminarle, ¡era el rey! Se limitaría a ayudarle a solucionar «el problema»—. Esa mujer tendrá que salir de aquí inmediatamente y cuando nazca el niño deberá ser entregado a la beneficencia. Yo me encargaré de todo. Si no quieres tener un disgusto con Ena, dile a la *nanny* que sea ella misma quien se despida de palacio inmediatamente. Que diga que ha caído enferma. ¡Es crucial que no dé demasiadas explicaciones! Pediremos a una de mis damas que la cuide hasta que llegue el momento del parto. Después, sin más, volverá a su pueblo.

—Está bien. Le agradezco, madre, que esté siempre dispuesta a ayudarme.

—Es mi obligación. Bubi, en realidad, desde que naciste siendo rey, no he hecho otra cosa.

—Lo sé, muchas gracias. —Se acercó y le dio un beso—. Solo me faltaba otro incendio también en casa.

—Bastante tienes con lo que está ocurriendo fuera...

Victoria Eugenia no entendió que, de la noche a la mañana, desapareciera Rosario de allí. Tenía curiosidad por saber qué problema de salud padecía antes de hacer la maleta e irse de palacio. Le preguntó al doctor Grinda, pero este le explicó que sufría de unos cólicos persistentes que se le pasarían con el tiempo. Por lo tanto, cuando Hazel le dijo que la *nanny* se había ido sin despedirse de nadie ante la gravedad de su salud, la creyó, aunque le pareció extraño. No acababa de comprender el comportamiento de algunas personas del servicio que se iban sin motivo aparente. Victoria Eugenia volvía a tener el problema de elegir a la persona idónea para cuidar de sus hijos. Lady William Cecil salió al rescate y le consiguió una institutriz escocesa que tocaba el piano con cierto virtuosismo y que llegó a España con recomendaciones de diferentes casas respetables inglesas.

El rey estuvo más atento con Ena y el episodio de la *nanny* se olvidó aparentemente pronto en palacio. Sin embargo, Sarah y Hazel recordaban las lágrimas con las que se había ido de allí Rosario y su insistencia en que le entregaran una carta de despedida al rey. Sintieron una profunda tristeza con su salida. Era quien más cantaba y hacía reír a los niños. La nueva institutriz, Beatrice Noon, nada más llegar dejó claro que era estricta y que los horarios para ella eran importantes. Por lo tanto, las costumbres en palacio se volvieron más rígidas para los más pequeños. Beatrice era rubia, alta, de pelo corto y ojos claros, aunque más oscuros que los de la reina Victoria Eugenia. Desde ese momento, solo se hablaba en inglés en las habitaciones infantiles y se conversaba en español en presencia del rey y de la reina madre, María Cristina. Los infantes pasaban la mayor parte del día en la tercera planta del Palacio Real, justo encima de la habitación de la reina. Victoria Eugenia mandó decorar esa planta al estilo inglés, con muebles jugueteros en la parte baja con motivos infantiles. Cerca del cuarto de estudios y de juegos estaban las habitaciones separadas de los infantes.

Un mes antes de concluir el año, Victoria Eugenia sufrió unos mareos y un malestar general que todos interpretaron como un enfriamiento general. El doctor Gutiérrez acudió de nuevo a reconocerla. Al final de la exploración sonrió y descartó que el responsable de sus males fuera el frío...

—Señora, está usted en estado.

—¿Otra vez? —comentó sorprendida.

—Sí, señora. Para el mes de mayo calculo que volverá a dar a luz.

—Dios mío, ¿no va a haber año en el que no esté embarazada? Le confieso que me pilla cansada. Tengo un mareo... no sé. No me encuentro bien.

—Ya sabe que ese malestar la acompañará hasta que pasen unos meses. Está asociado a su nuevo estado. El nacimiento de su cuarto hijo es motivo de alegría, señora.

Cuando se fue el médico, se quedó pensativa. Estaba segura de que su embarazo daría pie a más de alguna frase malévola de las damas de María Cristina o de alguna de las tías del rey. Comentarios sobre su «flexibilidad» ya habían llegado a sus oídos en los anteriores. Ahora le preocupaba sobre todo la salud del nuevo miembro de la familia que estaba gestando. El rey enseguida fue informado y entró en la habitación sin llamar a la puerta. Parecía eufórico.

—Ena, ¡qué alegría! Otro Borbón que llegará a este mundo tan agitado que nos ha tocado vivir. ¿Estás contenta?

—Me hubiera gustado que mis embarazos no fueran tan seguidos, la verdad. Me encuentro muy cansada.

—La llegada de un nuevo miembro de la familia siempre es una alegría. Te vamos a cuidar y a mimar especialmente. Cuatro embarazos seguidos es mucho, lo comprendo. ¡Saldrá todo bien!

—¿Tú crees? No acabo de ver bien ni a Alfonsito ni a Jaime. No quiero más preocupaciones.

—Me han hablado de un médico francés que endereza a las personas débiles. Y también de un curandero italiano que deja como nuevos a los niños que nacen como los nuestros.

—*My darling...!* ¡Estoy agotada de charlatanes! Los pobres

no dejan de ser observados por todo tipo de galenos y expertos en salud. ¡Estoy cansada!

—Ahora solo piensa en ti y en el bebé que estás gestando. ¡Quítate preocupaciones de la cabeza! En cuanto crezcan mejorarán su salud. —Estas últimas palabras no las dijo muy convencido. Su intención era seguir visitando a cuantos médicos, españoles o extranjeros, le recomendaran.

La vida en palacio para los niños y para los adultos comenzaba a las siete y media de la mañana. Una hora después, el príncipe de Asturias y el infante Jaime tomaban juntos el desayuno. Poseían habitaciones, cuartos de baño y guardarropas distintos. Su actividad diaria transcurría entre el comedor, la sala de estudios y el cuarto de juegos. Cerca había otro dormitorio para el ayudante de servicio. Sin embargo, la institutriz estaba en otra ala junto a la infanta Beatriz. El rey, hiciera frío o calor, no perdonaba su media hora de ejercicio. Después desayunaba fuerte: una tortilla o un chocolate con churros. La reina, sin embargo, era fiel a su té. A veces, acompañado de pastas.

Ena, que llevaba unos días disgustada tras conocer que el cólico de Rosario en realidad se trataba de un embarazo, le había pedido a su dama lady William Cecil que viniera a España cuanto antes. Su inquietud crecía por momentos desde que se lo dijo Sarah. ¿Un embarazo y una salida de la corte a toda prisa? Sabía lo que eso significaba, pero se resistía a preguntárselo a Alfonso. No lo iba a hacer, aunque la duda se instaló en su cabeza hasta el punto de convertirse en una obsesión... No podía ser cierto. No. Pero entonces ¿por qué Sarah había oído al servicio susurrar esa información? ¿De boca de quién lo habrían escuchado? Era mejor dejar las cosas como estaban y no remover lo que ya olía mal, se decía a sí misma.

Su dama regresaría a España en cualquier momento para estar con ella unos días, pero mientras necesitaba calmar sus nervios. Fue una bendición del cielo que Ramiro García-Ansorena llamara a palacio esos días para comunicar que tenía la tiara ya lista con aguamarinas. Cuando Ramiro apareció en palacio, la reina se olvidó de todo...

—¡Tenía muchas ganas de volver a verle! —le dijo con una gran sonrisa—. ¿Me trae la tiara ya modificada?

—Sí, señora. Aquí la tengo.

Le mostró un abultado paño de terciopelo negro que comenzó a desdoblar hasta que dejó ver el trabajo que habían hecho en el taller. Apareció sobre las manos del joyero una tiara de brillantes y aguamarinas, que en nada se parecía a la original de brillantes y perlas. La reina se quedó verdaderamente admirada con el trabajo realizado.

—Son ustedes unos artistas. Resulta todavía más bonita. Me la pondré en el primer acto que tenga. No se imagina lo que me gusta.

—Me alegro mucho.

Se abrió la puerta y Hazel anunció a lady William Cecil... La reina se levantó y se fue a su encuentro hasta fundirse en un abrazo. La miró a los ojos y sonrió.

—Llegas a tiempo, mira con quién estoy: don Ramiro García-Ansorena.

—No he podido ser más oportuna. ¿Qué tal está el joyero favorito de la reina?

—Eso que usted ha dicho es para mí un honor. Aquí seguimos. Le he traído la tiara que inicialmente hicimos con perlas en mi taller, ahora la hemos modificado con aguamarinas.

La reina se la puso en el pelo para que la pudiera admirar mejor su dama. Esta se quedó sin habla. «¡Es profundamente bella!», dijo entre dientes. Estaba ansiosa por preguntar al joyero.

—Tengo una curiosidad —siguió hablando May—, que me ha dado vueltas en la cabeza durante todo el viaje. Me gustaría conocer los grandes símbolos de la Corona española.

—¿Te refieres a si aquí se usa una corona como en Inglaterra para las grandes ocasiones? No, no... los reyes tienen una que no se la ponen en la cabeza, si esa era tu curiosidad.

—Da rabia que no cuiden esas cosas aquí —añadió la dama—. En Inglaterra tenemos la corona de San Eduardo, creada en el siglo XVII para la coronación de Carlos II. Pero como pesaba más de dos kilos, se encargó a los joyeros Garard and Co el diseño de otra que pesara la mitad.

—Hicieron algo magnífico... —comentó Ena sin dar más detalles.

Se refería a la corona realizada en oro, platino y plata en los talleres de Rundell Bridge. Le añadieron 2.868 diamantes, 273 perlas, 17 zafiros, 11 esmeraldas y 5 rubíes. Se trataba de la histórica corona que se hizo en 1838 para la coronación de la reina Victoria.

—Mi abuela la estrenó —continuó Ena—. Lleva un rubí frontal que procede de España. ¡Qué curioso! Al parecer de una virgen del monasterio de Santa María la Real de Nájera. Fue llevado a Inglaterra por Eduardo Woodstock como recompensa tras prestar ayuda a Pedro I Cruel, en sus guerras.

—Se trata de una espinela sin tallar extraída de las minas de Birmania —apostilló Ramiro.

—Exacto, el rey Eduardo VII, tío de la reina, le ha añadido un hermoso brillante: el Cullinan. Es una maravilla, algo único. Por eso, ambas son custodiadas por los *Beefeaters* en la Torre de Londres. Entonces ¿aquí, en España, a la corona no se le da tanto simbolismo como en Inglaterra?

Ramiro no pudo contestar porque la reina Victoria Eugenia tomó la palabra.

—Otro tipo de simbolismo... Ese diamante del que habla lady William Cecil es también conocido como la Estrella del Sur —apostilló la reina—. Se debe al escritor Julio Verne, que dio ese nombre al diamante que salía en su novela y que decía que era el más grande del mundo. Adoro la lectura de Verne, sentí muchísimo su muerte.

—Creo que se trata del mayor diamante de todos los tiempos del que se tiene conocimiento —añadió Ramiro fascinado con lo que le estaban contando—. Tengo entendido que procedía de una mina sudafricana y pesaba en bruto más de 3.000 quilates. Los joyeros y gemólogos lo hemos estudiado como una rareza.

—Sí —continuó la dama inglesa—. Sir Thomas Cullinan, el propietario de la mina de diamantes donde se encontró, en Sudáfrica, se lo regaló al rey. Un gran gesto. Desde ese momento, el diamante tomó su nombre.

—Mi tío lo recibió, el mismo año que me casé, con motivo de su cumpleaños y ordenó tallarlo. De esa piedra en bruto salieron 150 piedras talladas que fueron ordenadas y bautizadas según su peso: Cullinan I, Cullinan II, Cullinan III... El Cullinan I lo engastó en el Cetro de la Cruz, mientras que el Cullinan II hoy es el valor principal de la Corona Imperial del Estado.

—A los otros, la reina María, tu tía, los llama «Chips» y los ha incorporado a un broche donde el Cullinan IV se suspende del III... La colección de joyas de la Corona británica se considera la más valiosa del mundo... A no ser, Ena, que tú vayas haciéndote con una importante colección y la superes...

Ena y May se echaron a reír. Nada les gustaba y relajaba más que hablar de joyas.

—Con permiso, les puedo añadir un dato para su conocimiento con respecto a la corona española. Lo primero, que es de enormes dimensiones realizada en plata sobredorada con un forro interior de terciopelo rojo. En el orbe superior sobresale la cruz, emblema también de nuestros monarcas católicos. Sin duda, es mucho más modesta que la que ustedes me acaban de describir. Pesa solo un kilo. La fabricó en el siglo XVIII el platero real Fernando Velasco por encargo del rey Carlos III. No se puede asegurar que fuera utilizada en el acto de la jura de la Constitución de 1812 por parte de Fernando VII, pero algunos afirman que estaba presente. Aunque ese dato no lo he encontrado en ningún archivo. Sí sabemos que Isabel II la utilizó en la proclamación y jura de su reinado y, por supuesto, en las ceremonias fúnebres. Lo que sé es que está guardada en una cámara de seguridad dentro del Palacio Real, en un estuche del siglo XVIII de madera, forrado en piel y con tafiletes dorados. Majestad, debería visitar esa zona del palacio.

—Pienso hacerlo. Me sorprende que aquí, al contrario que en Inglaterra, la corona se use muy poco —añadió Ena.

—La corona solo se utiliza en las ceremonias de apertura de

las sesiones parlamentarias al inicio de cada legislatura, apoyada sobre un almohadón a la diestra del rey. No se la ponen sobre la cabeza. También este símbolo se utiliza, como ya le he mencionado, en los funerales de los reyes —contestó Ramiro.

—A mí me gustaría que en mi funeral estuviera expuesta. Los símbolos y las joyas deseo que me acompañen hasta la otra vida. No se me ocurre mejor compañía —comentó la reina.

—Bien dicho. Aunque algunas joyas no tengan valor intrínseco, sí tienen valor simbólico —comentó su dama.

—Nuestra corona de estilo neoclásico lo tiene. Se trata de un símbolo de exaltación de la monarquía. El laurel que lleva simboliza la abundancia, y el orbe y la cruz representan el poder terrenal y el divino. Uno de los escudos está coronado con la osa y el madroño, símbolo de la Villa y Corte de Madrid, y también se puede leer la firma de su autor: Velasco. Otro símbolo para la Corona es el cetro real. Un bastón de mando fabricado en los talleres imperiales de Praga, en el siglo XVII. Está hecho en plata con un remate de cristal de roca tallado...

—Ha derivado nuestra conversación hacia este lugar por culpa de mi curiosidad infinita —aseguró la dama inglesa.

—No, la culpa ha sido mía por no preguntar a don Ramiro por mis antepasadas.

—Creo que, si hablamos de culpa, toda es mía. Soy quien ha traído hasta aquí la corona de aguamarinas...

Todos se rieron. Y estuvieron un buen rato hablando de culpas...

—Don Ramiro, ahora ya en serio. Le estoy muy agradecida. Ha hecho un gran trabajo.

—¿Sabe qué está de moda ahora en Inglaterra? La astrología y el poder de los talismanes. Cada día hay más voces que hablan de las piedras cargadas de buenas y malas vibraciones, en consonancia con algunos hechos que han afectado a quienes las han poseído antes. Se dice que hay piedras que atesoran la memoria de las vivencias de sus dueños. De tal forma que, si alguien ha vivido con ellas situaciones desdichadas, se quedan tan impregnadas que son capaces de irradiar esa vivencia en su nuevo propietario. La desdicha se apoderaría de aquella persona que entrara en contacto con ella.

—Lady William Cecil, los joyeros no somos capaces de decir algo tan categórico, pero sí puedo asegurarle que las piedras que son orgánicas, como las perlas o como el coral, tienen vida... No sé si con tantas propiedades como para repetir la vida de quienes las han llevado antes.

—Si es así, no debería ponerme la Peregrina. Las reinas no han podido ser más desdichadas.

—Ena, siempre te digo que ser reina no te da la felicidad. Los matrimonios de tus antepasados eran de conveniencia. Afortunadamente, el tuyo, no. Os casasteis muy enamorados...

La reina se quedó callada pensando en las palabras que acababa de pronunciar su dama y amiga. Ramiro la sacó de sus pensamientos...

—Me quedo con el encargo de seguir buceando en la historia. Por cierto, me han dicho en Cartier que ya han terminado el collar con las aguamarinas...

—¿Sí? ¡Qué alegría! Mi hermano Mauricio —se dirigía a May— me ha regalado nueve aguamarinas y, por indicación de Ramiro, las ha llevado a Cartier, en París. Dígales —se dirigió entonces a Ramiro— que nos presenten la factura y Alfonso se pasará por allí en alguno de sus viajes.

Ramiro no quiso decirle que precisamente le había parecido verle entrar en un hotel en compañía de una bella mujer y de un hombre cuyo rostro le sonaba, durante su visita a París. A fin de cuentas, no tenía forma de demostrarlo.

—No le retengo más por hoy, don Ramiro. Muchas gracias —alcanzó a decir la reina mientras se ponía de pie y le extendía su mano.

Ramiro besó su pálida mano y abandonó el gabinete acompañado por Hazel. Antes de bajar las escaleras habló con ella.

—¿Qué tal está Rosario? No la he vuelto a ver. ¿Se ha adaptado a los infantes?

—Ya no está aquí. Tuvo cólicos. —Hablaba con frases muy básicas—. Se fue... —Lo siguiente lo expresó con la ayuda de la mímica.

Ramiro interpretó a la doncella que Rosario se fue de allí apresuradamente. Imaginaba que habría regresado a su pueblo... En cuanto viera a la marquesa de Aguilafuente, le preguntaría por ella. ¿Qué podría haber pasado?

39

El incendio que arrasó con todo a su paso

Victoria Eugenia se quedó paralizada por la noticia sobre el incendio que había arrasado por completo el Teatro de la Zarzuela. Había pocas cosas que le generaran miedo, pero el fuego era una de ellas.

—Me angustia la imagen de las llamas que todo lo destruyen. Despierta todos mis miedos de niña: la oscuridad y el fuego. Me aterran ambas cosas —le explicó al rey.

—Lo de la oscuridad tiene fácil solución, no te dejaré dormir sola durante tu embarazo. Estarás más tranquila —respondió Alfonso.

—*My darling*, muchas gracias. Hay una tercera que, junto con la oscuridad y las llamas, me genera miedo: los insectos.

—¡Esta sí que es buena! No lo sabía.

—No me oirás chillar, pero sí hacer aspavientos cuando llegan las avispas en verano. Aprendí a no gritar con mi abuela, la reina Victoria. Siendo una niña entró una avispa en mi cuarto y salí corriendo de la habitación dando gritos. Me di de bruces con ella y me dijo algo que se me quedó grabado para siempre: «Los niños tienen que ser vistos, pero no oídos». Con la cara que puso fue suficiente para que regresara a mi habitación y me aguantara con la avispa.

—¿Era tan severa como dicen? —quiso saber el rey.

—Estricta. Le permitió a mi madre que se casara con mi padre, pese a su oposición inicial, a cambio de que viviera con ella toda la vida. Y mi madre lo cumplió. Hasta el final de sus días estuvo junto a ella.

—¿Te imaginas que hiciéramos lo mismo con alguno de nuestros hijos?

—Ni se me ocurriría... Solo aspiro a que sean felices sin condiciones.

—Eso es pedir mucho, Ena. Siempre tendrán que hacer lo correcto y lo que todos esperan de ellos. Solo concibo su educación y su vida como servicio a España. Por encima de todo lo demás.

—De momento, son unos niños que ya saben que se les va a exigir más que a los demás.

—Por cierto, Ena, me han dicho que en Friburgo hay unos doctores extraordinarios. Me gustaría mandar a Jaime allí una temporada. Tengo miedo de que sus constantes toses se deban a una tuberculosis que todavía no ha dado la cara, aunque los médicos digan que no. De cualquier forma, creo que le sentará bien.

—¿Lo mandas tan pequeño a Suiza? ¿Tan mal lo ves? Si el niño sale de España, tendrá que estar al cargo de una de mis damas.

—Sí, claro. Alguien de absoluta confianza.

—Creo que la marquesa de Salamanca podría hacerlo. Hablaré con ella. Espero que tengas razón y sea bueno para su delicada salud. De Alfonsito no me atrevo a separarme. Veremos si los dos son capaces de remontar cada uno por su lado. Están muy unidos y no tengo tan claro que no se echen de menos.

En casa de los García-Ansorena estaban también consternados por el incendio del Teatro de la Zarzuela. No había quedado piedra sobre piedra. Los periódicos decían que podría haberse iniciado en las calderas de la calefacción, situadas en el sótano. Ramiro hablaba con su padre.

—La imagen es completamente desoladora. La intervención rápida de los bomberos ha logrado que no haya víctimas mortales. El conserje se ha salvado de milagro y los edificios colindantes también están dañados.

—Las pérdidas pueden ascender a los dos millones de pesetas. ¡Qué barbaridad! Yo ya no me fío de si hay o no intencionalidad.

—No me extraña, demasiados incendios intencionados para que no tengamos dudas...

José María dobló el periódico, dio un sorbo a su café y aprovechó que estaban solos para hacerle un comentario muy personal.

—Hijo, estaba pensando que sería bueno que te fijaras en alguna joven para ir pensando en salir de casa y formar una familia.

—Padre, no empiece, por favor. Cuando aparezca la mujer que tenga que ser mi esposa, lo sabré. No se ha dado el caso.

—He pensado que deberías cogerte unos días libres y viajar adonde quieras, hacer amistades... Cuando no trabajas, estudias. Esa no puede ser tu vida. Necesitas distraerte.

—La lectura es mi distracción.

—Te pasas el día leyendo libros de Historia. Como si fueras a un examen cada vez que te llaman de palacio. Debes pensar más en tu futuro. Mucho me temo que te has fijado en la reina como prototipo de la mujer que esperas encontrar. Y Victoria Eugenia solo hay una.

—Pero ¿qué dice, padre? La reina es una mujer excepcional que me permite acercarme a ella, pero es intachable e inteligente... Es cierto que tengo el listón muy alto. Padre, las mujeres en las que me fijo están a años luz de Victoria Eugenia. Eso es lo que me pasa. Ahí sí le doy la razón.

—Pues desciende a tu lugar y busca a alguna chica parecida a tu madre o a tus hermanas. Religiosa y dueña de su casa. Al final, ellas son las que organizan el hogar y educan a los hijos. Nosotros debemos centrarnos en nuestro trabajo, pero también debemos darnos alguna alegría.

—¿Me está dando vacaciones?

—Sí, quiero que, al empezar el año, te organices una semana o dos fuera de casa.

—¿Y qué ocurrirá con el taller?

—Nos las apañaremos. Tú por eso puedes estar tranquilo. Por cierto, mañana viene la marquesa de Aguilafuente. Quiere hacerte un encargo.

—Iré pronto al taller. Además, quiero preguntarle a la marquesa por Rosario.

—¿Le pasa algo?

—A ella, no. Parece ser que ya no está en palacio.

—Está bien. Mañana saldremos de dudas.

Al día siguiente, Ramiro abrió el taller a las siete y media de la mañana. Debía clasificar varios zafiros que habían llegado de París. Además, sabía que la marquesa era madrugadora. Tal y como imaginaba, a las nueve entraba por la puerta tras ir a misa. Ramona Hurtado de Mendoza, la marquesa viuda de Aguilafuente, apareció en compañía de la condesa viuda de Gondomar. El padre salió a recibirlas.

—Señoras, a sus pies —les dijo José María García Moris—. Pasen al fondo. Hemos remodelado el lugar donde atender a nuestros clientes.

Las acompañó hasta el recién estrenado lugar de venta al público dentro del taller. Tenían una gran alfombra y sobre ella una mesa de doble cristal con bordes y patas de madera, donde se podían observar cajas de plata, pitilleras... En la parte de atrás, a modo de vitrina, había toda una pared cubierta de figuras y de enseres de plata. Dos sillas estaban situadas a un lado de la mesa y otras dos en el de enfrente.

—Bienvenidas. —Besó Ramiro sus manos saliendo a su encuentro.

Conversaron sobre la tiara de la reina y el espléndido trabajo que habían realizado en el taller y, después, fueron al grano.

—Lo primero, queríamos que nos facilitaran el listado de

alhajas y donantes de joyas para la realización de la corona de la Virgen del Pilar. Muchos están diciendo que donaron y yo sé perfectamente que no lo hicieron. De modo que su lista me vendría muy bien para saber a ciencia cierta quién donó y quién no. Ahora todos son muy píos y generosos.

—No hay ningún problema, pero nos llevará tiempo hacer una copia a mano de quién donó y qué joya entregaron para la corona de la Virgen. Son muchos...

—Le estaré muy agradecida. La otra cosa que deseamos encargarle es un broche para la reina.

—Habíamos pensado en una libélula de oro, plata y diamantes —añadió la condesa de Gondomar.

—Una gran idea. Pero quiero advertirlas de que la reina tiene aversión a los insectos. No creo que sea de su agrado. ¿Y por qué no algo más moderno? Ahora estoy haciendo en broche este tipo de estructuras...

Les enseñó varios bocetos en los que se veían líneas rectas cubiertas de zafiros y brillantes dos a dos...

—Se ve muy bonito, pero no sé si es demasiado moderno.

—La reina es una mujer moderna. Le gustará mucho.

—Usted la conoce bien. ¿Sigue yendo por palacio?

Se adelantó a contestar José María García Moris.

—Sí, claro. Además, el rey suele estar presente en muchas de esas visitas y si no, alguna de sus damas. La reina siempre tiene a alguien cerca cuando la visitan.

—Por supuesto —comprendió la marquesa.

El padre temía las malas lenguas de algunas mujeres que se paseaban a menudo por la corte. Era mejor zanjar el asunto de un plumazo.

—Por cierto, marquesa, ya no está Rosario en palacio. ¿Tiene que ver con la salud de su madre? —lanzó Ramiro la pregunta.

—¿Qué madre?

—La de Rosario... He pensado que podría estar enferma.

—¡Que yo sepa, no! Está perfectamente. Al parecer, tuvo unos cólicos recurrentes y finalmente se fue a trabajar a casa de una de las damas de la reina madre. Interpreto que ha sido una forma de quitársela de encima porque Victoria Eugenia me han dicho que quería una institutriz inglesa.

—Ah... —Ramiro no alcanzó a decir nada más. Se quedó pensando en cuál sería la verdadera razón por la que la joven se fue de palacio de forma tan precipitada.

No tuvo que esperar mucho para saber el verdadero motivo. Un día cuando acudió a hacer una entrega a la calle de las Infantas, una joya para Vicenta Gutiérrez, condesa de Torrejón, salió de dudas. Antes de llegar a la casa, vio a Rosario salir de allí con una cesta de mimbre apoyada en su brazo... Cuando cruzó la calle, le pareció observar que estaba muy redondeada de cintura. ¿Estaría embarazada? Decidió seguirla y hacerse el encontradizo. En cuanto vio el momento se acercó a ella...

—Rosario, ¡cuánto bueno por aquí!

—Don Ramiro... Sí, ya ve.

Estaba nerviosísima y siguió andando. Trató de tapar con la cesta su ya incipiente embarazo.

—¿Por qué te fuiste de palacio?

—Bueno, no me encontraba bien de salud y mi madre cayó enferma de la noche a la mañana y al ponerse mejor, he regresado aquí.

—Te veo más lustrosa. Has engordado, ¿verdad?

—Bueno, sí. Ir al pueblo es mi perdición... allí como más de la cuenta. Don Ramiro, tengo que dejarle. Se me ha olvidado comprar una cosa, debo volver al mercado. ¡Hasta pronto!

Ramiro levantó el sombrero y siguió a Rosario con la mirada. Aunque ella no lo había reconocido, saltaba a la vista que se encontraba en estado de buena esperanza. ¿Sería eso lo que precipitó su salida de palacio? ¿Quién sería el padre de la criatura? No alcanzaba a adivinar quién había estropeado, una vez más, la vida de Rosario. Primero, aquel novio que la llevó por el mal camino y ahora, a saber quién la había dejado embarazada. Como la protegían las damas de la corte pensó que se trataría de alguien de alta alcurnia. Pero ¿quién?, se quedó con la duda.

Para Victoria Eugenia no empezó bien el año 1910. Las noticias que llegaban de Inglaterra sobre la salud de su tío, el rey Eduardo VII, no eran buenas. Las cartas que le escribían tanto su madre como sus hermanos, incluso su dama, May, iban en la misma dirección, una bronquitis aguda que le hacía toser con tanta virulencia que dejaba a los que estaban a su lado sin saber qué hacer ni qué decir. Sin embargo, seguía fumando sin parar... Por otra parte, el rey Alfonso XIII, que había prometido no faltar ninguna noche a su cama, no estaba cumpliendo. Intentaba parar otro tipo de fuegos que no cesaban: las conspiraciones contra el Gobierno. Habían saltado unos primeros indicios de un complot contra Moret junto a varias intentonas de insubordinación en el ejército. Un grupo de oficiales en Barcelona hizo pública una denuncia sobre el favoritismo existente en la concesión de honores y promociones en la campaña de Melilla. En Madrid, surgieron protestas por el mismo tema. Pronto empezaron los rumores de que el rey quería sustituir a Moret al frente de la presidencia del Consejo de Ministros. Incluso se comentaba que ya se estaban ofreciendo carteras en el supuesto de que le sustituyeran por el general Weyler. Este tipo de rumores era motivo constante de preocupación y malestar en el Gobierno de Moret. En el gabinete de la reina, el rey le confesó la situación.

—Querida Ena, el momento es muy delicado y no se puede prolongar. Sus correligionarios liberales recelan del propio Moret. A su vez, los oficiales del ejército le desprecian. No tengo más remedio que pensar en una alternativa. Así no vamos a ninguna parte.

—Me han dicho que Romanones, en una cacería, no se separaba de ti. Imagino que conspirando.

—Es cierto, aquí al final acaba sabiéndose todo lo que hago o lo que dejo de hacer.

—Bueno, tu madre es la primera que te está presionando para que haya un cambio en el Gobierno.

—La situación, Ena, es insostenible...

Días después, Moret se presentó en palacio con su dimisión

por escrito. El rey le informó de que iba a celebrar consultas con Canalejas, Montero Ríos y López Domínguez. Las consultas no fueron largas, los liberales acordaron que el sucesor de Moret fuera Canalejas.

Victoria Eugenia se encontraba con muchos dolores. Jamás había tenido ninguno tan agudo en sus anteriores embarazos. Cuando llegó la noticia de la muerte de su tío el 6 de mayo de 1910, fulminado por un infarto, tuvo que guardar cama por prescripción médica. Sus damas no se apartaron de su lado.

—Señora, es ley de vida. No andaba bien de salud —le comentaba Sarah.

—Su reinado ha sido breve, pero se ha asegurado de que su segundo hijo y heredero, Jorge, estuviera bien preparado para ascender al trono. La monarquía tiene que asegurarse siempre la continuidad. Y eso es lo que hacemos las reinas, parir para que la corona siempre tenga una cabeza en la que sujetarse.

—Aseguran que padre e hijo siempre tuvieron muy buena relación —apuntó Hazel.

—No siempre. Cuando era joven sintió un verdadero entusiasmo por hacer su santa voluntad, por perseguir los dictámenes del placer, pero es verdad que muy pronto apareció su gran sentido del deber. Eso nadie se lo puede negar.

—¿Dónde será enterrado?

—En el castillo de Windsor, todas las Casas Reales estarán allí representadas. La nuestra también. ¡Siento tanto no poder viajar en este estado!

—Señora, está a punto de dar a luz. No podría realizar un viaje tan largo casi a término del embarazo.

En palacio, a espaldas de Ena, las damas hablaban con la reina María Cristina de las muchas amantes que había tenido el tío de Ena, el rey Eduardo VII.

—Una larga lista... y solo de las que se saben. Conque de las que no se saben... —comentó la marquesa de Toledo.

—La lista es interminable: una actriz, Lillie Langtry; lady Randolph Churchill; la condesa de Warwick; la actriz Sarah Bernhardt; la cantante Hortense Schneider, la millonaria Agnes Keyser, Alice Keppel... y así podríamos estar hasta mañana —comentó la marquesa de Aguilafuente.

—La pobre reina, Alejandra, sabía de sus romances y miraba para otro lado... Como hemos hecho todas —comentó María Cristina.

Victoria Eugenia lloró sin consuelo al ver las primeras fotos del entierro del rey Eduardo, que tuvo lugar el viernes 20 de mayo. En el cortejo fúnebre a caballo fueron el rey Alfonso XIII y el rey de Bulgaria para acompañar al féretro del Palacio de Buckingham a Westminster. Todo el pueblo británico se echó a la calle. El funeral se convirtió en la reunión más importante de la realeza europea, con representantes de setenta estados. Las campanas del Big Ben sonaron sesenta y ocho veces, una por cada año de vida de Eduardo VII. Todo concluyó en el castillo de Windsor, allí se completó la ceremonia fúnebre...

En el Palacio Real tampoco sonaron las salvas de rigor al nacer el nuevo hijo de los reyes. Victoria Eugenia se puso de parto estando el rey ausente, con unos dolores que jamás había sentido. Hubo un momento en el que el doctor Gutiérrez le dio la peor de las noticias.

—Señora, el niño no hace ningún movimiento. Necesitamos de toda su energía para que salga. No hay ninguna posibilidad de que nazca con vida.

—¿Qué? ¿Mi hijo está muerto?

—Es muy duro, pero tiene que asumirlo. Es usted muy joven. Volverá a quedarse embarazada. Tiene que empujar...

El mundo se paró para Victoria Eugenia. Ya no oía a sus médicos. Iba a dar a luz un niño muerto. No tenía fuerzas, no podía ayudar... sintió que perdía el conocimiento. Le aplicaron la anestesia, cuyo uso en la corte ella había generalizado para todas las parturientas menos para ella. En esta ocasión sí se la dieron. Y nació sin vida un nuevo infante de nombre Fernando.

El doctor salió a la sala contigua a dar la noticia a Canalejas y a todo el Gobierno allí presente. La reina María Cristina se echó a llorar. Sus damas la cogían de la mano. Era el nacimiento más triste al que habían asistido. Cuando Victoria Eugenia abrió los ojos, nadie le habló del infante muerto. Era como si se tratara de una pesadilla. Tampoco Ena quiso preguntar. Sabía que el parto había salido mal. Estaba sin fuerzas y sin ánimo para hablar. Cuando llegó el rey, simplemente la abrazó. Victoria Eugenia no tenía lágrimas... Era como si estuviera condenada a que sus hijos varones no salieran adelante. Fernando ya formaba parte del pasado antes de haber empezado a vivir.

40

¿Por qué no me habéis dejado ver a mi hijo muerto?

Fueron días muy duros para Victoria Eugenia. No tenía ganas de comer y menos aún de ver a nadie. El rey mandó que se trasladara junto al resto de la familia a La Granja. Pensó que allí, probablemente, la reina lo vería todo distinto. En aquel entorno, rodeada de árboles y rincones únicos, la obligaron a pasear y a salir de su habitación. Poco a poco, junto a sus hijos, comenzó a recuperar el interés por lo que sucedía a su alrededor. Durante varios días preguntó insistentemente: «¿Por qué no me habéis dejado ver a mi hijo muerto?». Pero nadie le supo dar una contestación. Los médicos lo organizaron todo para que la reina jamás viera a su hijo. Sin embargo, los tres galenos coincidían en que el niño, a pesar de haber nacido sin vida, parecía el más fuerte de todos los que había traído al mundo. «¿Por qué nació muerto?», era otra de las preguntas que no supieron responder.

«Procure olvidar...», era la frase más pronunciada por el doctor Gutiérrez y sus ayudantes.

El equipo médico no quería que ahondara en la herida, pero Ena tenía muchas dudas sobre ese momento en el que la vida de su hijo se interrumpió. Quizá el disgusto por la muerte de su tío o quizá tantos problemas que se iban acumulando fueran los responsables del trágico final del infante. Cuando no la veía nadie, lloraba. Necesitaba hacerlo.

El rey también estaba muy afectado y cuando se encontraba a solas con alguno de sus amigos les confesaba: «Quizá haya sido mejor para Fernando haber nacido muerto. ¿Quién sabe? —continuaba—. Quizá ha sido lo mejor». Con quien tenía más confianza, como ocurría con el duque de Alba, añadía: «¡Ena tiene un verdadero problema cuando trae al mundo un varón! Nadie sabe darme una explicación. La ciencia no tiene respuestas». Jimmy —como era conocido el duque— observaba un inexplicable rencor del rey hacia su mujer, que crecía de día en día. Como si la culpara de sus partos y de los hijos faltos de salud que traía al mundo. Poco a poco, Alfonso XIII empezó a citar en palacio a mujeres que acudían al lecho del rey sin ningún escrúpulo, mientras la reina estaba en La Granja recuperándose del parto.

A finales de junio, cuando la vida comenzó a tener sentido para la reina, recibió un nuevo revés y quizá más duro que el anterior. Alfonsito se dio un golpe muy fuerte contra la puerta del comedor en el lado derecho de su cabeza. El impacto le provocó un derrame que en cuestión de minutos se extendió por toda su frente. El moretón se fue haciendo tan visible que asustó a cuantos estaban presentes. Afortunadamente, se encontraba de visita el infante Luis Fernando de Baviera, el marido de la infanta Paz, que además era un médico excelente que ejercía en su propia clínica, en Múnich. Además, conocía perfectamente las dolencias de la familia real británica.

—Se trata de un caso similar al del zarévich Alekséi Nikoláyevich. Es una grave enfermedad hereditaria. Debe tener mucho cuidado con los golpes y las heridas. Alfonsito tiene un derrame frontal interno. Debe estar permanentemente vigilado por un médico.

Victoria Eugenia se echó a llorar. Sabía lo mucho que había pasado la familia con el bisnieto de la reina Victoria. Se trataba de la enfermedad que tanto temía y que provocaba problemas en la sangre, heredada de Jorge III, aunque nunca lo reconociera su abuela. Cada vez que el zarévich tenía un accidente o un golpe, se convertía en un acontecimiento doloroso y difícil para sus padres. Y ahora, en su familia, sus peores temores se habían confirmado. Su hijo mayor, Alfonsito, estaba tan delicado como el heredero al trono imperial ruso. Ahora todo encajaba. Entendía esa falta de salud, ese no acabar de estar bien, incluso esa falta de fuerza y de energía.

—Ena, dos de tus hermanos también padecen la enfermedad y ahí los tienes con energía. Nadie diría que están enfermos —comentó Luis Fernando de Baviera.

—No sabemos si se trata de la misma dolencia, pero mis hermanos Leopoldo y Mauricio son fuertes. Alfonsito ha nacido débil. Y por lo que veo, así será su vida para siempre.

No tardó mucho en llegar la princesa Beatriz desde Londres, al saber que uno de sus nietos padecía la enfermedad innombrable en la familia. Cuando llegó a La Granja, estaba desencajada y no era por el viaje, sino por el disgusto que el descubrimiento de la enfermedad de Hesse, había provocado en toda la familia. A solas su hija se sinceró con ella.

—Madre, mis temores estaban fundados. Soy portadora de esa rara enfermedad y se la he transmitido a Alfonsito. Y a saber si Jaime sufre el mismo padecimiento.

—No tiene por qué. Yo también soy portadora de la enfermedad. Las mujeres la transmitimos, pero no la padecemos. Por lo que sé, afortunadamente, no todos nuestros hijos la padecen. Ahí está tu hermano Alejandro. Y los que la han contraído, como tus otros hermanos, deben estar vigilantes, nada más. Ellos hacen vida normal.

—Normal, pero entre algodones. Yo no quiero esa vida para mi hijo. ¡Qué dolor! Alfonso no viene por Segovia. No desea compartir conmigo esta angustia. Me siento terriblemente sola.

Se acercó su madre y la abrazó. Así estuvo durante un buen rato.

—No todos los hombres encajan las adversidades de la misma forma —le comentó a su hija—. A Alix y Nicolás, la enfermedad de su hijo les ha unido mucho más. Dale tiempo a Alfonso para que lo encaje.

—Noto como aquí me culpan, sin decírmelo, de la enfermedad de Alfonsito. A nosotros nos va a alejar más, lo tengo claro. La prueba está en que no se encuentra a mi lado. Todo esto lo estoy pasando sola. Si no fuera porque has venido...

La herida de la frente del príncipe de Asturias tardó en curarse, pero, poco a poco, fue desapareciendo, para tranquilidad de todos. Alfonso se excusaba de ir a La Granja por los muchos problemas que iban surgiendo con el nuevo Gobierno de Canalejas. La autoridad de este emanaba de su prestigio como orador y legislador; así como sus estrechos vínculos con la izquierda antidinástica. Este último extremo era del que se hablaba constantemente en las comidas y cenas en Segovia. María Cristina dialogaba con su consuegra:

—No podía haber nadie en el Gobierno menos monárquico que él. Me resulta un hombre muy antipático. Además, nunca le perdonaré su oposición abierta a la guerra del 98. ¡Pobre hijo mío! Tener que lidiar con alguien así.

—Todos cambian, mi querida reina, ¡todos! Lo mismo tener cerca al enemigo es beneficioso para el pueblo y para la estabilidad. ¡Quién sabe!

—Desde luego, su gabinete es menos radical de lo que prometía su programa. En eso tienes razón.

Victoria Eugenia no comentaba nada. Era como si no estuviera allí, sino muy lejos de todo lo que se decía en la mesa. Apenas comía y todos eran conscientes de cómo su ánimo volvía a marchitarse hasta el extremo de no hablar ni pronunciar una sola palabra durante todo el día.

Apareció Alfonso por La Granja ante la insistencia de su madre. María Cristina sabía que él era el único que podría sacarla de ese estado y aliviar la falta de ánimo de su nuera. Fueron solo dos días, sábado y domingo, pero a Ena le cambió la cara e incluso volvió a sonreír.

—Ena, la vida sigue —le decía Alfonso—. Tú estás aquí demasiado encerrada pensando en lo mismo. Deberías irte ya a San Sebastián con la familia.

—Me siento muy sola. No hemos hablado de lo que ha pasado...

—Las heridas prefiero cerrarlas. También ha sido duro para mí, pero nuestro deber como reyes es seguir adelante. Hablando de otra cosa, Canalejas quiere dar otra imagen de mí. No le gusta que haga deporte ni que salga en las fotografías practicando tenis, vela o polo. Dice que mi imagen debe cambiar y ahora todas las fotos que me hacen son iguales, siempre me verás trabajando en el despacho.

—No he visto los periódicos...

—Pues ahora solo me sacan con una pluma en la mano firmando papeles. No me opongo a este cambio, creo que quiere mejorar mi imagen y lo respeto. Intenta granjearse mi afecto. Además, pienso que no le disgusta el ambiente palaciego...

—Tu madre no acaba de creerse ese cambio.

—Yo sé que él pretende la nacionalización de la monarquía. Me dice que quiere poner la institución al día, acorde con las aspiraciones del pueblo y volverla más atractiva ante las fuerzas republicanas. Sé que mi madre, precisamente por eso, está muy preocupada.

—Yo también.

Irrumpió María Cristina en los aposentos personales de los reyes y entró directamente, sin pedir permiso.

—Bubi, ¡qué ganas teníamos de verte! ¿Te quedas un tiempo?

Madre e hijo se besaron.

—No, me tengo que ir mañana. José Canalejas ha declarado una amnistía a todos los condenados por infracciones políticas cometidas durante la Semana Trágica y los días posteriores. Además, va a emprender una serie de reformas que van a traer cola.

—Pero ¿qué quiere, poner el Estado patas arriba?

—Quiere cambiarlo todo. Pretende imponer límites a las órdenes monásticas con un nuevo proyecto de Ley de Asociaciones, que sus opositores llaman «Ley del candado» porque prohíbe durante dos años el establecimiento de nuevas órdenes religiosas. Quiere reforzar el carácter laico del Estado. En fin, que tengo que ir a Madrid porque no cesan los paros y las huelgas y el presidente está dispuesto a restablecer el orden incluso militarizando a los trabajadores ferroviarios que están en huelga. Creo que no voy a tener verano este año con tantos frentes abiertos. Sin embargo, vosotras deberíais ir a San Sebastián. Ena necesita cambiar de aires. Ya se lo he dicho.

—Pues nos iremos en un par de días —aseveró María Cristina sin esperar ningún consenso con su nuera.

Ena permaneció callada sin dar su opinión. Lo único que necesitaba era que su marido estuviera a su lado. Por otra parte, no quería pensar. Iría allí donde le dijeran que debía estar. De hecho, pasados unos días, al llegar al Palacio de Miramar, la brisa que sintió en su piel le produjo un efecto absolutamente reparador. La luz, el mar, el contacto con la naturaleza y la presencia de su cuñada, María Teresa, junto a su familia, le fueron haciendo olvidar los meses oscuros que había vivido desde el nacimiento fallido de su hijo. Alfonsito jugaba con su hermano Jaime y con sus primos cerca de su madre y de su tía. La pequeña Beatriz ya se hacía notar y balbuceaba sus primeras palabras... La reina comenzó a sonreír y comprendió que debía salir adelante. Era ella la que tenía que dar fuerza a todos los demás. «Ejerce de reina», le decía su madre una y otra vez. «Vuelve a ser la que eras», le comentaba su cuñada. Todos la animaban a que volviera a sus aficiones y a sentir interés por las cosas.

Ena se enteró de que los Ansorena habían vuelto a pasar ese verano en San Sebastián y le mandó un telegrama a Ramiro para que apareciera por allí cuanto antes. El joven joyero lo dejó todo y se fue a palacio dispuesto a hablarle de joyas e intentar mencionarle lo menos posible a la Peregrina.

Al llegar al Palacio de Miramar, enseguida le recibió la reina. Estaba muy delgada y desmejorada. La acompañaba su madre, la princesa Beatriz. Por lo tanto, la conversación siguió en inglés, idioma que dominaba el joyero. Victoria Eugenia le explicó a su madre quién era...

—Amo más a las joyas desde que don Ramiro me ha hecho

ver lo excepcional de cada pieza. Me estoy haciendo una experta en historia y en joyas.

—Eso es magnífico, hija. Las joyas brillan por sí mismas, pero nos contagian de ese brillo, nos iluminan, y son el complemento perfecto.

Ramiro asentía con la cabeza sin atreverse a hablar hasta que no le preguntaran.

—Me gustaría saber más de Fernando VII y su relación con las joyas. Creo que nos quedamos ahí —se dirigió Ena a Ramiro.

—Sí, ahí es donde deberíamos retomar el hilo. Después del expolio francés, los Bonaparte se quedaron con gran parte del joyero real, y lo que no quisieron, lo vendieron. Necesitaban fondos para el ejército francés. No dejaron ni la platería que había en palacio ni los objetos de valor que existían en la capilla real. Cuando Fernando VII regresó al poder, restaurando el absolutismo y persiguiendo a los liberales, intentó recomponer el tesoro mandando realizar suntuosos ajuares de joyas para sus distintas esposas. Además, encargó juegos de tocador, vajillas y objetos litúrgicos nuevos. Quería que la corte recuperara el brillo de antaño. Existen retratos que corroboran lo que les estoy diciendo. El pintor Vicente López Portaña pintó a María Josefa Amalia de Sajonia y a María Cristina de Borbón-Dos Sicilias —sus dos últimas esposas— con aderezos importantes y suntuosos. Antes de fallecer, después de la llamada «Década ominosa», el rey quiso que quedara constancia de los enseres valiosos y de las joyas reales. Sin embargo, cuando María Cristina partió para el exilio a París en 1840 no se encontró nada de ese inventario. Había desaparecido. Eso sí, hallaron setecientos estuches de joyas vacías en los aposentos reales. María Cristina siempre sostuvo que se llevó las joyas que había comprado el rey para ella y para sus hijas. De hecho, en 1858, desde su exilio, entregó a sus dos hijas, Isabel II y la infanta Luisa Fernanda, más de doscientas joyas valoradas en 58 millones de reales. El resto fueron vendidas. Las joyas siempre han sido útiles para transformarlas en dinero cuando ha sido necesario. Es decir, las joyas no solo adornan, sirven como aval para subsistir cuando vienen mal dadas.

—Tiene toda la razón —apostilló la reina—. Son hermosas y útiles. Digo yo que alguna de las joyas que hoy tiene mi suegra vendrán de esa rama familiar.

—Sí. Lo sé por mi abuelo Celestino, que fue joyero de la reina Isabel II.

—Interesantísimo... quiero todos los detalles, pero... sigamos con el relato porque si no me pierdo —le cortó Victoria Eugenia.

—Señora, perdone si voy demasiado rápido. Tras la muerte de Fernando VII, se instauró la ceremonia de jura del nuevo soberano frente a la Constitución y las Cortes, que representan la soberanía nacional. Fue entonces cuando se buscaron una corona y un cetro que simbolizaran la autoridad de la monarquía ante los diputados.

—¿Así pues fue Isabel II la que hizo uso de estas nuevas joyas para las juras cuando fue proclamada mayor de edad?

—Sí, fue la primera en usar la corona en 1843 cuando adquirió la mayoría de edad. Igual que se hizo con Alfonso XIII en 1902.

—¿Tenéis corona como en Inglaterra? —preguntó curiosa la princesa Beatriz.

—Sí, pero más modesta, me lo explicó don Ramiro la última vez que nos vimos. No tiene las piedras preciosas de la corona inglesa.

—Está realizada en plata fundida, cincelada y dorada para dar fuste y relevancia a estas ceremonias. El cetro es más antiguo. Probablemente sea del siglo XVII. En el inventario realizado en 1701 a la muerte de Carlos II se menciona, aunque no aparece en ningún retrato hasta el siglo XIX. Es muy bonito y está recubierto en plata dorada con piezas en esmalte y granates con empuñadura en cristal de roca.

—¿Qué joyas le gustaban a Isabel II?

—A la abuela del rey le encantaban las joyas. Se hizo retratar con ellas constantemente. Encargó y compró piezas a los joyeros más destacados del momento: Narciso Soria, Félix Samper, Manuel de Diego y Elvira o a mi propio abuelo: Celestino Ansorena. También les encargó piezas muy valiosas a joyeros extranjeros como Carlos Pizzala, que tuvo mucha relación con mi antepasado, Hunt & Roskell, Lemonnier y Dumoret.

—¡Qué curioso que su familia haya estado tan presente en la vida de la Corona de España! —comentó la princesa Beatriz.

—Sí, todo un honor para nosotros. Nada nos llena más de orgullo que llevar tres generaciones sirviendo a la casa.

—¿Isabel II era tan apasionada como yo por la belleza de las piedras preciosas?

—Dejémoslo en que le atraían tanto como a Su Majestad. Se hizo con collares de piedras extraordinarias, *sautoirs* increíbles, larguísimos collares de perlas y de piedras preciosas, tanto en *rivière* como en *degradé*; gargantillas ajustadas al cuello o *chocker*; petos enjoyados; tiaras y broches cuajados de diamantes, broches en *sevigné*, en forma de lazo y algo que estaba muy de moda: diademas o bandas de piedras preciosas colocadas sobre la frente, los clásicos *ferronière*; *bandeaus*, es decir, diademas en forma de banda... Pero muchas de estas joyas no tenían como destino su propia persona, sino que hacía muchos regalos, incluso algunas servían como exvotos piadosos. Por ejemplo, realizó importantes donaciones a la Virgen de Atocha, tras haber resultado intacta la talla después de un atentado o la tiara papal de oro, piedras preciosas y perlas que encargó a Carlos Pizzala y a mi abuelo Celestino, para Pío IX... También encargó a la prestigiosa firma francesa de origen italiano, casa Melleiro, una diadema para su hija, la tía del rey, la infanta Isabel de Borbón, con motivo de su boda.

—Sí, una diadema preciosa que utiliza mucho... —comentó la reina.

—Se dice que Isabel II partió con muchas joyas al exilio después de la revolución de 1868.

—La acogió mi madrina, Eugenia de Montijo —añadió Ena.

—Sí, recibió el amparo de Napoleón III y mi queridísima Eugenia. Estableció su residencia en el parisino Palacio de Castilla hasta su muerte. Allí abdicó en favor de su hijo Alfonso XII —completó el relato la princesa Beatriz.

—Muchas gracias por esta lección de historia de primera mano. Pues bien, volviendo a las joyas, algunas se desmontaron y fundieron. Además, la reina subastó gran cantidad de sus collares y broches para sufragar la compra y reformas de su residencia parisina. Tras su reciente muerte en 1904, se produjo la gran dispersión de sus joyas entre sus hijas, las infantas: Isabel, Paz, Eulalia y, por supuesto, la herencia llegó hasta su suegra, la reina María Cristina. Sería muy interesante preguntarle a ella.

—Mejor que no —comentó la princesa Beatriz—. No me parece elegante.

—Sí, hay cosas que no se pueden preguntar. Bueno, don Ramiro, le agradezco tanta información. Se ha hecho tarde y deberíamos continuar otro día.

—Cuando usted guste, majestad.

—Gracias por su charla que tanto me sirve para quitarme de encima muchos problemas.

—Nada me satisface más que serle útil.

Se levantó del asiento, besó la mano a las dos damas y se retiró del palacio con ganas de haberle hablado más de su abuelo. Ya lo haría en próximos encuentros. Se sentía satisfecho de haberla visto sonreír. Imaginaba el mal momento que estaba pasando...

En los días siguientes, el rey apareció por Miramar. El Gobierno se preparaba para ocupar con el ejército San Sebastián. Tenían la información de que el marqués de Comillas, indignado por la Ley del Candado, había promovido varios comités de acción católica para oponerse al proyecto y, aunque se habían prohibido las manifestaciones en la calle, las llevaron a cabo. Su propósito era llegar con las protestas a San Sebastián, pero al no recibir aliento del rey para hacerlo, se echó atrás. El rey, finalmente, apoyó al presidente José Canalejas a pesar de su anticlericalismo. Si no lo hubiera hecho, le habría amenazado con dimitir y abrir otra crisis de Gobierno.

41

La fuerza de las joyas

Con el final del verano y el regreso a Madrid de toda la familia real, concluyó el momento más duro vivido por Alfonso y Victoria Eugenia. Encontraron de nuevo la complicidad que existía entre ellos, saliendo de noche y compartiendo la afición creciente del rey por asistir a los estrenos de obras de teatro, ópera y zarzuela. La reina se preocupaba por estar atractiva y vestir según la moda de París; también por pintarse y ponerse los mejores perfumes. Siempre iba acompañada de sus joyas, que eran la admiración de cuantos la observaban.

El día de su cumpleaños, Alfonso dio una fiesta en palacio a la que estaban invitados todos los embajadores, así como miembros del Gobierno y grandes de España. Cuando la reina apareció vestida de gasa azul con su tiara de aguamarinas, el collar y la gargantilla haciendo juego con el color de sus ojos, fue el centro de todas las miradas en el gran salón. Su cuñada María Teresa se acercó a ella y se lo dijo.

—Mi querida Ena, felicidades. Vuelves a ser la de siempre. Me tendré que hacer con un collar como el que llevas a ver si se me pega algo. No he visto a nadie brillar tanto como tú.

—Gracias... Las joyas me dan fuerza y energía. Ya sabes el poder de atracción que ejercen sobre mí.

—¿Te has fijado en cómo te mira el rey? No te quita ojo. Hoy irá a tus aposentos, ya te lo digo yo.

—Lleva tiempo sin venir...

—Hoy no cierres la puerta. Lo conozco demasiado. Lo tienes completamente obnubilado. —Se echó a reír.

Esa sin duda fue su noche, las aguamarinas obraron el milagro. Alfonso volvió por completo su atención hacia ella. Se lo comentó a su amiga lady William Cecil y esta, por carta, le explicó que era la magia que desprendían las piedras:

> Mi querida Ena, no tengas la menor duda de que las aguamarinas han ejercido su magia. Son unas de las gemas más bellas y misteriosas. Plinio dejó por escrito que se trataba de una piedra preciosa que se volvía invisible en el agua de mar. Seguramente su nombre se deba al escritor y militar del siglo I. En la tradición clásica, se asociaba la aguamarina con la estrella Sirio, la más brillante del hemisferio celeste del norte y ha sido una de las piedras más utilizadas como ornamentación desde la antigüedad. Sirio salía justo antes que el Sol cuando el Nilo se desbordaba cada año y por este motivo se asociaba con la llegada del agua. Aseguran los expertos que mejora y reequilibra las manifestaciones sentimentales de índole romántico, que reactiva las emociones afectivas y aumenta el encanto personal [...].

Sonrió tras leer su carta. ¿Sería el poder de la aguamarina lo que hizo que el rey, como le aseguró su hermana María Teresa en la fiesta, no se resistiera a entrar en su cuarto aquella noche?

A comienzos de diciembre, Alfonso seguía empeñado en que a Jaime había que llevarle a una clínica para que mejorase su estado de salud. Si no padecía la enfermedad de su hermano, tenían que descartar que se tratara de una tuberculosis...

—Ha llegado el momento, Ena. Este niño tiene que mejorar su estado físico. Debe irse a Friburgo de inmediato. Allí harán de él un hombre fuerte, estoy seguro.

—¿Por qué no esperamos un poco, a que pase las navidades con sus hermanos?

—En enero, en cuanto pase la festividad de Reyes, el niño se irá con su aya, la marquesa de Salamanca.

—Está bien. Eso haremos...

Cuando llegó la segunda semana de enero, Victoria Eugenia se despidió de su hijo sin lágrimas y sin mostrar emoción alguna. La procesión iba por dentro. El niño no lo notó.

—Yo me quiero quedar aquí, mamá —le decía tirándole de la falda.

—Lo sé, hijo, pero es por tu bien. En verano ya estarás aquí con tus hermanos y seguro que volverás más alto y fuerte.

El pequeño no dijo nada más, se encogió de hombros y le dio la mano a la marquesa. Así emprendieron viaje a la región de Suiza Oriental. Afortunadamente, viajaron con él otros niños españoles de familias de la alta sociedad. Los primeros días, aparte de pasear por el casco antiguo medieval de la mano de su aya, aprovecharon los fines de semana para jugar con la nieve. Cogió mucha afición a tirarse en trineo. Un día, ya en febrero, se montó con otros niños y volcaron quedando por completo sepultados bajo la fría nieve. La marquesa, presa del pánico, se lanzó a desenterrar al pequeño infante. Solo se veía su frente, por lo que tuvo que tirar literalmente del pelo para poder sacarlo de allí. Todos los niños salieron tiritando. La marquesa de Salamanca solo sabía santiguarse y encomendarse a todos los santos.

Afortunadamente, aquello quedó en un susto y el incidente se convirtió en anécdota entre la marquesa y la madre del niño, Victoria Eugenia. Se carteaban con mucha frecuencia, por lo que en palacio estaban al corriente de los avances del pequeño. También les informó de cómo los médicos habían descartado que este padeciera tuberculosis o cualquier otra enfermedad.

—¿Ves, Ena? Puedes estar tranquila. Volverá hecho un roble. Estas separaciones de la familia, los fortalecen, les hacen más fuertes —le comentó el rey tras leer la misiva de la marquesa.

—Tienes razón. Ha sido una buena idea. Sin embargo, Alfonsito echa muchísimo de menos a su hermano. Beatriz todavía es demasiado pequeña como para poder jugar con ella.

—En cuanto llegue Jaime, se le pasarán todos sus males.

En medio de tanta actividad social y obras de caridad, Ena volvió a sentir que Alfonso era el hombre apasionado de siempre. Cada vez pasaban juntos más noches en su habitación. Los dos habían superado el primer gran escollo de su matrimonio. De enero a mayo, vivieron en una especie de luna de miel permanente. Ena procuraba no dejarle solo por las noches y le acompañaba a todas partes, incluso a ver a alguna cantante de revista, precisamente porque había llegado a sus oídos la admiración del rey hacia ella...

Al llegar el mes de mayo, un día, justo después de comer, tuvo la sensación de que se le giraba el estómago. No pudo llegar a su habitación y vomitó de camino por el pasillo del palacio. Rápidamente el doctor Gutiérrez la examinó y volvió a pronunciar las palabras que más podían perturbarla: «Señora, está usted de nuevo embarazada».

Por la cara de miedo que puso, el médico se dio cuenta de que estaba pensando en su anterior embarazo y en el triste final del infante don Fernando.

—Aquello no volverá a ocurrir, señora. La observaremos todas las semanas para su tranquilidad y la nuestra.

Victoria Eugenia no verbalizó su pensamiento, pero sus ojos eran suficientemente expresivos. Calculó los nueve meses de gestación y supo que el niño o la niña nacería en diciembre.

Alfonso recibió la noticia con la misma sonrisa que las otras veces e idéntica preocupación por dentro. Le habían dicho los médicos que no dejarían que sucediera nada malo ni a la reina ni al bebé que estaba gestando. Sin embargo, el rey pensó que sería difícil evitar la herencia que transmitía Ena en su sangre. Volvió a sumergirse en sus pensamientos sin añadir nada...

—Señor —le dijo el médico—, si hay que sacar al niño antes

de los nueve meses, lo haremos. Va a ser la embarazada más vigilada y observada de la humanidad.

—Está bien lo que dice. Se puede imaginar que mi preocupación es máxima.

—Lo sé, señor.

Alfonso dejó de visitar las habitaciones privadas de Ena. No quería perturbarla, deseaba que estuviera tranquila. Sin embargo, la reina suspiraba por estar entre sus brazos. Estaba aterrada de miedo y volvió a sentirse muy sola.

El rey comenzó a realizar muchos viajes por toda España mientras los intelectuales seguían dando vueltas al tema del fusilamiento de Ferrer, el anarquista al que le hicieron responsable de los actos terroristas de la Semana Trágica. El destacado abogado, periodista y político republicano Augusto Barcia impartió una conferencia en la Casa del Pueblo de Madrid sobre las infracciones legales cometidas en el proceso a Ferrer. Insistió en que había leyes que garantizaban la petición de revisión de un proceso que, a su juicio, no había cumplido los trámites legales. En su charla, recordó al capitán de ingenieros, señor Carcelán, que defendió al reo alegando que estaba siendo víctima no de la ley, sino de la pasión de los que querían ver a Ferrer ejecutado. El abogado comparó el caso Ferrer con el famoso proceso al capitán francés Alfred Dreyfus, demostrando cómo la protesta de un pueblo ejerció una clara influencia en el Gobierno de un país como Francia, provocando la revisión del proceso, que terminó por considerar inocente al reo. La minoría republicana del Congreso propuso a las Cortes que se revisara también la causa de Ferrer, aunque ya estaba muerto, a fin de «devolverle su dignidad». Incluso aprovecharon para denunciar la excesiva presencia de la jurisdicción militar sobre la vida civil de los españoles. Finalizó toda la revisión con la exculpación de Ferrer de los hechos de la Semana Trágica y la declaración de su inocencia.

El rey trataba de apagar cuantos fuegos se encendían aquí y allá, cuando la marquesa de Salamanca decidió volver a España con el pequeño Jaime a comienzos del mes de julio. Al montarse en el último tren, que los llevaría ya hasta la estación del Norte de Madrid, el niño empezó a sentir un intenso dolor de cabeza. Aquellas últimas horas, tanto para el niño como para su aya, se les hicieron interminables. Fue llegar a la estación del Norte y el infante, antes de ver a su familia, sufrió un síncope. Se puso tan enfermo que tuvieron que sacarle de allí entre el infante Fernando de Baviera y uno de los mecánicos de los reyes. El niño perdió el conocimiento después de echar pus por la nariz y por los oídos.

La reina María Cristina tuvo que sujetar a su nuera Victoria Eugenia y llevarla hasta un asiento de la estación. Las acompañaba la infanta Isabel, que no dejaba de darle aire con su abanico. Hasta que pudieron regresar a palacio, todos temieron por el infante y por su madre, que estaba ya de cuatro meses.

En cuanto supo lo ocurrido, el rey se trasladó a Madrid e hizo llamar al gran especialista, el doctor Compaire, quien le diagnosticó una otitis aguda y decidió hacerle una trepanación. En cuanto Ena mejoró algo, aun estando en cama, Alfonso le comunicó el diagnóstico del especialista.

—Ena, nos dice el médico que al infante hay que hacerle una trepanación. Creo que no queda otra, si no queremos que pierda el oído.

—Pero Alfonso, ¿estás seguro de que es necesario?

—Completamente...

En las habitaciones del último piso del palacio, se habilitó un quirófano y una sala de espera. Cuando intentaron dar al niño cloroformo para dormirle, este comenzó a dar puntapiés y rompió varios frascos de anestésico... Finalmente, se quedó dormido y pudieron intervenirle, pero eran ya las dos de la madrugada. La operación fue muy laboriosa. El galeno tuvo que romperle el hueso auditivo en presencia no solo de médicos y enfermeras sino del mismo rey, la reina María Cristina y la infanta Isabel. En la sala contigua estaba la reina Victoria Eugenia, asistida en todo momento por el doctor Gutiérrez, y en compañía de José Canalejas y Antonio Maura.

Cuando el niño despertó, sonrió. Todos aplaudieron lo que

parecía un éxito. Sin embargo, el niño no respondía a ninguna pregunta. Jaime no oía nada. Desde ese día, el silencio empezó a formar parte de su universo. De repente, la vida había perdido sus sonidos cotidianos. Veía como todos le hablaban, pero no lograba oír lo que decían. El doctor Compaire acompañó al niño en su convalecencia al Palacio de La Granja. Esperaban que recuperara la audición poco a poco. Sin embargo, el pequeño Jaime permaneció en un mundo insonoro donde los olores, las imágenes y el tacto adquirieron una importancia extraordinaria para él. Como no se oía al hablar, comenzó a olvidar las palabras. Tan solo emitía sonidos inconexos para intentar explicarse. Se desesperaba cuando nadie le entendía.

Un verano más el infortunio hacía acto de presencia de tal forma que impedía una vida familiar normal. El pequeño Jaime se había quedado sordo y había perdido el habla. El rey no se atrevía a hablar de estas cosas con Ena. Sin embargo, se sinceraba con su madre y también con su amigo, Jimmy. El duque de Alba escuchaba atónito el dolor que llevaba el rey escondido en su interior.

—Alfonsito, con el mal de la sangre de la familia de Ena; Jaime, sordomudo... Fernando nació muerto. La tragedia se ha cebado con nosotros. Baby parece que es la única que crece sana. Sin embargo, ahora vuelta a empezar con un nuevo embarazo. Vuelta a las dudas de si nacerá sano... No lo pensé al casarme con Ena. Alguien me habló del mal de la sangre de la familia, creo que fue el rey Eduardo. Fue muy de pasada, Jimmy.

—O no quisiste oír, estabas demasiado enamorado de Ena como para escuchar las advertencias de su tío. De todas formas, la vida es así, está llena de claros y oscuros. Deberías apoyar a tu mujer, que debe de sentirse sola y llena de temores, exactamente igual que tú.

Esa noche fueron muchos los whiskies que tomó el rey. No quería pensar, necesitaba olvidar sus problemas. Allí estuvo el duque de Alba hasta que el sueño le ganó al rey la batalla.

Durante la época estival, tanto en La Granja como después

en San Sebastián, fueron muchos los especialistas que se acercaron a observar a Jaime para tratar de que recuperara al menos uno de los oídos. Sin embargo, todos los tratamientos fueron infructuosos. También el niño viajó a diferentes países. El rey le acompañó a Burdeos a la consulta del doctor Portman y también a Londres a que le viera el doctor Moore.

Antes de acabar el verano, fue la marquesa de Aguilafuente la que les habló de unas monjitas que lograban que los sordomudos pudieran comunicarse con el mundo exterior. No solamente les enseñaban el lenguaje de signos, sino que los capacitaban para leer los labios.

—Por favor, le pido que nos ponga en contacto con ellas. Eso es lo que va a necesitar Jaime para no quedarse completamente aislado —le pidió la reina.

—No se preocupe, me encargaré de ello. Intentaré que cuando regresen a Madrid, tengan resuelto este problema...

—Se lo agradezco muchísimo. Estamos sufriendo mucho con esto del infante...

Al salir de Miramar, preguntó la marquesa por la reina María Cristina. Sentía curiosidad por tener alguna noticia de su recomendada, Rosario. En cuanto vio a la reina madre, se lo preguntó.

—Majestad, no sé nada de ella y su madre casi sabe menos que yo. Era por si había habido algún problema con ella.

María Cristina, azorada, quiso cortar el tema cuanto antes.

—Tampoco yo tengo noticias. ¡Con las preocupaciones que tenemos aquí como para andar preguntando a mis damas por la *nanny*!

—Claro, comprendo...

En cuanto se fue la marquesa, María Cristina respiró aliviada. Sabía que Rosario había dado a luz un varón que había sido dejado en el torno de un convento. Ahora había que intentar mantenerla lo más alejada posible de palacio. Bajo ningún concepto podía regresar y había que alejarla del circuito de sus damas cuanto antes.

La institutriz inglesa, Beatriz Noon, la sustituta de Rosario, había impuesto nuevos horarios. Se le daba muy bien organizar la vida de los infantes, las clases y los juegos. Al regresar del verano, ya en el Palacio Real, le fue retirada la responsabilidad sobre la educación de Jaime, ya que se incorporaron sor María y sor Avelina, del colegio de sordomudos de la Inmaculada Concepción. Las dos monjas valencianas conocidas de la marquesa de Aguilafuente comenzaron a formar parte de la vida de Jaime y este les cogió mucho cariño. Se convirtieron en las únicas que lograban comunicarse con él. Le sacaron de su mundo silencioso. ¡Por fin, alguien le entendía!

42

Nace la segunda infanta

La reina madre, durante los meses previos al nuevo alumbramiento previsto para el mes de diciembre, se acercó más a Victoria Eugenia. La veía tan desmejorada que pensó, aunque solo fuera por el nieto que estaba gestando, que le daría más calor familiar. Se volcó con ella y la animó a que siguiera agrandando su colección de joyas. Incluso le propuso que pasara a sus aposentos para enseñarle las suyas.

Ese detalle para Victoria Eugenia fue definitivo. El hecho de que la madre del rey compartiera ese momento con ella lo consideró como un gesto nuevo de acercamiento hacia su persona.

Cuando la dama de la reina madre comenzó a traer envueltas en terciopelo algunas de las joyas principales del joyero real, Victoria Eugenia se quedó absorta. Le gustó mucho el broche en forma de ancla de diamantes o ese otro de perlas y diamantes del que colgaban cuatro perlas de gran tamaño. La tiara de diamantes y perlas que le enseñó se la había visto en numerosos actos sociales. No imaginaba que tuviera tantísimos collares de perlas de todos los tamaños. Después, empezó a sacar pectorales. Aquello parecía no tener fin. Es cierto que se los ponía mucho adornando su escote o incluso la cintura de los vestidos. Uno en especial impactó a Victoria Eugenia porque llevaba una perla tan grande como su Peregrina en el centro del broche. María Cristina tomó la palabra:

—Este me gusta mucho, más que por la gran esmeralda que

lleva en el centro, por la perla que pende de esta cadena con dos diamantes. A mí también me gustan mucho las perlas. —El pectoral tenía dos filas a cada lado, una de perlas con diamantes y otra de perlas con rubíes.

—¡Qué maravilla! Las joyas hay que mirarlas de cerca para darse cuenta de la importancia de sus piedras preciosas. Por cierto, ¿crees que hay joyas que te traspasan el infortunio de quien las ha llevado con anterioridad?

—Te diré solo una cosa. Hay un diamante extraordinario del que habrás oído hablar: el diamante azul.

—Por supuesto, el diamante de color azul marino que formó parte de la colección de joyas de la Corona de Francia, según tengo entendido.

—Se llamó en un principio diamante *Tavernier Blue*. Fue hallado en la mina Kollur de la India. Su nombre se debe al comerciante francés Jean-Baptiste Tavernier, quien adquirió la gema en el siglo XVII. Dicen que el origen de su leyenda negra viene dado por haber sido robado del ojo esculpido de una antigua diosa hindú, Sita. Tavernier lo vendió al rey Luis XIV de Francia. El joyero real, al ser de un tamaño tan importante, decidió cortarlo y así pasó el popular diamante azul a ser usado por la Corona. Luis XV se lo dejó a Luis XVI. Este se lo regaló a su vez a María Antonieta y ya sabes cómo acabaron los dos: guillotinados. Aseguran que ninguno de sus dueños ha muerto en paz. El diamante tiene, ¿cómo se dice? —A María Cristina no le salía la palabra en español.

—Gafe.

—Eso, gafe. No te creas que me gustan mucho esos chismes. En España también se decía lo mismo de un anillo que mi marido, el rey Alfonso XII, regaló a la condesa de Castiglione, semanas antes de su primera boda con María de las Mercedes... Se suponía que la condesa había sido su amante. —La reina María Cristina bajó la voz—. También dicen que se quedó tan despechada por su boda, que maldijo la joya y después le devolvió la sortija al rey. Al ser un anillo tan bonito, se lo regaló a María de las Mercedes, que cinco meses después de su boda, moría de tifus en el Palacio Real. La joya la heredó su hermana, la infanta María Cristina de Orleáns, pero murió de tuberculosis poco después de recibirla. Pasó a la infanta María del Pilar de Borbón, hermana de Alfonso, pero murió de una meningitis tuberculosa y regresó a manos del rey. Como sabes murió muy joven, con veintisiete años, también por una tuberculosis. Cuando yo la recibí en herencia, te puedes imaginar que no tardé en donarla.

—¿A quién se la donaste, madre? —le preguntó dirigiéndose de forma muy cariñosa a su suegra.

—La doné a la Virgen de la Almudena para acabar con la maldición que pesaba sobre ella. La sortija cuelga de la Virgen desde el 29 de noviembre de 1885.

—¿Cómo era esa joya?

—Un ópalo que algunos dicen que es el ópalo maldito de la Castiglione. Tiene engarzados además una perla gris y un brillante.

—Los ópalos tienen muy mala fama, pero se debe a un cuento de Walter Scott. Un cuento que a mí me fascinaba de jovencita, «Ana de Geirstein». Claro que, a veces, la leyenda resulta más interesante que la realidad.

—Ena, ¿de dónde te viene tu pasión por las joyas?

—Me viene de familia. Al menos, eso dice mi madre. Al parecer, al que más le gustaban era a mi abuelo, el príncipe Alberto. Era un gran coleccionista y mecenas de las artes.

—¿Te refieres al marido de la reina Victoria de Inglaterra?

—Sí, diseñaba joyas con una gran destreza. Mi abuela siempre se ponía las joyas que él había mandado hacer para ella. Era una forma de recordarle cuando murió.

—¿Le diseñó muchas?

—¡Oh, sí! Por ejemplo, el anillo de compromiso que le regaló a mi abuela. Tenía forma de serpiente, un antiguo símbolo de amor eterno. Estaba adornado con rubíes a modo de ojos y una fila de diamantes como boca. Además, le añadió una esmeralda; la piedra de nacimiento de la reina.

—¿Esa pieza ahora la tiene tu madre?

—No, ella quiso que la enterraran con su anillo.

—La abuela nos contaba muchas cosas del abuelo. Realmente le veneraba. Todo lo que mandaba hacer para ella estaba cargado de simbolismo. Por ejemplo, la joya preferida de la Corona es un zafiro de color azul engastado en oro y rodeado de doce diamantes. Lo estrenó el día de su boda...

Mientras hablaba, la reina Victoria Eugenia tocaba todas las joyas con absoluta veneración hasta que se paró en una...

—Ese broche tiene nombre —le dijo su suegra—. Se trata del broche de diamantes *Devant-de-Corsage*. Me lo regaló el padre de Alfonso antes de nuestra boda. Me lo he puesto mucho. Es una pieza única venerada por mi hija María Teresa.

—Si le gusta tanto, ¡dáselo! Las joyas mejor regalarlas en vida a que se hereden cuando uno ya no está. ¿No crees?

—Puede que tengas razón... —La reina madre se quedó pensativa.

Durante toda la mañana no hicieron otra cosa más que ver joyas. María Cristina acabó enseñándole la tiara que ella llamaba «la rusa». El nombre se lo dio por estar inspirado en una joya que la emperatriz María Feodorovna de Rusia puso de moda a finales del XIX.

—Todas las reinas de mi época tenemos una tiara rusa hecha en platino, perlas y brillantes. Son tiaras de estilo *kokoshnik*. Toman su nombre del ornamento que las mujeres rusas utilizan para sus cabezas.

—Mi tía Alejandra, con motivo de sus bodas de plata con mi tío Eduardo VII, que en gloria esté, también encargó una diadema parecida a la de su hermana, la emperatriz rusa.

—Qué mañana más agradable, pero yo creo que deberíamos ir pensando en comer... ¿No tienes un hueco en el estómago?

—Desde hace un buen rato.

—Pues dejemos por hoy esta sesión de joyas.

—Me ha gustado mucho compartir contigo este momento. Gracias... —Le dio un abrazo a su suegra y esta se quedó sorprendida.

Las dos se retiraron de allí con una complicidad que no habían tenido nunca en estos años de convivencia. Pensó entonces Victoria Eugenia que quizá las cosas iban a cambiar para ella en palacio.

La princesa Beatriz viajó desde Londres a Madrid para estar cerca de su hija para cuando diera a luz. No tuvo que esperar mucho porque el 12 de diciembre de 1911, a las dos y cuarto de la madrugada, Victoria Eugenia se ponía de parto. Los médicos no se apartaron de su lado hasta que sonó el llanto del nuevo miembro de la familia real: «¡Una niña llena de vida y salud!», aseguró el doctor Gutiérrez.

Después de una cena en palacio con obispos y cardenales, el rey, que ya había sido avisado por el equipo médico, llamó al presidente del Consejo de Ministros, José Canalejas, que sería quien certificaría el nacimiento del nuevo miembro de la familia. Cuando le comunicaron al monarca que había nacido una niña robusta, se fue corriendo a felicitar a su mujer.

—¡Enhorabuena, Ena! ¡Otra infanta! Y una hermanita para Baby.

La reina, que estaba toda sudorosa y con la cara desencajada, le sonreía. El rey continuó preguntando.

—¿Qué nombre le pondremos? ¿Lo has pensado?

—Sí. Cristina, como tu madre.

La reina madre, que estaba allí presente, se emocionó. El acercamiento a su nuera había dado sus frutos. El rey mandó que enviaran telegramas tanto a la familia real inglesa como a todos los miembros de la familia Borbón, contando la buena nueva.

Los madrileños supieron del nacimiento de otra infanta al comenzar el día con quince salvas que despertaron a todo Madrid.

Días antes de Nochebuena, se celebró su bautizo en la capilla del Palacio Real. La reina se vistió de blanco con un manto dorado y el rey se puso el uniforme de gala de los Húsares de Pavía. Junto a ellos entraron en la capilla: el príncipe de Asturias, de cuatro años; el infante Jaime, de tres, y la infanta Beatriz, de año y medio, en brazos de la institutriz, Beatrice Moon. A poca distancia, se situaron la reina María Cristina y la princesa Beatriz junto al resto de la familia. No muy lejos de ellos, se encontraban las fieles Sarah y Hazel para resolver cualquier problema que surgiera y de paso, hacerse cargo de los niños.

La familia real respiró tranquila, un nuevo miembro de la familia sano. Todos los médicos coincidieron en el mismo diagnóstico. Alfonso XIII parecía más animado durante las fiestas navideñas. El nacimiento del infante Fernando muerto, el descubrimiento de la enfermedad de Hesse en Alfonso y la sordera de Jaime no habían sido acontecimientos fáciles de superar. Es más, la reina Victoria Eugenia tenía la sensación de que ya nada era como cuando se casaron. Se había levantado un muro entre ellos difícil de superar.

Tanto frío hacía en Madrid a comienzos del año 1912, que se veían pocos transeúntes por la calle. En el taller de los Ansorena nadie faltó al trabajo, y eso que no cesaron las toses ni el dolor de garganta durante todas las fiestas. Juana María y Lola Martín, parecía que estrenaban abrigo, pero en realidad, le habían dado la vuelta después de tanto uso. No solo eran mañosas enfilando collares, también se les daba bien la costura. Todos trabajaron duro y sin descanso durante las fiestas para que los encargos estuvieran listos para el día de Reyes.

José María García Moris les llevó un roscón y chocolate caliente para celebrar un comienzo de año con tanto trabajo. Lucio estuvo más hablador que nunca, dentro de su timidez, y había demostrado al dueño de la joyería que iba a cumplir su palabra de no meterse en líos. No le volvieron a ver envuelto en desórdenes callejeros. Al menos, la policía no había vuelto a pasar por allí.

La gran novedad de ese 1912 se la comunicó Carmen a sus padres el segundo domingo de enero durante una comida familiar.

—Me ha dicho Jaime que ya podría establecerse por su cuenta. Va a coger un piso alquilado para su consulta y me ha dicho que, si nos casamos, podríamos vivir en él. ¿Qué os parece?

—Pues un poco precipitado, ¿no? —contestó José María.

—¿Precipitado? Pero ¿qué hicimos nosotros cuando éramos jóvenes? ¡Pues casarnos! El casado casa quiere. Voy a pensar que lo que no te gusta es que tus hijas se vayan de tu lado —comentó Consuelo entre risas.

—No es eso... Debería esperar a que a Jaime arraigue como médico. Lo veo un poco temerario en estos momentos.

—¡Pero padre!... ¿Cuánto tiempo tendré que esperar?

—Por lo menos hasta que tengas un ajuar en condiciones, una dote.

—La voy a ayudar —dijo su madre—. Aquí estamos sus padres para que se case con quien quiera y cuando quiera.

—Habíamos pensado hacerlo en octubre de este año —contestó Carmen—. ¡Queda tiempo! Sé que me sigues viendo como una niña, pero ya soy toda una mujer. Vendré a comer y a estar con vosotros. No os vais a librar de mí.

—Está bien... Si esa es tu voluntad. —José María se quedó serio y pensativo. Ya no volvió a hablar en toda la comida. Mientras, su mujer y su hija planificaban los pormenores de la boda.

Ramiro llegó tarde y se encontró con el hecho consumado. Le dieron la buena noticia y felicitó a su hermana. Sabía que lo que vendría después...

—Bueno, ¿y tú? ¿No piensas en casarte como tu hermana? —le preguntó su padre.

—Por Dios, padre, primero tendré que conocer a mi futura esposa, ¿no cree? Y ese momento todavía no ha llegado.

—No me gustaría que te convirtieras en un don Juan. No me gustan ese tipo de personas.

—¡Pero, padre! ¿Yo, un don Juan? Si solo trabajo y estudio. Ya me dirá... No me queda tiempo para conocer a ninguna joven.

—Pues es el momento. Carmen, ¿no le puedes presentar a

alguna amiga? Así es como se ennovian en las familias de bien. De hecho, tu hermana se va a casar con tu amigo Jaime.

—No se ha dado el caso. ¡No piense ahora en mí!

—Si no fueras tanto a palacio, no tendrías la mirada puesta tan arriba como la tienes ahora.

—Por favor, padre. La reina es una y no se puede comparar con nadie. Considero que es la mujer más culta, interesante y bella que jamás he conocido.

—¿No te digo que este hijo nuestro ha puesto el listón muy alto?

—¿No estarás enamorado de ella, hermanito? —le preguntó su hermana con ironía.

—¡Pero qué tonterías estás diciendo! Simplemente la admiro mucho. Para mí es la mujer perfecta. Dime si con cualquiera de tus amigas puedo hablar de perlas, aguamarinas, esmeraldas..., de historia de España... ¡Con la reina, sí! Tengo que reconocer que nos apasionan las mismas cosas. Esa es la verdad, pero de ahí a lo otro... va un mundo.

—Pues ya sabes, este año tienes la misión de encontrar esposa —le dijo su padre rotundo.

—Está bien... Me pondré a ello, pero no me casaré si no estoy enamorado.

—Por supuesto, hijo. Lo de casarse por obligación precisamente es solo cosa de reyes —le dijo su madre.

Esa noche Ramiro no pegó ojo. Estuvo pensando en las palabras de su padre y llegó a la conclusión de que tenía razón. Debería conocer a jóvenes con las que poder salir. El trabajo le tenía demasiado obsesionado...

A mediados del mes de febrero, la familia real al completo recibió otra gran noticia. Llegó de boca de María Teresa en la sobremesa de una comida de domingo, en presencia de su marido, Fernando de Baviera, y de sus tres hijos: el infante Luis Alfonso, de cinco años; José Eugenio, camino de tres, y María de las Mercedes, que había nacido dos meses antes que la última hija de los reyes, Cristina.

—Bueno, esperamos otro bebé para el mes de septiembre. Aprovecho que estamos juntos para comunicároslo a todos —comentó María Teresa con una sonrisa.

Victoria Eugenia se puso en pie y se fue a abrazar a su cuñada. Mientras tanto, el rey Alfonso pidió un brandy para su cuñado y para él.

—Mi querido primo, te doy la enhorabuena. La llegada de un nuevo miembro a la familia siempre es una buena noticia. Quizá la única de este año, ya que las cosas vuelven a ponerse feas en África.

Las mujeres se retiraron para hablar de cómo llevaba María Teresa un embarazo tan seguido del anterior... Y los hombres derivaron la conversación hacia la política.

—Estamos incorporando a jóvenes militares al regimiento de África número 68 para coordinar y controlar a las Fuerzas Regulares Indígenas, porque en Tifasor se están poniendo las cosas feas. Se trata del ala derecha española sobre las terrazas del Kert. Esperamos un ataque de un momento a otro —le contó el rey a su cuñado.

—Eso son muy malas noticias. Además, en esa zona siempre hay fuego disperso y guerrilla. Espero que logréis apaciguar las cosas.

—De todas formas, hay otro «fuego» que controlar y es la ira de los oficiales españoles que están allí, en África. ¿No has leído lo que ha publicado el diario *El Liberal*?

—No, la verdad.

—Pues describe esta dura campaña como «un envío de militares a las delicias de la Costa Azul». No tienen ni idea de cómo están las cosas allí. Estamos a punto de que se inicie otra dura batalla y saltan con estas cosas.

—Tranquilo, sabemos que no van allí de vacaciones. ¡Son cosas de la prensa!

María Teresa, en un aparte, se sinceró con Ena. Este embarazo le había puesto muy nerviosa. Aún no se había recuperado del anterior y ya empezaba a sentir los mareos y a experimentar los vómitos del nuevo.

—¡Otra vez embarazada! ¡Ya puedes tener cuidado cuando mi hermano se ponga cariñoso, que estás saliendo de la cuarentena! Te confieso que me siento muy cansada, agotada diría más bien.

—Pues ya sabes, debes cuidarte muchísimo. Ahora piensa en ti, antes que en el bebé. Y por mí no te preocupes. Tu hermano viene poco por mi habitación...

No pudieron seguir hablando con la naturalidad con que lo hacían ya que se acercó la reina María Cristina y entregó a su hija el broche que tanto le gustaba.

—No ha sido idea mía, sino de Ena. Dice que las joyas hay que regalarlas en vida. Aquí tienes mi broche *Devant-de-Corsage*, el que me regaló tu padre antes de nuestra boda. Espero que lo disfrutes.

María Teresa se echó a llorar. El embarazo la tenía muy sensible. Recibir el broche que tanto le gustaba le pareció todo un detalle por parte de su madre. También le agradeció a Ena que la empujara a hacerlo.

—Este broche significa mucho para mí...

—Lo sé. ¡Disfrútalo! Las joyas son talismanes que nos dan seguridad y fuerza y tú ahora la necesitas.

María Teresa volvió a abrazar a su cuñada, a la que sentía más cerca que nunca. Era como recuperar a su hermana Mercedes, que había fallecido después de dar a luz a su hija Isabel Alfonsa. Estos días se acordaba especialmente de ella...

43

La promesa

El rey fue informado por el Gobierno de la situación crítica que se estaba viviendo en la zona del río Kert, el foso natural para la defensa del *hinterland* de Melilla. Canalejas pidió en Consejo de Ministros mayor atención a esta zona ante el comienzo de una constante actividad belicosa.

—Señor, las gentes están soliviantadas por el jefe local, Mohamed el Mizzian, el caíd de la cabila de Benibu-Ifrurs, donde se encuentran las minas que hemos comenzado a explotar. El general García Aldave pide más refuerzos para asegurar el orden.

—¿Peligra nuestra soberanía?

—Sí, señor. Hemos pensado que deberían acudir el coronel Miguel Primo de Rivera y el comandante José Sanjurjo Sacanell. Mientras, el coronel Dámaso Berenguer debería seguir organizando sus unidades de Regulares indígenas.

—¡Hágase!

Mediado mayo, las noticias que llegaron a España eran muy preocupantes. A la orilla izquierda del río-límite comenzó la batalla de los Llanos de Garet... El secretario particular del rey, Emilio Torres, le avisó de que el ejército español iba a enfrentarse en campo abierto a las tropas irregulares del Mizzian.

—Lo sé. Canalejas me ha dicho que el regimiento África 68

marcha en el grueso de la columna Navarro. Es muy importante que ganemos esta batalla.

—Será una prueba de fuego para nuestras Fuerzas Regulares. Marchan en vanguardia con tres escuadrones de caballería, a las órdenes del comandante Miguel Cabanellas Ferrer. Las compañías indígenas de Infantería están al mando del comandante José Sanjurjo. Estamos en muy buenas manos, señor.

—Tengo confianza plena en nuestro ejército.

Victoria Eugenia seguía por los periódicos el transcurso de la contienda africana. Veía muy poco a Alfonso, siempre reunido de urgencia con el Gobierno. De hecho, tanto María Cristina como ella se enteraron días después por el general Aranda, ayudante de servicio del rey, y por el marqués de Villasante, oficial de Alabarderos, de que el líder de los irregulares, el Mizzian, había muerto. Había intentado convencer a los Regulares indígenas de que se cambiaran de bando, acercándose en avanzadilla. Circunstancia que aprovechó el teniente Samaniego, al frente de su sección, para atacarle, pero... murió en el intento. Sin embargo, la operación fue un éxito, ya que los Regulares se abalanzaron sobre el Mizzian y acabaron con su leyenda.

—Se decía que tan solo moriría por una bala de oro, pero lo cierto es que han sido las tropas españolas las que han acabado con su vida.

—¿Supone esto el final de la batalla? —preguntó María Cristina incrédula.

—Sí, señora. Es el final de esta campaña del Kert, pero no podemos asegurar que la tranquilidad en la zona dure mucho tiempo.

Con mejores perspectivas sobre el horizonte político en África, las mujeres de la familia real decidieron trasladarse a La Granja. A escasos cuatro meses de dar a luz, María Teresa estaría mucho mejor allí y, desde luego, Victoria Eugenia también podría reponerse más rápido de su parto. La reina estaba contenta por volver a ver sonreír al infante Jaime. Las monjas del colegio de sordomudos habían hecho con él verdaderos avances y se comunicaba ya con ellas a través del lenguaje de signos. Le estaban enseñando a leer los labios, pero esto le costaba un poco más. El niño volvía a adaptarse a la vida de palacio junto a su hermano Alfonso, que también aprendió lo imprescindible para entenderse con él.

Victoria Eugenia y María Teresa daban todas las tardes un largo paseo en el que se hacían muchas confidencias. A veces, la reina María Cristina las esperaba a medio camino para volver a palacio en su compañía. En una de esas tardes antes de encontrarse con su madre, la infanta María Teresa le pidió a Ena que le hiciera una promesa.

—Ena, si a mí me pasara algo, prométeme que ayudarás a Fernando a salir adelante... Se sentiría muy solo.

—Pero ¿qué estás diciendo? Todo va a salir bien, no tengas malos pensamientos.

—Bueno, llevo unos días soñando mucho con mi hermana Mercedes. Y como ella murió de sobreparto...

—Tranquila, estás muy cansada porque no te ha dado tiempo a recuperarte de uno y ya estás embarcada en otro. Eres muy fuerte y joven. La medicina ha avanzado mucho en este tiempo. Antes no teníamos anestesia y ahora sí... Todo va a salir bien.

—Gracias, Ena. Logras quitarme los malos pensamientos. De esto no le digas nada ni a mi madre ni a mi hermano.

—Tranquila. Pero quiero que sepas que siempre estaré pendiente de tus hijos y de Fernando. De paso, te quiero pedir el mismo compromiso con mis hijos. No te digo nada de Alfonso porque sabe cuidarse perfectamente solo. Pienso que si me pasara algo ni me echaría de menos.

—No digas esas cosas, Ena. Mi hermano sale, entra, va a todos los compromisos donde le reclaman, pero siempre vuelve a tu lado. Ya lo sabes.

—Desde que descubrimos que Alfonso tenía la enfermedad de Hesse no ha vuelto a ser el mismo. Lo noto diferente.

—Ahora soy yo la que tengo que decirte que apartes esos pensamientos de tu cabeza. ¡Si no pensáramos tanto, nos iría mejor!

—Eso dice mi amiga lady William Cecil, que, por cierto, vendrá a verme este verano.

Las dos se rieron durante bastante rato de los nubarrones que aparecían y desaparecían de sus cabezas dependiendo del día.

Al comenzar el mes de julio, cogieron el tren y se fueron a San Sebastián. Nunca antes Ena y María Teresa habían estado tan unidas. Siempre se reían de las mismas cosas; también eran cómplices de sus secretos.

Ena, en uno de los pocos veranos que no estaba embarazada, dio mucho que hablar a la alta sociedad. Decidió ponerse en bañador junto a sus hijos. Y aunque este solo dejaba al aire sus pantorrillas, fue objeto de crítica por parte de las viejas damas de la corte. Sin embargo, las jóvenes la siguieron. La reina María Cristina, alertada por sus ancianas damas, le insinuó que su forma de vestir en la playa era demasiado atrevida.

—Nosotras nunca debemos dar que hablar por nuestra forma de vestir o de actuar.

—Madre, mire las revistas de París o de Londres. Las mujeres van como yo. En España no podemos ir a la cola del resto de las capitales europeas.

—Es que aquí tenemos otro recato...

—¡Son otros tiempos! ¡Nuestra corte debe abrirse al mundo!

Cuando el rey iba a San Sebastián le encantaba ver las piernas de su mujer y, de paso, las de las damas más jóvenes de la corte. Esta revolución en el vestir no tenía marcha atrás. Ena quería bañarse en el mar... y, ese verano, lo consiguió.

Los Ansorena cerraron el taller en agosto y se fueron a San Sebastián, donde seguían viendo a sus clientes. Ramiro se juntó más con las amigas de su hermana tal y como le había pedido su padre. El problema es que ninguna le atraía como para salir con ella. Su padre no dejó de presionarle durante todas las vacaciones y realmente no sabía qué hacer para contentarle. Se dedicó fundamentalmente a leer y a observar la revolución que se había producido en la playa con las jóvenes enseñando las pantorrillas.

Todo cambió para él de pronto cuando llegó al hotelito que alquilaban un telegrama del Palacio de Miramar. La reina le reclamaba cuanto antes para retomar la conversación donde la habían dejado. El padre se dio cuenta de la transformación de su carácter.

—Ya veo que de pronto te has animado. Te arreglas y te pones elegante para ir a palacio —le dijo con cierto retintín.

—Hombre, padre, si quiere voy en bañador. —A José María no le gustaban nada los bañadores con camiseta que llevaba su hijo.

—No, si no digo nada. Pero ya podías ir con *canotier* cuando sales con tu hermana...

—Padre, me gustaría verle a usted en palacio. Iría más acicalado que yo, seguro. Considero cada visita que hago a la reina como un honor y creo que también lo es para nuestra familia.

—Es cierto, nuestra lealtad a la Casa Real está fuera de toda sospecha. ¡Claro que me enorgullece! Pero que esa visita no te cierre las puertas a conocer a otras mujeres. Debes encontrar esposa. ¡Me lo prometiste!

—¡Que sí, padre! ¡Que sí! Yo cumplo mis promesas...

Cuando llegó al Palacio de Miramar, la reina le recibió acompañada de su cuñada, María Teresa de Borbón, y de su dama, lady William Cecil, recién llegada de Londres. A la dama le gustaba visitar ese palacio porque le recordaba a las grandes casas de campo inglesas. No en vano, había sido diseñado por el británico Selden Wornum, con unas vistas impresionantes sobre la bahía de la

Concha. El encuentro informal se desarrolló en francés, resguardados del sol y con una limonada en la mesa del jardín.

—Don Ramiro, ¡qué ilusión verle por aquí! Le presento a la princesa de Baviera, María Teresa de Borbón. A mi dama ya la conoce usted, lady Mary.

Ramiro besó la mano de las tres. Cuando tomó la de la reina Victoria Eugenia, se la acercó a los labios y pudo percibir el aroma dulce que desprendía su piel. Ese perfume tan característico de Ena. Cerró los ojos para sentir su intensidad.

Una vez hechas las presentaciones, se sentaron. La reina, antes de retomar la historia de las joyas reales, preguntó a su dama y a su cuñada si sabían qué piedra preciosa correspondía al mes en el que habían nacido.

—Me tienes que decir la gema que corresponde a mi signo zodiacal. He sabido que la esmeralda era la piedra de mi abuela, la reina Victoria. Me gustaría saber la mía.

—A mí también me gustaría saberlo —comentó María Teresa.

—El estudio de los signos del zodíaco comenzó con los egipcios, que se lo transmitieron a los babilonios y estos, a los griegos. Los horóscopos son una forma divertida de buscar algo de suerte en el día a día de nuestra vida. Con una historia de miles de años a sus espaldas, para las civilizaciones antiguas daban significado a las cosas buenas y malas que les sucedían. Los griegos fueron capaces de estudiar los astros en un intento de poner orden en el caos. Ena, tú naciste el 24 de octubre, por lo tanto eres Escorpio. El octavo signo del zodíaco —le explicó lady William.

—Yo nací el 12 de noviembre. Creo que también soy Escorpio —apuntó María Teresa.

—¿Sí? Por eso nos llevamos tan bien —comentó Ena, y se echaron las dos a reír con complicidad.

Ramiro asistía divertido a estas cuestiones del horóscopo en las que él no creía. Lady William Cecil llevaba la voz cantante.

—El escorpión está relacionado con el mito de Orión y su gusto por la caza. Artemisa se enfrentó a él y creó un escorpión gigante para que lo matara con su picadura... Mitología aparte, os diré que la piedra que resulta mejor talismán para ambas es la amatista, el cuarzo más hermoso: el de color violeta.

—La amatista —sacó Ramiro a relucir sus conocimientos gemológicos—, dentro de los cuarzos monocristalinos, es la reina de las gemas. Su color violeta es inconfundible. Su gama cromática varía en función de la cantidad de óxido de manganeso que tenga la roca. Siempre se han asociado a la amatista propiedades sobrenaturales, incluso mágicas.

—Es cierto, se dice que la amatista —continuó la dama inglesa— protege de los hechizos. También se le considera un amuleto para los que abusan de la bebida. —Hubo risas cómplices entre la reina y su cuñada—. Gaspar de Morales, en el siglo XVI, aseguraba que una amatista en el ombligo evitaba que los vapores dañinos del vino llegaran al cerebro. En la antigüedad se utilizaba como un contraveneno. También como estabilizador para las personas que eran muy nerviosas. Aseguran que da mucha fuerza a los seres humanos que están atravesando por un mal momento.

Ena y María Teresa se miraron de nuevo con mucha complicidad...

—Bueno, tendremos que hacernos con una amatista inmediatamente —comentó la reina con ironía—. Pero ha llegado la hora, don Ramiro, de regresar a la historia de mis predecesoras, ¿no le parece?

—Como usted guste, majestad.

—¿Cuál ha sido la reina de España a la que más le han gustado la moda y las alhajas en general?

—Una, María Luisa de Parma, la esposa de Carlos IV. Le gustaba el boato cortesano y alhajarse... Dicen que poseía un fastuoso guardarropa y que solo utilizaba para sus vestidos tejidos españoles. Encargaba a distintos joyeros que le hicieran importantes aderezos y collares, que eran la admiración de todos. No sé si recuerdan que en la corte le buscaron otra perla parecida a la Peregrina para que nadie supiera cuál era la verdadera al usarla como pendiente...

—Aseguran que era tan coqueta que suprimió los guantes

largos en las ceremonias para lucir sus hermosos brazos desnudos. Ese es uno de los chismes que se cuentan de ella en la corte, junto a otros que hablan de su conducta... bueno, ya sabéis —comentó María Teresa.

—Sí, también hemos hablado de su hijo Fernando VII y de sus esposas... De la cuarta, María Cristina de Borbón, nace Isabel, que se proclama reina con tan solo tres años. En mi opinión —continuó Ramiro— fue otra de las reinas que más invirtió en joyas y que más importancia le dio al hecho de llevarlas. Pero, sin duda, Isabel II destaca por encima de todas las demás.

—Dicen que desde niña poseía la soltura de una reina, pero de una reina a la española —comentó María Teresa.

—¿Y eso qué significa? —preguntó curiosa Victoria Eugenia.

—Pues que tenía la llaneza de su padre y la encantadora arrogancia de su madre. La reina más castiza que hemos tenido en España, sin duda. Así me lo han enseñado y así te lo cuento, Ena, sin demérito de las que habéis venido de fuera. Incluida mi madre...

—Ya me contó don Ramiro que el general Espartero se encargó de desarraigarla del gran cariño que sentía por su madre —comentó Ena.

—A los trece años recién cumplidos la proclamaron mayor de edad y eso dio comienzo a su reinado. Enseguida pensaron que debían casarla y lo hicieron con su primo hermano por partida doble, Francisco de Asís de Borbón y Borbón. Mi abuelo era ocho años mayor que mi abuela, pero parece que no sentía ninguna atracción hacia ella... Vamos, que su boda fue una cuestión de Estado —comentó María Teresa.

—¡Qué triste destino el de las reinas! ¿No os parece? —añadió Victoria Eugenia.

—No es tu caso, Ena. Mi hermano se casó muy enamorado. Lo sabes.

Ramiro miraba al suelo... Aquella conversación Le parecía muy íntima para él.

—Estamos incomodando a don Ramiro. Volvamos a las joyas de Isabel II. —Ena tomó las riendas de la conversación.

—Le gustaban especialmente las joyas inspiradas en motivos de la naturaleza y gastó muchísimo presupuesto en ellas. Mandó hacer a sus diamantistas y joyeros muchos broches, collares y pulseras con motivos de plantas, flores, animales como aves, insectos, reptiles; cuerpos celestes como soles, lunas... A consecuencia del progreso industrial, sus joyas se realizaban con las técnicas más modernas de la época, ya que siempre acudió a los joyeros más afamados del momento. En el archivo general de palacio se encuentra toda la información. Pocos objetos hay tan ligados a la psicología de quien los posee como las joyas. Dicen mucho de quien las lleva.

—Don Ramiro, me contó que su abuelo ya le hizo cosas a ella, ¿no?

—Sí, así es. Celestino Ansorena fue el primero de la familia en servir a la Casa Real. Tenía el título honorífico de joyero real como Félix Samper o Gabriel de Monier, entre otros. Por otro lado, Narciso Práxedes, Manuel Diego y Elvira y Carlos Martínez Sevillano juraron cargo como diamantistas de palacio y cobraban un sueldo por ello.

—¿En qué materiales solían engastarse las joyas? —preguntó lady William Cecil.

—Las joyas se montaban en plata con la vista trasera en oro. Se hacía así porque la plata brillaba más, pero llevaba un refuerzo en oro en la parte trasera ya que la plata se oxidaba y manchaba la piel, incluso la ropa. Pero ya a mitad del reinado de Isabel II se empezó a utilizar el platino. Se trata de un metal blanco grisáceo, precioso, pesado pero maleable y dúctil. Además, es resistente a la corrosión. Lo empleamos mucho en joyería. La primera referencia escrita de la utilización del platino se remonta al siglo XVIII, en una obra de Antonio de Ulloa.

—¿Os dais cuenta de que don Ramiro es una enciclopedia? —comentó Victoria Eugenia.

—Me gusta mucho leer, señora. Mi mérito viene solo de la lectura.

Los niños jugaban en los alrededores y no les permitían escuchar bien. La reina se levantó y se ausentó unos minutos para hablar con la institutriz. Mientras tanto, María Teresa siguió preguntando al joyero...

—La perla que el rey le regaló a la reina, la Peregrina, ¿está documentado que se trate de esa gema tan emblemática? —preguntó lady William Cecil.

—No soy quién para desdecir al rey y menos aún en presencia de su hermana, la infanta María Teresa. Sé que una perla parecida a la Peregrina fue adquirida por mi padre después de un encargo que le hizo el rey. La encontró en el lote que heredó de la reina Isabel II.

—Se hicieron cuatro lotes al fallecer mi abuela en 1904. Uno de ellos era para mi padre, pero como falleció, tuvimos que dividirlo a su vez en tres partes: los descendientes de mi hermana, Alfonso y yo. Y por supuesto, mi madre. Tuvimos que comprárselo a la testamentaría. Mi abuela dejó muchos bienes en favor de los pobres y de las familias que pertenecieron a su servicio. Como no contaba con metálico sino con joyas y muebles para pagar a los legados, era necesario vender. La tía Eulalia fue la que lo supervisó todo. De todas formas, sé que su padre, don José María, ayudó mucho a mi madre.

—¿El padre de don Ramiro? —preguntó lady William Cecil.

—Sí, sé que mi padre, en uno de sus muchos viajes a París, recibió el encargo de la reina María Cristina de examinar las joyas de la reina Isabel para comprar las que considerara más valiosas. Una vez elegidas, se depositaron de manera independiente en el banco Crédit Lyonnais. De esta manera, previo pago de 220.000 francos, el rey compró muchas joyas. Entre otras, un collar con 37 perlas gruesas y una gran perla con casquillo y cadenita de diamantes tallados en rosa por otros 35.000 francos. Me parece que se trata de la que regaló a la reina Victoria Eugenia, pero no tengo constancia de que fuera la Peregrina. Mi padre se encontró con esa fabulosa perla y la adornó con brillantes. No tenemos constancia de que se trate de la emblemática gema.

—¡Oh, no! Por favor, no le diga eso a la reina —le comentó

lady William Cecil—. Sería tanto como decirle que todo en su matrimonio está basado en una mentira. Ella siempre ha pensado que se la compró el rey para regalársela antes de la boda.

—Sí, mejor que no le diga nada con respecto a la perla. Creo entender que a mi hermano le ofrecieron la Peregrina, pero era demasiado dinero y le quitaron la idea de la cabeza. Luego apareció esta otra, tan poderosa como la auténtica.

Ramiro estaba abrumado frente a las peticiones de silenciar la verdad de la dama y de la cuñada de Victoria Eugenia.

—¿De dónde procede esta falsa Peregrina? —preguntó lady William Cecil.

—De la madre de mi abuelo, Francisco de Asís, la infanta Luisa Carlota, que tenía mucho peso en la corte —comentó María Teresa—. Es famosa su bofetada a Calomarde para que la sucesión de Fernando VII recayera en las manos de mi abuela Isabel. «Manos blancas no ofenden», llegó a decirle. En vida de la reina Isabel sé que estuvimos en varias ocasiones a punto de perderla. Hubo diferentes empeños y muchos rescates... porque ella no quería deshacerse de una joya tan valiosa.

—Me alegra oírla hablar con tanta seguridad de su procedencia. Hay quien cree como mi padre que viene del joyero de María Luisa de Parma, mujer de Carlos IV, que tenía varias perlas similares en tamaño a la Peregrina. En cualquier caso, la perla de la reina Victoria Eugenia es extraordinaria y con un «peregrinaje» similar a la auténtica. De lo que estamos seguros ahora es de que procede del joyero de Isabel II, su abuela —se dirigió a la infanta.

Victoria Eugenia se unió al grupo y pidió que continuaran con lo que estaban contando... pero María Teresa zanjó la conversación.

—Querida, ya se ha hecho tarde, si quieres, le pedimos a don Ramiro que venga en otro momento.

—¿Me he perdido mucho?

—No, no... hemos hablado de la herencia que recibimos de mi abuela Isabel II. Te estábamos esperando —comentó María Teresa.

—Sí, cuando ustedes gusten aquí estaré —respondió solícito Ramiro.

Las tres damas le dieron la mano y Ramiro salió de allí acompañado por lady William Cecil.

—Don Ramiro, le pido su palabra de honor de que no le contará este desenlace de su perla a la reina. Es muy importante que me haga caso. La perla en particular y sus joyas, en general, le dan la fuerza suficiente para aguantar la presión que tiene. Será mejor continuar con esta media verdad que sentirse traicionada y engañada por el rey.

—Tiene mi palabra, lady William.

44

Llegó la tragedia a palacio

Durante aquel cálido verano de 1912 los lazos de afecto entre María Teresa y Victoria Eugenia siguieron estrechándose. Los días posteriores a la visita de Ramiro García-Ansorena continuaron hablando de Isabel II. En una de esas charlas salió a relucir el tema de sus joyas en presencia de la reina María Cristina y esta quiso contarles algo.

—Aparte de las joyas que compramos Alfonso y yo, se hicieron cuatro lotes de un valor aproximado: para las tías Isabel, Eulalia, tu suegra Paz —se dirigió a su hija— y otro para nosotros... A Isabel II le encantaban las joyas. Para ella eran más que un ornamento, significaban poder...

—Me contó hace tiempo don Ramiro García-Ansorena que, en el joyero de la Corona, tenían un diamante que denominaban el Estanque por lo grande que era y por el color azul que tenía... Pero ya no está entre las joyas de la Corona, ¿sabemos qué fue de él? —preguntó Ena con curiosidad.

—Fue sustraído en la guerra de la Independencia y, según parece, fue retallado, por lo que perdió su grandiosidad, forma y rareza. Pero la Corona de España tenía otro gran diamante al que se llamaba el Acerado y que también nos sustrajeron los franceses... Por lo que sé, la Corona quiso comprarlo al saber que se encontraba en San Petersburgo. De hecho, pidieron a sus vendedores que vinieran a España para verlo antes de adquirirlo ya que se sabía que también se había reducido de tamaño. Nuestro interés era que regresara a la Corona. Teníamos mucha presión y más sabiendo que había dos posibles competidoras que querían la misma joya: la zarina y la princesa Clementina de Orleáns. Pero pedían 750.000 reales y la casa no quiso empeñarse. Hubo que indemnizar a los vendedores con 3.000 reales por volverse con las manos vacías. Piensa que el viaje que tuvieron que hacer los diamantistas fue muy largo.

—¡Es fascinante que sepas tanto, madre! —le dijo Victoria Eugenia a su suegra.

—También debería contarte la leyenda que pesa sobre el palacio. ¡Cuéntasela, madre! —María Teresa trataba de provocarla para que hablara.

—No, eso son cuentos chinos...

—Bueno, si no te lo cuenta mi madre, te lo cuento yo...

—¡Sí, por favor! —le pidió Victoria Eugenia—. ¿De qué se trata?

—Apareció una francesa hace un montón de años, una tal *madame* Lescure, todavía vivía la abuela Isabel, asegurando conocer el depósito de alhajas escondido en el Palacio Real de Madrid antes de la salida de José Bonaparte de España, y se ofreció a descubrirlo. Empezaron a tirar paredes de las habitaciones de casi todos los miembros de la familia y no encontraron nada. Los albañiles rompieron todas las chimeneas y las paredes aledañas y jamás aparecieron. Se han acercado por palacio muchas voces, en estos años, asegurando que en nuestras paredes hay un tesoro escondido, pero hasta el momento... ¡nada de nada! La más insistente fue, como os digo, *madame* Lescure, que señaló varias chimeneas de nuestras habitaciones donde supuestamente podría estar el suculento tesoro, pero no apareció. Esta exploración frustrada debió de servir de escarmiento definitivo, pues la Casa Real no ha vuelto a permitir que se horadaran sus paredes buscando tesoros...

Esta última parte la escuchó Alfonso al entrar en el salón, recién llegado a San Sebastián. Los ojos de Victoria Eugenia cambiaron su expresión. Se la veía feliz de que estuviera con ellas su marido. Los niños aparecieron también para saludar a su padre. Venía eufórico y se puso a jugar con ellos. Al cabo del rato regresó con las mujeres a tomar una limonada.

—Os veo muy paliduchas, no os ha dado nada el sol.

—Bueno, sabes que nos tapamos con las sombrillas, no queremos mancharnos la piel. Tú en cambio, traes buen color —le dijo su hermana—. No ha debido de ser tan mala tu estancia en Madrid.

—Parece que las cosas van marchando en Marruecos. Nuestra mirada ahora está puesta en Tetuán y en toda la costa hasta Tánger. He tenido tiempo para hacer polo y jugar al tenis. A lo mejor por eso tengo la piel morena.

—No, si sabemos que no paras quieto —le dijo su madre.

Fueron días muy familiares. María Teresa estaba muy sensible. Quedaba muy poco para que el nuevo miembro de la familia viniera al mundo. Precisamente por eso, regresaron a Madrid recién inaugurado el mes de septiembre, para que no le pillara el parto en San Sebastián. Todos los médicos de la corte estaban en Madrid. No hubo que esperar mucho porque el 15 de septiembre María Teresa se puso de parto en el Palacio de la Cuesta de la Vega, donde residía... Estaba ubicado en la calle Mayor 99, al lado de donde lanzó Mateo Morral el ramo de flores con la bomba. Antes del alumbramiento, el rey decretó que el príncipe o princesa que naciese gozaría de las prerrogativas de infante o infanta de España.

El parto fue muy laborioso. El doctor Gutiérrez salía con frecuencia de la habitación para informar a su marido, Fernando de Baviera, y al rey Alfonso de cómo se iba desarrollando el alumbramiento.

—Este parto está resultando muy complejo, porque viene el bebé de nalgas. Estamos intentando que todo salga bien. La infanta parece tranquila, aunque está muy cansada. Seguiré dándoles noticias según se vayan produciendo.

Victoria Eugenia y María Cristina estaban dentro en la habitación junto a ella, mientras los médicos seguían intentando que

María Teresa y el hijo que venía en camino sufrieran lo menos posible. Las horas pasaban y el bebé no nacía. María Teresa buscó con la mirada a su cuñada...

—Me hiciste una promesa, ¿recuerdas?

—Lo sé, lo sé... No pienses ahora en eso. Todo va a salir bien.

—¿De qué promesa habla? —preguntó con intriga María Cristina.

—Nada. Una cosa entre nosotras.

Después de muchas horas de parto, nació una niña. María Teresa ya no tenía fuerzas ni para hablar, ni tan siquiera para sonreír.

El doctor sacó a la niña de la habitación para que la viera su padre, pero les pidió que todavía no pasaran a ver a la madre. Estaba extenuada. Victoria Eugenia y María Cristina se quedaron a su lado. Estuvo adormilada las siguientes cuarenta y ocho horas. Al tercer día, abrió los ojos y al ver a Ena esbozó algo parecido a una sonrisa y volvió a cerrarlos. La fiebre le subió a los cuarenta grados y los médicos se preocuparon por su estado de salud.

María Teresa sufrió una embolia y murió a los ocho días del laborioso parto; como su hermana, ocho años antes que ella. Su presentimiento se confirmó. Victoria Eugenia se quedó muy impresionada por cómo había empeorado su estado de salud en tan solo una semana. No se podía creer el desenlace. Aunque sabía que las reinas no debían derramar lágrimas, lloró desconsoladamente sobre el cuerpo inerte de su cuñada. Tuvo la misma sensación de soledad que cuando llegó al Palacio Real. Nadie como ella la había comprendido y querido. Llevaban vidas muy similares: se había casado en enero de 1906 con su primo hermano y ella, cuatro meses después, con su hermano Alfonso. Se quedaron embarazadas de su primer hijo con pocos meses de diferencia... «¡Estaban tan unidas!», se lamentaba para sí Ena.

La reina María Cristina veló el cuerpo de su hija hasta que se lo llevaron a enterrar al Panteón de Infantes del Monasterio de El Escorial, el día 25 de septiembre. En su entierro, su desolado hermano ordenó que se le tributaran honores de princesa de Asturias. María Cristina volvió al luto del que parecía no poder desprenderse nunca. Estaba conmocionada, no podía llorar. Era incapaz de asimilar que en tan solo ocho años había perdido a sus dos hijas.

—¡Terrible enterrar a un hijo! ¡Más terrible enterrar a dos!

El rey tampoco encontraba consuelo. Victoria Eugenia se volcó en él. Todas las noches pasaba a su habitación hasta que se quedaba dormido entre sus brazos. La tristeza y el silencio en palacio solo lo rompían las voces de los infantes que alegraban las salas después de tanta desolación.

Sin ningún festejo, el día 28 de ese mismo mes, la niña fue bautizada con los nombres de María del Pilar Adelgunda Leopolda María de la Paz Teresa Luisa Fernanda Cristina Antonia Isidra Ramona Atocha María de las Mercedes Simona de Rojas y Todos los Santos. El bautizo se celebró en la más estricta intimidad. No estaban para celebrar nada. Fueron sus padrinos, Luitpoldo, príncipe regente de Baviera, y Aldegunda de Baviera, duquesa viuda de Módena. La reina Victoria Eugenia, tal y como había prometido a su difunta cuñada, organizó la vida de su cuñado para que la formación de sus hijos siguiera adelante. Luis Alfonso, José Eugenio y María de las Mercedes no entendieron que, de la noche a la mañana, su madre desapareciera de sus vidas. El príncipe Fernando de Baviera se quedó sumido en una profunda tristeza. Victoria Eugenia le hizo comprender que su hija recién nacida no tenía la culpa de la muerte de su madre.

—No la prives de tu cariño. Sería injusto también para la memoria de tu esposa.

—Tienes razón. De alguna manera es su prolongación. Pondré todo mi empeño en que salga adelante.

—Le prometí a tu mujer que te ayudaría si le pasara algo en el parto. Tuvo claro lo que le iba a ocurrir. Aquí estaré siempre a vuestro lado.

—Muchas gracias, Ena.

Fueron días muy difíciles en palacio. El rey estuvo más presente que nunca en la vida familiar. Quizá, tras la muerte de su hermana, se dio cuenta de que todo era demasiado efímero. Necesitaba vivir el presente, exprimir la vida... Solo el deporte lograba hacerle olvidar y todas las mañanas de nueve y media a diez de la mañana, en la terraza de palacio que daba al Campo del Moro, realizaba gimnasia sueca. Si hacía mucho frío, practicaba deporte en el salón del trono, que le parecía muy indicado para este tipo de prácticas. El rey ordenó también que sus hijos realizaran deporte todos los días al aire libre, antes del almuerzo. Deseaba que mejoraran su aspecto físico. Hay que decir que Jaime destacaba sobre su hermano Alfonso.

Victoria Eugenia recuperó su té de las cinco a solas con su marido. Por las noches, volvía a ser el seductor de siempre. La pérdida de su hermana le había devuelto al lecho conyugal. Victoria Eugenia no podía creer el interés renovado de su marido hacia ella. «¡Qué paradojas tiene la vida! —pensaba—. Ha tenido que morir María Teresa para que regrese Alfonso a mi lado».

Cuando sus vidas empezaron a recomponerse, el presidente del Consejo de Ministros con el que se reunía cada día en palacio le trajo buenas noticias de Marruecos.

—Señor, después de todo lo que hemos pasado, podemos decir que ha comenzado la expansión económica del capital español invertido allí. Está ayudando mucho el sector minero, y las inversiones en ferrocarril. Las empresas se están abriendo poco a poco al protectorado... Todavía tímidamente, comparado con las inversiones y el comercio de la península, pero parece que tendremos un buen final de año.

—Me alegra oírle decir eso. Necesito noticias positivas. Este año ha sido, para mi familia y para España, terrible.

—Todo va a cambiar —esbozó una sonrisa el presidente.

—Por cierto, mañana, don José, no podremos vernos —le comentó el rey—. Tengo que inaugurar una exposición de crisantemos en El Retiro.

—Nos vemos pasado mañana. Tenemos muchos días por delante...

El rey se despidió de Canalejas y siguió con sus recepciones. A la mañana siguiente, cuando estaba en el jardín del Buen Retiro, su ayudante de servicio, el general Aranda, le sugirió que concluyera el acto y se metiera en el coche de inmediato.

—Señor, es por su seguridad.

El rey se despidió apresuradamente de todos y entró dentro del coche con cara de preocupación.

—¿Qué ocurre, general?

—Acaban de asesinar al presidente Canalejas.

—¿Cómo dice? —El rey palideció en cuestión de segundos.

—El presidente del Consejo de Ministros acaba de ser asesinado.

—¿Cómo ha sucedido?

—Salió de su casa de la calle Huertas en dirección a la puerta del Sol para ir al Ministerio de la Gobernación. Decidió ir andando y se detuvo durante unos segundos en la librería San Martín, la que está entre Espoz y Mina y Carretas. Momento que aprovechó el asesino para pegarle un tiro. Canalejas se tocó la cara y se revolvió contra él. Le disparó una segunda vez y el presidente cayó muerto. Hubo un transeúnte que intentó detener al asesino. La gente se fue contra él y este frenó su huida y se pegó un tiro. Llevaron a Canalejas al Ministerio, pero allí el doctor Marín Salazar solo ha podido certificar su muerte.

—¡A quién se le ocurre ir solo paseando por Madrid!

—Señor, usted también es muy dado a hacerlo.

—Es cierto. No hay que olvidar que siempre hay alguien dispuesto a matar... ¿Sabemos quién es?

—No creo que tardemos en conocer su identidad.

Nada más llegar al Palacio Real, el marqués de Villasante les informó de que el asesino era un anarquista: Manuel Pardiñas. El rey quiso ir al Ministerio de la Gobernación a velar a Canalejas. Mandó que de forma interina ocupara el puesto del presidente asesinado don Manuel García Prieto. Era el 12 de noviembre.

Nunca un final de año se le hizo a Alfonso XIII tan largo. La única buena noticia se la dio Ena cuando estaban a solas en las habitaciones reales antes de Navidad.

—Alfonso, estoy embarazada. Le he pedido al doctor que no te dijera nada. Quería darte yo misma la noticia.

El rey se quedó pálido. Le costó sonreír, como si aquella noticia fuera buena. Pensaba en lo que le había ocurrido a su hermana y no deseaba el mismo final para Ena.

—¿No son partos muy seguidos, Ena?

—No, nacerá a finales de junio. Estoy perfectamente. Es la primera vez que no siento náuseas, así que vamos a disfrutar de este momento.

—Si tú estás contenta, yo también. Quizá sea la única buena noticia que nos ha traído este año. De todas formas, quiero que el doctor Gutiérrez y el doctor Grinda se conviertan en tu sombra.

—Tranquilo, todo saldrá bien.

Ena le besó y el rey la abrazó ocultando su preocupación. Pensó que no era el mejor momento para traer otro infante o infanta al mundo. Si era un varón y su salud era tan delicada como la de Alfonso o Jaime, no volvería a intimar con su esposa, pensó para sus adentros. La situación delicada de sus hijos le exasperaba.

Victoria Eugenia rezaba cada día para que el bebé que iba a nacer fuera un niño. Sobre todo, que tuviera salud y pudiera suceder en el trono a Alfonso. Esa era la máxima preocupación no solo de ella, sino también de la reina María Cristina. Necesitaban un heredero al trono sano. Esas navidades fueron las más tristes que habían vivido en palacio.

Ya en el inicio del nuevo año, en enero de 1913, empezaron a ir por palacio todo tipo de médicos que examinaban tanto a Alfonso como a Jaime. Este último visitó junto a su aya, la marquesa de Salamanca, todas las clínicas europeas donde trataban la sordera, pero el resultado siempre era el mismo: no se podía hacer nada para que recuperara la audición y el habla. Las monjitas que le enseñaron a comunicarse con el lenguaje de los signos también consiguieron que leyera los labios en tres idiomas distintos: en español, que era el idioma en el que hablaba a su padre; en inglés, el idioma en el que se expresaba para hablar con su madre, y el alemán, con el que conversaba con su abuela. Esto les tenía a todos maravillados.

El rey no le contó a su mujer los constantes rumores de atentados que desde el Ministerio de la Gobernación le aseguraba que se estaban pergeñando contra su persona. Pero uno saltó a la prensa y tanto Ena como su madre, María Cristina, supieron de él. «Se rumorea que el 13 de cualquier mes de 1913 intentarán asesinar al rey». Sin embargo, Alfonso quiso quitar hierro al tema y les dijo que solo eran patrañas.

—¡Menuda novedad, que me quieran asesinar! Son bulos que no nos van a dejar anclados en palacio. La vida debe continuar. Hagamos caso omiso de esos rumores. Hay que confiar en nuestra seguridad.

—¿Como la de Canalejas? —le replicó su madre.

—Quiso pasear solo y eso es justo lo que no se puede hacer. Yo seguiré haciendo mi vida. Eso sí, con toda la seguridad a mi alrededor.

De hecho, el 13 de abril de 1913 el rey participó en una jura de bandera y en el posterior desfile por las calles de Madrid. Cuando Alfonso XIII llegó a caballo a la calle Alcalá, entre la muchedumbre apareció un anarquista pistola en mano que le disparó a quemarropa. El rey reaccionó poniendo de patas traseras a su caballo Alarun, que tiró al anarquista al suelo. Finalmente, un disparo alcanzó al rey, pero solo le rozó la mano. La guardia real detuvo al anarquista Rafael Sánchez Alegre, que fue llevado a las dependencias policiales.

Cuando llegó el rey al palacio se mostró tranquilo y sonriente. Victoria Eugenia y María Cristina le esperaban inquietas deseando comprobar que, efectivamente, no le había pasado nada.

—Alfonso, está claro que tienes siete vidas, como los gatos... —le dijo Ena mientras le abrazaba.

—No debes ir desfilando por las calles. ¿No te das cuenta de que los anarquistas te tienen en el punto de mira? —le reprendió su madre dándole un beso.

—No podrán conmigo. ¡Estoy bien! La suerte me acompaña y mi caballo ha hecho el resto.

—En realidad —manifestó el general Aranda—, ha sido su pericia como jinete. Si no llega a realizar un levade con su caballo, haciéndole levantar las patas delanteras frente al asaltante, no sé qué hubiera ocurrido.

—Han sido muchos años de equitación y de escuela clásica de doma. Para algo me tenía que servir. No tiene importancia. ¡Me apetecen unos huevos fritos! ¿A vosotros no?

—¡Este Alfonso, no tiene arreglo! —comentó su madre sonriente.

Ena tardó semanas en superar lo ocurrido. No lograba deshacerse de la sensación de que la muerte rondaba por la casa. Cuando se trasladaron en junio a La Granja de San Ildefonso, todavía pensaba en lo que le podía haber pasado a su marido y se acordaba especialmente de María Teresa, con la que compartió tantas vivencias el año anterior. Le costaba aceptar su trágico final tan solo ocho días después de dar a luz. El rey, como el resto de la familia real, se esforzó en que Ena estuviera distraída, pero el miedo se colaba constantemente en los pensamientos de la reina. Por fin, el 20 de junio Victoria Eugenia se puso de parto.

45

La mejor de las noticias

Tras la celebración del juicio por intento de magnicidio, el anarquista Rafael Sánchez Alegre fue condenado a muerte. Se lo comunicaron al rey el mismo día en el que su mujer se puso de parto del que sería su sexto hijo y cuarto varón. No lograba olvidar al infante Fernando, tampoco quería hacerlo... quizá porque había nacido muerto y Alfonso no había superado la imagen de su hijo inerte.

En esta ocasión, el parto fue rápido y los doctores en todo momento le informaron de que se estaba desarrollando según lo previsto. El sonido del llanto del recién nacido los tranquilizó a todos. Instantes después, salió de los aposentos reales el doctor Gutiérrez.

—Ha sido un varón, majestad, y se le ve fuerte y robusto. El más grande de los hijos que ha traído al mundo la reina.

Alfonso se quedó durante unos segundos emocionado. Su madre salió de la habitación y le dio un abrazo. ¡Había nacido su primer hijo varón y aparentemente sano! Al menos, con más fortaleza que Alfonso y Jaime.

El rey siempre tenía un gesto generoso con algún preso tras el nacimiento de sus hijos, y en esta ocasión solicitó al ministro de Justicia que conmutaran la pena de muerte del anarquista que intentó acabar con su vida. El Gobierno tuvo en cuenta la voluntad del rey y el anarquista salvó su vida, pero nadie, ni siquiera el monarca, le pudo liberar de la cadena perpetua.

Ena se recuperó rápidamente del parto. Había sido el mejor de todos los que había tenido. Cuatro días después, el infante fue bautizado como Juan Carlos Teresa Silverio Alfonso de Borbón y Battenberg. Sus padrinos fueron la mujer del regente de Baviera, María Teresa de Austria, y el rey Carlos I de Rumanía. La llegada del infante había alegrado a todos, incluida la reina María Cristina, a la que los infantes mayores empezaron a llamar cariñosamente Bama. Fue un verano extraño, con ausencias que pesaban demasiado, y con un nuevo miembro en la familia que centraba la atención del rey... Este le pidió al conde del Grove que fuera su preceptor.

—Mi querido conde, le he pedido que venga con cierta precipitación porque quiero saber si va a aceptar usted un importante encargo —le pidió el rey.

—Señor, si está en mi mano, ¡cuente con ello!

—Deseo que la educación del infante Juan sea especial. Me gustaría que recayera sobre usted esta responsabilidad.

—Usted sabe que me tachan de ser excesivamente estricto. No sé...

—Justo es lo que quiero para él. Como dice mi madre, la reina, lo que deseo que le transmita es el sentido de la dignidad y la dureza de un futuro hombre de filas...

El rey quería para Juan una mayor rigidez que para el resto de sus hijos. Sin embargo, tenía sus dudas sobre si habría heredado la enfermedad de Hesse, aunque desde el primer momento parecía un niño completamente sano. Todo era muy prematuro, pero deseaba que el conde organizara su vida para que, llegado el momento, comenzara la educación del recién nacido.

Victoria Eugenia se esforzaba en que sus hijos varones no se hicieran heridas y no se cayeran al suelo. No quería que ni tan siquiera se rozaran con algún objeto que pudiera dañarlos. «¡Puede ser algo muy peligroso!», «aquí no se puede correr ni dar saltos». Les pedía que fueran caminando tranquilos y que no se precipitaran en sus decisiones. Siempre les hablaba de la importancia de la serenidad y les intentaba inculcar una pizca de sentido del humor en su forma de hablar y de relacionarse. Alfonso, por su parte, les hablaba a sus hijos del amor a España y del sentido de servicio a su país. María Cristina, su abuela, los aleccionaba en el sentido del deber y de la dignidad. También les hablaba de la importancia de dar ejemplo y de obtener una profunda formación católica. Rebajaban el nivel de exigencia con Baby, a la que dejaban corretear y jugar con Crista, que ya tenía año y medio.

Aquel verano de 1913 la familia real pasó su primer verano en el Palacio de la Magdalena, en Santander. El palacio que les había regalado el Ayuntamiento con el fin de potenciar los veranos en la zona y atraer a las familias adineradas. Ena, que echaba de menos a su cuñada, vio el cielo abierto al cambiar de aires y de recuerdos. La construcción que se hizo siguiendo los planos de Gonzalo Bringas y Javier González-Riancho, dos jóvenes montañeses que acababan de licenciarse en la Escuela de Arquitectura de Madrid, le recordó a Ena a las edificaciones inglesas. Estaba adornado con balcones, azoteas y salientes que dotaban al palacio de un aspecto realmente señorial. La reina pidió unas modificaciones en el proyecto inicial que afectaban, sobre todo, a la distribución de las habitaciones. El entorno con el mar como telón de fondo, el césped y el jardín que la rodeaban traían a la memoria de la reina sus veranos en Inglaterra, concretamente en Osborne House, en la isla de Wight, la isla más grande de Inglaterra, situada en la costa sur frente a la ciudad de Southampton y separada de Gran Bretaña por un estrecho conocido como Solent. Ahora, estar en el Palacio de la Magdalena era como traer un trozo de Inglaterra a España. Los días que estuvieron allí le llenaron de vitalidad.

El palacio era tan grande y tenía tantas habitaciones que facilitaba el encuentro allí de todos los miembros de la familia del rey. Aquel entorno fascinó a Victoria Eugenia. Tal y como prometió a su cuñada, María Teresa, su marido y sus hijos pasaron con ellos aquel verano. En Santander, la vida de los infantes estaba tan minuciosamente regulada como en Madrid y en Segovia.

Aunque era verano, todas las mañanas tenían una hora de clase y otra de estudio antes de ir a la playa del Sardinero, donde la familia real disponía de un sector reservado y una caseta con catorce cabinas para los reyes, los infantes y los invitados. Se almorzaba a la una y los niños se retiraban a dormir la siesta hasta las tres y media de la tarde. Volvían a tener una hora de estudio al levantarse y luego salían a dar un paseo en coche por la ciudad y sus alrededores. A las siete se encontraban con los reyes, sus padres. Posteriormente cenaban y se acostaban temprano.

Una mañana, Alfonso y Jaime, como tenían un poco más de libertad que en La Granja, se retiraron a jugar. Cuando su madre se quiso dar cuenta, estaban entre las rocas de la costa intentando coger cangrejos. Victoria Eugenia llamó la atención a la institutriz, Beatrice Moon...

—A mis hijos no los puede perder de vista. Son niños y no saben el peligro que corren. Si se caen o tienen algún percance puede ser gravísimo para ellos. No quiero que se muevan de su lado.

—Pero señora, han dicho que iban a andar... no me dijeron que iban a las rocas. Comprendo su preocupación, pero...

—No hay peros que valgan. No pueden hacerlo y punto. No debe volver a ocurrir. Castíguelos sin merienda, sin la ración de tarta a la que están acostumbrados.

—Sí, señora.

El rey se acercó por detrás y habló con la niñera...

—Tiene que disculpar a la reina. No queremos comprobar qué pasaría si nuestros hijos varones se hacen una herida. Es mejor no saberlo nunca.

En Santander Alfonso pasaba más tiempo charlando con sus hijos y con la institutriz. Descubrió que tenía grandes dotes para la música. En La Granja los chicos jugaban durante muchas horas y también se iban a pescar truchas con su padre casi todos los días. El día grande en Segovia era el Corpus. La fecha en que los vecinos entraban en los jardines y los infantes se mezclaban con el pueblo. En Santander, todo era más exclusivo, ya que, para entrar en el complejo de la Magdalena, había que pasar por un puesto de vigilancia. No se permitía el paso nada más que a los invitados. Ese verano hicieron muchas excursiones: a las cuevas de Altamira, a Santillana del Mar, a Comillas e incluso, a rezar al Cristo de Limpias.

La reina le pidió a Alfonso que enseñara a nadar a los infantes...

—Cualquier día vamos a tener una desgracia. Se pasan la vida en el agua.

—Está bien. De este año no pasa.

Al día siguiente, el rey les pidió a unos bañeros, ataviados con camiseta azul marinera y grandes sombreros de paja, que enseñaran a nadar a sus tres hijos mayores. El que primero aprendió, para sorpresa de todos, fue Jaime.

Lo cierto es que como estaba el agua fría, un día que el rey salió con ellos en barca para comprobar su destreza como nadadores, al ver que no se querían lanzar al agua, se tiró vestido con chaqueta de franela, pantalones, zapatos blancos y gorra de balandrista. Al regreso, los niños se lo contaron a su madre, la reina.

—¿Sabéis lo que ha querido enseñaros vuestro padre con ese gesto? —les preguntó la reina.

—No —dijo Alfonsito.

—Os ha dado una lección de valor y de voluntad. No volváis a negaros a meteros en el agua cuando os lo ordene vuestro padre.

—¡Estaba muy fría! —comentó Baby.

—Da igual cómo esté el agua, si vuestro padre os lo pide, no se discute.

Estuvieron en Santander hasta la mitad de agosto. Desde allí se trasladaron al Palacio de Miramar, en San Sebastián. Ena tenía muy presente la ausencia de su cuñada en esas estancias. La energía que recuperó en Santander la perdió en Miramar. Todos lo achacaban al cansancio propio de las parturientas. Pero en realidad, la reina allí se sentía sola. El rey se escapaba más a Madrid y se le hacían los días interminables. Así se lo contó a su madre, que vino desde Inglaterra junto a su dama, lady William Cecil, a pasar con ella unos días.

Su dama inglesa, al llegar a España y comprobar su bajo estado de ánimo, le sugirió al rey que necesitaba más de su presencia en palacio. Como Alfonso torció el gesto, le animó a que le hiciera un regalo especial que la sacara de ese estado en el que se encontraba. El rey se quedó con la idea y llamó al joyero José María García Moris para que fuera a palacio.

Cuando en casa de los Ansorena llegó el telegrama de Miramar dirigido al padre y no al hijo, reinó la confusión. Salieron de dudas al comprobar que era el rey el que reclamaba al joyero.

—Seguramente se trata de algún encargo tras la maternidad de la reina. La última vez que estuve en palacio me hizo el encargo de ir a París a elegir las joyas de más valor del legado de Isabel II.

—Padre, precisamente he recibido una carta de las personas que vi en Francia cuando estuve eligiendo las aguamarinas. ¿Recuerda que le dije que di muchas tarjetas a distintos joyeros por si se enteraban de que el duque de Abercorn quisiera vender la Peregrina? Pues bien, resulta que ha llegado el momento. La tiene depositada en un banco ya que parece ser que desea vender su grandiosa perla. Es la oportunidad de conseguirla para que Victoria Eugenia tenga la verdadera Peregrina.

—No sabemos qué me va a pedir el rey. Iré como siempre, con la mayor discreción y lealtad. Te diría que me acompañaras, pero como no dice nada al respecto, no quiero meter la pata.

—Tranquilo, conoce más al rey y a su madre, incluso a sus tías, que yo. Imagino que la reina estará muy triste con la pérdida de María Teresa, parecían más hermanas que cuñadas. Este año no creo que se interese por el relato de las joyas reales.

Al día siguiente, el cabeza de familia salió de dudas en cuanto entró en Miramar. No tuvo que esperar mucho ya que el rey enseguida le recibió en su despacho.

—Mi apreciado don José María, gracias por venir solícito a mi llamada.

—Para mí es un honor.

—Necesito una joya para el cumpleaños de la reina. Debe ser importante, un collar, unos pendientes...

—Señor, me pondré a ello con la máxima celeridad. A la reina, según me cuenta mi hijo, que es quien más habla con ella, le gustan mucho los diamantes. Si le seguimos agrandando el collar con chatones, se convertirá en poco tiempo en una de las piezas más importantes de la Corona. Mi consejo es seguir apostando por ellos.

—Está bien, busque nuevas piezas y de más tamaño.

—Como usted quiera... Si me permite, como sé de su interés por la Peregrina, debo informarle de que sus dueños actuales la han depositado en un banco. De un momento a otro podríamos intentar recuperarla para el joyero real...

—Bueno, la reina tiene otra Peregrina, ya me entiende... Usted me la proporcionó del legado de mi abuela.

—Pero esta es la auténtica... Por eso se lo digo, señor. El momento de su regreso a España parece que está cerca.

—Está bien, entérese de cuánto piden. Apelo a su discreción. No me gustaría que este tema trascendiera, ya me entiende usted...

—Por supuesto. De todas formas, voy buscando diamantes para su encargo. Ya sabe que cuesta encontrar piedras preciosas que merezcan la pena. Hay que saber mirar, buscar y encontrar.

—Lo dejo en sus manos. ¡Ah, me gustaría encargarle regalos menores para mis... compromisos!

—¿Se refiere a pitilleras y alfileres de corbata?

—Exactamente, y alguna pulsera o sortija que pueda regalar a damas que están en palacio o a alguna artista a las que suelo frecuentar en sus estrenos... —El rey carraspeó—. Me entiende, ¿verdad?

—Sí, sí... Usted tiene muchos compromisos y quiere quedar bien. No hay ningún problema. Traeré varias piezas diferentes.

Desde que salió de Miramar y llegó al hotelito de veraneo, estuvo pensando a qué se refería el rey con lo de sus «compromisos» y el «ya me entiende». Este extremo prefirió ocultárselo a Ramiro.

Padre e hijo se dedicaron entonces a trabajar en los encargos del rey. José María hablaba por conferencia con los proveedores de piedras preciosas y Ramiro, con los joyeros que tenían relación con los Abercorn, para rescatar la Peregrina. El joven Ansorena gastó un dineral en conferencias a París con el fin de saber con exactitud la situación en la que se encontraba la grandiosa perla. El verano se podía decir que se había acabado para él. Este encargo era mucho más importante que bajar a la playa o salir con las amigas de su hermana.

Carmen vivía su último verano de soltera ajena a todo este movimiento de búsqueda tanto de su padre como de su hermano. Había tenido que posponer su boda por la muerte del abuelo de Jaime y, si no surgía ningún otro inconveniente, para final de año pensaban contraer matrimonio. El retraso se podía decir que les había venido bien para poder completar el ajuar. Además, después de un año en su consulta, Jaime se había ido haciendo con una clientela fiel. Por lo tanto, cuando se casara ya no partiría de cero.

En el plano político, Manuel García Prieto —que ocupó interinamente la presidencia del Consejo de Ministros— tuvo la difícil misión de sustituir al infortunado Canalejas, pero no contaba con el apoyo del Partido Liberal al completo. De hecho, quien más se oponía era Álvaro de Figueroa y Torres, el afamado conde de Romanones, compañero de filas de García Prieto, que fue nombrado a los pocos días el nuevo presidente del Consejo de Ministros.

Pronto regresaron los rumores de agitación en Marruecos. Esta vez, Romanones fue el encargado de contárselo al rey.

—Majestad, vuelven nuestras pesadillas con Marruecos. Ahora se trata de Raisuni, el gran agitador entre las cabilas de Yebala y de Gomara, en la zona centro-occidental del protectorado.

—Es fundamental que estemos preparados para lo peor —contestó Alfonso XIII con mucha preocupación.

—Ahora es la ciudad de Tetuán la que se ve amenazada por estos movimientos de indígenas azuzados por los intereses imperiales alemanes en el norte de África. Están decididos a impedir un pacífico establecimiento de Francia en su protectorado marroquí. Tenemos razones fundamentadas para pensar que el comportamiento de Raisuni está subvencionado por agentes alemanes.

—Esto va a ir a más...

—Nos dicen que deberíamos preparar una base aérea cerca de Tetuán. Sería la primera base aérea militar del mundo.

—¡Pongámosla en marcha! Nos hará más fuertes de cara al resto de países.

En septiembre, la familia real ya estaba de regreso en Madrid. El rey le preparó un cumpleaños diferente a la reina. Alfonso le regaló los chatones que había encargado a la familia Ansorena, que días antes había ido de boda.

Carmen García-Ansorena se casó de blanco, con una mantilla beige a modo de velo. Los padres le regalaron una fina tiara de diamantes y perlas que se colocó en la frente, como imponían los cánones de la moda de París. Fue una boda familiar, con la presencia de Milagros, a la que dieron un permiso de horas en el convento de las mercedarias para asistir al enlace.

Con la salida de Carmen del domicilio familiar, supo Ramiro que su padre no cejaría en el empeño de que encontrara novia. Resopló varias veces cuando algún familiar le señalaba a él como el siguiente de la lista para contraer matrimonio. Menos mal que Milagros siempre estuvo al quite para que se desviara la conversación hacia otro tema.

—Gracias, hermanita, papá está empeñado en que me case, pero no sé con quién.

—Tranquilo. Todo llega en el momento justo. Cuanto tenga que ser, será. No hay que tener prisa a la hora de casarse. Ya estamos hartos de ver matrimonios que son pura fachada. ¡Confío en que sabrás elegir bien!

Los dos hermanos se abrazaron y se unieron a los recién casados. Jaime, al estar frente a frente con su cuñada, se puso nervioso.

—Déjame felicitarte, Jaime. Has elegido a la mejor esposa. ¡Yo hubiera sido un desastre! —Esta última frase se la dijo en voz baja.

—Por lo menos, seguiré sabiendo de ti... —contestó Jaime cohibido.

Se acercaron Carmen y Ramiro.

—¿Qué andáis cuchicheando los dos? —le dijo Carmen a su hermana intrigada.

—¡Son cosas nuestras! —comentó Milagros, que miró el reloj y se puso nerviosa—. ¡Tengo que regresar al convento!

—Voy a acompañarla —dijo Ramiro—. ¡Vuelvo enseguida!

Fue una boda entrañable. Consuelo no dejó de llorar en la ceremonia y durante el ágape posterior. Tenía la sensación de que había perdido a sus hijas en un corto espacio de tiempo. Ramiro sería el único hijo que seguiría en casa. Al contrario que su marido, estaba encantada de que no tuviera novia y que continuara más tiempo junto a ellos.

A las pocas semanas, el 2 de noviembre, el teniente Alonso, perteneciente a la primera escuadrilla de apoyo al ejército de África, organizada por el capitán Alfredo Kindelán, efectuaba el primer vuelo de guerra en la historia de la aviación española. A los pocos días, también tenía lugar el primer bombardeo aéreo de la historia sobre las posiciones enemigas, en África.

Tres días después del cumpleaños de la reina, caía el Gobierno del conde de Romanones. Le sucedía en el cargo Eduardo Dato, con gran indignación de Antonio Maura, que se sintió traicionado por una parte de su partido e igualmente marginado por la Corona.

46

Y se hizo la oscuridad...

Victoria Eugenia, aprovechando que no estaba el rey en palacio, entró en su habitación. No supo en realidad por qué lo hacía, pero comenzó a mirar en su vestidor al sentirse atraída por un buen número de cajitas de la firma Ansorena. Comprobó que había muchas joyas masculinas, alfileres de plata y también de oro, pitilleras, pastilleros de plata... Comprendió que era para agasajar a las personas que iba a visitar a sus múltiples viajes por España. Apartada de las demás, vio una caja alargada y la abrió. Comprobó que había una pulsera muy fina, pero muy elegante, de oro con brillantes y perlas, que inmediatamente cerró. Pensó que se trataba de un regalo para ella y se recriminó a sí misma por andar husmeando entre sus cosas. Le pareció oír al fondo los pasos del ayudante de cámara del rey, Paco Moreno. Se oían sus risas mientras hablaba con los dos mozos de cuarto. Victoria Eugenia salió por la zona que unía a sus dos habitaciones. Tras cerrar la puerta con sigilo, escuchó cómo los tres hombres entraban en la habitación. Respiró hondo, no la habían pillado *in fraganti.*

En realidad, no supo el motivo que le llevó a entrar en el cuarto de su marido y ponerse a buscar entre sus cosas sin saber qué exactamente. Los rumores acerca de sus encuentros con actrices después de las funciones de teatro, o con cantantes de todo tipo y condición, seguramente fue lo que le había llevado hasta su vestidor. Se arrepintió de su conducta y se prometió a sí misma no volverlo a hacer.

Cuando regresó el rey al palacio, Ena se mostró especialmente cariñosa. Se sentía mal ahora que sabía que mientras ella hacía caso a los rumores que circulaban por Madrid, su esposo le había comprado una pulsera con la que le sorprendería en cualquier momento. Sus dudas se disiparon y comprendió la inmensa dificultad que suponía reinar en ese momento en España. Los militares querían hablar con él en persona. Sobre todo, desde que el 15 de enero apareció en el Diario Oficial del Ministerio de la Guerra una Real orden del ministro Echagüe, por la que se permitía a los generales, jefes y oficiales establecer comunicación directa con el rey. Además, Eduardo Dato había convocado elecciones generales para el 8 de marzo. Y los partidos estaban preparándose para una dura campaña.

Victoria Eugenia volvió a acompañar al rey en todas sus salidas nocturnas y procuró pasar a su habitación en las noches invernales de aquel 1914 que acababan de inaugurar. El rey notó un cambio de actitud en la reina, pero no sabía qué o quién lo había provocado. Pensó que quizá se debiera a unas declaraciones que hizo a un periodista americano al que manifestó que «el rey de España no tenía más amor que el de su esposa». La segunda parte de la contestación se la hizo de forma confidencial y no se publicó: «pero no sé si el duque de Toledo tendrá por ahí alguna aventurilla intrascendente». El rey se hacía llamar así cuando no quería que se supiera su identidad. La reina no supo nada de esta segunda parte de su respuesta. Sin embargo, las habladurías acababan llegando a palacio y pronto supo lo que decían sobre que se hacía pasar por el duque de Toledo en sus escapadas. Pero hizo caso omiso. El rey siempre volvía, pensaba Ena. Además, ahí estaba la pulsera que le iba a regalar en cualquier momento.

Con la llegada de la primavera, la familia real se trasladó a La Granja. Primero viajaba el servicio y después, los niños y la abuela en coches tirados por mulas. Era la forma más segura de hacerlo para ir por aquellas carreteras sinuosas que atravesaban la sierra. Los vehículos levantaban una enorme polvareda, pero para Alfonsito, Jaime, Baby y Crista era toda una aventura. Juan era demasiado pequeño para opinar nada. Los reyes viajaban solos en el Hispano-Suiza que tanto le gustaba conducir al rey. Pero por aquellos caminos de piedra y arena pinchaban tantas veces que al final, tardaban casi lo mismo que los coches tirados por mulas.

Al llegar a Segovia, al Palacio de La Granja de San Ildefonso, la vida se volvía más familiar y pasaban más tiempo al aire libre. Jugaban mucho al deporte favorito de la reina, el tenis. Victoria Eugenia animaba a sus hijos a que lo practicaran. Un día, en la cancha, Ena sintió varios pinchazos en el vientre y María Cristina le pidió que lo dejara hasta que la viera un médico. El doctor Gutiérrez acudió a palacio para hacer un diagnóstico y lo tuvo claro:

—Señora, está embarazada de unos cuatro meses. Para octubre volverá a dar a luz.

—Pensaba que lo que me pasaba era un desarreglo después de tantos embarazos seguidos. No pensé que estuviera en cinta. No he tenido los clásicos vómitos que me hacían pensar en esa posibilidad.

—Señora, las embarazadas no siempre vomitan...

La noticia de un nuevo embarazo le cayó como un gran jarro de agua fría. Había empezado a recuperarse del parto de Juan cuando de nuevo volvía a quedarse en estado. Se acordó de su cuñada María Teresa y de lo cansada que la sorprendió el último embarazo. Sintió miedo. Pensó que siete embarazos casi seguidos eran una prueba demasiado dura para ella.

—Majestad, no se preocupe. Todo saldrá bien —le dijo el médico—. Estará igual de vigilada que con el embarazo del infante Juan.

—Eso es lo que me preocupa. Tanta observación cuando empezaba a sentirme libre de nuevo, con ganas de practicar deportes como el tenis, el golf, la natación...

—Señora, habrá que posponerlo...

Cuando la reina se lo comunicó a Alfonso, este se sorprendió.

—¡Ena, la llegada de un hijo siempre es una gran noticia! A este paso no habrá suficientes habitaciones en palacio.

La reina se echó a reír y después de un rato, se puso a llorar...

—Otra vez la incertidumbre, la angustia de si todo saldrá bien —le confesó a su marido.

—A mí me preocupa más tu bienestar. Espera, me gustaría darte algo para que recuerdes este día...

Ena pensó que le iba a entregar la pulsera que tenía reservada, seguramente para un momento especial. El rey se acercó con algo que no conseguía ver bien... Al acercarse, se quedó sin palabras.

—¡Un pañuelo blanco de seda! —exclamó Ena incrédula.

—Sí, lo han bordado con mis iniciales y quiero que lo lleves tú.

Ena se quedó muda. No le salían las palabras. Creía que le iba a regalar la pulsera de brillantes y perlas y apareció con un pañuelo. Su decepción fue tal que no le fue fácil disimular.

—No parece que te alegres —le comentó el rey.

—No es eso. Estoy realmente sorprendida con el embarazo. Ya iré poco a poco asimilando la noticia.

Durante esos días, llegó de Inglaterra el doctor Newman Darling para intentar sanar al príncipe de Asturias de su enfermedad. Venía con todas las recomendaciones de la familia real inglesa. Después de un tratamiento de varios días que costó 13.405 pesetas, Alfonsito no mostró mejoría alguna. Esto provocó una enorme frustración en sus padres.

La situación política a nivel mundial se enturbió de la noche a la mañana. Por lo tanto, el nuevo embarazo no estuvo presente en las conversaciones de palacio en las semanas y meses siguientes. La muerte del archiduque heredero de Austria, Francisco Fernando, abatido a tiros en plena calle en Sarajevo, dejó a todas las Casas Reales en *shock*. El heredero murió a manos de un activista serbio llamado Prinzip. Este hecho fue el detonante de lo que la prensa comenzó a llamar la Gran Guerra y se convirtió en la preocupación de todos. El pueblo español se dividió ante el conflicto europeo... Los liberales y las izquierdas eran partidarios de Francia e Inglaterra; los carlistas, una parte de los conservadores y muchos militares eran germanófilos. Sin embargo, la inmensa mayoría de los españoles eran partidarios de mantenerse al margen. Una actitud que compartían muchos líderes políticos y desde luego, el jefe del Gobierno, Eduardo Dato, que declaró la neutralidad de España en el gran conflicto. Previamente, había llegado a un acuerdo telefónico con el rey, que también consideraba esa postura la mejor de las opciones frente a la Gran Guerra. Alfonso XIII, se había trasladado ya a Santander, al Palacio de la Magdalena.

La guerra europea colocaba en una delicadísima situación a las dos grandes damas del palacio. La reina Victoria Eugenia se posicionó claramente al lado de su familia inglesa. Sus hermanos dieron un paso al frente y decidieron participar en la guerra. Por su parte, la reina madre, María Cristina, tomó partido por su familia, al lado de Austria. También muchos de sus familiares decidieron acudir a las armas para defender a su imperio de la amenaza que se cernía sobre él. Resultaba chocante oírlas conversar en la comida. Cada una resaltaba las atrocidades del bando contrario. El rey intentaba lidiar con las dos apelando a la neutralidad de la que España hacía gala.

Ena procuró volcarse más en sus hijos para no chocar con su suegra. Los dos mayores y sus dos hijas menores compartieron junto a ella grandes caminatas. Los infantes aprovecharon para hablar con su madre y saciar su curiosidad sobre su infancia en Inglaterra.

—Yo nací en el castillo de Balmoral, el lugar de veraneo preferido por mis padres —les contaba a sus hijos—. Durante los veranos, a mi abuela, la reina Victoria, le hacía gracia que a mí me gustara tanto el campo y mandó que me dejaran un pequeño terreno allí para que yo cultivara la tierra. Al final, conseguí sacar adelante un pequeño huerto de zanahorias... —Las pequeñas aplaudieron—. Pero lo que más preocupaba en mi casa eran los idiomas. Por eso, yo hablaba inglés, francés y alemán con soltura cuando tenía vuestra edad e incluso, en verano, seguía estudiando.

—Y ahora español, madre —apuntó su hija Baby.

—Nunca me han faltado dotes para los idiomas, ni para la música ni para las labores que me enseñó mi madre.

—Queremos coser como tú —dijo la pequeña Crista.

—Cuando crezcáis un poco más, aprenderéis a bordar. Ahora tenéis que aprender buenos modales. Mi abuela, cuando no me comportaba bien, me encadenaba.

—¿Como si fueras un preso? —le preguntó Jaime por señas.

—Exacto. Siempre fui independiente y traviesa y un día que me comporté mal, la reina Victoria me encadenó a un picaporte de palacio. Me vio todo el personal de servicio, pero también el primer ministro, lord Salisbury, y me preguntó si había robado las joyas de la Corona. Yo le respondí: «¡No sé!». En realidad, no comprendía el motivo que le llevó a mi abuela a encadenarme, pero no protesté. El caso es que ese episodio fue muy recordado en la familia.

Los infantes se echaron a reír y le pidieron que contara más historias de cuando era pequeña. Pero la reina les dijo que ya era una buena hora para la lectura, algo que ella practicaba desde que aprendió a leer. Los cuatro se fueron con la institutriz y con su hermano pequeño, Juan. También se sumaron a la lectura sus primos, los hijos de la infanta Mercedes y los de la infanta María Teresa de Borbón. Fernando de Baviera veraneó con ellos y le gustó que sus hijos congeniaran con una de las damas de la reina madre: María Luisa de Silva y Fernández de Henestrosa.

Antes de regresar a Madrid, Fernando expresó su voluntad de volver a casarse. La familia real se quedó sin habla, máxime cuando supieron que la elegida era precisamente la dama de María Cristina. A la reina madre le sentó muy mal que sustituyera a su hija tan rápido y que además lo hiciera por su dama, que era diez años mayor que su yerno.

Tras el disgusto de la reina madre, el rey sugirió a su cuñado que no se casara en Madrid. Este decidió hacerlo en Fuenterrabía, lejos de la corte. Alfonso XIII concedió a María Luisa el título de duquesa de Talavera de la Reina. De todas formas, al considerarse una unión desigual, Fernando renunció a sus derechos sucesorios a la Corona de Baviera. Su tío le permitió seguir utilizando su título y su tratamiento de príncipe.

La reina Victoria Eugenia habló muy poco de este tema con su suegra. Apenas se cruzaban dos palabras, la Gran Guerra las mantenía alejadas. Tanto fue así que, en cuanto llegó a Madrid, Ena se volcó en labores humanitarias y siempre procuró tener actos oficiales fuera de palacio para ausentarse a la hora de la comida. En la cena, solo coincidía con María Cristina si estaba Alfonso. Si el rey tenía algún compromiso, Ena ponía la excusa de su embarazo para no quedarse a solas con ella. Nada parecía ser igual en palacio.

De hecho, en una de esas cenas, la reina se enfadó mucho por un comentario de su suegra, secundado por Alfonso.

—Ingleses y franceses están demostrando lo que son en realidad, unos bárbaros. La gente de bien está con nosotros.

Ena llevaba puesta una pulsera de brillantes y esmeraldas y dio tal manotazo en la mesa, que esta saltó por los aires, cayendo al suelo y resquebrajándose una de las esmeraldas. La mano de la reina comenzó a sangrar y el rey le ofreció su pañuelo, pero Ena sacó de su manga el que él le había regalado y se lo puso para taponar la herida.

—Esta bárbara se retira por hoy. ¡Buenas noches!

El rey ni se inmutó y la dejó marchar. Se quedaron madre e hijo comentando la reacción de Victoria Eugenia.

Al día siguiente, la reina hizo llamar a Ramiro. Pensó que su conversación apartaría las nubes negras de su cabeza y le ayudaría a olvidar. Por la tarde, el joven joyero apareció muy sonriente. Se alegró mucho de volver a verla. La reina le extendió su mano izquierda. La derecha la tenía envuelta en otro pañuelo que llevaba sus iniciales. Por la mañana la herida había seguido sangrando.

—Señora, ¿qué le ha ocurrido?

—No tiene importancia. Di un manotazo en la mesa y me clavé la pulsera de brillantes y esmeraldas que, por cierto, cayó al suelo. Una esmeralda se ha resquebrajado con el golpe.

—Si me da la pulsera, se la arreglo. Siento mucho que se dañara la mano.

—No tiene importancia. —Se abrió el pañuelo y ya no sangraba—. ¿Ve? Ya no sangro.

—¿Me permite quedarme con su pañuelo?

—¡Está manchado de sangre!

—Sí, pero es su sangre y para mí tiene un valor...

La reina sorprendida se lo dio y este se lo guardó rápidamente en el bolsillo. Victoria Eugenia, ya que estaba sola, fue directamente al grano.

—¿Tiene constancia de que mi perla es la Peregrina?

—Señora, el rey nos lo ha dicho y...

—Yo quiero la verdad, don Ramiro.

Después de un silencio... el joyero habló.

—La perla que usted tiene es magnífica, señora. Mi padre fue a París, un año antes de su boda, y de entre todas las joyas de Isabel II, rescató esta perla con forma de pera que venía con un casquillo al que mi padre le añadió un lazo con diamantes y otra perla más pequeña.

—¿Usted cree que Isabel II volvió a rescatar la Peregrina?

—La perla que ella tenía la heredó de su suegra, la infanta Luisa Carlota. Señora, sé que hay otras perlas magníficas circulando por ahí, bajo el mismo nombre. Ahora, una de esas piezas está en un banco, esperando comprador. La firma Hennell & Sons la ha adquirido de los duques de Abercorn. He podido averiguar que otra pieza magnífica llegó a manos del prior de El Escorial como regalo de Felipe II. Y no solo eso, hay otra más, también de extraordinaria belleza, tan importante como la Peregrina, que perteneció a María Luisa de Parma. ¿Recuerda que le conté que lució la auténtica y la copia como pendientes?

—Sí, lo recuerdo.

—Por eso no sé quién tiene la auténtica, pero usted, señora, tiene una de las grandes perlas que hay en el mundo.

—El rey me dijo que era la Peregrina. No tengo por qué no creerle.

—Exacto. Si lo dice el rey...

La reina se quedó pensativa durante unos segundos.

—Las perlas son de origen orgánico, eso me dijo la primera vez que hablamos de ella.

—Sí, su componente es carbonato cálcico hidratado y conquiolina. Son seres vivos, por decirlo de alguna manera. En las culturas milenarias las mujeres se ponen aderezos de perlas para garantizar un matrimonio feliz...

—Un matrimonio feliz...

—También para estimular la fertilidad, alejar los males, conservar la salud y perseguir la felicidad.

—Llevo muchos años intentando alcanzarla...

—¿Se encuentra bien, señora?

—La verdad es que no mucho. Espero volver a verle pronto. Debo acostarme. Estoy algo mareada.

Ramiro se fue de allí con la sensación de haber dicho tan solo una verdad a medias. Estaba seguro de que la reina, con lo intuitiva que era, lo había captado. Sin embargo, no se lo había querido reconocer. Quizá, para no cuestionar la palabra del rey. Si él decía que era la Peregrina, ella lo iba a mantener incluso aunque supiera que no era verdad. También por mantener la promesa que le hizo a lady William Cecil.

Ena no tenía ganas de nada, estaba desilusionada. Apeló a su avanzado estado de gestación para pedirle al rey que no preparara ninguna celebración especial por su cumpleaños. Y el mismo día que cumplía veintisiete años se puso de parto. Fue largo y laborioso. Finalmente, el doctor Gutiérrez comunicó al rey que se trataba de un varón. No expresó tanta euforia como con el infante Juan. Alfonso no quiso preguntar, intuyó que algo no iba bien.

La reina María Cristina, a pesar de las desavenencias con su nuera, estuvo dentro de la habitación, como en los demás partos. La infanta Isabel, «la Chata», tampoco quiso perdérselo.

—Ya está, querida. Ahora a recuperarte —le dijo fríamente la reina madre a Ena.

Pero Victoria Eugenia intuía que el recién nacido no gozaba de la misma buena salud que su hijo Juan. Su llanto no era tan fuerte. Supo sin que nadie se lo dijera que podría haber heredado la terrible enfermedad. Se aguantó las lágrimas y esperó a que entrara el rey a felicitarla. Cuando lo hizo, le notó más serio de lo normal.

—Ena, felicidades. Has traído al mundo un nuevo varón. ¿Has pensado en el nombre que quieres ponerle? —no le preguntó por cómo se encontraba ella.

—Sí. Gonzalo.

—Muy bonito. Pues así será. —Le dio un beso en la frente y se fue.

Esa noche, después de presentar al recién nacido a las autoridades como era preceptivo, el rey se quedó bebiendo con Jacobo Fitz-James Stuart, duque de Alba, hasta bien entrada la madrugada.

—Jimmy, tengo un hijo con esa extraña enfermedad que nadie puede curar aunque no paran de venir charlatanes a palacio asegurando que tienen el mejor de los tratamientos; a Jaime, sordomudo, le reconozco su mérito para hacerse entender, pero el pobre tiene muchas limitaciones; mis dos hijas, Baby y Crista, están sanas pero es un secreto a voces que pueden transmitir como su madre la enfermedad a sus hijos, ¿quién va a querer casarse con ellas?; Juan, de momento, es el único que parece estar sano... y ahora llega al mundo Gonzalo, que sale con la debilidad de su hermano Alfonsito. ¿Por qué no me advirtieron en Inglaterra de este mal de la familia Battenberg?

—Te estás adelantando. Que el niño parezca débil no significa que haya heredado la enfermedad de la sangre. Por favor, dale tiempo. No lo pagues ni con él ni con Ena.

—¿Por qué no me advirtió tu tía la emperatriz, Eugenia de Montijo, de la enfermedad de Hesse?

—Creo que te dijeron algo que no supiste escuchar. Lo he hablado con ella y siempre me dice que fuiste advertido. Te recuerdo que te casaste muy enamorado. ¿Te hubiera frenado que te dijeran que Ena podía ser transmisora de esa rara enfermedad?

—No lo escuché. No creo que me advirtieran, no recuerdo nada.

—Las cosas son como son y el destino, señor, hay que asumirlo de cara. No hay vuelta atrás. Hoy es un día para estar feliz, ha nacido otro hijo suyo y no entiendo cómo no corre al lado de su maravillosa mujer.

—Ella me podía haber advertido también. Y no lo hizo. Hoy tengo mucho resquemor contra la reina. No me merezco que casi todos mis hijos tengan algún problema de salud.

—No sé si son las constantes revueltas en África o los problemas derivados de la Gran Guerra los que le han llevado a este estado de ánimo, pero lo mejor que puede hacer es descansar. Si quiere le acompaño a sus aposentos.

—Está bien, está bien... ¿Sabes, Jimmy?, la *nanny* de Alfonsito toca estupendamente el piano.

—Me alegro mucho.

—También instruye a mis hijas en solfeo... y a mí en otros menesteres. ¿Me entiendes?

—Señor, debería tener cuidado al decir estas cosas por si le oye alguien y llega a oídos de la reina.

—Me da igual. Hoy todo me da igual...

La reina tardó en recuperarse de este último parto... Precisamente, al tercer día, justo cuando los médicos la intentaban poner de pie, entró Alfonso con la cara pálida y completamente afectado. No midió sus palabras.

—Ena, tu hermano Mauricio...

—¿Qué ocurre con él? —dijo la reina con miedo a una respuesta que no quería escuchar.

—Me han comunicado que acaba de fallecer.

La reina, que acababa de ponerse en pie, se cayó redonda al suelo. Los médicos la recogieron y la tumbaron de nuevo en la cama. Cuando volvió en sí, preguntó si la noticia de la muerte de su hermano estaba confirmada.

—No hay error. Nos lo ha comunicado tu hermano mayor, Alejandro —le comentó el rey.

—¿Cómo ha muerto mi querido hermano? —preguntó con lágrimas en los ojos.

—Como teniente del Real Cuerpo de Fusileros del Rey fue a luchar en la primera batalla de Ypres, al noroeste de Bélgica, y cayó malherido. No se pudo hacer nada por salvarle la vida. Ya sabes que tu hermano, debido a la enfermedad familiar... finalmente se desangró. Pienso que no debía haber ido al frente. Ha sido una temeridad. Será enterrado en las próximas horas en el cementerio de esa ciudad, la mayor del Flandes Occidental.

Aquellas palabras del rey, lejos de consolarla, le provocaron más dolor. Le había hecho un comentario que dejaba entrever el resquemor que sentía hacia ella y los suyos: el tema de «la enfermedad familiar». En ese momento, supo que ya no le quería. Le miró como si fuera un extraño. Victoria Eugenia no solo tenía el corazón de luto por la muerte de su hermano, también tenía la sensación de que el amor que había sentido por su marido se había esfumado para siempre.

—Tu hermano nunca tuvo que ir a la guerra. Se exponía a esto que ha pasado —siguió hurgando en la herida.

Un olor a rancio salió de su boca. Eran los efectos de la resaca de la noche anterior. La reina sintió la repugnancia de su aliento, pero continuó hablándole.

—Mi hermano era un gran patriota con un corazón de oro. No me parece el momento de hablar de su enfermedad. Es momento de rendir honor a su memoria. No son propias de ti esas palabras. Me has hecho daño. Mucho.

La conversación se interrumpió con la llegada de la reina María Cristina, que lo primero que hizo fue abrazarla, algo que su hijo todavía no había hecho. Ena se lo agradeció con la mirada. María Cristina no se despegó de su cama en todo el día.

—Las guerras solo sirven para crear dolor en las familias de los soldados —señaló la reina madre mostrando estar sinceramente compungida.

Ena no contestaba. No tenía palabras. Su hermano Mauricio, su preferido, nunca más estaría a su lado. De sus tres hermanos, era con el que siempre había tenido más complicidad. Aquel dolor que sentía parecía un puñal clavado en el pecho. Nada la podía consolar. Sarah y Hazel no se movieron de la habitación con sus ojos llenos de lágrimas. Le trajeron una tila, pero la reina estaba muy nerviosa y no pudo beber ni comer nada. Los médicos se preocuparon por su salud. Comenzó a tener fiebre.

—Necesito escuchar a mi madre. ¡Tengo que hablar con ella!

Los médicos la adormecieron y así pasó las horas siguientes al parto y a la triste noticia de la muerte de su hermano.

Al día siguiente, sin ningún tipo de celebración, fue bautizado el último hijo de los reyes como Gonzalo Manuel María Bernardo Narciso Alfonso y Mauricio, en honor al hermano de la reina muerto en combate. Sus padrinos fueron la reina María Cristina y el rey Manuel II de Portugal.

Cuando Ena volvió a abrir los ojos sintió como si se hubiera apagado la luz de su vida. Estaba a oscuras. A pesar de su maltrecho estado físico, el rey no dejó de salir todas las noches... De hecho, la reina escuchaba risas femeninas en su habitación. Todavía sintió más repugnancia.

Antes de la festividad de Reyes, estando con sus hijos, apareció Beatrice Moon, la niñera escocesa. Algo brillaba en su muñeca... Se fijó bien y sintió una punzada en el estómago. Era la pulsera que esperaba que en algún momento le regalara el rey. Se quedó mirándola mientras trataba de entender qué estaba ocurriendo delante de sus ojos.

—¡Qué bonita es la pulsera que lleva! —alcanzó a decir muy seria.

—Sí, muchas gracias. Es un regalo.

—Un regalo muy caro. Se ve que la aprecian mucho...

—Sí, creo que sí.

La reina tuvo ganas de gritar. ¿Hasta dónde pensaba llegar su marido con sus conquistas nocturnas? Algo volvió a romperse en su interior y llegó la oscuridad...

TERCERA PARTE

Julio de 2017. Las joyas de Victoria Eugenia

Los pendientes de chatones se volvieron, cincuenta años después, en imprescindibles para la reina Letizia. No faltaron entre las joyas que utilizó para su primer viaje a Reino Unido después de que la cita se aplazara hasta en tres ocasiones. Como tampoco lo hizo la tiara de las flores de lis que luciera por primera vez la reina inglesa en su boda con Alfonso XIII. Lucirlos fue su particular homenaje a la bisabuela de su esposo, el rey Felipe VI.

A finales de 2015, el Palacio de la Zarzuela anunció que los reyes visitarían la corte británica la próxima primavera. Confirmaban así su asistencia a uno de los dos viajes de Estado que cada año organizaba Isabel II. La reina, a sus noventa y un años, se erigía como la decana de la realeza europea y formalizaba la invitación en un momento en el que Inglaterra expresaba su deseo de separarse de Europa, aunque James Cameron no hubiera puesto fecha a la convocatoria de referéndum.

Se trataba del reconocimiento del pasado británico de la familia real española. Sin embargo, tuvo que posponerse. Cuando ya parecía que las agendas de los dos monarcas cuadraban, se valoraba una segunda fecha para junio del 2017, pero el adelanto de las elecciones inglesas obligó a posponer de nuevo el encuentro. Esta vez el clima de inestabilidad e incertidumbre que se vivía en el Reino Unido tenía como motivo el Brexit.

A la tercera fue la vencida. El encuentro se fijó del 12 al 14 de julio de 2017. Tres días con una agenda completa en la que los reyes protagonizaron su primera visita de Estado —en abril de 2011 habían asistido siendo aún príncipes a la boda de Guillermo de Inglaterra y Kate Middleton.

Durante su estancia, los reyes se alojaron en el palacio de Buckingham y fueron agasajados con una cena de gala en su honor con los miembros de la familia real británica al completo; así como empresarios y políticos.

El rey Felipe —tataranieto de la princesa Beatriz, madre de Victoria Eugenia y hermana de Jorge VI, padre de Isabel II—, recibió un trato muy cercano y familiar. Sus majestades pudieron ver el álbum de fotos de aquella primera década del siglo XX en la que sus antepasados viajaron con mucha frecuencia a Inglaterra. Se podía ver a Victoria Eugenia jugando al golf, al tenis e incluso montando a caballo. También había fotos de Alfonso XIII con los hermanos de Ena. Letizia se fijó, sobre todo, en los ojos de aquella reina inglesa que sorprendió a todos en la corte española, y se lo comentó a Felipe.

—Tienen un halo permanente de tristeza. ¿Te has fijado?

—Pueden ser las fotos de la época, no tenían mucha calidad.

—No, es su expresión. Me llama la atención.

—Mira, en esta otra que está con su dama inglesa, lady William Cecil, se la ve con otra cara...

—Es cierto. Puede que ella consiguiera hacerla olvidar sus muchas preocupaciones. Estarían hablando de su tema favorito: las joyas.

—Seguramente...

Era un viaje con una profunda connotación familiar pero también con un claro fin económico. Se esperaban certidumbres para la comunidad española frente a la salida del Reino Unido de la Unión Europea. Como era de esperar, Felipe VI ante las dos cámaras de Westminster —tal y como ya hiciera su padre,

Juan Carlos I, treinta y un años antes— mencionó los lazos que unían Reino Unido con España, cómo el zarpazo del terrorismo que había alcanzado recientemente a ambos países, y también mencionó Gibraltar. La premier Theresa May, aunque alabó su discurso en privado, no tardó en sacar un comunicado en el que aclaraba que «la soberanía del peñón era innegociable».

Letizia, que había viajado con el joyero de Victoria Eugenia, no sacó del estuche forrado de plomo la perla que Alfonso XIII llamó «la Peregrina»; ni el broche de perlas grises que dejó en herencia a las reinas españolas que la sucedieran. Dejó «descansar» ambas joyas en sus estuches, como decía su estilista, Eva Fernández.

No fue hasta cinco años después de subir al trono, en la Pascua Militar del año 2019, cuando el broche de perlas grises rodeado de brillantes abandonó el joyero por primera vez. Ese día, el rey Felipe VI reivindicó «la enseña nacional como bandera de todos». También reconoció «la profunda identificación de las Fuerzas Armadas con la Constitución».

Letizia vistió de largo y apostó por uno de sus colores preferidos, el azul marino. Llevó una chaqueta *tweed* y una falda de terciopelo azul marino de Felipe Varela. Para darle más carga histórica al acto decidió que era el momento de lucir el broche, una de las joyas emblemáticas del joyero real.

—Las joyas históricas reivindican la continuidad de la monarquía a través de los siglos. Victoria Eugenia creía que le daban fuerza en los momentos más difíciles de su vida.

Esto se lo dijo el jefe de su Secretaría, el duque de Abrantes, antes de iniciar la celebración de la Pascua Militar.

—Fuerza ante la adversidad... —repitió Letizia.

—Sí. Eso es lo que ella creía...

—También decía que ser reina no era tarea fácil y tenía razón... En el viaje que hicimos a Reino Unido la reina Isabel nos comentó que Ena le había dicho que ser reina significaba no tener vida propia. Y añadió que no se reinaba por la tradición, sino por la simpatía y los actos personales de los soberanos...

—No me hables de eso, May. Todo lo que me ha dicho el rey hasta ahora ha sido mentira. Sé por don Ramiro García-Ansorena que hay más perlas tan importantes como la mía. Aunque no me lo ha confirmado de palabra, imagino que por no contravenir la palabra del rey, me ha dado a entender que la mía podría no ser la auténtica Peregrina. Todo ha sido una mentira tras otra. Y aquí estoy yo, haciéndome la fuerte y fingiendo que no me importa nada de lo que se diga: que si raptamos niños para que Alfonsito se beba su sangre y mejore su salud; que si soy fría y distante... Me han llegado a llamar «la hermosa estatua indiferente». Que si fumo, que si bebo, que si me baño en el mar de forma indecorosa; que si hablo al rey cuando no me corresponde; que si esto, que si lo otro... ¡No puedo más!

—Esos son los inconvenientes que tiene ser reina en un país que no es el tuyo.

—Añoro Inglaterra, sin embargo, te diré que he acabado comprendiendo el alma de los españoles. El duque de Alba, Jimmy, cuando tú no estás, se ha convertido en mi paño de lágrimas. Me escucha, aunque no me hace comentarios. Le es muy fiel al rey. Con él he hablado mucho de los grandes errores de Alfonso al no haber sabido solucionar la inestabilidad en los diferentes gobiernos de los principales partidos dinásticos, tan escindidos y quebrados como nuestro matrimonio. No sé cuántas juras de presidentes lleva a sus espaldas. El mismísimo Churchill, al conocerle en Madrid no hace tanto, dijo de él que «se siente el eje fuerte e inconmovible alrededor del cual gira la vida española». Pienso que eso es un error. Tampoco cree en los intelectuales ni en lo que significan en una sociedad moderna. Considera que el haber conseguido ser neutral en la Gran Guerra y su importante labor humanitaria va a ser suficiente. Intuyo que la sociedad está cambiando y el futuro de nuestros hijos está en juego.

Ena, que no dejaba asomar sus lágrimas en público, se echó a llorar al lado de lady William Cecil. Esta la abrazó con todas sus fuerzas. Y después de un buen rato sin hablarle, pensó que las joyas serían su única tabla de salvación. Antes de su regreso a Londres le comentó a la reina que deseaba volver a ver al joyero García-Ansorena. Lo hizo por ella y surtió efecto: Ena dejó de llorar.

Al día siguiente, apareció Ramiro por el Palacio Real. Saludó a la reina y a su dama y, sin ningún tipo de conversación previa, esta fue al grano.

—Señor García-Ansorena. Creo que la firma Hennell está buscando un comprador de una gran perla que ellos llaman la Peregrina.

—Sí, así era hasta hace unos días.

—¿En qué situación se encuentra ese tema? —preguntó lady William Cecil.

—Pues como tenía un precio muy alto, más alto del que se podía pagar en España —no especificó que el rey había rechazado la compra—, la ha adquirido un multimillonario americano, Judge Geary. La perla ya no está en Europa... Hemos perdido esa oportunidad. Sin embargo, ya le expliqué a la reina que la gran gema que posee es una de las más importantes del mundo. Las perlas naturales son una rareza... Ahora se está imponiendo la moda de las perlas cultivadas, pero su belleza no tiene nada que ver con la de las naturales, aunque cada vez se consiguen piezas más bonitas introduciendo de forma artificial una impureza en la ostra. Los alemanes han registrado la primera patente del mundo para fabricar perlas artificiales. Así han creado en París la compañía Societé des Perles des Indes E. Heush and Co. A finales del siglo pasado fundaron otra compañía para la fabricación de perlas en Manacor, en Mallorca... Pero, aunque las perlas lleguen al pueblo de una manera o de otra, lo que resulta exclusivo son las naturales. Cada vez son más raras y, en consecuencia, más caras. Sin lugar a duda, la pieza que luce la reina es muy, muy exclusiva.

—Tiene razón en que no debo poner apellidos a mi perla. Si dice el rey que es la Peregrina, pues que así sea. Por cierto, don Ramiro, he encontrado en los archivos del palacio una relación muy completa de todos los objetos que vendió a la casa su abuelo Celestino Ansorena.

—¡No me diga! Tenemos muy poca documentación en la familia. Eso es muy importante para mí.

—Pues he dado con los documentos de adquisición de joyas por parte de Isabel II de pendientes de perlas, de brillantes; pulseras de brillantes y rubíes, de brillantes y turquesas, de brillantes y esmeraldas; un collar de perlas con cierre de brillantes y esmeraldas por 200.000 reales; agujas para sujetar el pelo de brillantes, alfileres de brillantes y amatistas o de brillantes y rubíes; otro collar importante de brillantes; pendientes de coral, de brillantes y esmalte negro... La antepasada de mi marido no reparaba en gastos y encargaba joyas todos los meses a su abuelo. Comprendo que muchas de esas joyas serían para sus compromisos.

—Mi abuelo no dejó de trabajar duro hasta que murió. El mundo de la joyería solo se entiende desde la pasión por la belleza y el trabajo bien hecho. Le aseguro que son necesarias muchas horas de taller hasta crear una joya.

—Le quiero encargar algo muy especial para la reina —comentó lady William Cecil—. Le pido que se lo piense mucho. Le daré mi dirección para que me escriba y me diga la idea que tiene...

La dama inglesa, según pronunció estas palabras, no pudo continuar... Se tocaba la cabeza con preocupación. Sintió un dolor repentino muy agudo.

—Déjelo en mi mano, será un honor. ¿Le ocurre algo? —preguntó extrañado Ramiro.

—Lo tendremos que dejar por hoy —comentó la reina—. Ya ve que mi dama no se encuentra muy bien.

—Espero que no sea nada.

Ramiro abandonó el palacio y se puso manos a la obra. Era un encargo difícil. Su dama quería regalarle a la reina una creación suya que fuera muy especial. Se esforzó en encontrar una idea durante las siguientes semanas. Quería estar a la altura de la destinataria de la joya. Pensó que debería ser algo cargado de simbolismo.

Lady William Cecil estuvo en cama varios días antes de abandonar España. Cuando se fue, cayó también enferma la reina. Tuvo mucha fiebre durante varios días. El rey se acercaba a diario a su habitación a preguntar cómo estaba. Era curioso ver a Alfonso preocupado por su estado de salud cuando Ena creía que ya no le importaba nada.

La Gran Guerra continuaba mientras ella libraba su lucha particular contra el desapego del rey. Sus hijos iban creciendo y, a medida que lo hacían, se hacía más patente la falta de salud del primogénito y la falta de tratamiento para el segundo, Jaime. Ya nada les hacía albergar la esperanza de que recuperara la audición. Sin embargo, fue esperanzador comprobar que Juan no había heredado la enfermedad de Hesse a la que ya algunos denominaban «hemofilia». Gracias a que se clavó una astilla de una rama seca de un árbol y a que sangró sin quejarse para no asustar a sus padres, supieron que no había heredado el mal de la sangre. Así se lo dijeron los médicos a Ena y a Alfonso. Los dos respiraron aliviados. Al menos Juan no había heredado la enfermedad. Alfonso XIII pensó entonces en la continuidad de la Corona.

En el verano de 1917, después de ir a La Granja, los médicos aconsejaron un cambio radical de aires para que mejorara la salud de la reina, que volvió a caer enferma. Y lo cierto es que en el Palacio de la Magdalena Ena mejoró tanto física como anímicamente, ya que el rey pasaba más tiempo con la familia. Jugaban todos al tenis... Incluso se hicieron dos equipos: el de los segovianos, Beatriz y Jaime, y el de los madrileños, formado por Alfonso y Cristina. Esa rivalidad marcaría los veranos a partir de entonces. Otra distracción era acompañar al servicio a comprar sardinas frescas. A todos les gustaba comerlas asadas a la manera santanderina. Recibían visitas del pueblo llano. Entre otras, de la nodriza de Jaime, María Sierra, que era de Torrelavega y siempre les llevaba huevos frescos de la pequeña granja que tenía en su pueblo... Al trasladarse a San Sebastián todo cambió. Allí, en Miramar, los esperaban la reina María Cristina y sus damas, todas tan protocolarias. La reina madre tenía una caseta y una zona bastante extensa en la que se podía bañar la familia real con mucha discreción, en la playa de la Concha... Eso sí, tenían más compromisos sociales que en Santander...

Todo se torció con las noticias que llegaron de Rusia. La familia imperial Románov, el zar Nicolás II, su esposa Alix junto a sus cinco hijos (Olga, Tatiana, María, Anastasia y Alekséi) y sus leales sirvientes fueron encarcelados en el palacio de Alejandro por las tropas bolcheviques tras el inicio de la revolución rusa. Alfonso y Victoria Eugenia se interesaron por el destino de Alix, prima hermana de Ena. Su madre, la princesa Beatriz y Alicia de Reino Unido, la madre de Alix, eran hermanas. El rey Alfonso encomendó al embajador en San Petersburgo, Luis Valera, marqués de Villasinda, que los mantuviera informados. Siempre miraron a la familia imperial rusa como un espejo de la suya, puesto que el zarévich fue el primero de las nuevas generaciones en heredar la enfermedad de la sangre que luego también fue diagnosticada a Alfonsito y Gonzalo.

—No se atreverán a hacerles nada —llegó a asegurar Alfonso a Ena para tranquilizarla.

A la incertidumbre del destino de la familia imperial rusa, se sumó el incendio que arrasó el Palacio Real de La Granja meses después. Apenas había comenzado el año 1918, cuando el rey Alfonso XIII recibió la visita del ministro de la Gobernación que le puso en antecedentes: las llamas estaban arrasando el hermoso edificio. Las noticias eran muy confusas y como las carreteras estaban bloqueadas por la nieve, se hizo muy difícil que acudieran miembros del ejército para ayudar a la extinción del incendio. Alfonso XIII estaba completamente desolado.

—El edificio que el primer Borbón puso en pie dos siglos atrás está a punto de desaparecer...

El rey siguió de cerca las pocas noticias que llegaban de allí. La reina María Cristina rezaba a su lado y Victoria Eugenia, junto a ellos, no podía dejar de llorar. El Palacio de La Granja era uno de los pocos lugares donde había encontrado la paz. Tenía la sensación de que, como las paredes del Real Sitio de San Ildefonso, también se hacían ceniza sus primeros recuerdos de recién casada. Lloraba desconsolada por el palacio y por una vida familiar que se extinguía junto con las maderas que estaban ardiendo. Allí pasó su luna de miel y en San Ildefonso nacieron Jaime, Beatriz y Juan. El rey la contemplaba de lejos e intuía lo que estaba pasando por su mente. Se dirigió a su madre, que esperaba que le dirigiera la palabra:

—Sabía que esto podía pasar. Este verano ya sugerí que se cambiaran las vigas de madera por vigas de hierro, pero la Gran Guerra ha hecho que dejáramos estas cuestiones para otro momento. Y ahora, todo será pasto de las llamas.

Los infantes fueron avisados y contemplaron la escena de su madre llorando y el rostro de su padre como no lo habían visto nunca. Estaba pálido y con cara de circunstancias.

—Bama, ¿ya no podremos ir allí? —preguntó Alfonsito a su abuela.

—No, no podremos ir en mucho tiempo. Ya veremos cómo queda todo. —A María Cristina tampoco le salía la voz.

Cuando el rey tuvo noticias más detalladas, les contó, a su madre y a la reina, el final de aquel incendio que hacía presagiar que 1918 no sería un buen año.

—Parece que el origen ha estado en una chimenea de leña que tenía encendida el farmacéutico que, como ya sabéis, vive allí. Llegaron las llamas a la botica y de allí a todo el recinto. Todas nuestras habitaciones han quedado arrasadas...

En la estancia se hizo un silencio tan solo roto por el llanto de la reina.

—También han quedado destruidas —continuó el rey— la Real Colegiata y la Casa de Canónigos. El alcalde de Segovia y el obispo se han trasladado hasta allí. La población entera está llorando. Saben que tardaremos en volver... si es que queda piedra sobre piedra. Los bomberos han podido hacer poco ya que los depósitos de agua estaban congelados. Los vecinos han asistido al final de nuestro palacio entre lágrimas. Han podido rescatar algunos tapices, mesillas, cornucopias, pero al derrumbarse el techo, ya no se ha podido sacar nada más del palacio. Nuestros recuerdos se han quemado. Los que han participado intentando sofocar el fuego se han jugado literalmente la vida.

Días después supieron que el ala sudoeste del Patio de la Herradura, la Casa de Oficios y el departamento de la infanta Isabel, «la Chata», se habían salvado. Igualmente, el salón del trono... Todo lo demás, quedó destruido.

—¿Los cuadros y las obras de arte? —preguntó Ena en uno de los almuerzos posteriores al incendio.

—No ha quedado nada. Tan solo se ha salvado la cruz que sacábamos en procesión el día del Corpus Christi, pero ni el altar ni el coro han sobrevivido a las llamas. El panteón donde reposan los restos de Felipe V y de su esposa, Isabel de Farnesio, también están dañados... Todo.

—¡Cómo estarán los vecinos! Si no vamos nosotros, dejarán de ir muchos nobles. Nuestros veranos serán diferentes. Se acabó La Granja. ¡Qué tragedia! —comentó María Cristina.

Fue un comienzo de año muy difícil. A este drama le siguió el relacionado con la familia imperial rusa. Llegó el rumor en verano de que habían sido todos asesinados a tiros y apaleados, pero los reyes, como había tantos bulos y rumores, no lo creyeron. Sin embargo, según fueron pasando los días, la noticia de que habían sido ejecutados por órdenes del Soviet Regional de los Urales fue cogiendo fuerza. El ayudante de servicio, el general Aranda, le dio más información al rey.

—Señor, algunos creen que la ejecución de la familia imperial ha sido ordenada por Vladimir Lenin, Yákov Sverdlov y Félix Dzerzhinsky. Lo peor es que sus cuerpos, siempre según esta fuente de la embajada, fueron llevados al bosque Koptyaki, donde los desnudaron y mutilaron de forma cruel. Después han sido enterrados en dos tumbas anónimas.

—Por favor, le pido que esos detalles no trasciendan de este despacho. No quiero que la reina sufra más con esta noticia que todavía está sin confirmar.

—Así será...

Victoria Eugenia, tan pronto supo que sus parientes podían haber sido asesinados, dejó de comer. Aquella noticia que se fue confirmando con el paso de los días trastocó todo el verano. La foto de Alix, que presidía el vestidor de su dormitorio con su collar de aguamarinas con el que ella siempre había soñado, le recordaba lo efímero que era todo. El final de la familia imperial le hacía pensar en cómo las cosas se podían torcer de la noche a la mañana. «Corren malos tiempos para las monarquías», pensó.

María Cristina, que cumplía sesenta años, decidió no celebrarlo. Las noticias todavía eran confusas y todos albergaban la esperanza de que, al menos, no hubieran matado ni a la zarina ni a sus hijos. Supieron que la madre del zar, María Fiódorovna, había logrado escapar y se había podido refugiar a orillas del mar Negro.

—Le escribiré para preguntarle qué es lo que ha pasado —comentó María Cristina—. Prefiero que me lo confirme ella. Esto es algo terrible.

—¿Ella no estaba en contra de esta unión de su hijo con mi prima?

—Sí, no le gustó nunca la idea. Después, el zarévich tan enfermo...

Victoria Eugenia apretó los puños, pero no añadió ningún comentario.

48

Cuando el presente se vuelve negro

Antes de acabar el año, comenzaron a llegar noticias de una gripe devastadora, que no solo mataba a ancianos y niños, sino que estaba afectando también a los jóvenes que se encontraban en las trincheras de la Gran Guerra. La mortalidad crecía por semanas. De hecho, entre los muchos bulos que circularon, estaba el de que el rey había contraído el virus. Lo cierto es que Alfonso XIII se puso malo, pero no de gripe sino de escarlatina, que le provocó fiebre y un gran sarpullido por todo el cuerpo. Afortunadamente, la temperatura fue bajando y la infección de garganta desapareció en setenta y dos horas. La Casa Real desmintió la noticia, pero nadie se lo creyó.

Los miles de bajas que provocaba la gripe no ocuparon las primeras páginas de los diarios del mundo. Sin embargo, en España, que se había declarado neutral, sí. Sin censura de ningún tipo, se informó constantemente de la enfermedad. Pronto, la gripe recibió el apellido de «española» ya que, en los demás países, se ocultaban los datos y los estragos que estaba produciendo. Parecía que España era el único lugar del mundo donde se estaba dando esta rápida propagación del virus. Sin embargo, la realidad era otra: los campamentos militares estaban completamente infectados. Pronto, las autoridades, para protegerse, comenzaron a usar mascarillas. El pueblo llano también empezó a ponerse telas sobre la boca y la nariz, sujetadas con tiras de tela a la cabeza.

No todo fueron malas noticias, el año acabó con la mejor que se podía esperar: el final de la guerra llegó el 11 de noviembre de 1918, justo cuando Alemania aceptó las condiciones del armisticio. Más de 70 millones de militares, de los cuales 60 millones eran europeos, se movilizaron y combatieron en la, hasta entonces, guerra más grande de la historia. Muchos de esos combatientes murieron por las consecuencias de la gripe, que derivaba en una neumonía que no distinguía a jóvenes de viejos.

Durante esos meses, los reyes realizaron pocos viajes. Tampoco recibieron visitas. Lady William Cecil decidió no regresar a España por temor a enfermar ya que estaba delicada de salud. Ramiro se puso en contacto con ella por carta para acordar el diseño del regalo que deseaba hacer a la reina. También la informó sobre la Peregrina, que había vuelto a cambiar de manos. Ahora pertenecía a Henry Huntington, el sobrino del mayor constructor de Estados Unidos, Collis P. Huntington, y uno de los que más habían contribuido al desarrollo del sur de California.

«Será muy difícil que regrese a Europa. De todas formas, seguiremos su rastro. No hay que perder la esperanza de que vuelva a España, de donde nunca debió salir...», escribió Ramiro. A la vez, le mandó el diseño de dos sortijas para que eligiera cuál de ellas quisiera regalar a la reina: el primero era un zafiro talla cojín rodeado por una doble orla de brillantes. El otro dibujo mostraba una sortija lanzadera con diamantes talla *marquise* en el centro rodeado de una orla de rubíes formando festones.

Lady William Cecil explicó al joyero que estaba desolada. Había muerto su hijo mayor, William, en el campo de batalla. «No le he dicho nada a la reina. No quiero que viaje, y lo primero que haría si se enterara sería venir aquí. De modo que llevaré el dolor en silencio. Le he dicho a su familia que no le comenten nada. Me han dado su palabra y sé que lo cumplirán. Me preocupa mucho la reina, a la que quiero como otra hija. Por eso, sigamos adelante con su regalo. Gustándome los dos bocetos, preferiría el primero por los diamantes, que son el material más duro y bello que nos ha legado la naturaleza. También por ser la más mítica y cotizada de todas las gemas. Le dará a nuestra reina fuerza y poder. Hay culturas que piensan que quien posee estas piedras preciosas es invencible ante cualquier problema. Y, por otro lado, el zafiro azul intenso le ayudará a encontrar el equilibrio entre tanto sufrimiento como el que le está sobreviniendo. Le ayudará a superar los problemas. La cultura egipcia, que sabe que tanto admiro, llamaba al zafiro "piedra de las estrellas". La combinación de las dos será más que una joya, un talismán... A Ena, como a mí, las joyas nos dan la vida». Ramiro contestó a su carta dándole el pésame por la pérdida de su hijo y dio prioridad en el taller a la elaboración de la joya de la reina.

Precisamente, estando en el taller apareció su hermana Carmen con una amiga para darle una buena noticia. Por fin, pensó, alguien le daba una alegría.

—Hermano, te presento a Evelia Fraga, me ha acompañado al médico. La más joven de mis amigas.

—Encantado. —Le dio la mano y se fijó en sus expresivos ojos marrón claro—. ¿Por qué has ido al médico? —preguntó a su hermana.

—Llevaba unos días rara y ya sé a qué se debe. ¡Estoy embarazada!

—Sí que es una gran noticia... ¿Lo saben nuestros padres? —preguntó mientras abrazaba a su hermana.

—No, eres el primero en saberlo. Voy a subir ahora a casa a contárselo a nuestros padres.

—Está bien, yo te dejo —comentó la amiga—. Hay cosas que se deben hacer a solas.

—Ramiro, ¿por qué no acompañas a mi amiga a su casa? ¡Vive muy cerca!

—No, no hace falta, de verdad... —agradeció la joven.

—Por supuesto. Te acompaño con mucho gusto... —comentó Ramiro. Se fijó en que tenía la apariencia de una modelo. Muy estilizada y con una sonrisa muy bonita.

Aquella joven sonriente, de pelo a lo *garçon* y de ojos tan expresivos, le gustó mucho. Al acompañarla hasta su casa se dio cuenta de que era una mujer de carácter. No tenía ninguna doblez y, a la vez, poseía una ingenuidad que la hacía aún más atractiva. Era la primera vez que su hermana le presentaba a alguien que merecía su atención.

Ramiro regresó a su trabajo. En cuanto seleccionó las piedras preciosas y estuvo engarzada la sortija, se volvió a poner en contacto con la dama inglesa. Esta le pidió por favor que se la entregara a la reina en persona tras finalizar el verano, antes de su cumpleaños. A Ramiro le costó volver a ver a Victoria Eugenia, ya que estaba volcada en sus obras sociales. Más aún después de haber inaugurado el Hospital de la Cruz Roja en Madrid y la puesta en marcha de otros en las grandes capitales de provincia, lo que la obligaba a viajar por toda España. Domingo Salazar, del Cuerpo de Letrados del Consejo de Estado, se había convertido en su mano derecha para la construcción de estos hospitales. Aun estando tan ocupada, Victoria Eugenia sacó tiempo para recibirlo...

—Don Ramiro, me alegro mucho de volver a verle.

—Por petición de lady William Cecil, vengo a entregarle este presente. Quiero que sepa que ella seleccionó uno de mis bocetos y que entiende que esta sortija será para Su Majestad como un talismán.

Abrió la cajita y se quedó sorprendida de la belleza del diseño.

—¡Qué manos tiene, don Ramiro! Diamantes, un zafiro... realmente bonita. No tengo palabras. Me había olvidado de que May le había encargado este presente. Precisamente yo quería pedirle también algo muy especial. Quisiera que añadiera a mi collar de diamantes todos los chatones que me ha ido regalando el rey con motivo de mi cumpleaños. Ahora se llevan los *sautoir* muy largos...

—Eso se lo montamos enseguida en el taller.

—Y, en segundo lugar, quiero cambiar los lazos de mis damas y los alfileres de corbata que utilizan los caballeros de mi casa. Me gustaría que ahora tuvieran las iniciales R.V. bajo corona real, con engastes de brillantes, zafiros y rubíes.

—Podríamos hacer que bajo la corona emergiera un lazo de brillantes en el que se apoye un círculo de rubíes que contenga en su interior la «R» hecha en brillantes y la «V» en zafiros.

—Me gustaría que tuviera la flor de lis en algún lugar.

—Podemos unir al círculo de rubíes tres flores de lis por fuera. —Ramiro sacó su libreta e hizo un boceto que convenció a la reina.

—Muy bien. En cuanto lo tenga, venga por aquí de nuevo. Siempre es bien recibido.

La reina se fue rápidamente de allí. Tenía varias recepciones y un tiempo mínimo para dedicarle al joyero. Ramiro salió de allí en compañía de Hazel, la doncella, que ya hablaba español correctamente. Como siempre, Ramiro le agradeció el trato que le daba.

Esta última vez, el joven joyero vio a la reina más seria que otras veces y también más ocupada. Nada que ver al anterior encuentro con su dama. Le costó no decirle que su dama estaba atravesando un mal momento.

Al mes y medio del encargo, Ramiro llevó a palacio los lazos y alfileres de las damas y caballeros de la reina. Esta vez fue Sarah quien se hizo cargo de todo el pedido. No pudo ver a Victoria Eugenia. Se quedó muy afectado tras conocer las últimas noticias.

—La reina está desolada. Ha muerto lady William Cecil. Era como una hermana para ella.

—¿Cómo dice? —Ramiro no daba crédito.

—Sí, ha muerto un mes después que su madre. Nos hemos enterado de que también había fallecido su hijo mayor en la guerra. Se ve que no lo pudo soportar. La reina no sabía nada y para ella ha sido una noticia terrible. ¡Terrible!

—No tengo palabras. Yo también estoy muy impactado. Vendré en otro momento. Siempre a su disposición.

—Gracias, don Ramiro...

El joyero imaginó cómo se sentiría la reina. Él mismo se había quedado conmocionado con la noticia. Lady William Cecil era una de esas mujeres que dejaban estela a su paso. Gran impulsora de las excavaciones en Egipto, viajera incondicional y gran conversadora. Para la reina era mucho más que una persona de confianza. Se trataba del pilar fundamental en el que se apoyaba. La muerte de su hijo Fernando, de su hermano Mauricio, de su cuñada María Teresa y, ahora, de May, seguramente la habían dejado en *shock*. Ramiro solo pensaba en cómo podía ayudarla. Todos hablaban de la frialdad de la reina, pero él sabía perfectamente el dolor que ocultaba Victoria Eugenia tras su hierática apariencia.

El rey, que tenía constantes crisis de Gobierno abiertas, se había granjeado fama de humanitario tras montar una oficina en palacio, con cuarenta empleados, para atender a las muchas peticiones de ayuda que llegaban de todo el mundo para rescatar a familiares desaparecidos o encarcelados en la Gran Guerra. Por las noches intentaba evadirse de sus múltiples problemas, incluidos los personales, acudiendo a todos los estrenos de teatro. Se quedó muy impresionado al ver actuar a una artista llamada Carmen Ruiz Moragas. Actuaba de la mano de María Guerrero y Fernando Díaz de Mendoza... Enseguida hizo por conocerla y comenzó a visitarla cada noche fuera del teatro. Se parecía mucho a la reina Victoria Eugenia. Pero los padres de Carmen no vieron con buenos ojos esa relación extramarital del rey Alfonso XIII y la obligaron a casarse con un joven torero mejicano que la pretendía desde hacía tiempo: Rodolfo Gaona.

El matrimonio forzado tan solo duró tres meses. Cuando la artista regresó de México de su frustrado matrimonio, volvió a los escenarios, pero Alfonso XIII, todavía molesto por su espantada y su matrimonio, tardó en volver al teatro. Pero finalmente, regresó y comenzó a ser un habitual en todas sus actuaciones.

Victoria Eugenia empezó a indagar por qué no venía ya el rey a cenar ni con ella ni con su madre. Imaginó que estaba visitando la cama de alguna mujer del mundo del espectáculo. Al poco tiempo, le dieron el nombre de la actriz y supo de lo mucho que se veían a escondidas tras regresar ella de México. Las visitas constantes a la artista le hicieron pensar que no era un capricho de un día, comprendió que se trataba de algo más serio y doloroso para ella.

A oídos de la reina lo que no llegaron fueron las noticias de los dos abortos que tuvo Carmen Ruiz Moragas. Se había quedado embarazada dos veces del rey y de forma espontánea los había perdido. Alfonso XIII siempre que la veía le decía lo mismo.

—Deberías dejar el escenario —le comentaba el rey—. Va a acabar con tu salud. Me gustaría poderte ayudar y pasar una asignación mensual para que te despreocupes de tener que trabajar.

—No puedo abandonar mi carrera... Tienes que entenderlo. De hacerlo, daría pie a más habladurías aún de las que ya hay sobre ti y sobre mí.

Alfonso XIII solo estaba en palacio los fines de semana, el resto de los días los pasaba fuera. Una tarde de octubre de 1920, Alfonsito, el príncipe de Asturias, bajó precipitadamente del coche para entrar en palacio por la llamada «puerta de incógnito» y se cayó golpeándose la cabeza. Después de unos días en los que se temió por su vida, lo superó, pero le cambió el carácter. Se convirtió en un enfermo crónico al que le dolían mucho las piernas y al que le costaba ponerse en pie. Por lo tanto, la mayoría de los deberes de representación pasaron a Jaime. Este tuvo que recorrerse España inaugurando y presidiendo toda clase de ceremonias oficiales. Había aprendido a leer los labios tan bien que se enteraba de todo lo que decían a su alrededor. Muchos creían, por cómo seguía el hilo de la conversación, que podía escuchar algo.

La reina Victoria Eugenia estaba desolada. Nada lograba consolarla. Había perdido a su cuñada María Teresa tras el parto; a su hermano Mauricio al comienzo de la guerra; a su prima Alix asesinada junto a su familia en Rusia y a lady William Cecil, de cuya muerte no se había recuperado. Todas las personas en las que se apoyaba habían ido desapareciendo en un corto espacio de tiempo. Lo único que le quedaba eran las joyas, que le daban la sujeción moral de la que tanto le había hablado su amiga y dama inglesa. Al cúmulo de pérdidas, hubo que añadir una más, la de su madrina y protectora: Eugenia de Montijo. La emperatriz que había mediado para que Alfonso XIII se casara con ella, y que había parado muchas de las críticas que recibía su ahijada y reina de España, también había muerto.

El rey ya no la apoyaba y tampoco lo disimulaba. Se había creado un círculo de amistades que no contaban con la simpatía de la reina: Pepe Viana, por un lado, y la duquesa viuda de Santoña, la famosa doña Sol, hermana del duque de Alba, que siempre se rumoreaba que había estado enamorada de Alfonso. Acostarse con el rey se convirtió en una ambición distinguida y casi respetable entre algunas damas con título nobiliario. Al rey esa situación le divertía mucho. La reina cada vez sentía más rechazo por todo y por todos. Sus hermanos Alejandro y Leopoldo, junto con la princesa Beatriz, le escribían una vez por semana. Le daban ánimos desde la distancia y fuerza para poder aguantar la situación que estaba viviendo y que había trascendido hasta la corte inglesa.

La turbia situación que atravesaba el país, sobre todo, por la violencia en las calles, hizo muy difícil a los gobernantes y al rey el inicio de la década de los años veinte. Alcanzó su máxima expresión en Barcelona, con los constantes conflictos laborales entre patronos y obreros que se tradujeron en revueltas, huelgas, incendios y vuelcos de tranvías, crímenes indiscriminados... La situación en Marruecos también parecía un polvorín... Al redoblar el rey la presencia militar allí, las clases populares le pusieron el sobrenombre de el Africano. Aunque Eduardo Dato, el presidente del Consejo de Ministros, intentó imponer el orden en toda España, fue asesinado a comienzos de 1921. Unos anarcocomunistas lo acribillaron a balazos desde una moto en plena plaza de la Independencia. A los pocos días fueron detenidos y confesaron haberlo hecho como venganza por la dureza con la que el Gobierno quiso reprimir la reciente situación vivida en las calles de Barcelona. Juró su cargo un nuevo presidente, Manuel Allende Salazar, con el vizconde de Eza en el Ministerio de la Guerra, que solo duró hasta el 14 de agosto. Le sustituyó Antonio Maura.

La reina Victoria Eugenia estaba realmente turbada por todos los acontecimientos y el ambiente enrarecido que se vivía en la política y en las calles. En Marruecos, la situación no era más tranquila. Lo que parecía un levantamiento aislado de algunas tribus indígenas se transformó, de la mano del líder Abd el-Krim, en una rebelión generalizada. El comandante general de Melilla, Fernández Silvestre, intentó pasar a la ofensiva, pero cayó en una trampa. Aislado y sin munición ni agua, en un campamento en Annual, se puso al frente de tres mil militares españoles y dos mil marroquíes. El comandante pereció en el campamento. Los supervivientes escaparon gracias a las cargas suicidas de la caballería de Alcántara, que perdió el ochenta por ciento de sus hombres. El resto se atrincheró en un monte a escasos kilómetros de Melilla. Al ejército español le fue imposible acudir a su rescate. El general Berenguer les autorizó a que se rindieran y los rifeños masacraron a los soldados desarmados. Solo un pequeño grupo fue hecho prisionero. Más de diez mil hombres habían encontrado la muerte en Marruecos. Las críticas a la campaña se dirigieron hacia el rey.

Victoria Eugenia recibió en palacio, junto a sus hijos, una de las noticias que más le sobrecogieron: la muerte de su hermano Leopoldo. El sentimiento antialemán le había llevado a su hermano a cambiar sus apellidos años antes, siguiendo la estela del rey británico, que también había renunciado a sus títulos alemanes en su nombre y en el de los miembros de la familia real británica: ahora se llamaban Windsor. Del mismo modo, Leopoldo renunció a su título de príncipe de Battenberg, cambiando el tratamiento de alteza por el de sir y más tarde por el de lord Leopoldo Mountbatten. Falleció el 23 de abril de 1922 durante una operación de cadera. A Ena ya solo le quedaban su hermano Alejandro —el único que no había heredado el mal de la sangre—, y su madre la princesa Beatriz. La sensación de soledad fue tan grande que decidió acudir con sus hijas al sepelio de su hermano. El rey Jorge V del Reino Unido había declarado quince días de luto oficial por la muerte de su primo Leopoldo. Victoria Eugenia y las infantas, Beatriz y Cristina, llegaron a tiempo de asistir a su entierro en el cementerio real de Frogmore, cerca de Windsor. Al ver la inmensa tristeza de su madre decidió quedarse varias semanas con sus hijas para hacerle compañía. Pensó que Alfonso, su marido, no lo iba a notar. Por su parte las nietas comprobaron que su abuela Gan Gan, como la llamaban, tenía una faceta artística que desconocían. Le gustaba mucho pintar y hacer fotografías. También era una excelente pianista. Ellas, que habían recibido clases con profesoras muy virtuosas, tocaron a cuatro manos con su abuela, que se quedó muy impresionada. Ena aprovechó para comprarles ropa en las tiendas y en los grandes almacenes de Londres. Dentro de la tristeza, disfrutó tanto el tiempo en el Reino Unido y se sintió tan libre que decidió que las tres pasarían un mes al año allí.

A su regreso a España, comprobó que la situación política, lejos de ir a mejor, había empeorado. Los gobiernos eran efímeros y se relevaban unos a otros, lo que provocaba el malestar de la población, que cada vez confiaba menos en sus políticos. El 13 de septiembre de 1923 tuvo lugar el golpe de Estado del general Miguel Primo de Rivera —con el visto bueno del rey Alfonso XIII, que estaba convencido de que el militar le libraría de los enredos políticos—. Su madre, la reina María Cristina, le advirtió de que ese camino era muy peligroso para la monarquía. Su reinado constitucional se había cerrado con treinta y seis gobiernos en veintiún años...

49

Una boda y un funeral

A casa de los García-Ansorena llegaron muchas felicitaciones tras el anuncio de boda, que salió publicado en los ecos de sociedad del periódico *ABC*:

«La señorita Evelia Fraga, hija del ingeniero de Caminos, Leopoldo Fraga, contraerá próximamente matrimonio con el joyero y licenciado en Derecho, Ramiro García-Ansorena. El evento tendrá lugar en la iglesia de Nuestra Señora del Carmen y San Luis Obispo. Nuestra más sincera felicitación al joyero de la Casa Real».

Nada más leerlo, Victoria Eugenia le envió a Ramiro un telegrama que este guardó junto al pañuelo manchado de sangre de la reina, de cuando se clavó una pulsera de esmeraldas y brillantes en la mano —nunca supo el motivo por el que dio un manotazo hasta el punto de romper una de las esmeraldas—. El pañuelo y el telegrama se convertirían en parte de su historia y los guardó siempre como un tesoro. Antes de cerrar el cajón, lo leyó una vez más:

«Don Ramiro, le deseo mucha felicidad en su matrimonio. Me gustaría que viniera a tomar un té conmigo a las cinco de la tarde de mañana».

Ramiro se vistió con su mejor traje para visitar a la reina. Hacía meses que no la veía, aunque había recibido muchos encargos de palacio, para regalos institucionales. La decisión de casarse con la joven Evelia la tomó de la noche a la mañana. No quería un noviazgo largo y deseaba abandonar el hogar familiar y vivir de forma independiente en una casa que había visto en la calle Marqués de Cubas. El cambio en su estado civil se había convertido en la gran pregunta familiar de los últimos tiempos. Por fin, su padre se mostraba satisfecho. Veía cumplido su deseo de que su hijo se casara y le diera continuidad al apellido, en caso de tener descendencia.

Cuando el joyero llegó a palacio, le gustó mucho que siguieran anunciándole como: «de casa». Sarah salió a su encuentro y le condujo directamente al salón de palacio, donde le esperaba la reina para tomar el té. Algo se le removió por dentro al observar un halo de tristeza en los ojos de Victoria Eugenia.

—Siéntese, don Ramiro. Me alegro mucho de verle. Quería felicitarle personalmente por su próximo enlace.

—Sí, creo que ha llegado el momento... de casarme.

—Me gustaría regalarle a su futura esposa una pulsera que me ha acompañado durante muchos años.

Sacó una caja con una pulsera de brillantes y rubíes y se la dio.

—Muchas gracias, majestad. Sabe que todo lo que tiene que ver con su persona es importante para mí.

—Ahora mismo, al verle, me estoy acordando de lady William Cecil. ¿Se fue demasiado pronto, no cree?

Fue pronunciar estas palabras y comenzar a llorar desconsoladamente. Ramiro sacó un pañuelo de su bolsillo y se lo dio a la reina. No sabía qué hacer ni qué decir.

—Majestad, sé cómo se siente. A mí también me ha afectado mucho. Sobre todo, sabiendo que, para usted, era alguien muy importante.

—Me he quedado sin el afecto de la persona que más me ha ayudado siempre. Sus sabios consejos me hacían mucho bien. Ahora estoy como perdida en este mundo.

Ramiro intentaba consolarla con la última confidencia que le hizo la dama inglesa.

—Guardo su última carta. En ella hablábamos del regalo que deseaba hacerle, ¿recuerda? Quería sorprenderla...

—Y lo hizo con una sortija que no me atrevo a ponerme para no perderla.

—Me contó en esa última carta lo de la trágica muerte de su hijo y de cómo deseaba protegerla para que usted no sufriera con la noticia. Impidió a todos que se lo contáramos.

—Siempre protegiéndome. ¡Hasta el final! Estos días se ha celebrado una gran subasta con muchas de sus pertenencias. Ha sido la más importante que se ha hecho en Londres de objetos egipcios. Además, me alegra que su trabajo no haya quedado interrumpido. Howard Carter, que descubrió la tumba del faraón Tutankamón, en el Valle de los Reyes, sigue adelante con sus excavaciones. Lord Carnarvon continúa financiándole. Todo fue obra de May. Los puso en contacto y hoy siguen juntos.

—El trabajo de Carter es apasionante. Somos muchos los que seguimos sus investigaciones. Han encontrado miles de objetos del ajuar funerario, repartidos en varias cámaras y envueltos en la propia momia que, entre el vendaje de lino, ocultaba collares, anillos, brazaletes... No sé si ha oído que algunos excavadores están muriendo de forma extraña.

—¿Se refiere a la temida «maldición de los faraones»? May decía que se lanzaban muchos bulos para que se interrumpieran las excavaciones... Bueno, ya que hablamos de maldiciones y bulos, estoy convencida de que las perlas que pertenecieron a mis antepasadas están impregnadas de mucho sufrimiento. Las reinas sufrimos mucho. Nadie sabe qué hay detrás de nuestra permanente corrección.

—Muchos conocemos el trabajo que hay detrás, señora.

—Se quedan en la superficie, ya se lo digo yo. Con todo lo que me ha relatado sobre las joyas de mis antepasadas, juraría que ninguna ha sido feliz. Ninguna. Sus vidas han dejado mucho que desear. Cualquier persona que goce de anonimato es más feliz que una reina. ¿Será por las joyas que vamos pasando de mano en mano? ¿Quién es capaz de interrumpir esa cadena?

Me pregunto si empezar de cero, sin nada que te una al pasado, sería lo mejor. Pero la monarquía se basa en el legado, en la transmisión. Cuando yo muera...

—Majestad, no diga eso...

—Sí, he visto tan de cerca a la muerte que estoy familiarizada con ella. Cuando yo muera, mi Peregrina o mi perla de boda, ya me da igual, debería guardar el sueño eterno. Sin embargo, tengo la sensación de que, a pesar de ser testigo de mis desdichas, me da fuerza, y no me puedo apartar de ella. Desearía que diera fuerza a otras reinas.

—Lady William Cecil estaba convencida de que las joyas ejercían de talismanes para quien las lleva. ¿Lo recuerda? El poder de nuestra mente es muy grande y, si cree en ello, conseguirá el efecto terapéutico necesario.

Volvió la reina a echarse a llorar. Ramiro guardó silencio. Victoria Eugenia se enjugó las lágrimas en el pañuelo una vez más, y le miró a los ojos.

—¡Cuídese mucho y sea muy feliz! —Se puso en pie y le extendió su mano. No tenía fuerzas para seguir hablando.

—¿Nos volveremos a ver?

—Seguro que sí. —La reina esbozó una media sonrisa y se fue detrás de Hazel, que la reclamaba para una recepción en palacio.

Ramiro se fue de allí con la sensación de que la reina estaba sumida en una profunda tristeza... Era evidente que su vida no era como esperaba. No quedaba nada de la alegría que vio en sus ojos cuando se casó, solo se apreciaba ese halo de melancolía, que ahora la acompañaba a todas horas...

Dos días después, Ramiro se casaba con Evelia, la joven sonriente que había conquistado su corazón después de muchos años de no encontrar a la mujer adecuada. Su padre siempre le decía que había puesto el listón muy alto, por tratar con tanta frecuencia a la reina. De repente, pensó que podía tener razón... Evelia era distinta al resto de las jóvenes amigas de su hermana. Siempre tenía un libro entre sus manos. Le gustaban la zarzuela y la ópera. Tocaba el piano y tenía muchas inquietudes por ampliar su conocimiento. Con ella podía pasar horas hablando de su mundo, igual que con la reina. Le apasionaban las joyas y era muy femenina. Se sabía de su presencia por la pulsera de oro con monedas que sonaban al chocar entre sí. Vestía de blanco y, lo más importante, le traía a la memoria la forma de ser de la reina. Este extremo no se lo dijo a nadie, pero, evidentemente, había pesado a la hora de fijarse en ella. Incluso veía en su caminar un porte regio.

El día de su boda fue un día para no olvidar. Evelia se casó de blanco y su vestido tenía unos bordados en plata que le recordó a Ramiro al que llevó Victoria Eugenia en su boda. Los Ansorena le prestaron una tiara de brillantes que llamó la atención entre los invitados. La mayoría de la familia, algunos amigos y pocos compromisos. Lo celebraron en Lhardy con una comida que duró hasta bien entrada la tarde. No escatimaron gastos, se casaba el heredero de los Ansorena. Entre las aristócratas que fueron invitadas, se encontraban la marquesa viuda de Aguilafuente y la condesa viuda de Gondomar, con las que hizo su primer gran trabajo: la corona de la Virgen del Pilar.

En los postres, sacaron una tarta siguiendo la costumbre que había impuesto la reina Victoria Eugenia. Cuando Ramiro se pasó por la mesa aristocrática, doña Ramona Hurtado de Mendoza le contó una historia que le entristeció:

—¿Se acuerda de Rosario? La aprendiza que estuvo un tiempo con ustedes y después nada menos que sirvió en palacio como niñera del príncipe y los infantes...

—Sí, me acuerdo. ¿Qué le ha ocurrido?

—Está gravísima. Regresó a Zarauz, a casa de sus padres, francamente deteriorada. Allí enfermó de tuberculosis y aseguran que será muy complicado que salga adelante.

Ramiro cerró los puños. Sentía conocer esa circunstancia y, además, el día de su boda.

—¿Saben si tiene descendencia? —No quiso decirle que la había visto embarazada.

—No, no... Al parecer no ha tenido mucha suerte con los hombres. Pobrecilla. Debió de sufrir mucho en Madrid con algún desgraciado de muy buena posición. Al menos, eso dice su madre.

—Sí. Siento mucho lo que me cuenta. —Imaginaba el final de aquel embarazo en el torno de cualquier convento si el que la dejó embarazada se desentendió del niño. Se quedó pensativo.

Apareció Evelia y reclamó la presencia de Ramiro para compartir una fotografía. Cuando posaron durante quince segundos delante del fotógrafo y saltó el fogonazo del polvo de magnesio tras activar este la cámara de cajón, su mente estaba lejos de allí. El humo que se quedó en el ambiente le sirvió para regresar a la boda. En la fotografía que recibieron días después salía muy serio. «En qué estarías pensando», le preguntó Evelia. La foto enmarcada en plata presidió el comedor de su casa durante toda su vida.

En palacio siempre había alguien que se encargaba de contarle a Victoria Eugenia los chismes relacionados con su marido. Al principio la afectaba mucho, al final era como si prestara oídos sordos. Le dijeron que había tenido una niña con una sirvienta y un niño con la hija de un general cercano a él. Después, llegaron las noticias de que la actriz Carmen Ruiz Moragas se había ido a Florencia, Italia, para dar a luz discretamente a una hija bastarda a la que había puesto el nombre de María Teresa Paloma Alfonsa. Con posterioridad, supo de su regreso a Madrid y de su segunda maternidad. En esta ocasión, un varón que había nacido en el chalé de la avenida del Valle número 30, que tanto frecuentaba el rey. Le pusieron por nombre Leandro Alfonso. Pero algo que parecía imposible era que el rey fuera infiel también a su amante y, sin embargo, le contaron a la reina que su marido también había tenido una hija con una actriz bellísima, Carmen de Navascués, que nació el 4 de agosto de 1926. ¡Entremedias de los dos hijos de Ruiz Moragas! Ena se dio cuenta de que el rey no era capaz de ser fiel ni a su amante. Una sonrisa maliciosa se dibujó en su rostro.

Los infantes crecían aislados de esos rumores y de las noticias perturbadoras que la política proporcionaba cada día. Victoria Eugenia no compartía con nadie su sufrimiento. La reina se esforzaba en que sus hijos tuvieran la mejor educación y se mantuvieran ajenos a todo lo que ocurría a su alrededor. Pero el peor de los sufrimientos llegaba cuando el rey entraba en su habitación. Sentía una enorme repulsión hacia él. Eso la llevaba a mostrar la frialdad de la que tanto se quejaba el monarca. En sus círculos más cercanos. Ena se volcó literalmente en las obras de caridad. Eran su único consuelo. Sin embargo, a pesar de que le dedicaba muchas horas a estar con la gente necesitada —incluso se sentaba con los pobres después de que se hubieran repartido las comidas en sus centros de ayuda—, no gozaba de la simpatía del pueblo que sí tenía, en cambio, Alfonso XIII. Cuando oía que la criticaban por su distancia y desapego, se enfadaba mucho. Lo cierto es que no sabía qué más podía hacer para que le quitaran ese sambenito de una vez por todas.

Cenaba y comía asiduamente con los embajadores de Inglaterra, lady Isabella Giustiniani-Bandini y su marido, Esmé Howard. Poco a poco se ganaron su confianza y colaboraban con ella haciendo importantes donativos a sus obras sociales.

La preocupación por la salud de sus hijos mayores iba en aumento. El príncipe de Asturias padecía tanto de varices que tuvieron que operarle dos veces, con las numerosas transfusiones de sangre que implicaba la hemofilia. Pronto el joven se apartó por completo de la vida social y poco a poco también de la vida familiar. Por su parte, su hermano Jaime seguía viajando allí donde parecía haber una solución a su sordera. Se formó una gran revolución familiar cuando el conde de Grove, don Juan de Loriga, que llevaba de cerca la educación de Juan, en particular, y de los mayores, en general, les comunicó que Jaime se carteaba con Blanca de Borbón, la condesa de Velayos, diez años mayor que él.

—Comprendo que te hayas fijado en ella. Es rubia, guapísima... pero nada más. No hay futuro en esa relación —le dijo su padre.

—Pero si es buenísima conmigo... Nos hemos hecho novios.

—Pues ese noviazgo ha llegado a su fin —le ordenó su madre.

—Lo que ocurre es que su padre se lleva mal con el conde de Grove. Eso es lo que a él le ha sentado mal —comentó Jaime refunfuñando.

—No volveremos a hablar de este asunto, Jaime —zanjó su padre.

A pesar de la oposición familiar, nadie pudo impedir al segundo de los infantes que siguiera viendo a Blanca, ya que se encontraban en todas las fiestas familiares y reuniones oficiales. De todas formas, poco a poco aquel noviazgo se fue extinguiendo sin más.

Baby y Crista quisieron formar parte de las damas de la Cruz Roja. Así se lo hicieron saber a su madre. A esta le pareció una decisión muy acertada y comenzaron a tomar contacto con la realidad, atendiendo a enfermos a la vez que recibían una formación especializada como enfermeras. Fue duro para ellas encontrarse con una España dividida: unos querían a la monarquía y otros odiaban al rey. Oyeron muchas críticas al Gobierno de Primo de Rivera y a la gestión de su padre. También comenzaron a acompañar a su madre y a su abuela a actos culturales. Su aya, la condesa del Puerto, les había ido preparando para este momento en el que se fueron incorporando a la vida oficial.

Al margen de la política, vivieron con mucha exaltación en el Palacio Real, una extraordinaria hazaña en el mundo de la aviación. Los primeros en atravesar el Atlántico, en un hidroavión Dornier con cuatro motores, fueron cuatro españoles: el oficial de aviación Ruiz de Alda, el teniente de navío Durán; el mecánico Pablo Rada y el piloto comandante de la expedición, Ramón Franco. El aparato, que se llamaba Plus Ultra, salió de Palos de Moguer, como las carabelas de Colón, y llegó a Buenos Aires, tras haber hecho escalas en Canarias, Cabo Verde, San Fernando de Noroña y Pernambuco. A su regreso fueron recibidos como héroes. El rey se trasladó hasta Sevilla para felicitarlos y condecorarlos. Ramón Franco fue nombrado gentilhombre de cámara.

Tres años más tarde, en 1928, volvieron a intentar esa hazaña, pero tuvieron un accidente y, al no saber nada de los tripulantes durante día y medio, se temió el peor de los desenlaces. El buque británico *Eagle*, que seguía instrucciones de Nicolás Franco, hermano de Ramón e ingeniero naval, los encontró perdidos en mitad del mar. En palacio se les dio una fiesta al llegar a Madrid y allí los infantes los pudieron conocer.

—Me alegro mucho de que todo haya quedado en un susto —le dijo Alfonso XIII a Ramón Franco después de entregarle una placa de oro agradeciéndole los servicios prestados.

—Señor, algo se ha hecho mal en este segundo viaje. Debe usted saberlo. Los servicios de meteorología han sido los culpables de que hayamos tenido el accidente que podría habernos costado la vida.

Sus críticas fueron constantes durante toda la noche y se quedaron todos con muy mala impresión. Tampoco acababan de entender que hubiera cambiado radicalmente de opinión sobre la monarquía. Nada tenía que ver Ramón con su hermano Francisco, que había demostrado una absoluta lealtad al rey en África. De hecho, Alfonso XIII había aceptado ser el padrino de la boda del general, el más joven de Europa, con Carmen Polo. El general Losada fue quien representó al rey en Oviedo, de donde ella era natural.

Ramiro García-Ansorena y Evelia fueron padres de una hermosa niña a la que llamaron Paloma. El nacimiento de la pequeña apareció también en los ecos de sociedad del diario *ABC*. Durante días no dejaron de llegar felicitaciones al taller de joyería. Eran muchísimos los encargos que tenían ya que cada vez eran más los nobles y aristócratas que acudían a ellos para comprar sus joyas. Ramiro siguió insistiendo a su padre en que había que hacer contratos a los clientes puesto que no tenían ningún documento que acreditara la deuda que contraían con ellos en el momento de recibir las joyas. Pero José María García Moris insistía en que era de muy mala educación hacerlo. Cuando llegó el *crack* del 29, el negocio se resintió con los muchos impagados de los hombres de negocios, que habían perdido todo su patrimonio en la Bolsa.

En febrero de 1929, Miguel Primo de Rivera pidió más poderes para meter en cintura a los cada vez más numerosos militares disidentes. El rey autorizó la creación de una Asamblea Nacional para reemplazar a las Cortes, pero sus diferencias de criterio con Primo de Rivera cada vez eran más grandes. Era conocedor de su opinión sobre él: «A mí no me borbonea nadie», había dicho delante de algunas autoridades. Las discrepancias continuaron...

Las jóvenes Beatriz y Cristina seguían acudiendo a distintos actos públicos. Resultó muy emotivo para ellas ver a su madre y a su abuela emocionadas con el largo aplauso que recibieron al llegar al teatro de la Zarzuela, en la función benéfica a favor de la Cruz Roja. No esperaban ese recibimiento ni la despedida del teatro con el público en pie. Había sido una tarde llena de emociones y después de la cena en el Palacio Real, decidieron ver una película: *La nieta del Zorro*, con la actriz Bebe Daniels como protagonista. Tras acabar, la reina María Cristina estaba muy cansada. Se retiraron todos a sus habitaciones. No habían pasado ni dos horas cuando la reina madre se sintió mal. Alertados por su doncella, Martina Mella, acudieron los médicos de guardia, pero no pudieron hacer nada por salvarle la vida. Había sufrido un ataque al corazón y había muerto casi en el acto.

El rey, el primero en recibir la noticia, pasó el resto de la noche de rodillas pegado al cuerpo yacente de su madre. A las cinco de la mañana, acudió el general Primo de Rivera para darle el pésame. El príncipe de Asturias, que se encontraba en El Pardo, llegó justo a tiempo para el funeral. El rey decretó un año de luto: seis meses de luto riguroso y otros seis de alivio. Finalmente, el 8 de febrero de 1929, los restos de la reina madre fueron trasladados al panteón del Real Monasterio de El Escorial para recibir el eterno descanso.

El rey se sintió muy solo sin sus hermanas y sin su madre. Tenía necesidad de huir de palacio, y eso fue lo que hizo...

50

La noche más larga

Se preparaba la puesta de largo de la infanta Cristina. Dos años antes, todavía en vida de la reina María Cristina, había tenido lugar la presentación en sociedad de Beatriz y había sido un éxito. Fueron invitadas trescientas personas entre nobles, aristócratas y miembros del Gobierno. El presidente del Consejo de Ministros, Miguel Primo de Rivera, acudió con sus hijos: José Antonio, Miguel y Fernando. A algunos nobles no les gustó ver al dictador mezclado entre ellos. Sin embargo, Beatriz estaba encantada de ver de nuevo a los hijos de Primo de Rivera. Es más, Miguel la sacó a bailar un vals y eso desató comentarios entre los asistentes; aunque lo cierto es que Baby no declinó esa noche la invitación de ninguno de los muchachos que se acercaron a ella, con el que más le gustó bailar fue con el mediano de los Primo de Rivera. Al día siguiente, comentaron en familia lo bien que había salido todo. La única que se mostró enfadada fue la reina María Cristina, porque la nobleza se había llevado casi todas las cucharillas de plata de su vajilla a modo de recuerdo. Por eso, comentó que, ahora, en la puesta de largo de Cristina, se pondrían «cucharillas de hojalata...». Tristemente, falleció antes de que se celebrara la mayoría de edad de Crista.

Aunque tenían pensada la fiesta para la hija pequeña e incluso, encargadas a Ramiro García-Ansorena, todas las joyas que estrenaría ese día la joven, la fecha se tuvo que posponer una y otra vez. La situación política trastocó el presente y el futuro de la familia real al completo.

A pesar de que la dictadura había resuelto la situación enquistada de Marruecos con una victoria neta para España, no pudo resolver el embate de la crisis económica mundial primero y la crisis que le siguió dentro del propio ejército, después. Se produjo un grave pronunciamiento militar protagonizado por el cuerpo de Artillería en contra de Primo de Rivera. Eso unido al descontento de las multinacionales del petróleo por la creación del monopolio de Campsa; la creciente agitación universitaria y la hostilidad de los intelectuales acabaron dando al traste con la dictadura. El general Primo de Rivera presentó su dimisión ante el rey. Tuvo que salir precipitadamente de España e instalarse en París. Seis semanas después, moría en la capital francesa. Le sucedió en el Gobierno el general Dámaso Berenguer a cuyo Gobierno calificaron de «dictablanda».

Atrás había quedado el episodio protagonizado por Ramón Franco junto con el coronel Queipo de Llano, que habían tomado parte activa en una conjura para acabar con la monarquía. Sobrevoló con su avión el Palacio Real lanzando proclamas en las que amenazaba con bombardearlo. Dentro de palacio el duque de Hornachuelos, que mandaba el regimiento de Wad Ras número 50, dio orden de disparar con ametralladora. Finalmente, la conjura fue un fracaso y tanto Queipo de Llano como Ramón Franco tuvieron que huir de España a Portugal.

En la primavera de 1931, ya con un nuevo presidente del Consejo de Ministros, Juan Bautista Aznar, el infante Jaime tuvo que representar a su padre en las procesiones de Semana Santa de Granada. Ahí, el segundo de los hijos de los reyes percibió el malestar que había en la calle contra su padre, el rey. Incluso llegó a sujetar el brazo de un muchacho que le apuntaba con una pistola y que, afortunadamente, acabó siendo detenido. Cuando llegó a Madrid informó a su padre de que se había encontrado con muchos enemigos. A Alfonso XIII le disgustaron las noticias relacionadas con el intento de atentado contra su hijo, pero la cercanía de los comicios le hizo dirigir su atención, en primer lugar, hacia los partidos políticos. Victoria Eugenia prohibió a todos sus hijos que fueran a actos multitudinarios. Su preocupación por su seguridad era máxima.

El 12 de abril se celebraron las elecciones municipales. Tanto Jaime como Alfonso vieron la cara de preocupación de su padre al ser informado de los primeros resultados por Gabriel de Benito, el coronel de Húsares de la Princesa, Darío López y el marqués de Orellana. El día 13 se sabía que en Madrid y en la mayoría de las grandes capitales de provincia, las candidaturas republicanas parecían haber obtenido la mayoría de los votos. No así en el resto, sobre todo en el ámbito rural, donde habían ganado los partidos monárquicos. Muchos de los grandes de España y miembros de la nobleza, hartos de la política, no se habían molestado en ir a votar. Hubo varias voces que antes del recuento definitivo propusieron al rey proclamar la Ley marcial. Entre ellas, la del ministro de la Gobernación, Juan de la Cierva, pero ni Dámaso Berenguer, ni el almirante Aznar aceptaron semejante proposición. El coronel de Benito se dirigió al rey con estas palabras:

—Mi regimiento está dispuesto a lanzarse a la calle para defender a Su Majestad.

—Le agradezco esa actitud —le dijo el rey—, pero no lo acepto. No quiero derramar la sangre de mi pueblo.

Durante la noche se confirmaron los resultados de las elecciones. El rey habló a solas con la reina tras una cena en la que casi nadie de los que estaban sentados a la mesa probó bocado. Alfonso y Victoria Eugenia hicieron un aparte. Sus caras hablaban por sí solas.

—La situación se está complicando mucho para nosotros. Hay que comenzar a prepararse para abandonar el país. Seguir aquí sería imposible sin correr algún peligro.

Ena tenía en la mente el final tan trágico de su prima Alix y de su familia, tras la revolución rusa. Ahora, ellos estaban ante una situación muy similar. Sin embargo, sacó fuerzas de flaqueza...

—Pero, si han sido unas elecciones municipales, no un plebiscito —comentó Victoria Eugenia—. Y los partidos monárquicos no han perdido las elecciones.

—Pero sí en las grandes capitales. Todos me aseguran que con este resultado debemos abandonar España antes de que las cosas empeoren. No quiero que se derrame ni una gota de sangre española. Prepárate para lo peor... Los chicos y tú deberíais ir pensando qué podéis llevaros en una maleta.

Ena asintió tragándose las lágrimas y se dirigió a sus hijos para explicarles que debían coger lo imprescindible por si había que irse precipitadamente.

Esa noche Victoria Eugenia pidió a sus doncellas que prepararan su ropa. Insistió: «Solo lo imprescindible». Acompañada por una de sus damas, Helia Fernández de Córdoba, se ocupó de las joyas. Abrió su joyero y pensó que no podía llevar consigo todo lo que contenía. Sin embargo, no iba a dejar atrás aquello que tenía que ver con su propia vida, con su propia historia. Cerró los ojos y pensó en las piezas que le daban mayor seguridad. Acto seguido, sacó su tiara de las flores de lis, con la que se había casado y que había hecho Ramiro García-Ansorena para ella...

—¡Cuántas ilusiones se han ido quedando por el camino! —reflexionó.

—Señora, me parece mentira que estemos en esta situación. ¿Cómo han podido precipitarse las cosas de esta manera?

—Nada dura para siempre... Hay que estar preparados para marcharse hasta del lugar más hermoso... Todo es efímero.

La reina dijo eso mirando los pendientes de grandes brillantes y el collar largo de chatones. El collar que había crecido de forma directamente proporcional al desapego del rey hacia su persona, no iba a dejarlo.

—Se llevará ese collar tan bonito, ¿no? —preguntó su dama.

—Sí, ese se viene conmigo. Y el que es más corto de brillantes, también. No te olvides de las dos pulseras gemelas de brillantes, encierran mucha historia. En el fondo son la corona del reino que me regaló Alfonso. Era imposible de sujetar en mi cabeza y Ansorena la convirtió en dos pulseras.

Tampoco podía dejar la gargantilla de Ansorena y el collar de aguamarinas y brillantes que le hizo Cartier con las piedras que le había regalado su desaparecido hermano Mauricio, al que siempre se había sentido tan unida. En realidad, le resultaba difícil elegir. Cada joya estaba envuelta en recuerdos imborrables.

—El de esmeraldas y brillantes ¿se lo lleva?

—¡Por supuesto!

—Al final, cada pieza que hay aquí tiene su propia historia. ¿No puede llevárselas todas?

—No, solo las que no deseo que se pierdan. ¡No te olvides del collar de perlas grandes!

No podía dejarse tampoco el collar que había comprado Alfonso XII en San Petersburgo y que regaló a la malograda María de las Mercedes, su primera mujer. El valiosísimo collar con el cierre de un gran brillante solo lo lució seis meses ya que murió de forma prematura. Ena lo había liberado de cuatro perlas para ceñirlo más a su cuello. Otro regalo de Alfonso, de cuando contrajeron matrimonio.

—Creo, señora, que están ya las principales.

—No, falta la más importante.

Fue a su mesita de noche y de una bolsita negra de terciopelo sacó la perla natural que le había acompañado durante toda su vida de casada. Iba engarzada en un broche de brillantes. Se trataba de la perla que le regaló su marido antes de su boda, la que él decía que era la Peregrina y que, a todos los efectos, ella seguiría llamando así.

—Siempre irá conmigo adonde yo vaya.

La reina siguió sacando otras bolsitas que también descansaban allí con los amuletos egipcios y la sortija que le regaló lady William Cecil. Irían con ella hasta el fin del mundo, pensó. Todo lo demás, lo dejaría en España.

—Señora, hay aquí una joya que parece muy antigua. No sé si quiere que nos la llevemos...

Le mostró una estrella de David montada en un círculo de brillantes con el símbolo de la Corona de España también de brillantes.

—Sí, vamos a llevárnosla también. Es un amuleto que me regaló mi cuñada, la marquesa de Carisbrooke. Tiene tres mil años de antigüedad por lo menos. Me dijo que era del tiempo del rey David. Me lo regaló cuando Baby cayó enferma y al poco, se curó. ¡Vendrá con nosotros!

—Se quedarán muchísimas joyas, señora. ¡Es una pena!

—No sé si vamos a volver pronto o nos marchamos para no regresar jamás. Al llegar al exilio, pediré al nuevo Gobierno que me devuelvan el resto a través de la embajada inglesa. Dependerá de su buena voluntad que lo hagan o no. Ahora, vamos a la habitación de mi suegra. Alfonso me ha pedido que recoja las joyas emblemáticas de su familia.

La tía Isabel, informada de lo que estaba ocurriendo, se acercó a palacio con una gran preocupación. Ena le aconsejó que saliera de España y que se llevara alguna de sus joyas más personales.

—No me quiero desprender de la tiara que me regaló mi madre, Isabel II. ¿Sabes? Me la llevaré dentro del sombrero que me voy a poner durante el viaje, camino del exilio. Es una obra de arte hecha por la casa Mellerio. Está realizada con brillantes y montada sobre platino. Simula varias conchas marinas, que acogen siete perlas gruesas en forma de pera y doce brillantes que cuelgan de su parte superior.

—Querida tía Isabel, conozco perfectamente esa diadema. Es preciosa.

—Me llevaré alguna joya más en el forro de mi abrigo. Son nuestro mejor salvoconducto para vivir en el extranjero. Si no quieren a mi sobrino en España, tampoco me quieren a mí, por mucho que me digan los republicanos que yo no me vaya.

—Debe hacerlo por su seguridad. ¡Nos veremos en París!

Se fundieron en un abrazo entre lágrimas. Ena pensó que todo lo que estaban pasando era muy duro para ellos, pero más para la Chata, debido a su avanzada su edad. Para ella, más que para ninguno, resultaría muy difícil adaptarse a vivir fuera de España.

La reina Victoria Eugenia no quiso hacer como María Cristina de Borbón-Dos Sicilias, que cuando partió hacia al exilio a París, en 1840, se llevó todas sus joyas. El general Espartero mandó a su intendente a registrar las joyas de la Corona y solo se encontró con setecientos estuches de joyas vacíos, se lo había contado Ramiro García-Ansorena. La reina se defendió de las críticas diciendo que los franceses habían robado todas las joyas de la Corona de España y que las que ella tenía se las había regalado su marido o las había heredado de su madre. La reina regaló a sus dos hijas, Isabel II y la infanta Luisa Fernanda, más de doscientas joyas valoradas en un total de 158 millones de reales. El resto fueron vendidas.

Victoria Eugenia era consciente de la importancia que tenían las joyas para los reyes en el exilio. Había hablado mucho sobre ese tema con su querida lady William Cecil.

Ya no podía llevarse nada más. La ayudarían a transportarlas sus doncellas, Sarah y Hazel, que llegaron con ella a España y se irían junto a ella del país que jamás la comprendió, ni hizo por entenderla.

—¿Qué han de hacer los reyes de España para que el pueblo los ame? —les preguntó Victoria Eugenia.

—Señora, a usted la quieren —dijo Hazel.

—Se lo podemos asegurar... —añadió Sarah.

—Como saben, he vivido varios reinados en Inglaterra. Era la nieta predilecta de la reina Victoria. Mi abuela era una anciana con mal genio y, sin embargo, los ingleses la adoraban. Su hijo, Eduardo VII, fue siempre un *bon vivant*. Se dedicaba a pasarlo bien y a tener aventuras amorosas. Pues bien, a pesar del puritanismo inglés, el pueblo le adoraba. Jorge V, es un hombre con una gran habilidad para disimular sus deficiencias: tiene las virtudes y los defectos de los marinos... A partir de la puesta de sol, el alcohol se adueña de él. Pues bien, los ingleses también le adoran... Sin embargo, en España es muy difícil que quieran a un rey de forma incondicional. Aquí, no.

—Pero si se ha volcado en ayudar a la gente, señora. Imposible hacer más de lo que Su Majestad ha hecho —apuntó Hazel profundamente apenada.

—Eso es verdad —añadió Sarah con lágrimas en los ojos.

—Os puedo asegurar que me voy con la conciencia tranquila —zanjó la reina.

Al día siguiente, el 14 de abril, se celebró el Consejo de Ministros y, tras confirmar al rey los resultados, los allí presentes le aconsejaron que saliera de España lo más pronto posible. Horas después redactó el rey su último mensaje al pueblo. Anunciaba que suspendía temporalmente el ejercicio del poder real, pero que seguía considerándose el rey de todos los españoles:

«Las elecciones celebradas el domingo revelan claramente que no tengo el amor de mi pueblo... Soy el Rey de todos los españoles, y también un español. Hallaría medios sobrados para mantener mis regias prerrogativas, en eficaz forcejeo con quienes las combaten. Pero resueltamente quiero apartarme de cuanto sea lanzar a un compatriota contra otro en fratricida guerra civil. No renuncio a ninguno de mis derechos, porque más que míos son depósito acumulado por la Historia, de cuya custodia ha de pedirme algún día cuenta rigurosa.

»Para conocer la auténtica y adecuada expresión de la conciencia colectiva, encargo a un Gobierno que la consulte, convocando Cortes Constituyentes, y mientras habla la Nación, suspendo deliberadamente el ejercicio del Poder Real y me aparto de España reconociéndola así como "única señora de sus destinos..."».

En palacio se respiraba un ambiente de máxima preocupación tanto en la familia real como entre las damas de la corte y los sirvientes. De vez en cuando se escuchaban sollozos entre las personas que permanecían fieles a su servicio. Hubo alguna excepción. Un servidor del infante Jaime le dijo que el rey nunca se había ocupado de nada. Y este le echó con cajas destempladas sin que hiciera falta que saliera ni un solo sonido de su garganta.

A los hijos mayores, cuyas habitaciones daban a la calle, les resultó muy doloroso reconocer entre la multitud que los increpaba con insultos a Agustín de Figueroa, hijo del conde de Romanones, con el que tanto habían jugado de niños. Enarbolaba una bandera roja y pedía a gritos que se fuera la familia real.

A las siete de la tarde, el rey recibió al ministro de la Gobernación, que se había comunicado con el comité revolucionario, presidido por Niceto Alcalá Zamora. Le comunicaron que, por unanimidad, consideraban que la familia real debía abandonar España lo más pronto posible, de lo contrario, no podrían garantizar su seguridad. El rey comenzó a despedirse telefónicamente de los más allegados. Entre esas llamadas, dirigió una a la actriz Carmen Ruiz Moragas en la que le expuso la situación tan difícil que estaba viviendo.

—La monarquía parece que ha llegado a su final, querida Carmela.

—Debes ser fuerte. Es muy importante que no te precipites en tus decisiones.

—Mi Carmela del alma, te llamaré para comentarte la decisión que tome, pero me temo que solo hay una.

Siguieron las presiones para su marcha de España. Miguel Maura, hijo de Antonio Maura y miembro del comité revolucionario, le dio un plazo de cuarenta y ocho horas para que abandonara el país. El rey, finalmente, decidió no prolongar esa agonía e irse aquella misma noche en automóvil. El resto de la familia emprendería viaje hacia la frontera, por ferrocarril, al día siguiente.

A las ocho y cuarto de la noche, Carmen Ruiz Moragas recibió una segunda llamada desde palacio.

—Carmela, me voy. Ya no hay vuelta atrás.

Se hizo un silencio al otro lado del teléfono. Carmen no podía dejar de llorar.

—¿Volveremos a vernos? —preguntó entre sollozos.

—En España, no. La situación aquí es muy delicada para toda la familia real.

—¡Cuídate mucho! ¿Me llamarás?

—Por supuesto. ¡Da un beso a María Teresa y a Leandro! Y tranquila porque me seguiré preocupando de vosotros. No os faltará de nada.

Carmen al colgar se quedó llorando. No esperaba este final tan precipitado para el rey y para ella...

Alfonso XIII siguió despidiéndose de todas aquellas personas que habían formado parte de su vida política y de su vida personal en palacio. Su ayuda de cámara, Manolo, recogió sus sellos, los gemelos, alfileres de corbata y las pitilleras de más valor. En cambio, dejó todas las joyas de cuando era niño y que tanta gracia le hacían ya que tenían un mecanismo por el que se movían a su voluntad. Eran piezas que le divirtieron mucho en sus primeros años. Otras de las colecciones de valor que tenía en su dormitorio, en dos vitrinas, fueron distribuidas entre sus ayudantes y el personal de servicio más cercano.

El rey decidió conducir y llevar su coche Duesenberg hasta Cartagena, donde cogería un barco para salir de España. Le acompañaban en ese triste viaje su primo el infante don Alfonso de Orleáns y el almirante Miranda.

—Me atrevo, Alfonso, a pedirte tres favores —le dijo su primo—. El primero, que seas cariñoso con Ena en vuestra común desgracia. Segundo, que no viváis en un hotel sino en una casa, aunque sea muy modesta... Y tercero, debes volcarte en la restauración de la monarquía. Dedícale varias horas al día a recibir a españoles partidarios tuyos, que sean capaces de llegar a ministros y de mediar para tu regreso.

—Lo segundo ya no lo puedo cumplir. Vamos a un hotel. Con respecto a lo primero, lo intentaré y el punto tercero, lo de trabajar en la restauración, me pondré a ello inmediatamente.

—¿Qué va a hacer tu familia? —preguntó el rey por su esposa y su hijo. Siempre había tenido un excesivo interés por la princesa Beatriz de Sajonia-Coburgo, prima de Ena.

—Bee se irá con nuestro hijo Ataúlfo acompañando a la infanta Isabel en su salida de España. Todo esto está resultando especialmente difícil para ella debido a su edad. Dice que seguirá siempre tus pasos. Si tú te vas, ella también.

—Os lo agradezco mucho. Mucho...

Alfonso XIII, en cuanto llegó a Cartagena, embarcó en el crucero Príncipe Alfonso con destino a Marsella. Se despidió emocionado de todos los que le acompañaron en sus últimas horas en España...

La noche del 14 de abril, todo Madrid se había enterado de que Alfonso XIII ya había abandonado el Palacio Real. Una gran cantidad de personas accedieron esa noche a la plaza de Oriente. Se colocaron frente a la puerta del Príncipe y a lo largo de la calle Bailén, justo debajo de la habitación que compartían las infantas Beatriz y Cristina. Militares a caballo acudieron a cerrar la puerta para proteger a la familia real de la turba que intentaba acceder al palacio.

La condesa del Puerto fue hasta el dormitorio de las jóvenes para pedirles que subieran a la habitación del príncipe de Asturias. Allí las esperaba Alfonso, que estaba postrado en la cama. Enseguida llegaron Jaime, Gonzalo y su madre. Juan estaba ausente. Se encontraba navegando rumbo a Gibraltar, pero estaba enterado por radio de todo lo que estaba sucediendo. Recibió un telegrama en el que su padre le pedía que embarcara en el *Roma* y se trasladara a Italia y de allí a París para reunirse con la familia. En aquellos días su padre había decidido que su carrera en la marina no se frenara. Escribió al rey Jorge V para que Juan pudiera incorporarse a la Escuela Naval de Dartmouth, en Inglaterra.

El marqués de Torres de Mendoza, secretario particular del rey, se quedó toda la noche supervisando la salida de la familia real, que estaba atemorizada ante el griterío que llegaba de la calle pidiendo sus cabezas.

Apenas lograron descansar. Ena no podía dejar de pensar en el final de su prima Alix. Por ese motivo pidió que temprano, antes de partir hacia el tren, se oficiara una misa. El padre Urriza, capellán real, improvisó un altar en el salón de tapices. Tenían pensado subirse al rápido de Hendaya desde la estación del Norte, pero les avisaron de que había un gran número de personas enardecidas esperando su llegada. Entonces, el marqués les propuso como alternativa coger otro tren desde El Escorial. Tendrían que ir en coche hasta allí. Alfonsito se encontraba muy mal y el mecánico, el fiel Ramón Bandé, vestido con gorra para no llamar la atención, se encargó de auparlo y meterlo en el coche. La salida del palacio fue muy dura y difícil para todos. Solo los más leales los despidieron, los demás salieron despavoridos del palacio.

—Mis fieles... —comentó la reina—, es el último servicio que me hacéis. Me despido de todos... ¡Adiós!

Ena los miró a todos con afecto, se mantuvo erguida, tragándose las lágrimas y se fue de palacio sin mirar atrás. No así sus hijas, que no pudieron contener la emoción. Antes de llegar a la estación, hicieron un alto en el pueblo de Galapagar. Al final, les sobraba tiempo. Allí les esperaba el almirante Aznar, presidente del último Consejo de Ministros del rey, el conde de Romanones y el general José Sanjurjo, director general de la Guardia Civil con Alfonso XIII y ahora también con la república. La reina le torció el gesto a este último.

Victoria Eugenia tuvo que tomar asiento en un montículo de arena y hierba mientras sus damas hacían cola para despedirse una a una. Le fueron dedicando una reverencia y una palabra de afecto. Al llegar la última le habló con un hilillo de voz.

—Señora, la seguiré adonde vaya. No será la última vez que nos veamos.

—Gracias. No será fácil para vosotras y vuestras familias seguir aquí. ¡Mucha suerte!

Llegada la hora, se dirigieron a la estación. La gente allí congregada reconoció a la familia real y prorrumpió en aplausos. Otros, sin embargo, comenzaron a gritar vivas a la república.

Hubo mucho nerviosismo hasta que el tren arrancó. La salud de Alfonsito se resintió tanto que realizó el viaje tumbado en una camilla. Su primera parada sería en Ávila. Allí les hicieron bajar por su seguridad y coger otro tren ya con viajeros. En Medina del Campo, una gran manifestación de obreros haciendo gestos hostiles hacia la monarquía les esperaba para jalear su salida de España. En Valladolid, en cambio, todo estaba en calma. Como si se tratara de un día normal. Al llegar a Burgos otro gentío les aguardaba en la estación. Se podían escuchar vítores en favor de la reina y de toda la familia real. Victoria Eugenia se asomó a la ventana de su vagón muy agradecida.

—¡No se vayan! —gritaban unos.

—¡Quédense en Burgos! —vociferaban otros.

La estación siguiente, la de Miranda de Ebro, estaba solitaria para tranquilidad de todos. En Vitoria, sin embargo, hubo mucho nerviosismo ante los gritos que se escucharon: «¡Muera el rey!», «Mierda para el rey y para toda su familia». Jaime, alertado por sus hermanos, se fue hasta las escalerillas del tren y al reconocerle, uno de los obreros que más gritaba se encaró con él. Jaime leyó sus labios y, acto seguido, le propinó un puñetazo. La gente allí congregada comenzó a pelear entre los adeptos y los contrarios a la monarquía. Volvió a arrancar el tren y pasaron por Tolosa sin el menor incidente. Por fin, llegaron a San Sebastián. La ciudad que los acogía todos los veranos y que tanto amaban. Allí les esperaba una muchedumbre enfervorizada. No cabían en la estación. No dejaron de aplaudirlos durante toda la parada. Antes de arrancar, una niña le entregó a Jaime, que volvió a representar a toda la familia, un ramo de flores para la reina, cogidas del jardín del Palacio de Miramar. El segundo hijo de la familia real subió a la niña en brazos y le dio un beso que provocó más vítores y aplausos. Hubo mucha emoción fuera, en el andén, y dentro de los vagones.

Al llegar a Irún, en la última parada, el infante Jaime tuvo que pasar revista a una compañía de carabineros que se encontraba allí formada para despedirlos. Una vez más fue él quien sustituyó al príncipe Alfonso, que ya ardía de fiebre. Al pasar finalmente el puente internacional de Irún a Hendaya, todos se emocionaron, aunque Victoria Eugenia no lo exteriorizó. España ya quedaba atrás...

51

Los Ansorena señalados por su cercanía a los reyes

Mientras la familia real salía de España, todos los que estaban identificados como cercanos a ella sufrieron las consecuencias de su fidelidad a la Corona. Los García-Ansorena, que mantenían abierto su taller, recibieron la visita de un grupo de jóvenes armados que les requisaron todas las joyas que guardaban allí.

—Son encargos que debemos entregar —comentó Ramiro—. De no ser así, perderemos mucho dinero y no podremos pagar a nuestros trabajadores.

—¡Cállese! —le ordenaron con malos modos.

—¡Haz lo que te dicen! —le indicó su padre.

Ramiro entregó las joyas que había encargado la familia real para la presentación en sociedad de Cristina de Borbón.

—¡Vamos, rápido! Denme todo lo que tengan —insistió el que parecía el cabecilla del grupo.

Mientras todos los trabajadores permanecían en su sitio, Lucio se levantó y se encaró al grupo armado.

—Soy de los vuestros. No tenemos nada más en el taller. Ya no encontraréis más piezas para la causa.

—¿Y tú quién eres?

—Lucio Díaz... huelguista y activista desde hace años. Os puedo asegurar que más de una vez esta familia me ha ayudado para que la policía no me detuviera. Aquí ya no pintáis nada.

—Muchacho, no te pases... —El cabecilla se le acercó tanto que se quedaron los dos frente a frente.

—Somos trabajadores como vosotros y queremos seguir aquí. Este taller es el sustento de nuestras familias.

—Ya no tendréis para quién trabajar. Los señoritos están huyendo de España. Y los pobres no encargamos joyas. Nos vamos a llevar a tu jefe con nosotros.

Lucio se acercó a ellos y cogió al cabecilla por la solapa de la camisa.

—Tú no te vas a llevar a nadie. Por encima de mi cadáver. Tendrás que explicar por qué un republicano mata a otro republicano.

—¡Vámonos! —ordenó otro del grupo al que llevaba la voz cantante.

—Me he quedado con tu cara. ¡Volveremos a vernos!

—¡Aquí estaré esperándote! —Lucio los siguió con la mirada hasta que se fueron del local.

Cuando se marcharon, todos agradecieron al joven el valor que había demostrado encarándose a ellos.

José María García Moris y Ramiro García-Ansorena le llamaron al despacho. Todos los demás intentaban reponerse del susto. Juana María y Lola se echaron a llorar. Los artesanos Rafael y Carlos intentaron guardar las piezas de valor que tenían entre sus manos. Los soldadores Juan y José no sabían si seguir trabajando o definitivamente guardar todos sus utensilios. Los trabajadores del taller esperaban noticias mientras padre e hijo celebraban la reunión con Lucio.

—Nunca olvidaremos lo que has hecho por nosotros. Este gesto te honra —agradeció don José María.

—Solo he hecho lo que creía que era justo. Ustedes siempre me han ayudado. Es lo menos que podía hacer.

—¿Crees que volverán? —preguntó con preocupación.

—Sí. Solo hemos ganado tiempo. El taller tiene que cerrar y yo, si fuera ustedes, me cambiaría de casa. Son proveedores de la Casa Real y eso puede poner en riesgo su integridad.

—Gracias por advertirnos —le respondió el mayor de los joyeros con la emoción contenida.

Al cabo del rato, salieron del despacho acristalado y por sus caras, los trabajadores dedujeron que lo sucedido suponía el cierre del taller.

—Señores, aquí tenemos que dejar nuestro trabajo de tantos años. Ha sido un verdadero placer haberlos visto crecer como joyeros y como artesanos. Me llevaré para siempre conmigo el recuerdo de todos ustedes. Ahora, vayan pasando uno a uno, que les daré lo que les corresponde. Les deseo lo mejor. ¡Cuídense mucho!

Los trabajadores comenzaron a quitarse el polvo de oro de sus pantalones. Colgaron sus batas y fueron despidiéndose de los que hasta ese momento habían sido sus jefes. Hubo muchos apretones de manos, abrazos y hasta sollozos. Lucio fue el último en entrar, también había sido el último en llegar al taller.

—Lucio, esta familia le estará siempre eternamente agradecida. Si algún día volvemos a abrir, al primero que llamaremos será a usted. ¡Cuide de su padre como ha cuidado de nosotros!

—Eso haré. Siento mucho que tengan que cerrar de forma tan precipitada. Pero lo mejor es desaparecer hasta que se aclare todo...

Se fueron yendo uno a uno hasta que padre e hijo se quedaron solos terminando de recoger.

—¡Cómo pueden cambiar las cosas de la noche a la mañana! —comentó Ramiro—. ¿Y ahora qué vamos a hacer Evelia y yo con la niña tan pequeña?

Se sentó desolado en la silla del despacho. Pensó en la reina y en cómo la vida también le había cambiado de un día para otro. Su futuro era tan incierto como el de la familia real. Ser joyeros de la Casa les situaba en la diana de todo el odio que emergía de forma creciente contra la monarquía.

—No hay tiempo que perder —le dijo su padre—. Llama a Evelia para que haga las maletas. Tenéis que abandonar el piso cuanto antes.

—¿Y usted, padre? Deberían venirse con nosotros. Estamos muy significados. Me han hablado de un piso en la calle Valenzuela que es muy grande. Estaba pensando en trasladarme antes de que ocurriera todo esto. No me hace falta verlo. Iremos allí sin decir que somos joyeros. Para algo servirá que haya estudiado Derecho. Diremos la verdad, soy abogado y omitiremos nuestra vocación y nuestro negocio.

—¿Recogemos el polvo de oro? —preguntó José María.

—No hay tiempo, padre. Coja todas las gemas y piedras preciosas. Yo sacaré el oro y la plata que hay por aquí. Los candelabros y la vajilla de plata se quedan. Echemos el cierre, pero antes, tenemos que borrar nuestro rastro.

Ramiro cogió todas las facturas y fotos de los reyes que presidían el taller y las quemó. Allí mismo hizo una hoguera con todo lo que podría comprometerlos. Mientras las llamas prendían, tenía la sensación de quemar también su vida anterior. Ahora debería inventarse una nueva que en nada se debería parecer a la anterior. Lo único que no fue capaz de quemar fueron los bocetos de sus joyas. Los guardó entre varios libros que no los comprometían.

José María subió a su casa para avisar a Consuelo, su mujer, de que no había tiempo que perder. Cada hora que pasaba jugaba en su contra.

—Haz una maleta. Nos trasladamos con Ramiro a una nueva casa. Aquí corremos peligro. ¡Coge lo que tengas de valor y llévalo encima por si nos hacen abrir la maleta!

—¿Tan mal están las cosas? —comentó mientras se persignaba. Cogió sus joyas y las distribuyó en bolsitas que desperdigó por su ropa interior. Cogió las fotos familiares junto a algo de ropa.

—Sí. Nos ha salvado la vida Lucio. ¡Quién me lo iba a decir! Está claro que si das recibes.

Ramiro ayudó a sus padres con los bultos que llevaban además de la maleta y se subieron a un taxi que los trasladó hasta la calle Marqués de Cubas. José María y Consuelo esperaron varios minutos dentro del automóvil hasta que bajó Ramiro con su mujer y su hija. Llevaban dos maletas más con todo lo de valor que tenían en el piso. Evelia, alta y con mucho carácter, llevaba encima todas las joyas que tenía en casa.

—¿Se van? —les preguntó el portero—. Si viene alguien pidiendo alguna razón sobre usted ¿dónde digo que le podrán encontrar?

—Aquí, porque volveremos; o si no en el taller —contestó Evelia con cara de pocos amigos.

—¿No se van definitivamente? Como van tan cargados...

—No. Nos vamos al campo, a cazar —se justificó Ramiro ya que cargaba con sus dos escopetas de cazador—. Es mejor que nos vayamos durante un tiempo a descansar y disfrutar del contacto con la naturaleza. Madrid, en este momento, no es buen sitio para estar con una niña tan pequeña. Le vendrá bien un cambio de aires para sus pulmones.

—Bueno, tampoco creo que le tengamos que dar tantas explicaciones. ¡Volveremos! —cortó Evelia con sequedad el discurso de su marido.

El portero se quedó extrañado ante esa salida tan precipitada. De hecho, a las dos horas de haberse ido, llegaron tres personas armadas preguntando por don Ramiro García-Ansorena.

—Se acaban de ir al campo —contestó el portero—. Han dicho que regresarán. Se han ido a pasar unos días, llevaban escopetas como para ir de cacería.

—Se nos han escapado —aseguró el cabecilla—. Si sabe algo de ellos, no dude en llamar, ¡avísenos! —Le dieron una dirección y se fueron.

Los Ansorena se trasladaron a la céntrica calle Valenzuela. Se acomodaron en el ático, que tenía todas las habitaciones principales con chimenea y una enorme terraza con una celosía cuajada de rosas de pitiminí.

Enseguida hicieron amistad con los vecinos de enfrente, José Álvarez Estrada y su mujer. Estos les advirtieron de que si tenían algún pariente religioso que le avisaran: «son malos tiempos para curas y monjas», les dijo su nuevo vecino. Ramiro y Evelia se miraron. Se lo dirían a sus padres para que avisaran a su hermana Milagros.

Costó convencer a la madre superiora del convento de las mercedarias para que las monjas dejaran el hábito y se trasladaran hasta las casas de sus respectivos parientes. La quema de conventos e iglesias precipitó su salida de allí. Cuando llegó a la calle Valenzuela, Milagros era una persona temerosa. Esa vuelta de golpe al mundo del que había salido hacía años, les perturbó a todos. Su pelo corto delataba de dónde venía. El portero del inmueble hizo alusión a ello.

—¿Viene usted de alguna institución religiosa?

Milagros no quiso mentir, pero su padre habló por ella.

—Viene de superar una tuberculosis, de modo que la pobrecilla ha estado más en el otro mundo que en este. Ya está curada pero, como ve, muy débil. Gracias por interesarse.

Milagros hizo un amago de sonrisa y no se atrevió a pronunciar una sola palabra. No entendía nada de lo que estaba pasando. Había llegado la II República, la familia real se encontraba en el exilio. Sus padres habían cerrado el taller y a todos los efectos no eran joyeros. Ella tampoco era ya monja sino una enferma que había superado la tuberculosis. No había que sincerarse con nadie por si te denunciaban y había que tener mucho cuidado con el portero. El mundo, a los ojos de Milagros, se había vuelto rematadamente loco.

En el exilio, la familia real creía que esa situación no se prolongaría en el tiempo. El viaje hasta París se había hecho largo y muy triste. Comprendieron, tanto la reina como los infantes, que eran unos expatriados. El rey los llamó desde Marsella para anunciarles que, esa misma noche, ya estaría junto a ellos. Pero la estancia en la capital francesa fue corta porque los miembros de las familias reales europeas que habían sido destronados debían vivir a más de sesenta kilómetros de la residencia habitual del jefe del Estado francés. Así que se instalaron en el hotel Savoy de Fontainebleau. Por lo tanto, a París solo acudía Alfonso XIII dos veces por semana al hotel Le Meurice, que se convirtió en la base de sus operaciones políticas y personales...

En la ciudad del Sena dejó de ser el duque de Toledo e incluso, *monsieur* Lamy. Ya no necesitaba ocultar su identidad. Todos recibieron con alivio la llegada del duque de Alba junto a su mujer, a la que todos llamaban Totó, y a su hija Cayetana, que tenía cinco años. María del Rosario de Silva, marquesa de San Vicente del Barco y dama de la reina Victoria Eugenia, se había casado con Jimmy hacía once años y guardaba un especial afecto y cariño por la reina.

El rey estaba muy preocupado por cómo saldrían adelante. Ya no poseía tierras, los inmuebles de su propiedad estaban en España y no podía disponer de ellos. Había dejado en el país dos tercios de sus valores mobiliarios, de los que solo un tercio estaban a su disposición en bancos de París y de Londres. Logró hacer cuentas y su caudal privado ascendía a cuarenta y un millones de pesetas. El tercio de esa cantidad, que sería del que podría disponer en el exilio, ascendía a escasos catorce millones de pesetas.

—Pues está claro que ese será mi capital durante todo el exilio —comentó el rey a su amigo Jimmy.

—No sabemos el tiempo que va a durar esta situación. De modo que vas a necesitar que ese dinero se administre bien porque será con el que tendréis que vivir todos.

—El problema son los numerosos tratamientos médicos que necesitan mis hijos, más la estancia de Ena y la mía aquí, más... bueno, ya sabes que alguna compensación tengo que dejar a... determinadas personas que no puedo pasar por alto.

—Comprendo. —Sabía que le estaba hablando de los hijos que había ido teniendo con artistas y mujeres de su entorno—. De cualquier forma, habrá que apretarse el cinturón. Los gastos no pueden seguir siendo los mismos. Deberás explicárselo a Ena y a los infantes.

—Jimmy, la relación entre Ena y yo está muerta. Ya no hay que disimular. No estamos en España.

—¿No hay vuelta a atrás?

—No. Debemos calcular las asignaciones que debo dar mensualmente a cada uno. Ena, igual que yo, deberá acomodarse a su nueva situación. ¿Por qué no hablas con ella?

El duque de Alba, fiel al rey, intentó hacer de mediador en esa separación económica, que no efectiva, entre los reyes. A la reina la acompañaban los duques de Lécera, que se habían convertido en sus personas más cercanas y fieles. A los oídos de la reina también habían llegado los chismes que se comentaban a sus espaldas. Lo de que la duquesa y el duque estaban enamorados de ella... «Dios mío, ¿es que las lenguas de doble filo no van a callar tampoco en el exilio?», se preguntaba.

Cuando el duque de Alba acudió al hotel Savoy, no habló con Ena de las habladurías que circulaban en torno a ella. Consiguió una reunión a solas para hablar de la separación económica que quería plantearle el rey.

—No se trata de un divorcio lo que plantea Alfonso, sino de una compensación económica para poder vivir separados.

—Está bien. ¿Con qué asignación quiere el rey callar mi boca?

—No lo plantees así, Ena.

—¿Qué he hecho yo para haber tenido tan mala suerte?

—Nada, es la propia vida. El rey propone asignarte al año seis mil libras esterlinas.

—No voy a discutir eso. Serán mis abogados.

—Está bien. Me han dicho que el marqués de Valdecilla va a hacerte entrega de una importante cantidad en metálico para que puedas abordar esta nueva situación sin depender del rey.

—Ya veo que, en Francia, igual que en España, se sabe todo lo que me dicen o lo que me regalan. Sí, voy a aceptar una ayuda, ya que Alfonso nos da el dinero con cuentagotas... Nunca pensé que llegaría a vivir esto, Jimmy.

—Tranquila, todo pasará. No tengo dudas de que la monarquía regresará a España.

—¿Cuándo?

—Eso sí que ya no lo sé.

Al cabo de varios meses y tras reclamar los abogados de Ena una dote de cuarenta mil libras y el importe que le correspondía desde que se casó en 1906 hasta la actualidad, alegando que el rey había dispuesto siempre de su asignación, la reina tuvo que ceder. Definitivamente se convino que la pensión fuera de seis mil libras anuales, como el rey había propuesto.

Otra mala noticia se produjo en la precipitada salida de los miembros de la familia del rey. La infanta Isabel, a la que llamaban cariñosamente la Chata, salió de Madrid al día siguiente que Victoria Eugenia y sus hijos. La prima de Ena, la princesa Beatriz de Sajonia-Coburgo, su hijo Ataúlfo, y sus damas fieles, las hermanas Juana y Margarita Bertrán de Lis, la acompañaron en la salida de España. La hija mayor de Isabel II y tía de Alfonso XIII, finalmente no pudo soportar el dolor de vivir fuera de su país y murió en un convento de Auteuil, donde residía su hermana Eulalia y donde la habían acogido. ¡Fue la primera de la familia en morir en el exilio!

—¡Pobre tía Isabel!, ¡pobre tía! —solo alcanzaba a decir eso Ena—. No pensé, cuando se vino a despedir de nosotros, que sería la última vez que la viera con vida.

—Para todos está resultando muy duro vivir fuera de España. La tía Isabel no ha resistido la situación. Nuestras vidas han cambiado de forma repentina —comentó Alfonso con pocas ganas. Desde que estaban en litigio por la compensación económica apenas se dirigían la palabra.

Ena intentaba rehacer su vida. Sin mucho convencimiento, solicitó a la República que le devolviera su colección de joyas, ya que el grueso de estas las había dejado en palacio. Para su sorpresa, se las devolvieron todas al cabo de un mes. A Victoria Eugenia, que le faltaba el afecto del rey y veía cómo se iba la familia dispersando poco a poco, la llegada de sus joyas fue el balón de oxígeno que necesitaba para seguir viviendo. Todo se desmoronaba a sus pies, pero allí seguían los diamantes, las esmeraldas, las aguamarinas y sus perlas magníficas. Sobre todo, la que el rey llamó la Peregrina, emergiendo como faro, guía de su nueva vida. Al final, las joyas eran lo único que permanecía intacto a su alrededor.

52

La vida en el exilio

En diciembre del año siguiente, 1932, justo cuando Azaña fue nombrado presidente del Gobierno tras vencer en las primeras elecciones de la República, la posibilidad de que la familia real regresara a España se alejaba cada vez más.

El príncipe de Asturias, «Pimpe» como le llamaban, después de unos meses en Neuilly, fue trasladado al hospital de Lausana, en Suiza. Allí conoció a una bella cubana, Edelmira Sampedro Ocejo, algo mayor que él, hija de un industrial azucarero de Sagua la Grande. El príncipe se enamoró perdidamente de ella. «Quiero seguir los latidos de mi corazón», así se lo contaba a sus hermanas en sus cartas.

Por su parte, el infante don Jaime se adaptó a la vida en Francia y consiguió hacer notables progresos en una escuela especial para sordomudos de París. Se propuso ayudar a niños y niñas que quedaban marginados por no oír y no hablar.

El infante don Juan salió precipitadamente de la Escuela Naval Militar de San Fernando tras la proclamación de la República, y tras obtener el permiso del rey de Inglaterra para seguir sus estudios en la Escuela Naval británica de Dartmouth, fue destinado como guardiamarina al crucero *Enterprise*, destacado en aguas de Oriente.

El pequeño Kiki, como llamaban a Gonzalo, se fue a iniciar sus estudios de ingeniería a la Universidad de Lovaina. Las infantas Beatriz y Cristina se quedaron junto a su madre, que cada día se interesaba menos por los pasos que daba el rey. Observaba como, según pasaba el tiempo, descendían las visitas interesándose por su situación. De pronto, rompió la monotonía del exilio la noticia de un encuentro inesperado con su primo Eduardo, el príncipe de Gales. Eso ayudó a mejorar su estado de ánimo. Habló largo y tendido con él y este le trasladó el mensaje del rey Jorge V, de que podía regresar a Inglaterra cuando quisiera. La idea de poder visitar a su madre, la princesa Beatriz, «Gan-Gan» como la llamaban cariñosamente, llenó de renovadas ilusiones a su, ya larga estancia, en el exilio campestre de Fontainebleau.

Alfonso XIII no paraba en Francia ni un momento, se ausentaba con cualquier excusa. En una ocasión el rey viajó a Londres no solo para comprobar cómo iban los estudios del infante don Juan sino para intentar cobrar parte de la herencia de su madre, que todavía estaba guardada en un banco de Inglaterra. Igualmente, procuraba no perderse ninguna invitación para ir a cazar a la India, a Checoslovaquia o a Alemania con los Hohenlohe o los Metternich... Tampoco despreciaba las proposiciones que le hacían nobles y empresarios para navegar por la Costa Azul. Para Ena era evidente su desapego. La evitaba y no deseaba compartir su tiempo libre con ella.

Llegaron a París noticias de que sus pertenencias estaban siendo subastadas en España. Todos sus caballos fueron a parar a manos de los que pujaron por ellos. Algunos acabaron en plazas de toros, e incluso en circos. Fue un golpe para todos. Ena mostró su hondo malestar por la forma en que se estaban deshaciendo en España de sus pertenencias. Sus caballos significaban mucho para ella. Era una buena amazona y nunca había abandonado la costumbre de salir a trotar con su caballo. Le hacía sentir libre, aunque solo fuera durante esos minutos de escapada. Recordó algunas de las últimas veces que montó en su maravilloso corcel... En el exilio había dejado de hacerlo. Ya no tenía ganas.

Juan, estando de paso tras uno de sus viajes, supo por su padre que, en cuanto acabara sus prácticas, regresaría con ellos.

—Si continuaras —le dijo—, tendrías que hacerte súbdito inglés y los hijos del rey de España tienen que ser españoles.

El infante se lo tomó con resignación. Además, su padre estaba delicado de salud, le habían diagnosticado una miocarditis y le habían prohibido fumar. Sin embargo, él seguía con el pitillo en la boca y se negaba a hacer caso a los médicos.

Alfonso XIII pidió a sus dos hijas que le acompañaran a Roma, donde había sido invitado por el papa Pío XI al jubileo de la Redención. Allí recuperó el ánimo al sentir el afecto de los españoles que residían en la capital italiana. El primer ministro, Benito Mussolini, le recibió como si se tratara del jefe de Estado español. Entonces el rey tomó la decisión de trasladarse a vivir a Roma. «Me han hecho sentir como en casa», les dijo a sus hijas.

—¿Qué os parecería que nos mudáramos aquí? ¿Os vendríais conmigo? ¡Pensadlo! —propuso a sus hijas.

A su regreso a Fontainebleau hubo una crisis que solventar. Alfonso, el primogénito, había escrito desde Lausana informando de su deseo de contraer matrimonio con la joven Edelmira Sampedro, nacida en Cuba de padre español, aunque nada tenía que ver con su condición social. El rey no daba crédito a las palabras de su hijo y, sin embargo, Ena le entendía: «después de haber pasado media vida en una cama, se ha enamorado y yo no le puedo decir que hace mal».

El rey, muy molesto con su hijo, le pidió que renunciara por escrito a sus derechos dinásticos. A los pocos días, Alfonso devolvía firmada su renuncia al trono para casarse «con quien él amaba». Alfonso XIII redujo su pensión de diez mil francos a solo dos mil. Alfonsito dejó de ser el príncipe de Asturias y comenzó a utilizar el título de conde de Covadonga. El 21 de junio de 1933 acudió a Lausana para casarse. Solo asistieron al enlace su madre y sus hermanas, no así sus hermanos ni su padre, que no le perdonaba que hubiera renunciado con tanta facilidad a sus derechos históricos. Fue una boda íntima en la iglesia del Sagrado Corazón de Ouchy.

Esa boda supuso el principio del fin de la unión familiar. La reina abandonó Francia y decidió trasladarse a vivir a Londres, concretamente, al número 34 de Porchester Terrace. No soportaba más los desaires del rey. Necesitaba sentirse querida y en casa. Estaba convencida de que en Inglaterra encontraría la paz y el afecto de su madre y de su hermano Alejandro. Los sentimientos antialemanes le habían llevado a su hermano mayor a cambiarse el apellido Battenberg por Mountbatten, lo que le convirtió en sir Alexander Montbatten. También en el primer marqués de Carisbrooke, conde de Berkhampsted y vizconde de Launceston. El mismo año que cambió de apellido se casó con lady Irene Francis Adza Denison. De ese matrimonio nació Iris Montbatten, su única hija, que adoraba a su tía Victoria Eugenia. Cada vez que la reina los visitaba sentía alivio al ver crecer a Iris ante la ausencia de sus hijos y la nostalgia de tenerlos tan lejos.

Acompañada de su madre, acudía mucho al Palacio de Buckingham a ver a su tío Jorge V. El rey estaba preocupado por su hijo, el príncipe de Gales, y así se lo contaba a su hermana y sobrina.

—Espero que David —le llamaban en familia por su último nombre y no por el primero, Eduardo— siente la cabeza. Yo me encuentro muy cansado, pero veo que no sabe o no quiere pensar en el futuro.

—Dale tiempo. Es muy joven —comentó la princesa Beatriz.

—Ya no es tan joven. Me ha representado en numerosos viajes y te diré, en confianza, que no siempre ha dejado a la Corona en buen lugar. Su desapego por el protocolo le ha llevado a dejar a personalidades de distintos países con las ganas de estrechar su mano.

—Pues te diré que su popularidad va en aumento. La gente le recibe como si se tratara de una estrella de cine. Lo he visto con mis propios ojos—comentó Victoria Eugenia.

—Pues preferiría que no ocupara tantas páginas en los diarios internacionales y se centrara en lo importante: encontrar una esposa conforme a su rango. David es un mujeriego compulsivo. Solo se rodea de mujeres casadas. Nos acabará dando problemas.

—Hay hombres que alargan su adolescencia. Lo sé de buena tinta, como bien sabes, por mi marido. Demasiadas lágrimas llevo derramadas. Por su bien, espero que cambie.

—Ya os digo que después de mi muerte, el chico se arruinará en doce meses. Y si no, tiempo al tiempo. Lo único que podría salvarnos es que nunca se case y que no tenga hijos. Mi deseo es que nada se interponga entre Bertie —su hijo Alberto—, mi nieta Lilibet y el trono.

—Tranquilo, queda mucho hasta que llegue ese momento. ¡Pueden pasar tantas cosas! —comentó Beatriz.

—Me tiene muy preocupado. Se ha independizado y vive en For Belvedere, cerca de Sunningdale. Cree que no me entero, pero allí se ve con mujeres casadas, la mitad británicas y la otra mitad americanas. No entiende nada de lo que significa ser príncipe de Gales. Bueno, no quiero agotaros con mis preocupaciones.

Mientras que Victoria Eugenia se hacía de nuevo a la corte inglesa, su hijo Jaime renunciaba también a los derechos dinásticos. Se lo pidió el rey Alfonso XIII presionado por los monárquicos, que aseguraban que no estaba en condiciones para ser el heredero.

A Jaime le dolió que nadie, ni tan siquiera su padre, reconociera que había estado representando con dignidad a la familia real durante los últimos años a pesar de su sordera. Había suplido en numerosas ocasiones a su hermano debido a su delicada salud y su permanente estancia en hospitales. Sin embargo, al pedírselo su padre, Jaime firmó su renuncia y los derechos dinásticos pasaron a Juan. Aunque Beatriz y Cristina no habían renunciado todavía a sus derechos sucesorios, el quinto hijo de los reyes se erigía a todos los efectos como el heredero al trono. A partir de ese momento, las cosas cambiaron para los miembros de la familia real.

Pero el gran dolor de la reina Victoria Eugenia estaba todavía por llegar. Ni el exilio, ni la hemofilia de sus hijos Alfonso, el mayor, y Gonzalo, el pequeño; ni el hecho de que Jaime fuera sordomudo; ni tan siquiera la cruda realidad de que su marido y ella vivieran separados y que sus hijos tuvieran ya sus propias vidas, era comparable con lo que ocurrió en agosto en 1934. Durante las vacaciones de ese año, Alfonso XIII reunió a sus hijos, a excepción de los dos mayores, en la villa del conde Ladislao de Hoyos, en Pörtschacha am Wörthese, en Austria.

Gonzalo, recién llegado de la Universidad Católica de Lovaina, en Bélgica, donde era un buen alumno de Ingeniería, se fue con su hermana Beatriz de excursión en coche. Un ciclista, el barón Richard von Neumann, se les atravesó en la carretera, y tuvieron que dar un volantazo brusco para no atropellarle. Finalmente, el coche chocó con un muro. Aparentemente, estaban todos bien, pero, con el paso de las horas, Gonzalo comenzó a sentirse mal. Había parado el golpe con el abdomen. Dos días después moría sin que los médicos pudieran evitar el sangrado provocado por la hemofilia.

Cuando le dieron la noticia a Victoria Eugenia, su hijo aún estaba vivo, pero para cuando llegó a Austria procedente de Inglaterra, ya había fallecido. El dolor fue tan grande que se enfadó con Alfonso XIII y con sus hijos. Su silencio fue su mayor reproche. Gonzalo tenía terminantemente prohibido coger el coche. Aunque en un primer momento dijeron que conducía Beatriz, luego le asaltó la duda de si fue él quien iba al volante. Su hija siempre sostuvo que fue ella. Lo cierto es que su hijo moría con tan solo diecinueve años. La reina no supo encajar aquel golpe tan duro. Tras el entierro regresó a Inglaterra. Las últimas palabras antes de despedirse del rey fueron un reproche:

—Siempre nos quedará la duda de si esto hubiera sucedido conmigo aquí. Nunca te perdonaré que fueras tan laxo con él.

Victoria Eugenia no encontraba consuelo ni con todas las joyas puestas a la vez: el collar de perlas, el *sautoir* de chatones, la

Peregrina... Se fue su ilusión por seguir luchando cuando se cerró la tapa del féretro que acogió a su hijo pequeño. «Mi niño, mi pequeño». El que con cada cumpleaños iba marcando el final de su relación íntima con el rey. Diecinueve años sin convivencia y tres de ellos en el exilio. Era difícil de soportar.

Su madre, la princesa Beatriz, y su hermano Alejandro, con toda la familia real inglesa al completo, celebraron funerales en memoria del pequeño Gonzalo en la capilla de San Jorge y en el castillo de Windsor. En España también tuvieron lugar funerales multitudinarios a los que acudieron sus antiguas damas y el personal de confianza. Entre ellos se encontraba Ramiro García-Ansorena, muy afectado por la noticia.

Alfonso XIII, sumido en una profunda pena, decidió trasladarse definitivamente de Francia a Italia, y en Roma fijó su residencia. Primero en una villa de las afueras y después en el Gran Hotel. No se sentía con fuerzas de hacer en solitario este nuevo camino, y les pidió a sus hijas que le acompañaran. Beatriz y Cristina comprendieron que debían seguirle. Su madre no las recriminó por ello. Tampoco tenía fuerzas para hacerlo.

Seis meses después, se casaba Beatriz, con veinticinco años, en la basílica romana de Santa María del Trastévere. La ceremonia, a la que no asistió la reina, tuvo lugar el 14 de enero de 1935. Su marido era Alejandro Torlonia, quinto príncipe de Civitella Cesi. Como se trataba de un príncipe romano que no tenía sangre real, después de haber renunciado Jaime a sus derechos dinásticos, también lo tuvo que hacer ella por escrito a petición de su padre.

—El amor implica sacrificio, aunque esto no me lo parece.

—Gracias, hija, por tu generosidad. Te diré que, con tu boda, he tenido que esforzarme en hablar con mucha gente después de tantos años «en paro» como rey de los españoles...

El tercero en celebrar su matrimonio fue Jaime. Se casó con Emmanuelle Dampierre. No estaban enamorados, pero siguieron adelante con el acuerdo alcanzado entre el rey y la madre de la novia, Victoria de Ruspoli. Se habían visto un día tomando el té y otro, yendo al cine con la joven y su madre. Nada más. Toda aquella situación era absurda, pero ninguno de los dos se atrevió a parar aquello. Y en un breve espacio de tiempo se vieron ante el altar de la iglesia romana de San Ignacio. La reina Victoria Eugenia no acudió. Seguía de luto por la muerte de su hijo y tampoco quería «volver a ver la cara» a Alfonso XIII. Los recién casados se fueron a Londres a presentarle sus respetos, pero estuvo muy fría con ellos. No quería ser partícipe de aquel «arreglo», que según su criterio no tenía ningún sentido. Poco después llegó a sus oídos que ya desde el viaje de novios no hubo ni un solo día que no discutieran. Se preguntaba cómo su hijo se había dejado convencer por su padre ante una unión tan ficticia cuando no era el heredero.

En la corte inglesa no andaban las cosas menos turbias. El príncipe de Gales comenzó a dejarse ver en sociedad con una mujer casada y mayor que él, su nombre: Wallis Simpson. Estuvo unida en primeras nupcias con un oficial de la Marina de los Estados Unidos, del que acabó divorciándose al poco tiempo. Después se volvió a casar, pero el matrimonio hizo aguas tan pronto apareció en escena el príncipe, que rápidamente se convirtió en su amante. Para disgusto de sus padres, Eduardo no dudó en aparecer en palacio con Wallis, aunque le habían prohibido que siguiera viéndola. Fue la comidilla de la sociedad inglesa de la época.

53

Una boda que nació de otra boda

12 de octubre de 1935

Victoria Eugenia no asistió a la boda de su hijo Juan como tampoco fue a la boda de sus hijos Jaime y Beatriz. Fue duramente criticada en España y en el extranjero por ese motivo. Había prometido no volver a ver «la cara fea» de su marido tras el exilio y su posterior separación y estaba decidida a cumplir su palabra.

La boda de Juan se celebró en la basílica de Santa María de los Ángeles y los Mártires de Roma. Justo nueve meses después del reencuentro de Juan y María de las Mercedes en otra boda, la de su hermana, la infanta Beatriz y Alejandro Torlonia, quinto príncipe de Civitella Cesi, en la basílica romana de Santa María del Trastévere. Su padre había levantado la prohibición de casarse que había impuesto a sus dos hijas, por miedo a que extendieran la enfermedad de la sangre de la familia materna. Enfermedad que había transmitido Victoria Eugenia a Alfonso y a Gonzalo. Finalmente, la felicidad de las infantas venció al miedo a que ellas pudieran ser transmisoras de la enfermedad, aunque no la padecieran.

En la boda de su hermana, Juan quedó prendado de los ojos claros de María de las Mercedes. Tenía los ojos parecidos a los de su madre, del mismo color del mar. Hasta ese momento, su vocación marinera lo era todo. El príncipe de Asturias le pidió permiso a su prima para que le dejara escribirle y, en una de esas cartas, enviada desde alta mar, le pidió formalmente iniciar su noviazgo.

Aunque la familia de María de las Mercedes residía en París, se casaron en la capital italiana, donde estaba exiliado el rey Alfonso XIII y gran parte de la familia real. Victoria Eugenia acababa de estrenar casa en Londres, en el 34 de Porchester Terrace, cerca de Bayswater Rodas. A pesar de la distancia, su hijo Juan guardaba la esperanza de que apareciera por sorpresa en el último momento, pero no fue así. La ausencia de su madre le dolió especialmente. Tampoco estuvo su hermano mayor Alfonsito, que se encontraba en Miami atrapado en un matrimonio que, en tan corto espacio de tiempo, ya hacía aguas. Se disculpó desde la distancia. Sin embargo, la ausencia que más le pesó en su estado de ánimo fue la de Gonzalo. Su hermano pequeño, al que tan unido se sentía, había muerto hacía tan solo un año. No pudo borrar de su pensamiento, durante toda la ceremonia, lo feliz que se hubiera sentido viéndole casar. Todavía le costaba creer que un accidente tonto en una carretera de Klagenfurt, en Austria, le hubiera costado la vida.

¡Cómo echaba de menos a su hermano y a su madre en un día tan especial para él! Mientras se oficiaba la boda, su padre le miraba sin perderse ni un solo gesto... Pensó que él también se casó enamorado de Ena, aunque ese amor se había ido apagando, poco a poco, a medida que fueron naciendo sus hijos. ¿Cómo habían llegado al extremo en el que se encontraban? «No quiero volver a ver tu cara fea», habían sido las últimas palabras que recordaba de la mujer con la que se casó hacía veintinueve años. Y allí estaba, sin ella, casando al único hijo sin el veneno en la sangre, con la familia rota y sin un país en el que reinar.

Al rey le gustaban los ojos claros de María de las Mercedes. A raíz de conocer a Ena siempre le llamaron la atención. Aquellos ojos tan llenos de luz, pero tan fríos en los últimos tiempos. Pensó que Victoria Eugenia se había transformado en una mujer de hielo. Recordaba las últimas noches en su dormitorio como las más difíciles de toda su vida. Su amor se había roto, como tantas cosas de su vida.

María de las Mercedes estaba espléndida con su traje de lamé plateado confeccionado por la casa Worth, regentada por los herederos del creador de alta costura Charles Frederick. Era un traje de inspiración medieval con cuello chimenea y cintura entallada. Como tiara portaba unas flores de azahar de la que nacía un velo de gasa. Las únicas joyas que adornaron a la novia fueron un par de pendientes de perlas y el anillo de pedida con un único rubí. No quiso llevar nada más pese a que su madre le había hecho entrega de una de las tiaras más valiosa que tenía. Una diadema de diamantes montada en platino. Sin embargo, prefirió llevar flores de azahar en el pelo. Su sencillez llamó la atención.

Como ramo, María de las Mercedes acunaba unos grandes gladiolos de la floristería Venice. Ejerció de padrino Alfonso XIII, que la esperó en el hotel Le Grand de Roma para salir juntos camino de la basílica.

Juan fue el primero en llegar a la iglesia. Iba vestido de chaqué con la venera del Toisón de Oro en el cuello y la insignia de príncipe de Asturias en la solapa. La boda era mucho más que un rito. Se trataba del primer paso para formar una familia. En el caso de Juan y de María de las Mercedes se trataba, además, de una obligación, ya que la continuidad dinástica estaba en juego...

El rey, que guardaba celosamente las joyas que habían pertenecido a su madre, María Cristina de Habsburgo-Lorena, tras su fallecimiento en el año 1929, le regaló a su nuera la diadema más antigua de la Casa Real española. La tiara realizada en platino, perlas y diamantes, inspirada en los tocados rusos llamados *kokoshnik* pasó a manos de María de las Mercedes. Fue una manera simbólica de reconocer a la mujer del heredero al trono.

Algunas de las voces monárquicas de más peso vieron la ocasión perfecta para pedir al rey que abdicara en favor de su hijo. Alfonso XIII pensaba que los reyes debían morir como reyes y aquella propuesta no le gustó nada.

Durante el viaje de novios que realizaron alrededor del mundo y que duró un largo año, don Juan le explicó a su flamante esposa que las joyas no eran pura ornamentación sino que se trataba de símbolos de la realeza y de continuidad de la dinastía. Le pidió que hiciera uso de ellas ya que algún día sería «la reina de España».

Pasaron los meses, pero 1936 tampoco comenzó bien para la reina. A los veinte días de arrancar el mes de enero, moría su tío Jorge V. David se convertía en el nuevo rey y se haría llamar Eduardo VIII. Tristemente no sentó la cabeza, tal y como predijo su padre. Decidió seguir adelante su relación con Wallis y puso en manos de sus abogados el divorcio de su segundo marido. El flamante rey le propuso matrimonio y, entonces, se produjo un gran cataclismo a nivel institucional. La princesa Beatriz lo comentó con Victoria Eugenia.

—¿Adónde vamos a llegar? Tenía razón mi hermano, este chico se ha vuelto completamente loco.

—Va a provocar una crisis constitucional. Esto es muy grave —señaló Ena, que no daba crédito a lo que estaba pasando.

—Si no lo remedia Bertie, será el fin de la monarquía. Hija, esto se hunde. El pueblo no tolerará que su rey se case con una americana, divorciada ¡en dos ocasiones! Si mi hermano levantara la cabeza...

—La tía Mary asegura que su hijo no deja de repetir que «solo se casará con la mujer que ama».

—Pues tendrá que abdicar en su hermano... Inglaterra no aceptará a Wallis como reina.

—Esperemos que entre en razón y escuche a sus consejeros y el Gobierno al completo. Piensa que, si sigue adelante con la idea de casarse con Wallis, el primer ministro Stanley Baldwin debería dimitir y convocar elecciones generales.

—No entrará en razón.

Con el verano comenzaron a llegar, con todo lujo de detalles, los ecos del inicio de la Guerra Civil española. Ena, con una enorme preocupación, se fue a ver a su madre y a contarle que los generales sublevados eran monárquicos. Al que más conocía era al más joven: Francisco Franco. Alfonso XIII había sido el padrino de su boda por poderes y sabía que también había contribuido con la nada desdeñable cantidad de trescientas pesetas como regalo de boda a su hijo Juan.

—Tu marido no quería derramamiento de sangre, pero, a veces, para imponer la cordura hace falta una guerra.

—Sé que Alfonso se siente optimista. Piensa que, si triunfa el alzamiento, podrá regresar a España.

—Pues ponte en marcha. Si termina el exilio para vosotros, deberías volver junto a él.

—Después de tanto tiempo separados...

—Eres la reina y si él regresa, tú también...

Victoria Eugenia hizo caso a su madre y volvió a aparecer en público para dejar atrás su discreto segundo plano. Tenía el convencimiento de que una victoria de los nacionales sobre los republicanos haría posible la restauración de la monarquía.

Esos primeros días de la guerra, varios familiares murieron combatiendo junto al bando nacional: Carlos de Borbón-Dos Sicilias y Alfonso de Orleáns. Juan, el príncipe de Asturias, tras la larguísima luna de miel quiso unirse a la causa. Alfonso XIII tardó en darle permiso. Cuando lo hizo, acababa de nacer su primogénita, Pilar, en Cannes, el 30 de julio. El general Mola frustró sus intenciones al aconsejarle que regresara a la frontera. Victoria Eugenia llamaba a su hijo angustiada cada día.

—Me parece muy bien que no te hayan dejado. Si te ocurre algo pondríamos en peligro la sucesión al trono.

Pero Juan no atendía a los consejos de su madre y escribió a Franco para subir a bordo de un buque de guerra. El general le escribió diciéndole que le agradecía el gesto, pero que le negaba el embarque «dado el deber que la nueva condición de príncipe de Asturias le imponía para bien de España».

Victoria Eugenia respiraba con respecto a su hijo mientras se producía el cataclismo esperado en la corte inglesa. El rey Eduardo abdicaba, después de 325 días de reinado, en la persona de su hermano menor, Alberto. Bertie, con los problemas que tenía de dicción, tuvo que aceptar ser su sucesor. La institución necesitaba de su sacrificio ya que su hermano había escogido a Wallis por delante de la Corona. Finalmente, Alberto decidió cambiarse el nombre para su coronación: Jorge VI, en homenaje a su padre. Victoria Eugenia se preguntaba qué estaba pasando en su mundo. Parecía que todo se desmoronaba a su alrededor. Durante días lució el anillo de zafiro con diamantes que le había regalado lady William Cecil. Necesitaba de su energía justo ahora que le flaqueaba la salud. No solo se lo puso a todas horas, sino que lo tocaba para contagiarse de la energía del zafiro y de los brillantes. Deseaba tener fuerzas para empezar...

Meses después, su nuera María de las Mercedes le contó telefónicamente que le habían robado todas las joyas con las que viajó en la luna de miel. El robo fue en Toronto, después de haber visitado a Alfonsito en Miami, donde residía. Victoria Eugenia se disgustó mucho. Tampoco entendía el motivo por el que tardaron tanto en contárselo.

El 5 de enero de 1938, nacía en Roma el segundo hijo de Juan y María de las Mercedes. Le pondrían el nombre de Juan Carlos. Su madre bromeó con las visitas afirmando que su hijo tenía los ojos muy saltones. «Pobre chico. Es horrible», afirmaba entre risas.

La reina Victoria Eugenia cambió de actitud y, con motivo del bautizo del primer varón de Juan, se trasladó a Roma. Ejerció de madrina en un acto religioso que estuvo cargado de simbolismo. Jaime actuó como padrino en representación del infante don Carlos.

Ena aprovechó el viaje para acudir a Lausana, cerca del lago Lemán. Allí tenía a varias amigas a las que quería visitar. El hotel Beau Rivage se había convertido en el lugar de encuentro para la realeza y la aristocracia de Europa. Desde que había abdicado de la corona, Eduardo y Wallis Simpson habían encontrado allí su refugio. Al calor de un té con pastas, hablaron en familia.

—Wallis es la única mujer que me hace sentir realmente hombre, por eso la prefiero al trono.

—Has hecho lo que tenías que hacer, abdicar. —Wallis se había convertido en un problema de Estado.

—¿Sabes qué frase le dije a mi hermano antes de abdicar?

Ena negó con la cabeza y el duque de Windsor continuó.

—Despidámonos como buenos masones. No estaba dispuesto a separarme de Wallis, y era lo que la familia y el Gobierno me pedían. Tenía claro que no quería renunciar a ella.

—¿Sabes? Hiciste bien. Era lo que te pedía el corazón. En fin, yo ahora voy a intentar una reconciliación con el rey. Se lo he prometido a mi madre. Ella dice que donde hubo llamas, quedan rescoldos. Sin embargo, ahora solo siento rencor.

Además, había llegado a sus oídos que su amante, Carmen Ruiz Moragas, había muerto de cáncer en Madrid al poco de estallar la Guerra Civil. El rey, poniéndose en peligro, había acudido de incógnito a España para darle el último beso antes de su entierro. Ena nunca le preguntó si era verdad aquello que se decía o fruto de la imaginación de los que siempre estaban dispuestos a contarle algún episodio amoroso de su marido. El caso es que Victoria Eugenia lo intentó. No una sino varias veces.

Un día, estando en Roma, quedó a comer con el rey en el hotel Royal con el pretexto de hablar sobre sus hijos. Sin embargo, se encontró con que Alfonso se negó a recibirla. Luego supo que estaba en la habitación con doña Sol, la duquesa de Santoña, que había sido dama suya. Este hecho se le quedó clavado en el corazón. Era el último episodio de la larga lista de humillaciones que hacía impensable volver a intentar una vida en común, como querían su madre e incluso sus hijas. ¡Era imposible!

Tristemente les unió más tarde la desgracia de perder a su primogénito en un accidente de coche en Miami. Fue un golpe muy duro. La noticia llegó el día 6 de septiembre de 1938. El hijo mayor de los reyes, separado de su bella mujer cubana y casado de nuevo por lo civil con una modelo, Marta Rocafort, había muerto. Su matrimonio tan solo había durado cuatro meses y llevaba una vida disoluta. Sus padres estaban al corriente, pero la lejanía hacía imposible que pudieran ejercer control alguno sobre su vida. Supieron que había muerto igual que su hermano Gonzalo, después de sufrir un accidente con un coche. Chocó con una cabina telefónica tras perder el control del vehículo. En un principio, pareció que el golpe no había tenido excesiva importancia, pero, como a su hermano pequeño, el impacto le había ocasionado una hemorragia interna. La hemofilia hizo el resto y falleció horas después en el hospital Gerland de Miami.

En cuestión de pocos años los reyes habían perdido al pequeño y al mayor de sus hijos. Ambos se quedaron en *shock*. Victoria Eugenia no podía derramar una lágrima más. Era como si sus ojos se hubieran secado completamente. Ahora sí hacía honor a su fama de dura, fría y hierática; no podía exteriorizar su dolor. Fue algo tan inesperado que la tuvo conmocionada durante mucho tiempo.

Aseguran que Ena ya no fue nunca la misma y que el rey también perdió parte de su simpatía y gracejo al hablar. Lo único que mitigó su dolor fue el hecho de saber que la guerra estaba llegando a su fin.

Nacía la tercera de la familia de Juan, Margarita. El alumbramiento tuvo lugar en el hospital angloamericano de Roma. Un golpe más para la familia y para el joven matrimonio fue saber que su hija había nacido ciega. Su padrino, el infante Jaime, animó a Juan a que su hija recibiera la misma educación que el resto de sus hermanos. «Es muy importante que no haya diferencias entre ellos». Lo decía por experiencia propia.

Alfonso XIII intentó superar tantas desgracias personales, volcándose en su regreso a España. Tuvo claro que, al acabar la contienda, debía empezar una campaña para la restauración de la monarquía. No podía tardar en regresar. Era muy importante poner fecha a su vuelta, si no quería que los españoles se olvidaran de él.

Mientras tanto, la vida siguió su curso y Cristina de Borbón y Battenberg se casó el 10 de junio de 1940, en Roma. Lo hizo con el conde Eugenio Antonio Marone-Cinzano. Un hombre viudo, padre de tres hijos. El rey le previno de la enfermedad que podía transmitir Crista si tenían descendencia. Se creía en la obligación de hacerlo, ya que siempre se quejó de que no lo habían hecho abiertamente con él cuando se casó con Ena. Siempre les decía a sus más allegados que no había sido suficientemente advertido. Ena, sin embargo, en alguna de sus discusiones le achacaba no haber escuchado a su tío: «Estabas demasiado enamorado como para fijarte en eso». A pesar de las advertencias, Antonio expresó su voluntad de contraer matrimonio con Cristina.

Para satisfacción de los reyes, ninguno de sus nietos estaba heredando la enfermedad que tanto daño había hecho en la familia real.

54

Vuelta a empezar

El miedo con el que habían vivido en Madrid los Ansorena se había convertido en algo cotidiano, casi familiar. Mientras duró la guerra, todas las noches se dormían con el sonido de los obuses cayendo sobre Madrid. Cuando sentían que caían muy cerca, se apiñaban en la habitación interior de servicio que tenía la ventana más pequeña. No lo verbalizaban, pero el pánico aparecía en sus ojos y lo que hacían era rezar en voz alta. Al menos, cuenta a cuenta del rosario lograban tranquilizarse y mal dormir.

Estaban muy delgados ante la escasez de comida. Cuando llegaba un melón a sus manos, se lo comían entero. No dejaban ni la piel rugosa y áspera. Cocida les parecía un manjar. No se tiraba nada, ni las mondas de las patatas. Todo servía para poner en la mesa. Un día llegó la fiel sirvienta María con la carne. Estaba deliciosa. Días más tarde, supieron que se habían comido el gato de un vecino. María se las ingeniaba en sus salidas a la calle para volver siempre con algo. La familia no preguntaba.

Con el tiempo fueron estrechando lazos con los Álvarez Estrada, sus vecinos de puerta. Les confesaron que su profesión era la de joyeros, en concreto de la Casa Real, y no la de abogados.

—Las joyas han formado y forman parte de nuestra vida —le contaba Ramiro al cabeza de familia—. Trabajar con la belleza me ha proporcionado la mayor felicidad del mundo. Es algo sublime tener entre tus manos perlas naturales que han tenido que coger a pulmón de los fondos marinos o diamantes en bruto a los que tienes que sacar su hermosura con tu oficio de joyero. Mi profesión es la más bonita del mundo. Me ha permitido conocer a grandes personalidades, pero, de entre todas, ha brillado la reina Victoria Eugenia.

—¿La ha tratado usted mucho?

—Sí, igual que mi abuelo trató a Isabel II y mi padre a María Cristina... Yo he tenido la suerte de ver y hablar largamente con Victoria Eugenia. Pude estar cerca de ella el día de su boda. Le llevé la tiara de las flores de lis, que lució en el enlace. ¡Cuánto honor! No he visto una mujer más bella en mi vida.

—Ramiro, no creo que sea prudente que sigas hablando de ese tema —le recriminó Evelia en la distancia—. ¡Las paredes oyen! —Cortaron de raíz la conversación y volvieron a especular sobre el final de la guerra.

Las dos familias vecinas aprendieron a comunicarse con gestos y una serie de códigos al hablar para indicar si había peligro inminente o no. La necesidad les unió y procuraron protegerse los unos a los otros de las preguntas maliciosas del portero de la finca. A pesar del cuidado extremo con que se dirigían a él, a veces caían en contradicciones que los ponían en peligro.

Hubo un día en que sudaron tinta cuando les preguntó si escondían a algún religioso o religiosa... Decía que observaba mucho movimiento en ambas casas de personas con aspectos de curas y monjas. Por fortuna, a Milagros le fue creciendo el pelo y pudieron disimular su condición. Estaba muy pálida ya que estuvo sin salir de casa toda la guerra. Su único contacto con el exterior se limitaba a regar las rosas de pitiminí, que no dejaron de brotar durante toda la contienda.

También sintieron el peligro cerca el día en que se atascó el baño de los Ansorena y tuvieron que recurrir al casero. Un fraile que oficiaba misa en el convento se había escondido durante varios días en la casa. Se afeitó la barba y la echó al inodoro atascando la cañería. Cuando el portero apareció en la casa, solo vio a un hombre con una prematura calvicie. Habían decidido rasurarle el pelo para que desapareciera la coronilla que le delataba como religioso. Episodios angustiosos como ese hubo muchos. Por eso, cuando acabó la guerra, respiraron tranquilos al no tener que seguir ocultando la verdad de quiénes eran.

El portero de la finca, al día siguiente de acabar la contienda, fue detenido. Lo denunció el vecino del primero. No volvieron a saber de él. Milagros, después de un tiempo, le hizo saber a su padre, José García Moris, que quería regresar al convento de las mercedarias.

—Padre, me debo a mi comunidad y debo regresar.

—Lo que quieras, hija.

—No sabe cómo le agradezco que me lo ponga tan fácil.

—Tu padre ya no es el que era. La guerra ha hecho mella en todos —comentó Consuelo a su hija, mientras la abrazaba con fuerza.

Carmen y Jaime, que pasaron la guerra en otra zona de la capital sin poder ver al resto de la familia, fueron rápidamente a encontrarse con ellos. Entre lágrimas y abrazos, el reencuentro fue muy emotivo. Además, les comunicaron su intención de abrir de nuevo la consulta de otorrino. Carmen se echó a llorar al ver a su hermana Milagros vestida de calle antes de regresar a las mercedarias.

—Hermana, ¡qué alegría verte así! Como si el tiempo se hubiera detenido. Imagino el miedo que has tenido que pasar.

—Dios siempre ha estado conmigo y no me ha abandonado. Los que más peligro han corrido han sido nuestros padres y nuestro hermano por darme cobijo. Los he expuesto mucho. Si les hubiera pasado algo por mi culpa no me lo habría perdonado nunca.

—Hermana, afortunadamente, eso no ha ocurrido.

Se contaron las dos lo duros que habían sido estos años de hambre y miedo. Jaime las miraba sin pronunciar una sola palabra. Todos pensaron que también estaba emocionado, pero, en realidad, se daba cuenta de que tenía frente a él a las dos mujeres que más había querido en toda su vida.

Ramiro aprovechó la reunión para plantear la necesidad de retomar el oficio familiar de joyeros. Comentó que había visto un local en la calle Alcalá, en el número 52, que podría servirles para comenzar de nuevo. Todos conocían el lugar ya que antes de la guerra había sido un conocido salón de té.

—Padre, no habría que hacer mucha reforma. Tiene tres huecos a la calle que nos servirían de escaparate. La entrada y el gran salón del fondo se encuentran en perfecto estado. Solo tendríamos que pintar.

—¡Pero si no tenemos género para comenzar! Las piedras preciosas que pudimos salvar de la quema, las hemos ido vendiendo poco a poco para poder subsistir.

—Sí, pero tenemos las joyas de mamá y de Evelia para comenzar. ¿Qué le parece?

—Que podemos intentarlo... Será mejor que estar aquí parados esperando a que nuestra situación cambie.

Padre e hijo se fundieron en un gran abrazo. Volvían a ilusionarse con un nuevo proyecto común. Tanto Evelia como Consuelo sumaron sus joyas a un inventario común para comenzar de nuevo.

Durante la guerra, Ramiro se había hecho fumador de tabaco negro. Era tan compulsiva y constante su forma de fumar que las mayores discusiones en el ámbito familiar giraban en torno al tabaco y el gasto que suponía. El joyero había perdido pelo, pero sus ojos azules seguían mostrando su interés por la vida.

Lo que menos le gustaba a Evelia del proyecto de apertura de la joyería era que, por el mismo portal por el que accedían al interior del local, entraban y salían modelos y clientas del modisto Pedro Rodríguez. Cuando su marido se encontraba con las jóvenes siempre se quitaba el sombrero y les decía algo amable. A Evelia le llevaban los demonios.

—Ramiro, se te van los ojos detrás de las chicas —solía comentar enfurruñada—. ¡No me gusta! No sé si hacemos bien en abrir este local.

—Evelia, hemos estado tanto tiempo encerrados en el piso que ahora tienes miedo hasta de salir a la calle. Te has convertido en una mujer celosa y eso es difícil de digerir para un hombre mayor que tú.

—¡No digas tonterías! Si no me das pie, yo no soy celosa, pero te veo desde la ventana cómo miras a las jóvenes modelos y a las clientas.

—Soy un enamorado de la belleza, nada más. Lo de «cazar» lo dejo para las perdices, ya sabes que se ha convertido en mi gran afición. Si no hubiera sido por mis escopetas, ¡no sé cómo habríamos subsistido!

—No cambies de tema... Yo no tengo el aguante de la reina. No me gustan los hombres que engañan a sus mujeres.

—A mí tampoco. —Pensaba en lo mal que tendría que estar pasándolo Victoria Eugenia con todas las desgracias que se habían ido acumulando en su vida.

José María y Ramiro comenzaron a llamar a la gente que trabajó con ellos en el taller. Se disgustaron al saber que Juan García, uno de los soldadores, había muerto en el frente. José González había resultado herido en una pierna, pero eso no le impedía trabajar con las manos. Podían contar con él. Los artesanos Rafael y Carlos regresaron sin novedad y con ganas de trabajar. El hecho de tener una edad avanzada les había librado de la guerra. Juana María y Lola se llevaron una gran alegría de que se acordaran de ellas. No pararon de llorar la primera vez que volvieron a verse tras la guerra. Estaban muy delgadas y desmejoradas, ambas lo habían pasado muy mal en Madrid. Se sumaron al nuevo proyecto, aun a sabiendas de que les costaría comenzar a cobrar. Hacía falta primero vender las piezas de la familia Ansorena que ya tenían hechas y después, que las personas pudientes y sin necesidades perentorias regresaran a España y se gastaran el dinero en joyas. Algunas que tenían deudas contraídas con ellos, les pagaron. Otras, no las reconocieron. Empezaban de nuevo.

De Lucio supieron que había muerto su padre y que estaba detenido por pertenecer al bando republicano. Ramiro testificó a su favor asegurando que les había salvado de una detención y quizá de una muerte segura. El joven se libró de la condena a muerte, pero no de la cárcel. Durante meses, Ramiro movió todos sus hilos para conseguir que le pusieran en libertad.

—Espero que Lucio regrese algún día —les dijo a todos antes de abrir el local en enero de 1941, tras conseguir su licencia de apertura—. No estaremos completos sin él. Seremos joyeros minoristas, con fabricación propia. Realizaremos a mano cada joya, por lo que serán piezas únicas. Continuaremos, como hasta ayer, siendo especialistas en perlas y piedras preciosas. Con el esfuerzo de todos, lo conseguiremos.

Los cinco que habían regresado a la firma comenzaron a aplaudir tras sus palabras. Dejaron una silla libre para Lucio en medio del taller. Estaban convencidos de que algún día regresaría junto a ellos.

Tardaron en escuchar la campanilla que los alertaba del primer cliente. Lo reconocieron en cuanto entró por la puerta. Se trataba del duque de Alba acompañado de una adolescente, su hija Cayetana.

José María y Ramiro le habían tratado en numerosas ocasiones. Intentaron aparentar estar tranquilos, pero las manos les sudaban del nerviosismo que sentían.

—Le acompaño en el sentimiento —comentó García Moris—. Me he enterado de que su mujer ha fallecido. ¡Con lo joven que era!

—Una pena, sí. La tuberculosis, que no perdona. Mi hija estudia en París y al saber que yo venía de Londres a España, nos hemos encontrado en Liria para ver cómo van las obras de reconstrucción...

—¿El palacio ha quedado muy dañado tras la guerra?

—Mucho. Iremos poco a poco. —Los García-Ansorena sabían que el duque estaba vendiendo tierras para poder hacer frente a todas las obras de reconstrucción.

—Don Jacobo, ¿cómo le va en Londres?

—Bueno, desde el 37 estoy allí al frente de la legación española en la capital británica. Intentando frenar el ardor por todo lo alemán que hay aquí en España y convenciendo a los ingleses de los lazos que nos unen a ellos. Pero esa es harina de otro costal. Miren... he venido porque quería regalarle algo a mi hija, una joya que le recuerde a su madre. He traído varias piezas de Totó, mi mujer. ¿Podrían modificarlas y adaptarlas a una joven de quince años?

—Por supuesto —respiró Ramiro aliviado. No podía reconocer ante el duque que no tenían material con el que hacer joyas nuevas.

—Mi hijo no sé cómo lo hace, pero las convierte en más bellas si cabe. A la reina Victoria Eugenia le hizo dos pulseras únicas de la corona que le regaló el rey antes de su boda y que apenas se ponía por su peso...

—Conozco perfectamente esas pulseras. Veo mucho a la reina, y algo menos al rey, pero voy a Italia, donde reside, con bastante frecuencia.

—¿Cuándo regresarán? —preguntó Ramiro.

—Es usted el joyero del que alguna vez me ha hablado la reina, ¿verdad? —se le quedó mirando, intentando recordar las palabras que Ena le había dedicado en el exilio.

—Soy uno de ellos, sí. Somos varios los que tenemos ese privilegio...

—Es él, don Jacobo. A la reina le gustaba mucho que le hablara de joyas y de la historia de las reinas españolas que las llevaron. No sé por qué motivo le cuesta reconocerlo.

—Es evidente que, por discreción, señor García Moris. Eso dice mucho de su hijo.

—¿Cree que regresarán pronto? —quiso derivar Ramiro la conversación hacia otro lugar.

—No parece que Franco tenga mucha voluntad de que se

restaure la monarquía inmediatamente. Se pueden imaginar mi lealtad a los reyes. Creo que es muy necesario su regreso. Más bien diría que urgente... El rey está muy delicado de salud. Mucho. De todas formas, Alfonso XIII sintió una inmensa alegría cuando el general Franco derogó el acta de acusación contra él, aprobada por la República. Le acusaron de alta traición y eso mermó notablemente su salud, le hizo sufrir mucho... De todas formas, al Generalísimo le va a costar olvidar el consejo de Mussolini: «Un rey será siempre su enemigo; ¡a mí me pesó mucho no haberme desprendido de la casa de Saboya!». Esas fueron sus palabras...

—Pero ¡qué barbaridad! —comentó indignado García Moris.

—Bueno, poco a poco se va haciendo justicia con él —continuó el duque de Alba—. Vuelven a sus manos los palacios de Miramar y la Magdalena. Con esos gestos hacia la Corona, la reina ha vuelto a sonreír.

—¿Cómo se encuentra? —preguntó Ramiro con curiosidad.

—Bien, pero un halo de tristeza ensombrece su mirada... Sigue tan hermosa como siempre. Sus ojos son tan bellos como las aguamarinas que lleva casi siempre puestas. Sin olvidar la perla que jamás se quita, la Peregrina.

—Me alegra oír que la reina sigue aferrada a sus joyas. Le dan fuerza. En ella tienen el efecto de un talismán.

—Pues algo así quiero para Cayetana...

Cuando se fue el duque, Ramiro se quedó con ganas de pedir el teléfono de la reina en Lausana. Le gustaría volver a oír su voz. No había ni un solo día en que no la mencionara o pensara en ella. Conservaba su pañuelo ensangrentado. Siempre procuraba tenerlo cerca, algo que a Evelia no le gustaba nada...

CUARTA PARTE

Roma, 28 de febrero de 1941. El funeral del rey

Victoria Eugenia cada vez pasaba más tiempo en Roma, algo que incomodó a las autoridades italianas, que no solamente veían su origen inglés como un problema diplomático, sino que la consideraban una enemiga del Régimen. La criticaban asegurando que pasaba información a la Royal Navy. La reina siempre se defendía con el mismo argumento: «Yo no soy una Mata-Hari. No digan tonterías». Vigilada de cerca por los *carabinieri*, se hospedó en una villa de las afueras de Roma, al saber que la salud de Alfonso era muy delicada.

A comienzos del año Alfonso XIII escribió un manifiesto dirigido a los españoles. Les comunicaba su decisión de abdicar en el príncipe de Asturias, don Juan de Borbón: «El pueblo español anhela una España nueva al frente de las instituciones monárquicas. No por mi voluntad sino por ley inexorable de las circunstancias históricas podría mi persona ser un obstáculo». Así transmitió sus derechos a su hijo don Juan que «será —dijo— el día de mañana, cuando España lo juzgue oportuno, el Rey de todos los españoles».

Cuando le informaron de la decisión del rey, Victoria Eugenia se emocionó. Volvieron a brotar lágrimas de sus ojos, secos como estaban de tanto llorar tras las muertes de su primogénito y de su hijo pequeño. Ahora regresaban abriéndose camino entre sus mejillas, justo cuando Juan había aceptado «esa gran responsabilidad». Tampoco los infantes pudieron evitar emocionarse cuando su madre, al ver a su hijo, se inclinó ante él con una reverencia muy marcada, tal como le enseñó su abuela Victoria.

Una de las mañanas que acudió a ver a su marido al Gran Hotel donde se hospedaba, se enteró por los médicos de que se estaba reponiendo de un ataque cardíaco que acababa de superar y que le hacía «sufrir como un loco», como él mismo decía.

Los infantes aconsejaron a su madre que se trasladara de la villa romana a una habitación del Gran Hotel donde se encontraba su padre. Los médicos insistían en que el final del rey estaba cerca. Alfonso también lo sabía y pidió el manto de la Virgen del Pilar para que estuviera a su lado acompañándole en su último trance. También solicitó la bandera de España del barco en el que viajó camino del exilio y una caja con saquitos de tierra de todas las provincias de España que le colocaron cerca del cabecero de su cama. El rey hablaba poco esos días: «He sufrido mucho. Y mi sufrimiento ha llegado al límite», comentó en un determinado momento.

Alfonso XIII estaba exhausto, sin fuerzas para seguir luchando. Victoria Eugenia consiguió verle cara a cara después de tantos años... Le impactó la imagen del rey postrado en la cama. Ahogaba sus lágrimas intentando animarle. No hubo reproches. No hablaron de los muchos años que llevaban separados, ni de sus vidas en el exilio... Como si hubieran seguido juntos, la reina le animó prometiéndole una supuesta mejoría que jamás llegaría. Toda la familia asistió a su última comunión y a la extremaunción que le dio su confesor, el jesuita Ulpiano López. Este ya no se apartó de la cabecera de su cama. Había llegado el final de una vida llena de sobresaltos y acontecimientos. Y lo más doloroso no era morir en el exilio sino irse de este mundo con el convencimiento de que los españoles ya no le querían.

Victoria Eugenia obtuvo el permiso del propio rey para estar presente en su final. No hubo palabras, simplemente la cogió de la mano con la misma fuerza que lo había hecho siempre. Intentó decirle algo, pero no pudo. Tan solo la miró a los ojos.

—Esto se acaba, Ena. —Fue lo único que el rey llegó a decirle antes de cerrar los ojos para siempre.

Sus hijos se acercaron uno a uno a darle un beso y consiguió hablarles sin perder su sentido del humor:

—Hijos, estoy hecho polvo...

Más tarde pidió agua fría pero no podía tragar y simplemente le humedecieron los labios. Finalmente, pronunció dos palabras: «Dios mío...». Ya no alcanzó a decir nada más. Expiró a las dos de la tarde del 28 de febrero de 1941.

La noticia corrió como la pólvora en España. Franco envió a la reina, al príncipe de Asturias y a los infantes un telegrama con sus condolencias. También decretó tres días de luto oficial.

El funeral y el entierro del rey tuvieron lugar en la iglesia de Santa María de Montserrat de los Españoles, en Roma. Muchos nobles y viejos monárquicos viajaron desde España para acompañar a la familia real. Los *carabinieri* seguían a la reina a todas partes. Esta decidió trasladarse al palacio Torlonia, junto a su hija Beatriz. La vigilaban mañana, tarde y noche. Llegó un momento en el que era tan incómoda la situación que decidió marcharse definitivamente. Don Juan se enfadó muchísimo y le comentó a Víctor Manuel de Saboya que había sido muy desagradable que hubieran echado a su madre de allí. Este le contestó que eran cosas de la Segunda Guerra Mundial, que tenía a Europa dividida.

Victoria Eugenia, para no estar muy alejada de su hijo Juan, convino con él en establecerse definitivamente en Suiza. La reina recaló en Lausana, en casa de su amiga Ronnie Greville. Su madre la empujó a hacerlo, para trabajar en la restauración de la monarquía en España. Suiza, a pesar de ser neutral al inicio de la Segunda Guerra Mundial, fue bombardeada esporádicamente por los aliados al ver que era rodeada por las fuerzas del Eje. Dio pie a muchos conflictos diplomáticos, que se solventaron argumentando Inglaterra errores en los sistemas de navegación de los aviones.

En casa de Ronnie Greville, por supuesto, estaban con las fuerzas aliadas. Apoyaban al cien por cien al Reino Unido. Ena lo agradeció mucho, ya que tenía su corazón dividido entre Inglaterra y la neutralidad española.

—Sé que Franco está más cerca de Hitler que de Churchill, pero el hecho de que no se sume a la guerra considero que es un acierto. Sir Samuel Hoare, mi embajador en España, está haciendo una gran labor. Ha comprado el servicio de algunos generales cercanos a Franco, para que lo desalienten a la hora de ceder a las presiones alemanas.

—Creo que el servicio de espionaje inglés en España es impresionante —comentaba su amiga.

—Igual de impresionante que el alemán. Ahora mismo hay más espías allí que en cualquier otro país. España ocupa un lugar estratégico en Europa.

Ena escribía a su madre cada día. Le confesaba en sus cartas la pena que sentía en su interior: «Otra vez parto de cero desde un país que no es el mío. Esa sensación de ir de aquí para allá, sin un suelo que sienta mío, me causa un dolor profundo. Si al menos estuvieras junto a mí».

Cada noche, antes de cerrar los ojos, se acordaba de las últimas palabras del rey: «Esto se acaba, Ena». Aquellos ojos de Alfonso, que tanto había amado y aborrecido, no se los podía quitar del pensamiento. Después de tantos años sin hablarse y sin verse, se había dirigido a ella con la misma familiaridad que lo había hecho de recién casados. En ese momento, ese instante previo a su muerte, se liberó de una carga demasiado pesada que durante todo el exilio llevó a sus espaldas. La perdonó. Así de sencillo. Borró de un plumazo el rencor que sentía por sus desmanes y desaires. Por cómo la había mirado, estaba convencida de que, por mucho que se quejara a todo el que le quisiera escuchar de su frialdad y de su manera de mostrarse distante, la seguía apreciando. No sabía a ciencia cierta si queriendo tanto como ella le había amado. En esas horas, le pilló mirándola como solo se mira a las personas que se admira. Ena sonrió recordando ese triste momento. De pronto le vino a la memoria el último episodio de celos que protagonizó Alfonso y que tanto la abochornó. Deseaba que echara de su lado a los duques de Lécera que la habían acompañado al exilio. El rey los avergonzó aludiendo a que «los dos estaban enamorados de ella». «Fue bochornoso», se decía a sí misma. A la vez, pensaba que alguien a quien le da igual lo que diga o haga su mujer no hubiera protagonizado aquella página para olvidar...

Días después, en la lectura del testamento, quedó claro su sentimiento hacia ella. Declaró «estar casado con S.M. doña Victoria Eugenia de Battenberg», y de su separación de hecho no dijo nada. A Ena se le humedecieron los ojos. Ordenaba que le fuese restituida la dote aportada por ella a la boda e incrementada por la donación que le había hecho él. Además, le concedía el usufructo de la cuota residual y, si con esas cantidades no se cubría el capital necesario para asegurarle la renta anual de seis mil libras, que ya venía pagándole, se cubriría la parte alícuota del tercio de libre disposición.

En su última voluntad, el rey quiso dejar el futuro de Ena asegurado. Estaba claro que había superado el resquemor que había sentido hacia ella. Su distanciamiento, que no fue de la noche a la mañana, sino poco a poco, fue acortándose a pasos agigantados cuando cayó enfermo. Victoria Eugenia dejó de prestar atención a las habladurías y rumores. Ya no quería saber lo que decían de él. Y en la muerte de Alfonso, menos.

En la lectura del testamento, el rey dejó muy claros sus deseos: que sus restos regresaran a España y fueran enterrados en el Panteón de Reyes del Monasterio de El Escorial. Victoria Eugenia pensó que sería difícil que este último punto se pudiera cumplir.

55

Trabajar en el regreso a España

Por aquellos días, Ena volvió a sentir el terror nocturno que padeció en su niñez y juventud. Se trataba de una sensación muy angustiosa que no acababa de superar del todo. Se veía sola para orientar y tutelar a sus hijos y a sus nietos. Eso la torturaba.

La única noticia buena del año fue que María de las Mercedes tuvo a su cuarto vástago. El día 3 de octubre de 1941 nacía Alfonso Cristino Teresa Ángel Francisco de Asís de todos los Santos. Fue bonito el gesto de Juan de ponerle el nombre de su padre al pequeño de la familia. Sus esfuerzos y los de la reina se centraron en el mismo objetivo durante los meses y años siguientes: la restauración de la monarquía en España.

Victoria Eugenia pensó que debía visitar a su madre tras cumplir los ochenta y siete años, ya que por su voz a través de aquellos nuevos aparatos telefónicos percibió que estaba delicada. Antes, le pidió al jefe de su casa, al conde de Ruiseñada, que pusiera en marcha la Operación Príncipe. José María Gil Robles y Pedro Sainz Rodríguez ayudarían, cada uno por su lado, a que el regreso de Juan fuera posible.

La reina tuvo una complicada vuelta a Inglaterra desde Suiza. Pudo embarcarse en un bombardero camuflado de la RAF, la Real Fuerza Aérea británica. Se alojó discretamente en el hotel Claridge de Londres y pudo asistir a los que serían los últimos días de vida de su madre.

Aprovechando las visitas de todos los miembros de la familia real británica, pidió apoyo desde Londres para promover su regreso y el de su hijo a España. Esos días se dejó ver con todas las joyas que le había ido regalando Alfonso en vida. Era una forma de reivindicar su memoria. La perla que Alfonso llamó Peregrina se la puso durante toda su estancia allí combinada con el collar de perlas gruesas y los pendientes de brillantes chatones. Tampoco se separaba de su anillo de zafiro y diamantes.

Pero el día que fue la reina consorte, Isabel, junto con su hija Lilibeth, a ver a la princesa Beatriz... Esta ya solo movió la mano a modo de saludo. Ya no pudo pronunciar una sola palabra. Todos, incluso ella misma, sabían que era el final. Ena procuraba hablar de otras cosas que distrajeran a su madre.

—Lilibeth, estás muy mayor. ¿Cuántos años tienes?

—En abril cumplí los dieciocho —contestó sonriendo tímidamente.

—Dios mío, ¡cómo pasa el tiempo! Debes de sentirte muy orgullosa de tu padre. Nos ha sorprendido a todos con sus discursos.

—No sabes los esfuerzos que hace cada día para superarse a sí mismo —contestó Isabel—. Ya sabes de su problema... Está volcado en cuerpo y alma al momento tan delicado que estamos viviendo.

Beatriz se movió y Ena salió al paso.

—Madre, ya queda menos. Pronto acabará la guerra. Tranquilícese.

»Está muy preocupada y no es para menos —dijo en un aparte a su pariente Isabel.

—Tía Ena, ese anillo que llevas es muy bonito —comentó Lilibeth, que no había dejado de mirar con admiración a Victoria Eugenia.

—Me lo regaló alguien a quien yo quería mucho: lady William Cecil. Es de zafiro y diamantes.

—Explícale algo de las piedras preciosas. No he visto a nadie más entendida que tú —comentó Isabel.

—Esta gema, el zafiro, es la piedra que nos protege de la envidia y atrae la protección y el favor divino. Los antiguos creían que el zafiro poseía el poder de influir en los espíritus y era un buen aliado para crear la paz entre los enemigos. Últimamente no me la quito. Deseo que acabe la guerra cuanto antes. Todas estas cosas las sé por mi joyero español y por lady William Cecil. ¡Cómo echo de menos a May!

—Howard Carter continúa sus excavaciones en Egipto con mucho éxito.

—Lo sé y me alegra saberlo. Volviendo al anillo, los diamantes tienen fama de proporcionar amor y dicha a quien los lleva... Pero esta parte de la leyenda no se ha cumplido en mi caso. Acuérdate de esto, Lilibeth: «ser reina significa no tener una vida propia. Solo se vive por y para tu pueblo. Y en mi caso, además, soy una reina en el exilio. No existe nada más doloroso que eso. Como decía Alfonso: "peor que el exilio es pensar que tu pueblo no te quiere"».

La princesa Beatriz volvió a mover su mano.

—Sí. Le he prometido a mi madre que hasta mi último aliento lo gastaré en regresar a España. Y las promesas hay que cumplirlas.

Dos días después, su madre cerraba los ojos definitivamente. En ese momento, Ena sintió más fuerte que nunca ese miedo visceral a la oscuridad que la perseguía desde niña. Ya solo quedaban ella y su hermano Alejandro al frente del barco familiar, pensó. Gracias a su amigo incondicional, el duque de Alba, consiguió ver a Churchill en la delegación española y le causó muy buena impresión. También el primer ministro inglés se quedó satisfecho al escuchar a su compatriota y comprobar la seguridad que parecía tener sobre la victoria de los aliados en la guerra contra el Eje.

—Señora, no parece que Franco lo tenga tan claro.

—Le aseguro que España seguirá siendo neutral. Acabamos de salir de una guerra y no podemos meternos en otra todavía más cruenta.

Mientras avanzaba la Segunda Guerra Mundial y la balanza se inclinaba a favor de los aliados, los monárquicos antifranquistas convencieron a don Juan para que pidiera a Franco, con cierta contundencia, el regreso de la monarquía. La confrontación con el general parecía ir en aumento con el paso de los días. Franco encajó muy mal el telegrama que le envió el príncipe de Asturias a propósito de la caída y la muerte de Mussolini. Juan se erigía «como la única solución al futuro de España». Esta tensión entre ambos alcanzó su momento álgido cuando, a principios de 1944, los aliados cortaron el suministro de carburantes a España.

Don Juan se trasladó a Italia y allí, junto a su cuñado Enrico Marone, apoyaron a los guerrilleros que intentaban entrar en España por los Pirineos. Franco, advertido, pudo reprimir ese intento de invasión de los maquis por Francia. Juan comprendió que no podía regresar a España por la fuerza.

Sin embargo, la ruptura entre don Juan y Franco no llegó en ese momento sino unos meses después, concretamente, en marzo de 1945, cuando don Juan firmó el Manifiesto de Lausana, en el que trataba de ofrecer a los aliados una alternativa monárquica en España. Acusaba al Régimen de estar inspirado en los sistemas totalitarios de las potencias del Eje y le pedía a Franco que «abandonara el poder y diera paso a la restauración del régimen tradicional en España». Un régimen en el que aseguraba que se garantizarían las libertades públicas.

Franco no le contestó. Dejó correr el tiempo y dos años más tarde, tras la rendición de Alemania, la condena de los aliados contra España en Potsdam, las bombas atómicas sobre Japón... ideó un acercamiento a don Juan cambiando a los miembros de su Gobierno y enviando a Lausana a un grupo de dirigentes católicos para que el príncipe volviera a dialogar con él. Don Juan fue ahora el que no contestó y decidió abandonar Suiza. Se fue a vivir junto a toda su familia más cerca de España, a Estoril, en Portugal.

La reina Victoria Eugenia le aconsejó a su hijo que fuera astuto... y le advirtió de que Franco era un mal enemigo.

—Tienes que aprender a poner una vela a Dios y otra al diablo. Es importante que Juan Carlos conozca España y a su vez, lo conozcan los españoles. ¿No crees que debería estudiar allí y formarse como hombre en su país?

—¿Y separarlo de su madre y de sus hermanos?

—Sí, ha nacido para ser rey y debe sacrificarse para lograr su destino. Tiene que echar raíces allí y no en Portugal. Además, debe dominar el español. Que sepas que me he convertido en su profesora de castellano. ¡Quién me lo iba a decir!

—Sí, ya me ha dicho que estás obsesionada con la pronunciación de las erres. Creo que ya lo domina.

—Todo esfuerzo es poco... La restauración de la Corona debe ser nuestro objetivo. Se lo prometí a mi madre en su lecho de muerte y pienso cumplirlo.

La reina Victoria Eugenia viajó mucho a Inglaterra en ese tiempo. No lo hacía nunca sola, la acompañaba siempre su nieto Juan Carlos o su nieto Alfonso, el hijo mayor de Jaime. Los solía invitar la princesa Alicia, la condesa de Athlone, a alojarse en los apartamentos reales del palacio de Kensington, pero el elevado coste de la vida en Inglaterra hacía inviables las estancias largas. Su amiga Ronnie Greville, conocedora de su situación económica, le regaló treinta mil libras para que se comprara una residencia junto a ella en Suiza. Otra amiga, Mary Craymayel, le informó de que estaba a la venta una casa preciosa en la misma avenida de l'Elysée donde ella se encontraba, en Lausana. Vieille Fontaine, que así se llamaba, le gustó desde el primer momento y se convirtió en su residencia definitiva. Por primera vez en su vida, tenía un hogar completamente suyo. Lo decoró al estilo inglés con muebles que ella había ido comprando y otros que habían pertenecido a su madre. Tenía un hermoso jardín con grandes pinos y olmos y una casita de guardias que era independiente. Lo decoró en colores muy sobrios y como único adorno encima de sus mesas puso fotos y crisantemos amarillos, que eran sus flores preferidas.

Pero la auténtica sensación de haber encontrado su sitio, su hogar, la tuvo en cuanto llegaron sus libros y sus joyas... Habilitó un mueble de estilo inglés como joyero para poder colocar sus valiosísimas piezas. Una colección tan importante que la convertía en la reina que más sabía valorar y que más conocimiento tenía de las piedras y gemas preciosas. Quizá fuera así porque las joyas eran para ella como obras de arte. Consideraba que las piedras tenían una fuerza y una carga magnética que las hacía no solo bellas sino protectoras. Se acordó de la adorable, lady William Cecil. ¡Cuántas veces le insistió en que la fuerza para seguir adelante se la darían las joyas! «Solo las joyas permanecen, todo lo demás es efímero. Eso lo sabían bien los egipcios», sonreía al recordar las palabras de su fiel dama. Decidió en ese momento que un lote de joyas debería estar siempre en manos de las reinas o las herederas al trono. Deseaba que algunas, las que tuvieran más carga histórica, se convirtieran en «joyas de pasar» de unas manos regias a otras. Algo así como la transmisión de poder y fuerza, materializadas en forma de anillo, pulsera, pendientes o tiara. ¡Siempre deberían ser las mismas joyas!

El resto, que tenían una enorme carga sentimental, quiso que las tuvieran sus hijas. Por ejemplo, a Crista le dio varios de los collares de perlas que más le gustaban. A Beatriz, el día de su boda, le regaló el aderezo de aguamarinas junto al collar que encargó hacer a Cartier con las piedras que le había regalado su hermano Mauricio. Además, le donó el brazalete, los pendientes y sortija que iban a juego. Ella se quedó, sin embargo, con la gargantilla que le hizo Ramiro García-Ansorena también de aguamarinas. Había joyas de las que no se desprendería jamás. La acompañarían hasta el final de sus días. Con ellas vivió momentos felices y también muchas amarguras. Se preguntaba qué sería de su joven joyero, que ya no sería tan joven. La vida se había pasado como un suspiro. ¿Qué diría García-Ansorena cuando hablara de ella a quien le demandara historias sobre las reinas de España? Se acordaba de sus palabras con respecto a sus predecesoras y de cómo la infelicidad era algo común en ellas. Más que eso, todas acabaron muy mal. Se convirtieron en mujeres muy desgraciadas y sufridoras, muchas veces incomprendidas y siempre criticadas.

Cada joya guardaba una vivencia. Cada chatón de su larguísimo collar de brillantes, el recuerdo de un cumpleaños. Crecía su *sautoir* a medida que el rey se iba alejando de ella. Llegó a pensar que eran lágrimas con formas redondeadas. Sí, había llorado mucho, por sus hijos y por no poder hacer nada para retener el amor de Alfonso. Todo afecto entre ellos un día se acabó. No sabría decir el momento, pero fue algo no pensado, algo visceral. Supo que le echaba la culpa de la hemofilia de sus hijos, se lo dijo Jimmy. También sabía de sus devaneos permanentes con actrices, cantantes y el personal de servicio... Todo el amor que sentía por él desapareció un día, tal y como se escapa la arena de la playa entre los dedos. Solo al final de su vida, cuando hizo el rey su testamento, tuvo la clarividencia de tratarla como lo que era: la reina. Su mujer. «¿Por qué será que cuando vemos nuestro final cerca intentamos enmendar todos nuestros desmanes?», se preguntaba a sí misma. Ella esperaba una palabra, un gesto, un reconocimiento a su persona de su boca... pero no llegó. Solo en la lectura del testamento le volvió a dar su sitio.

Ahora le tocaba a ella trabajar sin descanso para que su hijo fuera un día Juan III. En vista de que los dos equipos monárquicos no conseguían que Franco se inclinara por él, hizo caso a Gil Robles y designó a un nuevo mediador: el catedrático de Historia Jesús Pabón. Había sido amigo de Franco cuando este era el director de la Academia General Militar de Zaragoza. Pabón enseguida comprendió el juego de Franco y así se lo contó a Victoria Eugenia.

—Está Franco aplicando el famoso divide y vencerás. Promocionar al hijo de don Juan y a los hijos de don Jaime, así como a algunos príncipes carlistas, será su juego hasta el final. Le conozco muy bien y sé lo que está planeando.

Cuando Juan Carlos cumplió nueve años, la reina Victoria Eugenia acudió a Estoril para asistir a su primera comunión. Tenía mucho trato con él ya que estudiaba en un colegio religioso de Friburgo y los fines de semana se iba con ella a Lausana. La reina seguía de cerca su educación y procuraba solventar los problemas que pudiera tener por estar separado de sus padres.

En marzo de 1947, tras la primera reunión del Consejo Privado de don Juan... Franco presentó al Infante, como llamaba a don Juan, un proyecto de ley de sucesión a la Corona de España. Al día siguiente, sin que se hubiera pronunciado el hijo de Alfonso XIII, lo dio a conocer a través de la radio. Don Juan, con un enorme enfado, respondió con la publicación el 7 de abril de su segundo manifiesto, firmado en Estoril. En él, se oponía frontalmente al proyecto sucesorio de Franco, quitando valor representativo a las Cortes, y denunciando «que solo quería convertir en vitalicia la dictadura personal». Finalmente, defendió el carácter hereditario de la monarquía y firmó, por vez primera, como rey.

La reacción de Franco fue enérgica: decidió prescindir para siempre de don Juan como sucesor de Alfonso XIII. Aconsejado por su mano derecha, Luis Carrero Blanco, decidió saltarle en la línea de sucesión y poner sus ojos en Juan Carlos, su hijo. Para Franco, la decisión ya no tenía marcha atrás. Desde el Gobierno se promovió una campaña feroz contra don Juan.

Al año siguiente, se intentó un acercamiento. Los mediadores consiguieron que Franco y don Juan se entrevistaran cara a cara a bordo del yate Azor, frente a la costa de San Sebastián. Hablaron de la necesidad de que Juan Carlos se educara en España. Después de mucha tensión, don Juan accedió, pero hizo una petición: que se moderara la propaganda antimonárquica en la prensa del Movimiento. También abogó por su madre y por su situación económica. Poco tiempo después, la reina Victoria recuperó los derechos adquiridos tras su boda. Por lo tanto, comenzó a recibir la pensión compensatoria que le correspondía tras su matrimonio en 1906.

Después de un tiempo de espera y ante la inacción de Franco, José María Gil Robles acudió a Suiza para hablar con la reina de lo que se temía que estaba ocurriendo a sus espaldas:

—Señora, aquí se están moviendo los hilos para que don Juan, su hijo, no sea el próximo rey de España. Don Juan Carlos debería abandonar sus estudios en España inmediatamente.

—No estoy de acuerdo. Juanito debe seguir en España. Quizá sea la única opción de que se restaure la monarquía.

—Pero ¿su hijo, don Juan?

—Está claro que Franco no piensa en él. En estos momentos, mis fuentes aseguran que el manifiesto de Estoril ha borrado las escasas posibilidades que tenía.

—Pero señora...

—Mi nieto seguirá estudiando en España. No son buenos tiempos ni para la democracia, ni para el regreso de mi hijo. Los países que parecía que apoyaban a Juan se están retractando de las condenas que hacían a Franco. Es evidente que el tiempo está jugando en nuestra contra.

Un nuevo escollo llegó cuando Jaime dio marcha atrás en su renuncia al trono, aludiendo una gran mejoría en su salud. La reina tuvo que llamarlo para abortar esta operación que habían puesto en marcha los enemigos de don Juan. Llegar al trono le parecía a la reina un objetivo cada vez más lejano e imposible.

56

Un regreso muy esperado

Un día, a principios del año 1952, entró en la joyería un hombre con abrigo y sombrero oscuro que se quedó mirando todo a su alrededor como el que entra por primera vez en un local así.

—¿Puedo atenderlo en algo? —salió Ramiro a su encuentro.

—Vengo a darle las gracias. Sé lo mucho que se ha movido usted para que yo esté en libertad.

Ramiro se quedó callado y, después de un rato observándolo, le dio un abrazo emocionado.

—¡Padre! ¡Venga! Mire quién ha venido... ¡Es Lucio! —estaba tan cambiado que no le había reconocido.

Antes de que José María García Moris pudiera acudir apoyado en su bastón hasta donde se encontraban Lucio y su hijo, los trabajadores del taller fueron llegando de forma atropellada. Uno a uno le fueron abrazando efusivamente.

—¡Déjenme ver a este muchacho! —decía el joyero desde la distancia para que le dejaran el camino libre.

Lucio se acercó caminando hacia él mientras todos aguardaban con la emoción contenida. Se quedaron un instante frente a frente sin decirse nada. El joyero, finalmente, pudo hablar.

—Ya no eres el muchacho que yo esperaba... Estás muy flacucho. ¿Cuándo te incorporas con nosotros?

Todos se echaron a reír y aplaudieron el ofrecimiento del joyero.

—¿Tiene trabajo para un recién salido de la cárcel? —respondió Lucio.

—Ven a mis brazos... Para ti, siempre habrá trabajo en este taller.

Se fundieron en un abrazo. Pocos consiguieron contener las lágrimas.

—Lucio, tienes tu bata y hasta tu silla esperándote —comentó Juana María.

Ramiro le pidió que pasara al despacho para explicarle los cambios que había habido en la joyería desde que volvieron a abrir.

—Es evidente que ninguno de nosotros somos los mismos, después de todo lo que hemos vivido.

—Yo solo quiero trabajar, don Ramiro. He soñado con este momento millones de noches en la cárcel.

—Pues quiero que te pongas al día inmediatamente... Te contaré cómo ha cambiado nuestro mundo en estos años...

Ramiro comenzó a darle una charla, pero parecía más una clase magistral.

—Lucio, amamos nuestra profesión porque no hay ninguna que trabaje con la belleza creando más belleza. Ha habido muchos cambios desde que... te fuiste. Lo dejaste en joyas rectas con mucho brillante y un solo toque de color. Por aquel entonces las aguamarinas, las esmeraldas... tenían un lenguaje propio. También hicimos cosas en ónice, jade, coral piel de ángel y ciertas piedras duras como el cuarzo rosa... El art déco nos dejó un agudo sentido del equilibrio y la absoluta perfección técnica. El paso de los años veinte a los treinta se significó por el abandono de las superficies empedradas en las que se alternaban solitarios de talla brillante para pasar a cierta predilección por las *baguettes*, las tallas *carré* y los engastes de cuatro. Grandes casas, como Tiffany's, han marcado mucho la moda en los últimos tiempos. Ahora, las joyas han comenzado a tener más toques de color: rojo y verde, rojo y azul, combinados con diseños de fantasía.

»Después de la Segunda Guerra Mundial, el mundo anglosajón viene pisando fuerte, querido Lucio. Cuando cerramos el taller, París marcaba el rumbo. Ahora numerosas firmas, entre las que sobresale Van Cleef y Arpels, marcan tendencia. Han sacado al mercado una importante pedrería de alta calidad, presentada en piezas con diseños sencillos. Ahora, las damas vienen con ideas muy concretas sobre lo que quieren. Es el momento de los brillantes. Nosotros, fieles a nuestra tradición diamantista, respondemos al reto, ofreciendo a nuestra clientela una selección de piezas de calidad montadas al estilo internacional...

—Le agradezco mucho el tiempo que me está dedicando, don Ramiro... Si no le importa, me gustaría empezar a trabajar cuanto antes. El que marca lo que tenemos que hacer es usted. Yo solo quiero ser un artesano. Además, le diré que estoy nervioso y hasta con cierta excitación por volver a mi puesto de trabajo.

—Perdone, Lucio. No me había dado cuenta de su especial circunstancia. ¡Claro! Dejaré la charla para otro momento.

Lucio salió del despacho y se fue a su sitio. Le esperaban sus compañeros y don José María, al que encontró muy mayor. El joven pensó que el tiempo se había ensañado con todos, pero más con él. Sin embargo, José María García Moris mantenía intacto su espíritu emprendedor.

Ese día trabajaron duro, hasta tarde. Luego padre e hijo celebraron la vuelta de Lucio, primero en el café Lyon y después, en la cervecería El Águila. Las horas fueron pasando y regresaron tarde a casa. Era la primera vez que padre e hijo salían juntos a celebrar algo a solas. Cuando llegaron, ya estaba el sereno rondando por las calles.

—Padre, ya está Jolines por aquí. ¿Tiene alguna moneda suelta?

—Sí, creo que sí. ¡Toma! —Le dio todo el suelto que llevaba encima.

El sereno les abrió la puerta de su casa haciendo sonar el

abultado manojo de llaves que llevaba encima para abrir los portales de toda la vecindad.

—¡Jolines, qué frío hace! ¿Han estado los señores de celebración?

—Digamos que sí.

—¡Jolines, pero qué frío! Hacen muy bien, bastantes penurias hemos pasado.

Ramiro le hizo un gesto a su padre para que callara. Cuando entró en el portal, le explicó el motivo.

—Padre, no le dé demasiadas explicaciones a Jolines y menos, si tiene que contarle que ha vuelto al taller un represaliado. Mejor que no. Esto debe quedar entre nosotros, ¿no le parece?

—Puede que tengas razón.

Al subir a casa, Consuelo y Evelia los esperaban preocupadas porque no sabían dónde se habían metido. Cuando les explicaron que Lucio había regresado, entendieron que era un día muy especial para ambos. Ramiro estaba tan eufórico que les hizo una proposición.

—¿Qué tal si organizamos con los vecinos una fiesta de disfraces?

—No sé si es momento... —comentó Consuelo.

—Lo es, ¡claro que lo es! ¿No te apetece, Evelia? Tenemos muchos motivos para celebrar el baile —salió Ramiro al paso—. Estamos vivos, nos va bien en nuestro trabajo y se puede decir que nuestra gente ya está al completo.

—Me parece una gran idea. Mira, yo me vestiría de cocinero —comentó José María.

—Pues yo, de doncella, con el plumero y todo... —le siguió Consuelo divertida.

—¿Y nosotros? —preguntó Evelia entre risas—. ¡Ya lo tengo! ¡De odalisca!

—¡Estarás guapísima! Pues yo de moro, con mi turbante y todo, para ir a juego contigo.

—¡Hecho! Mañana se lo diremos a los vecinos. Invitaremos nosotros —comentó el padre.

—Vendrán los Álvarez Estrada, ¿no?

—Sí, a ellos por supuesto los invitaremos, y al notario, a Alejandro Santamaría. A la del primero, Teresa Rato, también.

—Con lo religiosa que es... no sé yo si querrá venir —dijo Evelia—. Los Egaña, del primero B, seguro que se apuntarán.

—Guillermo y Mercedes Gómez de Velasco son un encanto, confío en que vengan —añadió Consuelo—. ¡Ah! Y Fernando Beltrán con su mujer.

—No creo que tengan cuerpo para venir. Su hija lo está pasando muy mal. Resulta que fue a rezar a la iglesia de San Pascual y cuál fue su sorpresa cuando reparó en que se estaba celebrando una boda. Hasta ahí, todo bien. Pero cuando vio la cara del contrayente, se dio cuenta de que era su novio de toda la vida —les dijo Evelia provocando el asombro de todos—. Tuvo que asistirla un médico porque se desvaneció.

—Pobre chica. Hay situaciones que parecen sacadas de una novela. Volviendo al baile, habéis mencionado a los Egaña, ¿no? ¡Vendrán seguro!, como viven de las rentas y no trabajan, no tienen excusa para no acudir. Y de los Peña, que trajeron la vacuna de la polio..., tampoco nos podemos olvidar. Fue un gesto muy bonito el que tuvieron con los vecinos al vacunar a los más pequeños.

—¡Hecho! Será todo un éxito...

La organización del baile se concretó para el fin de semana. Los preparativos los tuvieron entretenidos durante varios días. Se rieron mucho confeccionando los disfraces. María, la sirvienta y su sobrina, los ayudaron con toda la intendencia. Los García-Ansorena querían que esa celebración no se olvidara fácilmente en el vecindario.

Llegó el día tan esperado y fue divertido ver a los vecinos disfrazados. Todos tenían ganas de pasárselo bien. Fue una explosión de colorido y de ingenio. Era muy curioso verlos bailando y bebiendo ¡con lo serios que parecían todos!

No faltaron medias noches, canapés, platos de ensaladilla rusa, croquetas y saladitos. Al día siguiente, la casa estaba irreconocible. Costó ponerla en orden porque los invitados bailaron y se movieron por todas las habitaciones.

Tras la celebración de los García-Ansorena los vecinos promovieron otra fiesta. Esta vez por el nombramiento de Luis Álvarez Estrada como mano derecha de José Finat y Escrivá de Romaní, conde de Mayalde; que tenía muchas papeletas de ser el nuevo alcalde de Madrid. Precisamente, en mitad de esta segunda celebración, hicieron un aparte: Luis le contó a Ramiro que los hijos pequeños de don Juan, después de un paréntesis de dieciséis meses sin venir a España, habían regresado al Palacio de Miramar, en San Sebastián, a seguir sus estudios.

—Franco y don Juan están condenados a entenderse. No queda otra.

—Seguro que todas estas idas y venidas de sus nietos están haciendo sufrir a la reina. No lo exteriorizará, pero por dentro tiene que estar pasándolo muy mal. Estoy deseando que regrese —comentó Ramiro.

—¡Que no te oiga Evelia, con lo celosa que es! —apuntó el vecino.

—No he visto a una mujer con tanta sensibilidad e inteligencia —continuó el joyero—. Siempre tiene proyectos por los que luchar en la cabeza. Hasta que no lo consigue, no cesa. Si se ha propuesto regresar a España, lo conseguirá.

—Su nieto Juan Carlos está ya a punto de examinarse para después continuar en la Academia General Militar de Zaragoza. El catedrático Jesús Pabón, que sigue de cerca su formación, asegura que es muy inteligente. Sin embargo, atribuye a su hermano Alfonso más ingenio y simpatía.

—¿La reina no puede venir a España a supervisar sus estudios?

—No, ni ella, ni su hijo Juan, ni ninguno de los infantes pueden venir por España.

—¡Qué injusticia! No entiendo cómo no se ha reinstaurado ya la monarquía.

—¡Chisss! No digas eso, ya sabes que las paredes oyen. La monarquía solamente se reinstaurará por decisión de Franco.

Era la segunda gran celebración en pocos días en el vecindario. Había que olvidar tanto horror vivido años atrás y esas dos noches casi seguidas lo consiguieron. Aquellas fiestas se recordaron durante muchos años.

Ramiro cogió la costumbre de ir al café Lyon y esperar a que le llamara alguien del taller, si entraba algún cliente. En una de las mesitas del café pintaba y pensaba nuevos proyectos. Era hombre de costumbres. Allí le gustaba leer el periódico mientras un limpiabotas se esmeraba con su calzado a dos colores. Siempre buscaba entre las páginas de los diarios alguna noticia que hablara de la reina o de sus hijos. Estaba enfrascado en la lectura cuando pasó por delante de él una señora con aspecto de mucha necesidad. Se la quedó mirando y su rostro le resultó conocido. De pronto, cayó en la cuenta de que se trataba de su antigua empleada, Rosario Calleja. Estaba convencido de que no había sobrevivido a la tuberculosis después de que, en su boda, la marquesa de Aguilafuente le hablara de su extrema gravedad. Pues allí estaba, pasando por delante de él, en la mismísima calle Alcalá. Caminaba muy despacio, aunque parecía que iba a hacer algún recado. No se lo pensó dos veces y salió a su encuentro. No lo pudo evitar...

—¡Rosario! ¡Rosario!

La mujer se dio la vuelta y Ramiro pudo comprobar lo deteriorada que estaba. La cara repleta de arrugas y sus ojos claros, que llamaban la atención por ser tan expresivos, se habían oscurecido e incluso, habían perdido su brillo.

—Soy Ramiro García-Ansorena —se levantó el sombrero para saludarla.

—¡Don Ramiro! No le había reconocido... ¿Qué tal está?

—Bueno, la guerra como ve ha hecho mella en nosotros. Hemos vuelto a abrir —señaló la joyería que estaba justo en la acera de enfrente—. ¿Quiere tomar un café? Estoy en el Lyon. Ahí sentado la he visto pasar... La invito a un pincho de tortilla.

—Si insiste...

Era evidente que Rosario, al escuchar lo del pincho, cambió su gesto. El joyero tuvo la sensación de que su antigua empleada tenía hambre y pidió para ella varios platos más, que enseguida devoró.

—¿Qué tal le va? Tendrá varios hijos, ¿no? Yo la vi un día, ¿recuerda? Me pareció observar que estaba embarazada.

—¿Yo embarazada? No, no... Seguramente se equivocó porque he llegado a estar muy gruesa. Don Ramiro, no tengo hijos —bebió el agua del vaso que tenía. Se la notaba incómoda.

—¿Por qué se fue de palacio de la noche a la mañana?

Rosario estaba cada vez más nerviosa. Era evidente que no le gustaba hablar de su corta estancia en palacio y, menos aún, del embarazo que había podido ocultar a su familia. Aunque callaba, había algo en ella que la delataba...

—Yo caí mala, pero mi madre se puso también enferma y me fui a cuidarla al pueblo.

—Pero enseguida regresó a Madrid, a la casa de una de las damas de la difunta María Cristina, ¿no?

—Sí, efectivamente, estuve sirviendo allí... Don Ramiro, pienso que nunca debí cometer aquella tontería que me alejó de ustedes. ¡Cuántas veces sueño con las piedras preciosas! Mi primer trabajo es el único recuerdo bueno que tengo de mi triste existencia.

—¡No diga eso, Rosario! La vida seguro que no le ha tratado tan mal...

—No he tenido mucha suerte con los hombres con los que me he relacionado. Han sido la fuente de mis desdichas. Unos por baja alcurnia y otros por demasiada... Al final, aquí me tiene. Voy sirviendo de casa en casa por una auténtica miseria que no me da para vivir...

Ramiro sacó unos billetes y se los puso en la mano a Rosario. Esta no los rechazó.

—Le agradezco mucho todo lo que ha hecho siempre por mí. Podía haber hablado mal de mí a la familia real y no lo hizo; ahora me ayuda... Es usted un alma muy generosa. ¿Se casó usted, don Ramiro?

—Sí, me casé tarde. Poco antes de la guerra. Tengo una única hija.

—¿Vive su padre, don José María? —siguió Rosario preguntando.

—Sí, ¿por qué no pasa a verlo? Está muy fastidiado de salud, pero se alegrará mucho de verla. Están casi todos sus antiguos compañeros.

—No, no... gracias. No me siento con fuerzas. No vengo vestida de forma adecuada... Demasiados recuerdos. Tengo que irme. Le agradezco mucho todo lo que ha hecho por mí.

—Sabe que aquí me tiene para lo que necesite.

—Se lo agradezco mucho.

Se fue de allí con una tímida sonrisa. Mientras Ramiro observaba cómo se iba calle Alcalá arriba, recordaba lo cantarina que era y la alegría que daba al taller. Si no hubiera robado el polvo de oro para su novio, hoy seguiría entre ellos. Siempre le habían gustado sus ojos. Se parecían tanto a los de la reina...

Al llegar a casa al final del día, Evelia tenía un enfado monumental. Una vecina le había dicho que le habían visto en el café Lyon con una mujer a la que invitó a comer y que incluso le dio algún dinero.

—¿Estabas con una de las modelos de Pedro Rodríguez?

—No te dispares... Se trata de una pobre chica que trabajó en el taller y que luego acabó en palacio, a cargo de los hijos mayores de los reyes. Un día desapareció y tenía curiosidad por saber qué había pasado.

—Bueno, ahora sales con ese cuento.

—¿Has visto a Rosario? —le preguntó su padre intentando quitar hierro al enfado de su nuera.

—Sí, era Rosario. Estaba muy desmejorada. Me ha dado mucha pena. La he visto muy mal y le he dado algo del dinero que llevaba encima. Eso ha sido todo.

—¡Pobre chica! ¡Las malas compañías echaron a perder su vida!

—No se sabe cuáles han sido peor: si las malas o las supuestamente buenas. La vida se ha ensañado con ella. Ha sido cruel.

—Está bien —dijo Evelia—, pero deja de compadecerte de cualquier chica que veas por la calle.

—Evelia, si no fueras tan celosa... me entenderías... Rosario no es cualquier chica de la calle.

En febrero de aquel año, Ramiro, en una de sus mañanas en el café Lyon, se quedó sin habla al leer en el periódico la noticia de la muerte del rey Jorge VI, primo de Victoria Eugenia. La salud del rey de Gran Bretaña se había agravado después de haberle extirpado un cáncer de pulmón. Nunca se recuperó del todo tras la operación y poco a poco tuvo que ser sustituido por su hija Isabel en muchos de los actos públicos que tenía comprometidos. El 6 de febrero falleció en su habitación mientras dormía, a la edad de cincuenta y seis años. La razón de su muerte fue una trombosis coronaria. En realidad, el tabaco era lo que le había matado. La princesa Isabel, que se encontraba en Kenia, regresó como pudo a Londres. A su llegada a la capital inglesa ya era la reina, con tan solo veinticinco años.

El joyero se imaginó el impacto que habría causado la noticia en la familia de Victoria Eugenia. Estaba convencido de que la reina acudiría al funeral. Ramiro, como pudo, se hizo con uno de los pocos aparatos de televisión que había en España. La ceremonia se iba a retransmitir para todo el mundo y no quería perdérsela.

Victoria Eugenia llegó a tiempo al funeral, ya que el rey estuvo tres días expuesto en la capilla ardiente. Las exequias tuvieron lugar en la iglesia de San Jorge en el castillo de Windsor. Ena compartió el dolor de la pérdida con Isabel, su mujer, y su hija, convertida ya en Isabel II. Sintió una pena muy grande al comprobar cómo el pueblo inglés se había volcado en la despedida a su rey. Pensaba en Alfonso XIII y en su muerte en el hotel de Roma. Se volvió a decir a sí misma que en Inglaterra amaban a sus reyes, mientras que en España los echaban. La entristecía que Alfonso se hubiera ido de este mundo pensando que los españoles no le querían... Y así debía de ser cuando resultaba imposible la restauración de la monarquía trece años después de la victoria de Franco.

Ramiro siguió rebuscando cada mañana en el periódico una referencia pequeña o grande de la reina o de la familia real. Era su rutina. Primero abría la joyería, esperaba la llegada de todos sus empleados y una vez puesto en marcha el trabajo, cruzaba la acera y se instalaba en el café Lyon. Una mañana, después de haber leído el periódico, comenzó a pintar bocetos para un nuevo encargo. Su empleado más querido, Lucio, cruzó la calle desde el taller al café para comunicarle que regresara cuanto antes a su casa. Su padre había caído fulminado de un ataque al corazón después de haber desayunado. Cuando llegó al domicilio, estaba muerto. El médico, que vivía en su mismo edificio, no había podido hacer nada por salvarle la vida.

—¡Padre! ¡Padre! —gritó sin respuesta ante la incredulidad de que el cabeza de familia estuviera muerto.

Durante un largo rato se quedó con su frente apoyada sobre la mano inerte de su padre. Fue un golpe muy duro e inesperado. José María García Moris moría de repente, sin una enfermedad que los hubiera preparado a todos para afrontar un desenlace como este. Su madre se llevó la peor parte. No superó nunca el final tan triste de su marido, y murió pocos meses después sin una enfermedad diagnosticada. Algunos hablaron de lo corriente que era en las parejas que estaban muy unidas morir casi a la vez.

Ramiro no estaba preparado para perder a sus padres en tan poco espacio de tiempo. Evelia temía por la salud de Ramiro y animó a su hija a que diera el paso de casarse. Estaba convencida de que eso le sacaría del estado de profunda tristeza en que se encontraba su marido. Alfonso Mato, miembro de una familia conocida de joyeros, le pidió la mano de su hija Paloma. Aunque le costó aceptar que su pequeña se había hecho adulta, consintió. El paso del tiempo era inexorable, pensó. En el fondo, se alegró de unir a dos familias con tanta tradición en el mundo de la joyería. El hecho de dar continuidad a la profesión que tanto amaba le devolvió la sonrisa.

57

De nuevo, la tragedia

Juan Claudio Güell y Churruca, conde de Ruiseñada, jefe de la casa de Victoria Eugenia, consiguió que, en su finca de Las Cabezas de Cáceres, a quince kilómetros de Navalmoral de la Mata, se reunieran Franco y don Juan, el 29 de diciembre de 1954.

Sentados en el salón frente a frente junto a la chimenea, lo primero que hicieron fue hablar de la reina Victoria Eugenia. Franco le preguntó a su hijo por ella.

—Excelencia, la reina no deja ni un solo día de pensar y trabajar por la restauración de la monarquía en España; de salud, por otra parte, está muy bien.

Tras interesarse por la reina, Franco derivó la conversación hacia anécdotas militares de la Guerra Civil, que don Juan escuchó, aparentemente, con mucho interés. Más tarde habló de Salazar y del Concordato de la Santa Sede. También le dedicó palabras al progreso de Extremadura tal y como había podido comprobar en su viaje por carretera. Don Juan se removió en el sillón y, aprovechando el ambiente distendido, entró en la cuestión que realmente le preocupaba.

—Deberíamos abordar el motivo que nos ha traído hasta aquí y no es otro que la educación del príncipe.

—Ya que abordamos este tema, el príncipe debería estudiar en cada una de las academias militares para integrarse en los tres ejércitos y cerrar sus estudios con un curso final en Zaragoza.

Don Juan estaba de acuerdo y asentía dando su consentimiento a la formación militar.

—Deberíamos concretar su formación universitaria —siguió comentando Franco.

—Bueno, para eso, ya tendremos tiempo, Su Excelencia —le interrumpió don Juan—. De cualquier forma, me gustaría que completara sus estudios en la Universidad de Lovaina.

—Sería mucho más patriótico que estudiara en una universidad española, ¿no cree?

En principio, aunque la reunión era para hablar del futuro de Juan Carlos, a don Juan le quedaron las cosas bastantes claras: «Considero que Vuestra Alteza se ha vuelto incompatible con la España de hoy», le comentó Franco abandonando la sonrisa que había mantenido durante toda la conversación. Por lo tanto, le estaba dejando claro que la única oportunidad que tenía la restauración de la monarquía era con su hijo, más que con él. A pesar de esas señales, los meses siguientes, don Juan intentó un acercamiento a Franco. Llegó a expresar en diferentes entrevistas que «la Monarquía siempre se había sentido solidaria con los ideales del Movimiento».

Un año más tarde, en diciembre de 1955, el príncipe de Asturias juraba bandera en la Academia General de Zaragoza. No acudieron sus padres, pero sí lo hicieron una larga lista de intelectuales y catedráticos que apoyaban a don Juan. La censura falangista de Arias-Salgado omitió esos nombres y solo reflejó la presencia de una docena de duques y condes para darle al acto militar otro enfoque que nada tenía que ver con la realidad. Ese mismo día, España ingresaba en las Naciones Unidas.

Por otra parte, a don Juan le llegaron noticias de que su hijo había tenido que defender su nombre a puñetazos. Cuando alguno de sus compañeros criticaba a su padre, por la noche ajustaban cuentas. «Los aplausos que a mí me dedican deberían ser para mi padre», les decía Juan Carlos a sus amigos.

Por aquel entonces, en una de sus visitas a Portugal para ver a su familia, conoció a Olghina Nicolis, una joven condesa italiana muy guapa, un poco mayor que él. Surgió entre ellos un romance apasionado que ninguno de los dos ocultó, aunque a su regreso a España no dejó de salir con otras chicas que le presentaban sus compañeros...

A finales de marzo de 1956, Ramiro García-Ansorena estaba leyendo el periódico en el café Lyon y pegó un respingo. No podía ser cierta la noticia que sacaba el periódico. Era demasiado cruel para una mujer que ya había perdido a dos hijos, a su marido y ahora... a su nieto Alfonso. El pequeño de don Juan y doña María de las Mercedes había muerto de un disparo. Necesitó pedir un vaso de agua para poder continuar.

Siguió leyendo: «Después de haber abandonado España don Juan Carlos y su hermano don Alfonso para pasar la Semana Santa con sus padres, se produjo el accidente mortal. El jueves santo, tras asistir a los oficios en la iglesia de San Antonio, Alfonso de Borbón limpiaba un revólver con su hermano, una pistola Long Automatic Star calibre 22 que estaba cargada, y se le disparó, ocasionándole la muerte en el acto».

Ramiro se fue inmediatamente a la joyería y allí pudo llamar a alguna de sus clientas para que le facilitara algún dato más sobre el accidente. *Sotto voce* llegó a saber que Javier Travesedo, padre académico de Juan Carlos en la Academia Militar de Zaragoza, le había regalado una pistola antes de viajar a Portugal. El día anterior al luctuoso suceso, habían estado los dos hermanos disparando a unos árboles. Creyeron que habían gastado todos los proyectiles y volvieron a Villa Giralda. El príncipe guardó la pistola en su escritorio. Alfonsito, al día siguiente, ganó la semifinal del torneo de Golf Taça Visconde Pereira da Machado. Toda la familia acudió a verle y aplaudirle. Después fueron a la iglesia, como solían hacer todos los jueves santos. Ese día, como era festivo para muchos del servicio, solo estaban en la casa el preceptor del infante, José Garrido, y la institutriz suiza, Anne Diky. Don Juan escribía cartas en su despacho y doña María de las Mercedes charlaba con una amiga, María Arnús, que se iba a quedar a cenar. De repente, sonó un disparo seco. Uno solo. Acudieron José Garrido y don Juan al cuarto donde se encontraban sus hijos. Intuían que algo grave había sucedido. Se encontraron a Alfonsito muerto en un charco de sangre con el orificio de una bala perforándole la frente. Juan Carlos no podía creer lo que había ocurrido. Miraba la pistola que sostenía en su mano derecha... Hacía unos segundos, su hermano, lleno de vida y salud, estaba simulando el sonido de una metralleta con su boca interrumpiendo a su hermano sus estudios. Se había acordado de la pistola que tenía guardada en su escritorio y la sacó. Su hermano, no solo no se amedrentó, sino que siguió con la ráfaga de metralleta ficticia «*ratatá*» mientras se acercaba desafiante. El príncipe le apuntó con la pistola y apretó el gatillo...

Juan Carlos no podía creer lo que había sucedido en cuestión de segundos. ¡Quedaba una bala en la recámara! Estaba en *shock* cuando entró su padre. ¡Había matado a su hermano!

Don Juan intentó la reanimación cardíaca de su hijo pequeño tendido en el suelo. Mientras, José Garrido taponaba la herida de la que manaba sangre a borbotones.

María de las Mercedes oyó un revuelo en las habitaciones de arriba y a su hijo Juan Carlos muy alterado, gritando que le dejaran bajar a contárselo a su madre: «¡No! ¡Déjame, tengo que decírselo yo!». No tuvo que escuchar nada más.

—Creo que mi vida se ha roto. Se me ha parado... —le dijo a su amiga.

El médico Abreu Lureiro, médico de la familia, acudió de inmediato y tan solo pudo certificar su muerte. Don Juan, esa noche, velando el cadáver de su hijo le preguntó a bocajarro a Juan Carlos: «¡Júrame que no lo has hecho a propósito!». Por su expresión, no le hizo falta verbalizarlo, su padre comprendió que había sido sin intención. Una fatalidad. Don Juan confesó a sus allegados que «ahora era un hombre que caminaba sobre una bicicleta de una sola rueda». Con un dolor inmenso tras la muerte de su hijo, creyó conveniente que Juan Carlos regresara cuanto antes a España.

Don Juan envolvió el cuerpo de su hijo en una bandera española. «Se ha ido a la muerte, lleno de vida», les dijo a los que le acompañaban.

Todo este relato se lo hacían a Ramiro con diferentes matices los grandes de España a los que había llamado. Nada tenía que ver la realidad con la versión oficial que decía la prensa. Juan Carlos, el mismo día del sepelio, regresó a Zaragoza.

Todas las marquesas con las que habló Ramiro los días posteriores le comentaron que doña María se había roto por dentro. Los fármacos antidepresivos, el alcohol y una pena muy grande la habían convertido en cuestión de días en otra mujer. Dejó de ser María la Brava, como la llamaban todos. Amalia López-Dóriga, viuda de Ybarra, se convirtió en su sombra ya que no podía estar sola en ningún momento.

—Y la reina Victoria Eugenia, ¿cómo está? —preguntaba Ramiro a cuantas querían darle detalles.

—Como siempre, sacando fuerzas de flaqueza. Le dice a su hijo que la vida es muy dura, que no es un camino de rosas y menos si eres el heredero. De no haber sido por ella, el tiempo se hubiera parado en Estoril con esa desgracia...

Aquella noticia tan trágica le dejó mal cuerpo a Ramiro durante mucho tiempo. Pasados varios meses, le escribió una carta a la reina. No podía saber si la recibiría o si llegaría a leerla en algún momento. Aun así, se la envió. Le daba el pésame y la animaba a que encontrara en la fe y en las piedras preciosas la fuerza que necesitaba para seguir hacia delante. En otro momento de su misiva, le explicaba que había vuelto a abrir la tienda y que estaría esperando su regreso. Terminaba su carta como: «Ramiro García-Ansorena, joyero de la reina».

QUINTA PARTE

Atenas, 14 de mayo de 1962. La triple boda de don Juan Carlos y doña Sofía

Treinta años después de la salida de Alfonso XIII y Victoria Eugenia del Palacio Real rumbo al exilio, se casaba el heredero de la Corona, Juan Carlos de Borbón y Borbón.

En su memoria, permanecía vivo el recuerdo de su hermano Alfonso, al que tanto echaba de menos desde aquel desgraciado accidente en el que perdió la vida. La imagen recurrente de aquel día, mientras jugaban con aquella maldita pistola —que tiró en alta mar cuando estaba embarcado en El Saltillo— le perseguía. A solas y sin compartir sus pesadillas, fue aceptando uno de los peores momentos de su corta existencia.

Sus amigos y su familia consiguieron que fuera superando poco a poco aquel episodio tan doloroso y triste. Su amiga Olghina Nicolis de Robilant, una joven condesa unos años mayor que él, le ayudó a superar ese momento tan difícil. La había conocido en Cascais y, aunque siempre volvía a ella, su corazón latía más deprisa cuando estaba cerca de la hija del rey Humberto de Saboya, Gabriela. De hecho, en la estantería de su dormitorio no había una foto de Olghina sino de Gabriela. Juan Carlos no se lo ocultó a su fiel amiga, paño de lágrimas de su episodio más oscuro. Sin embargo, en la familia, esa relación con la hija de Humberto no cayó bien. A Victoria Eugenia no le gustó nada la noticia. «No olvidéis que su padre fue quien me echó de Italia poco después de morir el rey».

Mientras continuaba Juan Carlos su formación militar, no podía dejar de ver a Gabriela con cualquier excusa. «Sigo enamorado como un chorlito idiota», le decía a su padre académico, Javier Travesedo, quien nunca se perdonó haberle regalado aquella pistola que acabó con la vida de su hermano pequeño.

Juan Carlos, en sus tardes libres de futbolín, cine y tapeo, hacía oídos sordos cuando le llamaban el Principito o el Italianini, por haber nacido en Roma. Y lo mismo cuando le decían: «¡Oye, SAR!», en clara referencia a las siglas de su tratamiento de Alteza Real... Terminó su paso por la Academia General Militar de Zaragoza y se fue a Marín, a la Escuela Naval. Se liberó de muchos recuerdos a bordo de la goleta Juan Sebastián Elcano, pero al final, siempre regresaba la imagen de su hermano en su pensamiento. «Ahora Alfonso habría sacado la reválida de Sexto y empezaría en la Naval. Lo que él quería... Tenía el amor al mar que nos inculcó mi padre», comentaba a sus compañeros. Doscientos guardiamarinas, más la oficialidad y la marinería de plantilla, hicieron la ruta de Colón durante seis meses... El mar le sanó y, en Río de Janeiro se enamoró de una brasileña. A partir de ahí, le escribía y mandaba cartas desde cada puerto en el que atracaban. Cuando llegó a Manhattan, la sorpresa fue encontrarse con su padre. Le esperaban numerosas citas diplomáticas. Don Juan y su hijo visitaron el Pentágono, el cementerio de Arlington, la academia militar de West Point y el museo Metropolitan...

Mientras tanto, en España, Laureano López Rodó, uno de los jóvenes tecnócratas fichados por la mano derecha de Franco, Carrero Blanco, redactaba la Ley de Principios Fundamentales del Movimiento. Entre los doce principios incluyó uno en el que hablaba de la proclamada Ley de Sucesión refrendada por los españoles, en donde se decía que «la forma política del Estado era la Monarquía tradicional, católica, social y representativa». No tuvo mucho eco en España, pero sí en la Casa Real.

Finalmente, en julio de 1958, Juan Carlos recibió su despacho de alférez de fragata en Marín. En septiembre, ya estaba incorporándose a la Academia de Aviación de San Javier, en Murcia. Allí descubrió su otra gran pasión: volar. Se metió de lleno en las acrobacias: *looping*, *tonneau* imperial... Sin embargo, se le atravesaron los estudios teóricos, en concreto los temas de motores y proyectiles dirigidos. Al final, sacó un 6,60 de media. En sus cartas comentaba a sus amigos que «seguía pensando en Gabriela, pero que no dejaba de buscar».

Volvía a Estoril de forma intermitente a ver a su padre y, en cada despedida, siempre escuchaba la misma frase de boca de don Juan: «Ojo avizor y boca cerrada. No olvides que te vas al enemigo». Cuando regresaba a España le dolían los comentarios que oía sobre su padre: «un liberal libertino», «un escorado a la izquierda», «un amigo de los enemigos al Régimen». Se dio cuenta de que su padre no gozaba del afecto de los españoles y tampoco entraba en los planes sucesorios de Franco. Llegó al convencimiento de que «no sería Juan III porque al general no le interesaba que un día reinara».

En el verano de 1959, se casaba Elizabeth de Württemberg con Antonio de Borbón-Dos Sicilias en Stuttgart. Juan Carlos era pariente del novio y asistió a la boda, en la que coincidió con la princesa Sofía de Grecia, familia de la novia. Se habían visto antes en el crucero organizado por la reina Federica, madre de Sofía, en El Agamemnon, cuando eran dos adolescentes. El corazón de Juan Carlos seguía suspirando por Gabriela y mantenía su amistad con Olghina... pero el príncipe «seguía buscando...».

Como no se ponían de acuerdo ni su padre ni Franco sobre dónde debería continuar sus estudios, si en Lovaina o si en Salamanca, ambos volvieron a verse cara a cara en la finca Las Cabezas, en Extremadura. Era el tercer encuentro entre Franco y don Juan y tuvo lugar el 29 de marzo de 1960, el mismo día en el que se cumplían cuatro años de la muerte de Alfonsito. También había muerto el conde de Ruiseñada, el jefe de la casa de Victoria Eugenia. Sus hijos ejercieron de anfitriones en la finca.

—Le garantizo —aseguró Franco a don Juan— que la sucesión al trono se hará dentro de su familia.

El conde de Barcelona se quedó turbado porque Franco no dijo ni en quién ni cuándo tendría lugar la sucesión. Para Victoria Eugenia estaba clarísimo que, desde el Manifiesto de Lausana, su hijo Juan estaba descartado.

En otoño de 1960, Juan Carlos comenzaba sus estudios civiles en España. Residía en El Escorial, en la que denominaban Casita de Arriba, para estudiar Derecho. Se trataba de un refugio pequeño que había hecho construir Franco por si en alguna ocasión necesitaba resguardarse de los enemigos. El profesor Torcuato Fernández Miranda se sentaba a diario con su alumno y le explicaba Derecho político. Pronto sintonizó con él.

—¿No me va a dar apuntes o libros para estudiar? —preguntó Juan Carlos.

—No, lo que necesita Vuestra Alteza no viene en los libros. Está ahí fuera...

Torcuato Fernández Miranda le preparaba para lo que llamaba «el oficio antiguo de rey».

Don Juan Carlos seguía suspirando por Gabriela de Saboya y la noticia llegó a oídos de Franco. Esa relación no le gustaba nada, por lo que llamó a su ayudante, el aviador Emilio García-Conde y le dijo que el príncipe ya estaba en edad de casarse. Pero este le aseguró que Juan Carlos no estaba pensando en eso todavía.

—¡Hay que buscarle una novia al príncipe! Busquemos entre las princesas casaderas alemanas o austríacas. Incluso cualquier joven aristócrata española. Por ejemplo, la hija de la duquesa de Medinaceli.

—La elegida debe tener el rango adecuado, excelencia —le replicó García-Conde.

—El príncipe es él. Lo demás da igual.

—Hay unas princesas griegas que quizá... —comentó el ayudante del príncipe.

—¡De ninguna manera! Don Juan Carlos no se casará con una princesa griega. ¿Cómo se va a casar un príncipe católico con la hija de un masón?

Del 29 de agosto al 7 de septiembre de 1960 se celebraron los Juegos Olímpicos en Roma. Don Juan y doña María de las Mercedes, acompañados por sus hijos, acudieron a Nápoles para asistir a las competiciones náuticas. Se alojaron en el mismo hotel que los reyes Pablo y Federica de Grecia. Estos invitaron a Juan Carlos a cenar en el barco oficial de los monarcas griegos. Sofía, que ya había hablado varias veces con él en diferentes actos sociales, le pidió que la acompañara al cuarto de baño. Allí le sentó, le puso una toalla y le afeitó el bigote que lucía desde hacía días. «No me gusta nada cómo te queda». Juan Carlos se dejó rasurar el bigote divertido por aquella joven con tanto desparpajo. Días después y antes de que se clausuraran los juegos, salió con Sofía y con su hermana Irene por las calles de Roma. Bailó y se divirtió con las dos. A su regreso a Portugal, confesó a sus amigos: «aunque no nos hemos dicho nada, creo que Sofía y yo somos novios». Les enseñó la pitillera que le había regalado la joven princesa.

Al cabo de los meses, se supo que el plan de boda que había existido entre Sofía de Grecia y Harald de Noruega se había venido abajo. Harald se había enamorado de una plebeya. Y Gabriela había roto con Juan Carlos. El príncipe, nada compungido, iba diciendo en secreto que tenía novia y que era la hija del rey Pablo de Grecia.

Juan Carlos viajó con sus padres rumbo a Inglaterra para asistir a la boda del duque de Kent con Katharine Worsley. Antes de la boda, don Juan y doña María de las Mercedes ofrecieron un almuerzo. Allí se conocieron la reina Victoria Eugenia y la princesa Sofía. Pudieron hablar a solas. Las dos compartían su amor por la enfermería y por ayudar a los más necesitados. Sofía le habló a la reina de su amor por los niños. Ambas se gustaron y se cayeron bien.

Por otro lado, a Franco le llegó un informe exhaustivo de

Pablo de Grecia en el que se decía que era un gran cristiano ortodoxo, un hombre de fe y de espiritualidad. Nada que ver con la imagen de masón que le habían transmitido con anterioridad.

El protocolo «hizo las cosas bien», según la princesa Sofía, y la sentó junto al príncipe Juan Carlos en la boda de Edward de Kent. Juan Carlos hizo la labor de acompañante más allá de lo que exigían las normas. Los días siguientes, salieron varias noches al cine, a bailar, a cenar... Se perdieron a solas por las calles de Londres y sintieron que eran una pareja de jóvenes normales. La noche en que ambos se descubrieron fue en el hotel Dorchester. En una mesita alejada de todas las miradas se contaron su vida. Sofía se dio cuenta de que vivir alejado de sus padres y forzado a estudiar en España, donde su familia tenía prohibido entrar, le hacía sentir muy solo. Juan Carlos le contó el episodio de la trágica muerte de su hermano Alfonso. Siempre lo tenía presente. También le informó del futuro tan incierto que tenía ante sí. Fue claro y directo. No puso paños calientes a su situación, todo lo contrario. Esa sinceridad le gustó a Sofía. Al final, salieron a bailar una canción lenta...

Después de esa cita, ellos empezaron a cartearse y las dos familias a menudo coincidían con cualquier excusa. Finalmente, los Borbón y los Grecia quedaron en la Vielle Fontaine, en Lausana. Allí, en el hogar de la reina Victoria Eugenia, formalizaron su noviazgo. Primero, Juan Carlos fue a un joyero que le recomendó su abuela con varias piezas de oro, un par de rubíes y varios brillantes de una botonadura de su padre y le encargó que hiciera una sortija. Cuando la tuvo, se presentó ante el rey Pablo de Grecia y le soltó a bocajarro: «Vengo a pedirte la mano de tu hija. Sofi y yo queremos casarnos». A continuación, se fue hasta donde estaba Sofía con varias amigas, cogió la cajita con la sortija y cuando estuvo frente a ella, le dijo mientras se la lanzaba: ¡Sofi, cógela! La princesa la agarró en el aire y al abrirla comprobó que era la sortija de pedida. No hubo declaración formal, pero el compromiso se anunció oficialmente.

Don Juan no quería que Franco interviniera en esto. No le

consultó. Es más, estando Franco en el Azor, le transmitió por radio el hecho ya consumado. Después de muchas interrupciones en la comunicación, Franco le felicitó.

A los pocos días, don Juan le ofreció a Franco el Toisón de Oro. Pero este lo rechazó con un «estimo que no es conveniente». Meses después, el general invitó a cazar a Juan Carlos a la finca El Alamín para hablar de su futuro tras la boda. El príncipe, después de hablar con él, supo que se trasladaría a vivir a la Zarzuela, el pabellón de caza de los reyes, que necesitaba una profunda reforma. En el proyecto se implicó el director de Patrimonio Nacional y la propia Carmen Polo, que participó en la decoración...

Los invitados a la boda fueron llegando a Atenas días antes del enlace. El rey Pablo, la reina Federica y su hijo Constantino se turnaron para recibir a las casas reales invitadas: Olav de Noruega, Juliana y Bernardo de Holanda, Humberto y María José de Italia, Miguel y Ana de Rumanía, Francisco José y Gina de Liechtenstein, Ingrid de Dinamarca, Rainiero y Grace de Mónaco y la reina madre, Victoria Eugenia, entre otros. En total, llegaron 143 miembros de 27 Casas Reales. Acudió al enlace María Gabriela de Saboya, pero no así Harald de Noruega.

Grace de Mónaco habló mucho con la reina Victoria Eugenia. A fin de cuentas, había sido ella quien más la había ayudado a la hora de aprender el protocolo tan exigente de la realeza. La princesa nunca se olvidó de que Ena fue su maestra, recién llegada de Estados Unidos al Principado. El Gobierno español concedió a los contrayentes el Gran Collar y la Gran Cruz de la Orden de Carlos III; la más alta condecoración. También Sofía recibió del Gobierno de España una diadema de brillantes transformable en doble broche de brillantes o collar, realizada por la joyería Aldao. Juan Carlos, una escribanía de plata del siglo XV. Sin embargo, Franco declinó la invitación y no acudió al enlace.

La reina Federica, además de una gaveta de caoba y un servicio de plata, le regaló a su hija la diadema que ella misma llevó el día de su boda. Y a Juan Carlos, un anillo del siglo V antes de Cristo de oro con un camafeo de ágata anaranjada, que se lo puso en el dedo meñique y ya no se lo volvió a quitar.

Don Juan Carlos le regaló a Sofía una sortija de oro con un grueso rubí y Sofía a él, una pitillera de oro trenzado con cierre de zafiros. La reina Victoria Eugenia se desprendió de uno de sus brazaletes preferidos hecho en oro con zafiros y rubíes. En un aparte le explicó a la princesa qué le entregaba.

—Mi querida Sofía, sabes de mi amor por las piedras preciosas y las gemas en general. Las leyendas en torno al zafiro y al rubí son de gran belleza. Me las contó mi fiel dama, lady William Cecil. Se dice que el poseedor de un rubí hermoso, como el que te ha regalado Juanito, y como el que te he regalado yo, tiene asegurada una vida de paz y armonía. El que lo posee no perderá en la vida ni tierra, ni rango. Su casa y su jardín se hallarán protegidos de las tempestades.

—Muchas gracias, señora —le contestó en inglés.

—Deberás aprender español cuanto antes si quieres ganarte el afecto de los españoles. De no hacerlo, serás siempre «la griega» que no se adapta a España. Es muy importante que lo tengas en cuenta.

—He tomado nota —respondió Sofía escuetamente.

—Volviendo al rubí... Se dice que es la piedra más preciosa de las doce piedras creadas por Dios en el momento de la creación. Tanto es así que un rubí fue colocado en el collar de Aaron por voluntad expresa de Dios. Del rubí también se dice que conserva la salud mental y se asocia también a la pasión amorosa y a la solución de las disputas.

—Tendría que hablar con mi madre. Todo esto que me está contando le apasiona.

—Y aún no te he hablado del zafiro que llevas en el brazalete. La leyenda dice que protege al usuario de la envidia y que atrae el favor divino. Los antiguos creían que el zafiro poseía el poder de influir en los espíritus, era un buen aliado para crear paz y garantizar una buena protección. De modo que las piedras de este brazalete son más que simplemente decorativas. La tradición sostiene que las leyes dadas a Moisés se hallaban grabadas en tablas de zafiro. Si te das cuenta, muchos obispos llevan anillos con esta piedra azul. Espero que, a partir de ahora, veas las joyas con otros ojos.

—Me encantaría que me contara muchas más historias acerca de ellas.

—Yo solo sé lo que me contaron mi joyero y mi buena amiga lady May. ¡Ser reina no es fácil! ¡Hay que ganarse el puesto cada día! Y ya sabes que la obligación de las princesas y reinas es dar un heredero. El secreto de la monarquía está en la continuidad de nuestra tradición.

—Lo sé, alteza. Muchas gracias...

Siguieron recibiendo regalos como una piel cibelina de parte de Onasis o un aderezo de rubíes de Niarchos; un velero de los príncipes de Mónaco, así como un collar de perlas que regaló el Gobierno griego a Sofía. La reina Isabel de Inglaterra, mucho más práctica, optó por un servicio de mesa de porcelana blanca y dorada. El presidente norteamericano John Fitzgerald Kennedy les regaló una pitillera de mesa de oro. El rey Olav de Noruega, un servicio de café de plata bañado en oro; el rey Humberto de Italia, un alfiler de brillantes; el rey Balduino, doce boles de fruta de plata bañada en oro; los reyes de Dinamarca, una vajilla de porcelana de Copenhague; el Sha de Irán, un gran tapiz persa; Constantino e Irene de Grecia, tres brazaletes con zafiros, rubíes y esmeraldas; los duques de Alba, Cayetana y Luis, una petaca de jade y oro... Jacobo, el padre de Cayetana, había fallecido hacía ya la friolera de nueve años. La reina Victoria Eugenia le echaba de menos cada día, como al resto de seres queridos que la vida le había arrebatado.

La dote que el Gobierno griego dio a los novios fue de veinte millones de pesetas. En España, se abrió una cuenta corriente en los bancos más importantes donde se podía hacer una donación.

Sin embargo, las aportaciones fueron escasas y solo dieron dinero los nobles y los grandes de España. El objetivo era alcanzar la cifra que les había donado el Gobierno griego... pero no se consiguió. Iniciativas privadas de todo tipo casi lograron igualar la cifra de Grecia.

Hubo, previos a la boda, dos bailes de gala para que el mayor número de invitados pudiera asistir a uno o a otro. Doña María de las Mercedes y Victoria Eugenia estaban muy emocionadas. No habían visto nada igual desde la boda de la reina de Inglaterra.

Solventados los problemas religiosos que se cruzaron en el complicado ajuste de la boda, surgieron también temas políticos. Hubo muchos monárquicos que alentaron a don Juan a que no apostara por la continuidad del Régimen, sino que se erigiera como una auténtica alternativa a Franco. Don Juan escuchaba a todos.

Y llegó el día de la boda... Un repique de campanas anunció a las diez menos diez de la mañana, del 14 de mayo de 1962, que la novia había salido del Palacio Real de Atenas. Doña Sofía ocupaba junto a su padre una carroza que parecía salida de un cuento de hadas. Se trataba de un vehículo fabricado en 1875 para la frustrada coronación de Enrique V. Para esta ocasión, se había forrado en seda blanca con galones de oro. Seis caballos blancos traídos de Alemania tiraban de ella con elegancia y majestuosidad. Dentro de la carroza había muchos nervios, pero la novia agitaba un pañuelo blanco a su paso por las calles de Atenas. Su hermano, junto a la escolta de la Guardia Real, montaba a caballo vestido de uniforme de gala. Cuando se aproximó a la catedral, la banda de música del crucero Canarias comenzó a tocar el himno nacional de España. Después interpretaría el himno griego.

El príncipe don Juan Carlos esperaba a la novia en el altar de la catedral católica de Atenas, dedicada a san Dionisio Areopagita. Sofía lucía un traje de corte clásico, confeccionado en lamé plateado blanco, recubierto de tul y encaje antiguo y adornado con puntillas de encaje de bolillos. La cola de casi siete metros era muy difícil de mover. La ayudaban sus damas de honor. Cubría el traje el velo de su madre, de tul de Bruselas con aplicaciones de encaje de Gante de tres metros y medio de largo que se ajustaba a la cabeza con la diadema de platino y brillantes, que le había regalado la reina Federica, su madre. Se trataba de una pieza familiar de estilo imperio —un estilo neoclásico y de línea helénica—, que había pertenecido a Victoria Luisa de Prusia, su abuela materna. Esta pieza única había sido encargada al joyero alemán Koch y era un regalo a su vez del káiser Guillermo II de Alemania a su hija única, la princesa Victoria Luisa, para su boda con el heredero de la casa de Hannover. El día que se casó Federica con el príncipe Pablo de Grecia, su madre se la regaló y ahora, ella había hecho lo mismo con su hija Sofía. Esta ya la había lucido en su puesta de largo y ahora la llevaba en el día de su boda. Esa pieza significaba mucho para ella y para toda la familia real griega.

A la derecha de los contrayentes se situaron los reyes de Grecia y a la izquierda, los condes de Barcelona, padres del novio. Cinco mil claveles rojos y amarillos adornaban el interior del templo.

A las diez y doce minutos pronunciaba doña Sofía el sí litúrgico en griego, *ne thélo*, ante la pregunta del arzobispo Benedicto Printesi. La novia se emocionó y se olvidó de pedir el permiso a su padre que el protocolo exigía. Se intercambiaron las alianzas que estaban hechas del oro fundido procedente de varias monedas de la época de Alejandro Magno.

Franco tenía en la ceremonia varios «ojos», que describirían pormenorizadamente lo ocurrido en forma de informe secreto.

Tras la ceremonia religiosa y un descanso de quince minutos en el Palacio Real, volvieron a repetirse las salidas de los novios en dirección ahora a la catedral metropolitana de la Anunciación de Santa María, donde se desarrolló la ceremonia ortodoxa de mayor boato, como reflejó el informe que recibió Franco. Treinta y cinco mil rosas adornaban la iglesia. El oficiante era el arzobispo Chrysostomos, primado de Grecia. Su padre la llevó del brazo hacia el interior del templo. Vestido de blanco y oro y ayudado por doce miembros del Santo Sínodo comenzó la ceremonia a las doce en punto de la mañana. El rey Pablo hizo tres señales de la cruz con las coronas rituales sobre las cabezas de los contrayentes, mientras el celebrante recitaba el salmo 127. Después se turnaron sujetando las coronas ocho príncipes distintos, comenzando Constantino de Grecia. Posteriormente, tuvo lugar la bendición de la copa de la que beberían Juan Carlos y Sofía y la danza de Isaías en la que esposos y padrinos dieron tres vueltas alrededor de la mesa litúrgica. En ella había peladillas que los esposos lanzaron a los invitados y estos respondieron lanzando a los novios pétalos de rosas y arroz.

A la familia real española no le gustó esta última parte. «No se ha seguido al pie de la letra la dispensa del Papa», comentaban las infantas doña Pilar y doña Margarita. Finalmente, los novios continuaron con el protocolo establecido. Regresaron al Palacio Real pero, antes del banquete, tuvieron que firmar su acta de matrimonio civil en el salón del trono ante el alcalde de Atenas y el presidente del Consejo de Estado. Como notarios ejercieron el primer ministro Karamanlis y el ministro de Justicia, Papaconstantinou.

Para su boda con don Juan Carlos, la princesa Sofía había renunciado a sus derechos a la Corona griega, aunque conservaría la ciudadanía por decisión del Tribunal Supremo del país.

No todo fue alegría y parabienes. Entremedias de tantas ceremonias, la reina Victoria Eugenia tuvo que contener una situación incómoda que se produjo tras anunciarle uno de sus nietos favoritos, Alfonso de Borbón y Dampierre, hijo mayor de Jaime, su intención de abandonar aquel lugar tras observar lo que consideraba un desprecio hacia su persona.

—No puedo tolerar que no me traten de alteza como al resto de los invitados de las Casas Reales. Me ponen el don y punto. ¿Se me puede hacer mayor feo? Soy tan alteza real como Juanito.

—Escucha, Alfonso, no arruines la ceremonia. Hazlo por mí. Te puedo garantizar que tu primo nada tiene que ver con estas cosas. Al fin y al cabo, has venido por su invitación personal. Estos feos ya los pagarán los responsables. Juanito quiere que seas uno de sus dos testigos. Se ve que eso no ha sentado bien a alguien. —Estaba convencida que se trataba de su hijo Juan y sus consejeros—. No hay mejor desprecio que no hacer aprecio a estas buscadas humillaciones.

—Sabes, abuela, que si no me voy es por ti. Eres de las pocas personas a las que quiero de verdad entre toda esta gente.

—No le des ese disgusto a tu primo en semejante día.

—Está bien. Que conste que lo hago por ti —insistió.

Alfonso de Borbón, todavía despechado, hizo un cambio en el protocolo del banquete y pidió a Emilio García Conde que le sentara al lado de María Gabriela de Saboya, de la que estaba enamorado tanto o más que su primo. El ayudante del príncipe hizo el cambio ante el mariscal de la corte griega, que miró para otro lado. Aquel cambio para Alfonso fue como una sutil venganza.

Tras el banquete, los novios comenzaron un viaje de varios meses que no solo fue de placer, sino que poco a poco adquirió un contenido político con el que no contaron al principio las autoridades españolas. Allí donde fueron, los recibieron los jefes de Estado y dirigentes de los diferentes países.

La prensa patria dio testimonio gráfico de ambas ceremonias religiosas, no así de la civil. Se habló mucho de los príncipes y se omitió hablar de don Juan. No se vieron fotos del padre de Juan Carlos y sí muchas de Alfonso de Borbón y Dampierre, en las que en el pie de foto se destacaba su condición de testigo en la boda de su primo. Se hacía alusión también a cómo con su presencia dejaba claro no seguir la postura de su padre, que había vuelto a reivindicar sus derechos dinásticos sobre la Corona. También recogieron algunos diarios la inminente conversión de doña Sofía al catolicismo. Tuvo lugar en la isla de Corfú y don Juan Carlos pidió que la noticia llegara hasta el cardenal primado de España, Pla y Deniel. A la semana siguiente, fueron recibidos por el Papa, pero casi no tuvo repercusión en la prensa española. Lo que sí se reflejó en los medios fue el regalo del pontífice a doña Sofía. Se trataba de un rosario bendecido por él. Varias voces afirmaron que eso solo se hacía con las personas no pertenecientes a la fe católica. Una vez más, regresaban las críticas hacia la princesa.

El presidente del Consejo Privado de don Juan aprovechó para hacer llegar a Franco el malestar de la Casa Real por el maltrato que la prensa del Régimen había dado a la boda y, en particular, a doña Sofía.

El príncipe tenía claro que había que visitar España antes de la segunda parte del viaje de novios. Así, el 5 de junio de 1962, a las cuatro de la tarde, el matrimonio llegaba a la península. La princesa Sofía pisaba por primera vez tierra española. Desde el aeropuerto de Getafe, los recién casados se trasladaron directamente al Palacio de El Pardo. En el primer encuentro, Sofía tuvo una impresión distinta a la esperada, después de haber oído a su suegro referirse a Franco con tanto despecho. «Me encontré a un hombre con ganas de agradar y muy tímido», les dijo a sus padres por teléfono. Al día siguiente, comieron con Franco, su esposa, Carmen Polo, y los marqueses de Villaverde, su única hija y su yerno. Este viaje, en contra de la opinión de don Juan, había sido recomendado por la reina Victoria Eugenia. La princesa se esforzó en hablar en español, siguiendo la recomendación de Ena, y comentó a la familia Franco que estaba recibiendo clases intensivas para mejorar su pronunciación.

Carmen Polo le confesó a su mejor amiga, Pura Huétor, que la princesa le había robado el corazón a su marido. Le gustó mucho su forma de ser y su forma de comportarse ante ellos. Sin embargo, la visita pasó inadvertida. No hubo fotos ni tampoco periodistas. Sencillamente, se silenció en la prensa.

Mientras el conde de Barcelona destituía al jefe de la casa del príncipe, el duque de Frías, por no seguir su recomendación de que su hijo no fuera a España, escuchó por primera vez el nombre de quien debería ser su sustituto: el marqués de Mondéjar, Nicolás Cotoner.

—¡Pero si es el enemigo número uno que tengo en España! —señaló don Juan con sorpresa.

—Quizá —añadió García Conde, que también acompañaba al duque de Frías—, pero es la persona más adecuada en este momento.

—¿Estás seguro, Pepe? —preguntó don Juan de nuevo al duque de Frías a pesar de su destitución, ya que los unía una gran amistad.

—Opino lo mismo, señor.

Juan Carlos, tras la visita a El Pardo, fue informado de los cambios por su padre. El siguiente destino de los recién casados fue Montecarlo. Rainiero y Grace de Mónaco, que habían asistido a la boda en Atenas, les organizaron una fiesta de la que se habló durante meses. En el Sporting-Club se dieron cita caras muy famosas del celuloide: Frank Sinatra, Yul Brinner con su esposa, Glenn Ford, Robert Wagner, así como empresarios y personajes conocidos de diferentes ámbitos. La simpatía de doña Sofía fue algo comentado por todos los presentes. Desde allí, los recién casados se fueron a Roma, donde comenzó su viaje de novios privado por todo el mundo. «Nadie sabrá nuestro itinerario y nos vamos a alojar en diferentes hoteles con nombres supuestos», le comentó Sofía a su hermana Irene. No querían que durante dos meses los localizara nadie. Sin embargo, el anonimato duró poco porque don Juan les recomendó que aprovecharan su estancia en algunos países para entrar en contacto con sus jefes de Estado y de Gobierno.

Visitaron la India y se entrevistaron con su presidente Pandit Nehru y su hija Indira Ghandi. También viajaron a Nepal y se entrevistaron con el rey Mahendra; en Thailandia, con los reyes Bhumibol y Sirikit; en Hong-Kong, con el gobernador de la colonia; en Filipinas, con el presidente Diosdado Macapagal, y en

Japón, con el príncipe heredero Aki-Hito. Desde Japón, los príncipes volaron a Hawai, primera escala de su estancia en Estados Unidos. Asistieron a varias fiestas rodeados de numerosas caras conocidas del cine, entre ellos, John Wayne y Henry Fonda. En su estancia en California se alojaron en el Hilton Beverly Hills Hotel. Después de disfrutar de su estancia en Los Ángeles, partieron rumbo a Nueva York. Costó que los recibiera Kennedy, ya que exigía una petición formal de la embajada española. El embajador, Antonio Garrigues Díaz-Cañabate, hizo la solicitud, pero el ministro de Exteriores pareció ignorarla. Finalmente, desde Madrid, se dio luz verde y el 30 de agosto, Kennedy recibió a los príncipes durante media hora en su despacho oficial. Juan Carlos quiso dejar claro al presidente americano que su padre era la única cabeza admisible de la monarquía y que él se limitaba a responder ante él.

Mientras los príncipes seguían su viaje de novios, tuvo lugar una reunión en Múnich que provocó una crisis en el Gobierno de Franco. Al IV Congreso del Movimiento Europeo asistieron socialistas, republicanos, democristianos y nacionalistas vascos y catalanes. También acudieron simpatizantes de la causa monárquica. Durante todo el congreso solo se oyeron críticas al Régimen de Franco. El socialista Rodolfo Llopis transmitió a don Juan, a través de Joaquín Satrústegui que «aunque el PSOE tenía un compromiso con la República, si la Corona lograba establecer pacíficamente una verdadera democracia, a partir de ese momento, el PSOE respaldaría lealmente a la Monarquía».

Cuando Franco se enteró de esto, respondió desterrando a las islas Canarias a Satrústegui, Álvarez de Miranda, Barros de Lis, Cavero, Ruiz-Navarro, Prieto, Pons, Casals y Jaime Miralles nada más regresar a España. Se llegó a decir que don Juan estaba detrás del «contubernio de Múnich». Este, al saberlo, hizo pública una nota a través de su Consejo Privado, negando cualquier vinculación. Añadió que, si alguien de su Consejo había formado parte de esta reunión, quedaría fuera de él inmediatamente. El primero en retirarse fue José María Gil Robles, que decidió exiliarse. El antiguo jefe de la CEDA abría así una brecha entre los monárquicos.

Franco aprovechó esta crisis para sacar del Gobierno a Arias Salgado y nombrar como jefe de Información y Turismo a Manuel Fraga Iribarne que, hasta entonces, había sido el director del Instituto de Estudios Políticos. También nombró vicepresidente del Gobierno a Agustín Muñoz Grandes.

El 13 de septiembre, los príncipes abandonaron Nueva York y regresaron a Europa. Londres fue su siguiente destino. Allí confesó Sofía que «le hubiera gustado que el viaje durara siempre». Su última parada sería en Estoril para visitar a la familia de Juan Carlos. En la ciudad portuguesa le preguntaron al príncipe dónde iba a residir y afirmó: «Viviremos entre Grecia, Portugal y España». Siguió los consejos de su padre de que abandonara sus estudios y viajara a Madrid solo lo estrictamente necesario.

Sin embargo, desde Lausana, la reina Victoria Eugenia le decía a su nieto que «su exilio no tenía ninguna razón de ser». Le aconsejó que «si quería reinar algún día, debía regresar a España». Y lo mismo le recomendaban sus padres a Sofía.

Después de residir en Estoril unos meses, se trasladaron a Atenas, concretamente a Psichico, la residencia donde Sofía había nacido. Una vez allí, la princesa tuvo que ser operada de urgencia de lo que parecía ser una apendicitis, aunque posteriormente se le diagnosticó un embarazo extrauterino. Regresaron a España en febrero del año siguiente, en 1963. Con ellos viajaba un contenedor con muebles, libros, ropa de cama, cortinas y todo tipo de enseres domésticos.

Antes de eso, don Juan, por petición de los reyes Pablo y Federica, escribió una carta a Franco solicitando su aprobación para que los príncipes se instalaran en España a pesar del gasto que suponía. Este le contestó con otra misiva asegurando que entendía la conveniencia de su regreso. «Comprendo vuestra sensibilidad ante la carga que para el Estado puedan representar los gastos de su residencia en Madrid, pero nada más natural que así sea cuando todo se hace en servicio e interés de la Patria».

Finalmente, los príncipes se instalaron en el Palacio de la Zarzuela, en Madrid. Se trataba de un edificio construido por mandato del cardenal infante don Fernando, gobernador de Flandes, hermano de Felipe IV, en el siglo XVIII. Carlos IV y Fernando VII lo utilizaron como pabellón de caza y lugar de esparcimiento. De planta rectangular y tejado de pizarra a dos aguas, fue diseñado por los arquitectos Juan Gómez de Mora y Alonso Carbonell. Lo levantó el maestro Juan de Aguilar. Había quedado casi destruido durante la Guerra Civil y Patrimonio Nacional, en un intento de reconstruirlo parcialmente, lo convirtió en almacén de agricultura. Pero Franco le dio otro destino, como alojamiento para el príncipe Juan Carlos. Diego Méndez fue el encargado de transformarlo en la nueva residencia para la joven pareja.

Ahora quedaba el trabajo más arduo: darse a conocer a los españoles.

58

Los ochenta de la reina

Los días se sucedían deprisa y, en Lausana, mientras contemplaba por la ventana el lago Lemán, Victoria Eugenia sentía cómo la vida se le había ido escapando entre las manos sin darse apenas cuenta. Apoyada en aquella cristalera del salón de la Vielle Fontaine repasaba su vida. Sonreía al recordar a su abuela, la reina Victoria. Nunca ocultó a quien le preguntó que ella había sido su nieta favorita. Había vivido toda su infancia y juventud junto a la reina de forma intermitente: un tiempo en el castillo de Balmoral, otro en el castillo de Windsor. Siempre entre el palacio de Buckingham y Osborne House.

Pensaba en sus orígenes, cuando su madre conoció a su padre, el príncipe Enrique de Battenberg. La reina le pidió a la infanta Beatriz que se olvidara de él. «Qué poco acertada estuvo», se decía a sí misma. «Ese ha sido siempre el gran error en el que han caído las familias reales: prohibir los afectos en función de su conveniencia».

Liko, como llamaban a su padre en familia, rápidamente se hizo con el afecto de su altiva y posesiva suegra, que no tardó en incorporarlo a su Consejo Privado. Tanto cariño le cogió, que le nombró gobernador de la isla de Wight y del castillo de Carisbrooke.

Sus padres, Enrique y Beatriz, finalmente se casaron en la parroquia de Wippingham, cerca de Osborne House. Recordaba la localidad de Cowes, en Wight, como un lugar precioso, siempre unido a los largos veraneos de la familia real inglesa.

Victoria Eugenia ignoraba por qué razón esos días tenía tan presentes tanto a su abuela como a sus padres. En especial a su padre. Pese a su origen alemán, al casarse con su madre, fue elevado a alteza real y reconocido como ciudadano británico. Además, para satisfacer su vocación militar, la reina Victoria le había nombrado coronel efectivo del regimiento de fusileros de la princesa Beatriz. Ena a menudo se quedaba contemplando una foto que tenía de su padre en uno de los aparadores de su hogar en Lausana.

Rememoraba que siempre habían destacado de ella su porte regio y solo podía deberse a lo estricta que había sido siempre su abuela con ella en todo lo tocante a las buenas maneras y al protocolo. Su madre, la princesa Beatriz, su hija más querida, vivió con la reina toda su vida. Tanto es así, que antes de la boda con su padre, la reina Victoria le obligó a prometer que no se apartaría jamás de su lado. Solo así le permitió casarse. «¡Mi pobre madre! Cuánto tiempo sobrevivió a su marido», recordaba Ena. Ella estaba pasando por lo mismo ahora. Alfonso había muerto el 28 de febrero de 1941 y, veintiséis años después Ena seguía intentando cumplir la promesa que le hizo a su madre en su lecho de muerte: que haría todo lo posible para la restauración de la monarquía en España.

Con todos estos recuerdos atropellados en su cabeza, esperaba la llegada de sus hijos y nietos para la celebración de su ochenta cumpleaños. Iban a venir todos salvo su hijo Jaime, cuya vida desde que abandonara España fue de despropósito en despropósito. No se hablaba con Alfonso y Gonzalo —sus dos hijos— y apenas lo hacía con ella desde que trató de implicarla en una demanda judicial para exigir veinte millones de pesetas que, según él, se le debía en virtud del testamento de su padre. Los dos jóvenes, ante la vida completamente licenciosa de su padre, interpusieron ante un tribunal de París otra demanda para inhabilitarlo.

El consejo de familia que se reunió, contando con la aprobación de la reina madre, declaró por unanimidad la incapacidad de don Jaime. Dos años más tarde, el tribunal de apelaciones anulaba esta incapacidad y vuelta a empezar con los quebraderos de cabeza. Solo unos días después Jaime se declaró heredero al trono. Al final, sus pobres hijos solo la tenían a ella para guiar sus vidas. Le hicieron caso y terminaron sus estudios en España. Ahora, el día de su cumpleaños, los esperaba en su casa para la celebración de una fecha tan redonda. ¡Ochenta años! Si ella cerraba los ojos podía ver perfectamente a sus hermanos. Al mayor, Alejandro Alberto: el último en morir de todos ellos. Se había casado con lady Irene Denison. También fue el único que no heredó el veneno en la sangre. Su querido hermano Mauricio fue el primero en morir. ¡Qué tristeza y qué impotencia! Ocho años después moriría Leopoldo. Los dos como consecuencia de la hemofilia. Igual que sus dos hijos: Alfonso y Gonzalo. ¡Dios la había castigado con demasiadas muertes a lo largo de su vida!

Los mejores recuerdos los asociaba a los bosques y a las praderas de Balmoral. Recordaba las excursiones de pesca con la familia en el río Dee. A su abuela le encantaba su espontaneidad. Le hacía gracia, aunque después la reprendiera por sus modales. Y qué rico todo lo que se servía en la mesa: el cordero asado, la carne de vaca, las verduras y el pudin de leche. Y los platos indios que empezaron a inundar la mesa de palacio con la llegada de Abdul Karim a la corte. Su madre, al morir la reina, procuró borrar todos los vestigios que unían a su abuela con su sirviente. Sonreía cuando se veía de niña siempre callada junto a sus hermanos. Si hablaban se les expulsaba de la mesa. El silencio era el mejor aliado de los más pequeños. Pasar desapercibidos...

También recordaba el día en el que a los trece años se sintió adulta porque probó el vino que tomaban los mayores. Ese fue el primer signo de que ya no era una niña. Se aficionó a leer a Dickens y después a los grandes poetas. Más tarde se familiarizó con los libros de Locke e incluso los de Saint-Simon.

Siempre se reía al recordar el día que la encadenó su abuela a una puerta «por ruidosa». Cuando la vio lord Salisbury le dijo: «por lo menos habrá robado las joyas de la Corona». ¡Las joyas!

Su querida dama lady William Cecil fue quien le enseñó a amarlas. Fue ella, sin duda. Ahora, en su ochenta cumpleaños, no sabía cuál ponerse para que le diera fuerza ante tantas emociones como iba a vivir. Las necesitaba. Estaba cansada de luchar por el regreso a España de la monarquía, pero tenía que disimular. Jamás mostraría en público sus debilidades. ¡Era la reina! No debía llorar, ni exteriorizar el dolor, ni nada que la equiparara al resto de la humanidad. Siempre fuerte de cara a los demás. Eso le enseñó su abuela cuando su primo Eduardo —el efímero rey Eduardo VIII, después duque de Windsor tras abdicar— le metía gusanos y lagartijas por debajo de la falda. Ella tendría dieciséis años y él, diez. No le guardaba rencor por aquellas bromas tan pesadas. Tampoco por haber dejado la Corona ante el amor de Wallis Simpson. ¿El amor lo justificaba todo?, se preguntaba. Ella se casó por amor. Fue una de las pocas reinas que se casaron enamoradas. Sin embargo, tampoco aquello duró mucho. Su amor se fue apagando como la llama de una vela...

—Señora, habría que pensar en vestirse. Dentro de una hora estará por aquí toda la familia —le comentó su dama, la viuda de Caro.

—Ha amanecido muy nublado... no sé si se nos estropeará el día —comentó la reina.

—Alteza, sabe que tiene garantizado el buen tiempo. Usted siempre tiene sol en los días señalados. Es lo que la prensa llama *«the Queen´s weather»*.

—Algún día fallará...

—Hoy, no. Se lo aseguro.

Mientras se vestía con un traje de chaqueta azul intenso, le vino a la memoria su tío, el rey Eduardo VII y su coronación. Recordó también cómo muchas de las rígidas costumbres de su abuela habían ido desapareciendo. Con diecisiete años la presentaron en sociedad. Fue en un baile extraordinario organizado en el palacio de Kensington. Aquella primavera en la que los muchachos se acercaban a ella para bailar se sintió realmente feliz. Llegó a decirle a su prima hermana Beatriz: «No me voy a casar. La vida es muy divertida». Sin embargo, un año después, estaba dejando Inglaterra para casarse con el rey Alfonso XIII. El suyo no fue un amor a primera vista. Fue haciéndose hueco en su corazón poco a poco. Carta a carta, postal a postal, así fue como Alfonso la conquistó.

Mientras se ponía las joyas frente al espejo, pensó que su matrimonio contribuyó en gran medida a hacer que España saliera de su aislamiento tras el desastre del 98 y las pérdidas de las colonias de ultramar. Su boda sirvió para situar al país de nuevo en el corazón de Europa.

—Señora —preguntó María—, ¿qué joyas llevará en un día tan señalado como el de hoy?

—Perlas...

—¿La Peregrina?

—No. Hoy no. Llevaré el collar de perlas que perteneció a la reina María Cristina y los pendientes de perlas y brillantes que me hicieron en España...

Se acordó de Ramiro García-Ansorena. ¿Qué sería de él? Llegó a Lausana una carta a su nombre en la que le hablaba de la nueva ubicación de su joyería. Fue cuando murió Alfonsito, su nieto. Sus palabras de pésame fueron muy cariñosas. Aquella carta la firmó como «el joyero de la reina» y aquel detalle la hizo sonreír por un instante dentro de la tristeza que los embargaba a todos en ese momento.

—¿Las pulseras de oro?

—Sí. Y el anillo de zafiro y brillantes...

Era un día como para salir con esa pieza que le encargó lady William Cecil a su joyero. Para ella era un auténtico talismán.

—Y el broche de brillantes de mi madre...

Se miró al espejo y sintió de golpe todo el paso del tiempo dibujado en cada arruga de su rostro.

—Le aseguro, María —le dijo a su dama—, que no ha sido fácil llegar hasta aquí.

—Lo sé, señora. La vida no es como sale en las películas.

—Ni mucho menos. Solo fui realmente feliz en mi infancia. Me convertí en la primera princesa que nació en Escocia desde tiempos de María Estuardo, y por eso me llamaron Ena, que es Eva en escocés. Después de eso, también mi hermano pequeño siguió mis pasos. Pero mi nombre oficial siempre fue Victoria Eugenia. Cuando se es ahijada de dos soberanas, la reina Victoria y la emperatriz Eugenia, te bautizan con sus nombres. Pero en Inglaterra todo el mundo me llama Ena... y me gusta.

La reina de pronto dejó de hablar y se fijó en un cuadro pequeño que le gustaba tener cerca. En él se veía a su abuela ya mayor en un coche tirado por un precioso caballo alazán, rodeada de sus nietos, de unos perros y seguida de dos criados, uno inglés y otro indio.

—Cuántos recuerdos en ese cuadro, ¿verdad?

—Sí, eso estaba pensando. Es un cuadro que quiero mucho. Cuando lo terminaron de pintar, me subí a la yegua, que se llamaba Bella, y me tiró al suelo. Salvé la vida de milagro. Este episodio se comentó mucho en palacio. ¿Puedes abrir la vitrina? Te quiero enseñar algo.

La dama abrió la vitrina y la reina sacó una pieza que tenía allí expuesta.

—Se trata de un broche que teníamos todas las nietas. Una miniatura de mi abuelo... Se puede leer: «A nuestra querida nietecita Victoria de Battenberg como recuerdo de su querido abuelo Alberto y de su amantísima abuela Victoria, Regina Imperatrix. Navidades 1889». Mi abuela quería muchísimo a su marido y después quiso con locura a mi padre. Cuando murió escribió en su diario: «Ha sido un día tan terrible que es casi imposible describirlo; ha muerto Liko, que era nuestra ayuda, el rayo de sol de nuestro hogar». —La reina Victoria Eugenia se emocionó.

Sonó la campanilla y, al poco rato, sus nietos Alfonso y Gonzalo de Borbón y Dampierre estaban allí.

—¡Felicidades! ¿Qué estás haciendo?

—Estaba aquí enseñando mis recuerdos. Casi todos caben en esta vitrina y en el joyero de mi cuarto. Mirad qué maravilla: es vuestro abuelo rodeado de todos sus hijos... Y esta medalla del Pilar...

Cogió entre sus manos una medalla de oro con los perfiles de Juan Carlos y de Sofía con la fecha de su boda... Se le llenaron de nuevo los ojos de lágrimas.

Fueron sumándose a la celebración sus hijas Beatriz y Crista, así como sus nietos, que la iban besando y felicitando por su ochenta cumpleaños. Llegaron también su hijo Juan y su nuera María de las Mercedes junto a Juan Carlos y Sofía. Cuando estuvieron todos juntos, comenzó a abrir los regalos. De parte de sus hijos, una pulsera en forma de cordón de oro y perlas y un broche de rubíes y brillantes.

—Muchas gracias. Ya sabéis que adoro los rubíes y los brillantes...

Sus nietas Margot y Pilar, en nombre de todos los nietos, le acercaron otra cajita. La desenvolvió y apareció una pulsera de oro y turquesas... También un juego de saleros y ceniceros de oro...

—¡Qué maravilla! No teníais por qué...

—Han llegado muchos telegramas —comentó Juan Carlos.

—Por favor, acercádmelos...

—Unos son de clubes de fútbol felicitándola —comentó su dama—. Otros son de hospitales, de médicos... Uno es especialmente emotivo y está firmado por el doctor Luque...

—El doctor Luque, con el que tanto trabajé para poner en pie el hospital de la Cruz Roja. ¡Es emocionante que no me hayan olvidado!

Su dama le acercó un gran número de regalos. La duquesa de Alba, su ahijada, le había regalado un broche de oro y brillantes creado por el joyero Van Cleef. Una vajilla de oro como regalo conjunto de las provincias españolas...

—¿De verdad? —volvieron a humedecerse sus ojos de color azul.

—¡Hasta un árbol enorme! —comentó María de las Mercedes—. Lo ha enviado el escritor suizo Henry Valloton, el que hizo la biografía del rey.

Al final, todos los nietos reclamaron una foto con su abuela en las escaleras de la entrada de la Vielle Fontaine. Nunca había posado tan orgullosa con todos juntos. Juan Carlos apoyaba sus manos en sus hombros desde el escalón de arriba y Alfonso estaba flanqueándola en su lateral izquierdo. El resto de nietos, y sus hijos, Beatriz, Cristina y Juan se mezclaron entre ellos. Ena sonreía orgullosa sujetando entre sus manos unos guantes blancos. Se fueron todos juntos al almuerzo que ofrecieron los señores de Martín-Montis, amigos de la reina. Fue una velada que jamás olvidaría. Ciento cincuenta personas se dieron cita en uno de los lugares más queridos por ella: el hotel Beau Rivage, junto al lago. Sonaron las canciones de la tuna de la Universidad de Madrid expresamente trasladada hasta Lausana para la ocasión. Alzó don Juan su copa para un último brindis:

—Que nos volvamos a ver pronto todos, pero... ¡en España!

SEXTA PARTE

España, febrero de 1968. Un bautizo para la historia

El reencuentro de toda la familia real, excepto Jaime, tuvo lugar en España, tres meses después de la celebración del ochenta cumpleaños de la reina. El 30 de enero de 1968 nació el primer hijo varón de Juan Carlos y Sofía. Antes de él, habían venido al mundo dos infantas: Elena, nacida en 1963 y Cristina, en 1965. El varón recién llegado al mundo se perfilaba como el heredero. Por lo tanto, la continuidad de la monarquía estaba asegurada. El príncipe Juan Carlos se mostró muy entusiasmado ante la prensa y brindó con champán con los periodistas. «¡Es un chico!» «¡Es un chico!», repetía eufórico. Al día siguiente, acudió al Palacio de El Pardo para tratar con Franco los pormenores del bautizo.

—Excelencia, le pido permiso para que, ante un acontecimiento como es el bautizo de un heredero, puedan acudir mis padres y mi abuela, la reina Victoria Eugenia.

—¿Está seguro de que su padre querrá venir? Voces en su entorno sé que le desaconsejan todo entendimiento conmigo. Lo sé de muy buena tinta.

—¡Vendrá! Si Su Excelencia así lo cree conveniente. Sería un honor que usted y su familia también acudieran al acto litúrgico.

—Muchas gracias. Desconozco si podré llegado el día. Por cierto, ¿han pensado en el nombre que le van a poner al chico?

—Tengo varios pensados: Juan, Fernando, Felipe...

—Felipe me parece el adecuado.

Mientras Franco pensaba en Felipe II, Juan Carlos tenía en mente al fundador de la casa Borbón en España: Felipe V.

—Si viniera la reina Victoria Eugenia ¿acudiría Su Excelencia a recibirla a Barajas?

—No creo que me sea posible, pero, si así fuera, el ministro del Aire acudiría en representación del Gobierno.

—Excelencia, perdone que insista, pero dada la trascendencia histórica que tendrá ese momento, nos complacería mucho que acudiera al bautizo.

—Si finalmente viene, iré al bautizo para saludar a la reina. Pero no hablaré con su padre, no tengo nada que decirle. Para el resto de flecos que queden por cerrar, póngase de acuerdo con López Rodó.

Dos días después, Juan Carlos se reunía con Laureano López Rodó que, a su vez, había conversado previamente con el almirante Luis Carrero Blanco.

—Mi padre quería ir a recoger a la reina a Suiza y llegar con ella a tierra española. Sin embargo, mi abuela se ha negado rotundamente a politizar el viaje. «Si voy a España, quiero hacerlo sola», le ha dicho con rotundidad.

—El pensamiento de la reina es muy acertado —apuntó López Rodó.

Antes de que llegara el ansiado día del regreso, una noticia hizo pensar a la reina de nuevo en sus joyas. Se iba a producir una subasta en Nueva York que llenaba de esperanza a Victoria Eugenia. La galería Parke Bernet subastaba una perla que identificaban como la Peregrina. El millonario Judge Geary, el último en adquirirla, ahora se desprendía de ella. María, su dama en Lausana, le sugirió que a lo mejor había llegado el momento tan ansiado de hacerse con ella.

—Deseo que vuelva a la Corona de España. Aunque yo tenga otra Peregrina, como señaló mi marido Alfonso XIII. ¿Por qué no llama a mi nieto Alfonso?

—Ahora mismo, alteza.

A los pocos días, Alfonso de Borbón y Dampierre estaba en Lausana visitando a su abuela. Victoria Eugenia estaba muy nerviosa.

—Alfonso, la perla debe regresar a nuestras manos. Nunca debió de salir de los joyeros reales. La robó José Bonaparte y debemos recuperarla, ¿entiendes?

—Comprendo. No descansará tranquila hasta que esté de nuevo en sus manos. ¿No existía otra Peregrina?

—Tu abuelo me dijo que la perla que me regaló antes de la boda era la Peregrina. Pero, como tantas otras cosas, no era verdad. Sin embargo, yo siempre he mantenido como cierta su palabra de cara a los demás. Sería el momento de acabar de una vez por todas con este doble juego.

—¿Quiere entonces que vaya a la subasta y puje?

—Exactamente.

—¿Hasta qué límite tengo?

—Hasta traerla de vuelta contigo... Me he enterado de que el precio de salida es de 9.000 dólares. ¿Qué puede llegar, a los veinte mil? ¡Es nuestra!

—Mañana mismo salgo para Nueva York. ¡La traeré de vuelta!

Victoria Eugenia le abrazó. Estaba convencida de que, por fin, la fabulosa gema regresaría a sus manos. Cerraría así un capítulo incierto de su vida. Podría decir que descansaría tranquila después de tantos años. La gema de las reinas españolas la acompañaría hasta su último aliento. Era como poner en orden una vida llena de sobresaltos y mentiras... Tenía todas las joyas que deseaba, menos la que, en realidad, debía tener el joyero de una reina de España. Alguien le dijo que la intención del rey Alfonso XIII había sido regalársela, al menos, en dos ocasiones, pero siempre se antepusieron las necesidades del Estado al desembolso para conseguir una perla tan fabulosa. Ahora ella saldría al rescate de la perla. La devolvería a su joyero, donde debió estar siempre.

Daba igual la infelicidad de quienes la poseyeran antes, era una joya que tenía que regresar a España. Ella era la última reina.

Horas antes de comenzar la subasta, llamó su nieto desde Nueva York.

—Malas noticias: la subasta ha levantado una gran expectación. Somos muchos los que estamos dispuestos a pujar.

—No te amedrentes... Sé que la traerás de vuelta.

—Eso espero...

La subasta comenzó y la mayoría de los que pujaron se pararon en los quince mil dólares. Alfonso pensó que ya era suya. Sin embargo, el abogado Arron Frosch, que representaba a alguien dispuesto a llevársela, siguió pujando. El nieto de Victoria Eugenia llegó hasta los veinte mil. Cuando parecía que se paraba la apuesta en esa cantidad, el abogado Frosch subió la puja cinco mil dólares más. Alfonso de Borbón intentaba no mostrar su nerviosismo y levantó la mano. La subasta no paró ahí. Hubo una tercera mano que llegó a los treinta mil dólares. Arron Frosch hizo un gesto. Dejó caer una última cifra en la sala.

—¡Treinta y siete mil dólares!

Después de un silencio el director de la sala continuó:

—Treinta y siete mil a la una, a las dos... y ¡a las tres! ¡Es suya! —dijo el director de la subasta, señalando al señor Frosch.

Alfonso se quedó hundido en la silla. ¡Treinta y siete mil dólares! Estaba por encima de lo que podía pagar. ¡Era una locura haber seguido subiendo! Llamó desde el primer teléfono que encontró a su abuela Victoria Eugenia.

—No ha podido ser. ¡La puja ha alcanzado los treinta y siete mil dólares!

Se hizo un silencio al otro lado del teléfono. Finalmente, Ena contestó:

—Está claro que no podíamos llegar hasta esa cifra. ¡Qué gran decepción! Soñaba con tenerla entre mis joyas.

—Lo sé, pero si hubiera continuado pujando, la cifra no habría dejado de crecer. El abogado quería llevársela costara lo que costase.

—¿Sabes a quién representa?

—Me han dicho que a un actor de Hollywood.

—¡Tranquilo! El duque de Alba dará una rueda de prensa negando que se trate de la auténtica Peregrina. Con la cabeza bien alta, reivindicaremos la nuestra como la auténtica. ¡Quién sabe si esta magnífica perla que yo tengo es más de reinas de España que la que está en Nueva York!

—¡Eres única!

Al día siguiente, el duque de Alba convocó a la prensa en Lausana. Leyó un comunicado de Victoria Eugenia en el que decía que la perla vendida en Nueva York no era la auténtica Peregrina ya que esta era de su propiedad. La había recibido de Alfonso XIII con motivo de su boda y seguía en su joyero. La rueda de prensa se completó con la exhibición de la joya. Sin embargo, la noticia fue acogida por los especialistas en perlas con cierto escepticismo. Por su parte, la casa de subastas alegó que la que ellos acababan de vender se trataba de la genuina perla Peregrina y que la había adquirido Richard Burton, marido de la actriz Elizabeth Taylor.

Pero en España, los periódicos nacionales dieron mucha más importancia a otra noticia que también tenía a la reina como protagonista: su regreso después de treinta y siete años de exilio. El 7 de febrero de 1968, en un vuelo procedente de Niza y Montecarlo, llegó la reina a España. Iba acompañada por el nuevo jefe de su casa, el duque de Alba. Ahora, el marido de su ahijada Cayetana, Luis Martínez de Irujo, llevaba las riendas de cuanto la concernía tras el fallecimiento del conde de Ruiseñada.

Ena no sabía qué España se iba a encontrar. Se acordaba de las últimas horas en el país que la había hecho reina. Fue en Galapagar, donde se produjo la penúltima parada de la caravana de coches que quisieron acompañarla. Faltaban un par de horas para la salida del tren desde la estación de El Escorial. No quisieron llamar la atención y la familia real paró en mitad del campo para reponerse de uno de los días más tristes de su vida. Ena, apoyada en lo alto de una roca rodeada de césped y matorrales, sin trono y sin futuro, se despidió una a una de sus damas. «¡Qué tristeza!», pensaba. Después, acudió junto a sus hijos a la estación. Allí los recibieron entre aplausos y vivas mezclados con algunos improperios de personas contrarias a la monarquía. Pudieron finalmente subir al tren. La reina miró por última vez España y a los españoles desde la ventanilla del vagón... Aquella página de su vida no había podido borrarla. Ahora, años después, se producía el regreso tantas veces soñado.

—¿Cree que vendrá alguien a recibirme? —le preguntaba la reina al duque de Alba.

—Señora, no tengo ninguna duda. Su llegada se ha anunciado en la prensa, aunque no parece que se haya preparado ningún recibimiento especial.

Cuando se abrió la puerta del avión y bajó por las escalerillas, envuelta en un abrigo de visón y un gorro a juego, creyó que le fallarían las piernas de lo nerviosa que estaba. Se quitó su guante beige derecho para saludar a los miles de españoles que se habían congregado en Barajas. La reina reía y lloraba al mismo tiempo de la emoción. No esperaba un recibimiento tan caluroso. Su hijo Juan y su nuera la esperaban a los pies de la escalerilla junto al ministro del Aire y otros cuatro ministros más que quisieron sumarse al recibimiento.

Cuando la reina estuvo frente a su hijo, le hizo una reverencia como jefe de la Casa Real. Unos niños le entregaron un ramo de flores rojas y amarillas. El aeropuerto de Barajas estaba atestado de gente que gritaba vivas a la reina. Cada minuto se iba acumulando más gente, lo que hacía más difícil su seguridad.

Su joyero estaba entre la multitud que la aclamaba. Le acompañaba Evelia, su mujer, su hija Paloma y su yerno, Alfonso. Ramiro solo quería verla, aunque fuera de lejos. Tenía en la memoria su imagen con su cabellera rubia, su figura esbelta de hacía treinta y siete años. Pudieron ver cómo don Juan intentaba preservar a su madre de los empujones y muestras de afecto de la gente.

—¡Gracias! ¡Gracias! —era la única palabra que salía de boca de la reina.

«¡Está llorando!», gritó alguien entre el público. Y sí, efectivamente, estaba llorando. «No me han olvidado», le decía a su hijo en voz baja. A escasos cincuenta metros, la esperaba un coche para llevarla al Palacio de la Zarzuela. Oía algunas canciones de la tuna que, inmediatamente, quedaron ahogadas entre los gritos de la multitud.

Cuando pasó el coche cerca de donde se encontraba Ramiro, pudo distinguir a Victoria Eugenia por su porte regio y, sobre todo, por su sonrisa.

—¡Es ella! ¡Viva la reina! —gritó el gentío.

Ramiro se quedó paralizado al verla. Sin habla...

—¡El tiempo no ha pasado en balde para ninguno de los dos! —habló con un hilo de voz. No se atrevió a hacer ningún comentario más ni a su mujer ni a su hija. Sus ojos azules estaban llenos de lágrimas.

Esa tarde Ramiro no apareció por la tienda. Su hija y su mujer se dieron cuenta de que eran demasiadas emociones juntas, y sus ochenta años también pesaban. Ramiro intentaba asimilar lo que acababan de ver sus ojos en el aeropuerto. ¡Victoria Eugenia había regresado a España! Escuchaba a su mujer y a su hija pero no podía hablar.

—¿Has visto a la duquesa de Alba? Qué guapa... —le decía Paloma a su madre.

—Yo me he fijado en sus nietos: en Juan Carlos y en Alfonso... Creo que ellos también estaban muy emocionados. Parecía que se disputaban el afecto de su abuela.

»Ramiro, ¿has oído a la gente cómo gritaba: ¡Viva la reina más hermosa de todos los tiempos! ¡Que se quede en España! ¡Viva Victoria Eugenia! Ha sido muy emotivo, la verdad —comentaba Evelia.

Ramiro no pudo contener las lágrimas. ¡Ya no eran jóvenes ninguno de los dos! La vida se les había pasado como un soplido desde el exilio. A la vez, no disimulaba su rabia contenida.

—También hace treinta y siete años oí cómo la gente gritaba lo contrario: ¡Muera la familia real! No puedo olvidar lo mal que lo pasamos por haber estado cerca de la reina. Nos convertimos en personas sospechosas y tuvimos que cambiar hasta de casa y cerrar el negocio...

—Ha pasado ya mucho tiempo de eso, papá...

Al cabo de un rato sonó el timbre de la casa. La sobrina de su fiel sirvienta María abría la puerta. Llegó hasta el salón hecha un manojo de nervios.

—¡Señor, señor! ¡Ha llegado este telegrama del Palacio de Liria a su nombre!

—¿Del Palacio de Liria? —quiso confirmar Evelia.

A Ramiro le dio un vuelco el corazón. Tantas veces le habían llegado telegramas del Palacio Real invitándolo a un té con la reina, que ahora solo podía tratarse de otra invitación para estar cara a cara con ella.

—Dadme el telegrama...

Lo abrió todo lo rápido que pudo... Y sin sus gafas de ver llegó a leer su contenido alargando el brazo: «Está invitado a la recepción que dará la reina a las 6 de la tarde del día 9 de febrero, en el Palacio de Liria, a sus más fieles servidores con motivo de su regreso a España. Para hombres se exige chaqué y para mujeres traje largo».

—La reina me invita a una recepción... ¡Hace años que no me pongo el chaqué! ¡Seguro que ya no me vale!

—La sobrina de María tiene muy buena mano para los arreglos. Ahora mismo te lo pruebas —comentó Evelia—. Así vemos si hay que ensanchar o cortar los pantalones.

—¡Cortar! Ni que hubiera mermado con el tiempo... Ensanchar, puede. Pero no, no iré. No quiero que me vea con tantos años encima.

—¡Padre! Son los mismos que tiene ella. ¡Debe ir usted! —le dijo Paloma.

Ramiro se quedó sentado el resto de la tarde pensando que si iba no sabría qué decirle entre tanta gente. Serían minutos o quizá segundos lo que podría hablar con ella. Parecería un tonto si se quedaba sin palabras y con los ojos llenos de lágrimas... Debería prepararse un pequeño discurso... O simplemente algo protocolario. Además, seguro que ya ni se acordaba de él...

Mientras tanto, el coche que recogió a la reina en el aeropuerto le dio una vuelta por Madrid antes de ir al Palacio de la Zarzuela, acompañada por su hijo y su nuera, la condesa de Barcelona.

—¡No reconozco Madrid! ¡Está cambiadísimo! Me llama la atención que haya tanto coche. ¡Y cuánta gente por la calle! ¡Está precioso! ¡Qué avenidas más grandes! Nada que ver con aquel Madrid que me encontré al llegar a España para casarme.

—Para mí también es un paseo muy emotivo...

—¿Cómo está el pequeño Felipe?

—Está muy bien. Es muy rubio y de ojos claros... —contestó María.

—Me hace mucha ilusión amadrinar a mi décimo bisnieto. ¡El varón que tanto deseábamos! ¿Está bien de salud? —Siempre rondaba por su cabeza la herencia de su «veneno» en la sangre.

—¡Está hecho un toro! ¡No vea cómo berrea! —le dijo la campechana de su nuera.

—¿Y Elena y Cristina cómo han recibido al hermanito?

—Muy graciosas. Elena dijo ante los periodistas que hacían guardia el día de su nacimiento y que su hermanito no tenía dientes. Todos se rieron mucho —comentó de nuevo María.

—Tu nieto brindó con champán con los periodistas y luego salió con el crío y se hizo un lío con la toquilla y les dijo: «¡Qué difícil es todo esto!» —Se reía don Juan.

Cuando llegaron al Palacio de la Zarzuela, don Juan se despidió de su madre. Tenía muchos asuntos que poner en orden. Don Juan Carlos esperaba su llegada al pie de las escaleras del palacio. Enseguida apareció la princesa Sofía y le puso al pequeño Felipe en sus brazos. Ena estuvo contemplándole un buen rato, sin decir nada, con los ojos empañados en lágrimas.

Al poco de estar allí, llegó Franco junto con su esposa y departieron amigablemente durante una hora, en un ambiente completamente familiar.

—¡Qué bonito recibimiento! —comentó Carmen Polo.

—Ha sido toda una sorpresa para mí. Había allí una pobre tuna que intentaba tocar alguna canción, pero el griterío de la gente hacía imposible su empeño. Por cierto, excelencia, gracias por enviar a tantos ministros. Todos han sido muy educados y agradables.

No quiso preguntarle cuántos habían ido a recibirla, pero él solo tenía conocimiento del traslado al aeropuerto de dos. Se ve que se había sumado a última hora alguno más. Aquello le molestó.

—He encontrado muy cambiado Madrid —continuó la reina—. Tengo que darle la enhorabuena...

—Gracias, señora. La España que usted dejó hace casi cuarenta años no se parece en nada a la de hoy.

—Bueno, mañana volveremos a vernos en una ceremonia con mucha carga histórica —la reina cortó la conversación. Estaba muy cansada.

—Allí estaremos. —Tras el breve encuentro, los Franco se fueron seguidamente al Palacio de El Pardo.

La reina, después de quedarse a solas con Juan Carlos, le dijo que aprovecharía el bautizo para hablar con el general a solas. Finalmente, se fue a descansar al Palacio de Liria, en la calle de la Princesa, donde residían los duques de Alba. Todo el vestíbulo estaba adornado con flores rojas, blancas, rosas y amarillas. Se retiró pronto a la habitación de invitados, pero siguió mirando por los cristales de los amplios balcones de su dormitorio a ese Madrid para ella completamente desconocido. «¡Cuánto me gustaría que estuviera Alfonso para ver esto!», se decía a sí misma.

Muy temprano, sus damas la ayudaron a levantarse y a vestirse.

—Me duele todo el cuerpo. Debe de ser por el viaje y la tensión de ayer.

—Hoy va a ser un día muy bonito —dijo su dama—. Tres generaciones de Borbones frente a la pila bautismal.

—Es cierto, la de mis hijos, mis nietos y mis biznietos. La verdad es que ya es hora de que los Borbones regresen a España. Se lo voy a plantear así a Franco. Gracias por esa reflexión que ha hecho en voz alta. Me ha dado una idea...

A las seis y media en punto de la tarde, el infante don Felipe, el tercer hijo y primer varón de los príncipes don Juan Carlos y doña Sofía, recibía las aguas bautismales en el Palacio de la Zarzuela de manos del arzobispo de Madrid-Alcalá, don Casimiro Morcillo.

La reina Victoria Eugenia, que ejercía de madrina, le sujetaba con fuerza mientras acercaba su cabeza a la pila bautismal del convento de Santo Domingo del Real, en la que habían sido bautizados sus seis hijos. Allí, mientras el recién nacido recibía las aguas del río Jordán, le imponían los nombres de: Felipe, Juan, Pablo, Alfonso de la Trinidad de todos los Santos. Don Juan de Borbón, conde de Barcelona, ejercía de padrino gracias al plácet del Gobierno para que pudiera acudir a la ceremonia.

Franco y su mujer estaban en un lugar preferente habilitado especialmente en el vestíbulo del Palacio de la Zarzuela, al lado de la condesa de Barcelona, que sujetaba de la mano a las dos niñas mayores de los príncipes. La pequeña infanta Cristina jugueteaba con las borlas del fajín de capitán general que llevaba Franco. Este no solo no le dijo nada, sino que esbozó algo parecido a una sonrisa. Carmen Polo vestía un sombrero de visón y un traje marrón de espiga en terciopelo.

La reina Victoria había elegido un traje dorado con puños de visón. Volvió a lucir los pendientes y el collar de perlas gruesas que le regaló el rey Alfonso XIII y que habían pertenecido a la reina Isabel II. En su mano derecha lucía un gran anillo de brillantes y una de las pulseras gemelas, también de brillantes, que habían formado parte de la corona que le regaló el rey y que transformó su joyero. En su mano izquierda lucía un anillo con una gran perla y una pulsera de perlas con un cierre de brillantes que habían pertenecido a su suegra, la reina María Cristina. Deseaba que el espíritu de sus predecesoras estuviera presente en un acto tan simbólico como el que se estaba celebrando y con tanta tradición monárquica.

Entre los asistentes se encontraban todos los miembros de la familia real y de la nobleza, así como el vicepresidente del Gobierno, Luis Carrero Blanco; el ministro de Justicia, Antonio María Oriol y Urquijo; el presidente de las Cortes, Antonio Iturmendi; el arzobispo de Sión, Luis Alonso Muñoyerro y el alcalde accidental de Madrid, Jesús Suevos.

También estuvieron presentes los reyes de Bulgaria, los duques de Badajoz, la infanta Margarita, la princesa Cristina de Baviera, Alfonso y Gonzalo de Borbón y Dampierre; los grandes duques de Rusia, Carlos de Borbón-Dos Sicilias e Inmaculada de Borbón.

Terminado el acto religioso, se sirvió un cóctel a los invitados. Mientras, la reina Victoria Eugenia pasó a una habitación contigua al vestíbulo, donde fue cumplimentada por todos y cada uno de los invitados, con quienes departió sin protocolo alguno. El primero en hacerlo fue Franco, con el que mantuvo una conversación de alto contenido político.

—General, esta es la última vez que nos veremos en vida. Quiero pedirle una cosa. Usted, que tanto ha hecho por España, termine la obra. Designe rey de España. Ya son tres. ¡Elija! Hágalo en vida. Si no, no habrá rey. Esta es la única y última petición que le hace su reina.

Franco se comprometió con ella en tomar una decisión cuanto antes.

—Serán cumplidos los deseos de Vuestra Majestad.

—No me queda mucha vida, excelencia, y me gustaría morir

en paz. No quiero retenerlo más. Yo sé cuántas son las ocupaciones de un hombre de Estado. Atienda a sus compromisos. No se preocupe por mí...

Franco salió de la habitación y, después de departir brevemente con los invitados, abandonó junto a su mujer el Palacio de la Zarzuela, a las siete y media de la tarde. Los príncipes don Juan Carlos y doña Sofía, junto a los condes de Barcelona, los acompañaron hasta la puerta.

Esa noche, cuando los duques de Alba acompañaron a Ena en su regreso al Palacio de Liria, tuvo una conversación en privado con el jefe de su casa, Luis Martínez de Irujo. Le relató punto por punto lo que le había dicho a Franco y se fue a dormir. El duque apuntó sus palabras en un cuaderno para que no se perdiera ese diálogo histórico. Pensó en comentárselo, cuando finalizara el viaje de la reina, al catedrático de Historia Jesús Pabón.

Al día siguiente, la reina siguió con su actividad frenética y visitó el hospital de la Cruz Roja en la avenida que llevaba su nombre. Departió con médicos, enfermeras y pacientes. Aquella era su obra, el legado del que se sentía más orgullosa. Por la tarde, recibió a más de tres mil personas que le habían demostrado su lealtad a lo largo de su vida en España y en el exilio. Esa tarde estaba especialmente nerviosa, ya que todos sus recuerdos iban a regresar de golpe y no sabía si eso le pasaría factura.

María, su dama, le dio ánimos para superar el momento mientras se vestía para la ocasión...

—¿Se puede imaginar lo nerviosos que tienen que estar todos los que han trabajado para Su Alteza o los que le han sido fieles en todo este tiempo?

—Espero que no tanto como yo... Para mí todo está teniendo una carga emotiva muy grande. ¿Lo resistiré?

—Claro que lo va a resistir. Han sido muchos años esperando este momento...

La reina se puso el collar de perlas gruesas que había llevado en el bautizo y la Peregrina con el broche de brillantes que le había hecho su joyero al poco de llegar a España, en 1906. Quería reivindicar con hechos, más que con palabras, que la auténtica la tenía ella. Se puso el anillo de zafiro y diamantes que le había regalado su apreciada dama y una pulsera de oro. Cuando estuvo lista, bajó al salón para tomar el té de las cinco. Cayetana y Luis, los anfitriones, la ayudaron con su conversación a que los nervios fueran desapareciendo...

Ramiro García-Ansorena necesitó la ayuda de su hija para vestirse. No atinaba una a derechas con los nervios que tenía. Se miró en el espejo y pensó que no estaba tan deteriorado como creía.

—Estás muy guapo, papá.

—¿Se acordará de mí? —preguntó a su mujer, que contemplaba la escena.

—Por supuesto. Vas a reencontrarte con la mujer con la que yo jamás he podido competir: ¡La reina!

—No digas tonterías... Evelia. Siempre he dicho que conversar con ella era para mí el mejor tributo a mi trabajo. ¡No he encontrado a nadie que haya valorado las joyas como ella! ¡Nadie!

—¿Ves? Siempre nos has comparado a las demás con ella y siempre hemos salido perdiendo.

—Mamá, hoy papá se va a encontrar con su pasado y necesita de nuestro apoyo.

—¡Por supuesto! Si yo solo digo... —no continuó la frase.

Paloma le hizo un gesto de silencio a su madre. Ramiro tuvo que sentarse, no podía con sus emociones.

—¡Anda! Está tu yerno esperándote con el coche para llevarte.

—¡Gracias! ¡Gracias!

Había estado pensando en las últimas horas qué le diría después de tanto tiempo. Esperaba no balbucear y que entendiera lo que quería transmitirle. Cuando llegaron al Palacio de Liria, tuvo que abandonar el coche rápidamente porque la policía no dejaba parar más de un minuto a todo el que se acercaba hasta la entrada.

Había muchas personas delante de él. Cuando llegó a la puerta dijo su nombre. Lo buscaron en la lista y le dejaron pasar... Echó de menos que dijeran aquello que tanto le gustaba oír: «¡De casa!». Pero se encontraba en otro palacio en el que no había estado nunca, el de los duques de Alba. Recordó a don Jacobo y el encargo que le hizo de adaptar las joyas de su malograda mujer a, la entonces adolescente, Cayetana.

El joyero contempló a todos los que estaban allí y vio que ninguno era joven. El exilio de los reyes y la guerra les había dejado demasiadas cicatrices como para ser los mismos. Con todos, la edad había sido cruel.

Se organizó un besamanos y se situó en la cola. Reconoció al chófer, Ramón Bandé, y se situó junto a él. Había sido el último en hablar con la reina antes de subirse al tren que la llevó al exilio.

—Nunca he olvidado —le decía— la expresión de sus ojos. Mantuvo el porte regio que siempre le ha caracterizado, pero la procesión iba por dentro. ¡Qué tristeza!

—Muchos años a su lado...

—Toda la vida con mi uniforme de chófer y con mi importante mostacho... Parecía todo un capitán general para llevar a la reina y a los infantes adonde fuera necesario. Yo he sido siempre de oír y callar. En un coche se habla de todo y se escucha de todo... Ya me entiende.

—La discreción es una virtud, don Ramón. ¿Le gustaba a la reina la velocidad?

—No, todo lo contrario que al rey. Si hablara con Sambeat, el chófer del rey que vive ahora en San Sebastián, le diría que el amante de la velocidad era Alfonso XIII. Muchas veces le pedía que le dejara el volante...

—¿Estará la reina tan nerviosa como nosotros? Me acuerdo tanto de su expresión el último día que la vi en palacio... Nunca imaginé que sería la última vez. Si me hubieran dicho en aquel momento lo que iba a pasar, no me lo habría creído —comentaba Ramiro mientras la cola iba reduciéndose.

—Pues el día en el que salieron al exilio no pudimos dormir ante el griterío que había en el entorno del Palacio Real. Se decidió la ruta a última hora para no encontrarnos con el gentío que pedía que se fueran de allí inmediatamente. Lo pasé mal, se lo confieso. Era mucha responsabilidad lograr que llegaran al tren sin novedad.

De repente, los dos se encontraron en la antesala que daba al salón del besamanos. Victoria Eugenia iba recibiendo uno a uno a sus invitados... Los dos interrumpieron la conversación al verla tan cerca. Llegó el turno del mecánico. Bandé se acercó y la reina no lo reconoció...

—Soy su chófer, Bandé. Me he afeitado el bigote y tengo treinta y siete años más...

La reina le dio la mano emocionada y no se la soltó. Se dirigió a los duques de Alba, que estaban junto a ella.

—¡Fue mi chófer durante toda mi vida en España! Hemos compartido muchos sinsabores y también muchos momentos bonitos.

—Señora, solo recuerdo aquellos que fueron extraordinarios. ¡Inolvidables!

Ramiro estuvo a punto de darse la vuelta. No resistiría que la reina le dijera que no le recordaba, cuando él siempre la había tenido presente en su memoria. Dudó si dar un paso atrás y dejar que pasara el siguiente de la fila, pero no lo hizo. Empezó a sonar una canción de la tuna que amenizaba este encuentro con las personas que formaron parte de su pasado y vio cómo se le iluminaba el rostro a la reina. Se quedó observándola mientras reconocía todas las joyas que llevaba puestas. Se puso a caminar lentamente acercándose a ella y sintió que las piernas le iban a fallar. Estando casi frente a ella Victoria Eugenia le reconoció.

—¿Don Ramiro? —Se le quedó mirando fijamente a los ojos. El joyero bajó su cabeza en señal de respeto y le respondió.

—Sí, alteza.

—Don Ramiro, sus ojos azules le han delatado... ¿Qué tal se encuentra?

—Señora, quiero que sepa que no ha habido un solo día en el que no haya rememorado alguno de los momentos vividos junto a usted en palacio.

—No he encontrado a nadie que supiera tanto de las joyas de las reinas como usted... Y con tanta capacidad creativa para montar piezas únicas.

Le cogió su mano derecha y la retuvo entre las suyas. A la reina los ojos se le llenaron de lágrimas.

—Veo, señora, que lleva las piezas más emblemáticas de la Corona. Me alegro de que no se perdieran en la barbarie.

—Pude sacar unas y rescatar otras más tarde. Bueno, procuro conservarlas con el respeto que me merecen.

—Recuerdo a su dama, lady William Cecil, cómo disfrutaba hablando de joyas. Parece que le estoy oyendo que las gemas y las piedras preciosas serán siempre su fuerza ante la adversidad.

—He sido fiel a ellas y me han proporcionado esa fuerza que muchas veces he necesitado para seguir adelante...

Se acercó alguien de protocolo para sugerirle a la reina que no se parara tanto tiempo con cada invitado.

—Le deseo lo mejor, don Ramiro... —le miró fijamente—. ¿Se ha enterado de la subasta de Nueva York? —Se tocó el broche con su Peregrina.

—Sí, ha salido en toda la prensa. Ya le dije que da igual el nombre que le pongamos, para mí la suya siempre será la gran perla de su joyero. No hay otra con tanta belleza.

—Tiene razón. Al final, ha sido mi gran compañera de viaje. ¿Por qué nos empeñamos en poner nombres a las cosas? ¡No deje de crear belleza!

—¡Larga vida, señora! —Volvió a mostrarle su respeto bajando su cabeza.

—Gracias por su servicio y su lealtad... ¡Siempre estará en mi memoria!

Ramiro la miró una última vez y no le pudo decir nada más. Un hombre de protocolo le indicó la salida mientras varios fotógrafos no paraban de sacar instantáneas de la velada. El joyero no habló con nadie, no se unió a ningún corrillo y se fue de allí rápidamente. No podía pronunciar una sola palabra, no quería... El corazón le latía desbocado. Tuvo la impresión de que la reina se había despedido de él para siempre... De hecho, así se lo contó a su familia cuando llegó a su casa después de caminar lentamente por las calles de Madrid. ¡Qué momento acababa de vivir! Se lo confesó a su mujer, Evelia.

—Creo que la reina ha aprovechado su vuelta a España para despedirse de todos nosotros, agradeciendo nuestra lealtad.

—¿Qué te ha dicho? —preguntó Evelia curiosa.

—Ha sido todo muy rápido. Me ha reconocido y ha sido muy amable. —Ese último recuerdo de la reina sería solo para él. No quiso comentar nada más con nadie, ni tan siquiera con su familia.

—¡Pero algo te habrá dicho! —insistió su mujer.

—En un besamanos pocas cosas se pueden decir. Éramos tres mil personas... —cambió de tema—. Tengo la certeza de que no regresará a España jamás. Ha sido su despedida.

—¡Nunca se sabe! ¡No digas esas cosas! —le comentó Evelia con cierto enfado. No le gustaba nada cuando su marido guardaba silencio.

Antes de abandonar España, la reina hizo una última visita a la iglesia de San Jerónimo el Real, donde se había celebrado su boda el 31 de mayo de 1906. No fue sola. La acompañaron los príncipes don Juan Carlos y doña Sofía, que se reclinaron junto a ella en uno de sus bancos. La reina rezaba y recordaba su entrada en la iglesia con su vestido de raso blanco con bordados en plata y ricos encajes; la diadema que estrenaba de las tres flores de lis sujetando el velo, y el broche de brillantes con la Peregrina. Podía sentir la mirada de Alfonso sobre ella mientras avanzaba bajo palio hacia el altar. No tenía que esforzarse mucho para verlo vestido de uniforme de gala de capitán general. «Aquí fue donde todo comenzó», pensó la reina. ¡Cuántas ilusiones y cuántos sinsabores! No quería seguir recordando ese día porque había desterrado de sus recuerdos la bomba entre las flores que les lanzó Mateo Morral y la segunda parte de una boda que prefería olvidar.

Le dolían las rodillas y decidió sentarse en el banco y seguir con los ojos cerrados oliendo a incienso en la misma iglesia donde se había casado hacía sesenta y dos años. Juan Carlos y Sofía, hicieron lo mismo y se sentaron respetando su silencio.

La reina, de pronto, se acordó de las palabras de su padre al morir de unas fiebres tropicales mientras participaba en la marcha del ejército inglés hacia Kuwasi; palabras que dejó por escrito a su madre: «No vine buscando la gloria sino el cumplimiento del deber». Eso mismo estaba haciendo en España treinta y siete años después del exilio. «He vuelto en cumplimiento del deber. Nada más». Se preguntaba si de no haber heredado la enfermedad de la sangre, Alfonso hubiera seguido tan enamorado de ella como al principio. «Dios mío, hágase tu voluntad», rezó. Se preguntaba cómo sería el futuro tras abandonar España de nuevo y se contestó a sí misma: «Yo no tengo ya futuro. ¿Cuál será la siguiente página de la historia?», se volvió a preguntar en su interior. Franco le había prometido elegir entre las tres generaciones de Borbones que en este momento esperaban la oportunidad de reinar. «¡Qué difícil resulta todo!». Abrió los ojos... se levantó y salió del templo junto a los príncipes.

Al día siguiente, después de disfrutar del cariño de la gente allí por donde pasaba, recorrió por última vez Madrid hasta llegar al aeropuerto de Barajas. Se le empañaron los ojos. Volvió a sorprenderse cuando vio a los cientos de personas congregadas allí para acompañarla en sus últimas horas en España. Victoria Eugenia vestía un abrigo de astracán con cuello y sombrero de visón negro. Quería que la recordaran con la dignidad que siempre procuró mantener intacta. Su recorrido hasta llegar al DC-9 Palma de Mallorca, que la llevaría primero a Niza y después a Montecarlo, donde la esperaban los príncipes Grace y Rainiero, lo hizo acompañada por su hijo, el conde de Barcelona. Al pie de las escalerillas, recibió el último saludo del representante del jefe del Estado, el ministro del Aire, el teniente general Lacalle. Los últimos besos de Juan Carlos y Sofía; su nieto, Alfonso de Borbón, la precedió subiendo al avión minutos antes ya que iba a acompañarla en su salida de España. Don Juan subió también hasta la puerta del DC-9. La despidió con un beso. La reina lanzó una última mirada a cuantos agitaban sus pañuelos blancos. Les dijo adiós con la mano. La embargaba una gran emoción. Su hijo le susurró una cosa más al oído.

—Espero que este viaje restañe muchas heridas del pasado. La gente ha demostrado quererte como el primer día.

—Me llevo el mejor recuerdo de mi vida —le comentó Victoria Eugenia mientras le abrazaba—. ¡El mejor!

El avión despegó y, a través de la ventanilla, Ena tuvo la seguridad de que esa había sido su última visita a España. No quiso decírselo a su nieto, pero estaba convencida de que no regresaría jamás. Cerró los ojos e intentó fingir que dormía, pero estaba ordenando todos los recuerdos de este último viaje tan lleno de manos amigas que habían acudido a saludarla. «¡Cuánto afecto! ¡Cuánta lealtad!» Ahora pensaba en el destino de su hijo, de su nieto y de su bisnieto. Solo llegó a verbalizar: «El futuro está en manos de Franco». Alfonso, que lo escuchó, no le hizo ningún comentario. Pensó en su padre, y en la frase que él había repetido una y mil veces en la intimidad: «También los perros tienen hijos». Su padre no había estado a su lado nunca. Su hermano y él siempre se habían sentido solos en España. Su único referente familiar era su abuela.

—Veremos qué nuevo episodio nos hará vivir tu padre después de este viaje —le dijo la reina sabiendo que su nieto seguramente estaba pensando en él.

—Si hubiera tenido otro comportamiento, habría podido estar junto a ti en un momento tan emotivo.

—La vida de tu pobre padre ha discurrido entre disparates políticos, disputas familiares y estrecheces económicas. No sé cómo puede fiarse de esa pandilla de indeseables que trata de convertirlo en una fuente permanente de problemas para Franco y para tu tío Juan.

—En una sola cosa tiene razón, me lo han dicho importantes juristas: su renuncia al trono no tienen ninguna validez jurídica.

—Solo te pido una cosa: nunca te dejes arrastrar por aquellos que te digan que eres el legítimo heredero. Tú mismo has pedido la incapacidad de tu padre ante los desmanes permanentes a los que nos tiene acostumbrados. No podía ser el heredero. Así lo decidió el rey Alfonso, tu abuelo. No podemos cuestionar su decisión a estas alturas. Juan Carlos no te puede ver como un enemigo. Este lío que se trae tu padre perjudica a la restauración de la monarquía. Tenlo muy presente.

Alfonso calló. No quiso responder a su abuela. Alguien le había hecho saber que Franco aún no le había descartado. Desvió la conversación...

—Creo que voy a escribir a mi padre en los próximos días pidiéndole que deje de gastar tanto dinero. También tengo claro que no me hará ni caso.

—Sí, escríbele. A ver si entra en razón...

La reina volvió a cerrar los ojos. Quería retener todo lo vivido en su memoria. ¡Los españoles la querían!

59

Un inesperado final

Tras el viaje histórico, la reina se alojó en el palacio de los Grimaldi en Mónaco. Victoria Eugenia compartió con los príncipes Rainiero y Grace todas las vivencias de su regreso a España después de treinta y siete años de exilio.

Al día siguiente de su llegada, tropezó en su dormitorio con uno de sus perros, cayendo de golpe al suelo. Se quedó inmóvil y, hasta que no llegó su dama, no descubrieron el accidente.

La princesa Grace llamó a los condes de Barcelona y a las infantas Beatriz y Cristina, que acudieron inmediatamente desde Italia para estar junto a ella.

—Nos ha dicho el médico que una caída así, a su edad, puede tener consecuencias nefastas. Por ese motivo os he llamado —comentó la princesa Grace con gran preocupación.

—Has hecho muy bien. Después de tantas emociones, esta caída ha sido un mal final para un viaje tan bonito —le dijo Beatriz.

—La vida está llena de sobresaltos. Nuestro destino está escrito —sentenció Juan nada más llegar—. Esperemos que se recupere.

A los pocos días sus hijos decidieron que debía regresar a su casa, en Lausana. Después del viaje en avión, llegó a Suiza muy cansada. Al llegar a la Vielle Fontaine seguía sin encontrarse bien. La volvieron a examinar los médicos y le descubrieron una hepatitis, que sembró la alarma en la familia real. Sin embargo, Ena parecía tranquila. Intuía que su final estaba cerca y, de alguna manera, se sentía preparada. Sus antiguas doncellas, Hazel y Sarah, acudieron a su lado nada más saber de su caída y de su enfermedad. Después del exilio se establecieron en Londres y se habían visto de forma intermitente cada vez que la reina viajaba a Inglaterra.

—Nos hubiera gustado acompañarla en su regreso a España, pero aquí estamos para ayudarla a superar este contratiempo.

—Gracias, mis fieles Sarah y Hazel. Pero regresad con vuestras familias a Inglaterra. La otra mitad de mi corazón está allí. No me olvidéis nunca.

—Imposible —dijeron las dos casi al unísono.

—Yo estoy aquí muy bien atendida. Tranquilas, de verdad. Quiero daros un recuerdo mío. —Sacó de su mesilla de noche dos broches con sus iniciales y la corona real en brillantes.

—Alteza, cuánto honor —se emocionó Sarah.

—Lo guardaré en un lugar seguro, no quiero perderlo por nada del mundo —añadió Hazel.

Las dos doncellas que un día viajaron a España con ella recordaron en voz alta cómo fue esa llegada a un país que tardó meses, años, en aceptarlas.

—Hasta que no aprendimos el idioma, no nos hicimos con el entorno —comentaron.

—Eso le he dicho a la princesa Sofía. Hasta que no hable español, no llegará al corazón de los españoles. El idioma fue la llave para acabar con esa cerrazón visceral que sienten en España hacia los reyes o herederos que llegan de fuera. Esta última vez, al pisar tierra española, he sentido que mi corazón estaba allí. ¡Qué curioso! Me he vuelto a encontrar a mí misma. Me he dado cuenta de que mi sitio está allí... Ya me puedo morir tranquila. He sentido que los españoles me querían. Con eso me basta.

Fueron días de muchas visitas de conocidos y familiares. El duque de Alba, que no se apartó ni un día de su lado, le contó que sus palabras con Franco no habían caído en saco roto. Carrero Blanco, al parecer, preparaba la fase final de la Operación Príncipe, iniciada años atrás.

—Esta operación, señora, cuenta con la oposición de los consejeros de don Juan en Estoril: José María de Areilza y Pedro Sainz Rodríguez. Tengo entendido que su hijo va a escribir a don Juan Carlos para que no le salte en el orden de sucesión por mucho que así lo decida Franco.

Efectivamente, a los pocos días llegaron a la Vielle Fontaine los duros términos en los que don Juan había escrito a su hijo: «Te advierto de un grave peligro si aceptas la idea que barrunta Franco de saltarse el orden dinástico de la sucesión y hacerte a ti el heredero».

Por otro lado, Luis Martínez de Irujo también previno a la reina de la fuerte presión de los «regencialistas» —así se hacían llamar—, los partidarios de don Alfonso, el nieto que más tiempo pasaba con ella.

—Franco parece indeciso, alteza, y vuelve a mostrarse apático ante la designación del sucesor.

A la reina le hizo daño escuchar esas palabras y su salud se resintió de nuevo en los días sucesivos. No tenía fuerzas ni para levantarse de la cama pensando que sus esfuerzos no habían servido para nada. Tantas tensiones entre los propios miembros de la familia sabía que frenaban la decisión de Franco.

Manuel Fraga, el nuevo ministro de Información y Turismo, envió al director de la agencia EFE, Carlos Mendo, a que realizara una entrevista a don Juan Carlos en la que quedaran las cosas claras sobre su futuro. En una publicación extranjera, *Point de Vue*, había dicho que el sucesor debería ser su padre. Esas declaraciones no gustaron en España. Al final, en la entrevista para la agencia, el príncipe dejó claro que se mostraba «dispuesto a acceder al trono como soldado de España, al requerimiento sucesorio de Franco».

Su posición quedó mucho más clara frente al Régimen de Franco, pero trazó una línea roja entre el padre y el hijo. La condesa de Barcelona, doña María de las Mercedes, intentó mediar entre ambos: «Juanito no tiene más remedio que aceptar, si llegara el caso. Un acuerdo entre Franco y tú cada día está más lejano. Hay que ser realistas. Además, si no acepta nuestro hijo, quién te dice que Franco no designe a Alfonso como heredero».

Esos días, en la televisión francesa entrevistaron a Alfonso y, ciertamente, dejó las cosas menos claras de lo que ya estaban ante la pregunta de si algún día podía ser rey de España. Contestó: «Han de cumplirse tres condiciones para esto: tener sangre real, tener treinta años y ser español. Obviamente, yo cumplo estos requisitos». Luis Martínez de Irujo no quiso decirle a la reina la estela que habían dejado en España esas declaraciones de su nieto. No quería perturbarla en su convalecencia.

Fueron días muy familiares, donde sus nietos y biznietos pasaron mucho tiempo junto a ella. El mayor de la nueva generación era Alessandro Lecquio, nieto de Beatriz de Borbón y Battenberg, e hijo de Alessandra Torlonia. Con nueve años, el niño se pasaba horas escuchando a su bisabuela hablarle de Alfonso XIII. Esos días, además, lo tenía más presente que nunca.

—Gan Gan, creo que el cuadro que tienes del bisabuelo me mira a mí. Me da la impresión de que me vigila...

Victoria Eugenia se rio con ganas de la ocurrencia del pequeño. Le gustaba hablar con él para que tuviera un buen recuerdo del último rey de España.

—No olvides nunca tu linaje. Tu bisabuelo a tu edad ya sabía que era el rey, aunque la regencia la llevara su madre, María Cristina, hasta su mayoría de edad. Su padre, el rey Alfonso XII, murió seis meses antes de que él naciera. El problema es que desde pequeño ya se hacía su voluntad. Sus tías le trataron como rey desde que tuvo uso de razón. Quizá este fue el problema...

—¿Cómo era? —se interesó Alessandro.

—Imagínate, era el único hombre entre muchas mujeres. Le criaron su madre, sus hermanas y sus tías. Y sus damas de servicio también eran mujeres. Eso sí, de mucha edad, para que no se despertaran sus «instintos» antes de tiempo. El primer acto que presidió lo hizo con ¡dos años! La inauguración de la Exposición Universal de Barcelona en 1888. A tu edad, se le ocurrió un día salir al balcón para ver cómo hacían el cambio de guardia.

Las tropas advirtieron su presencia y comenzaron a tocar la marcha real. Pensó que enfadaría a su madre al enterarse de que había dejado sus obligaciones para jugar en los balcones y se metió corriendo en la sala de estudio, esperando una reprimenda que no llegó. Su madre no se había enterado. Sabía que no le hubiera gustado nada «esa gamberrada». Pero aquello le divirtió y continuó haciéndolo, hasta que el pueblo advirtió ese juego que mantenía el rey-niño con la guardia real y cada tarde se agolpaba más gente en los aledaños de palacio esperando su salida a los balcones. El público le aplaudía y vitoreaba... Y un día, la reina preguntó extrañada el porqué de tantos aplausos y vítores a la misma hora. Cuando supo el verdadero motivo, terminó para siempre con ello. No hubo más salidas al balcón.

—¡Cuéntame más cosas!

—No creas que llevaba una vida fácil, seguía una agenda muy estricta. Se levantaba a las siete o siete y media de la mañana y, después de desayunar, hacía deporte tanto en verano como en invierno. Se lo inculcaron como fuente de salud. Empezaba el día rezando, cuando era un niño, y lo terminaba con un rosario entre las manos. La reina María Cristina encargó a un catedrático de la Universidad de Madrid la elaboración de un plan de estudios y así es como adquirió conocimientos de Derecho, Economía e Historia de España. Al cumplir dieciséis años, en 1902, fue proclamado mayor de edad. A partir de ese momento sería él el encargado de gestionar las cuestiones de Estado. Lo primero que hizo fue firmar un decreto por el que concedía a su madre, durante el resto de su vida, los mismos honores que pudiera tener una soberana reinante. El acto de proclamación como rey en las Cortes fue muy solemne, repleto de símbolos. En una mesa cubierta con terciopelo rojo, así me lo contó tu bisabuelo, estaba el cetro, la corona, los Evangelios y un crucifijo de oro. También había cerca un ejemplar lujosamente encuadernado de la Constitución. Fue el primer día que tu bisabuelo vistió el uniforme de capitán general. Hay que decir que le sentaba muy bien.

—¿Se puso la corona? —preguntó Alessandro.

—Los reyes la tienen cerca, pero no se la ponen como en Inglaterra. Es de plata sobredorada rematada con el orbe y la cruz de los monarcas católicos. No lleva adornos ni piedras preciosas. En sus ocho florones figuran representados castillos, leones y lises borbónicas. En Inglaterra es distinto. La reina Isabel II, en la apertura del Parlamento, casi siempre se la pone. Es uno de los símbolos de la monarquía británica y la joya más importante del tesoro que conserva la familia real.

—¿La has visto de cerca?

—¡Claro! Recuerda que mi abuela era la reina Victoria, reina de Gran Bretaña y emperatriz de la India. Tuve la suerte de tenerla entre mis manos. Es la joya entre las joyas. Una pieza que se mandó hacer para la coronación de Carlos II y reemplazar con ella la corona medieval, que había sido fundida en 1649, para las ceremonias más importantes. Tienes que ir con tus padres a la Torre de Londres, donde hoy se expone.

—¿Cuánto puede valer, Gan Gan?

—Su valor es incalculable. Pero hay algo más importante que su valor crematístico. Simboliza la continuidad de la monarquía a través de los siglos, además de un profundo sentido religioso y cultural de la historia de Inglaterra. Para los británicos, la corona de San Eduardo es sagrada, ¿entiendes?

El niño dijo que sí con la cabeza, aunque no entendía muy bien lo que le quería decir. Comprendía que, para ella, se trataba de algo de muchísimo valor.

—¿La de España te la pusiste en la cabeza al casarte con el rey?

—No. La teníamos cerca pero jamás se la vi al rey en la cabeza. No. Pero todas las coronas arrastran la historia de nuestros antepasados. No podemos mancillar su memoria, de ahí la responsabilidad de los que reinamos. ¿Comprendes? La mía ahora es lograr que se reinstaure la monarquía en España. No quiero ser la última reina. Conmigo no puede acabarse la tradición de tantos siglos. Sería para mí como un gran fracaso. En la continuidad está el secreto de la monarquía.

—¡Entiendo! Por eso no te puedes morir...

La reina se rio de nuevo... aunque le dolía todo el cuerpo. Acarició la cara de su biznieto mayor.

—No me va a dar tiempo de contarte todas las cosas que yo quisiera... tantas anécdotas que me gustaría que no se perdieran...

—Por eso, mientras no venga mi madre o mi abuela, puedes aprovechar.

—Me faltan las fuerzas pero te diré que recuerdo al rey conduciendo su propio coche. Le encantaba conducir y le gustaba la velocidad. Una vez, cerca de Segovia, se le estropeó el auto. Mientras se lo arreglaba el mecánico entró en un bar, donde no le reconocieron. Enseguida los que estaban allí se pusieron a criticar el estado de las carreteras. Le dijeron que esa carretera estaba especialmente mal. El rey les invitó a una ronda y al cabo de los días, una cuadrilla de obreros se pusieron a arreglar la carretera. Le gustaba mucho que no le reconocieran y le contaran los problemas para después intentar solucionarlos. Era así. Le tocó vivir una época muy convulsa. Sobrevivió a muchos atentados y a muchos gobiernos que duraban meses y, algunos, incluso días. Creo que no hay nada más doloroso para un rey que que te echen de tu país. Eso es lo que mató a tu bisabuelo y no el tabaco.

—¿Tú querías al bisabuelo o te casaron a la fuerza?

—¡Pero qué cosas dices! No, no, no. Nos casamos por amor. Fue un flechazo... Se enamoró de mí entre todas las jóvenes que acudimos al baile que organizó mi tío, el rey Eduardo, y a mí me conquistó su sonrisa y sus postales. Antes, los jóvenes enviaban postales a las chicas casaderas. Este baile fue una idea de mi madrina, la emperatriz Eugenia de Montijo cuando supo que el rey viajaba por Europa buscando novia. Fue amor a primera vista, como el de mis padres: la princesa Beatriz y Enrique de Battenberg. Mi padre era un apuesto oficial del ejército alemán cuando se conocieron. Tuvo que renunciar a su nacionalidad y adoptar la inglesa, además de aceptar todas las duras condiciones que le impuso mi abuela, la reina Victoria, para poder casarse. Tuvo que renunciar también a tener casa propia y acompañar a la reina durante toda su vida. Fue muy listo y rápidamente se ganó el afecto de todos. Tristemente el matrimonio solo duró once años. Mi padre murió en alta mar, cuando navegaba frente a la costa de Sierra Leona, dejando cuatro hijos. Últimamente recuerdo mucho su muerte y la de mis hermanos. Espera, abre mi escritorio. ¿Ves una pitillera de plata? Perteneció a tío Mauricio, mi hermano del alma. ¡Quédatela! Cuando seas mayor le darás el valor que tiene.

—¡Tengo nueve años! ¡Ya soy mayor!

—Bueno, primero deja que la use tu abuelo Torlonia. Ya me encargaré de que te llegue a ti cuando sea el momento. ¡Quiero que la tengas tú!

—¡Gracias! Cuéntame cosas de tu infancia.

—¿No te estoy aburriendo?

—¡Qué va! Me divierte saber que tú también fuiste pequeña...

La reina volvió a reír con su biznieto.

—Pues bien, los primeros trece años de mi vida transcurrieron junto a la abuela Victoria. Según la época del año nos encontrábamos en Balmoral, Buckingham, Windsor y, sobre todo, en Osborne House, en la isla de Wight. Mis tres hermanos fueron mis compañeros de juegos. Teníamos tres institutrices: una inglesa, otra francesa y la tercera, alemana. Los idiomas fueron muy importantes en nuestra educación, junto con la lectura, la música y los deportes. La muerte de la abuela, después de superar el duelo, nos permitió descubrir el mundo que existía tras los muros de palacio. Pero nos sentíamos doblemente huérfanos: primero había muerto mi padre y después, la abuela. Nuestro tío, el rey Eduardo, le ofreció a su hermana pequeña, mi madre, vivir donde ella quisiera. Pero prefirió retirarse a la tranquilidad de la isla de Wight, de la que pasó a ser gobernadora. El rey siempre estuvo muy pendiente de nosotros. De hecho, fue quien organizó el baile donde nos conocimos el rey y yo...

Entraron en la estancia su hija Beatriz y su nieta Alessandra.

—Seguro que estás cansando a Gan Gan... ¿Por qué no sales al jardín? Hace un día precioso.

—Pero... —antes de que pudiera decir nada, salió en su defensa Victoria Eugenia.

—Al revés, le estoy contando mis batallitas. Esas que vosotras os sabéis de memoria. Para él suenan a nuevas...

—¡Me ha regalado una pitillera del tío Mauricio!

—Sí, le he dicho que la use el abuelo pero que es para él.

—Eso no quiere decir que queramos que fumes... ¡Es un recuerdo nada más! —le aclaró su madre, Alessandra, entre risas.

Al rato, entró María, su dama, y le dio a la reina la medicación que le habían recetado para su hepatitis... Poco a poco, todos los hijos y nietos se fueron acercando hasta la Vielle Fontaine. Los médicos les dijeron que su corazón estaba fallando y que su salud era muy delicada. Recibió el cambio de año en la cama y comenzó 1969 con escasas fuerzas y con el convencimiento de que le quedaba poco tiempo de vida. Curiosamente, el viaje a España había sido el comienzo de su final. Los primeros días de marzo pidió que la levantaran, quería ver el lago Lemán y mirar por la ventana cómo se abría paso la primavera. Eso supuso para ella un enorme sobreesfuerzo.

Durante esos días, recibió en la Vielle Fontaine al periodista español Jaime Peñafiel. Quería que le contara sus impresiones un año después de su regreso a España. La reina, a pesar de haberse llevado el afecto de los españoles, le confesó que no debía haber regresado. «Fue una debilidad que nunca tenía que habérme permitido, mientras Franco mantenga a mi hijo en el exilio». Peñafiel anotaba en su cuaderno de notas que la visita estuvo llena de intenciones: la primera, ella había exigido la presencia de su hijo, el conde de Barcelona. Quería rehabilitarle no solo ante los ojos de los españoles, sino también ante Franco. La segunda fue que su hijo la recogiera en Barajas como «jefe de la Familia Real que era».

—Por eso le hice la reverencia nada más bajar las escalerillas del avión.

—Se ha dicho que usted le dijo a Franco que eligiera entre los tres miembros de su familia: su hijo, su nieto y su biznieto, ¿es esto verdad?

Después de un rato pensándose la respuesta, habló:

—¿Cómo le iba a decir eso? —No quiso aclarar nada más sobre aquella conversación.

La reina le habló al periodista sobre Alfonso XIII y la carga emotiva que tuvo para ella regresar a España. Se quedó agotada del esfuerzo que supuso la entrevista.

Días más tarde, aprovechando la presencia de sus hijos, Juan, Baby y Crista..., se sinceró con ellos. Tampoco disponían de tantas oportunidades para hablar a solas.

—Sé que me estoy muriendo. Os pido que unáis vuestros esfuerzos en restaurar la Corona en España. Juan, ese debe ser tu objetivo. No lo olvides.

—Es muy duro escuchar cómo Franco quiere modificar la historia, saltándose el orden dinástico.

—Peor aún sería que saltaran a tu hijo... —comentó Crista.

La reina guardó silencio.

—Sé que hay muchos intereses ahora mismo en juego. Se habla de que Alfonso va a recibir un título de Franco, incluso me han hablado de una embajada. Aunque sea uno de los nietos que más te visitan, no me gusta lo que está haciendo —comentó Juan.

—No va a hacer nada que te impida a ti o a Juanito ser el heredero. Te lo aseguro —añadió Beatriz.

—Dice una cosa y hace otra... —añadió Juan.

Victoria Eugenia cerró los ojos en señal de dolor... Interrumpieron la conversación. El duque de Alba entró en la habitación y se acercó hasta la cabecera de la cama de la reina.

—Alteza, su hijo Jaime quiere venir a verla.

—¡Que venga! Es mi hijo... Aunque hace demasiado tiempo que anda perdido.

—Es bueno saberlo para no estar presente —dijo Juan.

Al día siguiente apareció Jaime, solo. El duque de Alba no le dejó que apareciera junto a su segunda esposa, Carlota Tiedemann, con la que protagonizaba numerosos escándalos por sus riñas subidas de tono. Ambos sintieron una gran emoción cuando se vieron cara a cara. Su hijo la abrazó. Ella sabía que estaba cerca el final y agradeció al mayor de sus hijos que la acompañara en este momento.

—Te pido un poco de sensatez. No te dejes llevar por los que quieren ruido y más ruido. Hace años diste un paso atrás porque te lo pidió tu padre y así debe ser. Ahora, yo te pido que volváis a hablaros Juan y tú. Eso me haría muy feliz en estos momentos.

Mediante el lenguaje de signos que la reina conocía para entenderse con su hijo le dijo: «Tranquila, madre. Solo exijo que se me dé mi sitio».

La reina estaba muy cansada y cerró los ojos.

En una habitación contigua finalmente hablaron todos los hijos. Juan accedió a dialogar con Jaime por primera vez en muchos años. Este, viendo cerca el final de su madre, exigía presidir el funeral que se hiciera por ella.

—¡Soy el mayor! Si no me dais la presidencia del funeral, en mitad del acto le daré un empujón a Juan y eso será un escándalo.

Intentaron entre todos bajar el nivel de tensión y alcanzaron un acuerdo: él presidiría el funeral y Carlota, su esposa, no asistiría a la ceremonia. Después Juan acudiría al hotel donde se alojaba para saludarla en nombre de toda la familia.

A su vez, don Juan le había pedido a su hijo días antes la placa de príncipe de Asturias. Juan Carlos se la devolvió. Este le había comunicado a su padre que estaba decidido a ser el heredero si se lo pedía Franco. Entre tanta tensión con su hijo, también entre hermanos y nietos, el 14 de abril, aniversario de la República, se agravó la salud de la reina sin esperanza alguna de mejoría. Al día siguiente, recibió los Santos Sacramentos en presencia de sus hijos y a las diez y media de la noche del día 15 de abril, el mismo día que salió de España camino del exilio treinta y ocho años antes, moría en Lausana.

La noticia de su muerte llegó rápidamente a España, donde se decretaron tres días de luto oficial. En el hogar de la reina, se celebró una emotiva misa que ofició Jesús Ansó, el capellán de los obreros españoles que habían emigrado a Suiza.

Victoria Eugenia fue enterrada al día siguiente en el cementerio de Bois de Vaux. La tierra que cayó sobre el féretro había sido traída de todas las regiones españolas. La mayoría de las Casas Reales enviaron representantes y el Gobierno español celebró en Madrid un funeral de Estado presidido por Franco y por el príncipe Juan Carlos. Acababa de morir la última reina de España...

Ramiro García-Ansorena recibió la noticia en el café Lyon. Acababa de sentarse a primera hora de la mañana para tomar un café. Fue su yerno el que salió de la joyería y cruzó de acera para darle la noticia.

—Sé que lo que le voy a decir le va a impresionar. La reina ha muerto.

—¿Victoria Eugenia? —apagó el cigarrillo que tenía entre sus dedos.

—Sí, lo ha dicho la radio. Va a ser enterrada en la iglesia del Sagrado Corazón de Ouchy. Han dicho que una bandera de España reposará sobre su cuerpo.

Se tapó la cara con sus manos. No quería que nadie le viera llorar como un niño. Había pasado un año y dos meses desde que la vio regresar a España para el bautizo de su biznieto. No había podido olvidar las palabras que se cruzaron. Las repetía en su mente una y otra vez. Se enjugó las lágrimas y decidió ir a ver a su hermana Milagros al convento. Necesitaba hablar con ella y pedirle que oficiaran una misa en su memoria.

Al día siguiente, los periódicos daban más datos de la noticia. Los compró todos. Su cadáver había sido trasladado a una clínica de Lausana para proceder a su embalsamamiento. En otro, daban detalles de la capilla ardiente y de cómo iba vestida para la eternidad: una blusa rosa que le había regalado su nieta Pilar, la duquesa de Badajoz. También una mantilla blanca de blonda que recordaba a la que llevó el día de su boda y la bandera de España. La reina, de nacionalidad inglesa, acogía el sueño eterno envuelta en símbolos españoles. Era la última reina de España. El último eslabón de la cadena dinástica que se perdía para siempre. Durante esos días, se habló mucho de su último recuerdo, el que consideraba más bello: la impresionante acogida que le dieron en su regreso tras el exilio. Un mar de pañuelos blancos despidiéndola antes de coger el avión...

Ramiro no podía estar más triste y lo expresó poniéndose una corbata negra a la hora de vestir. Tan solo alivió el luto cuando Franco, tres meses después de la muerte de Victoria Eugenia, el 22 de julio de 1969, designó como su sucesor en la Jefatura del Estado a título de rey, al príncipe don Juan Carlos. Ese día permitió a sus trabajadores salir de la joyería antes de tiempo.

—Es un día grande —les dijo—. La reina ha conseguido su propósito. Regresará la monarquía a este país en la persona de su nieto. ¡Ojalá tengamos vida para ver ese momento!

Lucio fue el único de todos los que estaban allí que no se alegró de esa circunstancia. Seguía suspirando por la República, pero no dijo nada. Hacía tiempo que no veía a su jefe tan eufórico.

—Así se ha terminado de deshojar la margarita. Ni don Juan, ni don Alfonso, ni Carlos Hugo... Juan Carlos de Borbón, quien quería la reina que recogiera el testigo.

—Para legitimar el salto dinástico, Franco ha evitado hablar de restauración —comentó Lucio—. ¿Se ha dado cuenta?

—Bueno, bueno..., el caso es que su designación ha sido concebida como la instauración de una nueva monarquía. En cualquier caso, Victoria Eugenia ha vencido. Eso es lo que importa.

60

Sesenta y dos años a su servicio

Ramiro García-Ansorena, en otoño del año 1969, seis meses después de la muerte de la reina Victoria Eugenia, dio una conferencia en uno de los salones de la joyería. Le convencieron su hija Paloma y su yerno Alfonso Mato. Eran muchas las consultas que le hacían sobre joyas históricas y era lo único que le sacaba del abatimiento que sentía. No tenía ganas de nada, solo de fumar un Ducados tras otro. En cuestión de días, su salud había empeorado drásticamente, lo que preocupó a todos. El tema que escogió para su charla fue: «Las Joyas de los Reyes». Después de tantos años estudiando para poder contestar a las preguntas de la reina, se había convertido en todo un experto. Marquesas, condes y demás clientes de la nobleza se dieron cita allí, en la calle Alcalá, número 52. A las seis en punto de la tarde comenzó a disertar sobre aquello que más amaba...

—La primera noticia que tenemos acerca de las joyas de los reyes de España se remonta a Isabel la Católica. Tuvo que vender parte de ellas para sufragar los gastos de los viajes de Cristóbal Colón a América. Desde entonces, todas las reinas han sido poseedoras de valiosas piezas que se podían transformar en dinero en un momento dado. Todas han contado con joyeros de confianza que entendieron sus gustos y necesidades. En mi caso, ha sido un honor haber sido joyero de la última reina de España, Victoria Eugenia.

Ramiro tuvo que beber agua. Le embargaba la emoción

siempre que hablaba de ella en pasado. Le costaba hacerse a la idea de que «la reina guapa» había fallecido. Encendió un Ducados, y continuó la charla.

—Las joyas para las reinas y los reyes son símbolos de poder y fortaleza; así como signos de la dinastía a la que pertenecen. Ahí están las tiaras de los soberanos sasánidas de Persia, las coronas del Alto y Bajo Egipto, las coronas de laurel de los héroes greco-romanos... Los emperadores de Oriente usaron coronas de oro y piedras preciosas. La corona, por lo tanto, adquiere un carácter legitimador de poder y de tradición. Esto ha sido así durante siglos. Igual ha pasado con algunas gemas importantes, en las familias reales, que se han convertido en piedras emblemáticas; algunas reinas incluso han llegado a creer que actuaban como auténticos talismanes. En España, si no hubiera sido por la invasión francesa, hoy estaríamos hablando de un inventario de miles de piezas de valor incalculable. Se dice que el mariscal Murat, cuando entró en el Palacio Real, lo saqueó. Arrasó con todo lo que encontró de valor en las cámaras reales. Cuando salió de España, aseguran que tuvo que habilitar doscientos veinte carros para cargar con el botín.

En el salón se hizo un murmullo. Ramiro continuó:

—Sí, sí, doscientos veinte carros repletos de joyas. Y, como aún quedaban más, el mariscal que le sustituyó decidió quedarse con algunas de las que le habían sido confiadas para su custodia. A este doble expolio se sumó el del rey José Bonaparte, que en la retirada se hizo con joyas emblemáticas tales como la perla Peregrina o el Estanque, así como con cuadros, tapices y muebles de gran valor. El regreso de la monarquía trajo consigo la recuperación de las alhajas y piedras preciosas a los joyeros reales, aunque algunas de las más significativas jamás regresaron. Las cuatro mujeres de Fernando VII: María Isabel de Braganza, María Josefa Amalia de Sajonia, María Antonia de Borbón y María Cristina de Borbón poseyeron bellísimas alhajas y piedras preciosas. Posteriormente, Isabel II, además de las más de cien joyas que recibió en vida de su madre, se hizo con una extensa colección personal. Joyeros internacionales y grandes joyeros españoles de la época realizaron piezas extraordinarias para ella: Narciso Soria, Félix Samper, Manuel de Diego Elvira y Celestino Ansorena, mi abuelo, son los nombres de algunos de ellos. Gracias a la venta de esas joyas, pudo hacer frente a muchas deudas que surgieron durante su reinado. Por ejemplo, pudo pagar lo exigido por su cuñado, el conde de Montpensier, por casarse con su hermana Luisa Fernanda; así como sufragar los muchos gastos de la corte. Y, por supuesto, no podemos pasar por alto a las dos mujeres de Alfonso XII: María de las Mercedes y María Cristina de Austria. Para que nos hagamos una idea, llevó un mes entero hacer el inventario de las joyas de esta última cuando murió. Trabajaron tres personas sin descanso en palacio. Una de esas personas que ayudó a clasificarlas fue mi abuelo Celestino Ansorena. Tanto a él como a su yerno —mi padre— José María García Moris, la madre de Alfonso XIII les encargó joyas importantes que hoy pertenecen al joyero real. La reina madre dejó al morir muchas joyas a su hijo en herencia, y también a la reina Victoria Eugenia. Otras pasaron a manos de sus familiares austríacos que, en esos momentos, pasaban apuros económicos.

Tuvo que hacer otra pausa. Le fallaba la vista sobre los papeles que tenía encima de la mesa. Comenzó a toser y tuvo que volver a beber agua para ganar tiempo. La sala escuchaba sin hacer un solo ruido.

—En el año 1931 fue la reina Victoria Eugenia la encargada de sacar del Palacio Real las joyas que pertenecieron a sus antecesoras. El rey Alfonso XIII, antes de salir en coche rumbo a Cartagena y de ahí a Marsella, le pidió que recogiera las joyas de su madre. Joyas que la reina tenía en su cuarto y de las que podía disponer en cualquier momento. Durante la noche del 14 al 15 de abril, se encargó de camuflarlas en el equipaje para llevarlas consigo a París. Así fue como las joyas familiares pudieron conservarse. Otras, que no lograron sacar entonces, las recibió en París al solicitárselas al Gobierno de la República a través de la embajada inglesa. Hay que decir que la reina aportó joyas propias como dote cuando se casó con Alfonso XIII por valor de 1.147.286 pesetas, una cifra importante para entonces. A estas joyas habría que sumar las que le regaló el rey con motivo de su boda y que ascendían, según tasación de 1906, a 76.125 pesetas. Es fácil comprender que la colección de la reina fuese extraordinaria. Además, Victoria Eugenia recibió muchos regalos en vida como el de su madrina, la emperatriz Eugenia de Montijo, que le donó un impresionante collar de esmeraldas, que pasados los años y viviendo en el exilio, se vio obligada a vender para cubrir las necesidades diarias. Siempre le dije a la reina, en alguna de nuestras charlas, que las joyas tenían esta segunda función verdaderamente importante: la subsistencia en el exilio. Por cierto, esas esmeraldas fueron las mismas que lució en su coronación, hace dos años, otra emperatriz: Farah Pahlevi. Las joyas siguen su camino, de mano en mano, iluminando todo lo que tocan. Las de Victoria Eugenia, muchas de las cuales conozco por haberlas tallado y montado en nuestros talleres, son de las más hermosas e importantes que han tenido y tendrán las reinas de todo el mundo. Solo el collar de chatones, que es de un tamaño considerable, convierte en único su joyero... También sé de buena tinta que, en su testamento, la reina elaboró una relación detallada de sus joyas y a manos de quién deberían pasar. Nadie como ella ha amado, cuidado y apreciado las piezas que poseía... Una sensibilidad y amor como el de Victoria Eugenia por las joyas será casi imposible que se repita en la historia. Las grandes personas, como las grandes piezas de alta joyería, son únicas e irrepetibles. Uno debe primero admirarlas y luego, fijar su recuerdo en la memoria... La reina creía, igual que su dama, lady William Cecil, que las piezas que uno recibe vienen impregnadas de las emociones y vivencias de quienes las poseyeron antes. Por eso, deben ser conscientes de qué se ponen y cómo se lo ponen. A lo mejor, hay piezas maravillosas que deberían quedar guardadas para siempre en el joyero...

Cuando terminó la charla, que fue muy aplaudida por el concurrido aforo, se acercó la duquesa de Alba, Cayetana Fitz-James Stuart, y le preguntó intrigada por sus últimas palabras.

—¿Qué ha querido decir con que hay piezas que es mejor guardar en el joyero?

—Me refiero a las perlas. Si la vida de quien las llevó antes no fue todo lo deseable que quisiéramos, lo mejor es guardarlas por muy hermosas que sean.

—Comprendo... No es partidario de ponerse collares de perlas que hayan pertenecido a otras personas que hayan sufrido.

—Eso decía lady William Cecil, la dama que tanto quiso la reina.

—Entiendo... Estaba pensando en encargar en su joyería un collar de chatones, aunque no tan largo como el de la reina. Así siempre me acordaré de ella. Fue importante para mí y para mi familia. Será un collar nuevo, sin pasado.

—De acuerdo. Se lo diré a mi yerno Alfonso Mato, que es quien se ha hecho cargo del negocio. Ya estoy muy mayor. Me pesan mucho los años y me pesa mucho todo lo vivido...

Días después de esta charla y por el interés que Ramiro tenía por saber en qué manos habían acabado las joyas de la reina, varias personas le informaron con más detalle del testamento de Victoria Eugenia. Su vecino, el notario, fue quien más conocimiento tenía del contenido.

—Ha dejado un testamento en el que ha querido ser justa con todos sus hijos. Ha añadido un codicilo ológrafo con una referencia expresa a las «joyas de pasar». Entre esas joyas, que deben ser transmitidas a su hijo Juan y este a su vez, a su nieto Juan Carlos, cuando corresponda, se encuentran: «la diadema de brillantes de las tres flores de lis; el collar de chatones grande; el collar con treinta y siete perlas grandes; un par de pendientes con un brillante grueso y brillantes más pequeños alrededor; dos pulseras gemelas de brillantes; un broche de brillantes y perlas grises. Y el broche de brillantes del cual cuelga la Peregrina».

—Ha puesto como la primera de sus «joyas de pasar» la diadema de las flores de lis. Esta espectacular joya la hicimos en nuestros talleres e intervinieron cincuenta personas especializadas. Toda ella está cuajada de diamantes que dibujan tres esbeltas flores de lis. Esta alhaja la lució la reina el día de su boda y con ella la inmortalizó el pintor Laszlo. Yo estuve en el «ministerio/tocador» mientras se vestía de novia. También lució un collar de brillantes de talla *rivière*, que el rey encargó en París. Y el gran broche que le hicimos para que luciera la perla más hermosa del mundo que hasta el final ha seguido llamando Peregrina. Siempre le dije que el nombre era lo de menos. Después, ha señalado en su testamento el collar de chatones que también salió de nuestros talleres. Son brillantes montados «a la rusa» sobre platino. Cada año el rey regalaba a la reina dos de estos importantes brillantes por su cumpleaños, que posteriormente uníamos al collar. Esta joya tenía un gran valor sentimental para Victoria Eugenia. Por eso ha querido que siempre esté en manos de reinas... Me emociona saber que, entre las muchas que tenía, haya pensado en varias que salieron de nuestro taller. Me puedo morir tranquilo sabiendo que siempre valoró nuestro trabajo.

Volvió a la joyería para recibir a la duquesa de Alba y contarle los detalles del collar y el precio de una joya tan importante como la que le iban a hacer. Acudió Cayetana junto a su marido, Luis Martínez de Irujo. Ramiro los atendió personalmente, aunque se encontraba cada día más delicado de salud. La tos casi le impedía hablar.

—¡Cuídese, don Ramiro! Mi padre también fumaba mucho y fíjese cómo acabó hace ya dieciséis años... Todavía recuerdo cuando al poco de acabar la guerra vine aquí con él...

—Yo también lo recuerdo. Se fue a vivir a Suiza junto a la reina, ¿verdad?

—Sí, fue su más fiel servidor —contestó Luis—. La Vielle Fontaine, la casa de la reina, siempre estuvo abierta para nosotros.

—Bueno, ustedes también la alojaron en su palacio al regresar a España...

—Nuestra relación no solo era de fidelidad a la Corona, también era de cariño. Fue ella quien cerró los ojos de mi padre al morir... —comentó Cayetana emocionada.

—Lo sé, lo sé...

Comenzó a toser con tanta intensidad que tuvo que disculparse y abandonar el despacho. Lucio le acercó hasta su casa porque empezó a encontrarse peor. Los duques de Alba tuvieron que terminar su encargo con Alfonso Mato.

A los pocos días de la charla en la joyería, se quedó postrado en la cama. Aunque sus pulmones ya no aguantaban el humo del tabaco, siguió fiel a sus Ducados hasta el final. El 15 de junio, a la caída de la tarde, murió...

Le tenían cogido de la mano Evelia y su hija Paloma. Estaban también presentes sus hermanas Consuelo y Carmen, que permanecieron a su lado rezando toda la tarde. En el salón, aguardaban noticias su yerno Alfonso y sus nietos: Alfonso, Ramiro, Javier, Cristina, Jaime y Elena. A todos ellos les había transmitido su amor por la joyería.

Después del velatorio y del entierro, al que acudió un gran número de personas, Evelia rebuscó en sus cajones y se encontró con un pañuelo blanco manchado de sangre. Estaba salpicado de manchas ya marrones por el paso del tiempo. Aquella sangre era de la reina. Siempre le impresionó mucho aquella reliquia que guardaba con tanto fervor. También encontró entre los papeles, el telegrama con la invitación al besamanos de Victoria Eugenia. Fue el último día que la vio con vida tras su regreso del exilio. Había igualmente muchos recortes de prensa amontonados y sin orden, con noticias sobre la vida de Ena en el exilio y de su muerte en Lausana. Apareció su hija Paloma para preguntarle a su madre si quería comer algo.

—No, no, no tengo hambre... Mira, ¿ves este pañuelo? Perteneció a la reina. El mayor orgullo de tu padre —comentó Evelia en voz alta— fue haber sido su joyero durante sesenta y dos años. Para él no cabía mayor honor que ese. Tengo la impresión de que no soportó la muerte de Victoria Eugenia...

Metió de nuevo el pañuelo, la invitación y los recortes en el cajón de su mesilla de noche. No fue capaz de tirarlos. Lo cerró y pensó que mientras estuvieran allí, Ramiro no se iría del todo...

Epílogo

22 de mayo de 2004

Cuando las infantas Elena y Cristina, hijas mayores de don Juan Carlos y doña Sofía, se casaron, no eligieron la tiara prusiana que la reina Federica regaló a su hija con motivo de su boda. La infanta Elena lució la tiara perteneciente a la familia del novio, de platino y brillantes. Su boda con Jaime de Marichalar se celebró el 18 de marzo de 1995, en la catedral de Santa María de la Sede, en Sevilla. Por su parte, la infanta Cristina lució en su boda la tiara floral, que el Gobierno había regalado a su madre en nombre del pueblo español con motivo de su boda. Se trataba de una tiara que regresó al joyero de la reina habiendo sido adquirida por Alfonso XII para su segunda esposa, María Cristina de Austria. La pieza estuvo siempre en su poder hasta que pasó a manos de Victoria Eugenia. En el exilio desapareció, se le perdió la pista seguramente después de ser vendida. Años más tarde, la familia Franco la adquirió como regalo de bodas para don Juan Carlos y doña Sofía. La tiara que lució la infanta Cristina estaba formada por tres flores de diamantes conectadas por una guirnalda de hojas también de diamantes. La boda de la infanta Cristina con Iñaki Urdangarín se celebró el 4 de octubre de 1997 en la catedral de Barcelona. Los pendientes, dos grandes chatones de brillantes, habían pertenecido a su bisabuela, la reina Victoria Eugenia.

Letizia Ortiz, sin embargo, eligió para su enlace con Felipe de Borbón y Grecia la misma joya que doña Sofía en su boda. Un gesto hacia la madre del príncipe. Se trataba de una creación de los hermanos berlineses Robert y Louis Koch realizada en 1913. Esta tiara confeccionada en platino y diamantes, dividida en dos bandas: una superior con hojas de laurel y una inferior con la greca helena de meandro; estaban separadas por una hilera de barras en cuyo centro colgaba un diamante en movimiento en forma de lágrima. De entre todas las joyas que pudo escoger la novia para esta boda, que iba a ser retransmitida por televisiones y radios de todo el mundo, eligió esta. El 22 de mayo de 2004 fue la fecha acordada para el enlace. Habían pasado tan solo seis meses desde que se anunció el compromiso en el Palacio de la Zarzuela.

Felipe de Borbón iba vestido con uniforme de gala del Ejército de Tierra, por ser este el más antiguo de las Fuerzas Armadas. En las bocamangas de la guerrera azul marino, lucía las tres estrellas de seis puntas correspondientes a su graduación de comandante. El heredero se puso además el Toisón de Oro, la más alta condecoración de la monarquía española; el collar de la Orden de Carlos III, que recibió con motivo de su mayoría de edad y la jura de la Constitución; y la Gran Cruz de cada uno de los tres ejércitos.

Letizia había elegido un modelo del gran modisto Manuel Pertegaz. Este había declarado, al saberse el elegido para confeccionar el traje, que se trataba del trabajo más importante de su vida y que sería el que más se recordaría de su carrera.

La de Felipe de Borbón y Letizia Ortiz era la sexta boda de un príncipe de Asturias en los últimos tres siglos de la historia de España, pero sería la primera entre un heredero y una periodista sin sangre azul. Todo aconteció muy rápido desde que el 1 de noviembre de 2003, día de Todos los Santos, a las 7 y media de la tarde, el Palacio de la Zarzuela diera la noticia: «el príncipe se casa». El comunicado que recibieron todos los medios de comunicación decía así:

«Sus Majestades los Reyes tienen la gran satisfacción de anunciar el compromiso matrimonial de su hijo, Su Alteza Real el Príncipe de Asturias, don Felipe, con doña Letizia Ortiz Rocasolano. La petición de mano tendrá lugar en el Palacio de la Zarzuela el próximo jueves, día 6 de noviembre».

Antes del anuncio oficial, el rey don Juan Carlos se lo había comunicado al presidente del Gobierno, a la presidenta del Congreso y a los secretarios generales del PP y del PSOE.

Días más tarde, se señalaba desde Zarzuela que Letizia era una periodista que se había distinguido por ser «una persona trabajadora, que se había labrado su carrera periodística con tesón y esfuerzo».

Su historia de auténtico flechazo, a raíz de una cena organizada por el periodista Pedro Erquicia, venía a ratificar las palabras que pronunció en su día el príncipe: «solo me casaré por amor. No me siento obligado a buscar esposa entre las damas de la nobleza europea». De hecho, ninguna de las jóvenes con las que había sido retratado con anterioridad, habían sido de sangre azul.

Cuando Letizia entró del brazo de su padre, Jesús Ortiz, en la catedral de la Almudena, en un día especialmente lluvioso, el reloj marcaba las once y doce minutos de la mañana. La boda se consideró un acontecimiento de Estado, la primera desde hacía más de cincuenta años. El secreto mejor guardado se despejó cuando más de veinticinco millones de espectadores vieron por primera vez el vestido de la novia: un traje blanco, ceñido al talle y de escote de pico con cuello en forma de corola. La cola del traje bordada con motivos heráldicos alcanzó los cuatro metros y medio. El manto nupcial de tres metros de largo por dos de ancho, de tul de seda natural en color blanco marfil con roleos con forma triangular, fue un regalo del príncipe.

Para que no pasara igual que en la boda de Alfonso XIII y Victoria Eugenia, que acabó con la bomba de Mateo Morral, lanzada entre las flores a los recién casados, 14.500 policías nacionales, 3.200 guardias civiles y numerosos efectivos de la OTAN, la mayoría británicos, vigilaron el recorrido de los reción casados por la ciudad. Además, se llevó a cabo el cierre de fronteras y del espacio aéreo de Madrid. Dos *awacs* de la OTAN reforzaron la seguridad.

El banquete se sirvió en la galería y el patio del Palacio Real bajo una gran carpa. La comida la preparó el restaurante madrileño Jockey. Se hicieron diecisiete aperitivos por cada una de las Comunidades Autónomas. El bogavante fue el ingrediente principal del primer plato y el capón en salsa del segundo. De postre se sirvieron dos mil pasteles y una tarta nupcial que pesó 150 kilos y alcanzó los dos metros de altura.

La tarta de bodas que tanto chocó en la boda de Alfonso XIII y Victoria Eugenia, quien introdujo esta costumbre, un siglo después se había convertido en una tradición en España. La duquesa de Alba, que se encontraba entre los invitados, llegó a decir en su mesa: «El tiempo le ha hecho justicia a Ena, aunque haya habido que esperar un siglo. Hemos adquirido sus costumbres y las hemos hecho nuestras. Por cierto: ¿me pueden dar un cigarrillo?».

Siete años después de la boda, la princesa Letizia supo que la Peregrina que había comprado Richard Burton había vuelto a subastarse en la sala Christie's y había sido adquirida por un comprador anónimo por la suma de 11,8 millones de dólares tras la muerte de la actriz Liz Taylor. De nuevo, se le perdía la pista a una joya tan importante para la Corona de España.

El 19 de junio de 2014, Letizia Ortiz se convertía en la nueva reina de España. Su marido era proclamado rey como Felipe VI tras la abdicación del rey don Juan Carlos, en una de las crisis más importantes de la Institución. En el acto ante las Cortes Generales, el rey juró «desempeñar las funciones que la Constitución le atribuye de guardar y hacer guardar las normas jurídicas y de respetar los derechos de los ciudadanos y de las nacionalidades y regiones españolas». Estuvieron presentes como símbolos de la transmisión dinástica la corona y el cetro real sobre un cojín rojo de terciopelo con bordados en oro. Ambos volvían a hacer acto de presencia en las Cortes Generales. La gran corona del siglo XVIII de plata sobredorada, sin pedrería, se había convertido en símbolo de la monarquía española junto al bastón de mando fabricado en Praga, a principios del siglo XVII.

En la España posterior a los Reyes Católicos no hubo coronación alguna hasta la jura de Isabel II como reina constitucional. El 10 de noviembre de 1843 regresaron los símbolos de la realeza representados en la corona y el cetro. En la proclamación de Alfonso XII como rey de España volvieron a desaparecer, pero regresaron a la ceremonia de coronación de su segunda esposa. Más tarde, con la regencia de María Cristina, la reina viuda, de luto riguroso, tras la prematura muerte de su marido, juró sobre un ejemplar de la Constitución. Los símbolos se situaron a su izquierda para que quedara patente que quien juraba lo hacía en calidad de regente hasta la mayoría de edad de su hijo Alfonso. El 17 de mayo de 1902 se siguió un protocolo parecido para celebrar la mayoría de edad dinástica de Alfonso XIII. Los símbolos se situaron a la derecha del estrado construido para la ocasión en el salón de plenos del palacio del Congreso de los Diputados. El rey adolescente juraba respetar el contenido de la Carta Magna.

Tras el paréntesis de la Segunda República, la Guerra Civil y tras el fallecimiento de Franco, ocurrido el 20 de noviembre de 1975, en una sesión conjunta de las Cortes y del Consejo del Reino, después de jurar los principios generales del Movimiento, quedó proclamado rey de España Juan Carlos de Borbón y Borbón, que pasó a ser Juan Carlos I de España. Volvieron a estar la corona y el cetro sobre un cojín burdeos de la capilla de palacio. De nuevo, tras la aprobación de la Constitución de 1978, el rey, al ser proclamado ante las Cortes Generales, prestó el juramento por el que se comprometía a desempeñar fielmente sus funciones de guardar y hacer guardar la Constitución y las leyes.

Nuevamente, los símbolos fueron utilizados con ocasión de la llegada de los restos de Alfonso XIII y su traslado al Panteón de los Reyes en El Escorial, el 19 de enero de 1980. Igualmente, fueron colocados los símbolos a la derecha del féretro con los restos de Victoria Eugenia, que descansaron definitivamente el 24 de abril de 1985, al lado de los de su marido Alfonso XIII. Por fin, ambos volvían a estar juntos en España. Un regreso con una enorme carga emotiva para la familia real.

El 19 de junio de 2014, la corona real, con sus seis florones decorados con motivos heráldicos que representan los reinos de la monarquía hispánica, se convertía de nuevo en el emblema que presidía el acto junto con el cetro. Felipe VI en su primer discurso como rey en las Cortes reafirmó «su fe en la unidad de España de la que la corona es símbolo».

Sofía de Grecia, días después de la proclamación de su hijo Felipe como rey, entregó como marca la tradición las «joyas de pasar». Se las enumeró una a una a su nuera y las dejó bajo su custodia. Así, continuaba la voluntad de Victoria Eugenia de que sus joyas fueran a parar a las manos de las sucesivas reinas de España.

La reina emérita, a su vez, las había recibido de manos de la madre del rey Juan Carlos, doña María de las Mercedes, en el año 1977, coincidiendo con la renuncia de los derechos dinásticos de don Juan de Borbón en favor de su hijo don Juan Carlos, el 14 de mayo de 1977. Así se resolvió un posible conflicto sucesorio que habría hecho saltar por los aires la precaria estabilidad política de la transición a la democracia.

«Instaurada y consolidada la monarquía en la persona de mi hijo y heredero don Juan Carlos, que en las primeras singladuras de su reinado ha encontrado la aquiescencia popular... creo llegado el momento de entregarle el legado histórico que heredé y en consecuencia ofrezco a mi patria la renuncia de los derechos históricos de la Monarquía española... En virtud de esta mi renuncia, sucede en la plenitud de los derechos dinásticos al rey Alfonso XIII, mi hijo y heredero, el rey don Juan Carlos I. Majestad por España, todo por España, ¡viva España! ¡Viva el Rey!».

De esta manera don Juan cedía a su hijo la Jefatura de la Familia y de la Casa Real de España. Tras este sencillo acto celebrado en el ámbito familiar del Palacio de la Zarzuela, doña María de las Mercedes le dio a su nuera, entre las «joyas de pasar», la más emblemática que iba encerrada en una bolsita de terciopelo. Le dijo: «Ahora tienes una de las alhajas más apreciadas por Victoria Eugenia. Te tocará pasarla a ti a tus descendientes». La reina Sofía no abrió la bolsita negra de terciopelo hasta que se quedó a solas. Pero entonces solo encontró una cadenita de oro y no le dijo nada a su suegra. Al cabo del tiempo, la madre de don Juan Carlos se encontró la fabulosa perla perdida en uno de sus cajones. Llamó inmediatamente a su nuera y le informó de lo que había pasado. La joya de Victoria Eugenia regresaba a manos de otra reina de España, Sofía.

Ahora, esa misma perla y siete joyas más estaban ya en manos de Letizia Ortiz... Fue su jefe de Secretaría, José Manuel Zuleta, duque de Abrantes, quien le explicó que «las joyas son signos de la continuidad de la dinastía. La carga histórica que llevan obliga a ponérselas en días muy señalados».

Eva Fernández, su jefa de vestuario y su estilista, acudió a comprobar que las «joyas de pasar» estaban en su sitio.

—Dejaremos a la Peregrina tranquila... ¿Recuerda lo de la maldición?

—No me creo esas cosas... Ya encontraré el momento de ponérmela.

Cuando nadie la vio, Eva le dio una vuelta más a la cerradura del joyero. Se cercioró de que la perla quedaba a buen recaudo. Por si alguien la estaba escuchando pronunció una frase en voz alta.

—Hay joyas que han sido testigo de demasiadas desgracias y sufrimiento... ¡Dejémoslas descansar...!

Agradecimientos

A la familia Mato García-Ansorena por haberme proporcionado la información necesaria para hacer este libro. Así como por entusiasmarme con la vida del abuelo y tatarabuelo de la actual generación de joyeros. Igualmente por dejarme crear el personaje de ficción de Jaime.

A Alessandro Lecquio por contarme de su bisabuela, la reina Victoria Eugenia, aquellos detalles que no están en los libros.

A Pilar Álvarez Estrada por ayudarme con sus recuerdos a dibujar la personalidad de Ramiro García-Ansorena.

Al joyero Juan Perelli por hacerme comprender un oficio tan difícil y artesanal que le viene de su padre, el joyero José Luis Perelli, uno de los grandes técnicos que ha tenido la joyería en España.

A la joyera y gemóloga Marian Farga por ser la primera en conocer la idea del libro y brindarme sus conocimientos históricos y gemológicos.

A la profesora y experta en Historia de la Joyería, Natalia Horcajo Palomero, por transmitirme su conocimiento en reinas y joyas en la España del siglo XVI y ayudarme en el conocimiento de joyas históricas.

A la doctora en Historia del Arte Nuria Lázaro Milla por proporcionarme sus conocimientos, trabajos y tesis doctoral sobre las joyas de la Corona en el reinado de Isabel II.

A la revista *Semana* por todo su apoyo con la documentación y fotografías de su archivo para la elaboración de este libro. Especialmente a Tania Martínez, directora general de *Semana SL*; al director editorial Jorge Borrajo y a sus documentalistas: Rocío Moreno y Francisco José de Pablo, que encontraron verdaderas «joyas» impresas en su valioso archivo.

A Juanjo Asenjo de la librería La Felipa y a Raúl Villar por ayudarme a encontrar libros y documentos, algunos ya descatalogados, para la elaboración de este libro.

A Constantino Mediavilla, por ser cómplice en la elaboración de esta novela y permitir que me llevara uno de los libros más preciados de su librería.

A Consuelo Font, por proporcionarme información muy valiosa para este libro.

A mi familia y amigos, por entender que escribir para mí es una auténtica necesidad.

A mi otra «familia» del programa *Madrid Directo* y de *Onda Madrid*, por ayudarme y alentarme en mi gran pasión por la escritura.

A mi agente literario, Antonia Kerrigan, por su apoyo incondicional.

Y no podía olvidarme de mi editora Carmen Romero por ayudarme en tiempos de pandemia a sacar adelante un proyecto tan complicado como bonito. Su empuje y buenas ideas han hecho posible que hoy esté en la calle mi décimo libro. ¡Gracias de corazón!

Bibliografía

Alderete, Ramón, *Y estos Borbones nos quieren gobernar. Recuerdos de veinte años al servicio de S.A.R. don Jaime de Borbón*, Ediciones del autor, 1974.

Anson, Luis María, *Don Juan*, Editorial Plaza y Janés, 1994.

Ansorena, 150 años en la joyería madrileña.

Apezarena, José, *Boda Real*, Plaza y Janés, 2004.

Bianchi Tasso, Martin, *Baby y Crista. Las hijas de Alfonso XIII*, Novela Histórica, La Esfera de los Libros, 2020.

Bonewitz, Ronald Louis, *Gemas*, Ediciones Omega, 2013.

Borrás, Rafael, *El rey perjuro, Don Alfonso XIII y la caída de la Monarquía*, Ediciones Rondas, 1997.

Carlavilla, Mauricio, *El Rey*, Nos Editorial, 1956.

Cervera, César, *Los Borbones y sus Locuras*, La Esfera de los Libros, 2020.

Cortés-Cavanillas, Julián, *Alfonso XIII*, Editorial Juventud, 3.ª edición, 1982.

Crowe, Judith, *Piedras Preciosas*, Promopress, 2006.

De la Cierva, Ricardo, *Victoria Eugenia. El veneno en la sangre*, Editorial Planeta, 1992.

—, *Alfonso y Victoria*, Editorial Fénix, 2001.

Documentos Heraldo de Aragón, *Historia de una Corona*, 2005.

Fernández Almagro, Melchor, *Historia del reinado de Don Alfonso XIII*, Montaner y Simón, 1934.

GARGANTILLA, Pedro, *Las enfermedades de los Borbones*, La Esfera de los Libros, 2007.
GARRIDO, Luis, *Gran Diccionario de las Piedras curativas*, Libro Hobby, 2007.
GÓMEZ-SANTOS, Marino, *La Reina Victoria-Eugenia*, Espasa, 1993.
GONZÁLEZ-DORIA, Fernando, *Las Reinas de España*, 1990.
HALL, Morgan C. , *Alfonso XIII*, Alianza Editorial, 2005.
HERRADÓN, Óscar, *Historia Oculta de los Reyes*, Espejo de Tinta, 2007.
Historia de España, Alfonso XIII y la Segunda República, Editorial Planeta, 1991.
LANDALUCE, Emilia, *Jacobo Alba*, Novela Histórica, La Esfera de los Libros, 2013.
LECQUIO, Alessandro, *La familia*, La Esfera de los Libros, 2005.
LÓPEZ DE LA FRANCA, José, *Alfonso XIII visto por su hijo*, Martínez Roca, 2007.
MACIÁ, Tito, *Gemoastrología*, Editorial Sincronía, 2016.
MATEOS, Ricardo y José Luis SAMPEDRO, *Joyas Reales, fastos y boatos*, La Esfera de los Libros, 2009.
MATLINS, Antoinette, y A. C. BONANO, *Joyas y Gemas*, 7.ª edición, Editorial Omega, 2013.
NOGUÉS, Paloma, *Alfonso XIII*, Editorial Sílex, 1995.
PEÑAFIEL, Jaime, *Reinas y princesas sufridoras*, Grijalbo, 2015.
RAYÓN, Fernando y José Luis SAMPEDRO, *Las joyas de las reinas de España*, Editorial Planeta, 2004.
RAYÓN, Fernando, *La Boda de Juan Carlos y Sofía*, La Esfera de los Libros, 2002.
SENCOURT, Robert, *Alfonso XIII*, Editorial Tartesos, 1946.
URBANO, Pilar, *El precio del Trono*, Planeta, 2011.
VILALLONGA, José Luis de, *El Rey*, Plaza y Janés, 1993.
WEBSTER, R., *Piedras preciosas*, Editorial Omega, 1987.

Índice

PRIMERA PARTE

1. El gran día 19
2. El regalo del rey 24
3. *Alea iacta est*, la suerte está echada 30
4. El «sí, quiero» de la reina 37
5. En casa de los García-Ansorena 43
6. El día después 48
7. La reina comienza a olvidar 57
8. Un final inesperado 65
9. Las perlas también mueren 73
10. La soledad de Ena 80
11. El desencuentro con María Cristina 89
12. Las preguntas de Ena 96
13. La perla que te hará llorar 105
14. Que «la tradición borbónica» se pierda 113
15. Curiosidad por La pulga 120
16. Ena y los cambios en la corte 130
17. Complicidad con la Chata 137
18. La noticia más esperada. 143
19. La visita más esperada 152
20. Un premio para la ciencia española 160
21. La tristeza de las reinas 168
22. La anestesia de la reina 176
23. Llegó el momento tan esperado 184

SEGUNDA PARTE

24. 10 de mayo de 1907 200
25. Las sospechas y las dudas 212
26. El llanto de Alfonsito 219
27. Una visita inesperada 229
28. El mejor cumpleaños de la reina 238
29. Una inesperada preocupación 250
30. Secretos que salen a la luz 259
31. Algo se rompió entre los dos 269
32. Conversaciones de palacio 278
33. Lo más inesperado 287
34. Un aire nuevo en la corte 294
35. Volvía a ser el de siempre 304
36. El collar y la revolución 313
37. El barranco del Lobo 323
38. Fusilamiento, dimisión y embarazo 333
39. El incendio que arrasó con todo a su paso 344
40. ¿Por qué no me habéis dejado ver a mi hijo muerto? 354
41. La fuerza de las joyas 365
42. Nace la segunda infanta 374
43. La promesa 384
44. Llegó la tragedia a palacio 396
45. La mejor de las noticias 406
46. Y se hizo la oscuridad... 416

TERCERA PARTE

47. Una mirada atrás: 1916 437
48. Cuando el presente se vuelve negro 447
49. Una boda y un funeral 457
50. La noche más larga 468
51. Los Ansorena señalados por su cercanía a los reyes . 482
52. La vida en el exilio 492

53. Una boda que nació de otra boda 500
54. Vuelta a empezar 509

CUARTA PARTE

55. Trabajar en el regreso a España. 524
56. Un regreso muy esperado 533
57. De nuevo, la tragedia 545

QUINTA PARTE

58. Los ochenta de la reina 571

SEXTA PARTE

59. Un inesperado final 602
60. Sesenta y dos años a su servicio 615

Epílogo 623
Agradecimientos. 631
Bibliografía. 633